Joseph Conrad

MIT DEN AUGEN DES WESTENS

Roman

Deutsch von G. Danehl

Fischer Taschenbuch Verlag

Ungekürzte Ausgabe
Veröffentlicht im Fischer Taschenbuch Verlag GmbH,
Frankfurt am Main, Mai 1984
Lizenzausgabe mit freundlicher Genehmigung der
S. Fischer Verlag GmbH, Frankfurt am Main
Die englische Originalausgabe erschien 1911
unter dem Titel ›Under Western Eyes‹

Umschlaggestaltung: Jan Buchholz/Reni Hinsch
Druck und Bindung: Clausen & Bosse, Leck
Printed in Germany
1480-ISBN-3-596-25780-8

Agnes Tobin gewidmet, die ihre Begabung zur Freundschaft vom Rande der westlichsten Küste zu uns brachte.

»Ich würde nach der Freiheit greifen wie der Hungernde nach einem Stück Brot, ganz gleich, welche Hand es austeilt.«

Natalie Haldin

VORBEMERKUNG DES AUTORS

Es muß zugegeben werden, daß ›Mit den Augen des Westens‹ allein schon durch den Ablauf der Ereignisse eine Art historischer Roman geworden ist; er befaßt sich mit Vergangenem.

Diese Überlegung beruht ausschließlich auf den Geschehnissen der Erzählung; da die im ganzen jedoch ein Versuch ist, weniger den politischen Zustand als vielmehr die eigentliche Psychologie Rußlands darzustellen, wage ich zu hoffen, daß das Buch nicht all seinen Reiz eingebüßt hat. In dieser schmeichelhaften Hoffnung werde ich bestärkt, wenn ich sehe, wie in zahlreichen Artikeln über gegenwärtige russische Zustände auf gewisse Äußerungen Bezug genommen wird, die sich auf den folgenden Seiten finden – Bezug genommen in einer Weise, die die Klarheit meiner Anschauung und die Richtigkeit meines Urteils bestätigt. Ich brauche nicht zu sagen, daß ich beim Schreiben dieses Romans kein anderes Ziel hatte, als auf phantasievolle Weise jene allgemeingültige Wahrheit, die der Handlung zugrunde liegt, auszudrücken und zugleich meine Überzeugungen hinsichtlich der moralischen Beschaffenheit gewisser Tatsachen, die der ganzen Welt mehr oder weniger bekannt sind.

Was das eigentliche Schreiben angeht, so darf ich sagen, daß ich zu Beginn eine genaue Vorstellung nur vom ersten Teil hatte, dessen drei Gestalten Haldin, Rasumow und Rat Mikulin mir bereits fest umrissen vorschwebten. Erst nachdem ich diesen Teil beendet hatte, enthüllte sich mir die Handlung in ihrer ganzen Tragik und im Ablauf ihrer Ereignisse als so zwingend und so weitgespannt, daß sie meinen schöpferischen

Instinkten und den dramatischen Möglichkeiten des Gegenstandes allen Spielraum ließ.

Der Gang der Handlung bedarf keiner Erläuterung. Ich folgte dabei mehr einem Gefühl als einem Plan, und er spiegelt auch kein besonderes Erlebnis wider, sondern entstammt mehr einem durch ernstes Nachdenken gestärkten Allgemeinwissen. Größte Sorge bereitete mir die Frage, ob ich imstande sein würde, den Ton gewissenhafter Unparteilichkeit zu treffen und durchzuhalten. Die Verpflichtung zu äußerster Fairness ist mir durch Geschichte und Erbgang, durch die besondere Erfahrung meiner Nation und meiner Familie auferlegt und tritt noch zu der mir innewohnenden Überzeugung hinzu, daß einzig die Wahrheit Erfindungen rechtfertigt, die den Anspruch machen, Kunst zu sein, oder die darauf hoffen dürfen, im zeitgenössischen Kulturleben einen Platz einzunehmen. Nie zuvor habe ich mich so um Distanz bemühen müssen: Distanz von allen Leidenschaften, Vorurteilen und selbst von persönlichen Erinnerungen. Bei seinem Erscheinen in England wurde ›Mit den Augen des Westens‹ vom Publikum nicht gut aufgenommen, vielleicht eben gerade dieser meiner Zurückhaltung wegen. Ich erhielt meinen Lohn etwa sechs Jahre später, als ich erfuhr, daß das Buch überall in Rußland Anerkennung gefunden und viele Neuauflagen erlebt hatte.

Auch die verschiedenen Gestalten, die in der Erzählung eine Rolle spielen, verdanken ihr Dasein nicht einem persönlichen Erlebnis, sondern allein dem allgemein vorhandenen Wissen um die Zustände in Rußland und um die moralischen und gefühlsmäßigen Reaktionen des russischen Charakters auf den Druck ungesetzlicher Tyrannei, die sich auf die allgemein menschliche Formel bringen lassen: blindwütige Verzweiflung, verursacht durch blindwütige Unterdrückung. Ich beschäftigte mich hauptsächlich mit der Erscheinung, dem Charakter und dem Schicksal der Individuen, wie sie die westlichen Augen des alten Sprachlehrers sehen. Dieser selbst ist scharf getadelt worden; doch will ich es zu dieser späten Stunde nicht mehr unternehmen, sein Dasein zu rechtfertigen. Er war mir nützlich, und daher glaube ich, daß er auch dem Leser nützlich sein muß, sowohl als Kommentator als auch durch die Rolle, die er für die Entwicklung der Handlung spielt. Da ich wünschte, den Eindruck gegenwärtigen Geschehens zu vermitteln, schien mir ein Augenzeuge der Ereignisse in Genf unumgänglich zu sein. Auch benötigte ich einen Menschen, der Fräulein Haldin Zuneigung entgegenbringt, da sie sonst zu einsam, bar jeder Unterstützung und somit unglaubwürdig gewesen wäre. Es wäre dann niemand dagewesen, den sie einen Blick auf ihre idealische Gläubigkeit, in ihr großes Herz und auf ihre schlichten Gefühle hätte tun lassen können.

Rasumow ist mit Anteilnahme geschildert. Warum auch nicht? Er ist ein gewöhnlicher junger Mensch, gesund, arbeitsfähig und von vernünftigem Ehrgeiz. Er hat ein durchschnittliches Gewissen. Wenn er etwas absonderlich erscheint, dann nur, weil er sich seiner Stellung im Leben ungemein deutlich bewußt ist. Da er keine Eltern hat, empfindet er schärfer als andere, daß er Russe ist – oder gar nichts. Er hat durchaus recht, wenn er ganz Rußland als sein Erbteil betrachtet. Die blutrünstige Sinnlosigkeit der Verbrechen und Opfer, die brodelnd aus der ungeformten Masse aufsteigt, hüllt ihn ein und drückt ihn zu Boden. Ich glaube aber nicht, daß er in all seiner Verzweiflung je monströs wirkt. Niemand wird hier als Ungeheuer dargestellt – weder die einfältige Tekla noch die verbohrte Sofia Antonowna. Peter Iwanowitsch und Madame de S. verstehen sich von selbst. Sie sind die äffischen Bewohner eines unheimlichen Dschungels und finden die Behandlung, die ihre Fratzen verdienen. Und Nikita – der den Spitznamen Nekator trägt –, er ist die perfekte Blüte dieser Wildnis des Terrors. Was mir bei dieser Gestalt die größte Mühe verursachte, ist nicht ihre

Ungeheuerlichkeit, sondern ihre Banalität. Seit Jahren sind der Öffentlichkeit in Zeitungsartikeln, Geheimberichten und Sensationsromanen Enthüllungen über diese Gestalt gemacht worden.

Die erschreckendste Überlegung (ich spreche jetzt für mich) ist aber, daß alle diese Gestalten nicht die Erzeugnisse des Außergewöhnlichen, sondern des Gewöhnlichen sind – der alltäglichen Verhältnisse, die seinerzeit in Rußland anzutreffen waren. Die blutdürstige Dummheit einer Selbstherrschaft, die den Gedanken der Legalität von sich weist und sich bewußt auf völlige moralische Anarchie stützt, bewirkt einen nicht weniger stupiden, ebenso blutrünstigen, rein utopischen Drang nach Umsturz, der die Zerstörung durch jedes Mittel will, in der abwegigen Überzeugung, der Einsturz jeder beliebigen, von Menschenhand errichteten Institution müsse von einem Wandel des menschlichen Herzens begleitet sein. Diese Leute sind einfach nicht imstande zu sehen, daß sie bestenfalls eine Änderung der Bezeichnungen herbeiführen können. Unterdrücker wie Unterdrückte sind Russen; und wieder einmal steht die Welt vor der Erkenntnis, daß weder der Tiger seine Streifen noch der Leopard seine Flecken wechseln kann.

1920 J. C.

ERSTER TEIL

Von Anfang an wünsche ich in Abrede zu stellen, daß ich jene großen Gaben der Phantasie und des Ausdruckes besitze, die allein meine Feder befähigt hätten, für den Leser jene Persönlichkeit zu erschaffen, welche sich nach russischer Sitte Kyrill, Sohn des Isidor Rasumow, also Kyrill Sidorowitsch Rasumow nannte.

Falls diese Gaben jemals in mir lebendig gewesen sein sollten, so sind sie bereits vor langer Zeit unter einem Gestrüpp von Wörtern erstickt worden. Wörter sind, wie man sehr wohl weiß, die erbitterten Feinde der Wirklichkeit. Seit vielen Jahren lehre ich Sprachen, und das ist eine Beschäftigung, die mit der Zeit alles an Einbildungskraft, Beobachtungsgabe und Erkenntnisfähigkeit abtötet, was ein gewöhnlicher Mensch mitbekommen haben mag. Dem, der Sprachen lehrt, geschieht es eines Tages, daß ihm die Welt nichts als ein Ort voller Wörter und der Mensch ein sprechendes Tier ist, nicht bewundernswerter als ein Papagei.

Da das so ist, hätte mein Erkenntnisvermögen mich Herrn Rasumow weder sehen noch durchschauen lassen können, und ihn so auszudenken, wie er war, wäre ich schon gar nicht imstande gewesen. Es wäre mir nicht einmal möglich gewesen, mir die nackten Daten seines Lebenslaufes einfallen zu lassen. Doch auch ohne diese Präambel wird der Leser in diesen Blättern Spuren einer Dokumentation entdecken. Und das ist ganz richtig. Mein Bericht stützt sich auf ein Dokument; ich habe nichts weiter beigetragen als meine Kenntnis der russischen Sprache, die für den vorhabenden Zweck ausreicht. Das Dokument ist selbstverständlich eine Art Journal, ein Tagebuch, und ist doch wieder nicht eigentlich ein richtiges Tagebuch. Zum Beispiel sind die Vermerke in den meisten Fällen nicht Tag für Tag erfolgt, wenn sie auch alle datiert sind. Manche Eintragungen beziehen sich auf einen Zeitraum von Monaten und erstrecken sich über Dutzende von Seiten. Der ganze erste Teil ist ein Rückblick in erzählender Form und behandelt ein Ereignis, das etwa ein Jahr zuvor stattgefunden hat.

Ich muß hier erwähnen, daß ich lange in Genf gelebt habe. Ein ganzer Bezirk dieser Stadt wird, der zahlreichen dort lebenden Russen wegen, La Petite Russie genannt – Das Kleine Rußland. Ich besaß damals im Kleinen Rußland ausgedehnte Verbindungen. Allerdings gebe ich zu, daß mir der russische Charakter ein Buch mit sieben Siegeln ist. Das Vernunftwidrige in der Haltung der Russen, die Willkürlichkeit ihrer Schlußfolgerungen und das bei ihnen zu bemerkende fortgesetzte Eintreten des Außergewöhnlichen sollte jemandem, der zahlreiche Grammatiken erlernt hat, kein Kopfzerbrechen bereiten; und doch muß es da noch ein Hindernis geben, irgendeinen besonderen menschlichen Zug, einen dieser feinen Unterschiede, die dem Blick des simplen Lehrers verborgen bleiben. Eindrucksvoll wird für einen Sprachenlehrer immer die außerordentliche Vorliebe bleiben, welche die Russen für Wörter hegen. Sie häufen sie um sich auf, hätscheln sie förmlich, behalten sie jedoch nicht für sich, sondern sind im Gegenteil immer bereit, sie stunden- oder auch nächtelang mit Begeisterung in so unerschöpflichem Strom und manchmal so treffend von sich zu geben, daß man sich ebensowenig wie beim Anhören gut abgerichteter Papageien des Verdachtes erwehren kann, sie verstünden wirklich, was sie sagen. Ihr Feuer ist von einer Rückhaltlosigkeit, die jeden Gedanken an bloße Geschwätzigkeit vertreibt, und doch ist ihre Rede nicht gebunden genug, um als Beredsamkeit gelten zu können... doch ich schweife ab.

Es wäre müßig, ergründen zu wollen, warum Herr Rasumow dieses Dokument hinterlassen hat. Daß er gewünscht habe, es möge von einem menschlichen Auge gelesen werden, ist unvorstellbar. Hier macht sich ein rätselhafter, in der Natur des Menschen liegender Trieb bemerkbar. Wenn man einmal von Samuel Pepys absieht, der sich auf diese Weise Zutritt zur Unsterblichkeit erzwungen hat, so bleibt festzustellen, daß unzählige Menschen – Verbrecher, Heilige, Philosophen, junge Mädchen, Politiker und Schwachköpfe – zweifellos aus Eitelkeit, doch auch aus anderen, undurchschaubaren Motiven Tagebücher führten, in denen sie sich entblößten. Es muß eine wundervoll beschwichtigende Kraft im Wort liegen, denn sonst hätten sich nicht so viele Menschen im Umgang mit sich selbst des Wortes bedient. Da ich ein stiller Mensch bin, nehme ich an, daß die Menschheit auf der Suche nach einer Form von Frieden, vielleicht auch nur nach einer Formel für den Frieden ist. Jedenfalls schreit sie heutigen Tages laut genug danach. Welche Art Frieden Kyrill Sidorowitsch Rasumow sich von der Niederschrift seines Tagebuches erwartete, das zu vermuten übersteigt mein Vermögen.

Es bleibt die Tatsache, daß er die Aufzeichnungen gemacht hat. Herr Rasumow war ein schlanker, wohlproportionierter junger Mann und für jemanden aus der mittelrussischen Provinz erstaunlich dunkelhaarig. Wenn es seinen Gesichtszügen nicht an einer gewissen Feinheit gefehlt hätte, so hätte man ihn als sehr gut aussehend bezeichnen müssen. So aber war es, als habe man ein kräftig in Wachs modelliertes Gesicht (das sogar an klassische Ebenmäßigkeit heranreichte) nahe ans Feuer gehalten, bis die Strenge der Linien in der Erweichung des Materials verlorenging. Doch sah er trotzdem noch gut aus. Auch seine Manieren waren tadellos. In der Diskussion ließ er sich leicht von Gegenargumenten oder der Autorität des Sprechers beeindrucken. Gegenüber seinen jüngeren Landsleuten war er der undurchschaubare Zuhörer, der dem Sprechenden bis zum letzten Wort lauscht und dann – einfach das Thema wechselt. Dieser Kniff, der entweder von geistiger Unzulänglichkeit oder mangelndem Vertrauen zum eigenen Urteil veranlaßt sein mochte, verschaffte Herrn Rasumow den Ruf, ein tiefschürfender Denker zu sein. Unter überschäumenden Rednern, die sich gewohnheitsmäßig täglich in feurigen Debatten erschöpfen, gilt eine relativ schweigsame Persönlichkeit selbstverständlich als jemand, der über geheime Reserven verfügt. Seine Kommilitonen an der Universität von St. Petersburg hielten Kyrill Sidorowitsch Rasumow, Studenten der Philosophie im sechsten Semester, für einen starken Charakter – einen ganz und gar vertrauenswürdigen Menschen. In einem Lande, in dem eine eigene Überzeugung ein Verbrechen sein kann, das mit dem Tode oder sogar mit noch Schlimmerem geahndet wird, bedeutete das, daß man ihm unbedenklich ketzerische Ansichten vortragen durfte. Man schätzte ihn auch, weil er liebenswürdig und stets bereit war, seinen Kommilitonen unter Hintansetzung der eigenen Bequemlichkeit gefällig zu sein.

Man hielt Herrn Rasumow für den Sohn eines Popen und glaubte, daß er von einem verdienstvollen Aristokraten protegiert werde, der möglicherweise in dem fernen Gouvernement, aus dem Rasumow stammte, ansässig war. Seine Erscheinung stimmte jedoch so wenig mit einer niedrigen Abkunft überein, daß man diese anzweifelte und Herrn Rasumow statt dessen als den Sohn der hübschen Tochter eines Popen bezeichnete – was der ganzen Angelegenheit bereits ein sehr anderes Aussehen verlieh. Diese Theorie erklärte auch, warum der verdienstvolle Aristokrat Herrn Rasumow protegierte. Doch hatte man diesem ganzen Sachverhalt weder im Bösen noch im Guten je nachgespürt. Niemand wußte oder interessierte sich auch nur dafür, wer der fragliche Aristokrat wohl sei. Rasumow erhielt einen bescheidenen, aber durchaus zureichenden Monatswech-

sel von einem nicht weiter bekannten Anwalt ausgezahlt, der sich in gewisser Weise als sein Vormund zu betätigen schien. Rasumow folgte gelegentlich der Einladung eines seiner Professoren. Weitere gesellschaftliche Beziehungen hatte er, soweit man wußte, in der Stadt nicht. Er besuchte regelmäßig die Pflichtvorlesungen und galt bei den Universitätsbehörden für einen vielversprechenden Studenten. Daheim arbeitete er ganz wie jemand, der vorwärtskommen will, doch tat er das nicht in strenger Zurückgezogenheit. Er war stets erreichbar, und in seinem Leben gab es nichts Rätselhaftes oder Verborgenes.

I

Die Entstehung der Niederschrift des Herrn Rasumow hängt mit einem Ereignis zusammen, wie es für das moderne Rußland bezeichnend ist: mit der Ermordung eines prominenten Politikers – noch bezeichnender übrigens für die korrumpierte Moral einer geknechteten Gesellschaft, in der die edelsten Regungen des Menschen – die Sehnsucht nach Freiheit, glühende Liebe für Vaterland und Gerechtigkeit, das Mitleid und selbst die Treue schlichter Gemüter – den Launen des Hasses und der Furcht dienstbar gemacht werden, diesen untrennbaren Gefährten einer insgeheim von Furcht erfüllten Despotie.

Das oben erwähnte Ereignis ist der erfolgreiche Anschlag auf Herrn de P., den Vorsitzenden der vor Jahren eingesetzten berüchtigten Unterdrückungskommission, den mit Sondervollmachten ausgerüsteten Staatsminister. Die Zeitungen haben sich über diese fanatische, schmalbrüstige Gestalt in goldgestickter Uniform, mit dem Gesicht aus zerknittertem Pergament, den faden, bebrillten Augen und dem Großkreuz des heiligen Prokop um den faltigen Hals, lärmend genug ausgelassen. Man erinnert sich vielleicht, daß es eine Zeit gab, da sein Bild wenigstens einmal in jedem Monat eine der europäischen Illustrierten schmückte. Er diente der Selbstherrschaft, indem er mit gleichbleibendem, unermüdlichem Eifer Männer und Frauen, Junge und Alte einkerkerte, verschickte oder hinrichten ließ. In seiner mystischen Hinnahme des Grundsatzes der Selbstherrschaft war er darauf versessen, die letzte Spur alles dessen auszutilgen, was auch nur entfernt an bürgerliche Freiheit im öffentlichen Leben erinnerte; und so rücksichtslos

verfolgte er die aufsteigende Generation, daß man glauben konnte, er habe es auch noch auf die Vernichtung der Sehnsucht nach Freiheit abgesehen.
Es heißt, daß diese abscheuliche Persönlichkeit nicht genug Phantasie besessen habe, um sich den Haß vorzustellen, den sie hervorrief. Das ist kaum zu glauben; Tatsache bleibt indessen, daß der Minister nur geringe Vorkehrungen für seine persönliche Sicherheit traf. In der Einleitung zu einer gewissen berühmten Regierungsverlautbarung hatte er einmal erklärt: ›Der Gedanke der Freiheit kommt in der Schöpfung des Allmächtigen nicht vor. Die Menge kann nie zu etwas anderem raten als zu Revolte und Aufruhr. Revolte und Aufruhr aber stellen in einer Welt, die zu Ordnung und Gehorsam erschaffen wurde, eine Sünde dar. Nicht in der Vernunft, sondern in der Autorität verkörpert sich die Göttliche Absicht. Gott ist der Selbstherrscher im All...‹ Es ist vorstellbar, daß der Mann, der diese Erklärung abgegeben hat, glaubte, der Himmel selbst sei verpflichtet, ihn bei der bedenkenlosen Verteidigung der Autokratie im Diesseits zu schützen.
Zweifellos rettete ihn die Wachsamkeit der Polizei zu verschiedenen Malen; und als seine Stunde schlug, hätten die zuständigen Behörden ihn auch gar nicht warnen können, denn sie wußten nichts von einer Verschwörung gegen den Minister, hatten durch die üblichen Kanäle keine Kunde von einem bevorstehenden Anschlag erhalten, keine verdächtigen Umtriebe, keine gefährlichen Personen bemerkt.
Herr de P. wurde in einem zweispännigen offenen Schlitten zum Bahnhof gefahren, mit Diener und Kutscher auf dem Bock. Es hatte die ganze Nacht hindurch geschneit, und die Pferde kamen auf der um diese Zeit noch nicht geräumten Straße nur schwer vorwärts. Es schneite immer noch heftig. Gleichwohl muß der Schlitten gesehen und erkannt worden sein. Als er vor einer Biegung auf die linke Straßenseite wechselte, be-

merkte der Diener einen Bauern, der gemächlich am Rande des Bürgersteiges dahinging, die Hände in den Taschen seines Schafpelzes, die Schultern gegen den fallenden Schnee bis an die Ohren hochgezogen. Als dieser Bauer vom Schlitten eingeholt wurde, wandte er sich plötzlich um und schwang den Arm. Gleich darauf erfolgte ein furchtbarer Schlag, begleitet von einer durch das Schneetreiben gedämpften Detonation; beide Pferde lagen tot und verstümmelt am Boden, und der Kutscher war schrill aufschreiend tödlich verwundet vom Bock gefallen. Der Diener (der überlebte) fand keine Zeit, sich das Gesicht des Mannes im Schafpelz einzuprägen. Dieser war, nachdem er die Bombe geworfen hatte, verschwunden, doch wird angenommen, daß er sich unter die von allen Seiten herzulaufenden Menschen mischte und, um nicht aufzufallen, mit ihnen an den Ort der Explosion zurückkehrte.

In unglaublich kurzer Zeit versammelte sich eine erregte Menge um den Schlitten. Der Ministerpräsident, der unverletzt im tiefen Schnee stand, trat zu dem stöhnenden Kutscher und forderte mehrmals mit seiner schwachen, farblosen Stimme die Zuschauer auf: »Bitte, tretet zurück. Bitte, gute Leute, macht um des Himmels willen Platz.«

Nun betrat ein hochgewachsener junger Mann, der bislang unbeweglich zwei Häuser entfernt in einer Einfahrt gestanden hatte, die Straße, kam schnell heran und warf eine zweite Bombe über die Köpfe der Gaffer hinweg. Diese traf den Ministerpräsidenten, der sich über seinen sterbenden Kutscher beugte, an der Schulter, fiel ihm dann vor die Füße und detonierte mit schrecklicher Wucht, wobei sie ihn tot zu Boden streckte, dem Verwundeten den Garaus machte und im Handumdrehen den leeren Schlitten in Fetzen zerriß. Mit einem Schreckensschrei stob die Menge nach allen Seiten auseinander, ausgenommen jene, die tot oder sterbend in der Nähe des Ministerpräsidenten verblieben, und ausgenommen auch einige

andere, die erst hinfielen, nachdem sie schon ein Stück weit fortgelaufen waren.
Die erste Explosion hatte wie durch einen Zauber eine Menschenmenge angelockt, die zweite bewirkte ebenso rasch gute hundert Schritt straßauf und straßab völlige Leere. Durch das Schneegestöber betrachteten die Leute aus der Entfernung das Häuflein Leichen, die neben den Pferdekadavern übereinanderlagen. Niemand wagte sich heran, bis eine Kosakenstreife herzugaloppierte, absaß und die Toten umdrehte. Unter den unschuldigen Opfern der zweiten Explosion, die auf den Bürgersteig gebettet wurden, befand sich die Leiche eines Bauern im Schafpelz; sein Gesicht war jedoch unkenntlich, in den Taschen seiner ärmlichen Kleidung wurde nicht das geringste gefunden, und er war das einzige Opfer, das nicht identifiziert werden konnte.
An jenem Tag war Herr Rasumow zur gewöhnlichen Stunde aufgestanden und hatte den Vormittag in den Universitätsgebäuden mit dem Anhören von Vorlesungen und seiner Arbeit in der Bibliothek verbracht. In der Mensa, wo er sein Mittagsmahl einzunehmen pflegte, hatte er die ersten vagen Gerüchte von so etwas wie einem Bombenanschlag vernommen. Doch handelte es sich nur um geflüsterte Andeutungen, und man lebte immerhin in Rußland, wo es recht ungesund sein konnte, zumal für einen Studenten, den Anschein zu erwecken, man interessiere sich zu sehr für gewisse Gerüchte. Rasumow gehörte zu jenen Menschen, die sich in einer Periode geistigen und politischen Umbruches instinktiv an das normale tägliche Leben halten. Er wußte sehr wohl, daß er in einer Zeit hochgradiger Erregung lebte, er reagierte sogar darauf in einer unentschlossenen Weise. Doch mehr als auf anderes richtete er sein Augenmerk auf seine Arbeit, sein Studium und seine Zukunft.
Da er amtlich und auch in Wirklichkeit weder Eltern noch Ver-

wandte besaß (die Tochter des Popen war längst verstorben), waren seine Ansichten und Gefühle nicht durch den Einfluß der Familie geprägt worden. Er war so allein in der Welt wie ein Mann, der im offenen Meer schwimmt. Das Wort Rasumow war nichts als das Etikett auf einer einsamen Person. Es gab nirgends Rasumows, die zu ihm gehörten. Die Feststellung, daß er Russe war, deutete gleichzeitig an, wo seine nächsten Verwandten zu finden waren. Was er auch vom Leben erwarten mochte – diese Verwandtschaft eben war es, die seine Hoffnungen erfüllen oder enttäuschen würde. Diese ungeheuer zahlreiche Verwandtschaft litt unter inneren Zerwürfnissen, und Rasumow schreckte innerlich vor diesen Zerwürfnissen ebenso zurück, wie ein gutmütiger Mensch sich weigert, in einem heftigen Familienstreit Partei zu ergreifen.

Auf dem Heimweg ging es Rasumow durch den Kopf, daß er nun seine ganze Zeit an die Preisaufgabe wenden könne, da er mit den Vorarbeiten für die nächste Prüfung fertig war. Die silberne Medaille lockte ihn sehr; das Unterrichtsministerium hatte den Preis ausgesetzt, und die Namen der Bewerber wurden dem Minister persönlich vorgelegt. Allein die Teilnahme am Wettbewerb wurde höheren Ortes bereits für verdienstvoll erachtet, und wer den Preis bekam, hatte nach Beendigung des Studiums Anrecht auf einen guten Posten in der Verwaltung. In einem Anflug von Hochgefühl vergaß der Student Rasumow ganz die Gefahren, von welchen jene Belohnungen und Ämter vergebenden Einrichtungen bedroht wurden. Doch als ihm der Preisträger vom vergangenen Jahr einfiel, ernüchterte sich Rasumow, dieser junge Mann ohne Anhang. Er war nämlich zufällig mit etlichen Kommilitonen im Zimmer des stillen, anspruchslosen jungen Studenten anwesend gewesen, als dieser amtlich von seinem Erfolg benachrichtigt wurde. »Entschuldigt«, hatte er gesagt, schüchtern gelächelt und seine Mütze ergriffen. »Ich lasse gleich Wein heraufschicken, aber zuvor

muß ich nach Hause telegrafieren. Meine Eltern geben gewiß ein Fest für alle Nachbarn im Umkreis von zwanzig Werst.«
Rasumow bedachte, daß sich ähnliches seinetwegen niemals ereignen werde. Sein Erfolg konnte für niemanden von Interesse sein. Doch empfand er keine Bitterkeit gegen seinen adligen Protektor, der übrigens kein Großgrundbesitzer aus der Provinz war, wie allgemein vermutet wurde, sondern kein Geringerer als der Fürst K., ehemals ein glänzender Weltmann, jetzt aber, da seine Zeit um war, Senator und von der Gicht geplagter Invalide, der immer noch ein üppiges, nun jedoch eingezogenes Leben führte. Er besaß heranwachsende Kinder und eine Frau, die adliger Herkunft und ebenso stolz war wie er.
In seinem ganzen Leben war Rasumow nur eine einzige Begegnung mit dem Fürsten vergönnt gewesen.
Sie hatte den Anstrich eines zufälligen Zusammentreffens im Büro des kleinen Anwaltes gehabt. Als Rasumow eines Tages, einer Aufforderung folgend, das Büro betrat, fand er dort einen Fremden – eine hochgewachsene, aristokratisch aussehende Persönlichkeit mit seidenweichem, grauem Backenbart. Der glatzköpfige, verschlagene kleine Advokat hatte in ironisch herzhaftem Ton gerufen: »Treten Sie näher, Herr Rasumow, treten Sie näher.« Und dann mit untertäniger Miene an den Fremden gewandt: »Einer meiner Schützlinge, Exzellenz. Einer der meistversprechenden Studenten seiner Fakultät an der hiesigen Universität.«
Zu seiner ungemeinen Verblüffung sah Rasumow, wie sich ihm eine feingeformte, weiße Hand entgegenstreckte. Er ergriff sie sehr verwirrt (sie war weich und schlaff) und vernahm gleichzeitig ein herablassendes Murmeln, wovon er nur die Worte »zufriedenstellend« und »weiter so« verstand. Das Verblüffendste von allem jedoch war, daß er unvermutet einen deutlichen Druck der wohlgeformten weißen Hand spürte, gerade

ehe sie zurückgezogen wurde: einen leichten Druck, der wie ein geheimes Zeichen war. Die damit einhergehende Gefühlsbewegung war ungeheuerlich. Es schien Rasumow, als wollte ihm das Herz in die Kehle steigen. Als er aufblickte, hatte die aristokratische Persönlichkeit die Tür geöffnet, den kleinen Anwalt aus dem Weg gewinkt und verließ schon das Zimmer.

Der Anwalt wühlte ein Weilchen in den Papieren auf seinem Schreibtisch. »Wissen Sie, wer das war?« hatte er plötzlich gefragt.

Rasumow, dessen Herz immer noch wild klopfte, hatte stumm den Kopf geschüttelt.

»Das war Fürst K. Sie fragen sich wohl, was er in der Höhle eines so ärmlichen Rechtsbeflissenen zu tun haben kann, wie ich einer bin? Diese erhabenen Herrschaften sind ebenso sentimental und wißbegierig wie wir normalen Sterblichen. Doch ich an Ihrer Stelle, Kyrill Sidorowitsch«, so fuhr er hämisch und mit besonderer Betonung des Vaternamens fort, »ich würde mich dieser Bekanntschaft nicht weiter rühmen. Das wäre nicht weise, Kyrill Sidorowitsch, oh, nein, das würde im Gegenteil Ihre Zukunft gefährden.«

Die Ohren des jungen Mannes hatten geglüht, und alles war ihm vor den Augen verschwommen. »Dieser Mann!« hatte Rasumow bei sich gesagt. »Er!«

Seitdem bezeichnete Herr Rasumow den Fremden mit dem seidigen grauen Backenbart im stillen mit diesem einsilbigen Wort. Von da an bemerkte er bei seinen Spaziergängen durch die vornehmeren Wohnviertel auch mit Anteilnahme die prachtvollen Gespanne und Kutschen mit den Lakaien des Fürsten. Einmal sah er, wie die Fürstin – sie machte Einkäufe – von zwei Mädchen gefolgt ausstieg, von denen das eine fast einen Kopf größer war als das andere. Blondes Haar fiel ihnen offen nach englischer Art auf die Schultern, sie hatten fröhliche Augen, trugen die gleichen Mäntel, Muffs und Pelzmützchen, und der

Frost hatte ihre Nasen und Wangen lustig gerötet. Sie gingen vor ihm über den Bürgersteig, und Rasumow setzte schüchtern lächelnd seinen Weg fort. »Seine« Töchter. Sie sahen »Ihm« ähnlich. Der junge Mann fühlte warme Sympathie für diese Mädchen, die von seiner Existenz nie etwas erfahren würden. Über kurz oder lang würden sie Generale oder Kammerherren heiraten und selber Kinder haben, die dann möglicherweise von ihm hören würden als von einem gefeierten alten Professor, dekoriert, vielleicht zum Geheimrat ernannt, einer Leuchte Rußlands – und nichts weiter! Immerhin stellte ein gefeierter Professor etwas dar. Berühmtheit vermochte das bloße Etikett Rasumow in einen geachteten Namen zu verwandeln. In dem Verlangen des Studenten Rasumow nach Ruhm lag nichts Absonderliches. Das wirkliche Leben eines Menschen ist das, welches ihm andere Menschen in Gedanken zuerkennen, weil sie ihn achten oder ihn lieben. Als er am Tage des Attentates auf Herrn de P. nach Hause zurückkehrte, beschloß Rasumow, sich allen Ernstes um die silberne Medaille zu bemühen.
Während er langsam die vier Treppen des finsteren, schmutzigen Hauses erstieg, in dem er wohnte, war er seines Erfolges gewiß. Am Neujahrstage würde der Name des Preisträgers in der Zeitung veröffentlicht werden. Und bei dem Gedanken, daß »Er« ihn vermutlich dort sehen werde, hielt Rasumow für einen Augenblick auf der Treppe inne und ging dann, seine Aufregung belächelnd, weiter. »Das ist doch nur ein Phantom«, sagte er sich, »die Medaille dagegen wäre ein greifbarer Anfang.«
Ganz in den Gedanken an seine Arbeit vertieft, empfand er die im Zimmer herrschende Wärme als wohltuend und ermunternd. »Ich werde jetzt vier Stunden hintereinander scharf arbeiten«, dachte er. Doch kaum hatte er die Tür hinter sich geschlossen, als ein furchtbarer Schrecken ihn durchzuckte. Ganz schwarz zeichnete sich vor dem landesüblich hohen Ofen, des-

sen weiße Kacheln im Dämmerlicht schimmerten, die Gestalt eines Fremden ab, der einen weitschößigen, enganliegenden braunen Rock samt Gürtel, hohe Stiefel und auf dem Kopf eine Pelzkappe trug. Die Gestalt ragte schlank und straff in die Dunkelheit. Rasumow war zutiefst verblüfft. Erst als die Gestalt zwei Schritte vortrat und mit ernster, gelassener Stimme fragte, ob die Flurtür geschlossen sei, fand er die Sprache wieder.

»Haldin!... Victor Victorowitsch!... Sind Sie es?... Jawohl, die Flurtür ist geschlossen. Was für eine Überraschung!«

Victor Haldin, ein Student, der älter war als die meisten seiner Kommilitonen, gehörte nicht zu den Fleißigen. In den Vorlesungen war er kaum je zu sehen, und bei den Behörden galt er als ›ruhelos‹ und ›unzuverlässig‹ – eine ungünstige Beurteilung. Doch bei seinen Kommilitonen genoß er großes persönliches Ansehen und übte starken Einfluß auf ihr Denken aus. Rasumow hatte nie näher mit ihm verkehrt. Gelegentlich war man sich bei Zusammenkünften auf Studentenbuden begegnet. Einmal war es sogar zwischen ihnen zu einer Debatte gekommen – zu einer jener Debatten, in denen es um Grundfragen geht, Debatten, wie sie jugendliche Heißsporne lieben. Rasumow wäre es lieber gewesen, Haldin hätte sich eine andere Zeit ausgesucht, um auf ein Schwätzchen hereinzukommen. Er fühlte sich gerade aufgelegt, die ersten Striche an der Preisaufgabe zu tun. Da man Haldin aber nicht kurzerhand abweisen konnte, gab Rasumow sich gastfreundlich, bat, Platz zu nehmen und zu rauchen.

»Kyrill Sidorowitsch«, sagte nun der andere und riß sich die Kappe vom Kopf, »wir gehören vielleicht nicht ganz ins gleiche Lager. Ihr Urteil ist mehr das des Philosophen. Sie reden zwar nicht viel, doch bin ich noch niemandem begegnet, der es gewagt hätte, Ihre Großmut anzuzweifeln. Und es eignet Ihnen eine Festigkeit, die ohne Mut undenkbar ist.«

Rasumow begann, sich geschmeichelt zu fühlen und murmelte, er sei ihm sehr verbunden für die gute Meinung, als Haldin die Hand hob.

»Daran dachte ich auf dem Holzplatz am Fluß. ›Der junge Mann hat einen starken Charakter‹, sagte ich zu mir. ›Er trägt sein Herz nicht auf der Zunge.‹ Ihre Zurückhaltung hat auf mich stets einen starken Reiz ausgeübt, Kyrill Sidorowitsch. Ich versuchte also, mich Ihrer Adresse zu entsinnen. Und ich hatte Glück. Ihr Dwornik war gerade aus dem Haus gegangen und sprach mit einem Schlittenkutscher auf der anderen Straßenseite, und auf der Stiege begegnete mir keine Seele. Gerade als ich Ihren Treppenabsatz erreichte, kam Ihre Wirtin aus Ihren Zimmern, doch sah sie mich nicht. Sie ging über den Flur in ihre eigene Wohnung, und darauf schlüpfte ich hier herein. Seit zwei Stunden bin ich nun hier und erwarte Sie.«

Rasumow hatte erstaunt zugehört; doch ehe er noch den Mund öffnen konnte, setzte Haldin mit Bedeutung hinzu: »Ich bin es gewesen, der heute morgen de P. beseitigt hat.«

Rasumow erstickte einen Entsetzensschrei. Das Gefühl, sein Leben sei unwiderruflich zerstört, weil er zu einem solchen Verbrechen in Beziehung gebracht worden war, drückte sich wunderlicherweise in dem boshaften Gedanken aus: ›Jetzt ist die silberne Medaille futsch!‹

»Sie sagen nichts, Kyrill Sidorowitsch! Ich verstehe Ihr Schweigen. Selbstverständlich kann ich bei Ihren kühlen englischen Manieren nicht erwarten, daß Sie mich umarmen. Aber sehen wir einmal von Ihren Manieren ab. Sie besitzen ein Herz, und Sie haben das Schluchzen und Zähneknirschen vernommen, das dieser Mann im ganzen Lande ausgelöst hat. Das allein müßte alle philosophischen Betrachtungen überflüssig machen. Er war dabei, das zarte Pflänzchen herauszureißen. Man mußte ihm Einhalt tun. Er war ein gefährlicher Mensch – ein Mensch von Überzeugungen. Noch drei Jahre so weiter, und wir wären um fünfzig Jahre in die Knechtschaft zurückgeworfen worden – und wie viele Leben, wie viele Seelen wären in dieser Zeit verlorengegangen!«

Seine knappe, selbstbewußte Stimme wurde plötzlich leise und dumpf, als er hinzusetzte: »Ja, Bruder, ich habe ihn getötet. Eine beschwerliche Arbeit.«

Rasumow hatte sich auf einen Sessel sinken lassen. Er erwartete jeden Augenblick Polizisten hereinstürzen zu sehen. Zu Tausenden mußten sie jetzt nach dem Mann suchen, der hier in diesem Zimmer hin und her ging. Haldin sprach schon wieder, zurückhaltend, gefaßt. Ab und an machte er eine bedächtige, von Erregung freie Geste.

Er berichtete Rasumow, wie er ein Jahr lang gegrübelt, daß er seit Wochen nicht mehr richtig geschlafen hatte. Er und ein ›Anderer‹ waren durch eine ›gewisse Person‹ am Abend zuvor von der geplanten Fahrt des Ministers unterrichtet worden. Er und der ›Andere‹ hatten daraufhin die ›Apparate‹ bereitgemacht und sich vorgenommen, kein Auge mehr zu schließen, ehe nicht die ›Arbeit‹ getan sei. Stumm, ohne auch nur ein einziges Wort zu wechseln, marschierten sie mit ihren ›Apparaten‹ in der Tasche die ganze Nacht im Schneetreiben durch die Straßen. Stießen sie auf eine Polizeistreife, so stützten sie einander und spielten betrunkene Bauern. Sie torkelten und redeten heiser und lallend aufeinander ein. Von diesen seltsamen Ausbrüchen abgesehen, gingen sie stumm und ohne Pause weiter. Ihr Plan stand fest. Bei Tagesanbruch gelangten sie an die Stelle, die der Schlitten des Ministers, wie sie wußten, passieren mußte. Als sie des Schlittens ansichtig wurden, trennten sie sich mit einem gemurmelten Lebewohl. Der ›Andere‹ blieb an der Ecke, Haldin bezog einige Häuser weiter weg Stellung ... Nachdem er seinen ›Apparat‹ geworfen hatte, lief er davon und wurde sogleich von den erschreckten Menschen eingeholt, die nach der zweiten Explosion vom Schauplatz flüchteten. Sie waren rasend vor

Angst. Ein oder zweimal wurde er angerempelt. Er lief langsamer, um die Menge an sich vorüber zu lassen, und bog nach links in eine Seitenstraße ein. Hier war er allein.
Daß er entkommen war, setzte ihn in Erstaunen. Das Werk war getan. Er vermochte es kaum zu fassen. Er kämpfte gegen einen fast unwiderstehlichen Drang, sich lang auf der Straße auszustrecken und zu schlafen. Doch diese Schwäche – stumpfe Müdigkeit – war schnell vorüber. Er ging rascher, in Richtung auf einen der ärmeren Stadtbezirke, wo er sich mit Sjemjanitsch treffen wollte.
Dieser Sjemjanitsch war, so erfuhr Rasumow, eine Art Ackerbürger, der es zu etwas gebracht hatte; er vermietete Schlitten und Pferde. Hier unterbrach Haldin seine Erzählung mit dem Ausruf:
»Ein wacher Geist! Eine unerschütterliche Seele! Der beste Kutscher in ganz Petersburg! Er hat da eine Troika ... Ah, was für ein Kerl!«
Dieser Mann hatte sich bereit erklärt, jederzeit eine oder zwei Personen sicher bis an die zweite oder dritte Station der Südbahn zu bringen. Doch war am Abend zuvor keine Gelegenheit gewesen, ihn zu benachrichtigen. Wie es schien, hielt er sich für gewöhnlich in einer billigen Kneipe am Stadtrand auf. Als Haldin endlich dort angelangt war, hatte man ihn nirgends auftreiben können. Man erwartete ihn auch erst gegen Abend zurück, und Haldin war ruhelos weitergegangen. Er hatte gesehen, daß das Tor zu einem der Holzplätze offenstand, und war hineingegangen, um Schutz vor dem Wind zu finden, der durch die breite, öde Straße pfiff. Die großen, rechteckigen Holzstöße sahen mit ihren Schneelasten aus wie Bauernhäuser. Zunächst hatte der Wächter, der Haldin zwischen den Holzstößen entdeckte, ganz freundlich getan. Er war ein vertrockneter alter Mann und trug zwei zerfetzte Militärmäntel übereinander; sein schlaues kleines Gesicht wirkte komisch, denn

Kinn, Stirn und Ohren waren mit einem schmutzigen roten Tuch umwickelt. Gleich darauf wurde er jedoch mürrisch und fing dann ohne jeden Grund zu brüllen an.

»Willst du dich gar nicht von hier verdrücken, du Tagedieb? Wir kennen deine Sorte schon! Fabrikarbeiter! Groß, jung und stark, und nicht mal besoffen! Was willst du hier? Angst kannst du uns nicht machen, und nun verschwinde, du mit deiner schiefen Fresse!«

Haldin blieb vor dem sitzenden Rasumow stehen. Seine geschmeidige Gestalt, die weiße Stirn unter dem blonden Haarschopf wirkten hochmütig und herausfordernd.

»Mein Gesicht gefiel ihm nicht«, sagte er, »und ... deshalb also bin ich hier.«

Rasumow rang nach Fassung.

»Entschuldigen Sie, Victor Victorowitsch. Wir kennen einander doch kaum ... ich verstehe nicht ganz, wie Sie ...«

»Vertrauen«, versetzte Haldin.

Dieses Wort versiegelte Rasumows Lippen, nicht anders, als habe sich eine Hand auf seinen Mund gelegt. In seinem Kopf überschlugen sich die Einwände geradezu.

»Tja ... da sind Sie nun«, murmelte er, ohne den Mund recht zu öffnen.

Der andere nahm den ärgerlichen Ton nicht wahr, es fiel ihm gar nicht ein, etwas Derartiges zu vermuten.

»Ganz recht. Und niemand weiß davon, daß ich hier bin. Und falls ich erwischt werden sollte, sind Sie der letzte, den man verdächtigen wird. Das ist immerhin ein Trost. Und überdies ... nun, einem überlegenen Geist wie Ihnen darf ich wohl die ganze Wahrheit sagen: es fiel mir nämlich ein, daß Sie keinerlei Verwandte haben, keine Bindungen, niemand, der Ihretwegen leiden müßte, falls dies alles je herauskommen sollte. Es gibt ohnehin bereits zu viele zerstörte Familien in Rußland. Doch sehe ich nicht, wie man je erfahren soll, daß ich hier gewesen bin. Falls man mich festnimmt, werde ich zu schweigen verstehen, ganz gleich was sie mit mir anstellen mögen«, fügte er finster hinzu.

Wieder begann er auf und ab zu gehen, während Rasumow reglos und entsetzt dasaß.

»Sie haben also geglaubt, daß...«, brachte er endlich, beinahe krank vor Empörung, heraus.

»Ganz recht, Rasumow, ganz recht, Bruder. Eines Tages werden auch Sie am Bau mithelfen. Sie sehen jetzt vermutlich in mir einen Terroristen – einen Menschen, der das Bestehende vernichten will. Bedenken Sie aber, daß die wahren Vernichter jene sind, die den Geist des Fortschrittes und der Wahrheit vernichten, nicht die Rächer, die sich darauf beschränken, das Leben derjenigen zu vernichten, die es auf die Menschenwürde abgesehen haben. Männer wie ich werden benötigt, um Platz zu schaffen für unabhängige, denkende Männer, wie Sie einer sind. Nun haben wir zwar unser Leben eingesetzt, doch will ich, wenn möglich, fliehen. Es ist weniger mein Leben, das ich zu retten wünsche, als vielmehr meine Tatkraft. Ich werde nicht müßig sein, o nein! Glauben Sie das ja nicht, Rasumow. Männer wie ich sind selten. Überdies jagt ein Ereignis wie dieses den Bedrückern größeren Schrecken ein, wenn der Täter spurlos verschwindet. Dann sitzen sie in ihren Büros und Palästen und zittern. Sie sollen nichts tun, als mir helfen zu verschwinden. Das ist weiter keine große Sache. Sie brauchen nur nach einer Weile aufzubrechen und Sjemjanitsch in der Kneipe, in der ich heute früh war, eine Bestellung von mir auszurichten. Sagen Sie: Ihr Bekannter möchte, daß ein gutbespannter Schlitten eine halbe Stunde nach Mitternacht auf der Karabelnaja hält, und zwar an der siebenten Laterne links, von oben an gezählt. Falls niemand einsteigt, soll der Schlitten um den Häuserblock fahren und zehn Minuten später an der gleichen Stelle sein.«

Rasumow fragte sich, warum er diesem Menschen nicht längst schon ins Wort gefallen war und ihn hinausgewiesen hatte. War das Schwäche, oder was sonst?
Er kam zu dem Schluß, daß ihn ein gesunder Instinkt leite. Haldin mußte gesehen worden sein. Es war unvorstellbar, daß niemand das Gesicht des Mannes gesehen haben sollte, der die zweite Bombe geworfen hatte. Haldin war eine auffällige Erscheinung. Schon eine Stunde später mußten Tausende von Polizisten seine Personalbeschreibung erhalten haben. Mit jeder Minute wuchs die Gefahr. Jagte man ihn auf die Straße, so mußte er früher oder später verhaftet werden.
Die Polizei würde sehr schnell alles über ihn in Erfahrung bringen. Man würde beginnen, nach Verschwörern zu suchen, und jeder, der jemals mit Haldin verkehrt hatte, wäre gefährdet. Unbedachte Worte, winzige, an und für sich unbedeutende Handlungen würden als Verbrechen gewertet werden. Rasumow fielen gewisse eigene Äußerungen ein, Reden, die er angehört, harmlose Zusammenkünfte, an denen er teilgenommen hatte – es war für einen Studenten unmöglich, sich allem und jedem zu entziehen, ohne bei den Kommilitonen in Verdacht zu geraten.
Rasumow sah sich im Kerker, man setzte ihm zu, plagte, ja mißhandelte ihn vielleicht. Er sah sich als ein Opfer der administrativen Verschickung, sah sein Leben zerstört, hoffnungslos ruiniert. Er sah sich – bestenfalls – eine jämmerliche Existenz unter Polizeiaufsicht führen, in irgendeinem entlegenen kleinen Provinznest, ohne Freunde, die ihm das Notwendigste beschafften oder Schritte taten, um sein Los zu erleichtern. Andere besaßen Väter und Mütter, Brüder und Verwandte, hatten Verbindungen, und man würde ihretwegen Himmel und Hölle in Bewegung setzen – er aber hatte niemanden. Selbst die Beamten, die ihn des Morgens verurteilten, würden schon vor Sonnenuntergang sein Dasein vergessen haben.

Er sah seine Jugend in Elend und Mangel verstreichen – sah seine Kräfte nachlassen, seinen Geist erschlaffen. Er sah sich gebrochen und zerlumpt durch die Straßen schleichen – sah sich einsam in einer verdreckten Schlafhöhle oder auf dem beschmutzten Bett eines öffentlichen Krankenhauses sterben.

Ihn schauderte. Dann senkte sich der Friede einer erbitterten Gefaßtheit auf ihn. Es war das beste, diesen Menschen von der Straße fernzuhalten, bis man ihn mit einiger Aussicht auf Erfolg die Flucht antreten lassen konnte. Etwas Besseres ließ sich nicht tun. Selbstverständlich war Rasumow davon überzeugt, daß seine einsame Existenz von nun an ständig bedroht sein werde. Die Ereignisse dieses Abends konnten jederzeit gegen ihn aufstehen, solange Haldin lebte und das augenblickliche System fortdauerte. Dieses betrachtete er im Augenblick als eine höchst vernünftige und geradezu unzerstörbare Einrichtung. In ihm drückte sich eine überwältigende Harmonie aus – ganz im Gegensatz zu dem schreienden Mißton, den die Anwesenheit dieses Menschen hier verursachte. Er haßte Haldin.

Er sagte unbewegt:

»Selbstverständlich werde ich gehen. Geben Sie mir genaue Anweisungen, und verlassen Sie sich im übrigen ganz auf mich.«

»Ah! Sie sind ein Kerl! Unerschütterlich, kühl wie ein Kürbis, ganz der Engländer. Von Ihrer Sorte gibt es nicht viele. Hören Sie zu, Bruder! Menschen wie ich hinterlassen keine Nachkommen, doch sind ihre Seelen nicht verloren. Keine Seele geht je verloren. Sie plagt sich für ihr eigenes Heil – anderenfalls hätten die Selbstaufopferung, das Märtyrertum, der Glaube, die Überzeugungstreue keinen Sinn. Was wird aus meiner Seele, wenn ich so sterbe, wie ich sterben muß – bald, sehr bald vielleicht? Verderben wird sie nicht. Und vergessen Sie nicht, Rasumow: hier handelt es sich nicht um Mord, sondern um Krieg, um Krieg! Meine Seele soll in einem beliebigen russischen

Körper den Kampf fortsetzen, bis die Welt von aller Lüge gereinigt ist. Die moderne Zivilisation ist verlogen, doch aus Rußland soll die neue Offenbarung kommen. Ha! Sie schweigen, Sie sind skeptisch. Ich achte Ihren Skeptizismus, Rasumow, aber rühren Sie nicht an die Seele, an die russische Seele, die in uns allen ist. Sie hat eine Zukunft. Sie hat auch einen Auftrag, ganz bestimmt, denn hätte ich sonst bedenkenlos ... wie ein Schlachter ... mitten zwischen diese harmlosen Leute ... den Tod geschleudert – Ich! Ich! Ich, der ich keiner Fliege ein Leid tun könnte!«

»Nicht so laut«, tadelte Rasumow schroff.

Haldin ließ sich auf einen Stuhl fallen, legte den Kopf auf die gekreuzten Arme und brach in Tränen aus. Er weinte lange Zeit. Im Zimmer war es noch dämmriger geworden. Rasumow saß reglos und lauschte verdüstert und staunend dem Schluchzen.

Der andere hob den Kopf, stand auf und gewann mühsam die Beherrschung über seine Stimme zurück.

»Jawohl. Männer wie ich hinterlassen keine Nachkommen«, wiederholte er gedämpft. »Doch habe ich eine Schwester. Sie lebt jetzt bei meiner alten Mutter – zum Glück habe ich sie überreden können, ins Ausland zu fahren. Meine Schwester ist gar kein übles Mädchen. Kein Mensch auf Erden hat so gläubige Augen wie sie. Hoffentlich verheiratet sie sich gut. Gewiß wird sie Kinder haben – vielleicht Söhne. Sehen Sie mich an. Mein Vater war Regierungsbeamter in der Provinz. Er besaß auch etwas Land. Ein schlichter, gottesfürchtiger Mann – in seiner Art ein echter Russe. Für ihn gab es nichts als den Gehorsam. Aber ich gleiche ihm nicht. Man sagt, ich gliche dem ältesten Bruder meiner Mutter, einem Offizier. Der wurde 1828 unter Nikolaus erschossen. Ich sage Ihnen ja, daß wir im Krieg sind, im Krieg ... und doch, gerechter Gott, was für eine beschwerliche Arbeit!«

Rasumow sprach, den Kopf in die Hand gestützt, von seinem Stuhl her wie vom Grunde einer Schlucht herauf:
»Glauben Sie denn an Gott, Haldin?«
»Da klammern Sie sich nun an Worte, die man unwillkürlich ausgesprochen hat. Kommt es darauf an? Wie sagte doch jener Engländer... ›In den Dingen wohnt eine göttliche Seele...‹ Hol ihn der Teufel, mir fällt sein Name nicht ein. Doch hat er recht. Wenn euer Tag der Denker anbricht, dann vergeßt nicht das, was göttlich ist an der russischen Seele – nämlich die Ergebung. Achtet sie trotz eurer intellektuellen Ruhelosigkeit, und verwässert die Botschaft, die sie für die Welt hat, nicht durch eure arrogante Besserwisserei. Ich rede jetzt zu Ihnen wie ein Mann, der den Strick um den Hals hat. Wofür halten Sie mich? Für einen Empörer? Nein. Ihr Denker seid es, die in ständiger Auflehnung begriffen sind. Ich gehöre zu denen, die sich abgefunden haben. Als ich mich der Notwendigkeit gegenübersah, das schwere Werk auf mich zu nehmen, als ich begriff, daß es vollbracht sein wollte – was tat ich da? Habe ich frohlockt? War ich stolz auf den mir gewordenen Auftrag, auf mein Vorhaben? Habe ich versucht, den Gewinn gegen die Folgen abzuwägen? Nein! Ich ergab mich darein. Ich dachte: Gottes Wille geschehe.«
Er warf sich lang ausgestreckt auf Rasumows Bett, legte die Handrücken über die Augen und blieb stumm und regungslos liegen. Nicht einmal das Geräusch seines Atems war zu hören. Totenstille herrschte im finsteren Zimmer, bis Rasumow schließlich dumpf sagte:
»Haldin.«
»Ja«, antwortete der andere, der reglos und unsichtbar auf dem Bett ruhte, sogleich bereitwillig.
»Wird es nicht Zeit für mich?«
»Ja, Bruder!« hörte man den anderen aus dem Dunkel sagen. »Es wird Zeit, das Schicksal auf die Probe zu stellen.«

Er verstummte und gab dann wenige, sehr klare Anweisungen in der tonlosen, unpersönlichen Stimme eines Hypnotisierten. Rasumow machte sich bereit, ohne ein Wort der Erwiderung. Als er das Zimmer verließ, sagte die Stimme vom Bett hinter ihm her:
»Geh mit Gott, du schweigsame Seele.«
Im Treppenhaus angekommen, verschloß Rasumow lautlos die Tür und steckte den Schlüssel in die Tasche.

II

Die Worte und Ereignisse jenes Abends müssen sich wie mit einem stählernen Griffel in Herrn Rasumows Erinnerung eingegraben haben, war er doch nach Monaten noch imstande, alles umständlich und genau niederzuschreiben.

Die Aufzeichnung der Gedanken, die ihn überfielen, als er auf der Straße war, ist noch ausführlicher und mehr ins einzelne gehend. Diese Gedanken scheinen sich mit besonderem Gusto auf ihn gestürzt zu haben, nun, da seine Denkfähigkeit nicht länger von Haldins Gegenwart gelähmt war – der gräßlichen Gegenwart eines großen Verbrechens und der betäubenden Kraft eines großen Fanatismus. Wenn ich in Herrn Rasumows Tagebuch blättere, muß ich allerdings zugeben, daß ›Ansturm von Gedanken‹ wohl doch nicht das richtige Bild ist.

Richtiger wäre es, von einem ›Wirrwarr der Gedanken‹ zu reden, was auch dem Zustand seiner Gefühle besser entspricht. Es waren nicht viele Gedanken, sie waren wie die der meisten Menschen gering an Zahl und schlicht, doch können hier nicht alle die abgerissenen Ausrufe wiedergegeben werden, in denen sie sich unablässig und ermüdend wiederholten, denn Rasumows Weg war lang.

Falls sie dem westlichen Leser erschreckend, unangebracht oder sogar unpassend vorkommen sollten, so möge man sich erinnern, daß dies an meiner ungeschliffenen Wiedergabe liegen mag, und im übrigen möchte ich noch einmal betonen, daß diese Geschichte nicht im westlichen Europa spielt.

Es mag wohl sein, daß die Nationen sich ihre Regierungen zurechtschneidern, doch die Regierungen zahlen es ihnen mit gleicher Münze heim. Es ist undenkbar, daß ein junger Engländer sich in Rasumows Lage befinden könnte. Da dies so ist, wäre es müßig sich auszumalen, was er denken würde. Mit Sicherheit kann einzig angenommen werden, daß er anders dächte, als Herr Rasumow in dieser Schicksalskrise dachte. Der junge Engländer hätte weder persönliches noch überkommenes Wissen von den Mitteln, mit denen eine jahrhundertealte Selbstherrschaft Gedanken unterdrückt, ihre Macht schützt und ihr Dasein verteidigt. Eine ausschweifende Phantasie könnte ihm die Vorstellung vermitteln, willkürlich eingesperrt zu werden, doch wenn er nicht gerade Fieberträume hat (und vielleicht nicht einmal dann), könnte es ihm nicht einfallen, sich vorzustellen, daß man ihn zu Verhörs- oder Strafzwecken auspeitscht.

Das ist nur ein grobes, sich aufdrängendes Beispiel für die Andersartigkeit westlichen Denkens. Ich weiß übrigens nicht, ob Herr Rasumow besonders an diese Gefahr dachte. Zweifellos mischte sie sich aber in die allgemeine Angst und das Grauen dieser Krise. Man hat gesehen, daß Rasumow sich sehr wohl der weniger groben Methoden bewußt war, vermittels deren eine despotische Regierung das Verderben des einzelnen herbeiführen kann. Allein die Relegierung von der Universität (das geringste, was er zu erwarten hatte), zusammen mit der Unmöglichkeit, seine Studien anderwärts fortzusetzen, reichte hin, einen jungen Menschen zugrunde zu richten, der ganz auf die Ausbildung seiner angeborenen Anlagen angewiesen war, um sich einen Platz im Leben zu sichern. Er war Russe: belastet zu werden bedeutete für ihn einfach, in die tiefste soziale Schicht abzusinken, Gefährte der Hoffnungslosen und Verarmten, der Nachtvögel der Stadt zu werden.

Bei einer Bewertung seiner Gedanken muß auch Rasumows Herkommen, oder vielmehr der Mangel an Herkommen, in Betracht gezogen werden. Denn auch ihm war dieser Umstand gegenwärtig. Erst eben noch hatte der verwünschte Haldin ihn auf besonders grausame Weise daran erinnert. ›Soll mir denn alles genommen werden, nur weil ich das eine nicht habe?‹ grübelte er.

Er zwang sich, weiterzugehen. Auf der Straße glitten und klingelten die Schlitten geisterhaft durch das flockende Weiß, das auf dem schwarzen Antlitz der Nacht lag. »Denn ein Verbrechen ist es«, sprach er bei sich. »Ein Mord bleibt ein Mord. Wenn allerdings auch etwas liberalere Einrichtungen...«

Schreckliche Übelkeit befiel ihn. »Ich darf den Mut nicht verlieren«, ermahnte er sich. Alle Kräfte hatten ihn plötzlich verlassen. Doch eine mächtige Willensanstrengung brachte sie unvermittelt zurück, denn er fürchtete, auf der Straße ohnmächtig und mit seinem Zimmerschlüssel in der Tasche von der Polizei aufgegriffen zu werden. Man würde Haldin bei ihm finden, und das wäre dann wirklich sein Verderben.

Gerade diese Furcht scheint es gewesen zu sein, die ihn bis zum Ende durchhalten ließ. Es waren nicht viele Leute auf der Straße, und die Passanten tauchten unvermutet auf, ragten schwarz im Schneegestöber vor ihm in die Höhe und waren plötzlich, ohne daß man ihre Schritte gehört hätte, verschwunden.

Rasumow befand sich im ärmsten Teil der Stadt. Er bemerkte eine ältliche Frau, die in zerlumpte Tücher gekleidet war. Im Licht der Laterne sah sie aus wie eine Bettlerin, die von der Arbeit kommt. Gemächlich schlenderte sie durch das Schneetreiben, als habe sie kein Zuhause, zu dem es sie zog. Unter dem Arm trug sie einen runden Laib Schwarzbrot wie einen köstlichen Schatz, und Rasumow wandte den Blick ab; er beneidete sie um ihre Gemütsruhe und ihre Gelassenheit.

Dem Leser von Herrn Rasumows Aufzeichnungen erscheint es wunderbar, daß es diesem gelang, die endlosen Straßen eine nach der anderen im stets höher sich türmenden Schnee zu durchwandern. Es war der Gedanke an Haldin daheim in seinem verschlossenen Zimmer, es war der verzweifelte Wunsch, sich von der Gegenwart dieses Menschen zu befreien, der Rasumow vorwärtstrieb. Vernünftige Überlegung hatte an dieser Bemühung keinen Teil. Und daher vermochte er nur töricht zu glotzen, als er, in der Kneipe angekommen, vernahm, der Kutscher Sjemjanitsch sei nicht anwesend.

Der Kellner, ein ungekämmter Jüngling in Schmierstiefeln und rosafarbigem Hemd, entblößte blöde lächelnd seine blassen Gaumen und ließ verlauten, Sjemjanitsch habe sich bereits am frühen Nachmittag vollaufen lassen und sei mit zwei weiteren Flaschen unterm Arm verschwunden – vermutlich, um das Gelage im Stall fortzusetzen.

Der Eigentümer der wüsten Schenke, ein kleiner hagerer Mensch in schmutzigem Kaftan, der ihm bis auf die Stiefel reichte, stand dabei, die Hände im Gürtel, und nickte zustimmend.

Fuseldunst und Gestank von ranzigem Fett erstickten Rasumow förmlich. Er schlug mit der Faust auf einen Tisch und brüllte:

»Ihr lügt!«

Verschwiemelte, ungewaschene Gesichter drehten sich nach ihm um. Ein zerlumpter, sanftäugiger Landstreicher, der am Nebentisch Tee trank, rückte weiter weg. Ein Murmeln der Verwunderung und Beklommenheit erhob sich, aber man hörte auch Lachen und ein hämisch beschwichtigendes »Na, na!«

Der Kellner sah sich um und verkündete laut:

»Der Herr hier will nicht glauben, daß Sjemjanitsch betrunken ist.«

Aus der fernen Ecke grunzte die heisere Stimme eines schauerlichen, schwer zu beschreibenden zerlumpten Wesens, dessen Gesicht so schwarz war wie das eines Bären:

»Der verfluchte Diebeskutscher! Wir brauchen seine feinen Herrschaften nicht, wir sind hier lauter ehrliche Leute.«

Rasumow, der sich die Lippen blutig biß, um nicht in lästerliche Flüche auszubrechen, folgte dem Eigentümer der Spelunke, der ihm zuflüsterte: »Hier entlang, Väterchen«, und ihn in ein Kabuff hinter dem hölzernen Schanktisch führte, von wo Wasserplantschen zu hören war. Ein feuchtes, verschmiertes Wesen, eine Art geschlechtslose, bibbernde Vogelscheuche, spülte hier Gläser und beugte sich beim Schein einer Kerze über den Holzbottich.

»Ja, Väterchen«, sagte der Mann im langen Kaftan jammernd. Er hatte ein bräunliches, schlaues Gesicht und einen spärlichen grauen Bart. In dem Bemühen, eine blecherne Laterne anzuzünden, preßte er diese gegen die Brust und schwatzte unterdessen weiter.

Er wolle dem Herrn den Sjemjanitsch schon zeigen und beweisen, daß er nicht lüge. Er werde ihn auch betrunken vorführen. Es scheine, daß sein Weib ihm letzte Nacht durchgebrannt sei. »Und was war das für eine Hexe! Mager! Pfui!« Er spuckte aus. Immer liefen die Weiber diesem Teufelskutscher davon – und der sei doch nun schon sechzig! Er könne es einfach nicht lernen. Doch jedes Herz habe seinen eigenen Kummer, und Sjemjanitsch sei schon immer ein Narr gewesen. Dann suche er Zuflucht bei der Flasche. »›Wer könnte das Leben in unserem Land auch ohne Schnaps ertragen?‹ sagt er dann. Er ist ein richtiger Russe... das Schwein... geruhen Sie, mir zu folgen.«

Rasumow durchquerte ein tief verschneites, von hohen, mit unendlich vielen Fenstern versehenen Mauern umstandenes Rechteck. Hier und dort hing schwaches gelbes Licht in dem Block von Dunkelheit. Das Haus war ein riesiger, abbruchreifer Slum, in dem es vom Abschaum der Menschheit wimmelte, eine monumentale Wohnstätte des Elends, aufragend über einem Abgrund von Hunger und Verzweiflung.

In einer Ecke ging es steil bergab, und Rasumow folgte dem

Licht der Lampe durch eine enge Tür in einen langgestreckten höhlenartigen Raum, der wie ein nicht mehr benutzter Kuhstall aussah. Das trübe Licht der Laterne ließ weiter drinnen die Schatten dreier kleiner, struppiger Pferde erkennen, die unbeweglich mit gesenkten Köpfen dastanden. Das mußte die berühmte Haldinsche Fluchttroika sein. Rasumow blinzelte beklommen ins Dunkel. Sein Führer stocherte mit dem Fuß im Stroh.
»Hier ist er ja, unser Täubchen. Ein echter Russe. ›Ich mag keine schwermütigen Leute sehen‹, sagt er immer. ›Bring die Flasche und schaff mir deine häßliche Fratze aus den Augen!‹ Ha, ha! So ein Kerl ist das.«
Er hielt die Laterne über die lang hingestreckte Gestalt eines Mannes, der offenbar reisefertig angekleidet war. Sein Kopf wurde fast ganz von einer spitzen Kapuze verdeckt. Unten aus der Strohschütte ragten zwei Füße in unförmigen Stiefeln.
»Stets zur Abfahrt bereit«, erklärte der Kneipenwirt. »Ein echter russischer Kutscher. Heiliger oder Teufel, Tag oder Nacht, das ist Sjemjanitsch gleich, wenn er nur keinen Kummer hat. ›Ich frage die Leute nicht nach ihrem Namen, sondern nur nach ihrem Reiseziel‹, sagt er. Er würde den Teufel in die Hölle kutschieren und zurückkommen und seinen Pferdchen schnalzen. Er hat schon manchen gefahren, der heute in den Bergwerken von Nertschinsk mit den Ketten rasselt.«
Rasumow schauderte es.
»Rufen Sie ihn an, wecken Sie ihn«, stammelte er.
Der andere setzte die Laterne ab, trat zurück und holte zu einem Tritt gegen den reglosen Schläfer aus. Diesen ließ der Tritt erbeben, doch regte er sich nicht weiter. Nach dem dritten Tritt grunzte er, blieb aber liegen.
Der Wirt gab es auf und seufzte tief.
»Sie sehen selbst, wie es ist. Wir haben alles für Sie getan, was möglich ist.«

Er nahm die Laterne auf. Tiefe, schwarze Schattenspeichen drehten sich durch den Kreis von Licht. Gräßliche Wut – der rasende Trieb der Selbsterhaltung – packte Rasumow.
»Ah – das elende Vieh!« brüllte er mit unmenschlicher Stimme, vor der die Laterne angstvoll zitterte. »Ich will dich schon wecken! Ich brauche... brauche...«
Er blickte sich wild um, faßte den Stiel einer Mistgabel, stürzte sich auf den regungslos Daliegenden und begann unartikuliert brüllend auf ihn loszudreschen. Nach einem Weilchen verstummte er, und im düsteren, schattenhaften Schweigen des kellergleichen Stalles regnete es Prügel. Rasumow bearbeitete Sjemjanitsch mit unersättlicher Wut und hageldicht niedersausenden Schlägen. Abgesehen von Rasumows heftigen Bewegungen rührte sich nichts – weder der Geschlagene noch die speichenförmigen Schatten an der Wand. Es war ein unheimliches Bild.
Plötzlich gab es einen trockenen Knacks. Der Stiel war durchgebrochen, und ein Teil flog in weitem Bogen in die Dunkelheit außerhalb des Lichtkreises. Gleichzeitig richtete Sjemjanitsch sich auf. Rasumow stand ebenso unbeweglich wie der Mann mit der Laterne, nur arbeitete seine Brust zum Zerspringen.
Endlich mußte eine dumpfe Schmerzempfindung die tröstliche Nacht der Trunkenheit aufgerissen haben, welche die von Haldin so begeistert gepriesene ›prächtige russische Seele‹ umfaßt hielt. Doch nahm Sjemjanitsch offenbar gar nichts wahr. Seine Augäpfel leuchteten einmal, zweimal im Lampenlicht auf, dann erloschen sie. Einen Moment saß er mit geschlossenen Augen und einem befremdlichen Ausdruck tiefen Nachdenkens da, dann sank er geräuschlos nach der Seite um. Nur das Stroh raschelte ein wenig. Rasumow starrte ihn fassungslos an und rang nach Luft. Sekunden später vernahm er bereits ein leises Schnarchen. Er warf den in seiner Hand verbliebenen Teil des

Stieles fort und stapfte hastig von dannen, ohne sich umzusehen.
Nachdem er blindlings etwa fünfzig Schritt die Straße entlang gehastet war, geriet er in eine Schneewehe und stand bereits bis zu den Knien darin, ehe er anhielt.
Das brachte ihn wieder zu sich, und als er sich nun umsah, bemerkte er, daß er in die falsche Richtung gegangen war. Er ging den Weg zurück, den er gekommen, diesmal jedoch bedächtiger. Als er an dem Haus vorbeikam, das er gerade erst verlassen hatte, schüttelte er die Faust gegen diesen düsteren Zufluchtsort des Elends und des Verbrechens, der bedrohlich aus dem weißen Boden aufragte. Das Gebäude sah aus, als brüte es vor sich hin. Er ließ den Arm sinken – entmutigt.
Die Verbissenheit, mit der Sjemjanitsch sich seinem Kummer und seinem Trost hingab, hatte Rasumow aus der Fassung gebracht. So war das Volk. Ein echter Russe, diese ›prächtige russische Seele‹ des anderen. Da hatte man sie ja: das Volk und den Schwärmer.
Gegen diese beiden war er machtlos. Zwischen der Trunkenheit des zu jeder Tat unfähigen Bauern und den vergifteten Träumen des Idealisten, der weder die wahren Ursachen der Verhältnisse noch die Natur des Menschen begriff, war Rasumow verloren. Es handelte sich da um eine gräßliche, kindische Verbocktheit. Doch für Kinder gab es immerhin Zuchtmeister. »Ah, der Stock, der Stock und die harte Hand«, dachte Rasumow und sehnte sich nach der Macht, weh zu tun und zu vernichten.
Es freute ihn, daß er den Kerl geprügelt hatte. Von der Anstrengung war ein angenehmes Glühen in seinem Körper zurückgeblieben. Auch der Nebel in seinem Kopf hatte sich verzogen, ganz als habe er sich mit diesem Ausbruch von Gewalttätigkeit von seiner inneren Erregung befreit. Zugleich mit dem unablässigen Bewußtsein einer furchtbaren Gefährdung verspürte er jetzt einen brennenden, unauslöschlichen Haß. Er

ging immer langsamer. Und wahrlich, angesichts des Gastes in seiner Wohnung war es kein Wunder, daß er auf dem Heimweg zauderte. Es war ihm, als beherberge er eine pestähnliche Krankheit, die ihn nicht unbedingt das Leben kosten, die ihm aber alles nehmen würde, was das Leben lebenswert machte – eine schleichende Krankheit, die die Erde in eine Hölle verwandeln konnte.
Was er jetzt wohl tat? Lag er wie tot auf dem Bett, die Augen mit den Handrücken schirmend? Rasumow hatte plötzlich eine krankhaft eindringliche Vision von Haldin auf seinem, Rasumows, Bett, das weiße Kissen unter dem Kopf zusammengedrückt, die Beine in den hohen Stiefeln, die aufgerichteten Füße. Und von Abscheu getrieben, beschloß er: »Wenn ich nach Hause komme, werde ich ihn umbringen.« Doch wußte er sehr wohl, daß es so nicht ging. Der Tote würde ihm fast ebenso gefährlich sein wie der Lebende. Da nützte nur ein komplettes Verschwindenlassen, und das war ausgeschlossen. Aber was dann? Mußte man etwa Selbstmord verüben, um dieser Heimsuchung zu entgehen?
Rasumows Verzweiflung war schon so tief von Haß gefärbt, daß er diesen Ausweg nicht mehr wählen konnte.
Der Gedanke, ungezählte Tage mit Haldin zubringen, furchtsam auf jedes Geräusch achten zu müssen, erfüllte ihn mit Grauen. Immerhin – wenn er erfuhr, daß die ›prächtige Seele‹ Sjemjanitsch sich bis zur Bewußtlosigkeit betrunken hatte, würde der Bursche sich samt seiner höllischen Gelassenheit vielleicht woandershin bemühen. Allerdings sah es nicht sehr danach aus.
Rasumow dachte: »Ich werde zermalmt und kann nicht mal weglaufen!« Andere besaßen irgendwo einen Winkel auf dieser Erde, ein Häuschen in der fernen Provinz, wohin sie sich von Rechts wegen mit ihrem Kummer zurückziehen durften. Einen wirklichen Zufluchtsort. Er besaß nichts. Nicht einmal eine

moralische Zuflucht – die des Selbstvertrauens. An wen in diesem großen, großen Lande konnte er sich mit seiner Geschichte wenden?

Rasumow stampfte mit dem Fuß auf – und unter dem weichen Schneeteppich fühlte er die harte Erde Rußlands, unbeseelt, kalt, reglos wie eine vergrämte, trauernde Mutter, die ihr Gesicht unter einem Leichentuch verbirgt – seine Heimaterde! Seine eigene Erde – doch ohne einen Herd, ohne ein Herz.

Er blickte auf und blieb verblüfft stehen. Es hatte aufgehört zu schneien, und wie durch ein Wunder sah er über sich den klaren schwarzen Himmel des nördlichen Winters, verziert mit dem prunkvollen Feuer der Sterne. Ein Baldachin, würdig der blendenden Reinheit des Schnees.

Rasumow spürte fast körperlich unendlichen Raum und ungezählte Millionen.

Er reagierte darauf mit der Bereitwilligkeit des Russen, dessen Erbteil der Raum und die Masse ist. Unter der köstlichen Unendlichkeit des Himmels deckte der Schnee die endlosen Wälder, die vereisten Flüsse und die Ebenen eines grenzenlosen Landes, er verwischte die Wegzeichen und die Unebenheiten des Geländes, er glättete alles mit seiner einförmigen Weiße, die einer ungeheuerlichen, leeren Seite glich, auf der die Ereignisse einer unvorstellbaren Geschichte aufgezeichnet werden sollten. Der Schnee deckte das duldende Land mit seinen zahllosen Menschen wie Sjemjanitsch und der Handvoll Agitatoren wie Haldin, die sinnlos mordeten.

Es lag etwas Heiliges in dieser trägen Duldsamkeit. Rasumow empfand Achtung vor ihr. Ihm war, als rufe es in ihm: »Rühr nicht daran.« Sie bürgte für diese Duldsamkeit, für Dauer und Beständigkeit, während das Schicksal heranreifte – eine Reifung, die nicht von der Revolution befördert werden konnte mit ihrer leichtfertigen Aktivität und den stets sich verändernden Antrieben, sondern nur durch den Frieden. Nicht die einander

widersprechenden Bestrebungen eines Volkes vermochten förderlich zu wirken, sondern ein einziger starker Wille; nicht das Geplapper vieler Stimmen, sondern die starke Stimme eines einzigen wurde gebraucht!
Rasumow stand im Begriff, bekehrt zu werden. Verzaubert fühlte er diese Gedanken auf sich eindringen, deren Folgerichtigkeit ihn überwältigte. Denn ein Gedankengang ist niemals falsch. Die Falschheit liegt tief in der Dürftigkeit unserer Existenz, in den geheimen Ängsten und im ungewissen Ehrgeiz, sie liegt darin, daß wir uns insgeheim vertrauen und gleichzeitig mißtrauen, in der Liebe zur Hoffnung und der Angst vor ungewissen Tagen.
In Rußland, diesem Land geisterhafter Ideen und gestaltloser Sehnsüchte, haben sich viele mutige Geister endlich von dem unaufhörlichen, vergeblichen Streit abgekehrt und der einen großen historischen Wirklichkeit zugewandt – dem Land. Sie bekehrten sich zur Selbstherrschaft, um ihr patriotisches Gewissen zu besänftigen, ganz wie ein von der Gnade angerührter Ungläubiger sich dem Glauben seiner Väter zuwendet, um die Wohltat seelischen Friedens zu finden. Wie andere Russen vor ihm, fühlte der mit sich im Widerstreit liegende Rasumow die Berührung der Gnade auf seiner Stirn.
»Haldins Weg führt zum Umsturz«, dachte er und setzte seinen Weg fort. »Was soll all seine Entrüstung, sein Gerede von Knechtschaft, von göttlicher Gerechtigkeit? Das alles bedeutet Auflösung. Doch lieber sollen Tausende leiden, als daß ein ganzes Volk sich auflöst und hilflos wird wie Spreu vor dem Winde. Obskurantismus ist besser als der Schein von Brandfackeln. Der Same keimt im Dunkel. Aus der dunklen Erde sprießt die fertige Pflanze. Ein vulkanischer Ausbruch jedoch ist unfruchtbar, er macht den fruchtbaren Boden steril. Und soll ich, der ich mein Land liebe – der ich nichts anderes besitze, was ich lieben und dem ich vertrauen kann –, soll ich mir von

diesem mörderischen Fanatiker meine Zukunft zerstören lassen, unbrauchbar werden, nicht mehr imstande, meinem Land zu nützen?«

Die Gnade zog in Rasumow ein. Er glaubte nun an den Mann, der zur vorbestimmten Zeit erscheinen würde.

Was ist ein Thron? Einige Bretter, mit Samt gepolstert. Doch ist ein Thron auch der Sitz der Macht. Die Regierung gleicht einem Werkzeug – einem Instrument. Zwanzigtausend Windbeutel hingegen, die sich, aufgeblasen von den edelsten Gefühlen, in der Luft aneinander reiben, sind nur eine jämmerliche Raumverschwendung, denn sie haben keine Macht, besitzen keinen Willen und vermögen nichts zu bieten.

So ging Rasumow, ohne des Weges zu achten, weiter und hielt dabei ein Selbstgespräch, in dem die Einfälle sich mit ungewöhnlicher Leichtigkeit und Fülle einstellten. Während ihm für gewöhnlich die Sätze nur langsam und nach gewissenhaftem, unverdrossenem Nachdenken kamen, hatte eine höhere Macht ihn jetzt mit einer Flut überzeugender Argumente ausgestattet, so daß er einem jener unwiderstehlich beredten bekehrten Sünder glich.

Er empfand herbe Freude.

»Was sind die finsteren Nachtmahre dieses Burschen, verglichen mit meinem hellen, zupackenden Verstand?« überlegte er. »Ist dies nicht meine Heimat? Habe ich nicht vierzig Millionen Brüder?« fragte er und fand in sich keinen Widerspruch. Und die fürchterlichen Prügel, die er dem reglosen Sjemjanitsch verabreicht hatte, schienen ihm nun ein Zeichen engen Verbundenseins, eine schwere, aber unvermeidliche Tat brüderlicher Liebe.

»Nein! Wenn ich denn leiden soll, so will ich für meine Überzeugungen leiden, nicht aber für ein Verbrechen, das mein Verstand – mein kühler, überlegener Verstand – von sich weist.«

Für ein Weilchen hörte er auf zu denken. Die Stille in seinem Inneren war vollständig. Doch empfand er eine verdächtige

Beklommenheit, wie man sie beim Betreten eines dunklen, unbekannten Ortes spürt – die von der Vernunft unabhängige Angst, es werde sich etwas aus der Dunkelheit auf uns stürzen – die unsinnige Furcht vor dem Unsichtbaren.

Selbstverständlich ähnelte er nicht im geringsten einem eingefleischten Reaktionär. Nicht alles schien ihm richtig. Eine herrschsüchtige Bürokratie... Mißbräuche... Korruption... und so weiter. Fähige Männer wurden gebraucht. Erleuchtete Geister. Hingebungsvolle Herzen. Doch mußte die Selbstherrschaft erhalten bleiben – mußte das Werkzeug für den Mann bereit sein – den großen Selbstherrscher der Zukunft. Rasumow glaubte an ihn. Die Logik der Geschichte verlangte ihn. Der Zustand, in dem sich das Volk befand, forderte ihn. »Was«, so fragte er sich begeistert, »was sonst könnte diese Masse in eine bestimmte Richtung bewegen? Nichts. Nichts anderes als der Wille eines Einzelnen.«

Er redete sich ein, daß er seinen persönlichen Wunsch nach liberaleren Verhältnissen opfere, daß er einer reizvollen Verirrung abschwöre, zugunsten der strengen russischen Wahrheit. »Das nennt man Patriotismus«, stellte er bei sich fest und fügte in Gedanken hinzu: »Da kann man nicht auf halbem Wege umkehren.« Und dann sagte er sich: »Ich bin kein Feigling.«

Und wieder herrschte tiefes Schweigen in Rasumows Brust. Er ging gesenkten Kopfes, ohne jemandem auszuweichen. Er schritt gemessen dahin, und die zurückkehrenden Gedanken sprachen gemessen und feierlich zu ihm.

»Was ist dieser Haldin? Und was bin ich? Nur zwei Sandkörner. Und doch besteht ein mächtiger Berg aus gerade solchen unbeachtlichen Sandkörnern. Und der Tod eines Menschen, oder vieler Menschen, ist eine unbedeutende Angelegenheit. Doch wir bekämpfen eine ansteckende Seuche. Will ich seinen Tod? Nein! Ich würde ihn retten, wenn ich könnte – doch niemand kann das. Er ist das kranke Glied, das abgehauen werden muß. Wenn ich durch ihn verderben soll, so will ich wenigstens nicht mit ihm verderben, gegen meinen Willen mit seiner dumpfen Torheit identifiziert werden, die sich weder auf die Menschen noch auf die Dinge versteht. Warum sollte ich ein verfälschtes Andenken hinterlassen?«

Es fiel ihm ein, daß es niemanden auf der Welt kümmern würde, welche Art Andenken er hinterließe. Sogleich rief er sich zu: »Vergeblich für eine Lüge sterben!... was für ein jammervolles Geschick!«

Er war nun in einen belebteren Stadtteil gelangt. Er merkte nichts davon, daß zwei Schlitten nahe beim Bürgersteig krachend zusammenstießen. Der eine Kutscher brüllte den anderen weinerlich an:

»Oh, du verfluchter Spitzbube!«

Dieses heisere Gebrüll, das fast neben seinem Ohr erscholl, verstörte Rasumow. Unwillig schüttelte er den Kopf und setzte starr geradeaus blickend seinen Weg fort. Plötzlich sah er vor sich im Schnee, quer über den Weg und auf dem Rücken liegend, Haldin, sah ihn ganz deutlich, lebend, wirklich, die Handrücken über die Augen gelegt, in einem braunen, engen Rock und hohen Stiefeln. Er lag etwas abseits, ganz als habe er sich diesen Ort mit Vorbedacht ausgewählt. Der Schnee um ihn her wies keine Fußspuren auf.

Dieses Trugbild wirkte so echt, daß Rasumow zunächst einmal mit der Hand in die Tasche fuhr, sich davon zu überzeugen, daß der Wohnungsschlüssel noch da sei. Doch unterdrückte er diese Bewegung mit einem verächtlichen Lächeln. Er begriff sehr gut. Seine Gedanken, die intensiv auf die Gestalt gerichtet waren, die er auf seinem Bett liegend verlassen hatte, bereiteten ihm diese außerordentliche Sinnestäuschung. Rasumow befaßte sich gelassen mit dem Phänomen. Strengen Gesichtes, ohne stehenzubleiben, und über die Erscheinung hinwegtretend, ging er weiter und verspürte einzig eine leise Be-

klemmung in der Brust. Dann blickte er sich um und gewahrte nichts außer der Kette seiner Fußabdrücke, die sich dort abzeichneten, wo die Brust des Phantoms gewesen war.
Rasumow ging weiter und gab nach einer Weile flüsternd seinem Staunen Ausdruck.
»Geradezu lebendig hat er ausgeschaut! Er schien zu atmen! Und ausgerechnet mitten auf meinem Weg! Das war ein ungewöhnliches Erlebnis.«
Nach einigen Schritten murmelte er zwischen den Zähnen hindurch:
›Ich will ihn ausliefern.‹
Für die nächsten zwanzig Schritte dachte er gar nichts. Er wikkelte sich fester in seinen Umhang. Er zog die Mütze tief in die Stirn.
»Verraten. Ein großes Wort. Was ist Verrat? Man sagt, ein Mann verrät sein Vaterland, seine Freunde, seine Liebste. Es muß also zunächst einmal eine moralische Bindung vorhanden sein. Ein Mensch kann nichts anderes verraten als sein Gewissen. Und inwiefern ist mein Gewissen hier betroffen? Bin ich durch gemeinsamen Glauben, durch geteilte Überzeugungen dazu verpflichtet, mich von diesem idiotischen Fanatiker mit ins Unglück reißen zu lassen? Ganz im Gegenteil – der wahre Mut zeigt mir meine Pflicht in der entgegengesetzten Richtung.«
Rasumow spähte unter dem Schirm seiner Mütze hervor.
»Was könnte die voreingenommene Welt mir vorwerfen? Habe ich seine vertraulichen Eröffnungen herausgefordert? Nein. Habe ich ihm auch nur durch einen einzigen Blick, ein Wort oder eine Geste Anlaß zu der Vermutung gegeben, ich werde mich seines Vertrauens würdig erweisen? Nein! Wohl habe ich eingewilligt, seinen Sjemjanitsch für ihn aufzusuchen. Nun, das habe ich auch getan, und ich habe sogar einen Prügel auf seinem Rücken zerdroschen – Vieh das.«

Ein Rad schien sich in seinem Kopf zu drehen und brachte nun eine einzelne, ungewöhnlich harte, glitzernde Facette seines Hirns nach oben.

»Allerdings wäre es wohl besser«, überlegte er, und zwar mit einem sehr veränderten geistigen Akzent, »diesen Umstand ganz und gar für mich zu behalten.«

Er war nicht in die Gasse eingebogen, in der sich seine Wohnung befand und hatte bereits eine breite, prächtige Straße erreicht. Einige Läden und alle Restaurants waren noch geöffnet. Die Straße, auf der Männer in kostbaren Pelzen und gelegentlich auch elegante Damen müßig dahinschlenderten, war in Licht getaucht. Rasumow betrachtete die Passanten mit der Verachtung, die der Strenggläubige für die leichtfertige Menge empfindet. Das war die Welt – jene Offiziere, Würdenträger, Gecken, Beamte, Mitglieder des Jachtklubs. Das blutige Ereignis vom Vormittag ging sie alle an. Was würden sie wohl sagen, wenn sie wüßten, was dieser Student im Umhang zu tun im Begriff stand?

»Nicht einer von ihnen wäre imstande, so tief zu empfinden und so scharf zu denken wie ich. Wie viele von ihnen könnten wohl eine Gewissenstat vollbringen?«

Rasumow verhielt auf der gutbeleuchteten Straße. Er war fest entschlossen. Ja, man konnte hier eigentlich kaum von einem Entschluß sprechen. Er hatte ganz einfach entdeckt, was er von Anfang an zu tun beabsichtigt hatte. Und doch verlangte es ihn nach der Zustimmung eines anderen Menschen.

Mit einem Gefühl, das der Angst ähnelte, sagte er zu sich: »Ich will, daß man mich versteht.« Diese tiefe, schwermütige Sehnsucht, die er mit der gesamten Menschheit teilte, machte Rasumow zu schaffen, der unter seinen achtzig Millionen Anverwandten keine Seele wußte, der er sich hätte eröffnen können.

Der Advokat schied aus. Rasumow verachtete diesen kleinen

Rechtsverdreher zu sehr. Man konnte sein Gewissen auch nicht beim nächsten Polizisten an der Ecke erleichtern. Rasumow hatte auch keine Lust, zum Vorsteher des Polizeireviers zu gehen, einem ordinär aussehenden Menschen, dem er gelegentlich auf der Straße begegnete, in schäbiger Uniform, die qualmende Zigarette an der Unterlippe. »Der würde mich zuerst mal einsperren. Auf alle Fälle aber würde er sich furchtbar aufregen und ein tolles Durcheinander entfesseln«, überlegte Rasumow sachlich.

Eine Gewissenstat mußte in würdiger Weise vollbracht werden.

Rasumow sehnte sich verzweifelt nach einem Rat, nach moralischer Unterstützung. Wer begreift schon, was wirkliche Einsamkeit ist – kennt nicht nur die gern gebrauchte Phrase, sondern ihr nacktes Grauen? Vor dem Einsamen trägt sie eine Maske. Auch der Verworfenste klammert sich an eine Erinnerung, an ein Wunschbild. Gelegentlich mag es geschehen, daß ein unglückliches Zusammentreffen von Umständen den Schleier für einen Augenblick hebt. Nur für einen Moment. Kein menschliches Wesen könnte den Anblick fortdauernder geistiger Einsamkeit ertragen, ohne wahnsinnig zu werden.

Rasumow war bis zu diesem Anblick vorgedrungen. Um ihm zu entgehen, befaßte er sich eine ganze Minute lang mit dem wahnsinnigen Plan, nach Hause zu eilen, sich vor dem Bett mit der dunklen, darauf ausgestreckten Gestalt auf die Knie zu werfen und rückhaltlos zu bekennen, in bewegenden Worten, die jenen Mann bis ins Innerste ergreifen sollten, eine Beichte abzulegen, die in Tränen und Umarmungen, in einer unfaßbar schönen Seelenfreundschaft enden würde, wie die Welt sie noch nie gesehen hatte. Erhaben!

Innerlich schluchzte und bebte er bereits. Doch wußte er, daß die Augen des gleichgültigen Betrachters nichts anderes in ihm sahen, als einen Studenten im Umhang, der seinen Spaziergang macht. Er bemerkte auch, daß eine hübsche Frau mit zartem Profil, die wie eine zerbrechliche, wunderschöne Wilde von Kopf bis Fuß in die Felle von Raubtieren gekleidet war, ihm aus dem Augenwinkel einen strahlenden Blick zuwarf, den sie einen Atemzug lang mit spöttischer Zärtlichkeit auf dem nachdenklichen Gesicht des gutaussehenden jungen Menschen ruhen ließ. Plötzlich blieb Rasumow stehen. Das Auftauchen eines grauen Backenbartes, der gleich darauf wieder verschwunden war, hatte das Bild des Fürsten K. vor ihn gezaubert, des Mannes, der ihm einst die Hand gedrückt wie nie jemand zuvor – mit einem sanften, doch nachhaltigen Druck, der einem geheimen Zeichen, einer fast widerwilligen Liebkosung geglichen hatte.

»Ein Senator, ein Würdenträger, eine bedeutende Persönlichkeit – Er, genau der richtige Mann!«

Eine merkwürdig besänftigende Gefühlsaufwallung überkam Rasumow und ließ seine Knie erbeben. Mit frisch erwachter Strenge unterdrückte er sie. Jegliche Gefühlsduselei war gefährlicher Unfug. Eile war geboten, und als er endlich im Schlitten saß, rief er dem Kutscher zu:

»Zum Palast des Fürsten K.! Los! Rasch! Rasch!«

Der überraschte Muschik, dem das Bartgestrüpp bis zu den Augen wucherte, erwiderte unterwürfig:

»Ich höre, Euer Hochwohlgeboren.«

Es war ein Glück für Rasumow, daß Fürst K. kein ängstlicher Mensch war. Am Tage der Ermordung des Herrn de P. herrschte in den höchsten Kreisen Angst und Bestürzung.

Dem Fürsten K., der traurig und allein in seinem Arbeitszimmer saß, wurde von seinen besorgten Dienern gemeldet, daß ein geheimnisvoller junger Mann ins Haus eingedrungen sei, sich geweigert habe, Namen und Grund seines Besuches anzugeben, und nicht eher das Haus verlassen wollte, bis er seine Exzellenz unter vier Augen gesprochen habe. Statt nun sich

einzuschließen und nach der Polizei zu telefonieren, wie es neun von zehn Persönlichkeiten an jenem Abend getan hätten, gab der Fürst seiner Neugier nach und trat zur Tür seines Kabinetts.
Er erkannte sogleich Rasumow, der bei weitgeöffneten Türen in der Halle stand, bleich wie der Tod, mit blitzenden Augen, von ratlosen Lakaien umringt.
Der Fürst war außerordentlich verärgert, ja entrüstet, doch seine Menschlichkeit und seine Selbstachtung erlaubten es ihm nicht, diesen jungen Menschen durch die Hände niedriger Bediensteter auf die Straße werfen zu lassen. Er zog sich ungesehen in sein Zimmer zurück und klingelte nach einer Weile. Rasumow hörte in der Halle, wie eine ziemlich weit entfernte, bedrohlich laute, scharfe Stimme sagte:
»Führe den Herrn hier herein.«
Rasumow trat ohne Herzklopfen ein. Er fühlte sich unverletzlich – hoch erhaben über jedes vorschnelle Urteil. Obwohl er bemerkte, daß der Fürst ihn mit finsterem Unmut betrachtete, verlieh ihm seine Geistesklarheit, der er sich sehr bewußt war, ungewöhnliche Selbstsicherheit. Er wurde nicht aufgefordert, Platz zu nehmen.
Eine halbe Stunde darauf sah man beide in der Halle. Die Lakaien standen auf und halfen dem Fürsten, der sich nur mühsam auf seinen gichtigen Beinen bewegte, in den Mantel. Der Schlitten war bereits vorgefahren. Als die große Flügeltür krachend aufgerissen wurde, hörte Rasumow, der mit abwesendem Blick, aber aufs höchste gespannt wachsam beiseite gestanden hatte, den Fürsten sagen:
»Ihren Arm, junger Mann.«
Der bewegliche, oberflächliche Geist des ehemaligen Gardeoffiziers, dieses Mannes prunkvoller Missionen, erfahren einzig in Liebeshändeln und weltmännischem Benehmen, war gleichermaßen von den ins Auge fallenden Schwierigkeiten der

Lage beeindruckt, wie von der gefaßten Würde, mit der Rasumow sie dargelegt hatte. Er hatte gesagt: »Nein. Alles in allem kann ich Sie nicht dafür tadeln, daß Sie es unternommen haben, mit Ihrer Geschichte zu mir zu kommen. Das ist keine Sache für untergeordnete Polizeiorgane. Man legt größten Wert auf ... sorgen Sie sich nicht mehr. Ich werde Ihnen in dieser höchst ausgefallenen und schwierigen Lage beistehen.«
Darauf hatte sich der Fürst erhoben, um zu klingeln, und Rasumow hatte mit einer leichten Verbeugung ehrerbietig bemerkt:
»Ich habe mich auf meinen Instinkt verlassen. Ein junger Mann ohne jeglichen Anhang hat sich in einer Stunde der Bedrängnis, in der es um seine tiefsten politischen Überzeugungen geht, an einen hervorragenden Russen gewandt, nichts weiter.«
Der Fürst hatte hastig ausgerufen:
»Daran haben Sie recht getan.«
Im Schlitten – es war ein kleines Coupé auf Kufen – brach Rasumow mit leicht bebender Stimme das Schweigen.
»Meine Dankbarkeit übersteigt noch das Ausmaß meiner Kühnheit.«
Er schnappte nach Luft, denn er fühlte, wie im Dunkeln sein Arm gedrückt wurde.
»Sie haben recht gehandelt«, wiederholte der Fürst.
Als das Gefährt hielt, murmelte der Fürst zu Rasumow, der keine einzige Frage gestellt hatte:
»Hier wohnt General T.«
Mitten auf der schneebedeckten Auffahrt loderte ein mächtiges Feuer, an dem sich Kosaken wärmten, die Zügel ihrer Pferde über dem Arm. Zwei Schildwachen standen am Portal, Gendarmen drückten sich in der Einfahrt umher, und im Hausflur erhoben sich zwei Ordonnanzen und standen stramm. Rasumow ging neben dem Fürsten her.

Eingetopfte Treibhauspflanzen machten sich in überraschender Anzahl auf dem Fußboden des Vorzimmers breit. Ein junger Mann in Zivilkleidung trat eilig herein, erhielt geflüsterte Weisungen, verneigte sich tief und sagte eifrig: »Gewiß – auf der Stelle.« Damit verschwand er in die inneren Gemächer. Der Fürst machte Rasumow ein Zeichen.
Sie durchschritten eine Anzahl von schwach erleuchteten Empfangsräumen, deren einer für den Tanz hergerichtet war. Die Gemahlin des Generals hatte ihren Ball abgesagt. Im ganzen Hause spürte man Bestürzung. Im Zimmer des Generals mit den schweren dunklen Vorhängen, den beiden massiven Schreibtischen und den tiefen Sesseln brannten jedoch alle Lichter. Der Diener schloß hinter ihnen die Tür, und sie warteten.
Im englischen Kamin brannte ein Kohlenfeuer; Rasumow hatte solch ein Feuer nie zuvor gesehen; die Stille im Raum war wie die Stille in einem Grab, vollständig, ungemessen, denn selbst die Uhr auf dem Kaminsims machte kein Geräusch. Eine Ecke des Raumes wurde von der viertellebensgroßen Bronze eines schlankgliedrigen, laufenden Jünglings eingenommen, die auf einem schwarzen Podest stand. Der Fürst erläuterte leise:
»Von Spontini. ›Fliehender Jüngling‹. Exquisit.«
»Bewundernswert«, stimmte Rasumow fast unhörbar bei.
Danach sagten sie nichts mehr, der Fürst versank in vornehmes Schweigen, Rasumow vertiefte sich in die Betrachtung der Statue. Er war verstört von einer Empfindung, die nagendem Hunger glich.
Er wandte sich nicht um, als er hörte, wie eine Tür sich öffnete und Schritte, die der Teppich dämpfte, näherkamen.
Sogleich ließ sich die vor Erregung heisere Stimme des Fürsten vernehmen:
»Wir haben ihn – *ce misérable.* Ein trefflicher junger Mensch hat mich aufgesucht... Nein! Es ist unglaublich...!«
Rasumow, der immer noch der Plastik zugekehrt stand, hielt

den Atem an, als erwarte er, das Standbild krachend zerschellen zu sehen. Hinter ihm sagte eine Stimme, die er noch nie vernommen hatte, höflich und nachdrücklich:
»*Asseyez-vous donc!*«
Der Fürst kreischte beinahe: »*Mais comprenez-vous, mon cher. L'assassin!* Der Mörder! Wir haben ihn ...«
Rasumow wirbelte herum. Die glatten, feisten Wangen des Generals ruhten auf dem steifen Kragen seiner Uniform. Er mußte Rasumow bereits angeblickt haben, denn dieser sah die blaßblauen Augen kalt auf sich gerichtet.
Der Fürst machte vom Stuhl her eine ausdrucksvolle Handbewegung.
»Das ist ein höchst ehrenwerter junger Mann, den die Vorsehung selber ... Herr Rasumow.«
Der General quittierte die Vorstellung, indem er Rasumow stirnrunzelnd betrachtete, der seinerseits nicht die geringste Bewegung machte.
Der General setzte sich an seinen Schreibtisch und lauschte mit verkniffenem Mund. Es war unmöglich, auf seinem Gesicht ein Zeichen seiner Gefühle zu sehen.
Rasumow beobachtete dieses unbewegliche, fleischige Profil. Doch dauerte das nur kurz, nur bis der Fürst zu Ende war; und als der General sich dem von der Vorsehung gesandten jungen Mann zuwandte, da wirkten seine blühende Hautfarbe, die blauen, ungläubigen Augen und das strahlende, nichtssagende Lächeln herablassend und unbekümmert grausam. Er äußerte weder Verwunderung über diesen ungewöhnlichen Bericht noch Freude, Erregung oder Mißtrauen. Er ließ überhaupt keine Empfindung merken. Er gab nur mit einer fast unterwürfigen Höflichkeit zu verstehen, daß »der Vogel vielleicht ausgeflogen sein könnte, während Herr ... Herr Rasumow auf der Straße umherlief.«
Rasumow trat bis in die Mitte des Zimmers vor und sagte:

»Die Tür ist verschlossen, und ich habe den Schlüssel bei mir.«
Sein Abscheu vor diesem Menschen war außerordentlich. Er war davon so unvermutet befallen worden, daß er fürchtete, etwas davon sei seiner Stimme anzumerken gewesen. Der General sah nachdenklich zu ihm auf, und Rasumow grinste.
Fürst K., der sehr müde und höchst ungeduldig in einem tiefen Sessel saß, nahm nichts von alledem wahr.
»Ein Student namens Haldin«, sagte der General nachdenklich.
Rasumow hörte auf zu grinsen.
»So heißt er«, versetzte er unnötig laut. »Victor Victorowitsch Haldin, Student.«
Der General änderte ein wenig seine Haltung.
»Würden Sie die Güte haben, mir zu beschreiben, wie er gekleidet ist?«
Rasumow beschrieb knapp und ärgerlich Haldins Kleidung. Der General sah derweil starr vor sich hin und wandte sich dann an den Fürsten.
»Wir haben gewisse Anhaltspunkte«, sagte er auf französisch. »Eine einfache Frau, die auf der Straße war, hat die Kleidung des zweiten Bombenwerfers etwa so beschrieben. Wir haben sie zurückgehalten und ihr alle Leute in Tscherkessenröcken vorgeführt, deren wir habhaft werden konnten. Sie hat sich aber immer nur bekreuzigt und den Kopf geschüttelt. Es war zum Verzweifeln...«
Er wandte sich wieder an Rasumow und sagte mit liebenswürdigem Vorwurf:
»Nehmen Sie doch Platz, Herr Rasumow. Warum stehen Sie denn noch?«
Rasumow nahm lässig Platz und sah den General an.
»Dieser glotzäugige Idiot begreift gar nichts«, dachte er dabei.
Nun sagte der Fürst etwas von oben herab:
»Herr Rasumow ist ein Mann von hervorragenden Fähigkeiten. Mir liegt sehr daran, daß seine Karriere nicht...«

»Gewiß«, unterbrach der General mit einer Handbewegung. »Glauben Sie, daß er Waffen bei sich führt, Herr Rasumow?« Der General bediente sich eines sanften, melodischen Tonfalles. Rasumow antwortete mit unterdrückter Gereiztheit:
»Nein. Doch liegen meine Rasiermesser umher ... Sie verstehen wohl.«
Der General senkte anerkennend den Kopf.
»Ganz recht.«
Dann erläuterte er höflich zum Fürsten gewandt:
»Wir möchten den Vogel lebend fangen. Es müßte mit dem Teufel zugehen, wenn er nicht ein wenig singen würde, ehe wir mit ihm fertig sind.«
Die im Raum mit der stummen Uhr herrschende Grabesstille schloß sich über dem höflichen Wohlklang dieses gräßlichen Satzes. Der im Sessel versunkene Fürst gab keinen Laut von sich.
Der General entwickelte unvermutet einen Gedanken.
»Bedrohten Einrichtungen die Treue halten, von denen die Sicherheit eines Thrones und das Wohl eines Volkes abhängen, ist kein Kinderspiel. Wir wissen das, *mon Prince*, und *tenez* –«, fuhr er mit einer Art schmeichelhafter Grobheit fort, »unser Herr Rasumow fängt ebenfalls an, das zu begreifen.«
Die Augen, die er jetzt Rasumow zuwandte, schienen ihm beinahe aus dem Kopf zu quellen. Dieser groteske Anblick mißfiel Rasumow jedoch nicht mehr. Er sagte düster und überzeugt:
»Haldin wird niemals reden.«
»Das bleibt abzuwarten«, murmelte der General.
»Ich bin dessen gewiß«, beharrte Rasumow. »Ein Mann wie er wird niemals reden... glauben Sie etwa, daß mich die Angst hergetrieben hat?« fügte er wild hinzu. Er war bereit, an seiner Meinung über Haldin, komme was da wolle, festzuhalten.

»Gewiß nicht«, widersprach der General sehr schlicht. »Und ich will Ihnen auch eines nicht verhehlen, Herr Rasumow: wäre er mit seiner Geschichte an einen weniger aufrechten und treuen Russen gekommen als Sie, so wäre er wie ein Stein im Wasser verschwunden ... das hätte einen abscheulich schlechten Eindruck gemacht«, fügte er hinzu, und unter den steinern blickenden Augen entstand ein strahlendes, grausames Lächeln. »Sie sehen also, daß man Ihnen keinesfalls Angst vorwirft.«
Hier griff der Fürst ein, der Rasumow um die Lehne seines Sessels herum anblickte.
»Niemand zweifelt daran, daß Sie höchst moralisch gehandelt haben. Beruhigen Sie sich darüber.«
Er wandte sich etwas verlegen an den General.
»Darum bin ich nämlich mitgekommen. Sie wundern sich vielleicht ...«
Der General beeilte sich zu unterbrechen:
»Ganz und gar nicht. Durchaus verständlich. Sie erkannten die Bedeutung ...«
»Ganz recht«, fiel der Fürst ein. »Und ich erlaube mir noch einmal ausdrücklich darum zu ersuchen, daß die Öffentlichkeit von meinem und Herrn Rasumows Eingreifen nichts erfährt. Er ist ein vielversprechender – ein erstaunlich begabter junger Mann.«
»Daran zweifle ich nicht«, murmelte der General. »Er erweckt Vertrauen.«
»Heutzutage werden nachteilige Äußerungen weit herumgetragen – sie werden in Kreisen zur Kenntnis genommen, von denen man das am wenigsten vermuten sollte ... und so ungeheuerlich das klingt, er könnte Schaden nehmen ... seine Studien ... sein ...«
Der General stützte seine Ellenbogen auf und umfaßte seinen Kopf.
»Ganz recht. Ich überdenke es eben ... wie lange ist es her,

seit Sie ihn in Ihrem Zimmer allein gelassen haben, Herr Rasumow?«

Rasumow nannte eine Zeit, die etwa mit der übereinstimmte, als er die Flucht aus der riesigen Wohnhöhle angetreten hatte. Er hatte sich dazu entschlossen, Sjemjanitsch ganz aus dem Spiel zu lassen. Die bloße Erwähnung seines Namens mußte der ›prächtigen Seele‹ Gefängnishaft, vielleicht grausame Schläge und am Ende eine Reise in Ketten nach Sibirien eintragen. Rasumow, der Sjemjanitsch geprügelt hatte, empfand für diesen jetzt eine vage, reuevolle Zärtlichkeit.

Der General machte zum erstenmal seinen geheimen Regungen Luft und rief verächtlich:

»Und Sie behaupten also, daß er einfach so hereinkam, um Ihnen dieses Geständnis zu machen – einfach so –, *à propos des bottes.*«

Rasumow fühlte, daß es gefährlich wurde. Das gnadenlose Mißtrauen des Despotismus hatte sich endlich unverhüllt gezeigt. Ein Anfall von Furcht verschloß Rasumow die Lippen. Die Stille im Raum glich jetzt der Stille in einem Verlies, wo die Zeit nicht zählt und ein Verdächtiger gelegentlich ganz und gar vergessen wird. Doch kam der Fürst ihm zu Hilfe.

»Die Vorsehung selber hat den Schuft in einem Augenblick geistiger Verwirrung dazu verleitet, sich an Herrn Rasumow zu wenden, und zwar wegen eines vor langer Zeit stattgehabten, gänzlich falsch ausgelegten Gedankenaustausches – auf Grund einer müßigen, rein spekulativen Unterhaltung, die Monate zurückliegt, wie ich höre, und an die Herr Rasumow sich erst heute wieder erinnert hat.«

»Herr Rasumow«, fragte nach kurzem Schweigen der General nachdenklich, »gefallen Sie sich oft in rein spekulativen Gesprächen?«

»Nein, Exzellenz«, versetzte Rasumow kühl und plötzlich wieder voller Selbstvertrauen. »Ich bin ein Mensch von festen

Überzeugungen. Es schwirrt geradezu von undurchdachten Meinungen. Sie sind es nicht immer wert, bekämpft zu werden, und die schweigende Verachtung eines ernsten Menschen kann von verbohrten Utopisten falsch ausgelegt werden.«
Der General starrte ihn zwischen den Fingern hindurch an, und Fürst K. murmelte:
»Ein gefestigter junger Mann. *Un esprit supérieur.*«
»Ich sehe das, *mon cher Prince*«, sagte der General. »Herr Rasumow hat von mir nichts zu fürchten. Ich interessiere mich für ihn. Es scheint so, als besitze er die bedeutende und nützliche Eigenschaft, Vertrauen zu erwecken. Ich frage mich nur, warum der andere überhaupt etwas erwähnen sollte – ich will sagen, warum er die bloße Tatsache überhaupt erwähnt hat, wenn er nichts weiter wollte als einen Schlupfwinkel für ein paar Stunden. Denn nichts wäre doch einfacher gewesen als zu schweigen, es sei denn, er hätte – in wahnwitziger Verkennung Ihrer wahren Gesinnung – versucht, Sie zu Hilfeleistungen zu bewegen – eh, Herr Rasumow?«
Es kam Rasumow so vor, als wanke der Boden unter ihm. Dieser lächerlich aussehende Mensch in der stramm sitzenden Uniform war schrecklich. Und es war richtig, daß er so schrecklich war.
»Ich verstehe, was Exzellenz meinen, doch kann ich nur wiederholen, daß ich nicht weiß, warum er es getan hat.«
»Ich meine gar nichts«, murmelte der General höflich überrascht.
»Ich bin seine Beute – seine wehrlose Beute«, dachte Rasumow. Müdigkeit und Ärger dieses Nachmittags, der Wunsch, alles zu vergessen, und die Angst, die er nicht niederzuhalten vermochte, entfachten von neuem seinen Haß gegen Haldin.
»Dann kann ich Ihnen nicht helfen, Exzellenz. Ich weiß nicht, was er von mir wollte. Ich weiß nur, daß ich einen Augenblick lang den Drang verspürte, ihn umzubringen. Und einmal

wünschte ich mir auch, tot zu sein. Ich sagte nichts. Ich war überwältigt. Ich habe keine Beichte provoziert, habe keine Erklärungen verlangt...«

Rasumow schien außer sich zu sein, doch arbeitete sein Verstand messerscharf. Sein Ausbruch war berechnet.

»Eigentlich bedauerlich, daß Sie nichts Derartiges getan haben«, bemerkte der General. »Ahnen Sie denn gar nicht, was er vorhat?«

Rasumow beruhigte sich; er sah hier einen Ausweg.

»Er sagte, er hoffe, etwa eine halbe Stunde nach Mitternacht in der Karabelnaja, am siebenten Laternenmast links von oben gerechnet, einen Schlitten vorzufinden. Auf alle Fälle wollte er um diese Zeit dort sein. Er hat mich nicht einmal um andere Kleidungsstücke gebeten.«

»*Ah voilà*«, sagte der General befriedigt zum Fürsten K. »Da bietet sich schon die Gelegenheit, Ihren Schützling, Herrn Rasumow, von jeder Verbindung mit der eigentlichen Verhaftung freizuhalten. Wir wollen diesen Herrn in der Karabelnaja erwarten.«

Der Fürst bedankte sich mit ehrlicher Rührung in der Stimme. Rasumow indessen saß unbeweglich und stumm und starrte auf den Teppich. Der General wandte sich ihm zu.

»Eine halbe Stunde nach Mitternacht also. Bis dahin müssen wir uns ganz auf Sie verlassen, Herr Rasumow. Halten Sie es für wahrscheinlich, daß er seine Absicht ändert?«

»Wie kann ich das wissen«, versetzte Rasumow. »Doch diese Sorte Mensch geht nie von einem Vorhaben ab.«

»Was für Menschen meinen Sie denn?«

»Fanatische Anhänger der Freiheit im allgemeinen. Freiheit in Großbuchstaben, Exzellenz. Freiheit, unter der nichts Bestimmtes zu verstehen ist. Freiheit, in deren Namen man Verbrechen begehen kann.«

Der General murmelte:

»Ich verabscheue jede Art von Rebellen. Ich kann das nicht ändern, so bin ich nun einmal gemacht.«
Er zog den Arm an und schüttelte die geballte Faust. »Vernichten wir sie also.«
»Diese Menschen haben von vorneherein auf ihr Leben verzichtet«, fuhr Rasumow mit boshaftem Vergnügen fort und sah dem General gerade in die Augen. »Falls Haldin seine Pläne heute nacht noch ändern sollte, so gewiß nicht, um sein Leben durch einen anders gearteten Fluchtversuch zu retten, sondern nur, weil ihm die Idee kommt, noch einen weiteren Anschlag zu versuchen. Doch ist das nicht wahrscheinlich.«
Der General wiederholte wie für sich: »Sie müssen vernichtet werden.«
Rasumow setzte eine undurchdringliche Miene auf.
Der Fürst rief: »Was für eine gräßliche Notwendigkeit!«
Der General ließ langsam den Arm sinken.
»Einen Trost haben wir dabei: Diese Sorte hinterläßt keine Nachkommenschaft. Ich habe stets gesagt: eine unbarmherzige, beharrlich und nachdrücklich geführte Aktion, und wir sind sie für alle Ewigkeit los.«
Rasumow nahm an, daß dieser Mensch, dem soviel Gewalt gegeben war, glaubte, was er sagte, anderenfalls hätte er gewiß nicht länger die Verantwortung tragen mögen.
Wieder sagte der General mit großem Ekel:
»Ich verabscheue Rebellen. Diese subversiven Denker! Diese geistigen *débauchés!* Mein Leben ist auf Treue aufgebaut. Das ist Gefühlssache. Um der Treue willen bin ich jederzeit bereit, mein Leben zu opfern, ja sogar meine Ehre, falls das erforderlich sein sollte. Doch sagen Sie mir, welche Ehre darin liegen kann, gegen Rebellen zu kämpfen – gegen Leute, die Gott leugnen – gegen Ungläubige! Bestien sind es. Der bloße Gedanke kann einem Übelkeit bereiten.«
Während dieses Ergusses hatte Rasumow, der dem General

gegenübersaß, zweimal leicht genickt. Fürst K., der mit hochmütigem Gesicht abseits stand, murmelte aufblickend:
»*Hélas!*«
Dann senkte er den Blick und erklärte sehr bestimmt:
»General, dieser junge Mensch hier ist sehr wohl in der Lage, den Sinn Ihrer bemerkenswerten Rede zu erfassen.«
Die Miene des Generals wechselte von verbohrtem Widerwillen zu vollendeter Höflichkeit.
»Darf ich Herrn Rasumow bitten, sich nunmehr nach Hause zu begeben«, sagte er. »Bemerken Sie bitte, daß ich Herrn Rasumow nicht frage, ob er seine Abwesenheit bei seinem Gaste gerechtfertigt hat. Zweifellos hat er dies in genügendem Maße getan. Doch frage ich nicht danach. Herr Rasumow erweckt Vertrauen. Das ist eine bedeutende Gabe. Ich darf nur darauf hinweisen, daß eine längere Abwesenheit vielleicht den Verdacht des Verbrechers wecken und ihn verleiten könnte, seine Pläne zu ändern.«
Er erhob sich und geleitete seine Besucher mit ausgesuchter Höflichkeit in das von Blumentöpfen überfüllte Vorzimmer.
Rasumow trennte sich an einer Straßenecke vom Fürsten. Im Schlitten hatte er Worten gelauscht, die auf einen Kampf zwischen natürlicher Neigung und Vorsicht schließen ließen. Ganz augenscheinlich fürchtete sich der Fürst davor, Hoffnungen auf künftigen Umgang zu wecken. Doch klang in der Stimme, die da im Dunkel in unverbindlichen Phrasen guten Willen beteuerte, ein Unterton von Zärtlichkeit mit. Und der Fürst sagte auch:
»Ich habe volles Vertrauen zu Ihnen, Herr Rasumow.«
»Es scheint, alle haben volles Vertrauen zu mir«, überlegte Rasumow stumpf. Er empfand freundschaftliche Verachtung für den Mann, der da so dicht neben ihm in dem engen Coupé saß. Vermutlich fürchtete er, seine Frau könnte ihm eine Szene machen. Es hieß, sie sei stolz und heftig.

Es kam ihm sonderbar vor, daß die Sicherheit und Bequemlichkeit des Lebens so sehr von der Wahrung des Geheimnisses abhängen sollte. Doch wollte er den Fürsten beruhigen, und so gab er seiner Zuversicht Ausdruck, daß seine Zukunft ohne Zweifel durch seine wenn auch geringe Begabung und seine Arbeitskraft gesichert sei. Er dankte dafür, daß ihm Hilfe zuteil geworden sei, und fügte hinzu, daß solche Situationen sich im Verlaufe eines Lebens ganz gewiß nie wiederholen würden.
»Und in dieser haben Sie eine Entschlußkraft und Feinfühligkeit bewiesen, die mir eine hohe Meinung von Ihrem Charakter verschafft haben«, sagte der Fürst feierlich. »Nun kommt es nur darauf an... mit Beharrlichkeit...«
Als Rasumow ausstieg, bemerkte er, daß sich eine unbehandschuhte Hand aus dem niedergelassenen Fenster streckte. Sie hielt Rasumows eigene Hand fest umschlossen, und das Licht einer Laterne fiel auf das längliche Gesicht des Fürsten und auf seinen grauen Backenbart.
»Ich hoffe, Sie machen sich nun wegen der möglichen Folgen keine Sorgen mehr...«
»Nach allem, was Exzellenz gütig genug waren, für mich zu tun, muß ich mich jetzt ganz von meinem Gewissen leiten lassen.«
»*Adieu*«, sagte der Kopf mit dem Backenbart gerührt.
Rasumow verbeugte sich. Der Schlitten glitt unter dem leisen Knirschen des Schnees davon – und Rasumow stand allein am Rande der Bürgersteiges.
Er sagte sich, daß es nichts gebe, worüber nachzudenken sei, und trat den Heimweg an.
Er ging langsam. Er war es gewöhnt, auf diese Weise nach einem in der Runde der Kommilitonen oder auf einem billigen Platz im Theater verbrachten Abend heimzukehren. Nachdem er ein Weilchen gegangen war, kam ihm das Vertraute der Umgebung zum Bewußtsein. Nichts hatte sich verändert. Da war

die bekannte Ecke; und als er sie umschritt, gewahrte er das bekannte trübe Licht im Krämerladen, der einer Deutschen gehörte. Hinter den kleinen Fenstern lagen altbackene Brote, Bündel von Zwiebeln und Wurstkränze. Der Laden wurde gerade geschlossen. Der kränkliche, hinkende Bursche, den er so gut vom Sehen kannte, schwankte mit einem großen Fensterladen in den Armen in den Schnee hinaus.

Nichts würde sich je ändern. Da war der vertraute Torweg, von dem aus man die verschiedenen, schwach erhellten Treppenhäuser erreichte.

Das Gefühl der Fortdauer des Lebens wurde von geringfügigen körperlichen Eindrücken vermittelt. Die Banalitäten des Alltags waren wie ein Panzer für die Seele. Und dieser Gedanke verstärkte noch Rasumows innere Ruhe, als er im Dunkeln die Stufen der bekannten Treppe unter sich fühlte und in der Handfläche das bekannte feuchtkalte Geländer. Das Außergewöhnliche konnte sich gegenüber den körperlichen Eindrücken, die einen Tag dem anderen gleich machen, nicht durchsetzen. Morgen würde sein wie Gestern.

Einzig auf der Bühne wurde offen zugegeben, daß das Ungewöhnliche vorhanden ist.

»Ich glaube fast«, überlegte Rasumow, »daß ich diese Treppe ebenso ruhig ersteigen würde, wenn ich beschlossen hätte, mir hier oben eine Kugel in den Kopf zu jagen. Was soll man nur machen? Was sein muß, muß sein. Gewiß geschehen ungewöhnliche Dinge, doch wenn sie geschehen sind, dann sind sie damit auch erledigt. Genauso geht es, wenn man einen Entschluß gefaßt hat. Dann sind die Fragen erledigt. Die Anforderungen des Tages und die altvertrauten Gedanken verschlucken sie – und das Leben geht weiter wie zuvor, ohne daß man ihm seine geheimnisvollen, rätselhaften Eigenschaften ansieht, was ja nur richtig ist. Das Leben ist schließlich eine öffentliche Angelegenheit.«

Rasumow schloß die Tür auf, zog den Schlüssel heraus, trat sehr leise ein und riegelte sorgfältig hinter sich zu.
Er dachte: »Er hört mich«, und nachdem er den Riegel vorgelegt hatte, stand er mit angehaltenem Atem still. Nichts war zu vernehmen. Kein Laut. Er durchquerte den leeren Vorraum und stampfte im Dunkeln absichtlich laut auf. Als er sein Zimmer betrat, tastete er nach den Streichhölzern auf der Tischplatte. Tiefe Stille, bis auf die Geräusche, die seine tastende Hand machte. Sollte der Bursche denn so fest schlafen?
Er machte Licht und blickte zum Bett. Haldin lag so da wie zuvor, nur hatte er jetzt beide Hände unter den Kopf geschoben. Seine Augen waren geöffnet. Er starrte zur Decke.
Rasumow hielt das Streichholz hoch. Er sah die feingemeißelten Züge, das feste Kinn, die weiße Stirn und den blonden Haarschopf auf dem weißen Kissen. Da war er also, flach auf dem Rücken ausgestreckt. Rasumow dachte unvermittelt: »Ich bin über seine Brust hinweggegangen.«
Er fuhr fort zu starren, bis das Streichholz verbrannt war, dann riß er ein anderes an und hielt es stumm an die Lampe, ohne noch einmal zum Bett hin zu sehen. Er hatte sich gerade abgewandt und war dabei, seinen Umhang auf einen Haken zu hängen, als er Haldin tief seufzen und müde fragen hörte:
»Nun, was haben Sie veranlaßt?«
Seine Erregung war so groß, daß Rasumow froh war, sich gegen die Wand lehnen zu können. Er verspürte die teuflische Lust, zu sagen: »Ich habe Sie an die Polizei verraten«, und das jagte ihm einen furchtbaren Schrecken ein. Doch sagte er nichts dergleichen. Statt dessen versetzte er dumpf und ohne sich umzuwenden:
»Es ist alles erledigt.«
Wieder hörte er Haldin aufseufzen. Er trat an den Tisch, setzte sich vor die Lampe und blickte jetzt erst zum Bett hinüber.
In der Ecke des großen Zimmers, weit ab von der Lampe, die

nur klein war und einen dicken Porzellanschirm trug, wirkte Haldin wie ein langer, schwarzer Umriß – steif und starr wie ein Gestorbener. Dieser Körper schien weniger wirklich zu sein als sein eigenes Phantom, über das Rasumow in der vom Schnee weißen Straße hinweggeschritten war.

Die schattenhafte, beharrliche Wirklichkeit war schrecklicher als das deutliche, aber schnell vergangene Trugbild.

Wieder ließ Haldin sich vernehmen.

»Sie müssen lange gegangen sein, lange...«, murmelte er mißbilligend. »In diesem Wetter...«

Rasumow antwortete nachdrücklich:

»Gräßlicher Weg... ein Alptraum von einem Weg.«

Er erschauerte hörbar. Haldin seufzte wiederum und sagte dann:

»Sie haben Sjemjanitsch also getroffen – Bruder?«

»Ich habe ihn getroffen.«

Rasumow, dem einfiel, wieviel Zeit er mit dem Fürsten verbracht hatte, hielt es für angebracht, hinzuzufügen: »Ich mußte eine Weile warten.«

»Ein Original, nicht wahr? Erstaunlich, wie dieser Mann versteht, daß die Freiheit notwendig ist. Und er findet immer die richtigen Worte – schlicht und treffend, so wie sie nur das Volk in seiner unverdorbenen Lebensklugheit trifft. Ein Original das...«

»Sie werden verstehen... ich hatte keine rechte Gelegenheit...«, murmelte Rasumow zwischen den Zähnen hervor.

Haldin fuhr fort, die Decke anzustarren.

»Sie müssen wissen, Bruder, daß ich in letzter Zeit ziemlich viel in jenem Haus war. Ich pflegte Bücher und Flugblätter hinauszubringen. Gar nicht wenige der Leute, die dort leben, können lesen. Und es ist nun mal so – die Gäste, die zum Festmahl der Freiheit geladen werden sollen, muß man aus den Gassen und an den Wegrändern auflesen. Ich habe in letzter

Zeit in jenem Haus geradezu gelebt. Gelegentlich habe ich im Stall geschlafen...«

»Dort habe ich mich mit Sjemjanitsch getroffen«, warf Rasumow ein. Der Spotteufel packte ihn, und er fügte hinzu: »In gewisser Weise ein sehr befriedigendes Zusammentreffen; hinterher war ich recht erleichtert.«

»Ah, er ist schon ein Kerl«, fuhr Haldin, verhalten zur Decke sprechend, fort. »Ich kenne ihn jetzt seit ein paar Wochen, genau gesagt, seitdem ich mich damit abgefunden hatte, daß ich diese Arbeit erledigen mußte, und daher jeden Kontakt mit anderen Menschen zu vermeiden suchte. Ich gab meine Wohnung auf, denn warum hätte ich eine gutartige Witwe der Gefahr aussetzen sollen, von der Polizei zum Wahnsinn getrieben zu werden? Auch mit den Genossen traf ich mich nicht mehr...«

Rasumow zog ein Blatt Papier zu sich heran und begann, mit dem Bleistift gedankenverloren darauf zu stricheln.

»Weiß Gott«, dachte er wütend, »auf alle hat er Rücksicht genommen, nur auf mich nicht.«

Haldin sprach weiter.

»Heute morgen – ah! Heute morgen war es anders. Wie soll ich Ihnen das erklären? Ehe dies Werk getan war, ging ich des Nachts umher und versteckte mich am Tage. Ich plante alles und fühlte mich ruhig. Unausgeschlafen, aber ruhig. Worüber sollte ich mir auch das Hirn zermartern? Doch heute morgen, danach! Erst da packte mich die Unruhe. Ich konnte es einfach nicht mehr in dieser Behausung der Armut aushalten. Die Elenden dieser Welt vermögen einem keinen Frieden zu geben. Und als der idiotische Wächter auf dem Holzplatz zu schreien anfing, sagte ich mir: In unserer Stadt gibt es einen jungen Mann, der himmelhoch über die gewöhnlichen Vorurteile erhaben ist.«

»Macht er sich über mich lustig?« fragte sich Rasumow, während er zerstreut Dreiecke und Vierecke zu zeichnen fortfuhr.

Und plötzlich dachte er: »Mein Benehmen muß ihm seltsam vorkommen. Falls es ihn mißtrauisch machen und er einfach weglaufen sollte, wäre ich völlig erledigt. Dieser verteufelte General...« Er ließ den Bleistift fallen und wandte sich ruckartig dem Bett mit der langausgestreckten, verschwommenen Gestalt darauf zu – die so viel weniger deutlich zu erkennen war als jene, über deren Brust er ohne zu zögern hinweggeschritten war. War denn auch das hier ein Phantom?

Das Schweigen hatte schon lange gedauert. »Er ist gar nicht mehr hier«, war der Gedanke, gegen den Rasumow, entsetzt über dessen Abwegigkeit, verzweifelt ankämpfte. »Er ist schon weg, und dies... nur...«

Er vermochte nicht länger zu widerstehen. Er sprang auf und sagte laut: »Ich mache mir schreckliche Sorgen«, und war mit einigen großen, hastigen Schritten beim Bett. Seine Hand legte sich leicht auf Haldins Schulter, und kaum hatte er sich von deren wirklichem Vorhandensein überzeugt, als ihn auch schon die irrsinnige Versuchung packte, jene bloße Kehle zu umklammern und den Atem aus diesem Leib zu pressen, damit er sich nicht unter Zurücklassung eines Phantoms seiner Aufsicht entziehe.

Haldin regte sich nicht, doch blickten die überschatteten Augen mit inniger Dankbarkeit für diese Äußerung der Teilnahme zu Rasumow auf.

Rasumow wandte sich ab und ging mit langen Schritten im Zimmer hin und her. »Vielleicht hätte ich ihm damit einen Gefallen erwiesen«, murmelte er vor sich hin und war entsetzt darüber, daß er in sich eine solche Entschuldigung für eine Mordabsicht hatte finden können. Gleichwohl vermochte er diesen Gedanken nicht abzuschütteln. Er überlegte ganz sachlich. »Was hat er zu erwarten? Doch nur den Strick. Und ich...«

Haldins Stimme unterbrach diese Erwägungen.

»Warum machen Sie sich meinetwegen Sorgen? Meinen Leib können sie töten, aber meine Seele können sie nicht aus der Welt verbannen. Ich will Ihnen etwas sagen: ich glaube so sehr an diese unsere Welt, daß ich mir die Ewigkeit nicht anders vorstellen kann denn als ein sehr langes Leben. Vielleicht bin ich deshalb so bereit zu sterben.«

»Hm«, murmelte Rasumow und fuhr fort, auf und ab zu gehen, die Unterlippe zu beißen und seine befremdlichen Grübeleien weiterzuspinnen.

Jawohl – einem Mann in seiner Situation täte man einen Gefallen damit. Doch hier ging es nicht darum, gefällig zu sein, sondern fest zu bleiben. Man hatte es mit einem geriebenen Kunden zu tun...

»Auch ich, Victor Victorowitsch, glaube an diese unsere Welt«, sagte er fest. »Auch ich, solange ich lebe... doch Sie scheinen ja geradezu versessen darauf, als Geist wiederzukehren. Sie meinen doch nicht im Ernst...«

Die Stimme des reglosen Haldin ließ sich vernehmen:

»Als Gespenst umgehen, meinen Sie? Nun ja, wer den Gedanken vergewaltigt, welcher die Welt belebt, wer die Seele knechtet, welche nach menschlicher Würde strebt, wahrlich, der soll von Gespenstern gepeinigt werden. Was aber diejenigen angeht, die meinen Körper vernichten werden, denen habe ich schon im voraus vergeben.«

Rasumow war stehengeblieben, augenscheinlich um zu lauschen, doch beobachtete er gleichzeitig seine eigene Reaktion. Er ärgerte sich über sich selber, weil er Haldins Worten so große Wichtigkeit beilegte. »Der Kerl ist doch verrückt«, dachte er entschlossen, doch stimmte ihn diese Überzeugung nicht milder gegen Haldin. Dessen Verrücktheit war eine besonders unverschämte Abart des Irrsinns – und wenn diese erst einmal im öffentlichen Leben eines Landes um sich griff, dann war es doch wohl die Pflicht eines jeden guten Bürgers...

Sein Gedankengang brach genau an dieser Stelle ab und ging in einen Anfall von stummem Haß gegen Haldin über, der so überwältigend war, daß Rasumow schleunigst den Mund auftat, um nur irgend etwas zu sagen.

»Tja... Ewigkeit... ganz recht. Auch ich kann mir nicht gut... doch stelle ich mir darunter etwas Geräuschloses, Langweiliges vor. Es gibt vermutlich keine Überraschungen dort, nicht wahr? Denn der Faktor Zeit wäre einfach abwesend.«

Er zog die Uhr und starrte auf das Zifferblatt. Haldin drehte sich auf die Seite und sah ihn gespannt an.

Die Bewegung erschreckte Rasumow. Ein geriebener Kunde mit einem Phantom. Es war noch nicht Mitternacht. Er fuhr eilig fort: »Und unerklärliche Geheimnisse? Können Sie sich in der Ewigkeit etwas Verborgenes denken? Unmöglich. Im Leben dagegen wimmelt es davon. Zum Beispiel gibt es unklare Verhältnisse der Geburt, und damit ist man bis zum Tode behaftet. Daran ist etwas Lächerliches... nun, lassen wir das. Es gibt auch geheime Antriebe für Handlungen. Gerade die einleuchtendsten Taten eines Menschen haben oft ganz verborgene Nebenbedeutungen. Das ist interessant und wirklich unerklärlich. Zum Beispiel: Jemand verläßt das Haus, um spazierenzugehen. Nichts könnte banaler erscheinen. Und doch kann sich dahinter etwas Weltbewegendes verbergen. Er kehrt heim – vielleicht ist er einem viehisch betrunkenen Menschen begegnet, vielleicht hat der Schnee auf der Straße seine besondere Aufmerksamkeit erregt – und siehe, er ist nicht mehr derselbe. Die unwahrscheinlichsten Dinge üben geheime Macht über unsere Gedanken – der graue Backenbart einer bestimmten Person zum Beispiel – die Froschaugen eines anderen.«

Rasumows Stirn war feucht geworden. Er ging ein oder zweimal durchs Zimmer, hielt dabei den Kopf gesenkt und lächelte böse vor sich hin.

»Haben Sie je über die Macht von Froschaugen und grauen

Backenbärten nachgedacht? Entschuldigen Sie. Sie müssen mich für verrückt halten, weil ich zu dieser Stunde derartiges Zeug rede. Und doch rede ich nicht nur so ins Blaue hinein. Ich habe Beispiele gesehen. Es ist mir einmal passiert, daß ich mich mit einem Menschen im Gespräch befunden habe, dessen Schicksal durch solche Lappalien beeinflußt wurde. Und der Mann wußte nichts davon. Selbstverständlich ging es da um eine Gewissensfrage, doch entschieden wurde sie durch geringfügige, rein materielle Umstände von der Art, die ich erwähnte... Und da fordern Sie mich auf, mir keine Sorgen um Sie zu machen, Victor Victorowitsch! Ich bin ja verantwortlich für Sie!« kreischte Rasumow beinahe.

Mit Mühe unterdrückte er einen Ausbruch teuflischen Gelächters. Haldin, der sehr blaß war, stützte sich auf einen Ellenbogen.

»Und welche Überraschungen bietet nicht das Leben«, fuhr Rasumow mit einem beunruhigten Blick auf den anderen fort. »Bedenken Sie doch nur! Ein unerklärlicher Anstoß treibt Sie hierher. Ich sage nicht, daß Sie falsch daran getan haben. Von einem gewissen Standpunkt her gesehen, hätten Sie sogar nichts Besseres tun können. Sie hätten statt dessen auch jemanden mit Bindungen, mit einer Familie aufsuchen können, Sie haben selber solche Bindungen. Was mich betrifft, so wissen Sie ja, daß man mich in einer Anstalt erzogen hat, wo es nicht genug zu essen gab. In diesem Zusammenhang von Liebe zu reden – nun, Sie begreifen... Was nun Bindungen angeht, so habe ich auf der ganzen Welt einzig solche sozialer Art. Ehe ich tätig werden kann, muß ich mir ein gewisses Maß von Anerkennung verschaffen. Ich arbeite also hier... Und glauben Sie nicht auch, daß ich dabei für den Fortschritt arbeite? Ich muß mir selbst über den rechten Weg klarwerden... verzeihen Sie«, fuhr Rasumow fort, nachdem er Luft geholt und heiser gelacht hatte, »aber ich habe nicht gleichzeitig mit der

Ähnlichkeit mit einem Onkel auch die Neigung zum Revoltieren geerbt.«

Wieder blickte er auf die Uhr und stellte mit übelkeiterregendem Abscheu fest, daß noch eine gute Weile bis Mitternacht war. Er zerrte Uhr und Kette aus der Weste und legte sie auf den Tisch, in den Lichtkreis der hellbrennenden Lampe. Haldin blieb reglos auf seinen Ellenbogen gestützt liegen. Diese Haltung beunruhigte Rasumow. »Was plant er da wohl so still?« überlegte er. »Ich muß ihn hindern. Ich muß weiter auf ihn einreden.«

Er hob die Stimme.

»Sie sind, ich weiß nicht wie vielen Leuten, ein Sohn, ein Bruder, ein Neffe und was nicht noch alles. Ich hingegen bin nur ein Mensch. Hier stehe ich. Ein Mann mit Verstand. Haben Sie je darüber nachgedacht, wie ein Mensch, der nie im Leben ein Wort der Zuneigung oder des Lobes vernommen hat, sich zu Fragen stellen könnte, welche Sie zunächst aus dem Blickfeld Ihrer Gesellschaftsklasse, nach häuslichen und familiären Gesichtspunkten betrachten? Haben Sie sich je gefragt, was ein solcher Mensch empfinden würde? Ich habe keinerlei Familientradition. Meine Gedanken verlaufen vor keinem vorgegebenen Hintergrund. Ich kenne keine Tradition außerhalb der historischen. Auf was kann ich zurücksehen, wenn nicht auf die nationale Vergangenheit, von der ihr Herren eure Zukunft ablösen wollt? Soll ich meinem Verstand, meinem Streben nach einem besseren Los jede Grundlage entziehen, nur weil gewalttätige Schwärmer das wollen? Ihre Heimat ist ein bestimmtes Gouvernement, aber meine Heimat ist das ganze Rußland, oder ich habe keine. Irgendwann einmal wird man gewiß in Ihnen einen Märtyrer sehen, einen Helden, einen Heiligen der Politik. Ich aber bitte, mich zu entschuldigen. Ich will nichts weiter, als ein nützlicher Arbeiter werden. Was erreichen Sie wohl damit, daß Sie angesichts des grenzenlosen Elends ein paar Blutstropfen im Schnee verspritzen! Und ich sage Ihnen«, rief er mit bebender, gedämpfter Stimme und trat einen Schritt näher ans Bett heran, »ich sage Ihnen: Wir brauchen nicht einen Haufen Gespenster, durch die ich hindurchgehen könnte, sondern einen einzigen Mann.«

Haldin streckte die Arme aus, als wolle er Rasumow entsetzt abwehren.

»Jetzt verstehe ich alles«, rief er ergriffen und bekümmert. »Endlich begreife ich.«

Rasumow wankte zum Tisch zurück. Auf seine Stirn trat Schweiß, und es lief ihm kalt über den Rücken.

»Was habe ich nur gesagt?« fragte er sich. »Soll er mir nun doch noch entschlüpfen?«

Er fühlte, wie seine Lippe steif wurde und daß ihm kein beschwichtigendes Lächeln gelang, sondern nur eine nichtssagende Grimasse.

»Was erwarten Sie auch?« begann er mit versöhnlicher Stimme, die nach den ersten bebenden Worten Festigkeit gewann. »Was erwarten Sie sich? Bedenken Sie doch – ein Mensch, der fleißig und zurückgezogen lebt, und nun dieses... ich habe keine Übung in Schönrednerei, aber...«

Er fühlte, daß Wut, eine böse Wut, ihn von neuem überkam. »Was sollten wir denn auch bis Mitternacht unternehmen? Uns hier gegenübersitzen und uns Ihre... Ihre Schlächterei ausmalen?«

Haldin sah gebrochen und kleinlaut drein. Er neigte den Kopf und ließ die Hände zwischen die Knie hängen. Er sprach leise und gequält, aber doch ruhig.

»Ich verstehe Sie jetzt, Rasumow – Bruder. Sie sind eine großmütige Seele, aber meine Tat erweckt Ihren Abscheu...«

Rasumow glotzte. Er hatte vor Angst die Zähne so sehr zusammengebissen, daß ihn sein Gesicht schmerzte. Es war ihm unmöglich, einen Laut von sich zu geben.

»Und vielleicht bin ich Ihnen als Mensch ebenfalls zuwider«, sagte Haldin nach kurzem Schweigen betrübt, sah für einen Moment auf, dann aber gleich wieder zu Boden. »Denn wenn einer nicht...«

Er verstummte, offensichtlich in Erwartung eines Wortes. Rasumow schwieg. Haldin nickte zweimal niedergeschlagen.

»Selbstverständlich, selbstverständlich«, murmelte er... »Ah, welch beschwerliche Arbeit!«

Ein Weilchen saß er völlig unbeweglich, versetzte dann aber Rasumows Herz einen mächtigen Stoß, indem er entschlossen aufsprang.

»Sei es drum«, rief er traurig, aber deutlich. »Leben Sie wohl.«

Rasumow machte eine Bewegung, doch der Anblick von Haldins abwehrend erhobener Hand hielt ihn beim Tisch zurück. Er stützte sich schwer auf die Platte, während er den gedämpften Schlägen einer Turmuhr lauschte, welche die volle Stunde schlug. Haldin, der jetzt hoch und schlank wie ein Pfeil an der Tür stand, hätte mit dem erhobenen Arm und dem bleichen Gesicht sehr wohl zu einer Plastik Modell stehen können ›Kühner Jüngling lauscht innerer Stimme‹. Rasumow blickte mechanisch auf die Uhr. Als er wieder zur Tür sah, war Haldin nicht mehr da. Man hörte leichtes Rascheln im Vorraum, dann wurde der Riegel behutsam zurückgezogen. Haldin war verschwunden – fast so lautlos wie eine Erscheinung.

Rasumow taumelte stumm mit geöffneten Lippen vorwärts. Die Außentür stand offen. Er schwankte hinaus ins Treppenhaus und lehnte sich weit über das Geländer. Er starrte in den tiefen, dunklen Schacht, dessen Boden ein winziges, schwach glimmendes Licht erhellte, und folgte mit dem Ohr dem schnellen, kreisenden Abstieg eines Menschen, der auf Zehenspitzen die Treppe hinunterlief. Es war ein leichtes, flinkes, trappelndes Geräusch, das sich vor ihm in der Tiefe verlor; ein Schatten huschte über das Licht, die winzige Flamme flackerte. Dann Stille.

Rasumow hing über dem Geländer und atmete die rauhe, kalte, mit den widerlichen Gerüchen des Treppenhauses versetzte Luft ein. Alles war ruhig.
Langsam ging er zurück und schloß die Türen hinter sich. Das friedliche, stetige Licht seiner Leselampe fiel auf die Uhr. Rasumow blieb stehen und sah auf das kleine weiße Zifferblatt hinunter. Noch fehlten drei Minuten an Mitternacht. Ungeschickt ergriff er die Uhr.
»Sie geht nach«, murmelte er; dabei überkam ihn eine seltsame Schwäche. Seine Knie bebten, Uhr und Kette entglitten seiner Hand und fielen zu Boden. Er war so überrascht, daß er fast selbst gestürzt wäre. Als er schließlich genug Vertrauen in seine Glieder zurückgewonnen hatte, um sich zu bücken, hob er die Uhr sogleich ans Ohr. Nach einer Weile knurrte er: »Stehengeblieben...«, und es verging eine Weile, ehe er verärgert hinzufügte: »Erledigt... und nun an die Arbeit.«
Er setzte sich, griff nach irgendeinem Buch, öffnete es in der Mitte und begann zu lesen; nachdem er mit Mühe zwei Zeilen hinter sich gebracht, wußte er nicht mehr, was er gelesen hatte, und versuchte es auch nicht noch einmal mit der Lektüre. Er dachte:
»Ganz gewiß ist das Haus durch einen Beauftragten der Polizei von der gegenüberliegenden Straßenseite her beobachtet worden.«
Er stellte sich diesen Agenten vor, wie er glotzäugig, mit hochgeschlagenem Mantelkragen und einem Generalshut samt Federbusch in einem dunklen Torweg stand. Dieser unsinnige Einfall ließ ihn auf seinem Stuhl heftig zusammenfahren. Er mußte wirklich mehrmals den Kopf schütteln, um diese Vorstellung loszuwerden. Der Mann war vielleicht als Bauer verkleidet... vielleicht trug er auch nur einen hochgeschlossenen Mantel und einen mit Blei beschwerten Stock – ein Schuft mit unsteten Augen, der nach Zwiebeln und Schnaps stank.

Diese Einbildung bereitete ihm geradezu Übelkeit. »Warum nur denke ich mir solche Sachen aus?« grübelte Rasumow angeekelt. »Bin ich vielleicht ein Polizist? Außerdem ist die Sache erledigt.«
Er erhob sich aufgeregt. Sie war nicht erledigt. Noch nicht. Nicht vor halb Eins. Und die Uhr war stehengeblieben. Das stürzte ihn in Verzweiflung. Unmöglich, zu erfahren, wie spät es war! Seine Wirtin und seine Nachbarn schliefen. Wie sollte er da ... Was in aller Welt würden sie denken, wieviel erraten! Er wagte auch nicht, auf die Straße zu gehen, um zu erfragen, wie spät es sei. »Ich bin jetzt verdächtig. Es hat keinen Zweck, sich darüber Illusionen zu machen«, sagte er sich erbittert. Falls Haldin es sich anders überlegt haben und aus irgendeinem Grund nicht in der Karabelnaja auftauchen sollte, würde die Polizei in seine Wohnung eindringen. Und falls er dann nicht zu Hause war, würde er sich nicht entlasten können. Niemals. Rasumow sah sich wild um, wie nach einem Mittel, die Zeit einzufangen, die ihm ganz und gar entschlüpft zu sein schien. Soweit er sich zu erinnern vermochte, hatte er nie zuvor in seinem Zimmer eine Turmuhr schlagen hören, und er war jetzt sehr im Zweifel, ob er sie heute abend wirklich gehört hatte.
Er trat zum Fenster und blieb mit leicht geneigtem Kopf stehen, um auf das gedämpfte Schlagen zu lauschen. »Hier will ich stehenbleiben, bis ich etwas höre«, sagte er zu sich. Er blieb unbeweglich, das Ohr der Scheibe zugewandt. Eine gräßlich schmerzende, prickelnde Taubheit quälte ihn im Rücken und in den Beinen. Er rührte sich nicht. Er war dem Delirium nahe. Plötzlich hörte er sich sagen: »Ich gestehe«, wie jemand, der auf der Folter liegt. »Ich werde gefoltert«, dachte er. Er fühlte sich ohnmächtig werden. Das dumpfe Dröhnen der fernen Uhr schien in seinem Kopf zu explodieren, so deutlich vernahm er es ... Eins!

Falls Haldin nicht erschienen wäre, hätte die Polizei hier bereits eine Haussuchung vorgenommen. Er vernahm kein Geräusch. Jetzt war die Sache wirklich erledigt.
Er schleppte sich mühsam zum Tisch und ließ sich in den Stuhl fallen. Er schleuderte das Buch fort und ergriff einen Bogen Papier. Das Blatt glich denen, die aufgehäuft und mit seiner kleinen, säuberlichen Handschrift bedeckt auf dem Tisch lagen, nur stand nichts darauf. Er packte einen Federhalter und tauchte die Feder ein, in der vagen Absicht, an seiner Preisarbeit fortzufahren, doch senkte die Feder sich nicht aufs Papier. Sie hing so ein Weilchen in der Luft, ehe sie schließlich herunterstieß und lange, krakelige Buchstaben zu formen begann.
Unbewegten Gesichtes und mit zusammengepreßten Lippen fing Rasumow zu schreiben an. Wenn er in großen Zügen schrieb, verlor seine säuberliche Schrift ganz ihren Charakter, wurde ungelenk, beinahe kindisch. Er schrieb fünf Zeilen, eine unter die andere.

Geschichte, nicht Theorie.
Vaterlandsliebe, nicht Internationalismus.
Evolution, nicht Revolution.
Direktion, nicht Destruktion.
Einheit, nicht Zerfall.

Er blickte stumpf auf sein Werk. Dann wanderte sein Blick zum Bett hin und haftete eine ganze Weile darauf, während er gleichzeitig mit der Rechten über die Tischplatte nach dem Federmesser tastete.
Schließlich erhob er sich, machte einige gemessene Schritte und stieß das Messer durch das Blatt in die Wand am Kopfende des Bettes. Nach vollbrachter Tat trat er zurück, machte eine abschließende Handbewegung und sah sich im Zimmer um.
Danach blickte er das Bett nicht wieder an. Er nahm seinen

weiten Umhang vom Haken, wickelte sich hinein und legte sich auf dem harten Roßhaarsofa nieder, das auf der anderen Seite des Zimmers stand. Bleierner Schlaf verschloß ihm sogleich die Augen. Mehrmals erwachte er in jener Nacht zitternd aus einem Traum, in dem er sich durch Schneeverwehungen kämpfte, in einem Rußland, in dem er so allein war, wie es ein verratener Selbstherrscher nur je sein konnte; es war dies ein riesiges, winterliches Rußland, das er in seiner ganzen ungeheuerlichen Ausdehnung dennoch auf geheimnisvolle Weise mit einem Blick umspannen konnte, als sehe er es auf einer Landkarte. Doch jedesmal, wenn er angstbebend erwacht war, schlossen seine schweren Lider sich wieder über den glasigen Augen, und er schlief von neuem ein.

III

Während ich mich diesem Punkt in Herrn Rasumows Aufzeichnung nähere, wird mir, dem schlichten alten Sprachenlehrer, die Schwere der Aufgabe immer mehr bewußt.

Die Schwierigkeit liegt ja nicht darin, in gedrängter Form über ein merkwürdiges menschliches Dokument zu berichten, sondern darin – das begreife ich nun deutlich –, die moralische Zuständlichkeit darzustellen, die auf einem großen Teil unserer Welt herrscht; eine Befindlichkeit, die nicht leicht verstanden, viel weniger noch erkannt werden kann in den Grenzen einer Erzählung, solange ein Schlüsselwort fehlt; ein Wort, das hinter allen Wörtern stehen kann, welche diese Seiten bedecken, ein Wort, das vielleicht nicht die Wahrheit selbst ist, möglicherweise aber doch genug Wahrheit enthält, um jene moralische Erkenntnis zu ermöglichen, welche der Zweck einer jeden Erzählung sein sollte.

Zum hundertsten Male wende ich die Seiten von Herrn Rasumows Aufzeichnungen um, ich lege sie beiseite, ich greife zur Feder, und da die Feder bereit ist, ihren Dienst zu tun und Schwarz auf Weiß zu setzen, zögere ich. Denn das Wort, das nicht aufhören will, sich in die Feder zu drängen, ist kein anderes als das Wort ›Zynismus‹.

Denn dies ist das Kennwort russischer Selbstherrschaft und russischer Revolte. In seinem absonderlich anmaßenden Anspruch auf Heiligkeit, in seiner heimlichen Bereitschaft, sich zum Leiden erniedrigen zu lassen, ist der Geist Rußlands der Geist des Zynismus. Er durchzieht die Erklärungen der Staatsmänner, die Theorien der Revolutionäre und die mystischen

Weissagungen seiner Propheten in einem Maße, das Freiheit als eine Form der Ausschweifung und christliche Tugend als geradezu unanständig erscheinen läßt... doch muß ich wegen der Abschweifung um Entschuldigung bitten. Sie ist eine Folge des Nachdenkens über den Gang, den Herrn Rasumows Geschichte nahm, nachdem seine konservativen Anschauungen, verdünnt durch einen nebelhaften, seinem Alter angemessenen Liberalismus, sich unter der Einwirkung seines Zusammentreffens mit Haldin kristallisierten.

Rasumow wachte vor Kälte schlotternd und vielleicht zum zehnten Male auf. Da er sah, daß es Tag geworden war, widerstand er dem Impuls, sich noch einmal hinzulegen. Er erinnerte sich an nichts, doch kam es ihm nicht sonderbar vor, daß er völlig durchfroren, in seinen Umhang gehüllt auf dem Sofa lag. Das Tageslicht, das durchs Fenster fiel, sah merkwürdig trostlos aus und enthielt kein Versprechen, wie es das Licht jedes neuen Tages für einen jungen Menschen doch tun sollte. Rasumows Erwachen glich dem Erwachen eines Todkranken oder eines Neunzigjährigen. Er sah zur Lampe hin, die ausgebrannt war. Da stand sie, erloschenes Leuchtfeuer seiner Bemühungen, kaltes Objekt aus Messing und Porzellan, zwischen durcheinandergeworfenen, beschriebenen Blättern und einem Stapel von Büchern – einem Durcheinander beschriebenen Papiers – tot und erledigt – ohne Bedeutung und ohne Interesse.

Er stand auf, wickelte sich aus seinem Umhang und hängte ihn weg, alles ganz mechanisch. Er empfand eine unglaubliche Stumpfheit, eine Schalheit wie von stehendem Wasser, so als habe sich das Leben aus allen Dingen zurückgezogen, auch aus seinen Gedanken. Im Haus war nichts zu hören.

Als er sich von dem Haken abwandte, überlegte er in der gleichen leblosen Art, daß es noch sehr früh sein müsse; doch als er die Uhr ansah, die auf dem Tisch lag, zeigte sie genau zwölf.

»Ah, ja«, murmelte er, und ganz als erwache er ein wenig aus seiner Erstarrung, begann er sich im Zimmer umzusehen. Das mit dem Messer gegen die Wand geheftete Blatt erregte seine Aufmerksamkeit. Er betrachtete es aus der Entfernung ohne Beifall oder Verwunderung; doch als er das Dienstmädchen mit dem Samowar für seinen Morgentee im Vorraum hantieren hörte, ging er zur Wand und nahm es mit gänzlich gleichgültiger Miene ab.

Dabei fiel sein Blick auf das Bett, in dem er diese Nacht nicht geschlafen hatte. Die Höhlung im Kissen, die von Haldins Kopf herrührte, war gut sichtbar.

Selbst der Zorn, den er beim Anblick dieses Beweises für die vorübergehende Anwesenheit jenes Menschen empfand, war matt. Er versuchte auch nicht, ihn anzufachen. An diesem Tag tat er gar nichts, er kämmte sich nicht einmal. Auf den Einfall, auszugehen, kam er überhaupt nicht – und wenn er sich keinen zusammenhängenden Gedanken hingab, so geschah das nicht deshalb, weil er unfähig gewesen wäre zu denken. Es geschah, weil er einfach keine Lust dazu hatte.

Er gähnte immer wieder. Er trank große Mengen Tee, er wanderte ziellos umher, und wenn er sich setzte, so stand er lange Zeit nicht wieder auf. Eine ganze Weile verbrachte er damit, mit den Fingerspitzen gegen das Fenster zu trommeln. Bei einem seiner lustlosen Gänge durchs Zimmer erblickte er sich im Spiegel. Dieser Anblick ließ ihn innehalten. Die Augen, die seinen Blick erwiderten, waren die unglücklichsten Augen, die er je gesehen hatte. Und diese Beobachtung war das erste, was die geistige Stumpfheit des Tages durchbrach.

Er fühlte sich nicht persönlich davon betroffen, er glaubte einfach, daß ein Leben ohne Freude unmöglich sei. Was war Glück? Er gähnte und schlurfte wieder endlos zwischen den Wänden seines Zimmers umher. Sich auf etwas freuen, bedeutete das Glück – nichts weiter, das war alles. Sich auf etwas freuen.

Sich auf die Erfüllung eines Wunsches freuen, auf die Befriedigung einer Leidenschaft, die Erfüllung der Liebe, des Ehrgeizes, des Hasses – ohne Zweifel auch des Hasses. Liebe und Haß. Und auch den Gefahren des Lebens entrinnen, ohne Furcht leben, bedeutete Glück. Darin war alles beschlossen. Keine Angst kennen und sich auf etwas freuen. »O jämmerliches Geschick der Menschheit!« rief er in Gedanken aus und fügte gleich hinzu: »Was das betrifft, müßte ich übrigens glücklich sein.« Doch diese Gewißheit belebte ihn nicht. Ganz im Gegenteil, er gähnte wieder, wie er schon den ganzen Tag über gegähnt hatte. Es überraschte ihn etwas, als er bemerken mußte, daß es unterdessen dunkel geworden war. Es wurde schnell finster im Zimmer, obwohl die Zeit stillzustehen schien. Wie kam es nur, daß er gar nicht wahrgenommen hatte, wie der Tag vergangen war? Natürlich, die Uhr war stehengeblieben...

Er machte die Lampe nicht an, sondern ging zum Bett und warf sich unverweilt nieder. Er legte sich auf den Rücken, faltete die Hände hinter dem Kopf und starrte an die Decke. Gleich darauf fiel ihm ein: »Ich liege hier wie er. Ob er wohl geschlafen hat, während ich mich im Schnee durch die Straße gekämpft habe? Nein, er hat nicht geschlafen. Aber warum soll ich nicht schlafen?« Und er fühlte, daß sich die Stille der Nacht schwer auf alle seine Glieder legte.

Durch das harte Schweigen draußen drängten sich die klar vernehmbaren Schläge der Mitternacht schlagenden Turmuhr in das Ohr des wie scheintot Daliegenden. Wieder begann er zu denken. Vierundzwanzig Stunden waren vergangen, seitdem jener das Zimmer verlassen hatte. Rasumow spürte ganz deutlich, daß Haldin in der Festung jetzt schlafe. Diese Gewißheit machte ihn wütend, denn er wollte nicht an Haldin denken, doch erklärte er sich das mit physischen und psychischen Gründen. Der Bursche hatte selbst gesagt, daß er wochenlang nicht zum Schlafen gekommen war, und für ihn gab es nun auch keine Ungewißheit mehr. Zweifellos freute er sich darauf, sein Martyrium zu vollenden. Ein Mensch, der sich damit abfindet, zu töten, findet sich auch leicht damit ab, zu sterben. Haldin schlief vermutlich besser als General T., dessen Arbeit – auch sie beschwerliche Arbeit – noch ungetan war und über dessen Haupt das Schwert der revolutionären Rache hing.

Rasumow, der sich des untersetzten Mannes mit den feisten, auf dem Kragen der Uniform ruhenden Wangen erinnerte, dieses Vorkämpfers der Selbstherrschaft, der weder ein Zeichen von Überraschung, von Ungläubigkeit oder von Freude hatte sehen lassen, dessen Froschaugen jedoch tödlichen Haß gegen jedwede Rebellion auszudrücken vermochten – Rasumow also rutschte unruhig auf dem Bett hin und her.

»Er hat mich verdächtigt«, dachte er. »Vermutlich muß er jedermann verdächtigen. Er wäre imstande, seine eigene Frau zu verdächtigen, falls Haldin sein Geständnis in ihrem Boudoir abgelegt hätte.«

Rasumow setzte sich angstvoll auf. Sollte er denn sein Leben lang als politisch Verdächtiger angesehen werden? Sollte er Zeit seines Daseins für unzuverlässig gelten – eine geheime, negative Beurteilung der Polizei in seinen Papieren stehen haben? Was für eine Zukunft hatte er da vor sich!

»Jetzt bin ich verdächtig«, dachte er wieder; doch die Gewohnheit der Reflexion und die Sehnsucht nach Sicherheit, nach einem geordneten Leben, die so stark in ihm war, kamen ihm zu Hilfe, als die Nacht fortschritt. Seine stille, geregelte, arbeitsame Führung würde schon für seine Verläßlichkeit bürgen. Es war einem gestattet, seinem Lande auf mannigfache Weise zu dienen. Man konnte den Fortschritt fördern, ohne revolutionär zu sein. Hatte man sich erst einmal einen Namen gemacht, dann vermochte man auf ausgedehnten Tätigkeitsfeldern und in vielerlei Form Einfluß zu nehmen.

Wie ein kreisender Vogel kehrte sein Denken nach Ablauf von vierundzwanzig Stunden wieder zur silbernen Medaille zurück und ließ sich gleichsam darauf nieder.

Als der Tag anbrach, hatte er nicht geschlafen, nicht einen Augenblick, aber er stand auf, gar nicht sehr müde und einigermaßen gefaßt.

Am Vormittag verließ er das Haus und hörte drei Vorlesungen an. In der Bibliothek jedoch spielte er nur den Lernbeflissenen. Er hatte zahlreiche Bücher aufgeschlagen vor sich hingelegt und versuchte, Anmerkungen und Auszüge zu machen. Seine neugefundene Gefaßtheit glich einem Flitterkleid, das ein zufälliges Wort wegblasen konnte. Verrat! Ja, wie denn? Der Bursche hatte selbst alles getan, um sich zu verraten. Es hatte nichts dazu gehört, ihn zu täuschen.

»Ich habe nicht ein unwahres Wort zu ihm gesagt. Nicht ein einziges unwahres Wort«, versuchte Rasumow sich zu überzeugen.

Nachdem er sich erst einmal auf diesen Gedankengang eingelassen hatte, konnte von nützlicher Tätigkeit keine Rede mehr sein. Es ging ihm immer und immer wieder der gleiche Gedanke durch den Kopf, und im stillen formte er immer wieder die gleichen Worte. Er schloß alle Bücher weg, stopfte mit fahrigen Bewegungen seine Papiere in die Tasche und tobte innerlich vor Zorn gegen Haldin.

Als er die Bibliothek verließ, gesellte sich ein hochaufgeschossener, magerer Student in fadenscheinigem Mantel zu ihm und schritt finster neben ihm her. Rasumow beantwortete die gemurmelte Begrüßung, ohne den anderen anzusehen.

»Was er wohl von mir will?« überlegte er und empfand dabei eine sonderbare Angst vor dem Unerwarteten, die er abzuschütteln bestrebt war, damit sie sich nicht auf immer und ewig in seinem Leben einniste. Der andere sagte flüsternd und mit niedergeschlagenen Augen, er vermute, daß der Genosse von der Verhaftung des Mannes erfahren habe, der das Urteil an de P. vollstreckt hatte – so drückte er sich aus. Das sei in der vorvergangenen Nacht geschehen...

»Ich war krank... habe das Zimmer nicht verlassen«, stieß Rasumow zwischen den Zähnen hervor.

Der lange Student zog die Schultern hoch und schob die Hände in die Taschen. Er hatte ein unbehaartes, breites, fettig glänzendes Kinn, das beim Sprechen leicht zitterte, und die vom Frost gerötete Nase saß zwischen den bleichen Wangen wie eine bemalte Pappnase. Seine ganze Erscheinung sprach von Hunger und Kälte. Er schritt bedächtig neben Rasumow her, die Augen auf den Boden gerichtet.

»Es wurde offiziell verlautbart«, fuhr er im gleichen vorsichtigen Flüsterton fort. »Vielleicht ist es gelogen. Immerhin steht fest, daß zwischen Mitternacht und Dienstag ein Uhr früh jemand verhaftet worden ist.«

Und mit gesenktem Blick, sein Gesicht halb verbergend, teilte er Rasumow hastig mit, daß man diese Kenntnis einem niederen Beamten im Zentralsekretariat verdanke, der einem der revolutionären Zirkel angehöre. »Demselben übrigens, zu dem auch ich gehöre«, bemerkte der Student.

Sie überquerten einen weitläufigen, rechteckigen Platz. Unendliche Traurigkeit überkam Rasumow, verzehrte seine Kraft und ließ ihn alles wirr und verschwommen sehen. Er wagte nicht, den Burschen stehenzulassen. »Vielleicht hat er Verbindung zur Polizei«, ging es ihm durch den Kopf. »Wer kann das wissen?« Doch als er die jämmerliche, verfrorene, ausgemergelte Gestalt seines Begleiters musterte, begriff er, daß sein Verdacht unsinnig war.

»Aber ich... nun, ich gehöre keinem Zirkel an. Ich...«

Er wagte es nicht, mehr zu sagen. Er wagte auch nicht, schneller zu gehen. Der andere, der seine beklagenswert schlecht beschuhten Füße bedachtsam und gemessen hob und niedersetzte,

widersprach leise: nicht jeder müsse unbedingt einer Organisation angehören. Gerade die wertvollsten Persönlichkeiten blieben außerhalb. Einige der besten Arbeiten seien außerhalb der Organisation vollbracht worden. Und dann sagte er sehr hastig und mit fiebernden Lippen:
»Haldin ist der Mann, der auf der Straße verhaftet wurde.«
Und während er Rasumows entsetztes Schweigen als selbstverständlich hinnahm, versicherte er noch einmal, daß es sich nicht um einen Irrtum handele. Der bewußte Beamte habe im Sekretariat den Nachtdienst versehen. Er habe im Vorraum heftiges Trampeln vernommen, und da er wisse, daß gelegentlich des Nachts politische Gefangene aus der Festung herübergebracht wurden, habe er unvermutet die Tür seines Zimmers aufgerissen. Ehe der diensthabende Gendarm ihn zurückstoßen und die Tür wieder zuwerfen konnte, habe der Beamte gesehen, wie eine Menge Polizisten einen Gefangenen halb trugen, halb schleiften. Man sei äußerst roh mit ihm umgegangen. Und der Schreiber habe Haldin ganz deutlich erkannt. Keine halbe Stunde darauf sei bereits General T. eingetroffen, um den Gefangenen persönlich zu vernehmen.
»Wundert Sie das nicht?« schloß der hagere Student.
»Nein«, sagte Rasumow grob, – und bedauerte das sogleich.
»Alle haben geglaubt, Haldin sei mit seinen Angehörigen in der Provinz, Sie etwa nicht?«
Der Student wandte Rasumow die großen, tiefliegenden Augen zu, und dieser sagte unbedacht:
»Seine Angehörigen sind im Ausland.«
Er hätte sich vor Wut am liebsten die Zunge abgebissen. Der Student sagte nun mit bedeutungsschwerer Stimme:
»Ah! Sie als einziger haben also gewußt...« und hielt inne.
»Man hat sich verschworen, mich zu verderben«, dachte Rasumow. »Haben Sie schon zu anderen davon gesprochen?« fragte er mit bitterer Neugier.

Der andere schüttelte den Kopf.
»Nein, nur zu Ihnen. Unser Zirkel war der Ansicht, daß wir, da Haldin oft anerkennend von Ihrer Charakterfestigkeit gesprochen hat...«
Rasumow konnte sich einer zornigen Handbewegung nicht enthalten, die der andere mißverstanden haben mußte, denn er verstummte und wandte die stumpfen schwarzen Augen ab.
Schweigend gingen sie nebeneinander. Dann begann der hagere Student von neuem mit abgewendeten Augen zu flüstern:
»Da wir im Augenblick keinen Verbindungsmann in der Festung haben, der Haldin mit Gift versorgen könnte, haben wir bereits einen Vergeltungsakt geplant... der bald geschehen soll...«
Der schwer dahinstapfende Rasumow unterbrach:
»Waren Sie mit Haldin bekannt? Wußte er Ihre Adresse?«
»Ich hatte das große Glück, ihn zweimal reden zu hören«, antwortete Rasumows Begleiter, dessen fieberhaftes Geflüster sehr von dem düsteren Ausdruck seines Gesichtes und seiner gedrückten Haltung abstach. »Er kannte meine Adresse nicht... ich habe ein kümmerliches Quartier... bei der Familie eines Handwerkers... ich habe nur die Ecke eines Zimmers für mich. Es ist nicht sehr zweckmäßig, mich dort aufzusuchen, doch falls Sie mich brauchen sollten, bin ich stets bereit...«
Rasumow zitterte vor Angst und Wut. Er war außer sich, dämpfte jedoch die Stimme.
»Ich verbiete Ihnen, sich mir zu nähern, ich verbiete Ihnen, hinfort auch nur ein einziges Wort an mich zu richten. Ich verbiete es Ihnen!«
»Sehr wohl«, versetzte der andere unterwürfig, ohne die geringste Verblüffung wegen dieses unerwarteten Verbotes zu zeigen. »Sie wünschen aus bestimmten Gründen nicht...ganz richtig... Ich verstehe.«
Er trollte sich sogleich, ohne auch nur aufzublicken; und Ra-

sumow sah, wie die hagere, abgerissene, verhungerte Gestalt mit den merkwürdig exakten Bewegungen der Beine hängenden Kopfes die Straße überquerte.
Er sah ihm zu, wie man der Erscheinung aus einem Alptraum zusieht, und dann setzte er seinen Weg fort, bestrebt, nicht zu denken. Im Treppenhaus stand seine Wirtin, und es hatte den Anschein, als habe sie auf ihn gewartet. Sie war eine kleine, dicke, unförmige Person mit einem langen, gelblichen Gesicht, die stets in ein schwarzes Umschlagetuch gehüllt war. Als sie ihn den letzten Treppenabsatz ersteigen sah, warf sie erregt beide Arme hoch und schlug dann die Hände vorm Gesicht zusammen.
»Kyrill Sidorowitsch – Väterchen – was haben Sie nur angestellt? So ein stiller junger Mensch! Gerade ist die Polizei weg – man hat Ihr Zimmer durchsucht.«
Rasumow betrachtete sie schweigend und aufmerksam. Auf ihrem verschwollenen, gelblichen Gesicht arbeitete es. Beschwörend plierte sie ihn aus verkniffenen Äuglein an.
»Dabei waren Sie so ein vernünftiger junger Mann! Das hat ja jeder gleich sehen können. Und nun, so etwas... ganz unerwartet! Was haben Sie nur davon, sich mit diesen Nihilisten einzulassen! Geben Sie das doch nur auf, Väterchen – es sind Menschen, die niemandem Glück bringen.«
Rasumow hob ein wenig die Schultern.
»Oder hat Sie etwa ein unbekannter Feind denunziert, Kyrill Sidorowitsch? Heutzutage wimmelt es von schwarzen Herzen und Denunzianten. Überall herrscht Furcht.«
»Haben Sie gehört, daß ich von jemandem denunziert worden sein soll?« fragte Rasumow, ohne den Blick von ihrem bibbernden Antlitz zu wenden.
Doch hatte sie nichts Dergleichen gehört. Sie hatte versucht, den Reviervorsteher auszufragen, während dessen Leute in Rasumows Zimmer das unterste zu oberst kehrten. Der Revier-

vorsteher kannte sie seit sieben Jahren und war ein ganz umgänglicher Mensch. Doch hatte er auf der Treppe zu ihr gesagt und dabei sehr düster und verärgert dreingeblickt:

»Fragen Sie nichts, gute Frau. Ich weiß selber nichts. Der Befehl kommt von oben.«

Und tatsächlich sei, kurz nach Eintreffen der örtlichen Revierschutzleute, ein sehr feiner Herr in Pelzmantel und Zylinderhut angelangt, der sich am Tisch niedergelassen und höchstselbst alle Papiere gemustert habe. Er sei allein gekommen und auch unbegleitet fortgegangen und habe nichts mitgenommen. Seither habe sie versucht, etwas Ordnung im Zimmer zu schaffen.

Rasumow wandte sich brüsk ab und betrat sein Zimmer.

Alle seine Bücher waren durchblättert und auf den Boden geworfen worden. Seine Wirtin, die ihm gefolgt war, bückte sich schwerfällig und begann, die Bücher in ihre Schürze zu sammeln. Seine Aufzeichnungen und sonstigen Papiere (sie hatten sämtlich mit seinen Studien zu tun), die er stets säuberlich getrennt voneinander aufstapelte, waren durcheinandergebracht und unordentlich mitten auf dem Tisch aufgehäuft worden.

Dieses Durcheinander rührte ihn über jedes vernünftige Maß hinaus im Tiefsten an. Er setzte sich und starrte vor sich hin. Er empfand ganz deutlich, wie der Grund seiner Existenz auf geheimnisvolle Weise unterwühlt wurde, wie seine moralischen Stützen eine um die andere hinsanken. Er empfand sogar einen leichten Schwindel und streckte den Arm aus, als suche er Halt.

Die alte Frau erhob sich leise ächzend, warf alle Bücher, die sie in der Schürze gesammelt hatte, aufs Sofa und verließ seufzend und murmelnd das Zimmer.

Erst jetzt bemerkte er, daß jenes Blatt Papier, das eine Nacht lang über dem unbenutzten Bett gegen die Wand geheftet gewesen war, als oberstes auf dem Stoß von Papieren lag.

Als er es tags zuvor abgenommen, hatte er es zerstreut mehrfach gefaltet und auf den Tisch fallen lassen. Und nun sah er es ganz obenauf. Aufgeblättert, ja geglättet, bedeckte es die unordentlich aufgehäuften Niederschriften, Zeugnis seiner geistigen Bemühungen der vergangenen drei Jahre. Es war dort nicht achtlos hingeworfen worden. Man hatte es dort hingelegt, hatte es geglättet! Er vermutete darin eine tiefe Absicht – vielleicht auch einen unerklärlichen Spott.
So saß er und starrte das Blatt Papier an, bis seine Augen zu schmerzen begannen. Weder an diesem noch am nächsten Tage – den er zu Hause in einem Zustand sonderbarer Unentschlossenheit verbrachte – machte er den Versuch, seine Papiere zu ordnen. Diese Unentschlossenheit galt der Frage, ob er zu leben fortfahren solle oder nicht – nicht mehr und nicht weniger. Doch war diese Unentschlossenheit etwas ganz anderes als das Zögern eines Menschen, der an Selbstmord denkt. Es kam Rasumow gar nicht in den Sinn, Hand an sich zu legen. Der anhanglose Körper mit dem Etikett Rasumow, der ging, atmete und dessen Kleidung trug, war für niemanden von Bedeutung – ausgenommen vielleicht die Wirtin. Der wahre Rasumow lebte in der gewollten, der determinierten Zukunft, in der Zukunft, die von der Gesetzlosigkeit der Selbstherrschaft – denn die Selbstherrschaft erkennt kein Gesetz an – und der Gesetzlosigkeit der Revolution bedroht war. Er empfand so stark, daß seine moralische Persönlichkeit der Gnade dieser gesetzlosen Mächte ausgeliefert war, daß er sich ernstlich fragte, ob es denn der Mühe wert sei, noch länger in einem Dasein geistig zu funktionieren, das gar nicht mehr sein eigenes zu sein schien.
»Was habe ich schon davon, wenn ich meinen Verstand anstrenge, wenn ich fortfahre, systematisch alle meine Fähigkeiten zu entwickeln und meine Arbeitspläne zu verwirklichen?« fragte er sich. »Ich will mein Leben nach vernünftigen Gesichts-

punkten führen können – und wer garantiert mir, daß nicht irgendwas, irgendein gräßlicher Alptraum über mich hereinbricht, während ich ganz still hier sitze?«

Rasumow spähte ängstlich und erwartungsvoll zur Flurtür, ganz als sei er darauf gefaßt, das Übel in einer seiner zahllosen Formen die Klinke herunterdrücken und stumm vor ihn hintreten zu sehen.

»Ein gewöhnlicher Dieb wird von dem Gesetz, das er bricht, besser geschützt als ich, und selbst ein Vieh wie Sjemjanitsch hat seinen Trost.« Rasumow beneidete den Dieb um sein Streben nach materiellen Gütern und den unverbesserlichen Schürzenjäger um sein Liebesfeuer. Die Folgen ihrer Handlungen waren stets vorhersehbar, und ihr Leben blieb immer ihr eigenes.

Doch schlief er in jener Nacht so tief, als habe er sich auf Sjemjanitschs Weise getröstet. Er war ganz plötzlich eingeschlafen, lag da wie ein Klotz und erinnerte sich beim Erwachen keines Traumes. Aber ihm war, als sei seine Seele in der Nacht ausgegangen, um die Blüten einer bitteren Erkenntnis zu sammeln. Er erwachte in einer Stimmung düsterer Entschlossenheit und so, als habe er neue Einsicht in seinen Charakter gewonnen. Spöttisch betrachtete er den Stoß Papier auf dem Tisch, und als er das Zimmer verließ, um in die Vorlesung zu gehen, murmelte er vor sich hin: »Wir werden ja sehen.«

Er war nicht in der Laune, mit jemandem zu sprechen oder Fragen wegen seiner gestrigen Abwesenheit zu beantworten. Doch war es nicht einfach, einen ihm gut bekannten Kommilitonen mit rosig glattem Gesicht und blondem Haar grob abfahren zu lassen, der bei den Studenten ›Der tolle Kostja‹ hieß. Er war der vergötterte Sohn eines sehr reichen, des Lesens und Schreibens unkundigen Staatslieferanten und ging nur während seiner Reueperioden in die Vorlesungen, die jeweils auf tränenreiche väterliche Ermahnungen folgten. Er glich in seiner lärmenden Unbeholfenheit einem jungen Jagdhund und verbreitete mit seiner dröhnenden Stimme und den lebhaften Gebärden in den kahlen Korridoren der Universitätsgebäude animalische Lebensfreude, was im weiteren Umkreis nachsichtiges Lächeln hervorrief. Für gewöhnlich redete er in geradezu entwaffnend einfältiger Manier von Traberpferden, von Trinkgelagen in teueren Restaurants und von den Vorzügen leichtfertiger Frauenzimmer. Gegen Mittag stürzte sich also der tolle Kostja, wenn auch etwas weniger lärmend als gewöhnlich, auf Rasumow und führte ihn beiseite.

»Einen Augenblick, Kyrill Sidorowitsch. Nur ein paar Worte, hier in dieser stillen Ecke.«

Er spürte Rasumows Widerstreben und hakte ihn überredend und schmeichelnd unter.

»Bitte, bitte. Ich will Ihnen ja nichts von meinen blödsinnigen Streichen erzählen. Was sind meine Streiche schon? Absolut nichts. Nichts als Kindereien. Neulich abends habe ich in einem Restaurant, in dem ich mich ganz ordentlich amüsierte, einen Kerl zum Fenster rausgeworfen. Es war das ein herrschsüchtiges kleines Miststück von einem Schreiber aus dem Schatzamt... er tyrannisierte das Personal. Ich verwies es ihm. ›Sie betragen sich gegen diese Geschöpfe Gottes, die sehr viel einnehmender sind als Sie selber, nicht wie ein anständiger Mensch‹, so sagte ich. Ich kann Tyrannei nicht mit ansehen, Kyrill Sidorowitsch. Bei Gott, ich kann es nicht. Der Kerl nun nahm das übel. ›Wer ist denn dieser freche Köter?‹ brüllte er. Zufällig war ich ausgezeichnet in Form, und er flog eins zwei drei durchs geschlossene Fenster. Und zwar ziemlich weit in den Hof. Ich wütete wie ein... wie ein... wie der Minotauros. Die Frauen klammerten sich kreischend an mich, die Fiedelbogenfritzen krochen unter die Tische... Was für ein Spaß! Mein Alter mußte recht tief in die Tasche greifen, das dürfen Sie mir glauben.« Er lachte leise.

»Mein Alter ist ein sehr nützlicher Mensch. Ein Glück, daß er da ist. Ich gerate nämlich oft teuflisch in die Klemme.«
Seine Stimmung flaute ab. Darum nämlich gehe es. Wie sei denn sein Leben? Unbedeutend, für jedermann belanglos, nichts als ein unablässiges Gelage. Und das Ende werde sein, daß man ihm eines Tages bei einer Schlägerei unter Betrunkenen den Schädel mit einer Sektflasche spalte. Und das alles noch dazu in einer Zeit, da andere ihr Leben um einer Idee willen aufs Spiel setzten. Doch er sei einfach unfähig, eine Idee zu fassen. Sein Kopf sei eben zu nichts Besserem da, als von einer Sektflasche eingeschlagen zu werden.
Rasumow behauptete, keine Zeit zu haben und versuchte sich loszumachen. Darauf änderte der andere seinen Ton und sprach vertraulich und ernst.
»Um des Himmels willen, Kyrill, teure Seele, lassen Sie mich doch irgendein Opfer bringen. Es wäre ja in Wahrheit nicht einmal ein Opfer. Ich habe schließlich meinen reichen Vater im Hintergrund, und seine Taschen sind wahr und wahrhaftig unerschöpflich.«
Rasumows Bemerkung, er sei wohl immer noch betrunken, wies er entrüstet zurück und bot ihm Geld zur Flucht ins Ausland an. Geld könne er stets von seinem Alten besorgen. Zu diesem Zwecke brauche er nur zu sagen, daß er die betreffende Summe im Kartenspiel verloren habe, und dann zu versprechen, drei Monate hintereinander keine Vorlesung zu versäumen. Damit ließe sich der Alte stets ködern, und er, Kostja, sei durchaus imstande, dieses Opfer auf sich zu nehmen. Wenn er auch nicht einzusehen vermöge, welchen Sinn es für ihn haben könnte, sich die Vorlesungen anzuhören. Das sei verlorene Mühe.
»Wollen Sie mich denn gar nicht von Nutzen sein lassen«, flehte er den schweigenden Rasumow an, der zu Boden starrte und ganz und gar nicht in der Lage war, die wahre Absicht des

anderen zu erkennen, und deshalb auch eine befremdliche Unlust fühlte, diesen Sachverhalt zu klären.
»Wie kommen Sie auf den Gedanken, daß ich ins Ausland verreisen möchte?« fragte er schließlich ganz ruhig.
Kostja senkte die Stimme.
»Gestern hat die Polizei Ihre Wohnung durchsucht. Drei oder vier von uns haben davon gehört. Auf welche Weise, spielt keine Rolle, es genügt zu sagen, daß wir Bescheid wissen. Und daher haben wir miteinander beratschlagt.«
»Ah, so rasch also haben Sie davon erfahren«, murmelte Rasumow nachlässig.
»Ja. Ganz recht. Und wir fanden alle, daß ein Mensch wie Sie...«
»Welche Art Mensch sehen Sie denn in mir?« unterbrach Rasumow ihn.
»Einen Mann von Ideen – auch einen Mann der Tat. Doch Sie sind sehr verschwiegen, Kyrill, und man wird aus Ihnen nicht ganz klug. Jedenfalls so jemand wie ich wird es nicht. Doch stimmten wir darin überein, daß Sie dem Lande erhalten bleiben müssen. Daran zweifelt niemand – ich meine, es zweifelt keiner von denen daran, die gehört haben, in welcher Art Haldin bei Gelegenheit von Ihnen gesprochen hat. Die Polizei macht nicht Haussuchung bei jemandem, der nicht böse Sachen zu gewärtigen hat... wenn Sie also glauben, es sei besser gleich durchzubrennen...«
Rasumow riß sich los, ging den Korridor hinunter und ließ den anderen erstarrt und offenen Mundes hinter sich. Doch fast sogleich machte er wieder kehrt und ging zu dem verblüfften Kostja zurück, der langsam den Mund zuklappte. Rasumow sah ihm starr in die Augen, ehe er mit Bedacht und jedes Wort einzeln betonend sagte:
»Ich – danke – Ihnen – sehr.«
Wieder ging er rasch davon. Kostja, der sich von seiner Über-

raschung angesichts solcher Manöver erholt hatte, rannte hinter ihm drein und sagte drängend:
»So hören Sie doch! Ich meine es im Ernst. Sie würden mir damit ja einen riesigen Gefallen tun! Hören Sie, Kyrill? Und falls Sie sich verkleiden wollen, dann kann ich Ihnen jedes nur denkbare Kostüm von einem mir bekannten Kostümverleiher verschaffen, einem Juden. Lassen Sie doch einen Narren sich nützlich machen, soweit seine Narrheit das erlaubt! Vielleicht braucht man ja auch einen falschen Bart oder etwas der Art.«
Rasumow sah sich in die Enge getrieben.
»Bei einem solchen Unternehmen braucht es keinen falschen Bart, Kostja, Sie gutherziger Wahnsinniger. Was wissen Sie denn von meinen Ideen! Meine Ideen sind vielleicht Gift für Sie.«
Der andere schüttelte heftig widersprechend den Kopf.
»Was gehen Sie die Ideen anderer Leute an? Es gibt Ideen, die selbst mit dem Geldsack Ihres Vaters kurzen Prozeß machen würden. Hören Sie auf, sich in Dinge zu mischen, die Sie nicht begreifen. Gehen Sie wieder zu Ihren Trabern und Ihren Mädchen, da wissen Sie doch, daß Sie niemandem schaden, höchstens sich selbst ein bißchen.«
Der schwärmerische Jüngling war von dieser Ablehnung schwer getroffen.
»Sie schicken mich an meinen Trog zurück, Kyrill. Jetzt ist es entschieden. Ich bin ein vom Glück verlassenes Vieh und werde auch verrecken wie ein Vieh. Aber vergessen Sie eines nicht: Ihre Verachtung war es, die mir den Rest gegeben hat.«
Rasumow ging mit langen Schritten davon. Daß auch diese schlichte, vergnügungssüchtige Seele ein Opfer der revolutionären Pest geworden war, schien ihm ein bedrohliches Symptom der Zeit. Er machte sich Vorwürfe, weil ihn das bestürzte. Er hätte sich doch eigentlich beruhigt fühlen müssen! In dieser

Verschwörung irriger Urteile, die ihn zu etwas stempelten, was er nicht war, lag ein augenscheinlicher Vorteil. Doch wie merkwürdig war das!

Wieder hatte er das Gefühl, das ihn überkommen hatte, als Haldin ihm durch seinen terroristischen Akt die Leitung seines Lebens aus der Hand genommen hatte. Seine einsame, arbeitsame Existenz, das einzige, was er mit Recht auf dieser Welt sein eigen hatte nennen können, war zerstört worden. Mit welchem Recht? fragte er sich wütend, in wessen Namen? Geradezu rasend machte es ihn zu spüren, wie die »Denker« an der Universität ihn offenbar irgendwie mit Haldin in Beziehung brachten – eine Art Vertrauten im Hintergrund aus ihm machten. Was für eine rätselhafte Verkoppelung. Ha! ha!... man hatte ihn ohne sein Wissen zu einer bedeutenden Persönlichkeit erklärt. Was mußte dieser Wicht Haldin nur über ihn geredet haben! Und doch war es wahrscheinlich, daß Haldin nur sehr wenig gesagt hatte, aber jedes zufällige Wort des Burschen war ja von diesen Schwachköpfen aufgesogen, gehätschelt und nach allen Regeln der Kunst bebrütet worden. Und war denn nicht alle geheime revolutionäre Tätigkeit auf Torheit, auf Selbsttäuschung und auf Lüge aufgebaut?

»Es ist einfach unmöglich, an anderes zu denken«, murmelte Rasumow vor sich hin. »Wenn das so weitergeht, verblöde ich noch. Diese Wichte und Narren bringen mich um den Verstand.«

Und er verlor alles Vertrauen in seine Zukunft, denn die war davon abhängig, daß er ungestört von seinem Verstand Gebrauch machen konnte. Er gelangte in einer geistigen Erschöpfung an sein Haustor, die es ihm ermöglichte, anscheinend gleichmütig aus der schmutzigen Hand des Dwornik einen amtlichen Umschlag entgegenzunehmen.

»Den hat der Gendarm gebracht«, sagte der Mann dabei »Er fragte, ob Sie daheim seien. Ich sagte: Nein, zuhaus ist er nicht.

Da hat er es hiergelassen. Händigen Sie es ihm selbst aus, sagte er noch. Na, nun haben Sie das Ding wohl, was?«
Er nahm wieder den Besen zur Hand, und Rasumow erstieg die Treppe, den Umschlag in den Fingern. In seinem Zimmer angelangt, verspürte er keinen großen Drang, ihn zu öffnen. Diese amtliche Botschaft kam selbstverständlich von der übergeordneten Polizeibehörde. Er wurde also verdächtigt.
In stumpfer Verblüffung nahm er das Groteske seiner Lage wahr. Mit einer Art trockener, fühlloser Schwermut sagte er sich: drei arbeitsreiche Jahre sind verloren, vierzig weitere in Frage gestellt – von Hoffnung in Schrecken gestürzt, weil Ereignisse, die von menschlicher Torheit verursacht werden, eine Kette bilden, die sich der Weiseste nicht ausmalen und die der Mutigste nicht durchbrechen kann. Das Verderben betritt das Zimmer hinter dem Rücken der Wirtin; kommt man nach Hause, ist es schon da, es steht am Ofen, ist aus Fleisch und Blut, es trägt den Namen eines Mannes, einen braunen Tuchrock und lange Stiefel. Es fragt: Ist die Flurtür geschlossen? – und man ist zu dumm, um es gleich bei der Kehle zu packen und die Treppe hinunterzustoßen. Man ist eben zu dumm. Man heißt das verrückte Schicksal noch willkommen. »Bitte, setzen Sie sich«, sagt man, und alles ist verloren. Man wird es nicht mehr los. Man ist bis zum Ende daran gekettet. Weder der Strang noch die Kugel können die Unbeschwertheit des Lebens oder die Klarheit der Gedanken zurückgeben... wahrlich, dafür lohnte es schon, sich den Kopf an der Wand einzurennen.
Rasumow musterte bedächtig die Wände, wie auf der Suche nach der geeigneten Stelle zum Einrennen des Kopfes. Dann öffnete er den Umschlag. Er fand darin die Anweisung an den Studenten Kyrill Sidorowitsch Rasumow, sich unverzüglich auf dem Generalsekretariat einzufinden.
Rasumow sah den General T. vor sich, der ihn mit vorstehen-

den Froschaugen erwartete – er, die personifizierte Gewalt der Autokratie, lächerlich und schrecklich anzusehen. In ihm verkörperte sich die gesamte Macht der Selbstherrschaft, denn er war ihr Hüter. Er war das verkörperte Mißtrauen, der verkörperte Zorn, die verkörperte Unbedenklichkeit eines in die Verteidigung gedrängten politischen und sozialen Regimes. Er verabscheute instinktiv die Rebellion. Und Rasumow bedachte, daß dieser Mann ganz unfähig war zu begreifen, daß ein anderer aus Vernunftgründen dem Absolutismus anhing.

»Was er nur von mir wollen mag?« fragte er sich.

Als habe diese in Gedanken gestellte Frage das bekannte Trugbild aufgerufen, erschien Haldin plötzlich mit geradezu unwahrscheinlicher Deutlichkeit vor ihm im Zimmer. Wenngleich der kurze Wintertag bereits in das bedrohliche Dämmerlicht übergegangen war, das über einem verschneiten Land liegt, bemerkte Rasumow doch ganz deutlich den schmalen Ledergürtel um den Tscherkessenrock. Der Eindruck, der Verhaßte sei wirklich anwesend, war so stark, daß Rasumow halb und halb die Worte zu hören erwartete: »Ist die Flurtür geschlossen?« Er betrachtete die Erscheinung voll Haß und Verachtung. Seelen hüllen sich nicht in Kleider, überdies konnte Haldin noch gar nicht tot sein. Rasumow trat drohend vor; die Erscheinung verschwand. Dann machte er auf dem Absatz kehrt und verließ voll unsäglicher Verachtung das Zimmer. Als er auf dem ersten Treppenabsatz angelangt war, kam ihm der Gedanke, es könne die Absicht der Untersuchungsbehörde sein, ihn dem lebenden Haldin gegenüberzustellen. Dieser Gedanke schlug in sein Hirn ein wie ein Geschoß, und hätte er sich nicht ans Geländer geklammert, wäre er, wohl möglich, die Treppe bis zum nächsten Absatz hinuntergerollt. Eine geraume Weile waren seine Beine ganz nutzlos... Warum aber? Konnte man sich dafür einen Grund denken? Zu welchem Zweck?

Eine vernünftige Antwort gab es auf solche Fragen nicht; Ra-

sumow erinnerte sich jedoch des Versprechens, das der General dem Fürsten K. gegeben hatte: seine Beteiligung sollte unerwähnt bleiben.
Er erreichte den Fuß der Treppe, indem er sich sozusagen Schritt um Schritt, ans Geländer geklammert, herunterließ. Im Torweg kam ihm ein Gutteil seiner Denkfähigkeit und Körperbeherrschung zurück. Er trat auf die Straße hinaus, ohne sichtlich zu schwanken. Von einem Augenblick zum anderen fühlte er sich gefaßter werden. Doch sagte er sich gleichzeitig, daß General T. durchaus der Mann sei, ihn für unbestimmte Zeit in der Festung einzukerkern. Sein Temperament paßte genau zu seiner Tätigkeit, die keine Skrupel erlaubte, und die ihm verliehene unumschränkte Gewalt machte ihn Vernunftgründen unzugänglich.
Doch als Rasumow beim Generalsekretariat eintraf, stellte sich heraus, daß er es gar nicht mit General T. zu tun hatte. Aus Herrn Rasumows Aufzeichnungen geht klar hervor, daß diese gefürchtete Persönlichkeit im Hintergrund bleiben sollte. Ein Zivilbeamter empfing ihn in einem Privatgemach, nachdem er eine Weile in Vorzimmern herumgesessen hatte, wo in einer überhitzten, dumpfen Luft an zahlreichen Tischen eifrig geschrieben wurde.
Der uniformierte Schreiber, der ihn geleitete, sagte auf dem Korridor:
»Sie werden Grigorij Matwiejitsch Mikulin vorgeführt.«
Der Mann, der diesen Namen trug, hatte nichts Furchteinflößendes. Sein milder, erwartungsvoller Blick war bereits der Tür zugewendet, als Rasumow eintrat. Sogleich deutete er mit einem Federhalter, den er zwischen den Fingern hielt, auf ein breites Sofa, das zwischen zwei Fenstern stand. Er folgte Rasumow mit den Augen, als dieser das Zimmer durchquerte und Platz nahm. Der milde Blick ruhte auf Rasumow, nicht neugierig, nicht forschend – gewiß nicht mißtrauisch – beinahe

ohne Ausdruck. In seiner leidenschaftslosen Beharrlichkeit lag etwas wie Zuneigung.
Rasumow, der Willen und Verstand auf ein Treffen mit General T. selber vorbereitet hatte, war tief verstört. Die moralische Rüstung, mit welcher er sich gegen mögliche Ausbrüche eines leidenschaftlichen Machtwillens gewappnet hatte, erwies sich vor diesem blassen Mann mit dem Vollbart als überflüssig. Der Bart bestand aus schütterem, sehr feinem blondem Haar. Kupferfarbene Lichtkringel spielten auf der Wölbung der hohen, zerfurchten Stirn. Die breiten, weichen Gesichtszüge wirkten so anheimelnd und bäurisch, daß der sorgfältig gezogene Mittelscheitel sich geradezu affektiert ausnahm.
Herrn Rasumows Aufzeichnungen läßt sich entnehmen, daß er gereizt war. Ich darf hier vielleicht einfügen, daß das eigentliche Tagebuch, das er dann mehr oder weniger regelmäßig führte, nach Herrn Rasumows Rückkehr an eben diesem Abend begonnen wurde.
Herr Rasumow war also gereizt. Der in seinem Inneren errichtete, hoch empfindliche Kunstbau war plötzlich zusammengebrochen.
»Ich muß sehr behutsam mit ihm umgehen«, ermahnte er sich, während beide Männer sich stumm musterten. Das Schweigen währte geraume Weile und war gekennzeichnet (denn jedes Schweigen ist von besonderer Art) von einer Traurigkeit, die vielleicht in dem milden, nachdenklichen Gehaben des bärtigen Beamten ihren Ursprung hatte. Rasumow erfuhr später, daß er der Chef einer Abteilung des Generalsekretariats war und einen Rang bekleidete, der dem eines Obersten im Heere entsprach.
Rasumows Mißtrauen war erwacht. Es kam hauptsächlich darauf an, sich nicht zum Reden verleiten zu lassen. Man hatte ihn aus einem bestimmten Grunde herzitiert. Aus welchem Grunde? Wohl, um ihm beizubringen, daß man ihn verdäch-

tigte, wohl auch, um ihn auszuholen. Worüber? Er hatte doch nichts zu sagen. Vielleicht hatte Haldin Lügen über ihn verbreitet... alle nur denkbaren Ungewißheiten quälten Rasumow. Er ertrug die Stille nicht länger und sprach, sich innerlich seiner Schwachheit wegen verfluchend, als erster, obgleich er sich fest vorgenommen hatte, dies keinesfalls zu tun.

»Ich bin stehenden Fußes hergeeilt«, begann er in heiserem, herausforderndem Ton; dann schien ihn die Fähigkeit zu sprechen zu verlassen und in den Körper von Staatsrat Mikulin überzugehen, der anerkennend verlauten ließ:

»Sehr lobenswert, sehr lobenswert. Obwohl... eigentlich...«

Doch war der Bann nun gebrochen, und Rasumow begann kühn zu sprechen, plötzlich ganz davon überzeugt, daß dies der sicherste Kurs sei. Wortreich klagte er darüber, daß man ihn ganz und gar mißverstanden habe. Und noch während er im vollen Bewußtsein seiner Verwegenheit fortfuhr zu sprechen, überlegte er, daß das Wort ›mißverstanden‹ doch viel besser klinge als ›verdächtig‹, und er wiederholte es nocheinmal mit Nachdruck. Plötzlich verstummte er, denn die aufmerksame Reglosigkeit des Beamten erfüllte ihn mit Angst. »Was rede ich da nur?« dachte er und beäugte verstohlen sein Gegenüber. Mißtrauisch – nicht mißverstehend – war die richtige Bezeichnung für diese Leute. Mißverstandensein war eine ganz andere Art von Fluch. Alle beide waren ihm durch Haldin aufgeladen worden. Und dabei schmerzte ihn sein Kopf so sehr. Er strich mit der Hand über die Stirn – eine unwillkürliche Gebärde des Leidens, die zu unterdrücken er nicht für notwendig hielt.

In diesem Augenblick sah Rasumow, wie sein Hirn auf der Streckfolter lag – eine lange bleiche Gestalt, deren Gesicht er nicht erkennen konnte, wurde in einem dunklen Gewölbe mit schrecklicher Gewalt auseinandergerissen. Es war, als habe er für den winzigsten Bruchteil eines Augenblickes von einem schauerlichen Bild aus der Zeit der Inquisition geträumt...

Es ist nicht anzunehmen, daß Rasumow in Gegenwart des Staatsrates Mikulin eingeschlummert ist und von einem Bild aus der Zeit der Inquisition geträumt hat. Allerdings war er sehr abgespannt, und er schreibt von einer erstaunlichen, traumähnlichen Erfahrung des Leidens, hervorgerufen von dem Umstand, daß niemand der bleichen, auf die Streckfolter gespannten Gestalt nahe gewesen sei. Eben die Einsamkeit des gefolterten Opfers sei entsetzlich anzusehen gewesen. Er vermerkt auch, daß ihn die unerklärliche Unmöglichkeit, das Gesicht zu erblicken, mit Schrecken erfüllt habe. Alle Erscheinungen eines Angsttraumes waren also zu verzeichnen. Doch weiß er gewiß, daß er, wie er da auf dem Sofa saß, die Hände zwischen den Knien und die Mütze endlos in den Fingern drehend, keinen Augenblick das Bewußtsein verloren hat. Alles dies zerstob, als Mikulins Stimme ertönte. Rasumow vermerkte mit besonderer Dankbarkeit den schlichten, unaffektierten Ton.
»Ja. Ich habe mit Interesse zugehört. Bis zu einem gewissen Grad verstehe ich Ihren... Doch irren Sie sich gewiß, wenn Sie...« Staatsrat Mikulin verlor sich in etlichen Satzfragmenten. Statt sie zu vollenden, starrte er in seinen Bart. Es handelte sich da um ein bewußtes Abbrechen, das die Sätze noch eindrucksvoller machte. Er vermochte sehr wohl flüssig zu sprechen, was sich erwies, als er in überredendem Ton fortfuhr: »Dem Umstand, daß ich Ihnen eben so aufmerksam zugehört habe, können Sie wohl entnehmen, daß ich unser Zusammensein nicht als ein rein amtliches betrachte.
Ja, ich möchte überhaupt das Amtliche ganz beiseitelassen... nun wohl, ich gebe zu, daß man Sie in amtlicher Form aufgefordert hat, hier zu erscheinen. Doch ich frage Sie: Hätte man in dieser Form jemanden um sein Erscheinen ersucht, den man...«
»Verdächtigt«, unterbrach Rasumow und sah dem Beamten gerade in die Augen. Es waren das große Augen mit schweren

Lidern, die Rasumows Kühnheit mit einem trüben, festen Blick widerstanden.
»Jawohl, verdächtigt.« Die offene Wiederholung des Wortes, das Rasumow im Wachen unablässig verfolgt hatte, bereitete ihm eine merkwürdige Befriedigung. Staatsrat Mikulin schüttelte leicht das Haupt. »Nun, Sie wissen doch sicher, daß meine Wohnung von der Polizei durchsucht worden ist!«
»Ich war im Begriffe zu sagen ›den man mißverstanden hat‹, als Sie mich unterbrachen«, warf Staatsrat Mikulin leise ein.
Rasumow lächelte ohne Bitterkeit. Das neuerwachte Bewußtsein seiner intellektuellen Überlegenheit hielt ihn in der Stunde der Gefahr aufrecht. Er sagte etwas herablassend:
»Ich weiß, daß ich nur ein Rohr im Winde bin. Doch bitte ich Sie, mir die Überlegenheit des denkenden Rohres über die nichtdenkenden Kräfte zuzugestehen, die es vernichten wollen. Praktisch denken, heißt letzten Endes immer, Kritik üben. Es ist mir vielleicht gestattet, meine Verwunderung darüber auszudrücken, daß die Polizei zwei Tage mit ihrer Aktion gezögert hat, zwei volle Tage, während deren ich alles mich kompromittierende Material – sagen wir – verbrennen und sogar die Asche hätten beseitigen können.«
»Sie sind zornig«, bemerkte der Beamte mit unbeschreiblicher Schlichtheit in Ton und Gebärde. »Ist das vernünftig?«
Rasumow fühlte, wie er rot wurde vor Ärger.
»Ich bin ja vernünftig. Ich bin sogar – wenn Sie gestatten – ein Denker, obwohl diese Bezeichnung heutzutage offenbar ausschließlich von jenen Leuten beansprucht wird, die mit revolutionären Ideen hausieren gehen, von Sklaven deutscher oder französischer oder weiß der Teufel welcher ausländischen Philosophen sonst noch. Ich aber bin keine intellektuelle Promenadenmischung. Ich denke wie ein Russe. Ich denke aufrichtig – und ich nehme mir die Freiheit, mich einen Denker zu nennen. Das Wort ist, soweit mir bekannt, nicht verboten.«

»Nein. Warum sollte es ein verbotenes Wort sein?« Staatsrat Mikulin drehte sich mit übergeschlagenen Beinen auf seinem Stuhl zur Seite, stützte den Ellenbogen auf die Tischplatte und legte den Kopf auf die Knöchel der halbgeschlossenen Hand. Rasumow bemerkte einen fetten Zeigefinger, den ein breiter Goldreif umspannte, in welchen ein blutroter Stein eingelassen war – ein Siegelring, der aussah, als könne er ein halbes Pfund wiegen; gewiß ein passendes Schmuckstück für einen behäbigen Mann mit sorgfältig gescheiteltem Haar über der zerfurchten, sokratischen Stirn.

»Ob das wohl eine Perücke ist?« Rasumow ertappte sich dabei, daß er sich diese Frage mit überraschender Zerstreutheit vorlegte. Sein Selbstvertrauen hatte einen argen Stoß erlitten. Er nahm sich vor, nicht noch einmal zu schwätzen. Zurückhaltung! Zurückhaltung! Er brauchte nichts weiter zu tun, als das Zwischenspiel mit Sjemjanitsch unter allen Umständen geheim zu halten, wenn die Fragen sich in diese Richtung bewegten. Sjemjanitsch durfte in keiner der Antworten auftauchen.

Staatsrat Mikulin sah ihn trübe an. Rasumows Selbstvertrauen ließ ihn nun völlig im Stich. Es schien unmöglich, Sjemjanitsch nicht zu erwähnen. Jede Frage mußte zu ihm führen, denn etwas anderes gab es ja gar nicht zu erörtern! Er versuchte, sich zusammenzunehmen. Das mißlang. Aber auch Staatsrat Mikulin wirkte erstaunlich abwesend.

»Warum sollte es verboten sein?« wiederholte er. »Auch ich, das versichere ich Ihnen, halte mich für einen denkenden Menschen. Die Grundbedingung allerdings ist, daß man korrekt denkt. Ich gebe zu, daß das zunächst schwierig sein kann für einen jungen Menschen, der sich selbst überlassen ist – mit seinen noch undisziplinierten, großmütigen Regungen –, allen Einwirkungen preisgegeben. Der religiöse Glaube ist immerhin ein großer...« Staatsrat Mikulin blickte in seinen Bart, und Rasumow, dessen Spannung angesichts dieses unerwarte-

ten Überganges zu einer Unterhaltung nachgelassen hatte, murmelte finster und unzufrieden: »Dieser Mensch, dieser Haldin – er glaubte an Gott.«
»Ah, das ist Ihnen also bekannt«, hauchte Mikulin; er vermerkte diese Aussage sanft, geradezu diskret, doch unmißverständlich, ganz als sei auch er von Rasumows Bemerkung zur Unvorsichtigkeit verleitet worden. Der junge Mann bewahrte ein ausdrucksloses, mürrisches Gesicht, wenn er sich auch innerlich wütend einen gefährlichen Narren schalt, weil er den unzutreffenden Eindruck einer zwischen ihm und Haldin bestehenden Vertrautheit erweckt hatte. Er hielt den Blick zu Boden gerichtet. »Ich muß jetzt einfach den Mund halten, wenn ich nicht gefragt bin«, ermahnte er sich. Und sogleich stellte sich ihm gegen seinen Willen mit solcher Gewalt die Frage: »Soll ich ihm nicht lieber alles erzählen?«, daß er sich in die Unterlippe beißen mußte. Staatsrat Mikulin jedoch hatte wohl kaum auf ein Geständnis gehofft, denn er fuhr fort:
»Sie sagen mir da mehr, als Haldins Richter aus ihm herausbekommen haben. Er hat vor einer Dreierkommission gestanden. Er weigerte sich rundheraus, auch nur ein Wort zu sagen. Ich habe das Protokoll der Vernehmung hier bei mir. Nach jeder Frage heißt es: Verweigert die Antwort – verweigert die Antwort. Seite um Seite. Man hat mich nämlich damit beauftragt, im Zusammenhang mit dieser Affäre noch eine Reihe von Untersuchungen anzustellen. Und er hat mir auch nicht den kleinsten Anhaltspunkt geliefert, bei dem ich mit der Nachforschung beginnen könnte. Ein verhärteter Bösewicht. Aber Sie sagen nun, daß er gläubig war...«
Wiederum blickte Staatsrat Mikulin in seinen Bart und verzog dabei leicht das Gesicht. Doch blieb er nicht lange stumm. Er äußerte etwas verächtlich, daß auch Lästerer über eine Abart von Glauben verfügten, und schloß die Vermutung an, Haldin und Rasumow hätten zweifellos oft dieses Thema erörtert.

»Nein«, sagte Rasumow laut und ohne aufzublicken. »Er redete, und ich hörte zu. Das kann man keine Unterhaltung nennen.«

»Zuhören ist eine große Kunst«, warf Mikulin ein.

»Andere Leute zum Sprechen zu bringen ist auch eine«, murmelte Rasumow.

»Ah, nein, das ist gar nicht schwer«, versetzte Mikulin unschuldig, »besondere Fälle natürlich ausgenommen. Diesen Haldin zum Beispiel. Nichts konnte ihn zum Reden bringen. Viermal wurde er den Richtern vorgeführt. Vier geheime Vernehmungen – und selbst während der letzten, als Ihre Person ins Spiel gebracht wurde...«

»Meine Person ins Spiel gebracht?« wiederholte Rasumow und hob ruckartig den Kopf. »Das verstehe ich nicht.«

Staatsrat Mikulin rückte wieder an seinen Tisch, nahm mehrere graue Aktenbogen zur Hand und ließ sie einen nach dem anderen auf die Platte sinken. Nur den letzten behielt er in der Hand und hob ihn, während er sprach, an die Augen.

»Man hielt das für unerläßlich. In einem so schweren Fall gilt, daß nichts unversucht bleiben darf, um auf den Schuldigen einzuwirken. Das begreifen Sie gewiß ohne weiteres.«

Rasumow starrte mit weit aufgerissenen Augen das Profil des Staatsrates an, der ihn seinerseits überhaupt nicht ansah.

»Es wurde also beschlossen (General T. fragte mich um Rat), dem Angeklagten eine bestimmte Frage vorzulegen. Doch mit Rücksicht auf den ausdrücklichen Wunsch des Fürsten K. ist Ihr Name weder im Protokoll festgehalten, noch ist er den Beisitzern bekanntgemacht worden. Fürst K. sah ein, daß wir berechtigt, ja genötigt waren so vorzugehen, doch war er um Ihre Sicherheit besorgt. Es läßt sich nicht bestreiten, daß manches durchsickert. Man kann nicht immer für die Verschwiegenheit untergeordneter Beamter einstehen. Immerhin hielt sich der Sekretär des geheimen Tribunals im Raum auf, dazu ein oder

zwei Gendarmen. Und überdies sollten mit Rücksicht auf den Fürsten K., wie ich schon sagte, auch die Richter nichts erfahren. Die vorher im Wortlaut festgelegte Frage (die ich eigenhändig niedergeschrieben hatte) wurde dem Tribunal durch General T. übersandt mit der Anweisung, sie dem Gefangenen als allerletzte vorzulegen. Hier ist sie.« Mikulin warf den Kopf zurück, heftete den Blick aufs Papier und las eintönig vor:
»Frage: Hat der Mann, der Ihnen wohlbekannt ist, in dessen Zimmer Sie sich am Montag mehrere Stunden lang aufgehalten haben und auf dessen Anzeige hin Sie verhaftet wurden – hat dieser Mann Kenntnis von Ihrer Absicht gehabt, einen politischen Mord zu begehen?... Der Gefangene verweigert die Antwort. Die Frage wird wiederholt. Der Gefangene bewahrt das gleiche verstockte Schweigen.
Nun wird der ehrwürdige Seelsorger der Festung vorgelassen, der den Gefangenen zur Reue ermahnt, ihn auffordert, für sein Verbrechen durch ein rückhaltloses Geständnis zu büßen, welche Buße auch unser gottesfürchtiges Land befreien würde von der Sünde der Rebellion gegen das göttliche Gesetz und gegen die geheiligte Person des Herrschers. Hierauf öffnet der Gefangene zum erstenmal während des morgendlichen Verhörs den Mund und weist mit lauter, klarer Stimme den Zuspruch des ehrwürdigen Priesters zurück.
Um elf Uhr vormittags erkennt das Gericht auf die Todesstrafe. Die Hinrichtung wird auf vier Uhr nachmittags festgesetzt, soweit von höherer Stelle kein Einspruch erfolgt.«
Staatsrat Mikulin ließ den Aktenbogen sinken, blickte in seinen Bart, wandte sich Rasumow zu und fügte mit freundlich erläuternder Stimme hinzu:
»Wir sahen keinen Grund für einen Aufschub. Der Vollstreckungsbefehl wurde gegen Mittag per Telegraph abgesandt. Ich selbst habe das Telegramm verfaßt. Um vier Uhr nachmittags wurde er gehängt.«

Die Nachricht von Haldins gewissem Tod versetzte Rasumow in einen Zustand der Ermattung, wie er nach einer großen Anstrengung oder einer heftigen Aufregung eintritt. Er hielt sich sehr still auf seinem Sofa, doch entfloh ihm ein gemurmelter Satz:

»Er glaubte an ein künftiges Leben.«

Staatsrat Mikulin zuckte leicht die Achseln, und Rasumow erhob sich mühsam. Es gab hier nichts mehr, um dessentwillen es sich zu bleiben verlohnte. Haldin war um vier Uhr gehängt worden. Das stand außer Zweifel. Es schien wirklich so, als habe er bereits sein künftiges Leben angetreten, samt hohen Stiefeln, Pelzmütze und Ledergürtel. Ein ungewisses, spukhaftes Leben. Nicht seine Seele, sondern nur sein Phantom hat er auf Erden zurückgelassen, dachte Rasumow spöttisch und lächelte vor sich hin, während er das Zimmer durchquerte. Er hatte die Gegenwart des Staatsrates Mikulin vergessen und auch, an welchem Ort er sich befand. Der Beamte hätte, ohne vom Stuhl aufstehen zu müssen, überall im Hause die Alarmglocken auslösen können. Er ließ Rasumow bis zur Tür gehen, ehe er sagte:

»Ich bitte Sie, Kyrill Sidorowitsch, was tun Sie da?«

Rasumow wandte sich um und sah ihn schweigend an. Er war durchaus nicht verstört. Die Arme des Staatsrates lagen ausgestreckt auf der Tischplatte, sein Körper beugte sich etwas vor, und seine trüben Augen blickten angestrengt auf Rasumow.

»War ich wirklich im Begriff, mich einfach so davonzumachen?« dachte er verwundert, doch ohne das Gesicht zu verziehen. Und er merkte wohl, daß sich hinter dieser nichtssagenden Miene helles Erstaunen verbarg.

»Offenbar wäre ich doch einfach hinausgegangen, wenn er nichts gesagt hätte«, dachte er. »Was hätte er dann wohl unternommen? Ich muß die Sache jetzt zu Ende bringen, egal wie. Ich muß ihn zwingen, seine Karten aufzudecken.«

Noch einen Augenblick stand er so und grübelte im Schutze seiner maskenhaft gleichgültigen Miene, dann ließ er die Klinke fahren und trat in den Raum zurück.
»Ich werde Ihnen sagen, was Sie denken«, sprudelte er hervor, ohne jedoch die Stimme zu erheben. »Sie glauben, daß Sie es mit einem Komplizen jenes unglücklichen Menschen zu tun haben. Nein, ob er wirklich unglücklich war, weiß ich nicht einmal. Davon hat er nichts gesagt. Ich sah in ihm einen Schuft, denn eine falsche Idee am Leben zu erhalten ist ein größeres Verbrechen als einen Menschen zu töten. Das wollen Sie doch wohl nicht bestreiten? Ich habe ihn gehaßt! Solche Propheten richten nichts als Unheil an. Ihre Utopien züchten in der Menge der mittelmäßigen Geister nur Ekel vor der Wirklichkeit und Verachtung für die folgerichtige, in Jahrhunderten vor sich gehende Entwicklung der Menschheit.«
Rasumow zuckte die Achseln und sah stumpf vor sich hin. »Was für ein Gewäsch«, dachte er. Die Reglosigkeit und das Schweigen Mikulins beeindruckten ihn tief. Der bärtige Bürokrat saß undurchdringlich, selbstgewiß und unerschütterlich auf seinem Posten wie ein Götze; in seinen trüben Augen war nichts zu lesen. Unwillkürlich änderte Rasumow den Ton.
»Falls Sie mich fragen, warum ich es nötig habe, Menschen wie Haldin zu hassen, so antworte ich Ihnen: es ist keine Sentimentalität im Spiel. Ich habe ihn nicht darum gehaßt, weil er das Verbrechen des Mordes begangen hat. Abscheu ist noch kein Haß. Gehaßt habe ich ihn nur, weil ich ein vernünftiger Mensch bin. Als solchen versetzte er mich in Rage. Sein Tod ...«
Rasumow fühlte, wie ihm die Worte im Hals steckenblieben. Die Trübheit in den Augen des Staatsrates schien sich über dessen ganzes Gesicht zu verbreiten, so daß es vor Rasumows Blick verschwamm. Er versuchte, diese Erscheinung nicht zur Kenntnis zu nehmen.
»Was«, so fuhr er fort und betonte jedes Wort, »was bedeutet

mir schon sein Tod? Läge er hier lang ausgestreckt auf dem Boden, so wollte ich über ihn hinweggehen... der Bursche ist doch nichts als ein Phantom...«

Rasumows Stimme erstarb, sehr gegen seinen Willen. Mikulin hinter dem Tisch gestattete sich nicht die geringste Bewegung. Das Schweigen dauerte eine geraume Weile, so lange, bis Rasumow imstande war, weiterzureden.

»Er hat zu anderen Leuten von mir gesprochen... Diese Intellektuellen besuchen sich gegenseitig auf ihren Buden und berauschen sich an ausländischen Ideen, ganz wie junge Gardeoffiziere einander mit ausländischen Weinen traktieren. Nichts als Ausschweifung!... auf mein Wort« – Rasumow, den die unerwartete Erinnerung an Sjemjanitsch in Wut versetzte, zwang sich dazu, leiser zu sprechen –, »auf mein Wort, wir Russen sind eine Bande von Trunkenbolden. Irgendein Rausch muß her: entweder geraten wir vor Kummer in Raserei oder zerfließen vor Rührung in Tränen, wir liegen wie Klötze herum, oder wir stecken gleich das Haus in Brand. Wie soll sich da ein denkender Mensch verhalten? Das möchte ich wissen! Man kann sich doch unmöglich ganz von seinem Volk lossagen. Um in der Wüste leben zu können, muß man ein Heiliger sein. Was wollen Sie aber machen, wenn ein Betrunkener aus der Kneipe hervorstürzt, sich Ihnen an den Hals wirft und Sie auf die Backen küßt, bloß weil etwas an Ihrer Erscheinung ihn sympathisch berührt? Wie? Man könnte sehr wohl einen Stock auf seinem Rücken zerbrechen, ohne ihn loszuwerden...«

Mikulin hob eine Hand und strich sich bedächtig über das Gesicht. »Nun... versteht sich...«, murmelte er.

Der stumme Ernst der Handbewegung ließ Rasumow einhalten. Das war doch sehr unerwartet. Was bedeutete das wohl? Die Geste sprach von erschreckender Distanziertheit. Es fiel ihm wieder ein, daß er Mikulin zwingen wollte, seine Karten aufzudecken.

»Ich habe dies alles schon dem Fürsten K. mitgeteilt«, begann er mit gemachtem Gleichmut, der sich aber bei Mikulins bedächtig zustimmendem Nicken verlor. »Das wissen Sie? Sie haben davon gehört?... Nun, warum bestellt man mich dann hierher; um mir Haldins Tod mitzuteilen? Um mir sein Schweigen vor Augen zu führen, nun, da er tot ist? Das ist mir unverständlich. Was bedeutet mir sein Schweigen? Sie haben es darauf abgesehen, mich um mein moralisches Gleichgewicht zu bringen!«

»Nein. Das nicht«, murmelte Staatsrat Mikulin gerade noch vernehmbar. »Der Dienst, den Sie geleistet haben, wird dankbar anerkannt...«

»So?« fragte Rasumow ironisch.

»...und man hat auch Verständnis für Ihre Lage.« Staatsrat Mikulin hob nicht die Stimme. »Aber bedenken Sie einmal: Sie tauchen mit Ihren erstaunlichen Informationen im Kabinett des Fürsten K. auf, wie vom Himmel gefallen... Sie studieren noch, Herr Rasumow, wir aber sind bereits im Dienst – vergessen Sie das nicht... und da entstand natürlich eine gewisse Neugier...« Staatsrat Mikulin blickte in seinen Bart. Rasumows Lippen bebten.

»Ein derartiges Ereignis zeichnet den Menschen«, ging das anheimelnde Gemurmel weiter. »Ich gebe zu, daß ich darauf gespannt war, Sie kennenzulernen. General T. hielt es ebenfalls für zweckmäßig... Sie dürfen nicht glauben, daß ich Ihre Gefühle nicht begreifen könnte. Als ich in Ihrem Alter war, studierte ich...«

»Ganz recht, Sie wünschten mich zu sehen«, sagte Rasumow im Ton höchsten Widerwillens. »Selbstverständlich haben Sie dazu das Recht, will sagen die Macht. Das kommt alles auf eines heraus. Aber selbst wenn Sie mich ein ganzes Jahr lang ansehen und mir zuhören wollten, würde das nichts nützen. Ich fange an zu glauben, daß ich etwas an mir habe, aus dem

die Leute einfach nicht schlau werden können. Dies ist ein Unglück. Ich stelle mir jedoch vor, daß Fürst K. mich begreift. Jedenfalls hatte ich diesen Eindruck.«
Staatsrat Mikulin rutschte leicht auf seinem Stuhl hin und her und sagte: »Fürst K. ist über alles, was vorgeht, im Bilde, und ich will Ihnen nicht verschweigen, daß er meine Absicht, mit Ihnen bekannt zu werden, billigte.«
Rasumow verbarg seine unendliche Enttäuschung unter einem höhnisch überraschten Ton.
»Also auch er ist neugierig ... nun, Fürst K. kennt mich schließlich kaum. Das ist für mich sehr unangenehm, aber es ist nicht einzig mein Fehler.«
Staatsrat Mikulin hob hastig eine beschwichtigende Hand und neigte leicht den Kopf zur Seite.
»Aber ich bitte Sie, Herr Rasumow ... müssen Sie das denn so auffassen? Gewiß wird jedermann ...«
Er senkte rasch die Augen auf seinen Bart, und als er wieder aufblickte, flackerte es in seinen umnebelten Augen interessiert. Rasumow wies dieses Interesse jedoch mit einem kalten, abweisenden Lächeln zurück.
»Nein, das ist gewiß nicht von Bedeutung – nur eben ... alle diese Neugier, die durch einen so einfachen Sachverhalt ausgelöst wird ... wie soll sie befriedigt werden? Sie ist unersättlich. Vielmehr, ich will sagen, es ist nichts da, womit sie gesättigt werden könnte. Zufällig bin ich als Russe mit patriotischer Veranlagung geboren – ob ich diese ererbt habe oder nicht, vermag ich nicht zu sagen.«
Rasumow sprach ganz bewußt mit außerordentlicher Festigkeit.
»Jawohl. Patriotische Anlagen, die ich entwickelt habe, vermöge meines unabhängigen Denkens – meines distanzierten Denkens. In dieser Hinsicht bin ich freier, als ich es infolge einer sozialdemokratischen Revolution je werden könnte. Es

ist mehr als wahrscheinlich, daß ich nicht genauso denke wie Sie. Wie sollte ich das auch? Sie denken vermutlich in diesem Augenblick, daß ich ein kompliziertes Lügengewebe spinne, um jede Spur von Reue zu verdecken.«
Rasumow hielt ein. Sein Herz drohte ihm die Brust zu sprengen. Staatsrat Mikulin verzog keine Miene.
»Wie das?« fragte er einfach. »Ich selbst habe bei der Durchsuchung Ihres Zimmers geholfen. Ich habe eigenhändig alle Ihre Papiere durchblättert. Ich war sehr beeindruckt von einer Art politischen Glaubensbekenntnisses. Ein sehr bemerkenswertes Dokument. Darf ich vielleicht fragen, zu welchem Zwecke...«
»Natürlich um die Polizei irrezuführen!« sagte Rasumow wild. »Was soll denn diese Komödie? Selbstverständlich können Sie mich von hier aus schnurstracks nach Sibirien verschicken. Das wäre begreiflich. Und dem Begreiflichen kann ich mich beugen. Doch gegen diese Komödie einer Untersuchung protestiere ich. Die ganze Angelegenheit ist für meinen Geschmack bereits zu komisch. Eine Komödie der Irrungen, der Phantome, der Verdächtigungen. Das wird nachgerade unanständig...«
Staatsrat Mikulin horchte auf.
»Sagten Sie Phantome?« murmelte er.
»Ich könnte über Dutzende von ihnen hinweggehen«, fuhr Rasumow mit einer achtlosen Handbewegung ungestüm fort. »Doch wirklich, ich muß auf dem Recht bestehen, ein für alle mal vor diesem Menschen Ruhe zu haben. Und um das zu bewerkstelligen...«
Rasumow, der vor dem Tisch stand, verbeugte sich leicht gegen den sitzenden Bürokraten.
»...werde ich mir jetzt erlauben, mich zurückzuziehen – mich ganz einfach zurückzuziehen«, schloß er sehr bestimmt.
Er schritt zur Tür und dachte dabei: »Jetzt muß er seine Karten

aufdecken. Entweder muß er klingeln und mich in diesem Gebäude verhaften, oder er muß mich gehen lassen. Und in beiden Fällen …«

Eine Stimme sagte ohne jede Hast:

»Kyrill Sidorowitsch.«

Rasumow, der die Tür erreicht hatte, drehte den Kopf.

»Mich zurückziehen«, wiederholte er.

»Wohin?« fragte Staatsrat Mikulin leise.

ZWEITER TEIL

I

Im Ablauf einer erfundenen Geschichte müssen ohne Zweifel, um der Deutlichkeit und der Wirkung willen, gewisse Formen gewahrt werden. Ein Mensch von Phantasie, er möge in der Kunst der Erzählung so unerfahren sein wie er wolle, darf sich bei der Wahl der Worte und der Entwicklung der Handlung auf seinen Instinkt verlassen. Eine Spur von Talent entschuldigt viele Fehler. Doch hier handelt es sich nicht um ein Werk der Phantasie; ich verfüge über kein Talent; zu meiner Entschuldigung kann ich nicht auf die Kunstfertigkeit, sondern nur auf die Kunstlosigkeit meines Berichtes hinweisen. Im Bewußtsein meiner Beschränktheit und ganz rückhaltlos an mein Vorhaben hingegeben, würde ich (auch wenn ich dazu imstande wäre) nicht versuchen, mir etwas auszudenken. Meine Skrupel verbieten mir sogar, einen Übergang zu erfinden.

Ich lege also Herrn Rasumows Aufzeichnungen an jenem Punkte aus der Hand, an dem die Frage des Staatsrates Mikulin ›Wohin?‹ sich mit der Macht eines unlösbaren Problems präsentiert, und berichte nur einfach, daß ich etwa sechs Monate zuvor die beiden Damen kennengelernt hatte. Mit ›die beiden Damen‹ meine ich selbstverständlich Mutter und Schwester des unglücklichen Haldin.

Wie er es fertiggebracht hatte, seine Mutter zu überreden, ihren kleinen Besitz zu verkaufen und sich auf unbestimmte Zeit ins Ausland zu begeben, vermag ich nicht genau zu sagen. Es scheint mir aber so, als hätte Frau Haldin – sollte ihr Sohn eine derartige Bitte ausgesprochen haben – ohne weiteres ihr Haus angesteckt und wäre auf den Mond ausgewandert, und zwar ohne sich Überraschung oder Furcht anmerken zu lassen; und daß auch Fräulein Haldin – Natalie, mit dem Kosenamen Natalka – ihr Einverständnis mit einem solchen Plan erklärt hätte.

Ihre stolze Verehrung für diesen jungen Mann erkannte ich bereits nach sehr kurzer Zeit. Seinen Anweisungen folgend, hatten sie sich unmittelbar in die Schweiz begeben – nach Zürich – und waren dort das Jahr über geblieben. Von Zürich, das ihnen nicht gefiel, waren sie nach Genf gekommen. Einer meiner Bekannten, der an der Universität von Lausanne Geschichte las (er hatte eine Russin, eine entfernte Verwandte von Frau Haldin, geheiratet), schlug mir brieflich vor, den Damen meine Aufwartung zu machen. Es war das im Grunde ein freundlicher Hinweis auf eine mögliche Geschäftsverbindung. Fräulein Haldin wünschte, zusammen mit einem fähigen Lehrer die besten englischen Autoren zu lesen.

Frau Haldin nahm mich sehr freundlich auf. Ihr schlechtes Französisch, über das sie selbst lächelte, ließ es gar nicht erst zu der Förmlichkeit einer ersten Begegnung kommen. Sie war eine hochgewachsene Frau und trug ein schwarzes Seidenkleid. Eine breite Stirn, regelmäßige Züge und fein gemeißelte Lippen zeugten von vergangener Schönheit. Sie saß aufrecht in einem Sessel und sagte mit recht schwacher, liebenswürdiger Stimme, daß der Wissensdurst ihrer Natalka einfach unersättlich sei. Ihre schmalen Hände lagen im Schoß, und die Reglosigkeit ihres Gesichtes hatte etwas Mönchisches. »In Rußland«, fuhr sie fort, »war alles Wissen mit Lüge untermischt. Nicht Chemie und ähnliche Dinge, aber doch die Bildung im allgemeinen«, erklärte sie. Die Regierung mache das Schulwesen ihren besonderen Zwecken dienstbar. Das sei die Ansicht beider Kinder gewesen. Ihre Natalka habe die Abschlußprüfung auf einer Höheren Schule für Mädchen gemacht, ihr Sohn studiere an der Universität von St. Petersburg. Er besitze einen glänzenden Verstand, einen außerordentlich edlen, selbstlosen Charakter, und alle seine Kommilitonen vertrauten ihm blind. Sie hoffe, daß er im kommenden Frühjahr zu ihnen stoßen werde, dann wollten sie gemeinsam nach Italien reisen. In jedem Lande außer ihrem eigenen wäre einem Mann von den außergewöhnlichen Fähigkeiten und dem edlen Charakter ihres Sohnes eine große Zukunft gewiß – in Rußland jedoch...

Die junge Dame, die nahe dem Fenster saß, wandte sich um und sagte:

»Ach Mutter, selbst bei uns ergeben sich im Laufe der Jahre Veränderungen.«

Ihre Stimme klang tief und beinahe rauh, und gerade wegen dieser Rauheit wieder schmeichelnd. Sie war brünett, hatte rote Lippen und eine üppige Figur. Sie erweckte den Eindruck von starker Vitalität. Die alte Dame seufzte.

»Ihr seid jung, seid alle beide jung. Ihr habt leicht hoffen. Doch auch ich bin nicht ohne Hoffnung – wie könnte ich das auch sein, mit solch einem Sohn.«

Ich erkundigte mich nun bei Fräulein Haldin, welche Autoren sie zu lesen wünsche. Sie richtete ihre großen grauen Augen auf mich, die von schwarzen Wimpern überschattet wurden, und trotz meiner Jahre merkte ich doch, welch starken physischen Reiz ihre Person auf einen Mann auszuüben vermochte, der an einer Frau mehr als nur den Liebreiz der Weiblichkeit zu schätzen wußte. Ihr Blick war so unmittelbar und vertrauensvoll wie der eines jungen Mannes, der noch nicht durch sogenannte Lebensklugheit verdorben ist. Es war Furchtlosigkeit darin, doch lag in dieser Furchtlosigkeit nichts Aggressives. Besser wäre es zu sagen: es lag darin ein naives, aber doch nachdenkliches Selbstvertrauen. Sie hatte bereits zu denken angefangen (damit beginnt die russische Jugend früh), war aber bislang nicht getäuscht worden, da sie offensichtlich noch niemals einer Leidenschaft ausgeliefert gewesen war. Sie war

– und das sah man ihr mühelos an – ganz der Mensch, sich von einer Idee oder auch nur von einer Person begeistern zu lassen. Jedenfalls wollte das meinem, wie ich glaube, unvoreingenommenen Blick so scheinen; denn ich war gewiß nicht geeignet, die Person zu sein – und was nun meine Ideen anging...!

Im Laufe unserer gemeinsamen Lektüre freundeten wir uns sehr miteinander an. Ohne Furcht, mich lächerlich zu machen, will ich gestehen, daß ich mich zu diesem jungen Mädchen mit der Zeit sehr hingezogen fühlte. Nach vier Monaten eröffnete ich ihr, daß sie von nun an sehr wohl allein ihre englische Lektüre fortsetzen könne. Es sei für den Lehrer an der Zeit, sich zurückzuziehen. Meine Schülerin zeigte sich unangenehm überrascht.

Frau Haldin, die mit unbewegten Zügen, doch mit einem gütigen Ausdruck in den Augen im Sessel saß, ließ sich in ihrem unsicheren Französisch vernehmen: *»Mais l'ami reviendra.«* So wurde es denn abgemacht. Ich kam wieder – nicht viermal die Woche wie bislang, aber doch recht oft. Im Herbst machten wir in der Gesellschaft anderer Russen einige Ausflüge. Meine Freundschaft zu diesen beiden Damen verschaffte mir in der russischen Kolonie ein Ansehen, das auf andere Weise zu erlangen mir nicht möglich gewesen wäre.

An dem Tage, da ich die Nachricht von der Ermordung de P.s in der Zeitung las – es war ein Sonntag –, traf ich die Damen auf der Straße und begleitete sie ein Stück Weges. Ich weiß noch, daß Frau Haldin einen schweren, grauen Umgang über ihrem schwarzen Seidenkleid trug und daß ihre schönen Augen den meinen mit einem sehr stillen Ausdruck begegneten.

»Wir haben die zweite Messe besucht«, sagte sie. »Natalka hat mich begleitet, ihre Freundinnen, die Studentinnen hier, gehen selbstverständlich nicht... Bei uns in Rußland gilt die Kirche so sehr als Teil der Despotie, daß es fast erforderlich ist, um der Freiheit im Diesseits willen alle Hoffnung auf ein künftiges Leben aufzugeben. Doch kann ich es nicht lassen, für meinen Sohn zu beten.«

Und mit einer Art steinerner Verbissenheit fügte sie leicht errötend auf französisch hinzu: *»Ce n'est peut être qu'une habitude.«* (»Das ist vielleicht nur eine Angewohnheit.«)

Fräulein Haldin trug das Gesangbuch. Sie sah ihre Mutter nicht an.

»Du und Victor, ihr seid beide wahre Gläubige«, sagte diese.

Ich teilte ihnen die Neuigkeit aus ihrem Vaterlande mit, von der ich gerade im Café gelesen hatte. Eine gute Minute lang gingen wir rasch und schweigend dahin. Dann murmelte Frau Haldin:

»Das wird zu noch mehr Unglück, zu noch schlimmerer Verfolgung führen. Vielleicht schließen sie gar die Universität. In Rußland hat man keine Ruhe und keinen Frieden, ehe man im Grabe liegt.«

»Ja, der Weg ist hart«, ließ sich die Tochter vernehmen, die gerade vor sich hin starrte, auf die Kette des schneebedeckten Jura, die das Ende der Straße wie eine weiße Mauer abschloß. »Doch ist der Tag der Einigkeit nicht mehr so sehr weit entfernt.«

»So denken meine Kinder«, bemerkte Frau Haldin zu mir gewandt.

Ich machte kein Hehl daraus, daß ich fand, es sei ein merkwürdiger Zeitpunkt, von Einigkeit zu sprechen. Natalie Haldin überraschte mich dadurch, daß sie sagte, ein Westeuropäer könne die Lage nicht begreifen, und das in einem Ton, als habe sie viel darüber nachgedacht. Dabei war sie sehr ruhig und von jugendlicher Überlegenheit.

»Sie glauben, daß es bei uns um den Kampf der Klassen oder um den Kampf wirtschaftlicher Interessen geht, um soziale Gegensätze also, wie Sie sie aus Westeuropa kennen. Aber

darum geht es ganz und gar nicht. Es ist etwas ganz anderes.«
»Sehr möglich, daß ich nichts davon verstehe«, gab ich zu. Diese Neigung, ein Problem über die Ebene des Verständlichen vermittels irgendwelcher mystischer Benennungen hinauszuheben, ist sehr russisch. Ich kannte Fräulein Haldin nun gut genug, um zu wissen, daß sie alle die praktikablen Formen, welche die westliche Welt für politische Freiheit gefunden hatte, verachtete. Man muß wohl ein Russe sein, um die russische Einfältigkeit zu verstehen, eine schrecklich zerstörerische Einfältigkeit, die aus mystischen Phrasen besteht, welche einen kindischen und unverbesserlichen Zynismus verdecken. Manchmal glaube ich, das psychologische Geheimnis der tiefen Andersartigkeit dieser Menschen besteht darin, daß sie das Leben verabscheuen, dieses unbeeinflußbare irdische Leben, während wir Abendländer es mit einer vielleicht ebenfalls übertriebenen Wertschätzung lieben. Doch ist dies eine Abschweifung...
Ich half den Damen in die Straßenbahn, und sie forderten mich auf, am Nachmittag Besuch zu machen. Wenigstens forderte mich Frau Haldin beim Einsteigen dazu auf, und ihre Natalka lächelte dem begriffstutzigen Westeuropäer nachsichtig von der hinteren Plattform des fahrenden Wagens zu. Das Licht des hellen Wintervormittages strahlte gedämpft aus ihren grauen Augen zurück.
Herrn Rasumows Tagebuch belebt, wie ein geöffnetes Buch des Lebens, meine Erinnerungen an diesen Tag wie an etwas erschreckend Grausames, gerade weil er frei von allen düsteren Vorzeichen blieb. Victor Haldin weilte noch unter den Lebenden, aber unter jenen, deren einzige Verbindung mit dem Leben in der Erwartung ihres Todes besteht. Er mußte bereits zu jener letzten irdischen Affektiertheit Zuflucht genommen haben, jenem stundenlangen hartnäckigen Schweigen, das für ihn in alle Ewigkeit verlängert werden sollte. An jenem Nachmittag sahen die Damen recht viele ihrer Landsleute bei sich,

mehr als sie sonst zu gleicher Zeit zu empfangen pflegten; und im Salon im Erdgeschoß des geräumigen Hauses am Boulevard des Philosophes drängten sich die Gäste.

Ich blieb bis zuletzt, und als ich mich erhob, stand auch Fräulein Haldin auf. Ich ergriff ihre Hand und fand mich dazu gedrängt, noch einmal auf die Unterhaltung zurückzukommen, die wir vormittags auf der Straße geführt hatten.

»Ich will einmal annehmen, daß wir Westeuropäer den Charakter Ihres Volkes nicht verstehen...«, begann ich.

Es war, als sei sie durch eine geheime Vorahnung auf meine Worte vorbereitet worden. Sie widersprach sanft: »Seine Impulse... seine...«, sie suchte nach dem passenden Ausdruck und fand ihn im französischen: »Seine *mouvements d'âme.*« Sie flüsterte beinahe.

»Nun gut«, erwiderte ich, »und doch haben wir es mit einem Konflikt zu tun. Sie behaupten, daß es weder ein Konflikt der Klassen noch einer der Interessen sei. Ich will das einmal annehmen. Aber lassen sich denn entgegengesetzte Ideen so viel leichter versöhnen – können sie durch Blut und Gewalttat zu jener Eintracht verschmolzen werden, die Sie als so nahe bevorstehend bezeichnet haben?«

Sie betrachtete mich prüfend mit ihren klaren, grauen Augen, ohne jedoch meine vernünftige Frage zu beantworten – meine auf der Hand liegende, meine unbeantwortbare Frage.

»Das ist unvorstellbar«, fügte ich beinahe gereizt hinzu.

»Alles ist unvorstellbar«, erwiderte sie. »Die ganze Welt ist dem logisch operierenden Verstand unvorstellbar. Und doch fühlen wir, daß die Welt lebt, und doch leben wir in ihr. Es muß eine Notwendigkeit geben, die unserer Vorstellungskraft nicht zugänglich ist. Es ist jämmerlich und verlogen, zur Mehrheit zu gehören. Wir Russen werden eine bessere Form für unsere nationale Freiheit finden als den künstlich herbeigeführten Gegensatz zwischen Parteien – der schlecht ist, weil er ein Kon-

flikt, und verächtlich, weil er künstlich hervorgerufen ist. Uns Russen ist es vorbehalten, einen besseren Weg zu entdecken.«
Frau Haldin hatte derweil aus dem Fenster geschaut. Sie wandte mir nun die fast leblose Schönheit ihrer Züge und den gütigen, lebendigen Glanz ihrer großen dunklen Augen zu.
»So denken meine Kinder«, erläuterte sie.
»Vermutlich«, wandte ich mich an Fräulein Haldin, »wird es Sie entsetzen, wenn ich Ihnen sage, daß ich, nun, ich will nicht behaupten, kein Wort verstanden habe, denn verstanden habe ich die Wörter alle... aber was soll man sich unter dieser Ära einer gestaltlosen Eintracht vorstellen, die Sie so herbeisehnen? Das Leben ist eine Sache der Form. Es hat seine plastische Gestalt und ist dem Verständnis zugänglich. Auch die erhabensten Begriffe, die der Liebe und des Verzeihens, mußten irdische Gestalt annehmen, um verständlich zu sein.«
Ich verabschiedete mich von Frau Haldin, deren schöne Lippen sich nicht bewegten. Sie lächelte einzig mit den Augen. Natalie Haldin brachte mich sehr liebenswürdig bis zur Tür.
»Mutter glaubt, ich sei das sklavische Echo meines Bruders Victor. Das ist nicht der Fall. Er versteht mich besser, als ich ihn verstehen kann. Wenn er herkommt und Sie ihn kennenlernen, werden Sie begreifen, was für eine außergewöhnliche Seele er ist.« Sie verstummte. »Er ist im üblichen Verstande kein starker Mensch«, fügte sie hinzu. »Doch ist sein Charakter ohne Fehl.«
»Ich denke, es wird mir nicht schwerfallen, mich mit Ihrem Bruder Victor anzufreunden.«
»Erwarten Sie nicht, ihn ganz und gar zu verstehen«, sagte sie ein wenig boshaft. »Er ist im Grunde seines Herzens gar nicht ... gar nicht westlich.«
Und von dieser überflüssigen Warnung begleitet, verließ ich das Haus, nachdem ich mich durch eine weitere Verbeugung von der in ihrem Sessel am Fenster sitzenden Frau Haldin ver-

abschiedet hatte. Der Schatten der Selbstherrschaft hatte sich bereits, von mir nicht bemerkt, über den Boulevard des Philosophes in der freien, unabhängigen, demokratischen Stadt Genf gelegt, wo es einen Bezirk gibt, der ›La Petite Russie‹ genannt wird. Wann immer zwei Russen zusammenkommen, tragen sie den Schatten der Autokratie mit sich, er färbt ihr Denken, ihre Meinungen, ihre geheimsten Regungen, ihr Privatleben, ihre für die Öffentlichkeit bestimmten Äußerungen – er läßt sich nicht einmal aus dem Geheimnis ihres Schweigens vertreiben.

Nach etwa einer Woche fiel mir die Schweigsamkeit der beiden Damen auf. Wie gewöhnlich traf ich sie auf ihrem Spaziergang im Stadtpark nahe der Universität. Sie begrüßten mich mit der üblichen Freundlichkeit, doch konnte mir ihre Einsilbigkeit nicht entgehen. Um diese Zeit etwa war allgemein bekannt, daß der Mörder von de P. verhaftet, gerichtet und gehenkt worden war. Das jedenfalls hatten die Nachrichtenagenturen amtlich erfahren. Der Mörder blieb der Welt jedoch unbekannt, denn das Amtsgeheimnis enthielt der Öffentlichkeit seinen Namen vor. Den Grund dafür kann ich mir beim besten Willen nicht denken.

Eines Tages sah ich Fräulein Haldin allein unter den entlaubten Bäumen auf dem alten Stadtwall spazierengehen.

»Meiner Mutter geht es nicht gut«, erklärte sie.

Da Frau Haldin offenbar in ihrem ganzen Leben nicht einen einzigen Tag krank gewesen war, gab ihr Unwohlsein Anlaß zur Besorgnis. Überdies war keine bestimmte Ursache festzustellen.

»Ich vermute, daß sie sich Sorgen macht, weil wir so lange nichts von meinem Bruder gehört haben.«

»Keine Neuigkeiten – gute Neuigkeiten«, erwiderte ich munter, und wir gingen langsam miteinander weiter.

»Das gilt nicht für Rußland«, hauchte sie so leise, daß ich sie

kaum verstand. Ich blickte sie nun mit größerer Aufmerksamkeit an.
»Machen auch Sie sich Sorgen?«
Nach kurzem Zögern gab sie das zu.
»Es ist jetzt nämlich schon sehr lange her, seitdem wir ...« Und ehe ich noch die gängigen Trostworte anzubringen vermochte, vertraute sie sich mir schon an.
»In Wirklichkeit ist alles viel schlimmer. Ich habe an eine uns bekannte Familie in Petersburg geschrieben. Dort hat man ihn einen Monat lang schon nicht mehr gesehen. Man glaubte dort, er sei bereits zu uns gereist. Man war sogar gekränkt darüber, daß er Petersburg verlassen habe, ohne sich zu verabschieden. Der Gatte unserer Bekannten machte sich sofort zur Wohnung meines Bruders auf. Doch Victor war ausgezogen und niemand wußte, wohin.«
Ich weiß noch, daß sie an dieser Stelle mitleiderregend schluckte. Ihr Bruder sei auch schon seit langer Zeit nicht mehr in den Vorlesungen gesehen worden. Er sei nur gelegentlich beim Pedell aufgetaucht, um nach Briefen zu fragen. Und der Herr, der sich da erkundigte, erfuhr, daß der Student Haldin die letzten beiden an ihn gerichteten Briefe nicht abgeholt habe. Doch sei die Polizei dagewesen, um sich zu erkundigen, ob der Student Haldin je unter der Adresse der Universität an ihn gerichtete Post empfangen, und hatte die Briefe mitgenommen.
»Meine beiden letzten Briefe«, sagte sie.
Wir sahen einander an. Vereinzelte Schneeflocken trieben unter den kahlen Zweigen dahin. Der Himmel war düster.
»Was, glauben Sie denn, kann geschehen sein?« fragte ich. Sie hob leicht die Schultern.
»Niemand kann das sagen – in Rußland.«
Da erkannte ich den Schatten der Selbstherrschaft, der auf dem Leben jedes Russen lastete, mochte er sich nun fügen oder aufbegehren. Ich sah, wie er ihr hübsches, offenes Gesicht an-

rührte, das sich in den Pelzkragen schmiegte, wie er ihre klaren Augen trübte, die mich grau anstrahlten im matten Licht eines bewölkten, rauhen Nachmittages.
»Gehen wir weiter«, sagte sie. »Es ist zu kalt, stehenzubleiben.« Sie erschauerte und stampfte mit den zierlichen Füßen. Wir gingen rasch die Allee entlang und zurück zu den hohen Parktoren.
»Haben Sie Ihrer Mutter davon erzählt?« fragte ich schließlich.
»Nein, noch nicht. Ich bin spazierengegangen, um die Wirkung dieses Briefes etwas abklingen zu lassen.«
Ich hörte Papier rascheln. Das Geräusch kam aus ihrem Muff. Sie trug den Brief dort bei sich.
»Und was befürchten Sie jetzt?« fragte ich.
Uns Westeuropäern erscheint der Gedanke einer politischen Verschwörung lächerlich, wir sehen darin eine plumpe Erfindung, die aufs Theater oder in einen Roman gehört. Ich hatte keine Lust, eingehender zu fragen.
»Für uns – besonders für meine Mutter – fürchte ich am meisten die Ungewißheit. Menschen verschwinden wirklich. Jawohl, sie verschwinden. Sie können sich wohl vorstellen, wie schrecklich es ist, Wochen, Monate, Jahre hindurch nichts zu erfahren! Unser Bekannter, von dem ich Ihnen sprach, hat seine Erkundigungen eingestellt, als er davon erfuhr, daß die Polizei in den Besitz der Briefe gelangt war. Ich nehme an, er fürchtete, sich verdächtig zu machen. Er hat Frau und Kinder, und warum sollte er auch... schließlich... Überdies hat er weder einflußreiche Beziehungen, noch ist er vermögend. Was könnte er also tun? ... Ja, ich fürchte das Schweigen – um meiner Mutter willen. Sie wird nicht imstande sein, das zu ertragen. Und für meinen Bruder befürchte ich...« und hier war sie fast nicht mehr zu verstehen, »so gut wie alles.«
Wir befanden uns nun an dem Ausgang, der dem Theater gegenüber liegt. Sie hob wieder die Stimme.

»Aber sogar in Rußland tauchen verschwundene Menschen wieder auf. Wissen Sie, worin meine letzte Hoffnung besteht? Daß wir ihn ganz unerwartet ins Haus hereinspazieren sehen.«

Ich zog den Hut, und sie, kraftvoll und anmutig, verließ den Park, nachdem sie mir leicht zugenickt hatte, die Hände im Muff, wo sie den grausamen Brief aus Petersburg zerknüllten.

Nach Hause zurückgekehrt, öffnete ich die Zeitung, die mir stets aus London nachgeschickt wird, und als ich die Berichte aus Rußland überflog – nicht die telegrafischen Nachrichten –, fiel mein Blick auf den Namen Haldin. Herrn de P.s Tod hatte keinen Neuigkeitswert mehr, doch der unternehmende Korrespondent berichtete voller Stolz, daß er eine weitere, wenn auch nichtamtliche Information zu diesem Ereignis der Zeitgeschichte ans Tageslicht gefördert habe. Er hatte irgendwo Haldins Namen erfahren und auch von der mitternächtlichen Verhaftung auf der Straße Kenntnis erhalten. Doch vom Standpunkt des Journalisten gesehen war die Angelegenheit keine Sensation mehr, und er widmete ihr von seiner ganzen Spalte daher auch nur etwa zwanzig Zeilen. Das reichte immerhin aus, mir eine schlaflose Nacht zu bereiten. Ich erkannte, daß es eine Art Verrat meinerseits bedeuten würde, ließe ich Fräulein Haldin unvorbereitet auf diese Entdeckung eines Journalisten stoßen, die am nächsten Tage unweigerlich in den französischen und schweizerischen Blättern abgedruckt sein würde. Die Zeit bis zum Morgen war qualvoll, denn eine nervöse Ängstlichkeit hielt mir den Schlaf fern, während das Gefühl, in eine theatralische, krankhaft übersteigerte Angelegenheit verwickelt zu sein, wie ein Alptraum auf mir lastete. Das Ungereimte einer solchen Verwicklung im Leben dieser beiden Frauen war mir als eine wahre Herzenspein die ganze Nacht über fühlbar. Ihre edle Einfältigkeit, so schien mir, durfte Anspruch darauf machen, daß ihnen dies auf ewig verborgen bliebe.

Als ich zu unverantwortlich früher Stunde vor ihrer Haustür

stand, hatte ich das Gefühl, im Begriffe zu sein, eine geradezu barbarische Handlung zu begehen...

Das ältliche Dienstmädchen führte mich in den Salon, wo auf einem der Sessel ein Staubtuch lag und ein Besen gegen den Mitteltisch lehnte. Stäubchen tanzten im Sonnenlicht; ich bedauerte, selbst gekommen zu sein und nicht einen Brief geschrieben zu haben, und war dankbar dafür, daß der Tag so schön war. Fräulein Haldin trat leichfüßig in einem schwarzen Kleid aus dem Zimmer ihrer Mutter und lächelte ein starres, unsicheres Lächeln.

Ich zog die Zeitung aus der Tasche. Ich hatte mir nicht vorzustellen vermocht, daß eine Ausgabe des *Standard* die Wirkung eines Medusenhauptes haben könne. Ihr Gesicht, ihre Augen, ihre Glieder, alles versteinerte im gleichen Moment. Das schrecklichste war, daß sie, obschon versteinert, doch lebendig blieb. Man war sich ihres klopfenden Herzens bewußt. Ich hoffe, daß sie mir meine zeitraubende Umständlichkeit verziehen hat. Ihre Starrheit dauerte nicht sehr lange, so absolut reglos kann sie nicht länger als eine oder zwei Sekunden geblieben sein. Da hörte ich sie auch schon scharf die Luft einziehen. Ihre Gesichtszüge waren so erschlafft, als habe der Schreck ihre moralische Widerstandskraft gelähmt und die Festigkeit ihrer Muskeln beeinträchtigt. Sie sah gräßlich verändert aus. Sie wirkte gealtert – vernichtet. Doch nur für einen Moment. Dann sagte sie entschieden:

»Ich will es sogleich meiner Mutter sagen.«

»Darf man das in ihrem Zustand wagen?« gab ich zu bedenken.

»Was kann schlimmer für sie sein als der Zustand, in dem sie den ganzen letzten Monat verbracht hat? Wir sind da verschiedener Auffassung. Der Verbrecher ist nicht er. Bilden Sie sich nicht ein, daß ich ihn vor Ihnen zu rechtfertigen suche.«

Sie ging zur Tür des Schlafzimmers, kehrte aber noch einmal

um und bat mich flüsternd, nicht zu gehen, bevor sie zurückgekehrt sei. Zwanzig unendliche Minuten hindurch vernahm ich nicht den geringsten Laut. Schließlich kam Fräulein Haldin zum Vorschein und ging mit ihren schnellen leichten Schritten durchs Zimmer. Beim Sessel angekommen, ließ sie sich so schwer hineinfallen, als sei sie gänzlich erschöpft.

Frau Haldin, so berichtete sie, habe keine Träne vergossen. Sie habe aufrecht im Bett gesessen, und ihre Reglosigkeit wie auch ihr Schweigen seien angsterregend gewesen. Schließlich habe Sie sich sacht niedergelegt und ihre Tochter hinausgewinkt.

»Sie wird gleich nach mir klingeln«, fügte Fräulein Haldin hinzu. »Ich habe ihr eine Glocke neben das Bett gestellt.«

Ich bekenne, daß ich trotz meines aufrichtigen Mitgefühls doch Unsicherheit spürte. Die westeuropäischen Leser, für die dieser Bericht geschrieben ist, werden begreifen, was ich meine. Es war das, wenn ich einmal so sagen darf, in einem Mangel an Erfahrung begründet. Der Tod ist ein gewissenloser Räuber. Das Leid, das den unersetzlichen Verlust begleitet, ist uns allen vertraut. Kein Leben ist so einsam, daß es gegen diese Erfahrung gefeit wäre. Doch der Kummer, den ich diesen beiden Frauen gebracht hatte, ließ an grausige Dinge denken, an Bomben und Galgen – er besaß eine geisterhafte russische Färbung, in der mein Mitgefühl ein ungewisses Aussehen annahm.

Ich war Fräulein Haldin dankbar dafür, daß sie mich nicht durch einen heftigen Gefühlsausbruch in Verlegenheit brachte. Ich bewunderte ihre erstaunliche Selbstbeherrschung, die mir gleichzeitig ein wenig Angst machte. Es war die Reglosigkeit der äußersten Anspannung. Was, wenn ihre Fassung sie plötzlich verließe? Selbst die Tür zu Frau Haldins Zimmer, hinter der die alte Mutter mit sich allein war, wirkte entsetzenerregend.

Natalie Haldin flüsterte traurig:

»Sie fragen sich wohl, was ich jetzt empfinde?«
Das war im wesentlichen zutreffend. Eben diese Frage war es, die mich begriffsstutzigen Abendländer in meinem Mitgefühl schwankend machte. Mir fiel nichts anderes ein als die gängigen Formeln, diese wertlosen Phrasen, die nur unsere Ohnmacht im Angesicht des Unglücks unserer Mitmenschen beweisen. Ich murmelte etwas der Art, daß das Leben für die Jugend Hoffnung und Trost bereithalte. Es erlege auch Pflichten auf – doch sei es gewiß überflüssig, sie daran zu erinnern.
Sie hielt ein Taschentuch in der Hand, an dem sie nervös herumzerrte.
»Haben Sie keine Furcht – meine Mutter vergesse ich nicht«, sagte sie. »Bislang waren wir drei. Jetzt sind wir nur zwei – zwei Frauen. Sie ist gar nicht so alt, sie wird vielleicht noch lange leben. Aber was haben wir noch von der Zukunft zu erwarten? Was sollen wir hoffen, womit uns trösten?«
»Sie müssen das im größeren Zusammenhang sehen«, versetzte ich entschlossen, denn ich glaubte, dies sei die richtige Art, mit einem so außerordentlichen Geschöpf zu sprechen. Sie blickte mich ein Weilchen fest an, und dann begannen die Tränen, die sie bisher zurückgehalten hatte, ungehemmt zu fließen. Sie sprang auf, trat ans Fenster und wandte mir den Rücken zu.
Ich schlüpfte zum Haus hinaus, ohne den Versuch gemacht zu haben, mich ihr zu nähern. Am nächsten Tag teilte man mir an der Tür mit, daß es Frau Haldin besser gehe. Das ältliche Dienstmädchen sagte, daß sehr viele Leute – Russen – vorgesprochen hätten, daß Fräulein Haldin jedoch niemanden empfangen habe. Nach vierzehn Tagen wurde ich bei meiner täglichen Erkundigung hineingebeten und fand Frau Haldin wie gewöhnlich am Fenster sitzend.
Auf den ersten Blick hätte man denken können, nichts habe sich verändert. Ich erblickte über die Länge des Zimmers hinweg das bekannte Profil, nur etwas hagerer und von gleich-

mäßiger Blässe, wie es bei einer Kranken zu erwarten war. Doch keine Krankheit hätte die Veränderung in ihren dunklen Augen hervorzurufen vermocht, die nicht länger mehr freundlich ironisch lächelten. Sie sah auf, als sie mir die Hand reichte. Ich bemerkte, daß auf einem Tischchen neben dem Sessel die drei Wochen alte Nummer des *Standard* zusammen mit Briefen aus Rußland lag. Frau Haldins Stimme klang überraschend schwach und farblos. Ihre ersten Worte waren eine Frage.

»Hat noch etwas in Ihren Zeitungen gestanden?«

Ich ließ ihre schlanke, abgemagerte Hand los, schüttelte verneinend den Kopf und setzte mich.

»Die englische Presse ist wunderbar. Nichts bleibt ihr verborgen, und die ganze Welt soll davon erfahren. Nur sind Nachrichten aus Rußland nicht immer leicht zu verstehen. Nicht immer leicht... aber englische Mütter halten nicht Ausschau nach solchen Neuigkeiten...«

Sie legte die Hand auf die Zeitung, nahm sie dann aber wieder fort. Ich sagte:

»Auch wir haben in unserer Geschichte schlimme Zeiten erlebt.«

»Das ist lange her, sehr lange her.«

»Ja.«

»Es gibt Nationen, die mit dem Schicksal einen Handel gemacht haben«, sagte Fräulein Haldin, die herangetreten war. »Man braucht sie deshalb nicht zu beneiden.«

»Warum dieser Abscheu?« fragte ich sanft. »Es ist schon möglich, daß ein solches Geschäft nichts Großartiges an sich hat. Doch die Bedingungen, die Menschen und Nationen sich beim Schicksal aushandeln, sind geheiligt durch ihren Preis.«

Frau Haldin wandte den Kopf und schaute ein Weilchen zum Fenster hinaus mit dem neuen, düsteren, erloschenen Blick der eingesunkenen Augen, der eine ganz andere Frau aus ihr gemacht hatte.

»Halten Sie es für möglich«, redete sie mich plötzlich an, »daß jener englische Journalist meinen Sohn gekannt hat?«
Auf diese seltsame Frage konnte ich nur antworten, daß dies selbstverständlich nicht auszuschließen sei. Sie bemerkte meine Überraschung.
»Wenn man ahnte, um was für einen Menschen es sich da handelt, könnte man ihm vielleicht schreiben«, murmelte sie.
»Mutter glaubt«, erläuterte Fräulein Haldin, die zwischen uns stand und sich mit einer Hand auf die Lehne meines Stuhles stützte, »daß mein armer Bruder es vielleicht unterlassen hat, einen Versuch zu seiner Rettung zu machen.«
Ich sah mit teilnehmender Verblüffung zu Fräulein Haldin auf, doch Fräulein Haldin blickte gefaßt auf ihre Mutter. Diese sagte nun:
»Wir kennen nicht die Anschrift auch nur eines seiner Freunde. Wir wissen eigentlich überhaupt nichts von seinen Petersburger Kommilitonen. Er besaß unzählige junge Freunde, doch hat er kaum je von ihnen gesprochen. Es war zu vermuten, daß es sich bei ihnen um Jünger handelte, die ihn vergötterten. Aber er war so bescheiden. Man hätte doch denken sollen, daß es angesichts so vieler ergebener...«
Wiederum wandte sie den Kopf weg und blickte den Boulevard des Philosophes entlang, eine ungemein trockene und staubige Straße, auf der im Augenblick nichts weiter zu sehen war als zwei Hunde, ein kleines Mädchen in einer Spielschürze, das auf einem Bein umherhüpfte, und weiter entfernt ein Arbeiter, der sein Fahrrad schob.
»Selbst unter den Jüngern Christi befand sich ein Verräter«, flüsterte sie wie zu sich selber, aber doch unverkennbar in der Absicht, es mich hören zu lassen.
Die russischen Gäste bildeten kleine Gruppen, unterhielten sich gedämpft und warfen immer wieder Blicke zu uns her. Der Unterschied zu den früheren, lärmend geschwätzigen Zusam-

menkünften war sehr auffallend. Fräulein Haldin folgte mir in den Flur hinaus.
»Die Leute kommen einfach«, sagte sie. »Wir können sie ja auch nicht aussperren.«
Während ich meinen Mantel anzog, begann sie, von ihrer Mutter zu sprechen. Die arme Frau Haldin verzehrte sich nach weiteren Nachrichten. Sie wollte immer Neues von ihrem unglücklichen Sohn hören. Sie konnte sich nicht dazu entschließen, ihn stillschweigend in der stummen Ungewißheit allein zu lassen, sondern bestand darauf, ihm dorthin zu folgen während der langen Tage, die sie reglos und ohne ein Wort zu sprechen im Anblick des verlassen daliegenden Boulevard des Philosophes verbrachte. Sie vermochte nicht zu begreifen, warum er nicht geflohen war, da doch so vielen anderen Revolutionären und Verschwörern in vergleichbarer Lage die Flucht gelungen war. Es wollte ihr nicht in den Kopf, daß die geheime revolutionäre Organisation gerade bei der Rettung ihres Sohnes so unentschuldbar versagt haben sollte. In Wahrheit aber war das Unvorstellbare, das ihr Denken verwirrte, die rohe Verwegenheit des Todes, der sie übergangen hatte, um, statt nach ihr, nach jener jungen, kostbaren Seele zu greifen.
Fräulein Haldin reichte mir mechanisch und in Gedanken verloren meinen Hut. Ich entnahm ihren weiteren Worten, daß die bedauernswerte alte Frau von der düsteren und einfältigen Vorstellung besessen war, ihr Sohn sei umgekommen, weil er nicht habe gerettet werden wollen. Daß er an der Zukunft seines Landes habe verzweifeln können, war ausgeschlossen. Doch war es nicht denkbar, daß Mutter und Schwester es nicht verstanden hatten, sein Vertrauen zu erwerben? Daß er, nachdem er getan, was zu tun er gezwungen gewesen, unter einem Ansturm unerträglichen Zweifels zusammengebrochen, sein Verstand von plötzlichem Mißtrauen verdunkelt worden war?
Dieser zum Aberwitz entartete Scharfsinn entsetzte mich.

»Wir standen *so* miteinander«, sagte Fräulein Haldin und verschränkte anschaulich die Finger beider Hände. Dann löste sie sie langsam und sah mich dabei fest an. »Das also hat meine arme Mutter sich ausgedacht, um sich und mich in all den Jahren zu quälen, die uns noch bevorstehen«, fügte das seltsame Mädchen hinzu. In jenem Augenblick erkannte ich, worin ihr undefinierbarer Charme bestand: in der Vereinigung von Leidenschaftlichkeit und Stoizismus. Ich stellte mir vor, wie ihr Leben neben der grauenhaften, von einer fixen Idee durchdrungenen Starrheit der Frau Haldin verlaufen werde. Doch vermochte ich meinem Mitgefühl keine Worte zu geben, weil ich nicht einmal ahnte, wie sie empfand. Der Unterschied in der Nationalität bildet ein schreckliches Hindernis für uns komplizierte westliche Menschen. Doch war Fräulein Haldin wohl zu schlichten Gemütes, um meine Verlegenheit zu argwöhnen. Sie wartete nicht darauf, daß ich etwas sagte, sondern fuhr, als lese sie meine Gedanken auf meinem Gesicht, mutig fort:

»Zunächst war meine Mutter ganz erschlagen, wie unsere Bauern das nennen; danach begann sie sich Gedanken zu machen, und jetzt wird sie in dieser Richtung grübeln und immer weiter grübeln. Sie verstehen wohl, wie entsetzlich das sein muß...«

Nie habe ich etwas aufrichtiger gemeint als die Worte, mit denen ich ihr darin zustimmte, daß das in der Tat im höchsten Maße zu beklagen sein würde. Sie holte angstvoll Atem.

»Doch was bedeuten alle diese merkwürdigen Einzelheiten«, rief sie plötzlich aus, »die in der englischen Zeitung stehen? Sind sie denn wahr? Und ist es nicht schrecklich, sich vorzustellen, daß mein armer Bruder verhaftet wurde, als er allein, wie verzweifelt des Nachts durch die Straßen irrte...«

Wir standen im unbeleuchteten Flur so nahe voreinander, daß ich sehen konnte, wie sie sich die Unterlippe zerbiß, um ein trockenes Schluchzen zu unterdrücken. Nach einem Weilchen sagte sie:

»Ich habe meiner Mutter einzureden versucht, daß er vielleicht von einem falschen Freund oder einfach von irgendeiner feigen Kreatur verraten worden ist. Das kann sie eher glauben.«
Jetzt begriff ich, was die arme Frau mit ihrem geflüsterten Hinweis auf Judas gemeint hatte.
»Vielleicht wird es ihr wirklich leichter«, gab ich zu und bewunderte innerlich die Schärfe und Spitzfindigkeit ihres Denkens. Sie setzte sich mit dem Leben auseinander, wie es die politischen Zustände ihres Landes ihr präsentierten. Sie sah der grausamen Wirklichkeit ins Gesicht und nicht krankhaften Ausgeburten der eigenen Phantasie. Ich konnte mich eines Gefühls der Achtung nicht erwehren, als sie sehr schlicht sagte: »Es heißt, daß die Zeit jeder Bitternis den Stachel nimmt. Ich kann aber nicht glauben, daß sie auch die Reue mildert. Mutter soll lieber die Schuld an Victors Tod bei einem Unbekannten suchen, als eine Schwäche ihres Sohnes oder eine eigene Unterlassung dafür verantwortlich machen.«
»Aber Sie, Sie glauben doch selbst nicht, daß ...«, begann ich.
Sie preßte die Lippen aufeinander und schüttelte den Kopf. Sie hege keinen Verdacht gegen irgend jemanden, erklärte sie – und vielleicht sei nichts von dem, was geschehen, ohne Not geschehen. Nach diesen Worten, die leise gesprochen wurden und geheimnisvoll durch das Halbdunkel der Diele klangen, schieden wir mit einem beredten, warmen Händedruck voneinander. Der Griff ihrer kräftigen, wohlgeformten Hand hatte etwas verführerisch Freimütiges, etwas ausgesucht Männliches. Ich ahne nicht, warum sie mir so geneigt war. Vielleicht glaubte sie, daß ich sie sehr viel besser verstehe, als ich es tatsächlich imstande war. Selbst ihren klarsten Aussprüchen schien mir stets etwas Rätselhaftes anzuhaften, das mir zuletzt immer entglitt. Ich bin schließlich auf die Vermutung beschränkt, daß sie meine Aufmerksamkeit und mein Schweigen schätzte. Sie begriff, daß meine Aufmerksamkeit echt war, und

argwöhnte daher in meinem Schweigen keine Kälte. Damit schien sie zufrieden. Es muß auch festgehalten werden, daß sie sich mir zwar anvertraute, doch keinesfalls in der Erwartung, Ratschläge zu erhalten, um die sie mich denn auch niemals gebeten hat.

II

Unser täglicher Umgang wurde um diese Zeit für etwa zwei Wochen unterbrochen. Ich war unerwartet genötigt, Genf zu verlassen. Kaum zurückgekehrt, lenkte ich meine Schritte zum Boulevard des Philosophes.

Ich war verdrossen, als ich durch die offenstehende Tür des Salons die tiefe, salbungsvolle Stimme eines Besuchers unentwegt reden hörte.

Der Sessel Frau Haldins nahe dem Fenster war leer. Natalie Haldin saß auf dem Sofa und warf mir aus ihren reizenden grauen Augen einen Gruß zu, der aber nur von der Spur eines mich willkommen heißenden Lächelns begleitet war. Sie kam mir nicht entgegen. Ihre kräftigen weißen Hände lagen mit den Handflächen nach unten im Schoß ihres Trauerkleides, und sie blickte einen Mann an, der mir seinen stämmigen, in schwarzes Tuch gekleideten und recht gut zu seiner tiefen Stimme passenden Rücken zukehrte. Er warf einen schnellen Blick über die Schulter, sagte aber sogleich: »Ah! Ihr englischer Bekannter – ich weiß schon, weiß schon. Das hat nichts zu sagen.«

Er trug eine Brille mit dunklen Gläsern, und neben seinem Stuhl stand ein seidener Zylinderhut auf dem Fußboden. Mit einer lässigen Bewegung der großen weichen Hand nahm er seinen Bericht wieder auf, beschleunigte seinen Vortrag jedoch etwas.

»Ich habe niemals meine Überzeugung geändert, während ich die Sümpfe und Wälder Sibiriens durchwanderte. Sie hat mich damals gestützt, und auch heute stützt sie mich. Die europäischen Großmächte müssen verschwinden – und der Grund ihres Zusammenbruches wird ein sehr einfacher sein. Sie werden sich im Kampfe gegen ihr eigenes Proletariat unvermeidlich aufreiben. In Rußland ist es anders. In Rußland gibt es keine Klassen, die sich bekämpfen könnten, Klassen, deren eine über die Macht des Reichtums, deren andere über die Macht der Zahl verfügt. Wir haben nur eine verderbte Bürokratie einerseits, und andererseits ein Volk, so groß und unverderblich wie das Meer. Nein, Klassen haben wir nicht. Doch wir haben die russische Frau. Die bewundernswerte russische Frau! Ich erhalte ganz außerordentliche, von Frauen unterzeichnete Briefe. Welch erhabener Ton, welcher Mut, welch glühende Bereitschaft zu dienen! Unsere größte Hoffnung liegt in den Frauen. Ich sehe ihren Wissensdurst. Er ist bewundernswert. Man beachte, wie sie das Wissen in sich aufnehmen, es zu einem Teil ihrer selbst machen. Es ist wunderbar. Doch was ist Wissen?... Soweit mir bekannt ist, haben Sie kein besonderes Fach studiert, wie? Medizin zum Beispiel? Nein? Ganz recht. Hätte man mir die Ehre erwiesen, mich bei Ihrer Ankunft um Rat zu fragen, wie Ihre Zeit hier am besten auszunutzen sei, so hätte ich einem solchen Vorgehen aufs heftigste widersprochen. Wissen an und für sich genommen ist wertlos.«

Er besaß einen jener bärtigen russischen Köpfe, die eigentlich nichts anderes sind als Fleisch und Haar, und an denen man nichts Charakteristisches zu finden vermag. Da seine Augen hinter den dunklen Gläsern verborgen lagen, zeigte sein Gesicht nicht den geringsten Ausdruck. Ich kannte ihn vom Sehen. Er war ein russischer Flüchtling von Bedeutung. Ganz Genf kannte die massige Gestalt im schwarzen Rock, und es hatte eine Zeit gegeben, da war ganz Europa mit seiner Geschichte vertraut, die er selbst verfaßt hatte und die in sieben oder mehr Sprachen übersetzt worden war. Als junger Mann hatte er ein müßiges, liederliches Leben geführt. Dann starb plötzlich das junge Mädchen aus guter Familie, das zu heiraten er im Begriffe stand, und er kehrte der Lebewelt den Rücken, beteiligte sich, von Reue gepackt, an einer Verschwörung, und von da an sorgte seine heimatliche Regierung gewissenhaft dafür, daß ihm das gesamte Menü verabfolgt wurde. Man hielt ihn in Verliesen, prügelte ihn beinahe zu Tode und verurteilte ihn zu Zwangsarbeit im Bergwerk zusammen mit gemeinen Verbrechern. Was seinem Buch zum durchschlagenden Erfolg verhalf, war indessen die Kette.

Ich weiß nicht mehr genau, wie lang und schwer die Fessel war, die ihm in Befolgung einer ›Verwaltungsanordnung‹ angeschmiedet wurde, doch das Gewicht und die Stärke der Kettenglieder waren ein erschreckendes Zeugnis für das Gottesgnadentum der Selbstherrschaft. Übrigens nicht nur erschreckend, sondern auch nutzlos, denn es gelang dem starken Menschen, dieses simple Verwaltungsgerät mit sich in die Wälder zu schleppen. Das sensationelle Klirren der Kette ist in allen jenen Kapiteln zu vernehmen, die seine Flucht beschreiben – zwei Erdteilen ein Gegenstand des Staunens. Sein erster Schritt war es gewesen, sich mit Erfolg in einem Erdloch am Fluß vor seinem Aufseher zu verstecken. Der Tag ging zu Ende. Es gelang ihm nach unendlicher Mühe, eines seiner Beine zu befreien. Nun war es bereits Nacht. Er schickte sich, das andere Bein loszumachen, als ihm ein gräßliches Mißgeschick zustieß. Er ließ die Feile fallen.

Dies alles ist wahr und auch wieder symbolisch; und die Feile hatte eine rührende Geschichte. Er erhielt sie eines Abends ganz überraschend von einem stillen, bleichen Mädchen. Das bedauernswerte Geschöpf war zu den Bergwerken gereist, um sich zu einem der Verurteilten zu gesellen, einem zarten jungen Menschen, einem Schlosser und Sozialdemokraten mit breiten Wangenknochen und großen, starr blickenden Augen. Sie hatte halb Rußland und fast ganz Sibirien durchquert, um ihm nahe

zu sein und, wie es scheint, in der Hoffnung, ihm zur Flucht verhelfen zu können. Doch war sie zu spät gekommen, ihr Geliebter war die Woche zuvor gestorben.
Durch diese belanglose Episode in der Ideengeschichte Rußlands, wie er das nannte, gelangte die Feile in seine Hände und brachte ihn zu dem unwiderruflichen Entschluß, sich die Freiheit zurückzugewinnen. Als sie seinen Fingern entglitt, war es, als sei sie buchstäblich ins Erdinnere verschwunden. Es wollte und wollte ihm nicht gelingen, sie im Dunkeln zu ertasten. Er durchwühlte systematisch die lose Erde, den Schlamm, das Wasser. Unterdessen verging die Nacht, jene kostbare Nacht, auf die er gerechnet hatte und die ihm seine einzige Chance bot, die Flucht in den Wald. Vorübergehend war er versucht, vor Verzweiflung aufzugeben; doch als er an das stille, bleiche Gesicht des heldischen Mädchens dachte, schämte er sich seiner Schwäche zutiefst. Sie hatte ihn ausersehen, das Geschenk der Freiheit zu empfangen, und er mußte sich nun die Gunst verdienen, welcher ihre standhafte weibliche Seele ihn gewürdigt hatte.
Das war ein heiliges Pfand. Ein Versagen hätte die Schändung dieses Opfers und der weiblichen Liebe bedeutet.
Ganze Seiten seines Buches sind der Selbstanalyse gewidmet, Seiten, auf denen sich, wie eine weiße Gestalt aus finster bewegtem Meer, die Überzeugung von der spirituellen Überlegenheit der Frau erhebt – sein neuer Glaube, den er seither in etlichen Büchern bekannt hat. Das erste Opfer, das er diesem Glauben brachte, die große Tat der Bekehrung sozusagen, war sein ungewöhnliches Dasein in den endlosen Wäldern des Gouvernements Ochotsk, das lockere Ende der Kette um den Leib geschlungen. Ein Streifen Stoff, den er von seinem Sträflingshemd abgerissen hatte, hielt die Kette fest. Weitere Streifen hielten sie an seinem linken Bein, verhinderten, daß sie klirrte und daß sich die lockeren Glieder im Gestrüpp verfingen. Er

verwilderte ganz ungemein. Es erwies sich, daß er ein ganz ungewöhnliches Talent besaß, das Dasein eines gejagten Wilden zu führen. Er lernte es, sich in Dörfer zu schleichen, ohne durch mehr als ein schwaches Klirren seine Anwesenheit zu verraten. Speicher erbrach er mit einer Axt, die er in einem Holzfällerlager gestohlen hatte. In unbewohnten Landesteilen lebte er von wilden Beeren und ging auf die Suche nach Honig. Nach und nach fiel seine Kleidung von ihm ab. War man seiner nackten bräunlichen Gestalt mit der Wolke von Mücken und Fliegen um den zottigen Kopf ansichtig geworden, so verbreitete sich die Schauermär davon im weiten Umkreis. Im Lauf der Zeit wurde er immer mehr zum wilden Tier, und es machte ihn froh, als er das erkannte. Denn nichts anderem durfte er trauen als seinen wilden Instinkten. Es hatte geradezu den Anschein, als seien zwei untrennbar miteinander verbundene Menschen an jenem Unternehmen beteiligt gewesen: der zivilisierte Mann, der für fortschrittliche, humanitäre Ideale schwärmte, der den Triumph der geistigen Liebe und der politischen Freiheit ersehnte – und der verschlagene, urzeitliche Wilde, der listig und grausam wie ein gehetztes Raubtier von einem Tag zum anderen seine Freiheit verteidigte.
Das Raubtier schlug instinktiv die Richtung nach Osten ein, zur Küste des Stillen Ozeans, und der zivilisierte Menschlichkeitsapostel verfolgte in furchtsamer, ängstlicher Abhängigkeit staunend die Ereignisse. Während all dieser Wochen konnte er sich nie dazu entschließen, an das Mitleid der Menschen zu appellieren. Bei dem verschlagenen, vorzeitlichen Wilden mochte diese Scheu verständlich sein, doch auch das andere, das zivilisierte Geschöpf, der Denker, der flüchtende ›Politische‹ war in einen unerklärlichen, krankhaften Pessimismus verfallen, war einer Art temporären Irreseins unterlegen, das seinen Grund vielleicht in den körperlichen Beschwerden hatte, welche die Kette verursachte. Diese Kettenglieder, so bildete er sich ein,

mußten ihn der Menschheit verhaßt machen. Sie waren eine abstoßende, zu bösen Vermutungen Anlaß gebende Last. Niemand, so glaubte er, könne bei dem widerwärtigen Anblick eines Menschen, der in Ketten flüchtet, Mitleid empfinden. Seine Vorstellungskraft wurde von der Kette in handgreiflicher, sachlicher Weise beeinflußt. Er konnte schließlich nicht mehr glauben, daß jemand der Versuchung zu widerstehen vermöchte, das lose Ende der Kette an einem Ring in der Wand zu befestigen und den nächsten Polizisten herbeizurufen. In Löchern kauernd oder im Gebüsch verborgen, hatte er versucht, in den Gesichtern nichtsahnender freier Siedler zu lesen, die auf den Rodungen arbeiteten oder auf Wegen unmittelbar an ihm vorübergingen. Und dabei kam er zu der Überzeugung, daß man keinen Menschen der Versuchung der Kette aussetzen dürfe.

Eines Tages indessen stieß er auf eine einsame Frau. Das geschah auf einem mit wild wachsendem Gras bestandenen Abhang außerhalb des Waldes. Sie kauerte am Ufer eines Baches, hatte ein rotes Tuch um den Kopf gewunden, und neben ihr auf der Erde lag ein kleiner Korb. In der Ferne waren mehrere dicht beieinanderstehende Blockhäuser zu erkennen, daneben eine Wassermühle an einem aufgestauten Teich, dessen von Birken beschatteter Spiegel im Dämmerlicht wie Glas blinkte. Er näherte sich ihr lautlos, die Axt in seinem eisernen Gürtel, einen schweren Prügel in der Hand. In seinem verfilzten Haar und dem struppigen Bart hingen Blätter und Stücke von Zweigen; Fetzen, mit denen er die Kettenglieder umwickelt hatte, flatterten um seinen Leib. Ein schwaches Klirren der Kette veranlaßte die Frau, den Kopf zu drehen. Zu entsetzt von dieser wilden Erscheinung, um aufzuspringen oder auch nur zu schreien, war sie doch auch zu beherzt, um ohnmächtig zu werden. Da sie überzeugt war, auf der Stelle ermordet zu werden, bedeckte sie die Augen, um sich den Anblick der niedersausenden Axt zu ersparen. Als sie schließlich genug Mut fand, einen Blick zu riskieren, sah sie, daß der wilde Mann zwei Meter von ihr entfernt am Ufer saß. Er umklammerte mit den hageren, sehnigen Armen die nackten Beine, der lange Bart bedeckte die Knie, auf welche er sein Kinn stützte. Diese verschlungenen Gliedmaßen, die nackten Schultern, das wüste Haupt mit den rotstarrenden Augen bebten heftig, während das Untier sich mühte zu sprechen. Sechs Wochen war es her, seit er seine Stimme vernommen hatte. Es schien, als habe er die Fähigkeit zu sprechen verloren. Er war zu einem stummen, verzweifelnden Tier geworden, bis endlich der unerwartete Ausruf tiefster Anteilnahme, die Hellsichtigkeit ihres weiblichen Mitgefühls, welches das ganze Elend des Menschen unter dem schreckenerregenden Äußeren des Ungeheuers erkannte, ihn in die Reihen der Menschheit zurückversetzte. Das ist in seinem Buch mit großer Eindringlichkeit geschildert. Es endete damit, so berichtet er, daß sie Tränen über ihn weinte, heilige, erlösende Tränen, während auch er selber vor Freude weinte, wie ein bekehrter Sünder. Sie wies ihn an, sich im Gestrüpp zu verbergen und geduldig zu warten (man rechnete in der Siedlung mit dem Eintreffen einer Polizeistreife), dann wandte sie sich den Häusern zu und versprach, des Nachts zurückzukehren.

Die Frau – sie hatte soeben den Schmied geheiratet, ganz als sei das so von der Vorsehung bestimmt gewesen – überredete ihren Mann dazu, unter Mitnahme einiger seiner Werkzeuge – eines Hammers, eines Meißels und eines kleinen Ambosses – mit ihr hinauszugehen... »Meine Fesseln«, – so heißt es im Buch – »wurden am Ufer des Baches in sternklarer Nacht von einem kräftigen, schweigsamen jungen Mann aus dem Volke gelöst, der vor mir kniete, während die Frau mit gefalteten Händen dabeistand wie der Engel der Freiheit.« Ganz offenbar ein symbolisch zu verstehendes Paar. Gleich darauf halfen sie seiner wiedergewonnenen Menschlichkeit mit ordentlicher

Kleidung auf und machten dem neuen Menschen dadurch Mut, daß sie ihm sagten, die Küste des Stillen Ozeans sei nur noch wenige Meilen entfernt. Man konnte ihn tatsächlich von der nächsten Erhebung aus sehen...

Das Ende seiner Flucht eignet sich nicht mehr zu mystischer Ausschmückung oder symbolischer Deutung. Er gelangte schließlich auf dem üblichen Weg, durch den Suez-Kanal, in den Westen. Kaum hatte er die Küste Südeuropas betreten, begann er unverweilt seine Autobiographie abzufassen – den großen literarischen Erfolg des Jahres. Auf dieses Buch folgten weitere, deren erklärter Zweck es ist, die Menschheit zu erheben. In jenen Werken predigt er ganz allgemein den Kult der Frau. Er selber übte diesen Kult unter dem Ritus einer besonderen Verehrung der außerweltlichen Verdienste einer gewissen Madame de S., einer Dame von fortschrittlichen Auffassungen, die nicht länger mehr jung und vor Zeiten die bestrickende Gattin eines seitdem verstorbenen und vergessenen Diplomaten war. Sie hatte sich (wie Voltaire und Madame de Staël) ins republikanische Genf geflüchtet und machte hier lärmend Anspruch darauf, zu den führenden modernen Geistern gerechnet zu werden. Wenn sie in ihrem geräumigen Landauer ausfuhr, bot sie den gleichgültigen Einwohnern und den glotzenden Touristen den Anblick ihrer korsettierten, jugendlichen, priesterinnenhaft aufgereckten Gestalt, dazu ein Paar große, glühende Augen, die ruhelos hinter einem kurzen Schleier aus schwarzer Seide rollten, der, da er nur bis zu den hellroten Lippen reichte, einer Maske glich. Für gewöhnlich begleitete sie der ›heldische Flüchtling‹ (dieser Name war ihm in einer Besprechung der englischen Ausgabe seines Buches verliehen worden), der dann mit seinem gewaltigen Bart und der dunklen Brille nicht neben ihr, sondern ihr gegenüber saß, den Pferden den Rücken zukehrend. Wenn sie so auf ihren Ausfahrten ganz allein einander in der geräumigen Kutsche ge-

genübersaßen, hatte man den Eindruck von einer bewußten öffentlichen Schaustellung. Vielleicht taten sie das aber auch nicht bewußt. Oft marschiert die russische Einfalt um eines erhabenen Zweckes willen, ohne es zu ahnen, am Abgrund des Zynismus dahin. Dem geschliffenen Westeuropäer wäre es jedoch ganz unmöglich, eine solche Handlungsweise zu begreifen. In Anbetracht des würdevollen Gehabens, das sich sogar auf die Miene des Kutschers und den Gang der schmucken Pferde übertrug, mag diesem wunderlichen Aufzug ja eine mystische Bedeutung innegewohnt haben, dem verderbt frivolen Sinn eines Westeuropäers jedoch, meinem zum Beispiel, wollte das alles kaum noch schicklich scheinen.
Indessen kommt es einem unscheinbaren Sprachenlehrer nicht zu, einen ›heldischen Flüchtling‹ von Weltruf zu tadeln. Ich wußte vom Hörensagen, daß er ein höchst geschäftiger Mensch war, der seine Landsleute in ihren Hotels und Pensionen aufstöberte und – so berichtete man mir – ihnen die Ehre erwies, von ihrer Anwesenheit in den öffentlichen Anlagen Notiz zu nehmen, wenn es sich gerade so machte. Ich hatte den Eindruck, daß er bereits vor Monaten nach einem oder zwei Besuchen die Damen Haldin aufgegeben habe – zweifellos nur widerstrebend, denn daran, daß er ein Mann von starkem Willen war, konnte nicht gezweifelt werden. Es stand wohl zu erwarten, daß er bei diesem traurigen Anlaß wieder auftauchen würde, um als Russe und Revolutionär die passenden Worte zu sprechen und den richtigen, vielleicht den tröstlichen Ton zu finden. Doch behagte es mir gar nicht, ihn dort sitzen zu sehen. Ich darf wohl annehmen, daß dies nichts mit unangebrachter Eifersucht meiner bevorzugten Stellung wegen zu tun hatte. Ich leitete aus meiner stummen Freundschaft keinerlei Vorrechte ab. Durch den Unterschied der Jahre und der Nationalität in eine ganz andere Lebenssphäre verwiesen, machte ich, auch auf mich selber, den Eindruck eines stummen, hilflosen Gespenstes,

einer besorgten unkörperlichen Erscheinung, die nur herumgeistern konnte und nicht die Macht besaß, zu schützen oder zu raten, und sei es nur durch ein geflüstertes Wort. Da Fräulein Haldin es mit sicherem Instinkt unterlassen hatte, mich mit der stämmigen Berühmtheit bekanntzumachen, hätte ich mich still zurückgezogen, um später wiederzukommen, hätte ich nicht in ihrem Blick einen seltsamen Ausdruck bemerkt, den ich als die Bitte dazubleiben auslegte, vielleicht um einen ungelegenen Besuch abkürzen zu helfen.

Er nahm seinen Hut auf, doch nur, um ihn auf seinen Knien abzustellen.

»Wir werden uns noch sehen, Natalia Victorowna. Heute habe ich nur meine Aufwartung gemacht, um jenen Gefühlen gegen Ihre verehrte Frau Mutter und gegen Sie Ausdruck zu geben, an deren Natur Sie keinen Zweifel haben können. Es bedurfte dazu keines Anstoßes, doch hat mich in gewisser Weise Eleanor – Madame de S. – selbst geschickt. Sie bietet Ihnen die Schwesterhand. In der gesamten Skala menschlicher Empfindungen gibt es fürwahr keine Freude und keinen Schmerz, den diese Frau nicht verstehen, läutern und durch ihre Auslegung vergeistigen könnte. Der junge Mann, der, wie ich schon erwähnte, aus Petersburg eingetroffen ist, ist bereits ganz von ihr bezaubert.«

An dieser Stelle stand Fräulein Haldin abrupt auf. Ich freute mich darüber. Er hatte ganz offenbar nichts derartig Entschiedenes erwartet, jedenfalls legte er zunächst einmal den Kopf zurück und ließ die dunklen Gläser neugierig funkeln. Schließlich besann er sich jedoch, stand hastig auf und nahm dabei geschickt den Hut vom Knie.

»Wie kommt es nur, Natalia Victorowna, daß Sie sich so lange von einem Kreis ferngehalten haben, der schließlich – Lästerzungen mögen sagen, was sie wollen – ein einzigartiger Sammelpunkt freier Geister ist, die sich bemühen, die schönsten

Entwürfe für unser aller Zukunft zu machen? Was Ihre verehrte Frau Mutter betrifft, so kann ich es schon eher verstehen. In ihrem Alter sind neue Ideen, neue Gesichter vielleicht nicht gerade... Sie aber! Ist es Mißtrauen? Ist es Gleichgültigkeit? Auf jeden Fall müssen Sie Ihre Reserve aufgeben. Wir Russen haben nicht das Recht, gegeneinander Zurückhaltung zu üben. In unseren besonderen Verhältnissen läuft das beinahe auf das Verbrechen der Unmenschlichkeit hinaus. Wir können uns den Luxus einsamer Trauer nicht leisten. Heutzutage läßt sich der Teufel nicht mehr durch Gebet und Fasten vertreiben. Und was ist Fasten schließlich anderes als hungern? Sie dürfen sich nicht kasteien, Natalia Victorowna. Kraft ist es, was wir brauchen. Kraft der Seele, meine ich. Was die andere Sorte angeht – wer könnte uns Russen widerstehen, wenn wir sie anwenden wollten? In unseren Zeiten hat sich der Begriff der Sünde verändert, und auch die reine Seele strebt auf anderen Wegen nach der Erlösung. Diese ist nicht mehr in Klöstern zu finden, sondern in der Welt, in der...«

Es schien, als steige das tiefe Dröhnen dieser Stimme aus dem Fußboden auf, und man fühlte sich bis an den Hals hineingetaucht. Fräulein Haldins Einwurf war wie der Versuch einer Ertrinkenden, sich über Wasser zu halten. Sie fiel ihm geradezu ungeduldig ins Wort:

»Aber Peter Iwanowitsch, ich habe durchaus nicht die Absicht, mich in ein Kloster zurückzuziehen! Wer könnte schon hoffen, dort die Erlösung zu finden?«

»Ich meinte das bildlich«, dröhnte er.

»Nun, dann spreche eben auch ich bildlich. Kummer ist immer noch Kummer und Schmerz immer noch Schmerz. Beide machen Ansprüche an den Menschen. Man muß ihnen widerstehen, so gut man es vermag. Ich weiß wohl, daß der Schlag, der uns so unversehens getroffen hat, im Geschick unseres Volkes nur eine Episode ist. Beruhigen Sie sich also – ich vergesse das nicht. Im Augenblick jedoch muß ich mich um meine Mutter kümmern. Wie können Sie erwarten, daß ich sie allein lasse, um...«

»Nun, Sie drücken das recht hart aus«, wehrte er sich lässig mit seiner mächtigen Stimme.

Fräulein Haldin wartete nicht, bis die Schwingungen abgeklungen waren: »...um bei allen möglichen fremden Leuten Besuch zu machen? Der Gedanke ist mir widerwärtig, und was anders Sie gemeint haben könnten, begreife ich nicht.«

Er ragte vor ihr auf, riesengroß, zuvorkommend, die Haare so kurz geschnitten wie ein Sträfling, und beim Anblick seines feisten, rötlichen Hinterhauptes mußte ich an jenen verwilderten Kopf mit den verfilzten Haaren denken, der durchs Gezweig spähte, an jene blitzschnell auftauchenden, nackten bräunlichen Gliedmaßen, die sich im sumpfigen Dickicht verbargen, umschwirrt von Fliegen und Mücken. Das war ein Tribut, den ich unfreiwillig der Anschaulichkeit seiner Schreibweise entrichtete. Niemand konnte bezweifeln, daß er die sibirischen Wälder durchwandert hatte, nackt, eine Kette um den Leib. Der schwarze Tuchrock verlieh seiner Person etwas Wohlanständiges – ließ ein wenig an einen Missionar denken.

»Wissen Sie, was ich möchte, Natalia Victorowna?« stieß er feierlich hervor. »Ich möchte, daß Sie eine Fanatikerin werden.«

»Eine Fanatikerin?«

»Jawohl. Glaube allein ist nicht genug.«

Er senkte die Stimme noch mehr. Dann hob er den einen feisten Arm; der andere hing ausgestreckt an seinem Oberschenkel herab, mit dem hochempfindlichen Zylinderhut am Ende.

»Ich will Ihnen jetzt etwas mitteilen, und ich bitte Sie, es sehr gründlich zu bedenken. Also: Wir benötigen eine Kraft, die Himmel und Erde in Bewegung setzen kann – nichts weniger.«

Der tiefe, unterirdische Ton, in dem er das ›Nichts weniger‹

aussprach, ließ einen beinahe so erbeben, wie das Stöhnen des Windes in den Pfeifen einer Orgel.

»Und diese Kraft sollte sich ausgerechnet im Salon von Madame de S. finden? Verzeihen Sie mir, Peter Iwanowitsch, wenn ich mir erlaube, daran zu zweifeln. Gehört diese Dame nicht der großen Welt an, ist sie nicht eine Aristokratin?«

»Vorurteile!« rief er. »Sie setzen mich in Erstaunen. Und wenn sie wirklich alles das wäre! Sie ist auch eine Frau aus Fleisch und Blut. Immer gibt es irgendwas in uns, das das Spirituelle überdeckt. Aber ich habe nicht von Ihnen erwartet, daß Sie das zum Anlaß eines Tadels nehmen würden. Nein! Das habe ich nicht erwartet. Es sieht ja beinahe so aus, als hätten Sie sich Skandalgeschichten angehört.«

»Ich habe keinerlei Klatsch gehört, das versichere ich Ihnen. Wie hätte das in der Provinz auch möglich sein sollen! Doch redet die Welt von ihr. Was können schon eine solche Dame und ein unscheinbares Mädchen vom Lande wie ich gemeinsam haben?«

»In ihr manifestiert sich unaufhörlich ein edler, ein unvergleichlicher Geist«, unterbrach er. »Ihr Zauber... nein, von ihrem Zauber will ich nicht sprechen. Allerdings unterliegt jeder diesem Zauber, der ihr nahekommt... Widersprüche lösen sich auf, Kummer fällt von einem ab... Wenn ich mich nicht sehr irre – aber in seelischen Dingen irre ich mich nie –, so fühlen Sie eine Last auf Ihrer Seele, Natalia Victorowna.«

Fräulein Haldins klare Augen blickten offen auf sein breitflächiges Gesicht; ich hatte dabei den Eindruck, daß er sich im Schutze der dunklen Brille die größten Unverschämtheiten herausnehmen konnte.

»Neulich abends erst, als ich mit unserem interessanten Neuankömmling aus Petersburg vom Château Borel zur Stadt zurückging, vermochte ich ihren unerhört beruhigenden – ich möchte sagen, versöhnenden Einfluß zu beobachten... da ging er die viele Kilometer lange Strecke um den See neben mir her, schweigend, wie ein Mensch, dem der Weg zum Frieden gewiesen worden ist. Sie müssen wissen, daß ich unterdes spürte, wie es in seiner Seele arbeitete. Zum einen hörte er mir geduldig zu. Ich war an jenem Abend selbst ganz verzückt von dem köstlichen Genie Eleanors – Madame de S' –. Der Mond war voll, und ich vermochte sein Gesicht zu beobachten. Mich täuscht man nicht...«

Fräulein Haldin, mit niedergeschlagenen Augen, schien zu zaudern. »Nun wohl, ich will mir Ihre Worte durch den Kopf gehen lassen, Peter Iwanowitsch. Ich werde versuchen, eine Visite zu machen, sobald ich Mutter für eine oder zwei Stunden unbesorgt sich selbst überlassen kann.«

Diese Worte wurden zwar kühl gesagt, doch verblüffte mich, daß sie überhaupt ein solches Zugeständnis machte. Er haschte so eifrig nach ihrer Rechten, daß ich erwartete, er werde sie an die Brust oder wenigstens an die Lippen drücken. Doch hielt er nur ihre Fingerspitzen mit seiner Pranke umklammert und schüttelte sie mehrmals leicht, während er eine letzte Wortsalve abfeuerte.

»So ist es recht. So ist es recht. Ich besitze noch nicht Ihr volles Vertrauen, Natalia Victorowna, doch das kommt noch. Alles zu seiner Zeit. Die Schwester Victor Haldins kann nicht unbedeutend sein... das ist einfach undenkbar. Und keine Frau darf sich jetzt noch abseits halten. Blumen, Tränen, Applaus – sie haben ihre Zeit gehabt; das gehört ins Mittelalter. Die Arena, die Arena selber ist jetzt der Platz der Frauen!«

Er entledigte sich ihrer Hand schwungvoll, ganz als reiche er sie ihr hin wie ein Geschenk, und blieb still, mit gesenktem Haupt stehen, als neige er sich gemessen vor ihrer Weiblichkeit.

»Die Arena!... Sie müssen in die Arena hinabsteigen, Natalia.« Er trat einen Schritt zurück, ließ den mächtigen Körper einknicken und ging rasch davon. Die Tür fiel hinter ihm zu. Doch sogleich vernahm man seine mächtig dröhnende Stimme, die er in der Diele gegen das ältliche Dienstmädchen richtete, das ihn hinausgeleitete. Ob er auch sie aufforderte, in die Arena hinabzusteigen, vermag ich nicht zu sagen. Das ganze hörte sich eher nach einer Predigt an und wurde von der plötzlich zufallenden Haustür abgeschnitten.

III

Wir sahen einander ein Weilchen an.

»Wissen Sie, wer er ist?«

Fräulein Haldin trat auf mich zu; sie sprach jetzt englisch. Ich ergriff die Hand, die sie mir bot.

»Jeder weiß es. Er ist ein revolutionärer Feminist, ein großer Schriftsteller, wenn Sie wollen, und – wie soll ich das ausdrücken – ständiger Gast im mystisch revolutionären Salon der Madame de S.«

Fräulein Haldin strich sich über die Stirn.

»Er war nämlich schon eine Stunde lang bei mir, ehe Sie kamen. Ich war froh, daß meine Mutter sich hingelegt hatte. So manche Nacht verbringt sie ohne Schlaf, und dann ruht sie im Laufe des Tages einige Stunden. Es ist die reine Erschöpfung – doch diesmal bin ich dankbar dafür... Wenn diese Atempausen nicht wären...«

Sie blickte mich an und schüttelte gleich darauf den Kopf, weil sie, was mich stets so verwirrte, wieder meine Gedanken gelesen hatte.

»Nein, irrsinnig würde sie wohl auch dann nicht werden.«

»Mein liebes junges Fräulein«, protestierte ich, und zwar um so erschreckter, als ich insgeheim weit davon entfernt war, Frau Haldin für ganz normal zu halten.

»Sie wissen eben nicht, was für einen feinen, hellen Verstand meine Mutter hatte«, fuhr Natalie Haldin mit der gesammelten, kläräugigen Schlichtheit fort, der für mein Empfinden stets etwas Heroisches anhaftete.

»Nun, gewiß...«, murmelte ich.

»Ich habe bei meiner Mutter die Vorhänge zugezogen und bin hier hereingegangen. Ich wollte schon längst einmal in aller Ruhe nachdenken.«

Sie verstummte und setzte, ohne ihren Kummer sichtbar werden zu lassen, hinzu: »Es ist alles so schwierig.« Dann sah sie mich seltsam starr an, als erwarte sie ein Zeichen des Widerspruches oder der Überraschung.

Ich machte keines von beiden. Ich fühlte mich unwiderstehlich zu dem Satz gedrängt:

»Ich fürchte, der Besuch jenes Herrn hat nichts leichter gemacht.«

Fräulein Haldin stand vor mir, einen eigentümlichen Ausdruck in den Augen.

»Ich behaupte nicht, Peter Iwanowitsch ganz zu begreifen. Aber auch wenn man das Leben nicht buchstäblich nach seinen Anweisungen einrichtet, muß man doch jemanden haben, der die Richtung angibt. Ich bin ein unerfahrenes Mädchen, aber keine Sklavenseele. Davon habe ich in Rußland genug gesehen. Doch warum sollte ich ihm nicht zuhören? Es kann nicht schaden, sich beim Denken anleiten zu lassen. Ich will Ihnen aber gerne gestehen, daß ich Peter Iwanowitsch gegenüber nicht ganz ehrlich war. Ich weiß gar nicht, was mich eigentlich daran gehindert hat…«

Sie ließ mich plötzlich stehen und ging ans ferne Ende des Zimmers, doch tat sie dort nichts als ein Schubfach aufziehen und wieder zuschieben. Sie kam dann mit einem Stück Papier in der Hand zurück. Es war dünn und mit engen Schriftzügen bedeckt, offenbar ein Brief.

»Ich wollte es Ihnen gern vorlesen«, sagte sie. »Es ist einer der Briefe meines armen Bruders. Er hat niemals gezweifelt. Wie sollte er auch? Diese elenden Despoten sind gegenüber dem einmütigen Willen des Volkes nur ein jämmerliches Häuflein.«

»So glaubte Ihr Bruder daran, daß der Wille eines Volkes etwas ausrichten kann?«

»Das war seine Religion«, versetzte Fräulein Haldin.

Ich beobachtete ihr ruhiges Gesicht mit den lebhaft blickenden Augen.

»Selbstverständlich muß der Wille geweckt, belebt, gesammelt werden«, fuhr sie fort. »Das ist die eigentliche Aufgabe der echten Agitatoren. Einer solchen Tätigkeit muß man sein ganzes Leben widmen. Die entwürdigende Knechtschaft, die Verlogenheit des Absolutismus muß an der Wurzel aufgedeckt und vernichtet werden. Eine Reform ist unmöglich. Es gibt nichts zu reformieren. Wir haben keine Gesetzlichkeit, keine öffentlichen Einrichtungen. Nur willkürliche Anordnungen. Der ganzen Nation steht nichts weiter gegenüber als eine Handvoll grausamer – vielleicht auch blinder – Bürokraten.«

Der Brief raschelte ein wenig in ihrer Hand. Ich blickte auf das dünne Blatt mit den Schriftzügen, die als solche bereits kabbalistisch wirkten, dem Westeuropäer unbegreiflich.

»So ausgedrückt«, gestand ich, »erscheint das Problem recht einfach. Doch fürchte ich, daß ich seine Lösung nicht erleben werde. Und falls Sie nach Rußland zurückkehren sollten, so werde ich Sie ganz gewiß nie wiedersehen. Und doch sage ich noch einmal: gehen Sie zurück! Sie dürfen nicht glauben, daß ich nicht um Ihr Wohlergehen besorgt wäre. Nein! Ich weiß sehr gut, daß Sie nicht an einen Ort der Geborgenheit zurückkehren. Und doch wäre mir der Gedanke lieber, Sie dort in Gefahr zu wissen, als Sie dem auszusetzen, was Ihrer hier warten mag.«

»Ich will Ihnen etwas sagen«, eröffnete Fräulein Haldin mir nach kurzem Nachdenken. »Ich glaube, Sie hassen die Revolution. Sie halten sie für einen Betrug. Sie gehören einem Volke an, das mit dem Schicksal einen Handel geschlossen hat und es nun nicht beleidigen möchte. Wir aber haben keinen

Handel geschlossen. Uns hat man niemals eine bestimmte Menge Freiheit gegen eine bestimmte Menge baren Geldes geboten. Sie schrecken vor dem Gedanken zurück, jene, von denen Sie eine gute Meinung haben, könnten sich an der Revolution beteiligen, als sei er etwas... nun, wie soll man sagen... etwas Unschickliches.«

Ich senkte den Kopf.

»Sie haben ganz recht. Ich habe von Ihnen eine sehr hohe Meinung.«

»Sie dürfen nicht denken, daß ich das nicht wüßte«, fiel sie eilig ein. »Ihre Freundschaft ist mir sehr wertvoll gewesen.«

»Ich habe kaum etwas anderes getan als zuzusehen.«

Sie errötete ein ganz klein wenig.

»Es gibt auch eine Art des Zuschauens, die wertvoll ist. Ich habe mich deshalb weniger einsam gefühlt. Es ist schwer zu erklären.«

»Wirklich! Nun, auch ich habe mich weniger allein gefühlt. Das läßt sich allerdings leicht erklären. Doch ich will mich kurz fassen und nur noch eins sagen: In einer wirklichen Revolution – ich spreche jetzt nicht von einem Wechsel der Dynastie oder einer einfachen Reform – kommen nicht die besten Menschen nach oben. Ein blutiger Umsturz wird zunächst von engstirnigen Fanatikern und tyrannischen Heuchlern gemacht. Danach sind sämtliche anspruchsvollen, gescheiterten Intellektuellen der Epoche an der Reihe. Das ist dann die Führergarnitur. Sie werden bemerken, daß ich simple Schurken überhaupt nicht erwähne. Die Gewissenhaften und Gerechten, die edlen, menschlichen und hingebungsvollen Charaktere, die Selbstlosen und Gescheiten mögen zwar am Anfang einer Bewegung stehen – doch entgleitet sie ihren Händen. Das sind nicht die Leute, die eine Revolution machen. Sie sind vielmehr ihre Opfer: Opfer ihres Abscheus, ihrer Enttäuschung, oft sogar der Reue. Verratene Hoffnung, in den Staub getretene Ideale – so könnte man die geglückte Revolution definieren. Doch genug davon. Ich will nichts weiter sagen als: ich wünsche nicht, daß auch Sie ein Opfer werden.«

»Selbst wenn ich glauben könnte, was Sie da sagen, würde ich nicht an mich denken«, wehrte Fräulein Haldin ab. »Ich würde nach der Freiheit greifen wie der Hungernde nach dem Stück Brot, ganz gleich, welche Hand es austeilt. Erst danach kann der wahre Fortschritt beginnen. Und dafür wird man die richtigen Menschen gewiß finden. Sie sind schon unter uns. Man trifft sie, die Unbekannten, Unscheinbaren, wie sie sich vorbereiten...«

Sie entfaltete den Brief, den sie die Zeit her in der Hand gehalten, und rief, darauf niederblickend:

»Ja! Man stößt auf solche Menschen!« wiederholte sie und las dann vor: »Makellose, erhabene, einsame Menschen.«

Unter meinem forschenden Blick faltete sie den Brief zusammen und erläuterte:

»Mit diesen Worten beschreibt mein Bruder einen jungen Mann, den er in St. Petersburg kennengelernt hat. Vermutlich ein enger Freund. Bestimmt sogar. Sein Name ist der einzige, den mein Bruder in seiner Korrespondenz mit mir jemals erwähnt hat. Wahr und wahrhaftig der einzige, und soll man es glauben? Dieser Mann ist hier. Er ist kürzlich in Genf eingetroffen.«

»Haben Sie ihn schon gesehen?« erkundigte ich mich. »Aber natürlich, Sie müssen ihn gesehen haben.«

»Nein! Nein! Eben nicht! Ich wußte gar nicht, daß er hier ist. Peter Iwanowitsch hat mir erst davon erzählt. Sie haben selbst gehört, wie er von einem Neuankömmling aus Petersburg sprach..., das ist der ›makellose, erhabene, einsame Mensch‹, der Freund meines Bruders!«

»Er ist nun wohl ebenfalls politisch kompromittiert«, bemerkte ich.

»Ich weiß nicht. Doch. Wahrscheinlich. Wer weiß! Vielleicht war es eben auf Grund dieser seiner Freundschaft zu meinem Bruder, daß... Aber nein! Das kann kaum sein. Ich weiß wirklich gar nichts, abgesehen von dem, was Peter Iwanowitsch mir von ihm berichtet hat. Er hat einen Empfehlungsbrief von Vater Sosim – Sie kennen ihn doch, den demokratischen Priester. Sie haben doch sicher von Vater Sosim gehört?«

»O ja, der berühmte Vater Sosim war vor ungefähr einem Jahr etwa zwei Monate lang in Genf«, sagte ich. »Seit seiner Abreise scheint er für die gesamte Welt verlorengegangen zu sein.«

»Offenbar arbeitet er wieder in Rußland. Irgendwo im Zentrum«, sagte Fräulein Haldin. »Doch erwähnen Sie das bitte gegen niemanden – lassen Sie sich kein Wort darüber entschlüpfen, denn wenn es in die Zeitungen käme, könnte das für ihn gefährlich sein.«

»Es liegt Ihnen wohl sehr daran, diesen Freund Ihres Bruders kennenzulernen?« fragte ich.

Fräulein Haldin schob den Brief in die Tasche. Sie blickte über meine Schulter hinweg zur Tür des Zimmers ihrer Mutter. »Aber nicht hier«, murmelte sie, »jedenfalls nicht das erste Mal.«

Gleich darauf verabschiedete ich mich, doch folgte mir Fräulein Haldin in die Diele und schloß sorgfältig die Tür hinter uns.

»Ich nehme an, Sie wissen, wohin ich morgen will?«

»Sie haben sich entschlossen, Madame de S. einen Besuch zu machen.«

»Ganz recht. Ich werde ins Château Borel gehen. Ich muß.«

»Was erwarten Sie denn dort zu hören?« erkundigte ich mich gedämpft. Ich fragte mich, ob sie sich nicht insgeheim einer ganz ausgefallenen Hoffnung hingebe. Doch war es nicht so.

»Denken Sie doch nur – ein naher Freund. Der einzige, den er je in seinen Briefen erwähnte. Er hat gewiß etwas für mich, und wenn es nur einige wenige armselige Worte wären. Vielleicht ein Wort oder einen Gedanken aus jenen letzten Tagen. Verlangen Sie von mir, daß ich dem, was von meinem armen Bruder geblieben ist, seinem Freund, den Rücken kehre?«

»Gewiß nicht«, erwiderte ich. »Ich begreife Ihre pietätvolle Neugier sehr wohl.«

»...makellos, erhaben und einsam!« murmelte sie vor sich hin. »Das gibt es wirklich! Nun, einer von ihnen soll mir Rede stehen über den geliebten Toten.«

»Woher wissen Sie aber, daß Sie ihm dort begegnen werden? Nehmen Sie denn an, daß er Gast im Château ist?«

»Genau weiß ich das nicht«, gestand sie. »Er brachte einen Empfehlungsbrief von Vater Sosim, der, wie es scheint, ebenfalls ein guter Bekannter der Madame de S. ist. Sie kann also am Ende doch keine so nichtswürdige Person sein.«

»Über Vater Sosim waren alle möglichen Gerüchte im Umlauf«, gab ich zu bedenken.

Sie hob die Schultern.

»Auch die Verleumdung ist eine Waffe unserer Regierung. Man weiß das sehr wohl. O ja! Es stimmt, daß Vater Sosim von dem Gouverneur irgendeiner Provinz protegiert wurde. Ich erinnere mich, daß ich vor zwei Jahren noch mit meinem Bruder darüber sprach. Aber er hat gute Arbeit geleistet. Und jetzt ist er verbannt. Gibt es einen besseren Beweis? Doch es ist einerlei, was oder wer dieser Priester war oder ist, das berührt den Freund meines Bruders nicht. Treffe ich ihn dort nicht an, so will ich jedenfalls nach seiner Adresse fragen. Und selbstverständlich muß auch Mutter ihn später kennenlernen. Es ist gar nicht auszudenken, was er alles zu erzählen haben mag. Welcher Segen, wenn Mama sich auf diese Weise beruhigen würde. Sie wissen ja, was sie sich einbildet. Man wird nun vielleicht eine Erklärung hören, kann sie vielleicht auch... auch erfinden. Das wäre keine Sünde.«

»Gewiß wäre das keine Sünde«, bestätigte ich. »Vielleicht aber ein Fehler.«

»Ich will ja nur, daß sie wenigstens einen Teil ihrer alten Energie wiedergewinnt. In ihrem augenblicklichen Zustand macht sie es mir unmöglich, irgend etwas gründlich zu bedenken.«

»Haben Sie die Absicht, zum Wohle Ihrer Mutter einen von Pietät eingegebenen Betrug zu veranstalten?« fragte ich.

»Warum Betrug? Ein so naher Freund weiß bestimmt etwas von meinem Bruder während seiner letzten Tage... Er könnte uns erklären... Irgendwas an den uns bekannten Tatsachen läßt mir keine Ruhe. Ich weiß bestimmt, daß er die Absicht hatte, sich mit uns im Ausland zu treffen, daß er etwas plante, eine bedeutende patriotische Aktion, an der nicht nur er allein, sondern auch ich beteiligt sein sollte. Darauf hatte ich mich fest verlassen. Ich freute mich schon darauf! Oh! mit welcher Hoffnung und Ungeduld... ich hätte dabei helfen können. Und dann plötzlich diese anscheinende Tollkühnheit – als sei ihm alles gleich gewesen...«

Sie schwieg ein Weilchen, sagte dann aber noch einmal hartnäckig:

»Ich will es wissen.«

Als ich mich langsam vom Boulevard des Philosophes entfernte und über ihre Worte nachdachte, fragte ich mich, was es denn eigentlich sei, was sie zu wissen begehrte? Ich hatte genug von ihr gehört, um einen Anhaltspunkt zu haben. In der Mädchenschule, in der Fräulein Haldin ihre Studien absolviert hatte, war sie mit scheelen Augen angesehen worden. Man verdächtigte sie, in Fragen, die von Amts wegen in bestimmter Weise beantwortet wurden, eine unabhängige Ansicht zu haben. Als dann beide Frauen später in ihr Landhaus zurückkehrten, brachten sie sich durch freimütige Äußerungen über Vorgänge im öffentlichen Leben in den Ruf, liberal zu sein. Die Troika des Polizeihauptmannes wurde immer öfter im Dorf gesehen. »Ich muß ein Auge auf die Bauern haben«, hatte er den Damen bei seinen Besuchen erläutert. »Man muß sich auch ein wenig um zwei so einsame Damen kümmern.« Er pflegte die Wände zu betrachten, als wolle er sie mit den Blicken durchdringen, die Photographien zu mustern, lässig in den Büchern im Salon zu blättern und nach dem üblichen Imbiß wieder abzufahren. Doch eines Abends erschien der alte Dorfpope erregt und bekümmert, um zu bekennen, daß er, der Pope, angewiesen worden sei, auch auf andere Weise (indem er zum Beispiel seinen geistlichen Einfluß auf die Bediensteten wirksam werden ließ) in Erfahrung zu bringen, was im Hause vorgehe, insbesondere alles über Besucher, die diese Damen empfingen, wer sie waren, wie lange sie blieben, ob Fremde darunter seien und so fort. Der bedauernswerte alte Mann war vor Beschämung und Angst ganz niedergedrückt. »Ich komme, Sie zu warnen! Sehen Sie sich um Gottes willen vor! Ich vergehe vor Scham, aber man kann sich nicht aus dem Netz befreien. Ich werde berichten müssen, was ich sehe, denn falls ich es nicht tue, würde mein Diakon es tun. Er schreckt vor nichts zurück, um sich oben beliebt zu machen. Und dann mein Schwiegersohn, der Gatte meiner Parascha – er ist Schreiber bei der Domänenverwaltung, und man würde ihn bald genug fortjagen – vielleicht sogar verschicken.« Der alte Mann beklagte die Zeitläufte, »in denen sich die Leute aus irgendwelchen Gründen nicht einig werden können«, und wischte sich die Augen. Er wünsche nicht, seinen Lebensabend mit geschorenem Kopfe in der Büßerzelle eines Klosters zu verbringen »und der ganzen Strenge des kirchlichen Strafvollzuges unterworfen zu werden, denn ein alter Mann hätte dort keine Gnade zu erwarten«, ächzte er. Er wurde fast hysterisch, und die beiden Damen, denen er in der Seele leid tat, trösteten ihn nach Kräften, ehe sie ihn zurück in seine Hütte gehen ließen. In der Tat stellten sich immer weniger Besucher ein. Die Nachbarn – einige seit Jahren mit ihnen befreundet – fingen an, sich zurückzuhalten; etliche, weil sie sich fürchteten, andere von merklichem Widerwillen geleitet – das waren die reichen Herrschaften, die nur im Sommer auf dem Lande waren, Aristokraten und Reaktionäre, wie Fräulein Haldin mir auseinandersetzte. Für ein junges Mädchen war es ein einsames Leben. Die Beziehungen zwischen ihr und der Mutter waren die aufrichtigsten, die besten; doch Frau Haldin hatte mit ihrer eigenen Generation gelitten, war Zeuge von deren Enttäuschungen und Ketzereien gewesen. Ihre Neigung zu ihren Kindern äußerte sich darin, daß sie jedes Zeichen von Angst unterdrückte. Sie wahrte eine heroische Zurückhaltung. Natalie Haldin sah in ihrem Bruder und dessen Leben in Petersburg, das durchaus nicht rätselhaft (es bestand kein Zweifel über seine Gedanken oder Gefühle), aber doch von einer gewissen Geheimnistuerei umgeben war, den einzigen sichtbaren Vertreter der geächteten Freiheit. Die Bedeutung der Freiheit, insbesondere ihre nebelhaften Verheißungen, belebten ihre langen Diskussionen, die die erhabensten Hoffnungen auf Aktion und den Glauben an Erfolg atmeten.

Dann plötzlich fanden Aktionen und Hoffnungen ihr Ende, und die Einzelheiten wurden von einem englischen Journalisten ans Licht gezogen. Die greifbare Tatsache, die Tatsache seines Todes, war unbestritten, aber ihre tiefere Ursache blieb undurchschaubar. Fräulein Haldin fühlte sich ohne Erklärung verstoßen. Doch verdächtigte sie ihn nicht. Was sie wünschte, war, beinahe um jeden Preis zu erfahren, wie sie seinem abgeschiedenen Geist die Treue halten könne.

IV

Es vergingen etliche Tage, ehe ich Natalie Haldin wiederum begegnete. Ich überquerte gerade den Platz vor dem Theater, als ich ihre wohlgeformte Gestalt erkannte, die im Begriffe war, zwischen den Torpfeilern hindurch die reizlose öffentliche Promenade auf dem Wall zu betreten. Sie ging in entgegengesetzter Richtung, doch wußte ich, daß wir uns treffen würden, wenn sie auf ihrem Rückweg über die Hauptpromenade kam, – es sei denn, sie befände sich auf dem Heimweg. In diesem Fall hätte ich sie wohl noch nicht aufgesucht. Zwar wünschte ich unvermindert stark, sie von jenen Menschen fernzuhalten, doch ich täuschte mich nicht über die Kraft meines Einflusses. Ich war schließlich nur ein Westeuropäer, und es war klar, daß Fräulein Haldin meinen Weisheiten nicht lauschen wollte noch konnte; und was meinen Wunsch anging, meinerseits ihrer Stimme zu lauschen, so fand ich, es sei besser, mich diesem Vergnügen nicht allzusehr hinzugeben. Nein, zum Boulevard des Philosophes wäre ich nicht gegangen, doch als ich etwa auf halbem Wege Fräulein Haldin auf der Hauptpromenade mir entgegenkommen sah, war ich zu neugierig und vielleicht auch zu aufrichtig, um wegzulaufen.

Es lag etwas von der Herbheit des Frühlings in der Luft. Der Himmel war von sprödem Blau, doch die jungen Blätter woben sich wie linder Nebel um die reizlosen Baumreihen; und die klare Sonne sprenkelte kleine goldene Punkte in das Grau der freimütig blickenden Augen Fräulein Haldins, die sich mir mit freundlichem Gruß zuwandte.

Ich erkundigte mich nach dem Befinden ihrer Mutter.

Sie hob leicht die Schultern und seufzte traurig.
»Immerhin habe ich das Haus verlassen, um einen Spaziergang zu machen... *for exercise,* wie ihr Engländer sagt.«
Ich lächelte anerkennend, und sie fügte eine überraschende Bemerkung an:
»Was für ein herrlicher Tag!«
Ihre Stimme, diese ein wenig rauhe, aber durch die etwas männliche und zugleich vogelähnliche Färbung reizvolle Stimme, klang aufrichtig entzückt. Das freute mich. Es war, als sei sie sich ihrer Jugend bewußt geworden – denn von der Herrlichkeit des Frühlings war nur wenig zu bemerken in dem umzäunten Rechteck mit seinem Rasen und seinen Bäumen, das an allen Seiten von den steilen Dächern dieser Stadt eingerahmt wird, die anmutig ist ohne Liebreiz und gastfrei ohne Anteilnahme. Auch in der Luft, durch die sie schritt, war keine rechte Wärme, und der Himmel, der Himmel über einem Land ohne Horizonte, war von Aprilschauern reingefegt und gewaschen und lastete kalt und grausam blau, plötzlich bedrängt von der häßlichen dunklen Mauer des Jura, auf der hier und dort noch kümmerliche Schneeflecke zu sehen waren. Die gesamte Herrlichkeit des Frühlings muß in ihr selbst gewesen sein – und ich war glücklich darüber, daß dies Gefühl in ihr Leben gekommen war, und wäre es auch nur für kurze Zeit.
»Es freut mich, Sie das sagen zu hören.«
Sie warf mir einen raschen Blick zu. Rasch, nicht verstohlen. Falls es etwas gab, das man sich an ihr absolut nicht vorzustellen vermochte, so war es Verstohlenheit. Allein in ihrem Gang drückte sich bereits Aufrichtigkeit aus. Vielmehr war ich es, der sie heimlich ansah – wenn ich das so nennen darf. Ich wußte, wo sie gewesen war, doch ich wußte nicht, was sie gesehen und gehört hatte in diesem aristokratischen Verschwörernest. Ich sage aristokratisch, weil mir ein besseres Wort nicht einfällt. Das hinter den Büschen und Bäumen seines ver-

nachlässigten Parkes gelegene Château Borel hat in unseren Tagen ebensolchen Ruhm genossen wie die Residenz jener anderen gefährlichen, in der Verbannung lebenden Frau, der Madame de Staël, in der Ära Napoleons. Nur war der napoleonische Despotismus, der in Kommißstiefeln das Erbe der Revolution angetreten hatte und der jene Intellektuelle für einen der Überwachung werten Feind hielt, etwas ganz anderes als die Selbstherrschaft in mystischen Prunkgewändern, die auf die Eroberung tatarischer Sklavenhalter zurückging. Und Madame de S. war weit davon entfernt, der begabten Verfasserin der *Corinne* zu ähneln. Sie beklagte sich stets mit großem Stimmaufwand darüber, daß sie verfolgt werde. Ich weiß nicht, ob sie in gewissen Kreisen für gefährlich gehalten wurde. Was die Überwachung angeht, so vermute ich, daß das Château Borel nur aus der Ferne beobachtet werden konnte. In seiner Abgeschlossenheit war es das ideale Nest, um darin Verschwörungen auszubrüten, seien sie nun ernst gemeint oder nur lächerlich. Doch das alles interessierte mich nicht. Ich wollte wissen, welche Wirkung die ungewöhnlichen Bewohner und die besondere Atmosphäre auf ein Mädchen wie Fräulein Haldin ausgeübt hatten, einen so ehrlichen, wahrheitsliebenden, aber gefährlich unerfahrenen jungen Menschen. Das unbewußt von ihr praktizierte stolze Nichtwissenwollen, wo die niedrigen Instinkte der Menschheit betroffen waren, mußte sie ungerüstet ihren eigenen Impulsen ausliefern. Und da war schließlich jener Freund ihres Bruders, der bedeutende Neuankömmling aus Rußland. – Ich fragte mich, ob es ihr wohl gelungen sei, ihn kennenzulernen. Ein Weilchen gingen wir langsam und schweigend weiter.

»Hören Sie mal«, griff ich sie plötzlich an, »falls Sie mir nichts sagen wollen, dann erklären Sie das bitte deutlich, und dann gibt es weiter nichts mehr zu reden. Doch gedenke ich nicht, den taktvoll Diskreten zu spielen. Ich frage Sie also rundheraus nach allen Einzelheiten.«

»Sie sind ja neugierig wie ein Kind.«

»Nein, ich bin nur ein besorgter alter Mann«, erwiderte ich ernsthaft.

Sie ließ ihren Blick auf mir ruhen, als wolle sie sich über den Grad meiner Besorgtheit oder die Zahl meiner Jahre vergewissern. Meine Miene war wohl noch nie besonders eindrucksvoll, und was meine Jahre betrifft, so bin ich noch nicht alt genug, um einen auffallend greisenhaften Eindruck zu machen. Ich habe keinen langen Bart wie der gute Einsiedler in den romantischen Balladen; meine Knie zittern nicht, und ich wirke nicht wie ein abgeklärter, ehrwürdiger Meister. Über derartige pittoreske Vorzüge gebiete ich nicht. Ich bin vielmehr auf ganz gewöhnliche Weise alt. Und es schien mir, als liege in Fräulein Haldins beharrlich musterndem Blick etwas wie Mitgefühl. Sie beschleunigte ihren Schritt ein wenig.

»Sie wollen also die Einzelheiten wissen. Nun, lassen Sie mich nachdenken. Ich müßte mich eigentlich erinnern. Schließlich war es für ein... ein Mädchen vom Lande wie mich ein ganz neuer Eindruck.«

Nach einem Augenblick des Schweigens begann sie ihren Bericht damit, daß sie sagte, das Château Borel mache innen einen beinahe ebenso vernachlässigten Eindruck wie von außen. Das war nicht zu verwundern. Wenn ich mich nicht irre, hatte ein Hamburger Bankier, der sich von den Geschäften zurückgezogen hatte, es erbaut, um sich die ihm verbliebenen Tage durch den Ausblick auf jenen See zu versüßen, dessen geordnete, präzise, von Wohlhabenheit zeugende Schönheit der unromantischen Phantasie eines Kaufmanns wohlgetan haben muß. Doch starb er bald. Seine Witwe machte sich ebenfalls davon (doch nur nach Italien), und dieses als Ruhesitz für einen Reichen gedachte, vermutlich unverkäufliche Bauwerk hatte jahrelang leergestanden. Man näherte sich dem Haus auf einer mit Kies bestreuten Auffahrt, umrundete ein mächtiges

Rondell, auf dem Gras wucherte, und hatte derweil reichlich Zeit, die zerbröckelnde Fassade zu betrachten. Fräulein Haldin nannte den Eindruck unerfreulich. Beim Näherkommen sei er immer niederdrückender geworden.
Auf den Stufen der zur Terrasse führenden Treppe hatte sie Moos gesehen. Die Haustür war weit geöffnet. Niemand war zu erblicken. Sie fand sich schließlich mutterseelenallein in einer weitläufigen, hohen, völlig verlassenen Halle, von der eine gute Anzahl Türen wegführten. Alle diese Türen waren geschlossen. Sie sah sich einem breiten, kahlen Treppenhaus aus Stein gegenüber und hatte das Gefühl, in einem unbewohnten Gebäude zu sein. Von der Verlassenheit des Ortes verwirrt, stand sie still, und nach einem Weilchen wurde ihr bewußt, daß irgendwo jemand unaufhörlich redete.
»Vermutlich sind Sie die ganze Zeit über beobachtet worden«, deutete ich an. »Gewiß hat man Sie gesehen.«
»Ich weiß nicht, wie das möglich sein soll«, erwiderte sie. »Ich habe nicht einmal einen Vogel auf dem Grundstück bemerkt. Nicht ein einziges Mal hat ein Vogel in einem der Bäume gezwitschert. Von der Stimme abgesehen, wirkte das Haus mitsamt dem Grundstück völlig verlassen.«
Sie konnte nicht unterscheiden, ob die Stimme russisch, französisch oder deutsch sprach. Es schien auch niemand zu antworten. Es war, als hätten die abgezogenen Einwohner die Stimme zurückgelassen, damit sie zu den kahlen Wänden spreche. Sie fuhr geschwätzig fort und machte nur gelegentlich eine Pause. Fräulein Haldin wurde die Zeit recht lang. Ein unüberwindlicher Widerwille hinderte sie daran, eine der zahlreichen Türen zu öffnen. Es war alles so aussichtslos. Niemand würde sich je sehen lassen, die Stimme würde nie verstummen. Sie gestand ein, sie habe dem Wunsch widerstehen müssen, umzukehren und genauso ungesehen, wie sie gekommen war, wieder fortzugehen.

»Wirklich? Hatten Sie wirklich diesen Wunsch?« rief ich voller Bedauern. »Wenn Sie ihm doch nur gefolgt wären!«
Sie schüttelte den Kopf.
»Was hätte man da wohl für eine merkwürdige Erinnerung mitgenommen! Das verlassene Grundstück, die leere Halle, jene körperlose, geschwätzige Stimme und sonst niemand, nichts, keine Seele.«
Diese Erinnerung wäre dann einzigartig und unschädlich gewesen. Doch war sie nicht das Mädchen, vor dem bedrohlich Einsamen und Geheimnisvollen davonzulaufen.
»Nein, weglaufen tat ich nicht«, sagte sie. »Ich blieb, wo ich war – und dann sah ich auch jemanden, und was für einen seltsamen Menschen!«
Während sie noch in das breite Treppenhaus starrte und zu dem Schluß gelangt war, daß die Stimme von da oben komme, wurde sie auf das Rascheln eines Kleides aufmerksam. Sie sah wieder nach unten und erblickte eine Frau, die offenbar aus einer der Türen gekommen war und nun quer durch die Halle ging. Sie hielt das Gesicht abgewandt, so daß sie zunächst von Fräulein Haldins Anwesenheit nichts bemerkte.
Als sie dann aber zur Seite blickte und die Fremde gewahr wurde, schien sie äußerst erschreckt. Ihrer schlanken Erscheinung wegen hatte Fräulein Haldin sie für ein junges Mädchen gehalten; doch wenn das Gesicht auch kindlich gerundet war, so war es doch blaß und von Falten durchfurcht, und unter den Augen lagen dunkle Ringe. Ihr buschiges, staubbraunes Haar war nach Knabenart seitlich gescheitelt und fiel in einer Welle in die trockne, zerfurchte Stirn. Nachdem sie erst einmal verständnislos geblinzelt hatte, hockte sie sich plötzlich auf den Fußboden hin.
»Was meinen Sie mit: hockte sich hin?« fragte ich erstaunt. »Wie seltsam.«
Fräulein Haldin erklärte es mir. Als die Person auftauchte,

hatte sie eine kleine Schüssel in der Hand. Sie hatte sich dann hingehockt, um die Schüssel einer großen Katze vorzusetzen, die hinter ihren Röcken hervorgekommen war und gierig den Kopf in die Schüssel gesteckt hatte. Dann war die Person aufgestanden, auf Fräulein Haldin zugegangen und hatte nervös und ohne Umschweife gefragt:

»Was wollen Sie hier? Wer sind Sie?«

Fräulein Haldin sagte ihren Namen und außerdem den Namen Peter Iwanowitschs. Die mädchenhafte ältliche Frau nickte und verzog ihr Gesicht zu einer teilnehmenden Grimasse. Ihre schwarzseidene Bluse war alt und stellenweise zerschlissen, der schwarze Wollrock kurz und abgetragen. Sie fuhr fort, Fräulein Haldin aus der Nähe anzublinzeln, und es schien, als seien auch ihre Wimpern und Augenbrauen verschlissen. Fräulein Haldin erklärte ihr nun mit freundlicher Stimme, so als spreche sie zu einem unglücklichen, feinfühligen Menschen, daß ihr Besuch der Madame de S. eigentlich nicht so ungeheuer überraschend kommen könne...

»Ah! So hat Peter Iwanowitsch Ihnen eine Einladung überbracht. Woher sollte ich das wissen? Sie können sich denken, daß man eine *dame de compagnie* nicht um Rat fragt.«

Die schäbig gekleidete Frau lachte ein wenig. Ihre Zähne, blendend weiß und bewundernswert regelmäßig, wirkten außerordentlich fehl am Platze, wie eine Perlenkette am Halse einer zerlumpten Landstreicherin. »Peter Iwanowitsch mag ja das größte Genie des Jahrhunderts sein, doch ist er auch der rücksichtsloseste aller lebenden Menschen. Wenn Sie sich also hier mit ihm verabredet haben, dürfen Sie sich nicht wundern, daß er nicht da ist.«

Fräulein Haldin erklärte, daß sie nicht mit Peter Iwanowitsch verabredet sei. Diese ungewöhnliche Person hatte sogleich ihr Interesse erweckt.

»Warum sollte er Ihretwegen oder irgendeines anderen Menschen wegen eine Unbequemlichkeit auf sich nehmen? Oh, diese Genies! Wenn Sie nur wüßten! Ha! Und ihre Bücher! Ich meine selbstverständlich die Bücher, welche die Welt bewundert, die erleuchteten Werke. Doch Sie haben nie hinter die Kulissen geblickt. Warten Sie nur, bis Sie einen halben Tag lang mit der Feder in der Hand am Tisch sitzen müssen. Er kann Stunden um Stunden in seinem Zimmer hin und her gehen. Ich wurde dabei immer so taub und steif, daß ich schließlich fürchtete, das Gleichgewicht zu verlieren und vom Stuhl zu fallen.«

Sie hielt die Hände gefaltet vor sich hin, und ihrem auf Fräulein Haldins Gesicht gerichteten Blick ließ sich nicht die geringste Empfindung ablesen. Fräulein Haldin, die diesen Äußerungen entnommen hatte, daß die Dame, die sich als *dame de compagnie* bezeichnete, stolz darauf war, Peter Iwanowitschs Sekretärin gewesen zu sein, machte eine liebenswürdige Bemerkung.

»Eine aufreibendere Tätigkeit läßt sich nicht vorstellen«, versetzte die Dame darauf. »Madame de S. wird gerade von einem anglo-amerikanischen Journalisten interviewt, anderenfalls hätte ich Sie sogleich hinaufgeführt«, fügte sie in verändertem Ton und mit einem schnellen Blick zur Treppe hinzu. »Ich bin nämlich auch der Zeremonienmeister.«

Es stellte sich heraus, daß Madame de S. kein Schweizer Personal um sich ertragen konnte; und das Personal seinerseits pflegte auch nicht lange im Château Borel zu bleiben. Es gab stets Schwierigkeiten. Es war Fräulein Haldin aufgefallen, daß die Halle einer verstaubten Scheune aus Gips und Marmor glich; Spinnweben hingen in den Winkeln, und auf dem schwarz-weißen Mosaikfußboden sah man Schmutzspuren.

»Auch sorge ich für die Katze«, fuhr die *dame de compagnie* fort, wobei sie immer noch die verschränkten Hände vor sich hinhielt, nun aber den müden Blick auf die Katze senkte.

»Und es macht mir gar nichts aus. Auch Tiere haben ihr Recht, obwohl ich, genau genommen, nicht einsehen kann, warum sie nicht ebenso leiden sollten wie die Menschen. Finden Sie nicht auch? Doch selbstverständlich brauchen sie nie so zu leiden. Das ist auch unmöglich. Andererseits ist es für sie auch trauriger, weil sie doch keine Revolution machen können. Früher war ich Republikanerin. Das sind Sie wohl auch?«
Fräulein Haldin gestand mir, daß sie nicht gewußt habe, was antworten. Doch habe sie leicht genickt und dann ihrerseits gefragt:
»Und jetzt sind Sie keine Republikanerin mehr?«
»Nachdem ich zwei Jahre lang Peter Iwanowitschs Diktat aufgenommen habe, fällt es mir schwer, überhaupt noch etwas zu sein. Zuerst einmal muß man ganz reglos dasitzen. Die geringste Bewegung, die man macht, verscheucht Peter Iwanowitschs Einfälle. Man wagt kaum zu atmen. Und etwa husten – Gott behüte! Peter Iwanowitsch hat auch den Tisch vor die Wand gestellt, denn am Anfang konnte ich nicht widerstehen und sah zum Fenster hinaus, während ich darauf wartete, daß er fortfahre. Das war nicht gestattet. Er sagte, ich glotze so dumm. Ebensowenig war es mir gestattet, ihn über die Schulter anzusehen. Allsogleich pflegte dann Peter Iwanowitsch mit dem Fuß aufzustampfen und zu brüllen: Sehen Sie aufs Papier! Es scheint, er sei durch mein Gesicht, durch meine Miene abgelenkt worden. Nun, ich weiß, daß ich nicht schön bin und daß ich auch keine hoffnungsfrohe Miene mache. Er sagte, der Ausdruck dümmlicher Erwartung in meinem Gesicht errege seine Wut. Das sind seine eigenen Worte.«
Fräulein Haldin war entsetzt, doch gestand sie mir, daß sie ganz und gar nicht überrascht gewesen sei.
»Ist es denn möglich, daß Peter Iwanowitsch eine Frau so grob behandelt?« hatte sie ausgerufen.
Die *dame de compagnie* hatte mehrmals diskret bejahend ge-

nickt und Fräulein Haldin dann versichert, daß sie nicht den geringsten Anstoß daran nehme. Schwer erträglich sei allerdings der ihr zuteil werdende Einblick in das Geheimnis des Bücherschreibens; es quäle sie, mitanzuhören, wie der Verfasser der revolutionären Heilslehre nach Worten suche, als sei er sich gar nicht im klaren über das, was er sagen wolle.

»Ich bin ganz damit einverstanden, das blinde Werkzeug für höhere Zwecke abzugeben. Das Leben für eine Sache zu opfern, ist gar nichts. Doch sich die Illusionen nehmen lassen zu müssen – das ist fast mehr, als man ertragen kann. Ich übertreibe wirklich nicht«, beharrte sie. »Es schien mir, als erfriere der Glaube in mir, ganz besonders im Winter, wenn der auf und ab gehende Peter Iwanowitsch auf künstliche Hitzequellen zur Warmhaltung seiner Person verzichten konnte. Selbst wenn wir uns in Südfrankreich aufhalten, kommen bitter kalte Tage, die besonders bitter sind, wenn man sechs Stunden hintereinander stillsitzen muß. Die Wände in diesen Villen an der Riviera sind so dünn. Peter Iwanowitsch schien nichts von alledem zu bemerken. Gewiß unterdrückte ich das Zittern, um ihn nicht nervös zu machen. Ich pflegte die Zähne zusammenzubeißen, bis ich das Gefühl hatte, einen Starrkrampf in den Kiefern zu bekommen. Wenn dann Peter Iwanowitsch sein Diktat unterbrach – und diese Unterbrechungen waren oft sehr lang, manchmal ging er nicht weniger als zwanzig Minuten in ein Selbstgespräch vertieft hin und her –, hatte ich das Gefühl, zentimeterweise abzusterben, das dürfen Sie mir glauben. Peter Iwanowitsch hätte meinen Jammer vielleicht bemerkt, hätte ich meine Zähne klappern lassen, doch glaube ich nicht, daß das von Nutzen gewesen wäre. In solchen Sachen ist er sehr kleinlich.«

Die *dame de compagnie* spähte die Treppe hinauf. Die große Katze hatte die Milch ausgetrunken und rieb Wange und Schnurrhaare an ihrem Rock. Sie bückte sich, um das Tier vom Boden aufzunehmen.

»Geiz ist übrigens eher eine gute Eigenschaft«, fuhr sie fort und hielt die Katze auf dem Arm. »Bei uns sind es nämlich die Geizigen, die Geld für gute Zwecke übrig haben – nicht die sogenannten großzügigen Naturen. Denken Sie übrigens bitte nicht, ich sei verweichlicht. Mein Vater war ein ganz und gar unbedeutender Schreiber im Finanzministerium. Daraus können Sie entnehmen, daß in unserer Häuslichkeit jeder Luxus fehlte, wenn wir selbstverständlich auch nicht gerade unter Kälte zu leiden hatten. Kaum, daß sich mein Verstand zu regen begann, bin ich von zu Hause fortgelaufen. Das Denken ist gar nicht so leicht. Man muß darauf gestoßen, sozusagen zum Denken erweckt werden. Ich schulde meine Erweckung einer alten Apfelfrau, die ihren Stand in unserem Hauseingang aufzuschlagen pflegte. Sie hatte ein verrunzeltes, gütiges Gesicht und die freundlichste Stimme, die man sich denken kann. Eines Tages gerieten wir ganz zufällig in eine Unterhaltung über ein Kind, ein zerlumptes kleines Mädchen, das wir beobachtet hatten, wie es in der Abenddämmerung Männer anbettelte; und nach und nach gingen mir die Augen auf für die Schrecken, denen unschuldige Menschen in dieser Welt unterworfen werden, damit nur die Regierungen bestehen können. Nachdem ich erst einmal begriffen hatte, welche Verbrechen die Oberschicht begeht, konnte ich nicht mehr bei meinen Eltern bleiben. Nicht ein einziges gütiges Wort war vom ersten bis zum letzten Tage des Jahres in unserer Wohnung zu hören. Es war von nichts anderem die Rede als von üblen Ränken im Büro, von Beförderung und Gehaltserhöhung und davon, wie man sich bei den Vorgesetzten beliebt machen könne. Der Gedanke, ich könnte selbst eines Tages einen Mann heiraten wie mein Vater einer war, jagte mir eine Gänsehaut über den Rücken. Nicht etwa, daß jemand dagewesen wäre, der mich hätte heiraten wollen. Es bestanden auch nicht die geringsten Aussichten in dieser Richtung. Doch war es nicht schon Sünde genug, von einem Beamtengehalt zu leben, während halb Rußland den Hungertod starb? Das Finanzministerium! Was für ein irrwitziges Monstrum! Was soll ein hungerndes, unwissendes Volk schon mit einem Finanzministerium anfangen? Ich gab meinen alten Leuten einen Kuß auf die Wange und lebte fortan nicht mehr bei ihnen, sondern in den Kellerlöchern des Proletariats. Ich versuchte, den ganz und gar Verlorenen von Nutzen zu sein. Sie verstehen gewiß, von wem ich rede? Ich meine jene Leute, die von diesem Leben nichts mehr zu erwarten haben und nirgends zu Hause sind. Begreifen Sie, wie grauenhaft das ist: sich auf nichts mehr freuen können? Manchmal glaube ich, daß einzig in Rußland solche Leute leben und eine so abgründige Tiefe des Elends erreicht wird. Nun, ich stürzte mich jedenfalls hinein, und, was soll ich Ihnen sagen, man kann gar nicht viel machen. Nein, wirklich nicht – jedenfalls nicht, solange Finanzministerien und ähnlicher monströser Unfug einem im Wege sind. Vermutlich wäre ich gleich an Ort und Stelle bei meinem Kampf gegen das Ungeziefer wahnsinnig geworden, wäre da nicht ein Mann gewesen. Ich geriet durch meine alte Freundin und Lehrerin, die ärmliche, gutherzige Apfelfrau, an ihn, die ihn zufällig für mich entdeckt hatte. Eines späten Abends kam sie und gebot mir in ihrer stillen Art, mitzukommen. Ich folgte ihr blind; damals war ich ganz und gar in ihrer Hand, und ohne sie wäre meine Seele jämmerlich zugrunde gegangen. Der Mann war ein junger Arbeiter, ein Lithograph, und im Zusammenhang mit den Flugblättern in Schwierigkeiten geraten, welche damals von den Abstinenzlern verteilt worden waren – Sie erinnern sich gewiß. Man sperrte deshalb eine Menge Leute ein. Da war also wieder das Finanzministerium am Werke! Was sollte denn auch aus dem Ministerium werden, wenn die armen Leute endlich aufhörten, sich in saufende Bestien zu verwandeln? Bei Gott, ich bin davon überzeugt, daß der Teufel die Finanzen und alles übrige erfunden hat; nur braucht man eben nicht an eine übernatürliche Quelle des Bösen zu glauben; der Mensch ist durchaus zu jeder Gemeinheit imstande. Finanzen – was denn noch!« Haß und Verachtung lagen in der Art, wie sie das Wort Finanzen hervorzischte, doch gleichzeitig streichelte sie sanft die Katze. Sie hob sogar die Arme etwas, senkte den Kopf und strich mit der Wange am Fell des Tieres entlang, das sich diese Zärtlichkeit mit dem Gleichmut gefallen ließ, der für seine Gattung so bezeichnend ist. Dann sah sie wiederum Fräulein Haldin an und entschuldigte sich noch einmal dafür, daß sie sie nicht zu Madame de S. führen könne. Doch das Interview dürfe nicht gestört werden. Gewiß werde der Journalist jeden Augenblick auf der Treppe erscheinen. Es sei wohl das beste, in der Halle zu warten. Alle diese Zimmer hier unten (und sie ließ die Blicke über die zahlreichen Türen wandern) seien übrigens unmöbliert.

»Hier unten gibt es nicht einmal einen Stuhl, den ich Ihnen anbieten könnte«, fuhr sie fort. »Doch wenn Sie lieber Ihren eigenen Gedanken nachhängen als meinem Geschwätz zuhören wollen, dann werde ich mich hier auf die unterste Treppenstufe setzen und kein Wort mehr sagen.«

Fräulein Haldin beeilte sich, ihr zu versichern, daß sie ganz im Gegenteil darauf brenne, die Geschichte des Lithographen zu erfahren. Er sei doch gewiß ein Revolutionär gewesen?

»Er war ein Märtyrer, ein einfacher Mann«, sagte die *dame de compagnie* mit schwachem Seufzen und schaute verträumt durch die offenstehende Haustür. Dann richtete sie die verschleierten braunen Augen auf Fräulein Haldin.

»Vier Monate habe ich mit ihm zusammengelebt. Es war ein Alptraum.«

Als Fräulein Haldin sie fragend ansah, begann sie das abgezehrte Gesicht des Mannes, seine dürren Gliedmaßen und seine Armut zu beschreiben. Der Raum, in den die Apfelfrau sie geführt hatte, war eine winzige Bodenkammer, ein elendes Loch unter dem Dach eines schmutzigen Hauses. Der Mörtel war von den Wänden gebröckelt und bedeckte den Fußboden, und als die Tür geöffnet wurde, wehte eine Unmenge schwarzer Spinnenweben wie eine gräßliche Gardine im Luftzug. Man hatte ihn etliche Tage zuvor freigelassen – aus dem Gefängnis auf die Straße geworfen. Und zum erstenmal bekam der Körper jenes leidenden Volkes, dessen schweres Geschick der Gegenstand so vieler Unterhaltungen zwischen ihr und ihrem Bruder im Garten ihres Landhauses gewesen war, Gesicht und Namen für Fräulein Haldin.

Zusammen mit zahllosen anderen Personen war er im Zusammenhang mit der Verteilung der Abstinenzler-Flugschriften verhaftet worden. Unglücklicherweise glaubte die Polizei, als sie sah, wie groß ihr Fang war, daß sie von einigen Verhafteten auch noch Informationen über andere revolutionäre Propagandafeldzüge erhalten könne.

»Im Laufe der Verhöre schlugen sie ihn so grausam, daß er innerliche Verletzungen davontrug«, fuhr die *dame de compagnie* fort. »Als sie ihn schließlich in Ruhe ließen, war er erledigt. Er war nicht imstande, sich allein am Leben zu erhalten. So sah ich ihn auf einer kahlen hölzernen Bettstelle liegen, nichts als ein Bündel alter Fetzen unterm Kopf, die ihm ein mitfühlender Lumpensammler geliehen hatte, der im Keller dieses Hauses lebte. Da war er also, ohne Decke, im Fieber glühend, und nicht einmal ein Wasserkrug im Zimmer, aus dem er seinen Durst hätte stillen können. Es war überhaupt nichts da, außer der Bettstatt und dem nackten Fußboden.«

»War denn in der ganzen großen Stadt keiner von den Liberalen und Revolutionären willens, einem Bruder die helfende Hand hinzustrecken?« fragte Fräulein Haldin empört.

»Doch. Aber Sie haben das schrecklichste noch gar nicht gehört. Passen Sie auf. Es scheint, daß man ihn so grausam folterte, daß er schließlich zusammenbrach und etwas aussagte. Arme Seele; wirklich, das Fleisch ist schwach. Er hat mir nicht gesagt, was er verraten hat. Aber in seinem zerstörten Körper lebte nun ein gebrochener Geist. Nichts, was ich sagen mochte, konnte ihn heilen. Als sie ihn freiließen, verkroch er sich in jenem Loch mit seiner Reue. Er wollte sich vor niemandem sehen lassen, den er kannte. Ich hätte mich gerne nach Hilfe für ihn umgetan, aber wohin hätte ich mich wenden sollen? Wo sollte ich jemanden finden, der etwas zu verschenken hatte oder die Macht besaß zu helfen? Unsere Nachbarn nagten sämtlich am Hungertuch und vertranken alles. Sie waren die Opfer des Finanzministeriums. Fragen Sie nicht, wie wir lebten. Ich könnte es auch gar nicht sagen. Es war ein wahres Wunder an Elend. Ich besaß nichts, was ich verkaufen konnte, und ich versichere Ihnen, meine Kleider waren in einem Zustand, der es mir verbot, bei Tag auf die Straße zu gehen. Ich sah unanständig aus. Ich mußte warten, bis es dunkel war, ehe ich auf die Straße gehen und eine Brotkruste oder etwas Ähnliches erbetteln konnte, um ihn und mich am Leben zu halten. Oft bekam ich nichts, und dann kroch ich nach Haus und legte mich neben seinem Lager auf den Fußboden. O ja, ich schlafe recht gut auf blanken Dielen. Das ist gar nichts, und ich erwähne es nur, damit Sie mich nicht für verweichlicht halten. Das war alles viel, viel weniger ertötend, als stundenlang in einem kalten Arbeitszimmer zu sitzen und mir Peter Iwanowitschs Bücher diktieren zu lassen. Aber Sie werden selber sehen, wie das ist, ich brauche also nichts weiter darüber zu sagen.«

»Es steht ganz und gar nicht fest, ob ich mir je von Peter Iwanowitsch diktieren lassen werde«, versetzte Fräulein Haldin.

»Was? es steht nicht fest!« rief die andere ungläubig. »Wollen Sie etwa sagen, daß Sie sich noch nicht dazu entschlossen haben?«

Als Fräulein Haldin ihr mitteilte, daß zwischen ihr und Peter

Iwanowitsch davon überhaupt noch nie die Rede gewesen sei, kniff die Frau mit der Katze die Lippen zusammen.
»Oh«, sagte sie dann, »Sie werden am Tisch sitzen, ehe Sie noch merken, daß Sie sich dazu entschlossen haben. Machen Sie sich keine Illusionen: es ist enttäuschend, Peter Iwanowitsch diktieren zu hören; aber gleichzeitig ist es auch wieder faszinierend. Er ist ein Genie. Ihr Gesicht wird ihn gewiß nicht ärgern, im Gegenteil, es befeuert vielleicht sogar seine Inspiration, erleichtert es ihm, seine Botschaft zu formulieren. Wenn ich Sie so ansehe, möchte ich glauben, daß Sie gewiß zu der Sorte Frau gehören, die den Fluß seiner Inspiration nicht zum Versiegen bringt.«
Fräulein Haldin fand es unnötig, gegen alle diese Mutmaßungen zu protestieren.
»Aber was wurde aus diesem Arbeiter – ist er Ihnen unter den Händen gestorben?« fragte sie nach kurzem Schweigen.
Die *dame de compagnie* spitzte die Ohren nach dem Treppenhaus hin, wo jetzt zwei recht erregte, miteinander abwechselnde Stimmen zu hören waren, und blieb zunächst die Antwort schuldig. Als die laute Auseinandersetzung wieder zu fast unhörbarem Gemurmel herabgesunken war, wandte sie sich an Fräulein Haldin:
»Ganz recht, er starb, doch nicht buchstäblich in meinen Armen, wie Sie glauben könnten. Um die Wahrheit zu sagen: ich schlief, als er den letzten Atemzug tat. So kann ich also auch jetzt nicht behaupten, ich hätte jemanden sterben sehen. Einige Tage vor seinem Ende entdeckten einige junge Leute uns in unserer Not. Es waren Revolutionäre, wie Sie sich denken können. Er hätte seinen politischen Freunden vertrauen müssen, als er aus dem Gefängnis kam. Man hatte ihn zuvor geschätzt und geachtet, und niemand wäre es im Traume eingefallen, ihm einen Vorwurf aus seinen Aussagen vor der Polizei zu machen. Alle wissen, wie da gearbeitet wird, und auch

der Stärkste vermag körperlichen Schmerzen nicht immer zu widerstehen. Ja, allein der Hunger reicht bereits hin, einem merkwürdige Gedanken über das, was zu geschehen hat, einzugeben. Es kam also ein Arzt, und man verschaffte uns Erleichterung, doch getröstet werden konnte er nicht – der bedauernswerte Mensch. Ich versichere Ihnen, Fräulein Haldin, daß er sehr liebenswert gewesen ist, daß ich aber trotzdem zu schwach war, um zu weinen. Ich war selber beinahe tot. Doch fanden sich gütige Seelen, die sich meiner annahmen. Man brachte ein Kleid, um meine Blöße zu verhüllen. Ich sage Ihnen noch einmal, ich sah geradezu unanständig aus. Und nach einer Weile verschafften mir die Revolutionäre in einer jüdischen Familie, die ins Ausland reiste, eine Stelle als Gouvernante. Selbstverständlich war ich in der Lage, die Kinder zu unterrichten, ich hatte immerhin die Obersekundareife; doch der eigentliche Zweck der Reise war, daß ich wichtige Papiere über die Grenze bringen sollte. Man vertraute mir ein Päckchen an, das ich auf meinem Herzen verbarg. Die Grenzpolizei hegte keinen Verdacht gegen die Gouvernante einer jüdischen Familie, die alle Hände voll mit den Kindern zu tun hatte. Ich glaube nicht, daß die Juden wußten, was ich bei mir hatte, denn ich war ihnen auf allen möglichen Umwegen empfohlen worden, und zwar durch Leute, die der revolutionären Bewegung nicht angehörten, und man hatte mich selbstverständlich angewiesen, ein geringes Entgelt anzunehmen. Nachdem wir in Deutschland angekommen waren, übergab ich meine Papiere an einen Revolutionär in Stuttgart, und von da an bin ich auf verschiedene Art beschäftigt worden. Doch das wird Sie nicht interessieren. Ich habe nie geglaubt, besonders nützlich zu sein, aber ich lebe in der Hoffnung, sämtliche Ministerien in Trümmern liegen zu sehen, das Finanzministerium und alle anderen. Nie im Leben habe ich mich über etwas so gefreut wie über die Tat Ihres Bruders.«

Sie wandte die runden Augen wieder dem Sonnenschein draußen zu, während die Katze stolz und entrückt und versonnen wie eine Sphinx in den verschränkten Armen ruhte.

»Jawohl! Gejubelt habe ich!« fing sie wieder an. »Für mich hat der Klang des Namens Haldin etwas Heroisches. Gezittert haben vor Angst müssen sie alle dort in ihren Ministerien, jene Männer mit den teuflischen Herzen. Hier stehe ich und rede, aber wenn ich an all die Grausamkeit, Unterdrückung und Ungerechtigkeit denke, die in jedem Augenblick geschieht, dann wird mir schwindelig. Ich habe aus der Nähe gesehen, was man für unglaublich hielte, müßte man den eigenen Augen nicht trauen. Ich habe Dinge gesehen, deren Anblick mich meiner Hilflosigkeit wegen mit Haß gegen mich selber erfüllt hat. Ich haßte meine Hände, die keine Kraft besaßen, meine Stimme, die nicht gehört wurde, ja, meinen Verstand, weil er nicht aus den Fugen ging! Ah! ich habe Dinge gesehen ... und Sie?«

Fräulein Haldin war bewegt; sie schüttelte leicht den Kopf.

»Nein, ich habe bisher noch nichts gesehen«, murmelte sie. »Wir haben stets auf dem Lande gelebt. Das hat mein Bruder so gewünscht.«

»Ein seltsames Zusammentreffen dies – zwischen uns beiden«, fuhr die andere fort. »Glauben Sie an Zufall, Fräulein Haldin? Wie konnte ich erwarten, Sie, seine Schwester, je mit eigenen Augen zu sehen? Wissen Sie denn, daß die hiesigen Revolutionäre beim Eintreffen der Nachricht ebenso überrascht waren wie erfreut? Niemand schien je von Ihrem Bruder gehört zu haben. Selbst Peter Iwanowitsch hatte nicht geahnt, daß ein solcher Schlag geführt werden würde. Ich nehme an, daß Ihr Bruder einer Erleuchtung folgend gehandelt hat. Ich jedenfalls finde, daß solche Taten infolge einer Erleuchtung vollbracht werden müßten. Es ist eine große Vergünstigung, der Erleuchtung und einer Gelegenheit gewürdigt zu werden. War er Ihnen denn ähnlich? Frohlocken Sie nicht auch, Fräulein Haldin?«

»Sie dürfen nicht zu viel von mir erwarten«, sagte Fräulein Haldin und hielt die Tränen zurück, die sie plötzlich aufsteigen fühlte. Das gelang ihr, und sie setzte ruhig hinzu: »Ich habe keine Begabung zur Heldin.«

»Ach, Sie glauben, daß Sie eine solche Tat vielleicht nicht hätten vollbringen können?«

»Ich weiß es nicht. Ich darf mich nicht einmal danach fragen, ehe ich nicht noch etwas länger gelebt, noch mehr gesehen habe...«

Die andere bewegte beifällig den Kopf. Das Schnurren der Katze klang laut und behaglich in der leeren Halle wider. Von den Stimmen oben war nichts zu vernehmen. Fräulein Haldin unterbrach die Stille:

»Was haben denn die Leute eigentlich über meinen Bruder gesagt? Sie erzählten, daß man allgemein überrascht war. Nun, das habe ich mir damals schon gedacht. Aber ist es Ihnen nicht merkwürdig erschienen, daß es meinem Bruder nicht gelungen ist, sich zu retten, nachdem er das schwierigste – nämlich sich vom Tatort zu entfernen – vollbracht hatte? Verschwörer müßten da doch eigentlich sachkundig sein. Aus bestimmten Gründen ist mir sehr daran gelegen zu erfahren, warum er nicht zu fliehen versuchte.«

Die *dame de compagnie* war an die offene Haustür getreten. Sie warf einen hastigen Blick auf Fräulein Haldin zurück, die in der Halle geblieben war.

»Warum er nicht zu flüchten versuchte?« wiederholte sie abwesend. »Hat er denn nicht sein Leben zum Opfer gebracht? War er denn nicht erleuchtet? War es nicht eine Tat der Selbstverleugnung? Das müßten Sie doch wissen.«

»Ich weiß nur«, versetzte Fräulein Haldin, »daß es kein Akt der Verzweiflung war. Hat denn hier niemand Vermutungen über die bejammernswerten Umstände seiner Verhaftung geäußert?«

Die *dame de compagnie* stand versonnen in der Haustür.
»Ob ich etwas gehört habe? Nun, selbstverständlich wird hier alles und jedes erörtert. Und hat nicht alle Welt über Ihren Bruder gesprochen? Was mich betrifft, so packt mich immer, wenn seine Tat erwähnt wird, der glühende Neid. Weshalb sollte ein Mensch, dem die Unsterblichkeit gewiß ist, einen Gedanken an sein Leben verschwenden?«
Sie kehrte Fräulein Haldin nach wie vor den Rücken zu. Oben, hinter einer unsauberen, in Weiß und Gold gehaltenen Tür hervor, die durch das Treppengeländer im ersten Stock hindurch sichtbar war, begann eine tiefe Stimme gleichförmig zu dröhnen, als verlese sie Aufzeichnungen oder etwas Ähnliches. Sie brach immer wieder ab, und schließlich verstummte sie ganz.
»Ich glaube, ich kann nicht länger warten«, erklärte Fräulein Haldin. »Vielleicht komme ich ein anderes Mal wieder.«
Sie verharrte in der Erwartung, die *dame de compagnie* werde ihr den Ausgang freigeben; doch diese Frau schien völlig in die Betrachtung von Sonnenschein und Schatten vertieft, welche sich in den Besitz des verlassenen Parkes teilten. Sie versperrte Fräulein Haldin den Ausblick auf die Anfahrt. Plötzlich sagte sie:
»Das ist nicht mehr nötig. Hier kommt Peter Iwanowitsch höchstselbst. Aber er ist nicht allein. Heutzutage ist er selten allein.«
Als Fräulein Haldin vernahm, daß Peter Iwanowitsch im Anzuge sei, war sie weniger erfreut, als man hätte annehmen dürfen. Irgendwie war ihr die Lust vergangen, den heldischen Flüchtling oder Madame de S. zu sehen, und der Grund für dieses Widerstreben, das sich erst in eben diesem Augenblick einstellte, war das Gefühl, jene beiden Personen hätten sich gegen die Frau mit der Katze unfreundlich benommen.
»Wollen Sie mich nun bitte vorbeilassen«, sagte Fräulein Hal-

din schließlich und berührte die *dame de compagnie* leicht an der Schulter.
Diese jedoch drückte die Katze an sich und wich nicht von der Stelle.
»Ich weiß, wer das da in seiner Begleitung ist«, sagte sie, ohne sich auch nur umzudrehen.
Fräulein Haldin empfand einen noch unerklärlichen Drang, das Haus zu verlassen.
»Madame de S. kann noch lange abgehalten sein; an Peter Iwanowitsch habe ich einzig eine simple Frage zu richten, und das kann ich tun, wenn ich ihn auf dem Weg treffe. Ich muß jetzt wirklich gehen. Ich bin recht lange hier gewesen, und mir liegt daran, wieder zu meiner Mutter zu kommen. Wollen Sie mich also bitte vorbeilassen.«
Endlich drehte die *dame de compagnie* sich um.
»Ich habe keinen Augenblick angenommen, daß Sie wirklich der Madame wegen gekommen sind«, sagte sie und bewies damit überraschenden Scharfblick. »Keinen Augenblick.« In ihrem Ton lag etwas Vertrauliches, Geheimnisvolles. Sie ging hinaus auf die Terrasse, Fräulein Haldin hinter ihr her, und dann schritten sie nebeneinander die moosbewachsenen Stufen hinab. Auf dem Teil der Auffahrt, der von hier aus zu überblicken war, konnte man niemanden sehen.
»Sie werden von den Bäumen dort verborgen«, erläuterte Fräulein Haldins neue Bekannte. »Gleich werden sie zum Vorschein kommen. Ich weiß nicht, wer der junge Mann ist, an dem Peter Iwanowitsch einen solchen Narren gefressen hat. Er muß zu uns gehören, anderenfalls würde man ihn nicht zulassen, wenn die anderen hier sind. Sie verstehen, wen ich mit »die anderen« meine. Ich muß jedoch zugeben, daß er nicht den geringsten Hang zur Mystik zeigt. Ich glaube nicht, daß ich ihn schon durchschaut habe. Selbstverständlich bin ich nie längere Zeit hintereinander im Salon. Es gibt stets etwas für mich zu tun,

wenn hier auch alles wesentlich weniger weitläufig ist als in der Villa an der Riviera. Doch ist für mich reichlich Gelegenheit, mich nützlich zu machen.«

Linker Hand erschien nun vor der mit Efeu bewachsenen Ecke des Pferdestalles Peter Iwanowitsch mit seinem Begleiter. Sie gingen sehr gemächlich und führten dabei eine angeregte Unterhaltung. Jetzt blieben sie stehen, und man sah, wie Peter Iwanowitsch lebhaft gestikulierte, während der junge Mann mit hängenden Armen und auch ein wenig hängendem Kopf unbeweglich dastehend zuhörte. Er trug einen dunkelbraunen Anzug und einen schwarzen Hut. Die Augen der *dame de compagnie* blieben starr auf die beiden Gestalten gerichtet, die sich von neuem gemächlich näherten.

»Ein ungemein wohlerzogener junger Mensch«, sagte sie. »Sie werden gleich sehen, wie höflich er sich verbeugt. Und das wird dann nicht einmal etwas so Besonderes sein, denn er verbeugt sich auch vor mir so, wenn er mir allein in der Halle begegnet.«

Beide Damen gingen weiter, und dann spielten sich die Dinge geradeso ab, wie sie es vorhergesagt hatte. Der junge Mann nahm den Hut ab, verbeugte sich und blieb zurück, während Peter Iwanowitsch seine Schritte beschleunigte, die feisten, schwarzbekleideten Arme herzlich ausstreckte, Fräulein Haldins Hände ergriff, schüttelte und das junge Mädchen durch die dunkle Brille ansah.

»So ist es recht! So ist es recht!« rief er gleich zweimal beifällig aus. »Und inzwischen hat sich ... hat man sich Ihrer angenommen ...« Er runzelte leicht die Stirne gegen die *dame de compagnie,* die immer noch die Katze an sich preßte. »Ich nehme an, Eleanor – Madame de S. – ist beschäftigt. Ich weiß, daß sie für heute jemanden erwartete. Der Zeitungsmensch ist also gekommen? Wie? Sie ist beschäftigt?«

Statt zu antworten wandte die *dame de compagnie* den Kopf weg.

»Das ist sehr beklagenswert – wirklich sehr beklagenswert. Ich bedauere unendlich, daß Sie...« Plötzlich senkte er die Stimme. »Doch was sehe ich – Sie wollen doch nicht etwa schon gehen, Natalia Victorowna? Sie haben sich wohl schrecklich gelangweilt?«

»Aber nicht im geringsten«, wehrte Fräulein Haldin ab. »Nur bin ich schon eine ganze Weile hier, und es liegt mir daran, zu meiner Mutter zurückzukehren.«

»Die Zeit ist Ihnen lang geworden, wie? Ich fürchte, unsere werte Freundin« – (Peter Iwanowitsch vollführte eine ganz unerwartet ruckartige Kopfbewegung nach rechts) – »unsere werte Freundin versteht nicht die Kunst, die Wartezeit angenehm zu verkürzen. Nein, ganz gewiß verfügt sie nicht über diese Begabung; und in diesem Betracht gilt die gute Absicht allein für nichts.«

Die *dame de compagnie* ließ die Arme sinken, und die Katze fand sich unvermittelt auf der Erde wieder. Sie stand ganz still, ein Hinterbein weit von sich gestreckt. Fräulein Haldin war um der *dame de compagnie* willen außerordentlich empört.

»Glauben Sie mir, Peter Iwanowitsch, die Augenblicke, die ich in der Halle dieses Hauses verbracht habe, waren keineswegs uninteressant, sie waren höchst instruktiv und sind mir unvergeßlich. Ich bedauere nicht, gewartet zu haben, aber es ist jetzt klar, daß der Zweck meines Besuches erreicht werden kann, ohne daß ich die Zeit von Madame de S. in Anspruch nehme.«

An dieser Stelle unterbrach sich Fräulein Haldin. Das Vorangegangene basiert auf ihrem Bericht, den ich weniger dramatisiert habe, als man annehmen könnte. Sehr lebhaft und mit großem Einfühlungsvermögen hatte sie beinahe bis auf den Akzent genau die Reden der Jüngerin der alten Apfelfrau, der unversöhnlichen Hasserin der Ministerien, der freiwilligen

Helferin der Armen wiedergegeben. Das wahrhaft menschlich empfindende, feinfühlige Fräulein Haldin war aufs tiefste erschüttert von dem unguten Geschick ihrer neuen Bekannten, dieser Gesellschaftsdame, Sekretärin oder was immer sie nun sein mochte. Ich selbst war sehr erfreut darüber, ein weiteres Hindernis vor einem vertrauten Umgang mit Madame de S. zu entdecken. Ich empfand einen wahren Abscheu vor der angemalten, aufgedonnerten, gläsern dreinblickenden Egeria Peter Iwanowitschs. Ich weiß nicht, welche Einstellung sie dem Unsichtbaren gegenüber bewies, doch in irdischen Angelegenheiten, das wußte ich, war sie geizig, habgierig und bedenkenlos. Es war mir bekannt, daß sie in einem schmutzigen, verzweifelten Vermögensstreit gegen die Familie ihres verstorbenen Gatten, des Diplomaten, unterlegen war. Einige sehr hochstehende Persönlichkeiten (die sie in ihrer Wut in skandalöser Weise in ihre Angelegenheiten verwickelt hatte) hatten sich ihren Haß zugezogen. Ich bin sehr gern bereit zu glauben, daß nicht viel gefehlt hätte und sie wäre aus Gründen der Staatsraison auf immer in einer verschwiegenen *maison de santé.* verschwunden – in einem Irrenhaus, um es ganz klar zu sagen. Es scheint jedoch, daß sich einige Personen von Rang diesem Verfahren entgegenstellten, und zwar aus Gründen, die ...

Doch hat es keinen Sinn, in Einzelheiten zu gehen. Man mag sich darüber wundern, daß ein Mann, der nichts war als ein Sprachenlehrer, so genaue Kenntnisse besitzt. Ein Schriftsteller mag dies und das über seine Personen behaupten, und wenn er es nur nachdrücklich genug vorzubringen versteht, wird man nicht eine Erfindung in Frage stellen, die er durch eine geschickte Formulierung, ein poetisches Bild oder durch den gefühlvollen Ausdruck hinreichend glaubhaft macht. Die Kunst ist mächtig! Aber ich bin kein Künstler, und da ich Madame de S. nicht erfunden habe, sehe ich mich gezwungen zu erklären, woher ich soviel über sie weiß.

Meine Informantin war die russische Gattin eines Bekannten, eben jenes vorerwähnten Professors von der Universität Lausanne. Von ihr habe ich die letzte Tatsache aus dem Leben der Madame de S. erfahren, mit der ich meine Leser zu belästigen gedenke. Diese Bekannte erzählte mir, und zwar im Ton eines Menschen, der sich seiner sicher ist und seinen Quellen vertraut, warum Madame de S. einige Jahre zuvor aus Rußland geflohen war. Das war nun nicht mehr und nicht weniger als dieses: die Polizei verdächtigte sie im Zusammenhang mit der Ermordung des Zaren Alexander. Das geschah entweder auf Grund einer von ihr selbst in der Öffentlichkeit gemachten unvorsichtigen Äußerung oder wegen des Geredes in ihrem Salon. Letzteres, so muß man wohl annehmen, war von einem Gast, vielleicht auch einem Freund des Hauses, aufgeschnappt worden, der sich dann wohl beeilte, den Angeber zu machen. Wie auch immer: aus dieser aufgeschnappten Bemerkung schien hervorzugehen, daß sie im voraus von den Ereignissen gewußt hat, und ich glaube, sie tat gut daran, nicht die Prüfung der Anschuldigung abzuwarten. Einige meiner Leser erinnern sich vielleicht eines Büchleins aus ihrer Feder, das in Paris verlegt worden ist – ein mystisches, hohles und grauenhaft unzusammenhängendes Geschreibsel, in dem sie ihr Vorwissen so gut wie zugibt, dessen übernatürlichen Ursprung recht unverhohlen andeutet und mittels gehässiger Anspielungen behauptet, daß die Schuld an diesem Vorfall nicht bei den Terroristen, sondern in einer Palastintrige zu suchen sei. Als ich darauf zu meiner Bekannten, der Gattin des Professors, bemerkte, die Existenz der Madame de S. mit ihren nichtamtlichen diplomatischen Winkelzügen, den Intrigen, Prozessen, Gunstbeweisen, Verabschiedungen, Ausweisungen, ihrer Atmosphäre von Skandal, Okkultismus und Scharlatanerie passe weit eher ins achtzehnte Jahrhundert als in unsere Zeit, stimmte diese lächelnd zu, sagte aber gleich darauf nachdenklich: »Scharlatanerie? –

ja, in gewisser Weise. Immerhin, die Zeiten haben sich gewandelt. Es gibt heutzutage Mächte, die es im achtzehnten Jahrhundert nicht gab. Ich wäre nicht überrascht, wenn sie doch gefährlicher wäre, als ein Engländer zu glauben bereit ist. Und, was noch mehr heißen will: manche Leute halten sie für wirklich gefährlich – *chez nous*.«

Chez nous bedeutete in diesem Zusammenhang Rußland im allgemeinen und die russische politische Polizei im besonderen. Der Sinn dieser Abschweifung von dem (in meinen Worten wiedergegebenen) Bericht Fräulein Haldins über ihren Besuch im Château Borel war es, eben diese Aussage meiner Bekannten, der Professorsgattin, wiederzugeben. Und wiedergeben wollte ich sie einfach deshalb, weil sie das, was ich sogleich über Herrn Rasumows Aufenthalt in Genf berichten werde, etwas glaubhafter machen wird – denn dies ist eine russische Geschichte, bestimmt für westliche Ohren, die, wie ich schon bemerkt habe, nicht auf gewisse Töne des Zynismus, der Grausamkeit und der Unmoral, ja, nicht einmal der moralischen Zwangslagen gestimmt sind, die in unserem Teil Europas nicht mehr vorkommen. Dies also ist meine Entschuldigung dafür, daß ich Fräulein Haldin in der kleinen Gruppe von zwei Männern und zwei Frauen habe stehenlassen, die sich am Fuße der Terrasse des Château Borel versammelt hatte.

Das, was ich gerade dargelegt habe, war mir sehr gegenwärtig, als ich, wie schon gesagt, Fräulein Haldin unterbrach. Ich unterbrach sie mit dem höchst befriedigten Ausruf:

»Dann haben Sie also Madame de S. überhaupt nicht zu Gesicht bekommen?«

Fräulein Haldin schüttelte den Kopf. Das war mir äußerst lieb. Sie hatte Madame de S. nicht getroffen! Das war ausgezeichnet, ausgezeichnet! Ich gab mich freudig der Überzeugung hin, daß sie Madame de S. niemals mehr kennenlernen werde.

Den Grund für diese Überzeugung kann ich nicht erklären; sie war mir gekommen, als ich hörte, daß Fräulein Haldin diesem wunderbaren Freund ihres Bruders gegenübergestanden hatte. Für mich als den Begleiter und Führer dieses jungen Mädchens, das durch das traurige Ende ihres Bruders ihrer Unerfahrenheit ausgeliefert war, hatte er den Vorzug vor Madame de S. Immerhin war das nun vernichtete Leben aufrichtig gewesen, vielleicht waren die Gedanken des Bruders sogar erhaben, seine seelischen Qualen bedeutend, und war seine letzte Tat ein wahres Opfer gewesen. Uns, den gesättigten Liebhabern, die sich ungestört am Besitz der erkämpften Freiheit erfreuen, steht es nicht an, die Wildheit, die aus gewaltsam erstickter Sehnsucht resultiert, endgültig zu verdammen. Ich schäme mich nicht der Wärme meines Gefühls für Fräulein Haldin. Es war, wie man zugeben wird, ein uneigennütziges Gefühl, das seine Belohnung in sich selber fand. Unter seinem Einfluß sah ich in dem verstorbenen Victor Haldin nicht den finsteren Verschwörer, sondern den reinen Schwärmer. Wahrlich, ich verspürte nicht die Neigung, über ihn zu urteilen, aber eben der Umstand, daß er nicht geflohen war, dieser Umstand, der seine Mutter und seine Schwester so bekümmerte, war es, der bei mir zu seinen Gunsten sprach. Unterdessen fürchtete ich so sehr, das Mädchen könne unter den Einfluß des revolutionären Feminismus im Château Borel geraten, daß ich mehr als bereit war, mein Vertrauen in den Freund des verblichenen Victor Haldin zu setzen. Man wird einwenden, dieser sei doch nichts gewesen als ein Name. Ganz recht! Und was mehr ist: der einzige Name, der in der gesamten Korrespondenz zwischen Bruder und Schwester auftauchte. Der junge Mann war erschienen; man hatte einander von Angesicht zu Angesicht gegenübergestanden, und das, glücklicherweise, ohne die unmittelbare Einwirkung der Madame de S. Was soll daraus werden? Was wird sie mir jetzt sagen? fragte ich mich.

Es war ganz natürlich, daß meine Gedanken sich jenem Manne

zuwandten, dem Träger des einzigen Namens, der in all dem traumhaften Gerede von einer Zukunft vorkam, die durch Revolution möglich werden sollte. Und meine Gedanken nahmen nun die Form einer Frage an: Warum hatte dieser junge Mann nicht schon bei den Damen Besuch gemacht? Er war bereits einige Tage in Genf gewesen, als Fräulein Haldin in meiner Gegenwart durch Peter Iwanowitsch von seinem Hiersein erfuhr. Ich bedauerte Peter Iwanowitschs Anwesenheit bei dem Zusammentreffen der beiden. Mir wäre eine Begegnung außerhalb des Bereiches seiner von der Brille geschützten Blicke lieber gewesen. Doch nahm ich an, daß er, da nun beide an Ort und Stelle waren, sie einander vorgestellt habe.

Ich unterbrach das Schweigen, indem ich eine auf diesen Punkt abzielende Frage zu stellen begann:

»Ich nehme an, Peter Iwanowitsch...«

Fräulein Haldin machte ihrer Entrüstung Luft: nachdem sie Peter Iwanowitsch geantwortet hatte, sei dieser in schändlicher Weise über die *dame de compagnie* hergefallen.

»Hergefallen?« staunte ich. »Warum denn? Aus welchem Grunde?«

»Es war unerhört, es war beschämend«, fuhr Fräulein Haldin blitzenden Auges fort. »*Il lui a fait une scène*. Einfach so, noch dazu vor Fremden. Und weshalb? Das werden Sie nie erraten. Einiger Eier wegen... oh!«

Ich war verwundert. »Sagten Sie Eier?«

»Eier für Madame de S. Diese Dame hält eine besondere Diät oder irgend so was. Anscheinend hat sie sich bei Peter Iwanowitsch beschwert, die Eier seien nicht gehörig zubereitet gewesen. Peter Iwanowitsch erinnerte sich plötzlich daran und fiel über die bedauernswerte Person her. Es war im höchsten Grade verblüffend. Ich stand da wie angewurzelt.«

»Wollen Sie damit etwa sagen, daß der große Feminist sich gestattet hat, eine Frau zu beschimpfen?« fragte ich.

»Oh, das nicht. Sie könnten sich so etwas gar nicht ausmalen. Ein abstoßender Auftritt. Stellen Sie sich vor: erst einmal zog er den Hut. Dann nahm seine Stimme einen sanften und flehenden Ton an, und er sagte: ›Ah, Sie meinen es nicht gut mit uns – Sie haben nicht die Güte, sich zu erinnern...‹ in solchen Sätzen etwa und in solchem Ton. Das arme Ding war schrecklich verstört. Tränen standen ihr in den Augen. Sie wußte nicht, wohin sehen. Es sollte mich nicht wundern, wenn sie es vorgezogen hätte, beschimpft oder sogar geschlagen zu werden.«

Ich verkniff mir die Bemerkung, daß sie sehr wahrscheinlich beides schon zu kosten bekommen hatte, wenn niemand dabei war. Fräulein Haldin ging neben mir her, in verächtlichem, zornigem Schweigen den Kopf zurückgeworfen.

»Bedeutende Männer haben überraschende Eigenheiten«, stellte ich recht geistlos fest, »geradeso wie unbedeutende Männer. Doch kann so etwas nicht in alle Ewigkeit fortdauern. Wie beendete denn der große Feminist diesen bezeichnenden Auftritt?«

Fräulein Haldin berichtete, ohne mir ihr Gesicht zuzukehren, daß das Ende durch das Erscheinen des Interviewers herbeigeführt wurde, der bis dahin bei Madame de S. gewesen war.

Er näherte sich eilig und unbemerkt, lüpfte den Hut ein wenig und blieb stehen, um auf französisch zu sagen: »Die Baronin hat mich gebeten, im Fall ich auf dem Rückweg einer Dame begegnen sollte, diese sogleich hereinzubitten.« Nachdem er seinen Auftrag ausgerichtet hatte, hastete er die Auffahrt hinunter. Die *dame de compagnie* flog ins Haus zurück, und Peter Iwanowitsch folgte eilig und besorgten Gesichtes. Gleich darauf befand sich Fräulein Haldin allein mit dem jungen Mann, der gewiß der Neuankömmling aus Rußland sein mußte. Sie fragte sich, ob der Freund ihres Bruders nicht bereits ahne, wer sie sei.

Ich bin in der Lage, zu sagen, daß er es tatsächlich geahnt

hat. Es ist mir klar, daß Peter Iwanowitsch aus dem einen oder anderen Grunde unterlassen hatte, die Anwesenheit der Damen in Genf zu erwähnen. Doch Rasumow hat es geahnt. Das vertrauensvolle Mädchen! Jedes von Haldin gesprochene Wort lebte in Rasumows Erinnerung. Diese Worte waren wie Gespenster, sie ließen sich nicht vertreiben. Und die Erwähnung der Schwester war Rasumow besonders gegenwärtig. Das Mädchen hatte seitdem für ihn Gestalt gewonnen. Doch erkannte er sie nicht sogleich. Als er neben Peter Iwanowitsch herangetreten war, hatte er sie gesehen, sogar ihre Blicke waren sich begegnet. Er war angerührt, wie jeder, auch gegen seinen Willen, angerührt wurde von der bezaubernden Harmonie der ganzen Person, von der Kraft, der Anmut, dem festen Freimut – dann hatte er weggeblickt. Er hatte sich gesagt, daß all dies nicht für ihn gedacht sei; daß es Schönheit der Frauen und Freundschaft der Männer für ihn nicht mehr geben dürfe. Er machte sich das noch einmal mit aller Strenge klar und versuchte, darüber hinwegzugehen. Erst ihre ausgestreckte Hand bewirkte das Erkennen. Es steht auf den Blättern seiner Beichte verzeichnet, daß ihn dabei eine Welle von Haß und Angst überkam, die ihn fast erstickte, ganz als sei ihr Auftreten ein Meisterstück des Verrates.

Er sah sich um. Die beträchtliche Nähe der Terrasse verbarg sie vor jedem, der sich in der Nähe der Haustür aufhalten mochte; selbst von den Fenstern im ersten Stock konnten sie nicht beobachtet werden. Durch wildwachsende Sträucher und das Geäst der Bäume, die auf dem leicht abfallenden Gelände wuchsen, sah er den See – kalt und selbstzufrieden. In diesem bedeutenden Augenblick war den beiden ein ganz ungestörtes Alleinsein gegönnt. Ich fragte mich im stillen, welchen Gebrauch sie von diesem glücklichen Umstand gemacht hatten.

»Hatten Sie Zeit, mehr als einige wenige Worte zu wechseln?« fragte ich.

Von der Lebhaftigkeit, mit der sie mir die Vorgänge bei ihrem Besuch im Château Borel erzählt hatte, war nichts mehr geblieben. Während sie neben mir herging, blickte sie starr geradeaus, doch bemerkte ich eine schwache Röte in ihren Wangen. Sie antwortete mir nicht.

Nach einem Weilchen deutete ich an, daß sie doch nicht hätten hoffen können, lange vergessen zu bleiben, es sei denn, die beiden anderen hätten Madame de S. halb ohnmächtig vor Erschöpfung oder vielleicht in einem Zustand krankhafter Erregung infolge des langen Interviews aufgefunden. In beiden Fällen wären hingebungsvolle Samariterdienste erforderlich gewesen. Ich sah förmlich, wie Peter Iwanowitsch eilig das Haus verließ, barhaupt vielleicht, wie er mit weit ausholenden Schritten die Terrasse überquerte, wobei die hinter ihm drein flatternden Schöße des schwarzen Gehrockes die stämmigen, hellgrau bekleideten Beine zum Vorschein kommen ließen. Ich gestehe, daß ich in dem jungen Paar das Wild erblickte, welches der ›heldische Flüchtling‹ jagte. Ich ahnte, daß es ihnen nicht vergönnt sein würde, der Gefangennahme zu entgehen. Indessen sagte ich zu Fräulein Haldin nichts von alledem, sondern drängte sie nur ein wenig, als sie immer noch ganz unmitteilsam blieb. »Nun – Sie könnten mir doch aber wenigstens Ihren Eindruck schildern.«

Sie drehte sich nach mir um, wandte den Kopf aber gleich wieder ab. »Eindruck?« wiederholte sie langsam, beinahe verträumt; dann belebter: »Er scheint ein Mensch zu sein, der unter seinen Gedanken mehr gelitten hat als unter Schicksalsschlägen.«

»Unter seinen Gedanken?«

»Und für einen Russen ist das ganz natürlich!« nahm sie ihren Satz wieder auf. »Jedenfalls für einen jungen Russen; wie viele von ihnen sind nicht fähig zu handeln, und doch auch wieder unfähig, tatenlose Ruhe zu bewahren!«

»Und Sie halten ihn für einen solchen Menschen?«
»Nein, urteilen will ich nicht über ihn. Wie könnte ich das auch so schnell? Sie baten mich, Ihnen meinen Eindruck zu schildern. Das habe ich getan... Ich... ich kenne die Welt nicht, kenne auch nicht die Menschen; ich bin zu einsam gewesen – ich bin zu jung, als daß ich meinem eigenen Urteil vertrauen könnte.«
»So vertrauen Sie Ihrem Instinkt«, riet ich ihr. »Die meisten Frauen verlassen sich auf ihren Instinkt und begehen keine gröberen Irrtümer als die Männer. In diesem Fall haben Sie überdies den Brief Ihres Bruders, der Ihnen zuhilfe kommt.«
Sie holte tief Luft, und es war, als seufze sie leicht.
»Makellos, erhaben, einsam«, zitierte sie wie für sich. Doch verstand ich diese gedankenvoll geflüsterten Worte genau.
»Ein großes Lob«, murmelte ich zu ihr hin.
»Das höchste.«
»So groß, daß man damit, wie mit der Glücklichpreisung bis zum Ende eines Lebens warten sollte. Doch eine gewöhnliche oder sogar unwürdige Person hätte unmöglich ein so gutgläubig übertreibendes Lob hervorrufen können und...«
»Ah!« unterbrach sie mich feurig, »und wenn Sie nur das Herz gekannt hätten, das so geurteilt hat!«
Damit verstummte sie, und ich dachte ein Weilchen der Eigenart dieser Worte nach, die, wie ich wohl sah, die Waagschale der Gefühle zugunsten des jungen Mannes senken mußten. Diese Worte klangen nicht wie beiläufig geäußert. Zwar kamen sie meinem westlichen Verstand und meinem westlichen Fühlen etwas nebelhaft vor, doch konnte ich nicht außer Betracht lassen, daß ich an der Seite Fräulein Haldins ein Reisender in einem fremden Land war. Es war mir auch klargeworden, daß Fräulein Haldin nicht beabsichtigte, auf den wesentlichen Teil ihres Ausfluges ins Château Borel näher einzugehen. Doch verletzte mich das nicht. Irgendwie empfand ich das nicht als

einen Mangel an Vertrauen. Es war da eine andere Hemmung im Spiel, gewiß nichts, was ich übelnehmen konnte, und so sagte ich denn auch, ohne im mindesten gekränkt zu sein:
»Sehr schön. Aber selbst wenn ich Ihnen einmal zugestehen will, daß Sie die Dinge von so hoher Warte aus betrachten, dann haben Sie sich doch gewiß, genau wie jeder andere Mensch das unter solchen Umständen getan hätte, ein Bild dieses außergewöhnlichen Freundes gemacht, ein geistiges Bild; und nun sagen Sie mir bitte: waren Sie enttäuscht?«
»Wovon reden Sie? Von seinem Aussehen?«
»Nicht gerade davon, ob er gut aussieht oder weniger gut.«
Wir machten am Ende der Allee kehrt und gingen schweigend einige Schritte.
»Seine Erscheinung ist nicht alltäglich«, sagte Fräulein Haldin schließlich.
»Nun, das habe ich nach dem wenigen, was Sie von Ihrem ersten Eindruck mitgeteilt haben, auch nicht angenommen. Man muß dieses Wort doch immer wieder benutzen. Eindrücke! Ich meine dies irgendwie Unbeschreibliche, das recht eigentlich den nicht gewöhnlichen Menschen auszeichnet.«
Ich sah, daß sie gar nicht zuhörte. Ihre Miene gab das unmißverständlich zu erkennen. Und wieder fühlte ich mich ausgeschlossen – nicht meines Alters wegen, das mich ja wenigstens befähigte, Schlußfolgerungen zu ziehen –, sondern gleichsam nicht zugehörig, als stünde ich woanders und könne sie nur aus der Ferne betrachten. So sagte ich denn nichts mehr und sah zu, wie sie neben mir ausschritt.
»Nein«, rief sie plötzlich, »ein Mensch von so starken Empfindungen kann mich gar nicht enttäuschen.«
»Ah! Starke Empfindungen«, murmelte ich und dachte dabei tadelnd: das hat sie einfach so, im Handumdrehen, festgestellt!
»Was sagten Sie?« erkundigte sich Fräulein Haldin arglos.

»O nichts. Bitte entschuldigen Sie. Starke Empfindungen. Das überrascht mich nicht.«

»Und dabei wissen Sie noch gar nicht, wie unhöflich ich mich gegen ihn benommen habe«, stieß sie reumütig hervor.

Ich muß wohl überrascht ausgesehen haben, denn sie blickte mich, noch ein wenig stärker errötet, an und sagte, sie gestehe beschämt ein, daß sie sich nicht genügend in der Gewalt gehabt habe. Sie habe es nicht verstanden, ihre Worte und Handlungen so gut zu beherrschen, wie die Situation es gebot. Sie habe nicht die Seelenstärke aufgebracht, die beiden Männern, dem toten wie dem lebenden, zukomme; die Seelenstärke, in deren Zeichen das Zusammentreffen der Schwester von Victor Haldin mit dem einzig bekannten Freund von Victor Haldin hätte stehen müssen. Er hatte sie scharf prüfend angeblickt, jedoch nichts gesagt, und ihr – das gab sie zu – bereitete sein mangelndes Verständnis große Pein. Sie vermochte nichts zu sagen als ›Sie sind Herr Rasumow‹. Er runzelte leicht die Stirn. Nach einem kurzen, aber wachsamen Schweigen machte er eine bestätigende Verbeugung und wartete.

Bei dem Gedanken, den Mann vor sich zu haben, den ihr Bruder so hoch geschätzt, den Mann, der den Wert ihres Bruders kannte, der mit ihm gesprochen, der ihn verstanden, der seinen vertraulichen Mitteilungen gelauscht, ihn vielleicht angespornt hatte, bebten ihre Lippen und füllten sich ihre Augen mit Tränen; sie streckte die Hand nach ihm aus, trat impulsiv zu ihm hin und sagte, mit Mühe ihre Erregung bezähmend: »Können Sie sich nicht denken, wer ich bin?« Er ergriff die dargebotene Hand nicht. Er wich sogar einen Schritt zurück, und Fräulein Haldin bildete sich ein, er sei unangenehm berührt. Sie fand seine Aufführung entschuldbar, die ihre hingegen abscheulich. Sie hatte sich unwürdig betragen, sich benommen wie eine rührselige Französin. Ein solches Auftreten konnte von einem strengen, selbstbeherrschten Menschen nicht gutgeheißen werden.

Er muß wahrlich streng gewesen sein oder vielleicht auch sehr schüchtern mit Frauen, sonst hätte er auf das Entgegenkommen eines Mädchens wie Natalie Haldin menschlicher reagiert – so dachte ich. Ein erhabenes und einsames Leben (diese Worte fielen mir plötzlich ein) macht einen jungen Mann scheu und einen alten Mann grob – wenigstens häufig.

»Und dann?« ermunterte ich Fräulein Haldin, fortzufahren.

Sie war immer noch sehr unzufrieden mit sich.

»Ich machte es nur noch schlimmer«, sagte sie, und dabei sah sie entmutigt aus, was gar nicht zu ihr paßte. »Ich benahm mich so töricht wie möglich, nur brach ich nicht in Tränen aus. Das jedenfalls habe ich zum Glück unterlassen. Aber ich konnte eine ganze Weile überhaupt kein Wort herausbringen.«

Sie hatte vor ihm gestanden, unfähig zu sprechen, hatte ihr Schluchzen unterdrückt, und als sie es endlich fertigbrachte zu reden, da war es nur der Name ihres Bruders – »Victor – Victor Haldin« –, den sie hervorzustoßen vermochte, ehe ihr die Stimme aufs neue versagte.

»Das«, so bemerkt sie zu mir, »war für ihn natürlich quälend. Er war ganz überrascht. Ich habe Ihnen ja schon gesagt, daß ich ihn für einen Menschen von starken Empfindungen halte – es ist unmöglich, daran zu zweifeln. Sie hätten sein Gesicht sehen müssen. Er taumelte buchstäblich. Er lehnte sich gegen die Mauer der Terrasse. Die Freundschaft zwischen meinem Bruder und ihm muß eine wahre Seelengemeinschaft gewesen sein! Ich war ihm dankbar dafür, daß er so stark empfand, denn nun brauchte ich mich doch meines eigenen Mangels an Beherrschung nicht so sehr zu schämen. Selbstverständlich hatte ich fast auf der Stelle die Sprache wiedergefunden. Dies alles dauerte ja nicht länger als ein paar Sekunden. ›Ich bin seine Schwester!‹ sagte ich. ›Vielleicht haben Sie von mir gehört?‹«

»Und war das der Fall?« fiel ich ein.

»Ich weiß nicht. Doch kann es anders sein? Indessen... Aber was tut das? Da stand ich vor ihm, nahe genug, daß er mich anrühren konnte, und ich sah gewiß nicht aus wie eine Betrügerin. Ich weiß nur, daß er mir beide Hände entgegenstreckte, ja, sie mir förmlich entgegenschleuderte, mit der denkbar größten Bereitwilligkeit und Wärme, und daß ich sie ergriff, sie schüttelte und dabei das Gefühl hatte, ein wenig von dem wiederzufinden, das mir durch den Verlust meines Bruders auf immer verloren ist – ein wenig von der Hoffnung, der Begeisterung, dem Rückhalt, den mir mein lieber Verstorbener stets gewährt hat...«

Ich verstand sehr gut, was sie meinte. Wir setzten unseren Weg langsam fort. Ich unterließ es, sie anzublicken. Und es war wie eine Antwort auf meine eigenen Gedanken, als ich murmelte:

»Es war gewiß eine tiefe Freundschaft – ganz wie Sie sagen. Und jener junge Mann hieß also am Ende Ihren Namen mit beiden Händen willkommen, sozusagen. Von da an mußten Sie einander natürlich verstehen. Ja, Sie haben sich ohne Zweifel sehr schnell miteinander verständigt.«

Es dauerte einen Augenblick, ehe ich ihre Stimme vernahm.

»Herr Rasumow scheint ein wortkarger Mann zu sein. Ein reservierter Mann – auch wenn er sehr bewegt ist.«

Da ich nicht imstande war, die dröhnende Beredsamkeit Peter Iwanowitschs, dieses Erzpatrons revolutionärer Veranstaltungen, zu vergessen – oder zu verzeihen –, sagte ich, das scheine mir eine lobenswerte Eigenschaft. Meiner Ansicht nach gehe so etwas stets mit Aufrichtigkeit zusammen.

»Überdies hatten wir auch nicht viel Zeit«, fügte sie hinzu.

»Nein, das kann ich mir denken.« Mein Mißtrauen, ja, meine Furcht vor dem Feministen und seiner Egeria war so unauslöschlich, daß ich mich nicht enthalten konnte, angstvoll, wenn auch lächelnd, zu fragen:

»Sie sind aber doch mit heiler Haut entkommen?«

Sie verstand mich und lächelte sogar über meine Beklommenheit.
»O ja, ich entkam, wenn Sie es denn so nennen wollen. Ich ging eilig davon. Zu laufen brauchte ich nicht. Ich lasse mich weder ängstigen noch behexen, wie jene bedauernswerte Frau, die mich so seltsam empfangen hat.«
»Und Herr... Herr Rasumow?«
»Er blieb selbstverständlich. Vermutlich ist er ins Haus gegangen, nachdem ich ihn alleingelassen hatte. Sie erinnern sich, daß er mit einer sehr warmen Empfehlung an Peter Iwanowitsch kam – vielleicht hatte man ihm sogar wichtige Botschaften für ihn anvertraut.«
»Ah, richtig. Botschaften von dem Priester, der...«
»Von Vater Sosim, jawohl. Vielleicht auch von anderen.«
»Sie ließen ihn also allein. Aber darf ich fragen, ob Sie ihn seither getroffen haben?«
Fräulein Haldin beantwortete diese sehr direkte Frage längere Zeit nicht. Dann:
»Ich hatte erwartet, ihn heute hier zu treffen«, sagte sie sehr still.
»So! Sie treffen sich also hier in den Anlagen mit ihm? Dann will ich mich lieber sogleich entfernen.«
»Nein, warum denn? Und man kann nicht sagen, daß wir uns hier in den Anlagen treffen. Seit jener Begegnung habe ich Herrn Rasumow nicht wiedergesehen, nicht ein einziges Mal. Doch habe ich ihn erwartet...«
Sie verstummte, und ich fragte mich, warum der junge Revolutionär so wenig Eifer zeigte.
»Ehe wir uns verabschiedeten, sagte ich Herrn Rasumow, daß ich täglich um diese Zeit eine Stunde lang in den Anlagen spazierengehe. Ich konnte ihm damals nicht umständlich erklären, warum ich ihn nicht bat, uns gleich zu Hause aufzusuchen. Mutter muß auf einen solchen Besuch vorbereitet werden. Und

dann weiß ich doch auch nicht, was Herr Rasumow uns zu erzählen hat. Auch ihm muß man zuvor sagen, wie es mit Mutter steht. Diese Gedanken gingen mir damals durch den Kopf, und deshalb sagte ich in aller Eile, es gebe einen Grund, der mich hindere, ihn aufzufordern, bei uns Besuch zu machen, doch sei es meine Gewohnheit, hier spazierenzugehen... Dieser Ort ist der Öffentlichkeit zugänglich, um diese Zeit sind jedoch nicht viele Leute hier. Deshalb hielt ich ihn für geeignet. Und er ist ganz in der Nähe unserer Wohnung. Ich mag mich nicht gerne weit von Mutter entfernen. Unser Dienstmädchen weiß, wo sie mich im Notfall erreichen kann.«

»Ja, so betrachtet, ist der Ort sehr geeignet«, stimmte ich zu. Ich hielt die Anlagen wirklich für den geeigneten Ort, solange es dem Mädchen nicht ratsam schien, den jungen Mann ihrer Mutter vorzustellen. Hier also, dachte ich und ließ den Blick über die beklagenswert reizlosen Anlagen wandern, hier also wird ihre Bekanntschaft beginnen und sich im Austausch hochherziger Entrüstung und extremer Meinungen entwickeln, die in ihrer Bitterkeit sehr wohl den Horizont eines Nicht-Russen übersteigen mochten. Ich sah diese beiden, dem Schicksal von achtzig Millionen Lebewesen entgangen, die zwischen dem oberen und dem unteren Mühlstein zermahlen wurden, sah sie unter den Bäumen dahinwandeln, die jungen Gesichter nahe beieinander. Ohne Zweifel ein Ort, wie geschaffen für Spaziergang und Geplauder. Es kam mir sogar in den Sinn, als wir wiederum im Angesicht der eisernen Parktore kehrtmachten, daß, sollten sie ermüden, reichlich Gelegenheit war, sich niederzulassen. Zwischen dem Restaurant und dem Musikpavillon war eine Menge Stühle und Tische zu sehen, eine Anhäufung von buntem Treibholz unter den Bäumen. Mitten drin bemerkte ich ein einsames schweizerisches Paar, dessen Leben dank dem perfekten Mechanismus der demokratischen Einrichtungen einer Republik, die gleichsam auf der Handfläche Platz fand, von der Wiege bis zum Grabe behütet wurde. Der bläßliche, ungeschlachte Mann trank Bier aus einem blinkenden Glase; die bäuerische, selbstzufrieden dreinblickende Frau lehnte sich in ihrem rohen Stuhl zurück und ließ müßig die Blicke umherschweifen.

Man kann nicht erwarten, daß es auf dieser Welt sehr folgerichtig zugeht, weder im Denken noch im Fühlen. Zu meiner Überraschung entdeckte ich nun, daß ich mich über den jungen unbekannten Mann ärgerte. Eine Woche war vergangen, seitdem die beiden sich kennengelernt hatten. War er gefühlsroh, war er schüchtern, oder war er etwa besonders dumm? Ich begriff das nicht.

»Glauben Sie«, fragte ich Fräulein Haldin, nachdem wir die Allee ein Stück hinuntergegangen waren, »daß Herr Rasumow verstanden hat, was Sie ihm sagen wollten?«

»Verstanden hat, was ich sagen wollte?« staunte sie. »Er war sehr bewegt, das weiß ich gewiß. Das vermochte ich sogar trotz meiner eigenen Erregung zu bemerken. Aber ich habe sehr deutlich gesprochen. Er hat mich gehört; es schien sogar, als hänge er förmlich an meinen Lippen...«

Unbewußt hatte sie den Schritt beschleunigt. Sie hatte auch hastiger gesprochen.

Ich blieb eine Weile stumm, ehe ich nachdenklich sagte: »Und trotzdem hat er so viele Tage verstreichen lassen.«

»Woher wissen wir, daß er hier nicht eine ganz bestimmte Aufgabe hat? Er ist kein Müßiggänger, der zum Vergnügen reist. Er kann vielleicht nicht über seine Zeit verfügen – und vielleicht auch nicht über seine Gedanken.«

Sie verlangsamte unvermittelt den Schritt und sagte leiser: »Vielleicht auch nicht über sein Leben...«, dann verstummte sie und blieb stehen. »Es kann ja auch sein, daß er Genf noch an dem Tag verlassen mußte, an dem er mich gesehen hat.«

»Ohne Ihnen etwas davon zu sagen!« rief ich ungläubig aus.

»Ich ließ ihm keine Zeit dazu. Ich bin ganz schnell weggegangen. Bis zum letzten Augenblick unseres Zusammenseins habe ich mich von meiner Erregung hinreißen lassen. Ich bedauere das sehr. Und selbst wenn ich ihm Gelegenheit gegeben hätte zu reden, dürfte er mich mit Recht für eine unzuverlässige Person halten. In ein rührseliges, schluchzendes Mädchen setzt man kein Vertrauen. Doch sogar wenn er Genf vorübergehend verlassen haben sollte, glaube ich fest daran, daß wir einander noch einmal begegnen.«

»So! Das glauben Sie fest... nun ja. Aus welchem Grunde aber?«

»Weil ich ihm gesagt habe, daß ich notwendig einen Menschen brauche, einen Landsmann, jemanden der glaubt, was ich glaube, dem ich mich in einer ganz bestimmten Angelegenheit anvertrauen kann.«

»Aha. Ich frage Sie nicht, was er darauf antwortete. Ich gebe zu, Sie haben guten Grund zu glauben, daß Herr Rasumow zurückkehrt, und zwar in Kürze. Heute ist er also nicht gekommen?«

»Nein«, sagte sie still. »Heute nicht.« Und ein Weilchen standen wir schweigend wie zwei Menschen, die einander nichts mehr zu sagen haben und mit ihren Gedanken schon längst ganz woanders sind, ehe jeder schließlich seiner Wege geht. Fräulein Haldin warf einen Blick auf ihre Armbanduhr und gab sich einen Ruck. Offenbar hatte sie sich bereits zu lange hier aufgehalten.

»Ich mag Mutter nicht so lange allein lassen«, murmelte sie kopfschüttelnd. »Nicht etwa, daß sie jetzt besonders krank wäre, doch wenn ich nicht bei ihr bin, habe ich einfach keine Ruhe.«

Frau Haldin hatte seit mindestens einer Woche ihren Sohn mit keinem Wort mehr erwähnt. Sie saß wie gewöhnlich stumm im Sessel am Fenster und blickte auf den trostlosen Boulevard

des Philosophes. Wenn sie den Mund auftat, redete sie mit lebloser Stimme von alltäglichen Dingen.
»Für jeden, der weiß, woran die arme Seele denkt, ist ihr Reden schlimmer als ihr Schweigen. Aber auch das ist schwer erträglich; ich halte es kaum aus und wage doch nicht, es zu unterbrechen.«
Fräulein Haldin seufzte und schloß einen Knopf an ihrem Handschuh. Ich wußte sehr wohl, wie schwer sie es hatte. Diese Belastung, deren Ursache und Art, hätten die Gesundheit einer Abendländerin untergraben; die russische Natur indessen besitzt eine außerordentliche Kraft des Widerstandes gegen die bösartigen Heimsuchungen des Lebens. Aufrecht, geschmeidig, die kurze Jacke über dem schwarzen Kleid geöffnet, das ihre Gestalt schlanker und ihr frisches, aber farbloses Gesicht noch blasser erscheinen ließ, erregte sie mein Staunen und meine Bewunderung.
»Ich kann unmöglich länger warten. Sie müssen Mutter bald einmal besuchen. Mutter nennt sie *L'ami.* Ein sehr passender Name, und sie meint es ganz ehrlich. Und nun *au revoir,* ich muß mich beeilen.«
Sie blickte noch einmal zerstreut die Allee entlang – die Hand, die sie mir entgegenstreckte, wich der meinen mit einer unerwarteten, nach oben gerichteten Bewegung aus und legte sich auf meine Schulter. Ihre roten Lippen öffneten sich ein wenig, jedoch nicht zu einem Lächeln, sondern wie unter einer angenehmen Überraschung. Sie spähte zum Tor hin und sagte, indem sie hastig die Luft einsog:
»Da! Ich wußte es. Da kommt er.«
Ich begriff, daß sie Herrn Rasumow meinte. Ein junger Mann kam ohne Eile die Allee herauf. Sein Anzug war von stumpfem Braun, und er hatte einen Stock in der Hand. Er hielt den Kopf gesenkt und schien tief in Gedanken. Während ich ihn noch ansah, hob er ruckartig den Kopf und verhielt. Dessen bin ich

ganz sicher, obwohl sich dieses Zurückschrecken nur in einem winzigen Zögern ausdrückte, das er sogleich überwunden hatte. Er kam auf uns zu, den Blick auf uns gerichtet. Fräulein Haldin bedeutete mir, zu bleiben, und ging ihm einen oder zwei Schritte entgegen.

Ich wandte mich von dieser Begegnung ab und sah mich erst um, als ich Fräulein Haldins Stimme seinen Namen sagen hörte, was wohl als Vorstellung gemeint war. Sie unterrichtete Herrn Rasumow mit warmer, leiser Stimme darüber, daß ich nicht nur ein wunderbarer Lehrer sei, sondern auch eine feste Stütze ›in unserem Leid und unserem Kummer‹.

Selbstverständlich erwähnte sie, daß ich Engländer sei. Fräulein Haldin sprach schnell, schneller als ich sie je hatte sprechen hören, und die Sanftheit ihres Blickes wirkte dadurch noch ausdrucksvoller.

»Ich habe ihn ins Vertrauen gezogen«, setzte sie hinzu und sah dabei ununterbrochen Herrn Rasumow an. Dieser junge Mann ließ zwar seinen Blick auf Fräulein Haldin ruhen, doch sah er ihr gewiß nicht in die Augen, die so bereit waren für ihn. Dann wanderten seine Blicke von ihr zu mir, während erst die Spur eines gezwungenen Lächelns, dann die Andeutung eines mißtrauischen Stirnrunzelns auf seinem Gesicht erschienen und sofort wieder verschwanden; beides entging mir nicht, obwohl jemand, der nicht so darauf versessen war, ihn zu durchschauen wie ich, nichts davon bemerkt haben würde. Ich weiß nicht, was Natalie Haldin sah, doch entging meiner Aufmerksamkeit auch nicht der Schatten dieser Veränderungen. Das versuchte Lächeln wurde aufgegeben, das beginnende Stirnrunzeln unterdrückt und geglättet, um jede Spur zu vertilgen; doch stellte ich mir vor, wie er bei sich ausrief:

»In ihr Vertrauen gezogen! Diesen ältlichen Kerl! Diesen Ausländer!«

Das bildete ich mir deshalb ein, weil er seinerseits auch mir recht fremdartig vorkam. Im ganzen war ich vorteilhaft beeindruckt. Er sah intelligent aus und gewiß vornehmer, als die Studenten und sonstigen Bewohner von *La Petite Russie* im allgemeinen aussahen. Seine Gesichtszüge traten deutlicher hervor, als das sonst bei russischen Gesichtern der Fall ist; er hatte eine klar abgesetzte Kinnlinie und glattrasierte bleiche Wangen. Seine Nase war ein scharf modellierter Rücken und nicht bloß ein Etwas, das aus dem Gesicht herausragt; er trug den Hut ziemlich tief in die Stirn gezogen, und sein Haar kräuselte sich leicht im Nacken; in dem schlechtsitzenden braunen Anzug steckten kräftige Glieder, und seine etwas krumme Haltung ließ erkennen, daß seine Schultern die gehörige Breite hatten. Im ganzen gesehen, war ich nicht enttäuscht. Nachdenklich, kräftig, zurückhaltend...

Ehe Fräulein Haldin mit der Vorstellung zu Ende gekommen war, fühlte ich meine Hand von der seinen mit einem kräftigen, festen, aber unerwartet heißen und trockenen Griff umschlossen. Nicht ein Wort, nicht einmal ein Murmeln unterstützte dieses kurze, trockene Händeschütteln.

Ich hatte die Absicht, die beiden allein zu lassen, doch legte Fräulein Haldin ihre Hand mit einer unmißverständlichen Bitte auf meinen Arm. Mag lächeln, wer will, aber ich war nur zu bereit, in der Nähe Natalie Haldins zu bleiben, und ich sage, ohne mich dessen zu schämen, daß die Angelegenheit für mich gar nichts Belustigendes hatte. Ich blieb also, nicht wie ein Jüngling geblieben wäre, befeuert und sozusagen im siebenten Himmel, sondern nüchtern, mit beiden Beinen auf der Erde und ganz dem Bemühen hingegeben, Fräulein Haldins Absicht zu erraten. Sie hatte sich Rasumow zugewandt.

»Nun, Sie sind an der richtigen Stelle. Ich habe Sie gebeten, an diesen Ort zu kommen. Hier bin ich jeden Tag auf und ab gegangen... entschuldigen Sie sich nicht, ich begreife schon. Ich danke Ihnen dafür, daß Sie heute gekommen sind, ich kann jedoch nicht länger bleiben. Das ist unmöglich. Ich muß ganz schnell nach Hause zurück. Ja, auch wenn ich Sie hier vor mir sehe – ich muß umkehren. Ich bin schon zu lange fort... Sie verstehen, wie die Dinge liegen?«

Den letzten Satz hatte sie an mich gerichtet. Mir fiel auf, daß Herr Rasumow sich mit der Zungenspitze über die Lippen fuhr, wie es ein durstiger, im Fieber liegender Mensch tut. Er ergriff ihre Hand im schwarzen Handschuh, die sich über der seinen schloß und sie festhielt – für mich deutlich sichtbar festhielt, auch als er sie zurückzuziehen versuchte.

»Lassen Sie mich Ihnen noch einmal für – für Ihr Verständnis danken«, fuhr sie bewegt fort. Er unterbrach sie, und diese Unterbrechung wirkte geradezu grob. Es paßte mir gar nicht, ihn sozusagen so sehr unter dem Hutrand hervor zu diesem freimütigen Geschöpf sprechen zu hören. Und er machte dazu ein leicht krächzendes Geräusch, wie jemand, dem die Kehle ausgetrocknet ist.

»Wofür könnten Sie mir zu danken haben? Verständnis?... auf welche Weise könnte ich Ihnen Verständnis bewiesen haben?... Machen Sie sich lieber klar, daß ich überhaupt nichts verstehe. Ich habe begriffen, daß Sie mich hier in den Anlagen treffen wollten. Ich konnte nicht eher kommen. Ich war verhindert. Und auch heute... sehen Sie selber... verspätet.«

Sie hielt noch immer seine Hand.

»Wenigstens kann ich Ihnen dafür danken, daß Sie mich nicht als ein schwaches, rührseliges Mädchen abgetan haben. Kein Zweifel: ich brauche Beistand. Ich bin sehr unwissend. Aber man darf mir vertrauen. Das darf man wirklich!«

»Sie sind unwissend«, wiederholte er nachdenklich. Er hatte den Kopf gehoben und sah sie an, während sie seine Hand hielt. So standen sie einen langen Augenblick. Dann gab sie seine Hand frei.

»Ja, Sie haben sich wirklich verspätet. Und es ist nett von

Ihnen, daß Sie auf die geringe Wahrscheinlichkeit hin gekommen sind, ich könnte mich auch verspätet haben. Ich plauderte mit meinem guten Freund. Ich sprach über Sie. Jawohl, Kyrill Sidorowitsch, über Sie. Er war bei mir, als ich zuerst von Ihrer Anwesenheit in Genf erfuhr. Er kann Ihnen bestätigen, wie sehr diese Neuigkeit dazu beitrug, meine Verwirrung zu mildern. Er weiß, daß ich beabsichtigte, Sie aufzusuchen. Das allein war der Grund, der mich die Einladung von Peter Iwanowitsch annehmen ließ...«

»Peter Iwanowitsch hat Ihnen von mir gesprochen?« unterbrach er sie mit jener verzerrten, heiseren Stimme, die an eine gräßlich trockene Kehle denken ließ.

»Er hat nur wenig gesagt. Nichts, als Ihren Namen und daß Sie angekommen seien. Warum hätte ich ihn ausfragen sollen? Hätte er mir etwas sagen können, das mir nicht bereits aus den Briefen meines Bruders bekannt war? Drei ganze Zeilen! Und was haben sie mir nicht bedeutet! Ich will sie Ihnen eines Tages zeigen, Kyrill Sidorowitsch. Doch jetzt muß ich gehen. Unser erstes Gespräch kann keine Angelegenheit von fünf Minuten sein, also wollen wir lieber nicht erst anfangen...«

Ich stand ein wenig abseits und sah beide im Profil. Es fiel mir nun auf, daß Herrn Rasumows Gesicht älter wirkte, als seinen Jahren angemessen war.

»Falls Mutter« – das Mädchen hatte sich plötzlich an mich gewandt – »in meiner Abwesenheit, die länger als üblich gedauert hat, aufgewacht sein sollte, kann es sein, daß sie mich ausfragt. In letzter Zeit scheint sie mich mehr zu vermissen als früher. Sie würde dann wissen wollen, warum ich mich verspätet habe, und es wäre mir schrecklich, sie täuschen zu müssen.«

Ich verstand sehr wohl, was sie damit sagen wollte. Aus dem gleichen Grunde wehrte sie auch Herrn Rasumow ab, als dieser Anstalten machte, sie zu begleiten.

»Nein! Nein! Ich gehe jetzt allein. Aber treffen Sie mich hier so bald wie möglich wieder.« Und dann zu mir gewandt, leiser und mit Bedeutung:

»Es kann sein, daß Mutter jetzt am Fenster sitzt und auf die Straße schaut. Sie darf nichts von Herrn Rasumows Anwesenheit erfahren, ehe nicht... ehe nicht etwas vereinbart ist.« Sie verstummte und fuhr dann lauter, wenn auch immer noch an mich gewandt, fort: »Herr Rasumow kann mein Problem nicht verstehen, Sie aber wissen genau, worum es sich dabei handelt.«

V

Mit einer uns beiden geltenden leichten Neigung des Hauptes und einem ernsten, freundlichen Blick auf den jungen Mann verließ Fräulein Haldin uns, die wir zurückblieben, die Köpfe bedeckten und der aufrechten, geschmeidigen Gestalt nachblickten, die sich schnell entfernte. Ihr Gang hatte nichts von jenem unsicheren, hybriden Gleiten gezierter Frauen, sondern war freimütige, starke, gesunde Vorwärtsbewegung. Schnell vergrößerte sie ihren Abstand von uns, dann war sie plötzlich ganz verschwunden. Erst jetzt merkte ich, daß Herr Rasumow, nachdem er sich den Hut tief ins Gesicht gedrückt hatte, dabei war, mich von Kopf bis Fuß zu mustern. Ich war wohl für diesen jungen Russen ein völlig überraschend aufgetauchtes Faktum. In seinen Zügen und in seiner ganzen Erscheinung bemerkte ich einen Ausdruck von Neugier und Verachtung, untermischt mit Angst – ganz als habe er den Atem angehalten, solange ich weggesehen hatte. Doch blickte er mich jetzt unverholen an. Nun erst sah ich, daß er klare braune Augen und dichte schwarze Wimpern hatte. Die Augen waren das jugendlichste an seinem Gesicht. Es waren durchaus keine unangenehmen Augen. Er schwankte ein wenig, auf seinen Stock gestützt, und wirkte überhaupt recht unentschlossen. Mir wurde blitzartig klar, daß Fräulein Haldin uns absichtlich miteinander allein gelassen – daß sie mir einen Auftrag anvertraut hatte, da ich durch Zufall nun einmal an Ort und Stelle gewesen war. Aus diesem vermuteten Grunde betrug ich mich so liebenswürdig wie möglich. Ich suchte nach einer passenden Redewendung und sah plötzlich in Fräulein Haldins letztem Satz das Stichwort, das mir auch den Sinn meines Auftrages erhellte.

»Nein«, sagte ich ernst, wenn auch lächelnd, »man kann nicht erwarten, daß Sie das verstehen.«
Seine glattrasierte Oberlippe verzog sich ein ganz kleines bißchen, ehe er spöttisch amüsiert sagte:
»Aber haben Sie denn nicht selber gehört, daß die Dame mir zuvor für mein Verständnis so herzlich gedankt hat?«
Ich blickte ihn ziemlich streng an. War das nun der blanke Hohn? Nein, das war es nicht. Groll, ja, sehr wohl möglich. Doch weshalb sollte er eigentlich grollen? Er sah so aus, als habe er in letzter Zeit nicht besonders gut geschlafen. Ich konnte beinahe das Gewicht seines unerfrischten, reglosen Blickes auf mir lasten fühlen, den Blick eines Menschen, der ohne zu blinzeln im Dunkeln liegt, sich zornig und hilflos mit verderblichen Gedanken plagt. Nun, da ich weiß, wie richtig mein damaliger Eindruck war, darf ich aufrichtig wiederholen, daß ich alles ganz so empfunden habe. Es war auf eine merkwürdig ungewisse Weise quälend – das ist ganz natürlich, denn Gewißheit habe ich erst jetzt, während ich in voller Kenntnis aller Tatsachen schreibe. Doch damals, als ich gar nichts wußte, wirkte er schon so auf mich. Der ungewohnten Beklommenheit, die er mir aufzuzwingen schien, versuchte ich Herr zu werden, indem ich einen recht familiären Plauderton anschlug.
»Diese ungemein bezaubernde und im Grunde bewunderswerte junge Dame (Sie sehen, ich bin alt genug, um mich offen ausdrücken zu können) redete von ihren eigenen Empfindungen. Das haben Sie ja wohl begriffen, wie?«
Er wehrte so heftig ab, daß er ins Stolpern geriet.
»Ja, bin ich denn gezwungen, stets und ständig entweder etwas zu verstehen oder nicht zu verstehen? Glauben Sie nicht, daß ich auch noch anderes zu tun haben könnte? Und die junge Dame ist also bezaubernd und bewundernswert. Na und? Das kann ich wohl auch selber sehen.«
Dieser Wortschwall hätte beleidigend gewirkt, wäre da nicht

die fast unhörbare im Halse steckenbleibende Stimme gewesen, und hätte nicht die krächzende Anstrengung, die das Sprechen ihn kostete, verhindert, daß ich mich wirklich beleidigt fühlte. Ich blieb stumm, denn der Gegensatz zwischen dem Wortlaut seiner Rede und dem ungewissen Gefühl, das sie in mir hervorrief, gebot mir Einhalt. Ich hätte ihn ohne weiteres stehenlassen können. Doch empfand ich sehr stark, daß mir ein Auftrag anvertraut war, fühlte ich immer noch Fräulein Haldins Blick auf mir. Nach einem Augenblick des Nachdenkens sagte ich:

»Wollen wir ein wenig spazierengehen?«

Er hob die Schultern so heftig, daß er wiederum taumelte. Ich beobachtete das aus den Augenwinkeln, während ich neben ihm ausschritt. Dann blieb er etwas zurück und war meinem Gesichtskreis entzogen, es sei denn, ich drehte mich nach ihm um. Doch wollte ich ihn keinesfalls dadurch in Verlegenheit setzen, daß ich ihn meine Neugier merken ließ. Das hätte einen zurückhaltenden jungen Mann abstoßen können, der vor dem verpestenden Schatten geflohen war, welcher das wahre, das gütige Gesicht seines Landes verbarg. Und mit meinem inneren Auge erblickte ich diesen Schatten, der Herrn Rasumows Landsleuten folgte und sich schon über Mitteleuropa breitmachte, und sah, wie er auch diese Gestalt verfinsterte. »Ohne Zweifel«, sprach ich bei mir, »ist das ein düsterer, ja, ein zu allem entschlossener Revolutionär; doch ist er jung, vielleicht also auch selbstlos und menschlich, fähig des Mitgefühls und der...«

Ich vernahm, wie er sich krächzend räusperte, und konzentrierte meine Aufmerksamkeit ganz auf ihn.

»Das übersteigt denn doch alles!« waren seine ersten Worte. »Aber wirklich alles! Da sind Sie nun, aus einem mir unverständlichen Grunde im Besitz von Kenntnissen, die mir ebenfalls nicht verständlich sein können. Ein Vertrauter also! Ein

Ausländer! Und Sie schwätzen von einer bewundernswerten jungen Russin. Ich frage mich denn doch: Ist diese bewundernswerte junge Dame vielleicht eine Närrin? Was für ein Spiel spielen Sie? Was bezwecken Sie?«
Man konnte ihn kaum verstehen, ganz als gäbe seine Kehle ebensowenig Töne von sich wie ein trockener Fetzen oder ein Stück Zunder. Das war so mitleiderregend, daß es mir außerordentlich leicht fiel, meine Entrüstung zu bemeistern.
»Wenn Sie etwas älter geworden sein werden, Herr Rasumow, dann werden Sie entdecken, daß keine Frau jemals eine komplette Närrin ist. Ich bin zwar kein Feminist, wie jener berühmte Autor, Peter Iwanowitsch, der mir, um die Wahrheit zu sagen, ziemlich verdächtig ist...«
Er unterbrach mich in einem überraschend verblüfften Flüsterton.
»Ihnen verdächtig! Peter Iwanowitsch erscheint Ihnen verdächtig! Ihnen!...«
»Ganz recht. In gewisser Weise verdächtig«, sagte ich und tat so meine Bemerkung mit leichter Hand ab. »Wie ich schon sagte, Herr Rasumow: wenn Sie lange genug gelebt haben, werden Sie gelernt haben, zwischen der edlen Zutraulichkeit eines Charakters, dem jede Gemeinheit unbekannt ist, und der geschmeichelten Leichtgläubigkeit mancher Frauen zu unterscheiden; wenngleich auch diese Leichtgläubigen niemals vollkommene Törinnen sind – mögen sie vielleicht auch dumm und ganz gewiß unglücklich sein. Es ist meine Überzeugung, daß man keine Frau ganz und gar täuschen kann. Wenn man die ganze Wahrheit wüßte, würde man gewiß sagen können, daß auch diejenigen, die verloren sind, sich offenen Auges in den Abgrund gestürzt haben.«
»Was schert es denn mich«, rief er jetzt neben mir aus, »ob die Frauen Närrinnen sind oder Verrückte? Es ist mir wirklich vollkommen einerlei, was Sie von ihnen halten. Ich... ich habe

kein Interesse an den Frauen. Sie lassen mich kalt. Ich bin kein Romanheld. Wie kommen Sie auf die Idee, daß ich etwas über die Frauen erfahren will?... Was soll das alles überhaupt bedeuten?«

»Sie meinen: was ist der Zweck dieser Unterhaltung, die ich Ihnen, eingestandenermaßen, aufgedrängt habe.«

»Aufgedrängt! Zweck!« wiederholte er, immer noch einen halben Schritt hinter mir bleibend. »Offenbar hatten Sie Lust, über Frauen zu reden. Das ist in der Tat ein Gesprächsgegenstand, aber einer, der mich nicht interessiert. Ich habe niemals ... nun, ich habe über andere Dinge nachzudenken gehabt.«

»Hier geht es mir nur um eine einzige Frau – ein junges Mädchen – die Schwester Ihres nahen Freundes –, um Fräulein Haldin. Für sie werden Sie ja vielleicht doch den einen oder anderen Gedanken übrig haben. Worauf ich hinauswollte, ist die Tatsache, daß es da gewisse Umstände gibt, von deren Vorhandensein Sie nichts wissen können.«

Für die Dauer einiger Schritte lauschte ich den unsicheren Fußtapfen neben mir.

»Ich glaube, es wäre eine günstige Vorbereitung Ihres nächsten Gespräches mit Fräulein Haldin, wenn ich Sie darüber ins Bild setzte. Vermutlich hatte sie etwas Derartiges im Sinne, als sie uns beide miteinander allein ließ. Ich halte mich für berechtigt, zu sprechen. Die besondere Lage, von der ich sprach, hat sich im ersten Schmerz über die Hinrichtung Victor Haldins ergeben. Irgend etwas an den Begleitumständen seiner Verhaftung war merkwürdig. Sie wissen zweifellos die ganze Wahrheit...«

Ich fühlte mich am Arm gepackt und herumgerissen, so daß ich Herrn Rasumow gegenüberstand.

»Das ist ja unerträglich! Da tauchen Sie mit Ihrem Geschwätz sozusagen aus der Versenkung auf... wer sind Sie überhaupt? Warum das, wozu? Was verstehen Sie denn schon davon, ob etwas merkwürdig ist oder nicht! Was, zum Kuckuck, haben Sie denn mit irgendwelchen verfluchten Begleitumständen zu tun, was gehen Sie die Vorgänge in Rußland an?«

Er stützte sich mit der anderen Hand schwer auf seinen Stock, und als er meinen Arm losließ, war ich überzeugt davon, daß er sich kaum noch auf den Beinen zu halten vermochte.

»Setzen wir uns doch an einen der leeren Tische dort«, schlug ich vor und ignorierte seinen unerwarteten, heftigen Gefühlsausbruch. Ich muß zugeben, daß ich davon nicht unbeeindruckt blieb. Er tat mir leid.

»Was für Tische? Wovon reden Sie überhaupt? Oh – die leeren Tische, die Tische dort! Nun gewiß. Ich will mich an einen jener leeren Tische setzen.«

Ich führte ihn fort vom Weg und mitten hinein in den Haufen Treibholz vor dem Restaurant. Das Schweizer Paar war nun nicht mehr da. Wir saßen allein zwischen den Trümmern. Herr Rasumow ließ sich auf einen Stuhl fallen, der Stock entglitt seiner Hand, er stemmte die Ellenbogen auf, stützte den Kopf in die Hände und starrte mich unablässig und unverhohlen an, während ich den Kellner heranwinkte und Bier bestellte. Ich vermochte ihm sein stummes Starren nicht zu verübeln, denn, um die Wahrheit zu sagen, ich fühlte mich ein wenig schuldig, weil ich so unvermutet auf ihn losgelassen worden und förmlich aus der Versenkung aufgetaucht war, wie er es genannt hatte.

Während wir auf unser Bier warteten, erklärte ich ihm, daß ich in St. Petersburg geboren sei und als Kind Russisch gelernt habe. Ich könne mich nicht an die Stadt erinnern, da ich seit meinem neunten Lebensjahr nicht mehr dort gewesen sei, doch habe ich dann später meine Sprachkenntnisse wieder aufgefrischt. Er hörte zu, ohne auch nur zu blinzeln. Er mußte sich etwas anders hinsetzen, als das Bier kam; er trank es auf einen Zug aus, was ihn sichtlich belebte. Dann lehnte er sich in den

Stuhl zurück, kreuzte die Arme vor der Brust und fuhr fort, mich anzustarren. Es ging mir durch den Kopf, daß sein glattrasiertes, fast dunkelhäutiges Gesicht eigentlich zu den beweglichen Gesichtern gehörte, und daß seine völlige Unbeweglichkeit die notgedrungen angenommene Gewohnheit des Revolutionärs sei, des Verschwörers, der unablässig auf der Hut sein muß, um sich in einer von geheimen Spionen bevölkerten Welt nicht selbst zu verraten.

»Aber Sie sind doch Engländer – Sie unterrichten englische Literatur«, murmelte er mit einer Stimme, die nicht mehr aus einer ausgedörrten Kehle kam. »Ich habe von Ihnen gehört. Es heißt, daß Sie seit Jahren hier leben.«

»Ganz recht. Seit mehr als zwanzig Jahren. Und ich habe Fräulein Haldin bei ihren englischen Studien unterstützt.«

»Sie haben die englischen Dichter mit ihr gelesen«, sagte er, nun ganz ungerührt, ganz verwandelt, ein völlig anderer als der, der mit schweren, unsicheren Schritten eben noch neben mir hergegangen war.

»Richtig. Englische Dichtung«, erwiderte ich. »Die Aufregung jedoch, die ich im Sinne habe, wurde von einer englischen Zeitung verursacht.«

Er fuhr fort, mich anzustarren. Es war ihm wohl nicht bekannt, daß ein englischer Journalist von der nächtlichen Verhaftung erfahren und darüber berichtet hatte. Als ich ihm das auseinandersetzte, murrte er verächtlich: »Das kann auch von A bis Z erlogen sein.«

»Das können Sie vermutlich am besten beurteilen«, gab ich etwas verwirrt zurück. »Ich muß allerdings sagen, daß es auf mich durchaus nicht erlogen wirkte.«

»Und wie können Sie Lügen von Wahrheit unterscheiden?« erkundigte er sich in seiner neuen, unbewegten Haltung.

»Ich weiß nicht, wie Sie das in Rußland machen«, begann ich, von seiner Haltung gereizt. Er unterbrach mich.

»In Rußland oder anderswo, das ist einerlei. Die Druckerschwärze und die Form der Buchstaben ist schließlich in allen Zeitungen die gleiche.«

»Nun, da gibt es schon gewisse Anhaltspunkte. Der Charakter des Blattes; der Grad von Wahrscheinlichkeit, den die Nachricht besitzt; die Erwägung der Motive, die hinter einer Veröffentlichung stehen könnten, und so fort. Ich setze durchaus kein blindes Vertrauen in die Auslandsberichterstatter, aber was sollte diesen denn veranlaßt haben, sich eine sehr umständliche Lügengeschichte auszudenken, da die Welt dem Ereignis doch keinerlei Bedeutung beimißt?«

»Aha, so ist das also«, knurrte er. »Was bei uns geschieht, ist ohne jede Bedeutung – nichts als eine Räuberpistole, um die Leserschaft zu amüsieren – das überlegene Europa, das verächtlich auf uns herabsieht. Ein abscheulicher Gedanke. Aber sie mögen nur abwarten!«

Nach dieser an die westliche Welt gerichteten Drohung verstummte er. Ich beachtete seinen wütenden Blick nicht, sondern wies ihn darauf hin, daß es gar nicht darauf ankomme, ob der Journalist richtig oder falsch unterrichtet gewesen sei, sondern daß die Freunde der Damen sich Sorgen machten wegen der Wirkung, die diese wenigen Druckzeilen hervorgerufen hatten – weiter gar nichts. Und gewiß müsse man doch auch ihn zu den Freunden rechnen, und sei es nur um seines getöteten Genossen und vertrauten Mitverschwörers willen. Ich hatte das Gefühl, als wolle er an dieser Stelle wiederum losbrechen, doch verblüffte er mich nur durch ein krampfhaftes Zucken am ganzen Körper. Er bezwang sich jedoch, kreuzte die Arme noch fester vor der Brust und lehnte sich mit einem Lächeln zurück, das voller Bosheit und Verachtung war.

»Richtig, ein Genosse und Vertrauter... ganz recht«, sagte er.

»Jedenfalls habe ich mich, von dieser Voraussetzung ausgehend, in ein Gespräch mit Ihnen eingelassen. Und ich irre mich gewiß nicht. Ich war anwesend, als Peter Iwanowitsch Fräulein Haldin Ihre Ankunft mitteilte, und ich sah, daß sie erleichtert und dankbar war, als Ihr Name fiel. Später zeigte sie mir den Brief ihres Bruders und las mir die wenigen Worte vor, mit denen dieser Sie erwähnt hat. Was anders als sein Freund sollten Sie gewesen sein?«

»Nun, es muß wohl so sein. Das ist allgemein bekannt. Ein Freund. Sehr richtig... fahren Sie fort. Sie sprachen da von einer Wirkung.«

Ich sagte mir: »Er stellt sich so unempfindlich wie ein abgebrühter Revolutionär und möchte gegen alle Empfindungen so gleichgültig wirken wie ein Mensch, der sich ganz der Idee der Zerstörung verschworen hat. Er ist jung, und seine Aufrichtigkeit verbirgt sich vor einem Fremden, einem Ausländer, einem alten Mann, hinter einer Pose. Jugend muß ihr Recht geltend machen...« Ich deutete ihm nun so knapp wie möglich an, in welchen Gemütszustand Frau Haldin seit dem Eintreffen der Nachricht vom vorzeitigen Ende ihres Sohnes geraten war.

Er hörte – das fühlte ich genau – mit äußerster Aufmerksamkeit zu. Seine stier blickenden Augen lösten sich allmählich von meinem Gesicht und senkten sich nach und nach immer mehr, bis er schließlich vor sich auf den Boden blickte.

»Sie können sich die Gefühle seiner Schwester ausmalen. Sie sagten ganz richtig, daß ich sie nur von den wenigen Englischstunden her kenne, und ich will mich vor Ihnen nicht dadurch lächerlich machen, daß ich versuche, von ihr zu sprechen. Doch Sie haben sie gesehen. Sie gehört zu den seltenen Wesen, bei denen nichts zu erklären ist. Jedenfalls ist das meine Ansicht. Die beiden besaßen keine andere Brücke zur Welt und zur Zukunft als diesen einen Sohn und Bruder. Mit ihm hat Natalie Haldin alle Voraussetzungen für ein tätiges Leben verloren. Und da wundern Sie sich darüber, daß sie sich voller Eifer an den einzigen Menschen wendet, den ihr Bruder je in seinen Briefen erwähnt hat? Ihr Name ist eine Art Vermächtnis.«

»Was kann er nur über mich geschrieben haben?« rief er halb erstickt und verzweifelt aus.

»Nur wenige Worte. Es kommt mir nicht zu, sie vor Ihnen zu wiederholen, Herr Rasumow, doch Sie dürfen mir glauben, wenn ich Ihnen sage, daß diese Worte stark genug sind, seine Mutter und seine Schwester unbedingt an den Wert Ihres Urteils und an die Wahrheit alles dessen, was Sie sagen mögen, glauben zu lassen. Es ist einfach ausgeschlossen, daß Sie die beiden Damen wie zwei Fremde behandeln.«

Ich verstummte und lauschte ein Weilchen den Schritten der Spaziergänger, die auf dem breiten Mittelweg promenierten. Während ich gesprochen hatte, war sein Kopf ganz auf die Brust gesunken. Jetzt hob er ihn mit einem Ruck.

»So soll ich denn wirklich der alten Frau etwas vorlügen!«

Das war nicht Zorn; es war etwas, das bitterer war und nicht so eindeutig. Ich konnte ihm das nachfühlen, wenngleich ich von dem Wortlaut seines Ausrufes sehr betroffen war.

»O je! Die Wahrheit ist also nicht geeignet? Ich hatte sehr gehofft, Sie könnten etwas Tröstliches berichten. Ich denke jetzt an die arme Mutter. Ihr Rußland ist doch ein grausiges Land.«

Er rutschte ein wenig auf seinem Stuhl herum.

»Ja«, wiederholte ich, »ich hatte wirklich auf etwas Authentisches gehofft.«

Ehe er sprach, ging ein merkwürdiges Zucken über seine Lippen. »Und wenn es sich nicht lohnte, davon zu berichten?«

»Nicht lohnte? Von welchem Gesichtspunkt aus nicht lohnt? Das begreife ich nicht.«

»Von jedem Gesichtspunkt aus.«

Ich versetzte etwas scharf:

»Ich sollte doch denken, daß alles, was ein Licht auf die Umstände der mitternächtlichen Verhaftung ...«

»Die ein Journalist dem zivilisierten Europa zu Unterhaltungszwecken aufgetischt hat!« unterbrach er verächtlich.
»Meinethalben aufgetischt – aber ist es denn nicht wahr? Ich verstehe Ihre Haltung in dieser Angelegenheit nicht. Entweder ist der Mann in Ihren Augen ein Held, oder...«
Er näherte sein Gesicht mit den wild geblähten Nasenflügeln dem meinen unvermutet so sehr, daß ich mich nur mit Mühe daran hindern konnte zurückzuweichen.
»Das fragen Sie mich! Ich nehme an, Ihnen bereitet das Ganze Vergnügen. Nun hören Sie mal zu! Ich bin ein arbeitender Mensch. Ich habe studiert. Jawohl, sehr intensiv studiert. Hier drin« (und dabei tippte er sich gegen die Stirn) »sitzt ein Verstand. Sie halten es wohl für unmöglich, daß ein Russe vernünftigen Ehrgeiz entwickelt, was? Ich – ich hatte darüber hinaus sogar noch Aussichten. Jawohl. Aussichten! Und jetzt sehen Sie mich hier, im Ausland, alles ist verloren, dahin, geopfert. Sie sehen mich hier vor sich – und Sie fragen noch! Sie sehen mich doch hier sitzen, oder etwa nicht?«
Er lehnte sich heftig zurück. Ich wahrte, so gut es ging, die Fassung.
»Ganz recht, ich sehe Sie hier. Und ich nehme an, Sie sind hier wegen der Affäre Haldin.«
Jetzt veränderte sich sein Gehaben.
»Ach, Sie nennen das die Affäre Haldin«, bemerkte er gleichgültig.
»Ich habe nicht das Recht, Ihnen Fragen zu stellen«, sagte ich. »Ich will mir auch nichts Derartiges herausnehmen. Aber es kann nicht sein, daß die Mutter und die Schwester des Mannes, der in Ihren Augen ein Held sein muß, Ihnen gleichgültig sind. Das Mädchen ist ein großherziges, freimütiges Geschöpf voll der edelsten – nun – Illusionen. Ihr werden Sie entweder gar nichts anvertrauen oder alles. Um aber auf die Angelegenheit zu kommen, in der ich Sie um Hilfe bat: man muß zunächst

einmal den krankhaften Gemütszustand der Mutter lindern. Vielleicht kann man unter Ihrer Anleitung etwas ausdenken, um diesem schweren Kummer einer Mutter abzuhelfen.«
Es kam mir so vor, als verstärkte er noch absichtlich die müde Gleichgültigkeit auf seinem Gesicht.
»Oh, gewiß, warum nicht«, murmelte er achtlos.
Er hob die Hand vor den Mund, um ein Gähnen zu unterdrücken. Als er sie fortnahm, spielte ein leichtes Lächeln um seine Lippen.
»Verzeihen Sie mir. Die Unterhaltung war recht lang, und in den beiden letzten Nächten habe ich kaum geschlafen.«
Diese unerwartete und etwas unverschämte Entschuldigung hatte immerhin den Vorzug, vollkommen wahr zu sein. Er hatte seit dem Tage, da die Schwester Victor Haldins vor ihm im Garten des Château Borel aufgetaucht war, keine Nachtruhe mehr gekannt, die diesen Namen verdient hätte. Die Ratlosigkeit und die vielgestaltige Angst – so will ich es einmal nennen –, von denen seine Schlaflosigkeit begleitet war, fanden ihren Niederschlag in dem Dokument, das ich später zu sehen bekommen sollte, in dem Dokument, das die Hauptquelle dieser Erzählung bildet. In jenem Augenblick glaubte ich ihm seine Müdigkeit; er war ganz zusammengefallen, wie ein Mensch, der eine schwere Krise hinter sich hat.
»Ich hatte eine Menge wichtiger Schreibarbeiten zu erledigen«, setzte er hinzu.
Ich stand sogleich auf, und er folgte meinem Beispiel etwas schwerfällig.
»Ich muß mich dafür entschuldigen, daß ich Sie so lange festgehalten habe«, sagte ich.
»Warum sich entschuldigen? Man kann nicht gut bei Tageslicht schlafen gehen. Und festgehalten haben Sie mich auch nicht. Ich hätte jederzeit aufstehen und weggehen können.«
Ich war nicht geblieben, um mich von ihm beleidigen zu lassen.

»Es freut mich, daß Sie so viel Interesse aufgebracht haben«, antwortete ich gemessen. »Das war durchaus nicht mein Verdienst; die simpelste Rücksicht auf die Mutter Ihres Freundes verlangte wohl... Was Fräulein Haldin betrifft, so neigte sie eine Weile zu der Annahme, daß ihr Bruder auf irgendeine Weise der Polizei verraten worden sei.«

Zu meiner großen Überraschung setzte Herr Rasumow sich wieder hin. Ich starrte ihn an, und ich muß sagen, daß er meinen Blick eine ganze Weile ertrug, ohne wegzuschauen.

»Auf irgendeine Weise«, murmelte er, als habe er nicht verstanden oder wolle seinen Ohren nicht trauen.

»Es mag das auf ein unvorhergesehenes Ereignis, einen bloßen Zufall zurückzuführen gewesen sein«, fuhr ich fort. »Oder, wie sie es mir gegenüber so bezeichnend ausdrückte, auf die Torheit oder Schwäche eines unglückseligen Mitverschwörers.«

»Torheit oder Schwäche«, wiederholte er bitter.

»Sie ist ein großmütiges Geschöpf«, bemerkte ich nach einem Weilchen. Der Mann, den Victor Haldin so bewundert hatte, senkte den Blick. Ich drehte mich um und ging weg, offenbar ohne daß er es bemerkte. Ich fühlte mich nicht gekränkt durch die launische Grobheit, mit der er mich behandelt hatte. Was ich aus dieser Unterredung mitnahm, war vielmehr ein Gefühl der Hoffnungslosigkeit. Noch ehe ich mich ganz von den Tischen und Stühlen entfernt hatte, war er wieder neben mir.

»Hm, ja!« hörte ich ihn an meiner Seite sagen. »Was aber meinen Sie dazu?«

Ich sah ihn nicht einmal an.

»Ich meine, daß ihr allesamt verflucht seid.«

Er erwiderte keinen Laut. Erst als wir die Anlagen verlassen hatten, hörte ich ihn wieder sprechen.

»Ich ginge gerne ein Stückchen mit Ihnen.«

Nun, ich zog diesen rätselhaften jungen Mann immer noch seinem gefeierten Landsmann, dem großen Peter Iwanowitsch, vor. Doch sah ich keinen Grund, ihn besonders freundlich zu behandeln.

»Ich gehe jetzt auf dem kürzesten Weg zum Bahnhof, um einen englischen Bekannten abzuholen«, beantwortete ich sein unerwartetes Anerbieten. Ich hoffte, daß etwas Aufschlußreiches dabei herauskommen werde. Während wir am Bordstein standen und warteten, bis die Straßenbahn vorübergefahren war, bemerkte er düster:

»Mir gefällt, was Sie da eben gesagt haben.«

»So?«

Wir traten miteinander auf die Fahrbahn hinaus.

»Das große Problem besteht darin, das Besondere dieses Fluches richtig zu verstehen.«

»So schwierig kann das doch gar nicht sein.«

»Da stimme ich mit Ihnen überein«, meinte er, und diese seine Bereitwilligkeit machte ihn, merkwürdig genug, nicht im mindesten weniger rätselhaft.

»Ein Fluch ist ein böser Zauber«, versuchte ich es noch einmal.

»Und das wichtigste, die größte Schwierigkeit ist es, das Mittel zu finden, diesen Zauber zu brechen.«

»Ganz recht. Man muß das Mittel finden.«

Auch das war eine Zustimmung, jedoch schien er mit seinen Gedanken ganz woanders. Wir hatten den freien Platz vor dem Theater diagonal überquert und begannen nun bergab, in Richtung auf eine der kleineren Brücken zu gehen, eine breite, aber fast unbelebte Straße hinunter. Er blieb neben mir und sagte lange Zeit gar nichts.

»Sie haben doch nicht vor, bald wieder von Genf abzureisen?« fragte ich ihn.

Er blieb so lange stumm, daß ich schon fürchtete, zudringlich gewesen zu sein und nicht auf eine Antwort rechnen zu können. Doch als ich ihn von der Seite her ansah, mußte ich glauben, daß meine Frage ihm geradezu Qualen verursachte. Ich bemerkte das hauptsächlich daran, daß er immer wieder die Hände zu Fäusten ballte und in diese Bewegung heimlich außerordentliche Kraft legte. Nachdem er sein quälendes Zögern weit genug überwunden hatte, um mir zu sagen, daß er keine solche Absicht habe, wurde er geradezu gesprächig – jedenfalls im Vergleich zu der kargen, wegwerfenden Art, in der er zuvor geredet hatte. Auch sein Ton war liebenswürdiger. Er sagte, er beabsichtige, weiter zu studieren und auch zu schreiben. Er ging sogar so weit, mir mitzuteilen, daß er in Stuttgart gewesen sei. Stuttgart, so wußte ich, gehörte zu den Zentren der Revolutionäre. Das Exekutivkomitee einer der russischen Parteien (ich habe vergessen, welche es war) befand sich dort, und von dort aus hatte er auch Fühlung mit der revolutionären Arbeit außerhalb Rußlands aufgenommen.

»Ich war nie zuvor im Ausland«, erläuterte er sodann mit tonloser Stimme. Nach einem kurzen Zögern, das aber ganz anders war als die qualvolle Unschlüssigkeit, die meine erste Frage: ob er in Genf zu bleiben gedenke, ausgelöst hatte, vertraute er mir ganz überraschend an:

»Ich habe nämlich dort so eine Art Auftrag übernommen.«

»Einen Auftrag, der Sie in Genf festhalten wird?«

»Ja, hier. Hier in dieser widerwärtigen ...«

Ich war mit meinem gesunden Menschenverstand ganz zufrieden, als dieser mir die Schlußfolgerung präsentierte, Herrn Rasumows Auftrag müsse im Zusammenhang mit der Person des bedeutenden Peter Iwanowitsch stehen. Doch behielt ich diese Vermutung selbstverständlich für mich, und Herr Rasumow sagte nun eine ganze Weile nichts mehr. Erst als wir beinahe auf der Brücke waren, machte er den Mund auf und fragte unvermittelt:

»Kann man diesen kostbaren Artikel irgendwo einsehen?«

Ich mußte einen Moment nachdenken, ehe ich begriff, wovon er redete.

»Er ist auszugsweise von der hiesigen Presse nachgedruckt worden. Die alten Nummern werden an mehreren Stellen aufbewahrt. Mein Exemplar der englischen Ausgabe habe ich am Tage nach Erscheinen bei Frau Haldin gelassen. Ich habe es da wochenlang auf einem Tischchen neben dem Sessel der bedauernswerten Mutter liegen gesehen, und das hat mich außerordentlich bedrückt. Dann verschwand es jedoch, und das war eine rechte Wohltat für mich, das darf ich Ihnen versichern.«

Er war stehengeblieben.

»Ich hoffe sehr«, fuhr ich fort, »daß Sie Zeit finden, diese beiden Damen oft zu besuchen – daß Sie sich die Zeit nehmen.«

Er starrte mich so seltsam an, daß ich seine Miene kaum zu beschreiben vermag. In diesem Zusammenhang konnte ich das überhaupt nicht begreifen. Was hat er nur? fragte ich mich. Was ist ihm für ein merkwürdiger Einfall gekommen? Welches Abbild der Scheußlichkeiten, die in seinem unverbesserlichen Lande an der Tagesordnung sind, ist nun wieder aufgetaucht, um in seinem Kopf herumzuspuken? Falls es etwas mit dem Schicksal Victor Haldins zu tun hatte, hoffte ich, daß er es für immer bei sich behalten werde. Ich war, rundheraus gesagt, so erschrocken, daß ich diesen Schock – der Himmel vergebe mir das – unter einem Lächeln und einem leichtherzigen Gebaren zu verbergen suchte.

»Das wird Sie ja keine übergroße Mühe kosten, wie?« sagte ich.

Er wandte sich ab und lehnte sich über das Geländer der Brücke. Einen Augenblick verharrte ich noch dort und betrachtete seinen Rücken. Und ich versichere, daß ich keine große Lust verspürte, sein Gesicht gerade in jenem Augenblick noch einmal zu sehen. Er rührte sich überhaupt nicht. Ich setzte langsam meinen Weg zum Bahnhof fort, und am Ende der Brücke sah ich noch einmal zurück. Nein, er hatte sich nicht gerührt. Er lehnte weit über das Geländer, als sei er gänzlich in den Anblick des glatt unter dem Brückenbogen dahinströmenden Wassers vertieft. Die Strömung ist rasch, sehr rasch; manche Leute werden schwindelig, wenn sie hineinsehen; ich selbst vermag niemals längere Zeit hintereinander hinunterzusehen, ohne zu befürchten, plötzlich von der vernichtenden Gewalt des Wassers mitgerissen zu werden. Manche Hirne können dem Bild überwältigender Kraft und rasender Bewegung nicht widerstehen. Herrn Rasumow verzauberte das offenbar. Ich ließ ihn zurück, und er lehnte immer noch weit über das Geländer hinaus. Sein Betragen gegen mich war durch das Wort flegelhaft nicht hinreichend erklärt. Hinter seiner Verachtung und seiner Unduldsamkeit verbarg sich noch etwas anderes. Vielleicht, so dachte ich, und kam der versteckten Wahrheit damit recht nahe, war es das gleiche, das ihn länger als eine Woche, ja, fast schon zehn Tage, von Fräulein Haldin ferngehalten hatte. Doch was das sein mochte, wußte ich nicht zu sagen.

DRITTER TEIL

I

Das Wasser schoß rasch und tief unter der Brücke dahin. Die nur leicht gekräuselte Strömung schien imstande, sich, dieweil man zusah, ein Bett durch blanken Granit zu fressen. Doch wäre es durch Rasumows Brust geströmt, es wäre nicht imstande gewesen, die aufgehäufte Bitterkeit wegzuschwemmen, die die Zerstörung seiner Existenz dort abgelagert hatte.

»Was soll das alles bedeuten?« fragte er sich, während er in das dahinschießende Wasser starrte, dessen Oberfläche so glatt und sauber war, daß höchstens eine aufsteigende Luftblase oder ein schnell verschwindender, weißem Haar gleichender Schaumstreifen die schwindelerregende Schnelligkeit und die grausige Kraft der Strömung erraten ließen. »Warum nur hat sich dieser lästige alte Engländer an mich gehängt, und was soll überhaupt diese lächerliche Geschichte von dem verrückten alten Weib bedeuten?«

Er bemühte sich, seine Worte so brutal wie möglich zu formulieren, vermied aber jeden Gedanken an das junge Mädchen. »Ein verrücktes altes Weib«, wiederholte er bei sich. »Das ist ein wahres Unglück! Oder darf ich dies alles für Albernheiten halten? Doch nein! Das wäre ein Irrtum! Ich kann es mir gar nicht leisten, irgend jemandem Verachtung zu bezeigen. Eine Albernheit kann sehr wohl zu den gefährlichsten Verwicklungen führen. Aber wie soll man sich davor hüten? Da hilft einem der beste Verstand nichts. Je intelligenter man ist, um so weniger erwartet man, in solch eine Abgeschmacktheit verstrickt zu werden.«

Eine Zorneswelle überspülte sein Hirn. Sie ließ sogar den über das Geländer gelehnten Körper erbeben. Gleich darauf nahm Rasumow seine stummen Gedanken wieder auf wie ein geheimes Zwiegespräch mit sich selber. Doch selbst in dieser Einsamkeit machten seine Gedanken noch Vorbehalte, deren er sich auf unklare Weise bewußt war.

»Das ist nicht einmal albern, es ist einfach ohne jede Bedeutung. Es ist absolut bedeutungslos – absolut. Die verrückten Einfälle einer alten Frau, die zudringliche Tolpatschigkeit eines senilen englischen Umstandskrämers. Welcher Teufel hat ihn ausgerechnet hierher geschickt? Habe ich ihn denn nicht nach allen Regeln der Kunst abfahren lassen? Was? So muß man diese zudringlichen Laffen behandeln. Sollte er etwa wirklich noch hinter mir stehen und warten?«

Rasumow fühlte einen Schauer über seinen Rücken rieseln. Das war nicht Furcht. Er wußte gewiß, daß dies keine Furcht war – nicht Angst um seine eigene Person –, doch war es trotz allem eine Art ängstlicher Vorahnung, die einem anderen galt, den er kannte, ohne ihn jedoch bei Namen nennen zu können. Als ihm aber einfiel, daß der aufdringliche Engländer zu einem Zug wollte, beruhigte er sich wieder. Der Gedanke, er vergeude seine Zeit damit, hier herumzustehen, war zu unsinnig. Es war überflüssig, sich umzudrehen und sich zu vergewissern.

Doch was hat dieser Mensch nur mit seinem unglaublichen Geschwätz über den Zeitungsartikel und das verrückte alte Weib bezweckt? dachte er plötzlich. In jedem Fall eine verdammte Anmaßung, etwas, das nur ein Engländer fertigbrachte. Der sah in allem nur einen Wettkampf – in dem es um die Revolution ging –, dem er von der Höhe seiner Überlegenheit herab zuschaute. Und was, zum Kuckuck, hatte er mit dem Satz gemeint: »Die Wahrheit ist also ungeeignet?«

Rasumow stemmte die Arme gegen die eiserne Brüstung, auf der er lehnte. »Ist die Wahrheit wirklich ungeeignet für die verrückte alte Mutter des ...?«

Der junge Mann erschauerte wieder. O nein. Die Wahrheit eignet sich vorzüglich! Ganz gewiß. Sie wird mir sogar noch Dank einbringen, dachte er zynisch. Sie werden mir vor Dankbarkeit um den Hals fallen, höhnte er. Doch diese Laune verflüchtigte sich gleich wieder. Er fühlte sich traurig, als sei sein Herz plötzlich leer. »Nun, ich muß mich vorsehen«, schloß er und erwachte wieder zu sich selbst wie aus einer Trance. »Es gibt nirgends jemanden, der so unbedeutend wäre, daß ich es mir leisten könnte, ihn außer acht zu lassen«, überlegte er müde. »Ich muß vorsichtig sein.«

Rasumow machte sich vom Geländer los, ging über die Brücke zurück und unmittelbar in sein möbliertes Zimmer, in dem er sich für einige Tage vergrub und niemanden sah. Er vernachlässigte Peter Iwanowitsch, bei dem er durch die Stuttgarter Gruppe akkreditiert war; er suchte keinen der geflohenen Revolutionäre auf, denen er nach seiner Ankunft vorgestellt worden war. Er blieb dieser Welt ganz und gar ferne. Und er spürte wohl, daß ein solches Betragen, das zu Erstaunen und Mißtrauen Anlaß gab, ihn selbst gefährdete.

Das heißt nun nicht, daß er während jener wenigen Tage das Haus überhaupt nicht verlassen habe. Ich traf ihn mehrmals auf der Straße, doch nahm er mich nicht zur Kenntnis. Eines Abends, nach einem späten Besuch bei den Damen Haldin, sah ich ihn die im Dunkel liegende Fahrbahn des Boulevard des Philosophes kreuzen. Er trug einen breitrandigen, weichen Hut und hatte den Mantelkragen hochgeschlagen. Ich sah, wie er schnurstracks auf das Haus losging, doch statt einzutreten, blieb er gegenüber den noch erleuchteten Fenstern stehen und verschwand nach einem Weilchen in einer Seitenstraße. Ich wußte, daß er Frau Haldin bislang noch nicht besucht hatte. Fräulein Haldin sagte mir, daß er zögere; auch hatte Frau Haldins Geistesverfassung sich verändert. Sie schien jetzt zu glauben, daß ihr Sohn am Leben sei und erwartete vermutlich sein Eintref-

fen. Die Reglosigkeit, mit der sie vor dem Fenster im Sessel saß, hatte, selbst wenn die Jalousien heruntergelassen waren und die Lampen brannten, etwas Erwartungsvolles.
Ich meinerseits war überzeugt, daß sie den Todesstreich empfangen hatte; Fräulein Haldin, der ich selbstverständlich nichts von meinen Befürchtungen sagte, glaubte, daß nichts Gutes dabei herauskommen könne, wenn sie Herrn Rasumow jetzt ihrer Mutter vorstellte, und ich stimmte ihr darin vorbehaltlos zu. Es war mir bekannt, daß sie sich mit dem jungen Mann in den Anlagen traf. Ein- oder zweimal sah ich sie auch langsam auf der Hauptallee promenieren. Sie trafen sich durch Wochen jeden Tag. Ich vermied es, mich sehen zu lassen, wenn Fräulein Haldin sich dort Bewegung machte. Eines Tages jedoch schritt ich in meiner Zerstreutheit durch das Tor und traf sie allein an. Ich blieb stehen, um einige Worte mit ihr zu wechseln. Herr Rasumow stellte sich nicht ein, und wir begannen von ihm zu sprechen – das war naheliegend.
»Hat er Ihnen denn Genaueres über die Tätigkeit Ihres Bruders und über dessen Ende mitgeteilt?« erlaubte ich mir zu fragen.
»Nein«, sagte Fräulein Haldin zögernd. »Nichts Bestimmtes.«
Ich begriff recht gut, daß alle ihre Unterhaltungen sich auf den Toten bezogen haben mußten, der sie zusammengebracht hatte. Das war unvermeidlich. Doch Fräulein Haldins Interesse galt dem Lebenden. Auch das war wohl unvermeidlich. Und als ich in meinen Erkundigungen fortfuhr, stellte sich heraus, daß Herr Rasumow sich ihr gegenüber als ein keinesfalls alltäglicher Revolutionär zu erkennen gegeben hatte, sondern als ein Mann, der Schlagwörter, Theorien und auch Menschen verachtete. Das freute mich eigentlich, war mir aber auch etwas rätselhaft.
»Er sieht viel weiter – sieht weit über den gegenwärtigen Kampf hinaus«, erläuterte Fräulein Haldin. »Dabei leistet er natürlich auch Parteiarbeit«, fügte sie hinzu.

»Und verstehen Sie ihn?« fragte ich sie rundheraus.

Wieder zauderte sie. »Nicht ganz«, murmelte sie.

Ich begriff, daß er sie faszinierte, weil er sich ihr undurchsichtig und reserviert zeigte.

»Wissen Sie, was ich glaube?« fuhr sie fort und gab damit ihre unzugängliche, beinahe ablehnende Haltung auf. »Ich glaube, daß er mich beobachtet, mich prüft, um herauszubekommen, ob ich seines Vertrauens würdig bin.«

»Und das gefällt Ihnen?«

Hierauf schwieg sie einen Augenblick geheimnisvoll, sagte dann aber fest und zuversichtlich:

»Ich bin überzeugt davon, daß dieser außergewöhnliche Mann einen großen Anschlag, ein bedeutendes Unternehmen plant; das beansprucht ihn bis zur Ausschließlichkeit, darunter leidet er, und er leidet darunter, allein zu sein in der Welt.«

»Und da sieht er sich nun wohl nach Gehilfen um?« bemerkte ich und sah dabei weg.

Wieder antwortete mir ihr Schweigen.

»Warum auch nicht?« fragte sie schließlich.

Der tote Bruder, die sterbende Mutter, der ausländische Freund – alle waren in den Hintergrund gerückt. Peter Iwanowitsch allerdings war überhaupt nicht mehr da. Und dieser Gedanke tröstete mich. Doch sah ich, wie der riesenhafte Schatten des russischen Lebens sich um sie verdichtete wie die zunehmende Dunkelheit der einbrechenden Nacht. Bald würde er sie verschlingen. Ich erkundigte mich nach Frau Haldin – jenem anderen Opfer dieses todbringenden Schattens.

In ihre freimütig blickenden Augen trat ein beklommener, reumütiger Ausdruck. Mutter gehe es nicht schlechter, doch könne ich mir nicht vorstellen, was für merkwürdige Einfälle sie manchmal habe! Dann warf Fräulein Haldin einen schnellen Blick auf die Uhr, erklärte, keine Sekunde mehr bleiben zu können, und eilte nach hastigem Händedruck leichtfüßig fort.

Ganz entschieden war mit Herrn Rasumows Erscheinen an diesem Tage nicht mehr zu rechnen. Unbegreifliche Jugend!
Doch eine knappe Stunde später, als ich Place Mollard überquerte, sah ich ihn einen Wagen der Süduferlinie besteigen.
»Er fährt ins Château Borel«, dachte ich.

Nachdem der Straßenbahnwagen Rasumow am Tor des Château Borel, etwa eine halbe Meile außerhalb der Stadt, abgesetzt hatte, fuhr er zwischen zwei schnurgerade verlaufenden Baumreihen weiter. Gegenüber dem Eingang zum Château trat ein kurzer, hölzerner Steg ins flache, farblose Wasser hinaus, das weiter draußen eine intensiv blaue Färbung annahm, die einen unangenehmen Kontrast zu dem Grün der gepflegten Hänge des gegenüberliegenden Ufers bildete. Das ganze Bild, in dem die Hafenmolen aus weißem Gestein die dunklen Hausfronten der Stadt links im Vordergrund herausstrichen, während sich zur Rechten die Wasserfläche erstreckte, in welche Vorgebirge von wenig einprägsamer Form hineinragten, wirkte ebenso glatt und reizlos wie ein frischer Öldruck. Rasumow kehrte ihm verächtlich den Rücken. Er fand alles abstoßend – bedrükkend abstoßend – in seiner nichtssagenden Vollkommenheit: hier war nach Jahrhunderten der Plackerei und Pflege die Perfektion der Mittelmäßigkeit erreicht. Und als er dieser den Rücken kehrte, sah er sich dem Tor zum Château Borel gegenüber.
Die Stäbe und der schmiedeeiserne Bogen zwischen den verwitterten steinernen Säulen waren arg verrostet, und wenn man auch frische Radspuren erblickte, so sah das Tor doch aus, als sei es sehr lange nicht geöffnet worden. Gleich neben dem Pförtnerhaus, das aus demselben Stein gemauert war wie die Säulen der Einfahrt (und dessen Fensterläden allesamt geschlossen waren), befand sich ein kleiner Seiteneingang. Auch an diesem schmalen Tor waren die Stäbe verrostet, es stand

halb offen und sah so aus, als sei es sehr lange nicht geschlossen worden. Tatsächlich stellte Rasumow, als er es etwas weiter aufzustoßen versuchte, fest, daß es sich nicht bewegen ließ.
»Demokratische Tugenden. Diebe sind hierorts offenbar unbekannt«, knurrte er angewidert. Ehe er das Grundstück betrat, sah er sich noch einmal mißgestimmt nach einem müßigen Proletarier um, der es sich in der Sonne auf einer Bank an der breiten, sauberen Allee bequem gemacht hatte. Der Bursche hatte die Füße hochgelegt und ließ einen seiner Arme über die niedere Lehne dieser der Öffentlichkeit zugedachten Bank baumeln; da machte er sich nun einen freien Tag und spreizte sich dort so selbstherrlich, als gehöre ringsum alles ihm.
»Wahlberechtigt, wählbar, aufgeklärt«, murmelte Rasumow vor sich hin. »Trotzdem – ein Vieh.«
Rasumow betrat das Grundstück und ging schnell die weit ausschwingende Auffahrt hinan; dabei versuchte er, an nichts zu denken, seinem Kopf und auch seinen Gefühlen Ruhe zu gönnen.
Doch als er vor der Terrasse angelangt war, zögerte er, weiterzuschreiten, aufgehalten von einem unsichtbaren Hindernis. Ein unerklärliches Herzklopfen erschreckte ihn. Er blieb stehen und betrachtete die Ziegelmauer der Terrasse, in der sich flache Nischen abzeichneten, die nur unzulänglich von spärlich wachsenden Ranken und einer am Fuße der Mauer verlaufenden, ungepflegten schmalen Blumenrabatte verdeckt wurden.
»Hier war es!« dachte er beinahe ehrfürchtig. »Hier war es, genau an dieser Stelle, hier...«
Allein schon der Gedanke an sein erstes Zusammentreffen mit Natalie Haldin machte ihm Lust zu fliehen. Er gestand sich das ein. Doch rührte er sich nicht von der Stelle, und das nicht etwa, weil er einer unwürdigen Schwäche zu widerstehen wünschte, sondern weil er nicht wußte, wohin sich flüchten. Überdies durfte er Genf auch nicht verlassen. Das begriff er,

ohne viel darüber nachdenken zu müssen. Das wäre ein fatales Eingeständnis gewesen, moralischer Selbstmord. Auch körperlich hätte er sich dadurch großer Gefahr ausgesetzt. Langsam erstieg er die Stufen zur Terrasse, vorbei an zwei bemoosten steinernen Urnen, die an Begräbnisse denken ließen.

Auf der breiten Terrasse angelangt, zwischen deren verfärbtem Kiesbelag hier und dort Grasbüschel sproßten, sah er, daß die Haustür weit geöffnet, jedes der Fenster im Erdgeschoß jedoch mit Läden geschlossen war. Er glaubte, daß man seine Annäherung beobachtet habe, denn Peter Iwanowitsch, der ohne seinen Zylinder in der Tür stand, schien ihn bereits zu erwarten.

Der förmliche Gehrock und die Barhäuptigkeit von Europas größtem Feministen betonten noch das Zweideutige seiner Stellung in diesem Hause, das Madame de S., seine Egeria, gepachtet hatte. In seinem Äußeren vereinigte sich die Förmlichkeit des Besuchers mit der Formlosigkeit des Besitzers. Blühend, bärtig und maskiert mit der dunklen Brille, so trat er seinem Besucher entgegen und nahm sogleich vertraulich dessen Arm. Rasumow unterdrückte jedes Zeichen von Abscheu mit einer Anstrengung, die durch die stets notwendige Vorsicht schon mechanisch geworden war. Und diese Notwendigkeit hatte auch seinem Gesicht einen unwandelbar strengen, fast fanatisch über den Alltag erhabenen Ausdruck verliehen. Der ›heldische Flüchtling‹, den die strenge Distanz, die der Neuankömmling aus dem revolutionären Rußland wahrte, von neuem beeindruckte, bediente sich eines versöhnlichen, ja, sogar eines vertraulichen Tones. Madame de S. ruhe nach einer miserabel verbrachten Nacht aus. Sie schlafe oft schlecht. Er habe seinen Hut oben gelassen und sei herabgeeilt, um seinem jungen Freund einen Spaziergang und ein gutes, offenherziges Gespräch in einer der schattigen Alleen auf der Rückseite des Hauses vorzuschlagen. Nachdem er diesen Vorschlag getan hatte, blickte der große Mann in das unbewegte Gesicht neben ihm und konnte sich eines Ausrufes nicht enthalten: »Beim Zeus, junger Mann, Sie sind ein außergewöhnlicher Mensch!«

»Ich glaube, Sie irren da, Peter Iwanowitsch. Wäre ich wirklich ein außergewöhnlicher Mensch, ich ginge nicht hier mit Ihnen spazieren, in einem Garten in der Schweiz, im Kanton Genf, Gemeinde... wie heißt die Gemeinde, zu der der Besitz hier gehört?... Nun einerlei – auf alle Fälle also im Herzen der Demokratie. Es ist auch ein passendes Herz, nicht größer als eine getrocknete Erbse und von ebensolchem Wert. Ich bin nicht ungewöhnlicher als alle anderen Russen, die sich im Ausland herumtreiben.«

Doch Peter Iwanowitsch widersprach sehr entschieden.

»Nein! Nein! Nein! Sie sind ganz und gar nicht gewöhnlich. Ich habe Erfahrungen mit Russen, die... nun, im Ausland leben. Sie hingegen erscheinen mir und auch anderen als eine bedeutende Persönlichkeit.«

»Was meint er nur damit?« fragte sich Rasumow und sah dabei seinen Gefährten forschend an. Peter Iwanowitschs Gesicht drückte nachdenklichen Ernst aus.

»Sie können sich ja denken, Kyrill Sidorowitsch, daß ich dort, wo Sie auf Ihrer Herfahrt vorgesprochen haben, Erkundigungen eingezogen habe. Ich habe Briefe erhalten.«

»Oh, wir verstehen es ausgezeichnet, übereinander zu klatschen«, warf Rasumow hin, der sehr aufmerksam zugehört hatte. »Klatsch, Verdächtigungen, Tratsch – darauf verstehen wir uns ganz hervorragend. Sogar auf Verleumdungen.«

Hinter diesem Ausfall gelang es Rasumow sehr gut, die Beklommenheit zu verbergen, die ihn beschlichen hatte. Gleichzeitig hielt er sich vor, daß es nicht den geringsten Grund gebe, ängstlich zu sein. Die offenkundige Aufrichtigkeit des nun folgenden Widerspruches erleichterte ihn.

»Ja, was denn!« rief Peter Iwanowitsch. »Wovon reden Sie eigentlich? Was könnten Sie für Grund haben...«

Der große Verbannte warf die Arme in die Höhe, als fehlten ihm wahr und wahrhaftig die Worte. Rasumow war befriedigt. Doch fühlte er sich gedrängt, im gleichen Ton fortzufahren.
»Ich rede jetzt von giftigen Pflanzen, die in der Welt der Verschwörer aufschießen wie Giftpilze in einem dunklen Keller.«
»Sie werfen da mit Verdammungsurteilen herum«, wehrte Peter Iwanowitsch ab, »die, soweit Sie selber betroffen sind...«
»Nein!« unterbrach ihn Rasumow gleichmütig. »Das ist durchaus nicht meine Absicht gewesen, aber es ist besser, sich keinerlei Illusionen zu machen.«
Peter Iwanowitsch ließ ihm einen undurchdringlichen Blick seiner dunklen Brille zukommen und lächelte dabei ein wenig. »Wer behauptet, keine Illusionen zu haben, hat mindestens diese eine«, sagte er sehr freundlich. »Doch ich begreife, Kyrill Sidorowitsch, Sie streben nach Stoizismus.«
»Stoizismus? Das ist eine Pose, die bei Griechen und Römern beliebt war. Überlassen wir sie denen. Wir sind Russen, also – Kinder; also – aufrichtig; also – zynisch, wenn Sie wollen. Das jedoch ist keine Pose.«
Es entstand ein längeres Schweigen. Man schlenderte geruhsam unter den Linden dahin. Peter Iwanowitsch hatte die Hände auf dem Rücken zusammengelegt. Rasumow empfand den ungekiesten Boden des tief im Schatten liegenden Weges als feucht und glitschig. Er fragte sich beunruhigt, ob er auch das Richtige sage. Er überlegte, daß eigentlich er selbst die Richtung des Gespräches bestimmen müsse. Der große Mann schien seinerseits ebenfalls in Gedanken versunken. Dann räusperte er sich leicht, und Rasumow fühlte, wie Verachtung und Furcht ihn neuerlich zu quälen begannen.
»Ich staune denn doch«, begann Peter Iwanowitsch sanft. »Nehmen wir einmal an, daß Ihre Beschuldigungen im allgemeinen gerechtfertigt sind – wie können Sie aber in Ihrem Fall von Klatsch und Verleumdung reden? Das ist einfach un-

vernünftig. Tatsache ist nämlich, Kyrill Sidorowitsch, Tatsache ist, daß man nicht genug von Ihnen weiß, um Klatsch, geschweige denn Verleumdungen über sie zu verbreiten. Eben jetzt sind Sie ein Mann, der mit einer großen Tat identifiziert wird, einer Tat, die seit langem ersehnt und mehrmals erfolglos versucht worden ist. Bei dem Versuch, das zu tun, was Sie und Haldin vollbracht haben, haben andere vor Ihnen ihr Leben verloren. Nun kommen Sie, mit diesem Prestige versehen, aus Rußland zu uns. Sie können aber nicht bestreiten, Kyrill Sidorowitsch, daß Sie sich nicht gerade mitteilsam gezeigt haben. Leute, die Sie kennengelernt haben, haben mir ihren Eindruck geschildert. Der eine schreibt dies, der andere das, aber natürlich bilde ich mir meine Meinung selber. Ich habe damit gewartet, bis ich Sie zu Gesicht bekommen habe. Sie sind ein nicht gewöhnlicher Mensch. Das ist gewiß. Sie sind verschwiegen, sehr verschwiegen. Diese Einsilbigkeit, die strenge Stirne, das irgendwie Unbeugsame und Geheimnisvolle an Ihnen gibt Anlaß zu Hoffnung, und auch ein wenig zu der Frage, was Sie denn eigentlich bezwecken? Es ist etwas vom Brutus ...«

»Bitte ersparen Sie mir die klassischen Anspielungen!« stieß Rasumow nervös hervor. »Was hat Junius Brutus hier zu suchen? Das ist lachhaft! Wollen Sie etwa sagen«, fuhr er höhnisch, aber mit leiserer Stimme fort, »daß die russischen Revolutionäre sämtlich Patrizier sind, ich aber ein Aristokrat bin?«

Peter Iwanowitsch, der zu einigen Gesten Zuflucht genommen hatte, legte nun wieder die Hände auf dem Rücken zusammen und machte nachdenklich einige Schritte.

»Nicht *sämtlich* Patrizier«, murmelte er endlich. »Sie aber, Sie sind auf alle Fälle einer der Unseren.«

Rasumow lächelte bitter.

»Nun ja, ich heiße nicht Guggenheimer«, versetzte er hämisch. »Ich bin kein demokratischer Jude. Wie sollte ich auch! Solches Glück hat nicht jeder. Ich habe keinen Namen, kein ...«

Die europäische Berühmtheit zeigte sich aufs höchste betroffen. Peter Iwanowitsch trat einen Schritt zurück, und seine Arme schnellten vor, abwehrend, beschwichtigend, fast flehend. Sein tiefer Baß bebte vor aufrichtigem Schmerz.

»Aber mein teuerer junger Freund!« rief er. »Mein teuerer Kyrill Sidorowitsch...«

Rasumow schüttelte den Kopf.

»Nicht einmal auf den Vatersnamen, mit dem Sie mich so gütig anreden, habe ich einen Rechtsanspruch. Doch was macht das schon! Ich lege keinen Wert darauf. Ich habe keinen Vater. Um so besser. Doch lassen Sie mich Ihnen eines sagen: Der Großvater meiner Mutter war ein Bauer – ein Leibeigener. Da sehen Sie, wie sehr ich einer der Ihren bin. Ich will nicht, daß jemand Ansprüche auf mich macht. Doch Rußland kann mich nicht verleugnen, das kann es einfach nicht!«

Rasumow schlug sich mit der Faust an die Brust.

»Ich bin Rußland!«

Peter Iwanowitsch setzte seinen Weg langsam und gesenkten Hauptes fort. Rasumow folgte ihm, wütend über sich selber. Das war jedenfalls nicht die richtige Art zu reden. Alle Aufrichtigkeit war Leichtsinn. Und doch kann man, so dachte er verzweifelt, der Wahrheit nicht ganz und gar abschwören! Der hinter seiner Brille grübelnde Peter Iwanowitsch war ihm plötzlich so widerwärtig, daß er glaubte, ihn nicht nur ohne alle Gewissensbisse, sondern geradezu mit äußerster Befriedigung erstechen zu können, hätte er nur ein Messer bei sich gehabt. Er verweilte gegen seinen Willen bei diesem grauenhaften Gedanken. Er wurde förmlich benommen. »Man erwartet von mir etwas anderes, etwas anderes«, wiederholte er sich im stillen. »Man erwartet etwas anderes. Ich könnte mich davonmachen, ich brauchte nur den Riegel an dem Türchen dort in der Mauer aufzubrechen. Das Schloß ist schwach. Es weiß ja niemand im Haus, daß er mit mir zusammen hier spazierengeht. Richtig! Der Hut! Die Frauen würden bald genug den Hut finden, den er oben im Treppenhaus gelassen hat. Dann würden sie seine Leiche hier im feuchten, tiefen Schatten entdecken – ich jedoch wäre dann schon weit weg, und niemand würde je... Herr im Himmel! Werde ich etwa verrückt?« fragte er sich entsetzt.

Jetzt ließ sich der große Mann vernehmen – sozusagen laut denkend:

»Hm, ja... das – kein Zweifel – in gewisser Weise...« Und dann lauter: »Sie haben da so einen Stolz...«

Peter Iwanowitschs Ton wurde nun anheimelnd, vertraulich und erkannte in gewisser Weise Rasumows Behauptung an, von Bauern abzustammen.

»Und zwar einen ganz beträchtlichen Stolz, Bruder Kyrill. Und ich will gar nicht sagen, daß Sie etwa keine Ursache hätten, stolz zu sein. Ich habe das bereits zugestanden. Ich habe mir einzig deshalb gestattet, auf Ihre Abstammung hinzuweisen, weil ich darauf keine geringe Bedeutung lege. Sie sind einer von uns – *un des nôtres*. Das gereicht mir sehr zur Genugtuung.«

»Auch ich lege dem einigen Wert bei«, sagte Rasumow gedämpft. »Ich will auch nicht bestreiten, daß es Ihnen wichtig erscheinen muß«, fuhr er nach kurzem Verstummen und mit einer Spur von Bitterkeit im Ton fort, die ihm selbst bemerklich wurde und ihn ärgerte. Er hoffte, daß sie Peter Iwanowitsch entgangen sei. »Aber wie wäre es, wenn wir das nun nicht mehr erörterten?«

»Nun, das wollen wir später auch nicht mehr, nur dieses eine Mal, Kyrill Sidorowitsch«, beharrte der noble Erzpriester der Revolution. »Dies soll das letzte Mal sein. Sie können doch wohl keinen Augenblick annehmen, daß ich die Absicht hatte, Ihre Gefühle zu verletzen. Sie sind ganz eindeutig ein überlegener Mensch, jedenfalls halte ich Sie dafür. Durchaus über die gewöhnlichen – nun – Anfechtungen erhaben. Tatsache ist jedoch, Kyrill Sidorowitsch, daß ich Ihre schwachen Stellen nicht kenne. Außerhalb Rußlands weiß kein Mensch etwas über Sie – bis jetzt.«

»Sie haben mich also beobachten lassen?« fragte Rasumow.

»Ja.«

Der große Mann hatte völlig freimütig geantwortet, doch als die beiden sich nun umwandten, um einander anzusehen, fühlte Rasumow sich durch die dunkle Brille genarrt. Hinter ihrem Schutz deutete Peter Iwanowitsch nun an, daß er seit längerer Zeit das Bedürfnis verspüre, zwecks Ausführung eines bestimmten Planes mit einem Mann von Charakter und Energie zusammenzukommen. Er drückte sich indessen nicht genauer aus; und nachdem er mehrere abfällige Bemerkungen über Mitglieder des revolutionären Aktionskomitees in Stuttgart gemacht hatte, ließ er die Unterhaltung für eine Weile einschlafen. Sie durchschritten die Allee von einem Ende zum anderen. Rasumow, der gleichfalls schwieg, hob gelegentlich den Blick und ließ ihn auf der Rückseite des Hauses ruhen. Es gab durch nichts zu erkennen, daß es bewohnt wurde. Mit den dunklen, verwitterten Mauern und den verrammelten Fenstern wirkte es feucht, düster und verlassen. Es hätte darin sehr wohl im traditionellen Stil ein Mittelstandsgespenst umgehen können. Die Schemen jedoch, die Madame de S., wie das Gerücht besagte, beschwor, Staatsmännern, Diplomaten und Abgeordneten mehrerer europäischer Parlamente zu erscheinen, müssen anderer Art gewesen sein. Rasumow hatte Madame de S. bisher außer in ihrer Kutsche noch nie gesehen.

Peter Iwanowitsch erwachte aus seiner Versunkenheit.

»Zwei Dinge darf ich Ihnen jetzt gleich eröffnen. Ich glaube, daß erstens weder ein Führer noch ein entscheidender Anstoß aus der Hefe des Volkes kommen kann. Sollten Sie mich nun fragen, was ich unter der Hefe des Volkes verstehe, so würde ich zuviel Zeit für eine Erklärung brauchen. Sie wären erstaunt zu hören, wie zahlreich und verschieden die Bestandteile sind, aus denen sich die Hefe in meinen Augen zusammensetzt – diese Hefe, die unter allen Umständen unten gehalten werden muß. Überdies könnte eine derartige Erklärung aus meinem Munde Anlaß zu Erörterungen geben... Ich kann Ihnen aber sagen, wen ich nicht für Hefe halte! Darin sind wir uns ganz gewiß einig. Der bäuerliche Teil eines Volkes gehört nicht zur Hefe. Und ebensowenig ist der edelste Teil des Volkes der Adel. Denken Sie einmal darüber nach, Kyrill Sidorowitsch. Ich glaube, Sie haben Anlage zum Nachdenken. Alles, was an einem Volke nicht echt ist, was es nicht entweder ererbt oder selbst hervorgebracht hat, das ist – nun – Dreck! Dazu gehört auch Gewitztheit am falschen Ort. Dazu gehören aus dem Ausland eingeschleppte Ideologien! Dreck! Abschaum! Das andere, worüber ich Sie nachzudenken bitte, ist dies: für uns gähnt im Augenblick ein Abgrund zwischen Vergangenheit und Zukunft. Vom Ausland eingeschleppter Liberalismus vermag diesen Abgrund nicht zu überbrücken. Wer das versucht, betrügt, – oder er ist ein Narr. Überbrückt kann der Abgrund niemals werden. Man muß ihn auffüllen.«

Etwas wie unheimliche Lustigkeit hatte sich in den Ton des untersetzten Feministen eingeschlichen. Er packte Rasumows Arm oberhalb des Ellenbogens und schüttelte ihn ein wenig.

»Verstehen Sie das, Sie undurchdringlicher Mensch? Aufgefüllt muß er werden!«

Rasumow verzog keine Miene.

»Finden Sie nicht, daß ich schon weiter gegangen bin als über diesen Gegenstand nachzudenken?« fragte er und machte sich mit einer ruhigen Bewegung los, die den Abstand zwischen ihm und Peter Iwanowitsch ein wenig vergrößerte, als sie jetzt weitergingen. Und er fügte hinzu, daß der Abgrund auch durch ganze Wagenladungen von Wörtern und Theorien nicht gefüllt werden könne. Da bedürfe es keiner Grübelei. Einzig das Opfer vieler Leben – er verstummte, ohne den Satz zu beenden.

Peter Iwanowitsch nickte langsam mit dem dicken, stark behaarten Kopf. Gleich darauf schlug er vor, man wolle doch hineingehen, um zu sehen, ob Madame de S. nun empfangen könne.

»Wir werden Tee bekommen«, sagte er und verließ die schattige Allee mit rascherem Schritt.

Die Gesellschaftsdame hatte bereits nach ihnen Ausschau gehalten. Als die beiden Männer um die Hausecke in Sicht kamen, verschwand ihr schwarzer Rock durch die Tür. Sie mußte sich irgendwohin zurückgezogen haben, denn als die beiden die Halle betraten, war sie nicht zu sehen. Grelles Licht fiel durch ein verstaubtes Dachfenster auf den schwarzweißen Mosaikboden mit seinen Schmutzspuren, auf dem ihre Schritte matt widerhallten. Der große Feminist ging als erster die Treppe hinauf. Auf der Balustrade im ersten Stock ruhte ein glänzender Zylinderhut, Krempe nach oben, gegenüber der Flügeltür zum Salon, in dem, wie es hieß, beschworene Geister spukten und der, wie anzunehmen war, von geflüchteten Revolutionären frequentiert wurde. Der gesprungene weiße Lack des Holzwerkes und das blinde Blattgold auf den Zierleisten ließen nichts als Staub und Leere im Inneren des Salons erwarten. Ehe er die massive Messingklinke herunterdrückte, bedachte Peter Iwanowitsch seinen jugendlichen Begleiter mit einem scharfen, halb kritischen, halb vorbereitenden Blick.

»Niemand ist vollkommen«, murmelte er leise. So mag der Besitzer eines seltenen Juwels, ehe er das Etui öffnet, dem Laien in Erinnerung rufen, daß kein Edelstein ohne Fehler ist.

Er blieb so lange mit der Hand auf der Klinke stehen, bis Rasumow ein verstimmtes »Nein« vernehmen ließ.

»Vollkommenheit«, fuhr Peter Iwanowitsch nun fort, »würde

in einer nicht auf sie eingerichteten Welt auch gar nicht vollkommen wirken. Doch werden Sie jetzt einen Geist finden – nein – die Quintessenz weiblicher Intuition, die Ihnen kraft unwiderstehlicher, lichtvoller Sympathie aus jeder Verstrickung helfen kann, die Sie vielleicht bedrängt. Nichts bleibt diesem – diesem – begnadeten, ja, begnadeten Scharfblick, dieser wahren Leuchte der Weiblichkeit verborgen.«

Der Blick der dunklen Brille mit seiner glatten Standhaftigkeit verlieh seinem Gesicht einen Ausdruck unerschütterlicher Überzeugtheit. Rasumow schreckte vor der geschlossenen Tür zurück.

»Scharfblick? Leuchte?« stammelte er. »Meinen Sie damit so etwas wie Gedankenlesen?«

Peter Iwanowitsch schien schockiert.

»Ich meine damit etwas ganz und gar anderes«, versetzte er mitleidig lächelnd.

Rasumow fühlte sich ganz wider Willen wütend werden.

»Das klingt ja höchst mysteriös«, murmelte er durch die Zähne.

»Sie haben doch nichts dagegen, verstanden und geleitet zu werden?« erkundigte sich der große Feminist.

Rasumows Zorn machte sich in einem scharfen Flüstern Luft: »In welchem Sinne, bitte? Nehmen Sie gefälligst zur Kenntnis, daß ich ein ernsthafter Mensch bin. Wofür halten Sie mich überhaupt?«

Sie sahen einander forschend an. Rasumows Zorn kühlte sich unter dem undurchdringlichen Ernst der dunklen Gläser ab, auf die sein Blick stieß. Peter Iwanowitsch drückte endlich die Klinke.

»Sie werden das gleich wissen«, sagte er und stieß die Tür auf. Eine dumpfe, schnarrende Stimme ließ sich im Salon vernehmen:

»Enfin. Vous voilà.«

Von der Tür her dröhnte Peter Iwanowitsch, dessen schwarz berockte Masse die Durchsicht versperrte, herzhaft und ein wenig prahlend:

»Jawohl. Hier bin ich.«

Er blickte über die Schulter zu Rasumow hin, der darauf wartete, daß Peter Iwanowitsch weitergehe.

»Und ich bringe Ihnen einen erprobten Verschwörer – diesmal einen echten. *Un vrai celui-là.*«

Der Aufenthalt in der geöffneten Tür verschaffte dem ›erprobten Verschwörer‹ Zeit genug, dafür zu sorgen, daß sein Gesicht nichts von seiner wütenden Neugier und seinem heimlichen Ekel verriet.

Zu diesen Empfindungen bekennt Herr Rasumow sich nämlich in seiner auf das erste Zusammentreffen mit Madame de S. Bezug nehmenden Tagebucheintragung. Eben die Worte, die ich in meinem Bericht verwende, stehen dort geschrieben, an einem Ort also, der keinen Zweifel an ihrer Aufrichtigkeit erlaubt. Seine Niederschrift, die für niemandes Auge als das seine bestimmt war, geht, wie ich glaube, nicht auf jenen merkwürdigen Drang nach Selbstentblößung zurück, den man oft bei Menschen findet, die eine verschwiegene Existenz führen, und der stets für das Vorhandensein ›kompromittierender Dokumente‹ in allen Verschwörungen und Gegenverschwörungen der Geschichte verantwortlich ist. Ich nehme an, daß Herr Rasumow seine Niederschrift betrachtete, wie ein anderer sein Gesicht im Spiegel betrachtet – verwundert, vielleicht gequält, zornig und verzweifelt, ja so, wie ein gefährdeter Mensch angstvoll sein eigenes Gesicht im Glas mustert und sich dabei beruhigende Ausreden erdenkt, die ihn über sein Aussehen täuschen sollen, das von einer heimtückischen Erbkrankheit gezeichnet ist.

II

Die Egeria des ›russischen Mazzini‹ machte mit der leichenhaften Unbeweglichkeit ihres offensichtlich geschminkten Gesichtes auf den ersten Blick einen starken Eindruck. Die Augen wirkten ungewöhnlich glitzernd. Die Gestalt in einem engen, hervorragend gut geschneiderten, aber durchaus nicht sauberen Kleid war von steifer Eleganz. Die schnarrende Stimme, die ihn Platz zu nehmen bat, die starr aufgerichtete Haltung (wobei ein Arm auf der Sofalehne ausgestreckt lag), die blinkende Weiße des Augapfels, die den schwarzen, bodenlosen Blick der erweiterten Pupillen noch stark betonte, beeindruckten Rasumow mehr als alles, was er seit seiner verstohlenen, hastigen Abfahrt aus St. Petersburg gesehen hatte. Eine Hexe in einer Toilette aus Paris, dachte er. Ein böses Vorzeichen! Er verhielt tatsächlich den Schritt und verstand zunächst gar nicht, was die schnarrende Stimme sagte.

»Setzen Sie sich. Ziehen Sie Ihren Sessel näher heran. So ...«

Er nahm Platz. Aus der Nähe besehen, setzten die geschminkten Wangen, die Runzeln und Fältchen zu beiden Seiten der hochroten Lippen ihn in Erstaunen. Er wurde liebenswürdig und mit einem Lächeln aufgenommen, das ihn an einen grinsenden Totenschädel denken ließ.

»Wir haben schon seit einiger Zeit von Ihnen gehört.«

Er wußte darauf keine Antwort und murmelte unzusammenhängende Wörter. Der Eindruck, es mit einem grinsenden Totenschädel zu tun zu haben, verlor sich.

»Und wissen Sie auch, daß man allgemein klagt, daß Sie sich überall äußerst reserviert verhalten haben?«

Rasumow blieb ein Weilchen stumm, während er sich eine Antwort ausdachte.
»Sie müssen bedenken, daß ich ein Mann der Tat bin«, sagte er heiser und blickte auf.
Peter Iwanowitsch stand in unheilverkündendem, erwartungsvollem Schweigen neben seinem Sessel. Leichte Übelkeit befiel Rasumow. Welcher Art mochte die Beziehung zwischen diesen beiden sein? Sie ähnelte dem zum Leben erweckten Leichnam aus einer von Hoffmanns Erzählungen – er galt der Welt als der Verkünder der feministischen Heilslehre und war nebenbei ein Superrevolutionär! Die greise, bemalte Mumie mit den unergründlichen Augen, und der massige, stiernackige, beflissene... Was bedeutete das? Hexenkunst, Zauberei... »Er hat es auf ihr Geld abgesehen«, dachte er. »Sie besitzt Millionen!« Wände und Fußboden des Salons waren kahl wie die einer Scheune. Die wenigen vorhandenen Möbelstücke hatte man auf dem Dachboden entdeckt und sie in Gebrauch genommen, ohne sie auch nur sorgfältig abzustauben. Es war der Ausschuß, den die Witwe des Bankiers zurückgelassen hatte. Die vorhanglosen Fenster sahen ärmlich und schlaflos aus. Vor zweien war die verschmutzte, gelblichweiße Jalousie herabgelassen. Dies alles sprach nicht so sehr von Armut als vielmehr von filzigem Geiz.
Vom Sofa her klang es heiser und wütend:
»Sehen Sie sich nur um, Kyrill Sidorowitsch. Man hat mich ausgeplündert, gänzlich ruiniert.«
Ein rasselndes Lachen, das sie nicht beherrschen zu können schien, unterbrach sie für einen Augenblick.
»Eine Sklavennatur würde sich damit trösten, daß der Räuberhauptmann eine erhabene, fast geheiligte Persönlichkeit war – ein Großfürst nämlich. Begreifen Sie, Herr Rasumow? Ein Großfürst! – Nein! Sie können sich nicht denken, was das für Diebe sind, diese Herrschaften. Nichts weiter als Diebe!« Ihr

Busen wogte, doch der linke Arm blieb ruhig auf der Lehne des Sofas ausgestreckt.

»Sie werden sich nur aufregen«, hauchte eine tiefe Stimme, die zu Rasumows Überraschung mehr unter Peter Iwanowitschs starr blinkender Brille als von den Lippen zu kommen schien, die sich kaum bewegt hatten.

»Nun, was weiter? Diebe sage ich! *Voleurs! Voleurs!*«

Rasumow war völlig verblüfft von diesem unerwarteten Geschrei, das krächzende Klagelaute und mehr als nur eine Spur von Hysterie enthielt.

»*Voleurs! Voleurs! Vol...*«

»Keine Macht der Welt kann Ihr Genie seiner Kraft berauben!« brüllte Peter Iwanowitsch mit übermächtiger Baßstimme, doch ohne sich im mindesten zu rühren, ohne auch nur eine Geste zu vollführen. Tiefe Stille senkte sich auf den Salon.

Rasumow blieb äußerlich unbewegt. Innerlich fragte er sich: »Was mag diese Vorstellung nur zu bedeuten haben?« Nun aber hörte er irgendwo hinter sich und außerhalb des Salons eine Tür knallen, dann trat in schwarzem Rock und fadenscheiniger Bluse die Gesellschaftsdame herein, hastig, auf den Absätzen gehend, in den Händen einen riesigen russischen Samowar, der für sie ganz offensichtlich zu schwer war. Rasumow setzte instinktiv zur Hilfeleistung an, was sie aber so erschreckte, daß sie um ein Haar ihre zischende Last hätte fallen lassen. Es gelang ihr jedoch, sie gerade noch auf dem Tisch abzustellen, und dabei sah sie so verängstigt aus, daß Rasumow sich beeilte, wieder Platz zu nehmen. Aus dem Nebenraum brachte sie sodann auf einem schwarzen Tablett vier Teegläser, eine Teekanne und eine Zuckerdose.

Plötzlich fragte die schnarrende Stimme vom Sofa her:

»*Les gâteaux?* Haben Sie daran gedacht, mir Gebäck mitzubringen?«

Peter Iwanowitsch marschierte wortlos hinaus auf den Flur und kehrte unverzüglich mit einem in weißes Glanzpapier eingeschlagenen Päckchen zurück, das er aus seinem Hut hervorgeholt haben mußte. Mit nicht zu erschütternder Würde löste er den Bindfaden, öffnete die Verpackung und glättete das Papier auf einem Teil der Tischplatte in Reichweite von Madame de S. Die Gesellschaftsdame schenkte Tee ein und zog sich dann soweit zurück, daß sie nicht mehr zu sehen war. Ab und an streckte Madame de S. eine krallengleiche Hand, an der kostbare Ringe glitzerten, nach dem Papier mit dem Gebäck aus, packte ein Stück, verschlang es und ließ dabei große künstliche Zähne sehen wie ein leichenfressender Dämon... Unterdessen redete sie mit heiserer Stimme über die politische Lage auf dem Balkan. Sie setzte große Hoffnungen darauf, daß eine Verwicklung auf jener Halbinsel in Rußland eine Welle der nationalen Empörung gegen ›diese Diebe – Diebe – Diebe‹ auslösen werde. »Sie werden sich nur aufregen«, fiel Peter Iwanowitsch ein und hob den gläsernen Blick. Im übrigen konsumierte er schweigend unaufhörlich Tee und Zigaretten. Hatte er sein Glas leergetrunken, so hob er eine Hand in Schulterhöhe.

Auf dieses Zeichen hin schoß die Gesellschaftsdame, die mit weit aufgerissenen Augen wie ein wachsames Tier in ihrem Eckchen verborgen gesessen hatte, auf den Tisch los und goß ihm von neuem das Glas voll.

Rasumow betrachtete sie ein- oder zweimal. Sie war verängstigt, sie zitterte, obgleich weder Madame de S. noch Peter Iwanowitsch ihr auch nur die geringste Beachtung schenkten. »Was mögen diese beiden dem armen Geschöpf nur angetan haben?« fragte sich Rasumow. »Haben sie sie mit ihren Gespenstern bis zum Wahnsinn geängstigt, oder haben sie sie einfach geprügelt?« Als sie ihm sein zweites Glas reichte, fiel ihm auf, daß ihre Lippen geradeso bebten wie die eines verschreckten Menschen, der im Begriff ist, sich endlich durch Worte Luft zu schaffen. Doch sagte sie selbstverständlich nichts,

sondern verzog sich in ihre Ecke und schien dort das Lächeln, mit dem er ihr gedankt hatte, an ihre Brust zu drücken.
»Vielleicht lohnt es, sich etwas um sie zu kümmern«, ging es Rasumow plötzlich durch den Kopf.
Er gewann langsam die Fassung zurück, begann sich zurechtzufinden in jener Wirklichkeit, in die er geschleudert worden war – wohl zum erstenmal, seit Victor Haldin sein Zimmer betreten... und es wieder verlassen hatte. Er fühlte deutlich, daß er das Objekt der grauenhaften Huld der berühmten oder auch berüchtigten Madame de S. war.
Madame de S. hatte mit Vergnügen bemerkt, daß dieser junge Mann anders war als die üblichen Typen, diese Komiteemitglieder, geheimen Sendboten, ordinären, unmanierlichen landflüchtigen Professoren, ungehobelten Studenten, Ex-Schuster mit Gesichtern wie Apostel, schwindsüchtigen, zerlumpten Schwärmer, jungen Juden und gewöhnlichen Personen aller Art, die sich hier einstellten und Peter Iwanowitsch umlagerten – allesamt Fanatiker, Schulfüchse und Proleten. Es war ein Vergnügen, mit diesem ganz auffallend gutaussehenden jungen Mann zu plaudern – Madame de S. war nämlich nicht immer entrückt. Rasumows Einsilbigkeit regte sie nur zu noch rascheren, noch wortreicheren Ergüssen an. Es ging dabei immer noch um den Balkan. Sie kannte alle Staatsmänner dieser Weltgegend, seien sie nun Türken, Bulgaren, Montenegriner, Rumänen, Griechen, Armenier oder sonstwas, sie kannte die Alten und die Jungen, die Lebenden und die Verstorbenen. Mit ein wenig Geld könnte man Ränke anzetteln, die die Halbinsel in Brand setzen und die Gefühle des russischen Volkes zum Siedepunkt bringen müßten. Man würde ein Geheul um den verratenen Bruder anstimmen, und während sich die Nation vor Entrüstung nicht mehr zu lassen wisse, könnten ein oder zwei Regimenter in Petersburg die Militärrevolte beginnen und endgültig abrechnen mit diesen Dieben...

»Offenbar brauche ich nur still dazusitzen und zuzuhören«, überlegte der stumme Rasumow. »Was nun dieses verstrubbelte, unflätige Vieh angeht« (in solchen Ausdrücken gedachte Herr Rasumow des allgemein geachteten Verkünders der Lehre von einem Gesellschaftswesen auf feministischer Grundlage), »was den angeht, so soll er mir eines Tages schon Rede stehen, mag er auch noch so gewitzt sein.«

Rasumow hörte vorübergehend zu denken auf. Dann jedoch stellte sich eine düstere Überlegung von bitterer Ironie ein. »Ich habe die Gabe, Vertrauen zu erwecken.« Er hörte sich laut lachen. Das wirkte nun wie ein Sporenhieb auf die geschminkte, glitzeräugige Hexe im Sofa.

»Sie haben gut lachen!« kreischte sie heiser. »Was bleibt einem denn übrig! Diese Betrüger! Und was für niedrige Betrüger! Schäbige Deutsche – Holstein-Gottorps. Allerdings kann man mit Gewißheit gar nicht sagen, wer und was sie sind – schließlich hat die Familie ein Geschöpf wie Katharina die Große unter ihren Vorfahren gehabt.«

»Sie regen sich nur auf«, sagte Peter Iwanowitsch geduldig, aber streng. Diese Ermahnung hatte die übliche Wirkung auf die Egeria.

Sie senkte die schweren, verfärbten Lider und änderte ihre Stellung auf dem Sofa. Jetzt, da ihre Augen geschlossen waren, wirkten alle ihre ruckhaften, leblosen Bewegungen wie die eines Automaten. Gleich darauf schlug sie die Augen wieder sehr weit auf. Peter Iwanowitsch trank unablässig und ohne Hast seinen Tee.

»Nun, ich muß schon sagen!« wandte sie sich unmittelbar an Rasumow. »Die Leute, die Sie auf dem Herweg kennengelernt haben, hatten doch recht. Sie sind sehr reserviert. Seitdem Sie hereingekommen sind, haben Sie noch keine zwanzig Worte gesprochen. Und Sie lassen sich auch nichts von Ihren Gedanken anmerken.«

»Ich habe zugehört, Madame«, sagte Rasumow und bediente sich zum erstenmal des Französischen, allerdings nur zögernd, da er sich seiner Aussprache nicht ganz sicher war. Doch schien das einen ganz ausgezeichneten Eindruck zu machen. Madame de S. sah bedeutungsvoll in Peter Iwanowitschs Brillengläser, wie um kundzutun, daß sie diesen jungen Mann für sehr verdienstvoll halte. Sie nickte sogar ein wenig in seine Richtung, und Rasumow hörte ihr geflüstertes ›Später ins Diplomatische Corps‹, was er notgedrungen auf den günstigen Eindruck zurückführte, den er gemacht hatte. Der unübertreffliche Widersinn dieser Bemerkung versetzte Rasumow in einen Aufruhr, weil sie sich durch die Vorspiegelung einer Karriere über seine zerstörten Aussichten lustig zu machen schien. Peter Iwanowitsch trank so ungerührt, als sei er taub, noch etwas mehr Tee. Rasumow merkte, daß er etwas sagen müsse.
»Ganz recht«, begann er festen Tones, als äußere er eine wohlerwogene Meinung, »das ist unbezweifelbar. Selbst wenn man eine bloße Militärrevolte plant, muß die Volksstimmung berücksichtigt werden.«
»Sie haben mich vollkommen verstanden. Die Unzufriedenheit muß vergeistigt werden. Und eben das wollen die Vorsitzenden der revolutionären Komitees niemals verstehen. Sie sind dazu einfach nicht in der Lage. Zum Beispiel war Mordatjew vorigen Monat in Genf. Peter Iwanowitsch hat ihn hergebracht. Kennen Sie Mordatjew? Nun gewiß – Sie haben von ihm gehört. Man nennt ihn einen Adler – einen Helden! Er hat nie auch nur halb soviel geleistet wie Sie. Hat es auch nicht versucht – nicht die Hälfte...« Madame de S. gebärdete sich eckig auf dem Sofa.
»Selbstverständlich haben wir mit ihm geredet. Und wissen Sie, was er zu mir gesagt hat? ›Was gehen uns die Intrigen auf dem Balkan an, wir brauchen die Schufte doch bloß auszurotten.‹ Ausrotten ist ja schön und gut, aber was dann? So ein

Trottel! Ich schrie ihn an: ›Sie müssen aber doch die Unzufriedenheit vergeistigen...‹«

Sie suchte nervös nach einem Taschentuch und drückte es gegen den Mund.

»Vergeistigen?« erkundigte Rasumow sich und beobachtete dabei ihren wogenden Busen. Die Zipfel eines alten schwarzen Spitzentuches, das sie auf dem Kopf trug, glitten über die Schultern nach vorn und hingen nun beiderseits ihrer grauenhaft rot geschminkten Wangen herab.

»Ein ekelhafter Kerl«, brach es wieder aus ihr heraus. »Stellen Sie sich vor: ein Mensch, der fünf Stücke Zucker in seinen Tee nimmt... Jawohl, vergeistigen sagte ich! Wie anders kann man die Unzufriedenheit wirksam und allgemein machen?«

»Hören Sie gut zu«, mischte sich Peter Iwanowitsch nun feierlich ein. »Wirksam und allgemein.«

Rasumow sah ihn mißtrauisch an.

»Es gibt ja Leute, die behaupten, daß der Hunger das besorgt«, bemerkte er.

»Ja, das weiß ich. Unsere Leute verhungern ja auch haufenweise. Aber man kann den Hunger nicht allgemein machen. Und wir wollen ja nicht Verzweiflung hervorrufen. Von ihr kann man keine moralische Unterstützung erwarten. Nur aus der Empörung...«

Madame de S. ließ den mageren, ausgestreckten Arm aufs Knie sinken.

»Ich bin kein Mordatjew«, begann Rasumow.

»*Bien sûr!*« murmelte Madame de S.

»Obwohl auch ich bereit bin zu sagen: Ausrotten! ausrotten! Doch gestatten Sie mir, dem politisch Unerfahrenen, die Frage: Würde die Anstiftung einer... nun... einer Intrige auf dem Balkan nicht lange Zeit in Anspruch nehmen?«

Peter Iwanowitsch erhob sich, trat geräuschlos an eines der Fenster und blieb mit dem Rücken zum Zimmer stehen. Rasumow hörte eine Tür schnappen, wandte sich um und stellte fest, daß die Gesellschaftsdame hinausgehuscht war.

»In Angelegenheiten der Politik vertraue ich dem Übernatürlichen«, sprach Madame de S. mißtönend.

Peter Iwanowitsch ging vom Fenster weg und klopfte Rasumow leicht auf die Schulter. Dies war das Signal zum Aufbruch, doch wandte er sich gleichzeitig mit sonderbar mahnender Stimme an Madame de S.:

»Eleanor!«

Was das nun auch bedeuten sollte, sie schien ihn nicht zu verstehen. Sie lehnte in ihrer Sofaecke wie eine Holzpuppe. Die unbewegliche Verdrossenheit der Züge, die von der baumelnden, verschossenen Spitze eingerahmt wurden, wirkte grausam.

»Was das Ausrotten angeht«, krächzte sie dem aufmerksamen Rasumow zu, »so gibt es in Rußland nur eine Klasse, die ausgerottet werden muß. Nur eine. Und diese Klasse besteht einzig aus einer Familie. Sie verstehen? Diese eine Familie muß ausgerottet werden.«

Ihre Starrheit war grauenerregend wie die Starre eines Leichnams, dem die Macht mörderischen Hasses die Fähigkeit verleiht, mit den Augen zu blitzen und schnarrend zu sprechen. Der Anblick fesselte Rasumow – doch hatte er sich seit Betreten dieses gespenstisch kahlen Salons noch keinen Augenblick so selbstsicher gefühlt wie eben jetzt. Sein Interesse war erregt. Der große Feminist an seiner Seite ließ indessen von neuem die Mahnung hören:

»Eleanor!«

Sie achtete nicht darauf. Ihre karminroten Lippen weissagten mit ungewöhnlicher Schnelligkeit. Der befreiende Geist werde Waffen gebrauchen, vor denen die Flüsse sich teilen wie einst der Jordan, und Befestigungen einstürzen wie die Mauern von Jericho. Die Erlösung von der Knechtschaft werde durch Seuchen und Zeichen, durch Wunder und Kriege bewirkt werden. Die Frauen...

»Eleanor!«

Sie verstummte; endlich hatte sie ihn gehört. Sie preßte die Hand gegen die Stirne.

»Was war es doch? Ah, richtig! Dieses Mädchen, die Schwester von...«

Sie meinte Fräulein Haldin. Dieses junge Mädchen lebe zusammen mit ihrer Mutter doch recht zurückgezogen. Sie stammten gewiß aus der Provinz, nicht wahr? Die Mutter müsse zu ihrer Zeit schön gewesen sein, das sei immer noch zu sehen. Als Peter Iwanowitsch dort zum erstenmal Besuch gemacht habe, sei er sehr angetan gewesen... man habe ihn aber mit einer Kühle empfangen, die recht befremdend gewesen sei.

»Er ist eine Leuchte der Nation!« rief Madame de S. plötzlich aus. »Die ganze Welt horcht auf, wenn er spricht.«

»Ich kenne die Dame nicht«, erwiderte Rasumow laut und stand auf.

»Was reden Sie nur, Kyrill Sidorowitsch? Soweit ich weiß, hat sie doch neulich erst hier im Garten mit Ihnen gesprochen.«

»Ganz recht, im Garten«, sagte Rasumow bedrückt, und dann mit Mühe: »Sie hat sich mir bekanntgemacht.«

»Und ist dann einfach weggelaufen«, setzte Madame de S. mit gespenstischer Lustigkeit fort. »Nachdem sie schon bis zur Tür gekommen war! Was für eine seltsame Aufführung! Nun, auch ich war einmal ein schüchternes Kind aus der Provinz. Jawohl, Rasumow« (dieser vertraulichen Anrede bediente sie sich mit voller Absicht und machte dazu eine schauerlich huldvolle Grimasse. Rasumow schreckte sichtlich zusammen). »Da komme auch ich her. Aus einer einfachen Familie vom Lande.«

»Sie sind ein Wunder«, rief Peter Iwanowitsch in tiefstem Baß. Doch ihr totenkopfgleiches Lächeln galt Rasumow. Ihr Ton klang nun gebieterisch.

»Sie müssen das wilde junge Ding herbringen. Es wird gebraucht. Vergessen Sie nicht – ich rechne auf Ihren Erfolg.«
»Sie ist kein wildes junges Ding«, brummelte Rasumow säuerlich.
»Nun, es kommt auch gar nicht darauf an. Sie ist vielleicht sogar eine von diesen eingebildeten jungen Demokratinnen. Wissen Sie übrigens, was ich glaube? Ich glaube, daß sie Ihnen im Charakter sehr ähnlich ist. In Ihnen schwelt die Spottlust. Sie geben sich undurchdringlich und hochmütig, doch kann ich bis in den letzten Winkel Ihrer Seele sehen.«
Der trockene, intensive Blick ihrer glitzernden Augen ging an Rasumow vorbei und gab ihm den unsinnigen Gedanken ein, sie schaue auf etwas, das für sie hinter seinem Rücken sichtbar sei. Er schalt sich einen beeinflußbaren Narren und sagte mit gemachter Ruhe:
»Und was sehen Sie da? Irgendwas, das Ähnlichkeit mit mir hat?«
Sie bewegte das starre Gesicht verneinend von links nach rechts.
»Vielleicht ein Phantom, das mir gleicht?« drängte Rasumow. »Denn eine sichtbar gewordene Seele sieht wohl so aus. Eine flüchtige Erscheinung. Es gibt nicht nur Phantome von Toten, sondern auch von Lebenden.«
Die Versunkenheit verschwand aus ihrem Blick, und Madame de S. sah Rasumow nun so lange schweigend an, daß ihm unbehaglich wurde.
»Ich habe selbst ein solches Erlebnis gehabt«, stammelte er wie unter einem Zwang. »Ich habe einmal ein Phantom gesehen.«
Die unnatürlich roten Lippen bewegten sich, um schnarrend zu fragen:
»Das Phantom eines Toten?«
»Nein. Eines Lebenden.«
»Eines Freundes?«

»Nein.«
»Eines Feindes?«
»Ich haßte ihn.«
»Ah! So war es nicht eine Frau?«
»Eine Frau?« wiederholte Rasumow und sah Madame de S. dabei gerade in die Augen. »Warum sollte es eine Frau gewesen sein? Und woher diese Schlußfolgerung? Warum hätte ich nicht ebensowohl eine Frau hassen können?«
Wirklich war er nie zuvor auf den Gedanken verfallen, man könne auch Frauen hassen. In diesem Augenblick haßte er Madame de S., doch war es eigentlich auch wieder kein Haß. Es war mehr Ekel, wie ihn eine abstoßende Plastik aus Gips oder Holz einflößt. Sie bewegte sich ebensowenig, wie eine solche Figur es getan hätte; auch die Augen, die ihn ohne zu blinzeln anstarrten, waren trotz all ihres Glitzerns so leblos, als seien sie ebenso kunstvoll angefertigt wie das Gebiß. Jetzt erst nahm Rasumow den schwachen Duft eines Parfüms wahr, das ihm, obwohl es kaum zu riechen war, ungemein übel machte. Wiederum tippte ihm Peter Iwanowitsch auf die Schulter. Er verbeugte sich und war im Begriff abzugehen, als ihm die unerwartete Gnade zuteil wurde, daß sich ihm eine leblose knochige Hand entgegenstreckte, während die heisere Stimme sagte:
»*Au revoir.*«
Er neigte sich über die skelettartige Hand und verließ dann, von dem großen Mann begleitet, der ihm den Vortritt bot, den Salon. Hinter ihm rief die Stimme vom Sofa:
»Sie bleiben hier, Pierre!«
»Gewiß doch, *ma chère amie.*«
Doch ging er zusammen mit Rasumow aus dem Salon und drückte die Tür hinter sich zu. Der Treppenabsatz verbreiterte sich nach beiden Seiten zu einem Korridor, der trostlose Perspektiven in Weiß und Gold eröffnete, dem Blick aber nicht

das kleinste Stück Teppich darbot. Selbst das Licht, das durch ein großes Fenster am Ende des Korridors einfiel, schien verstaubt; und der einzige Farbfleck, der seidene Zylinderhut des großen Feministen auf der weißen Marmorbalustrade, hob sich ungemein schwarz und glänzend von all dem grellen Weiß ringsum ab.

Peter Iwanowitsch ging stumm neben seinem Besucher her. Auch als man an der Treppe angelangt war, brach Peter Iwanowitsch das Schweigen nicht. Rasumows Verlangen, einfach die Treppe hinunter und zum Haus hinauszugehen, ohne auch nur mit dem Kopfe zu nicken, verflüchtigte sich plötzlich. Er blieb auf der zweitobersten Stufe stehen und lehnte sich an die Wand. Die unter ihm liegende Halle mit dem schwarzweiß gewürfelten Fußboden wirkte lächerlich groß; sie erinnerte an einen Saal, dessen außerordentliches Resonanzvermögen darauf wartet, von Stimmen und Schritten herausgefordert zu werden. Rasumow bediente sich eines sehr gedämpften Tones, als fürchte er, das hallende Echo des leeren Hauses zu wecken.

»Ich habe nicht die geringste Lust, mich in einen dilettierenden Geisterbeschwörer zu verwandeln.«

Peter Iwanowitsch schüttelte leicht, doch tiefernst das Haupt.

»Oder auch nur meine Zeit an Ekstasen der Vergeistigung und Meditationen über die Heilslehre des Feminismus zu verschwenden«, fuhr Rasumow fort. »Ich bin hergekommen, um mich an Taten zu beteiligen, an Taten, mein sehr verehrter Peter Iwanowitsch. Nicht der große europäische Autor hat mich hierher gelockt in diese widerwärtige Stadt der Freiheit, sondern etwas viel Bedeutenderes. Nämlich der Gedanke, daß ich hier das Haupt der Revolution treffen würde. Es gibt in Rußland hungernde junge Menschen, die so sehr an Sie glauben, daß es den Anschein hat, als halte einzig dieser Glaube sie in ihrem Elend am Leben. Bedenken Sie das einmal, Peter Iwanowitsch. Bedenken Sie das!«

Der große, dergestalt angeredete Mann war in seiner vollkommenen Reglosigkeit und seinem Schweigen ein wahres Standbild geduldiger, selbstzufriedener Ehrbarkeit.
»Natürlich rede ich nicht vom Volk. Das ist eine Hammelherde«, setzte Rasumow im gleichen gedämpften, aber heftigen Ton hinzu. Hierauf drang ein Murmeln des Protestes aus dem Bart des ›heldischen Flüchtlings‹. Ein Murmeln voller Autorität.
»Sagen wir – Kinder.«
»Nein! Hammel!« beharrte Rasumow barsch.
»Aber das Volk ist gesund, es ist unschuldig«, gab der große Mann zu bedenken.
»Auch Hammel sind gesund«, versetzte Rasumow nun endlich mit lauter Stimme, »und Sie können nicht leugnen, daß diese Tiere eine angeborene Unschuld besitzen. Aber warum streiten wir um Namen? Versuchen Sie einmal, diesen Ihren Kindern die Macht und die Stellung von Männern einzuräumen, und dann werden Sie ja sehen, was dabei herauskommt! Geben Sie ihnen die Macht, und Sie werden etwas erleben ... Nun, gleichviel. Ich sage Ihnen, Peter Iwanowitsch, daß überall, wo ein halbes Dutzend junger Leute sich auf einer Studentenbude trifft, in Flüstertönen von Ihnen die Rede ist, und zwar nicht als von einem Lehrer, sondern als von dem Mittelpunkt der revolutionären Kräfte – dem Aktionszentrum. Was sonst, glauben Sie, hätte mich hergebracht? Gewiß nicht das, was alle Welt von Ihnen weiß. Ich fühlte mich unwiderstehlich angezogen – besser: gedrängt, ja, gedrängt; oder noch besser: getrieben! Getrieben!« wiederholte Rasumow laut und verstummte dann wie erschreckt von dem dröhnenden Echo, das das Wort ›getrieben‹ in der großen leeren Halle und den beiden Korridoren geweckt hatte.
Peter Iwanowitsch schien nicht im mindesten erstaunt. Der junge Mann vermochte ein trockenes, verlegenes Kichern nicht

zu unterdrücken. Der große Revolutionär blieb ungerührt und wirkte nach wie vor schlicht und überlegen.
»Hol ihn doch der Teufel«, sagte Rasumow bei sich, »da wartet er hinter seiner Brille darauf, daß ich mich verrate.« Dann laut und mit diabolischer Freude an der eigenen Spottlust, die ihn verleitete, mit der Größe des großen Mannes zu spielen:
»Ah, Peter Iwanowitsch, wenn Sie nur wüßten, welche Macht mich zu Ihnen gedrängt – nein, getrieben hat, welche unwiderstehliche Macht!«
Die Lust zu lachen war ihm vergangen. Diesmal neigte Peter Iwanowitsch mit wissender Miene den Kopf ein wenig zur Seite, als wolle er sagen: »Und ob ich es weiß!« Diese ausdrucksvolle Bewegung geschah fast unmerklich. Rasumow fuhr mit verstecktem Spott fort:
»Tagelang haben Sie sich bemüht, mich zu durchschauen, Peter Iwanowitsch. Das ist sehr verständlich. Ich habe das bemerkt, und ich war ganz offen. Sie finden vielleicht, daß ich nicht sehr mitteilsam war? Doch einem Mann gegenüber, wie Sie einer sind, ist das überflüssig, ja, es könnte nach Aufdringlichkeit schmecken. Und überdies reden wir Russen gewohnheitsmäßig zuviel. Dieser Ansicht bin ich seit je gewesen. Als Nation hingegen sind wir stumm. Ich versichere übrigens, daß ich Ihnen gewiß nie wieder eine so lange Rede halten werde, ha! ha!...«
Rasumow näherte sich dem großen Mann etwas, blieb aber auf seiner Treppenstufe stehen.
»Sie haben sich leutselig genug gezeigt. Ich habe wohl begriffen, daß es geschah, um mich auszuholen. Sie müssen gerechterweise zugeben, daß ich nicht versucht habe, mich einzuschmeicheln. Ich bin zu Ihnen getrieben worden, gedrängt – oder sagen wir lieber gesandt, gesandt worden also, um eine Aufgabe auszuführen, die niemand erledigen kann als ich. Sie nennen das gewiß eine harmlose Einbildung, eine aberwitzige Selbsttäuschung, die Ihnen nicht einmal ein Lächeln abnötigt.

Es ist selbstverständlich töricht, daß ich so zu Ihnen rede, doch werden Sie sich, wie ich hoffe, eines Tages dieser Worte erinnern. Nun, genug davon. Hier stehe ich also vor Ihnen als ein Geständiger! Aber ich muß meinem Geständnis noch eines hinzufügen: ich werde mich nie damit begnügen, ein unwissendes Werkzeug zu sein.«

Welche Art Reaktion Rasumow auf seine Rede auch erwartet haben mochte, er war jedenfalls nicht darauf gefaßt, seine Hände von denen des großen Mannes gepackt zu fühlen. Die Flinkheit der Bewegung war überraschend genug, um Angst zu erregen. Der starke Feminist hätte nicht geschwinder agieren können, wäre es seine Absicht gewesen, Rasumow überraschend auf den Treppenabsatz heraufzuzerren und ihn durch eine der zahlreichen Türen zu stoßen. Wirklich kam Rasumow auch dieser Gedanke. Als er die Hände nach einem unverständlich beredten Druck wieder frei hatte, lächelte er unter starkem Herzklopfen geradenwegs in den Bart und die Brille, die den undurchdringlichen Mann verbarg.

Er dachte bei sich (so bekennt er in seiner Handschrift): »Ich weiche nicht, ehe er redet oder seinerseits geht. Das ist ein Duell.« Viele Sekunden vergingen ohne ein Wort oder eine Gebärde.

»Gut, gut«, sagte dann der große Mann hastig und gedämpft, ganz als habe die Unterhaltung heimlich und in größter Eile geführt werden müssen. »Sehr gut. Kommen Sie in einigen Tagen vorbei. Man muß das eingehend prüfen, Sie und ich. Bis zur letzten Konsequenz. Bis zur... Bringen Sie übrigens unbedingt Natalia Victorowna mit, Sie wissen schon, die junge Haldin...«

»Habe ich das als meine erste Weisung von Ihnen zu betrachten?« erkundigte Rasumow sich steif.

Peter Iwanowitsch schien von dieser Steifheit im höchsten Grad verblüfft.

»Ah! Hm! Sie sind selbstverständlich der geeignete Mann – *la personne indiquée*. Wir werden sehr bald jeden einzelnen brauchen, jeden einzelnen.«
Er beugte sich vom Treppenabsatz aus über Rasumow, der die Augen gesenkt hatte.
»Der Augenblick der Tat rückt heran«, murmelte er. Rasumow sah nicht auf. Er rührte sich erst, als er die Tür des Salons hinter dem größten lebenden Feministen zufallen hörte, der zu seiner geschminkten Egeria zurückkehrte. Dann stieg er langsam in die Halle hinunter. Die Tür stand offen, und der schräg einfallende Schatten des Hauses bedeckte den größten Teil der Terrasse. Während er diese gemächlich querte, nahm er den Hut ab, trocknete die Stirne und atmete tief aus, um auch den letzten Rest jener Luft von sich zu geben, die er drinnen eingeatmet hatte. Er sah seine Handflächen an und wischte sie an den Hosenbeinen ab.
So seltsam es klingen mag – er hatte das Gefühl, ein anderer, jemand, der sich mit ihm in sein Bewußtsein teilte, habe ihn unterdessen genau beobachtet. »Wie merkwürdig«, dachte er. Etwas später drückte er seine Ansicht über den Vorgang mit dem einen Wort ›ekelhaft‹ aus. Der Ekel wiederum machte einer starken Beklommenheit Platz. »Das ist die Folge einer nervösen Überreiztheit«, dachte er müde, aber scharfsinnig. »Wie soll ich Tag für Tag so weitermachen, wenn ich keine größere Widerstandskraft – moralische Widerstandskraft besitze?«
Er betrat den Weg, der am Fuße der Terrasse entlangführte. »Moralische Widerstandskraft. Moralische Widerstandskraft«, sagte er immer wieder vor sich hin. Moralische Widerstandskraft. Jawohl, das erforderte die Lage. Für einen Augenblick verdrängte der übermächtige Wunsch fortzugehen, sich am anderen Ende der Stadt aufs Bett zu werfen und stundenlang zu schlafen, jede andere Regung aus seinem Bewußtsein. »Sollte

es möglich sein, daß ich am Ende doch nichts weiter bin als ein Schwächling?« fragte er sich in plötzlich erwachter Furcht. »Nanu, was ist denn das?«

Er fuhr zusammen, als schrecke er aus einem Traum auf. Er schwankte sogar ein wenig, ehe er die Fassung wiedergewann.

»Ah, Sie haben sich heimlich entfernt, um hier spazierenzugehen«, sagte er.

Vor ihm stand die Gesellschaftsdame, doch wie sie dahin gelangt war, ahnte er nicht. Mit den vor der Brust gekreuzten Armen drückte sie die Katze eng an sich.

»Da bin ich tatsächlich blind und taub durch die Gegend gelaufen«, sagte Rasumow erstaunt zu sich. Dann lüftete er mit betonter Höflichkeit den Hut.

Der blässlichen Frau stieg das Blut dunkel in die Wangen. Sie sah wie stets verängstigt aus, so als habe man ihr gerade eben schreckliche Neuigkeiten entdeckt. Doch fiel es Rasumow auf, daß sie keineswegs schüchtern zurückwich. »Sie wirkt unglaublich armselig«, ging es ihm durch den Kopf. Ihr schwarzes Kostüm schillerte grünlich in der Sonne, und an besonders abgescheuerten Stellen schien der Stoff bereits in einen samtigen, pelzigen Zustand übergegangen zu sein. Sogar ihre Haare und Augenbrauen wirkten verschlissen. Rasumow fragte sich, ob er sie wohl auf sechzig Jahre schätzen dürfe. Ihre Gestalt allerdings war sehr jugendlich. Er stellte fest, daß sie nicht eigentlich verhungert aussah, sondern eher so, als habe man sie mit unappetitlichen Resten und Abfällen ernährt.

Rasumow lächelte liebenswürdig und trat vor ihr auf die Seite. Sie drehte den Kopf, um ihn im Auge zu behalten.

»Ich weiß, was man Ihnen da drinnen gesagt hat«, behauptete sie ohne jede Einleitung. Ihre Stimme machte, ganz im Gegensatz zu ihrem Auftreten, einen überraschend selbstbewußten Eindruck; das beruhigte Rasumow. »So? Nun, Sie haben gewiß bei zahllosen Gelegenheiten alles mögliche gehört.«

Sie änderte nun den Wortlaut ihrer Behauptung, sprach jedoch mit der gleichen, unsinnig wirkenden Bestimmtheit.
»Ich weiß aufs Haar genau, was man Ihnen aufgetragen hat.«
»Wirklich?« Rasumow hob ein wenig die Schulter. Er war schon drauf und dran, mit einer leichten Verbeugung weiterzugehen, als ihm ein Gedanke kam. »Oh, natürlich. Sie in Ihrer Vertrauensstellung wissen selbstverständlich so manches«, murmelte er und betrachtete dabei die Katze.
Die Gesellschaftsdame drückte das Tier krampfhaft an sich.
»Mir ist schon vor langer Zeit alles offenbar geworden«, sagte sie.
»Alles«, wiederholte Rasumow zerstreut.
»Peter Iwanowitsch ist ein schrecklicher Despot«, stieß sie hervor.
Rasumow studierte abwesend die grauen Streifen im Fell der Katze.
»Ein eiserner Wille gehört nun mal zu solch einem Charakter. Wie anders könnte er ein Führer sein? Und ich glaube auch, Sie irren sich, wenn ...«
»Da haben wir es!« rief sie. »Schon sagen Sie mir, ich irre mich. Und ich sage Ihnen trotz allem: Er macht sich aus keinem Menschen auch nur das geringste.« Sie hob ruckartig den Kopf. »Bringen Sie keinesfalls das Mädchen her. Das hat man Ihnen nämlich aufgetragen – das Mädchen herzuschaffen. Hören Sie gut zu: Besser wäre es, Sie bänden ihr einen Stein um den Hals und versenkten sie im See.«
Rasumow überlief es kalt und düster, als gehe eine dunkle Wolke über die Sonne.
»Das Mädchen?« fragte er. »Was habe ich mit ihr zu tun?«
»Man hat Ihnen doch aufgetragen, Natalie Haldin herzubringen, stimmt das etwa nicht? Natürlich stimmt es. Ich war zwar nicht im Salon, doch ich weiß es. Ich kenne Peter Iwanowitsch nämlich gut genug. Er ist ein großer Mann. Große Männer

sind schrecklich. Es ist nun einmal so. Lassen Sie sie in Ruhe. Etwas Besseres können Sie nicht tun, es sei denn, Sie wollen, daß sie wird wie ich: enttäuscht.«

»Wie Sie!« wiederholte Rasumow und starrte in das Gesicht, dem es an Reiz und Anmut ebenso fehlte wie dem Bettler an Geld. Er lächelte, doch fröstelte ihn immer noch; ein seltsames Gefühl, das ihn ärgerte. »Enttäuscht von Peter Iwanowitsch! Ist das alles, worüber Sie sich zu beklagen haben?«

Sie versetzte mit ängstlichem Gesicht, doch ungemein überzeugt: »Peter Iwanowitsch bedeutet alles.« Dann, in anderem Ton: »Halten Sie das Mädchen von diesem Haus fern.«

»Sie fordern mich also rundheraus auf, Peter Iwanowitsch den Gehorsam zu verweigern, weil – weil Sie enttäuscht worden sind!«

Sie blinzelte.

»Schon als ich Sie das erstemal sah, waren Sie mir ein Trost. Sie zogen den Hut vor mir. Sie erweckten Vertrauen. Oh!« Sie wich zurück, als Rasumow sie wild anknurrte:

»So etwas Ähnliches habe ich schon früher irgendwo gehört.«

Sie war so verwirrt, daß sie lange Zeit nichts tun konnte als blinzeln.

»Es war Ihr menschliches Verhalten«, erläuterte sie klagend. »Ich weiß gar nicht, wie lange ich mich schon nach, nun sagen wir nicht gerade Güte, aber doch nach ein wenig Höflichkeit sehne. Und jetzt sind Sie böse...«

»Aber durchaus nicht, im Gegenteil«, widersprach er. »Es freut mich sehr, daß Sie mir vertrauen. Möglicherweise werde ich später davon...«

»Ja, wenn Sie zum Beispiel erkrankten«, unterbrach Sie eifrig, »oder in eine schwierige Lage gerieten, dann würden Sie schon merken, daß ich keine unbrauchbare Törin bin. Sagen Sie mir nur Bescheid. Ich komme dann zu Ihnen, ganz bestimmt. Und ich werde Sie nicht im Stich lassen. Ich und das Elend – wir

sind alte Bekannte; das Leben hier ist schlimmer als der Hunger.«
Sie verstummte angstvoll und sagte dann in einem Ton, der zum erstenmal schüchtern klang:
»Oder wenn Sie einen gefährlichen Auftrag auszuführen hätten... da kann manchmal ein ganz einfacher Helfer... ich würde gar nichts wissen wollen. Ich würde Ihnen freudig folgen, ich könnte Aufträge erledigen. An Mut fehlt es mir nicht.«
Rasumow blickte aufmerksam in die angstvoll aufgerissenen Augen, sah die verrunzelten, bleichen runden Wangen; um ihre Mundwinkel zuckte es.
»Sie möchte von hier fliehen«, dachte er.
»Angenommen, ich wäre schon mit einer gefährlichen Sache beauftragt?« sagte er langsam.
Sie preßte die Katze gegen den Busen und rief atemlos: »Ah!« Dann flüsterte sie: »Von Peter Iwanowitsch?«
»Nein, nicht von Peter Iwanowitsch.«
Er las Bewunderung in ihrem Blick und zwang sich zu einem Lächeln.
»Ganz allein also?«
Er hielt die geschlossene Faust mit dem abgespreizten Zeigefinger hoch. »So allein wie dieser Finger«, sagte er.
Sie bebte ein wenig. Jetzt fiel es Rasumow ein, daß man sie vom Haus her beobachtet haben könnte, und es drängte ihn, fortzukommen. Sie blinzelte und hob ihm ihr verrunzeltes Gesicht entgegen, und es war, als bitte sie wortlos darum, daß er ihr noch etwas mitteile, sie in ihrer ausgehungerten, unvernünftigen, rührenden Hingabe bestärke.
»Kann man uns vom Haus her sehen?« fragte Rasumow vertraulich. Sie antwortete, ohne auch nur die mindeste Überraschung über seine Frage zu zeigen:
»Nein, das kann man nicht, wegen des Pferdestalles.« Und

dann fügte sie mit einem Scharfsinn, der Rasumow verblüffte, hinzu:

»Wenn aber jemand oben aus dem Fenster schaut, dann weiß er, daß Sie das Grundstück noch nicht verlassen haben.«

»Und wer sollte da schon spionieren?« erkundigte sich Rasumow. »Peter Iwanowitsch?«

Sie nickte.

»Und warum dieser Aufwand?«

»Er erwartet heute nachmittag Besuch.«

»Wissen Sie, wer kommen soll?«

»Mehr als nur einer.«

Sie hatte den Blick gesenkt. Rasumow betrachtete sie neugierig.

»Richtig. Sie hören ja alles, was gesprochen wird.«

Sie murmelte ohne Feindseligkeit:

»Das tun auch die Tische und die Stühle.«

Er begriff, daß die Bitterkeit, die sich im Herzen des hilflosen Wesens gesammelt hatte, in ihr Blut gelangt war und wie ein tückisches Gift die Treue zu jenem hassenswerten Paar zersetzt hatte. Das, so sagte er sich, war für ihn ein großer Glücksfall; denn nur selten sind Frauen käuflich, im Gegensatz zu Männern, die leicht für Geld zu haben sind. Sie würde eine gute Verbündete abgeben, wenn es auch nicht wahrscheinlich war, daß man ihr soviel zu hören gestattete wie dem Mobiliar des Château Borel. Das durfte man nicht erwarten. Doch immerhin... Und ganz gewiß konnte man sie zum Reden bringen.

Als sie aufblickte, trafen ihre Augen den versonnenen Blick Rasumows, und er begann sogleich zu sprechen.

»Ja, ja, meine Liebe... aber, beim Himmel, ich habe ja noch gar nicht das Vergnügen gehabt, Ihren Namen zu hören. Ist das nicht sonderbar?«

Zum erstenmal bewegte sie die Schultern.

»Ist es das wirklich? Man sagt niemandem meinen Namen. Er ist auch gleichgültig. Niemand redet mit mir, niemand schreibt mir, meine Eltern wissen nicht einmal, ob ich noch am Leben bin. Ich brauche keinen Namen, und ich habe ihn schon beinahe vergessen.«

Rasumow murmelte ernst: »Gewiß, aber trotzdem...«

Sie sagte nun langsamer und gleichgültig:

»Nennen Sie mich einfach Tekla. Mein armer Andrej hat mich so genannt. Ich habe sehr an ihm gehangen. Er lebte elend und qualvoll, und er starb jämmerlich. Das ist unser aller Los, das Los der namenlosen Russen. Etwas anderes gibt es nicht für uns, und nirgends ist Hoffnung, es sei denn...«

»Es sei denn?«

»Es sei denn, daß alle die Leute, die einen Namen tragen, beseitigt werden«, schloß sie blinzelnd und spitzte die Lippen.

»Es wird mir leichter fallen, Sie Tekla zu nennen, wie Sie es wünschen«, sagte Rasumow, »wenn Sie Ihrerseits sich bereitfinden wollen, mich Kyrill zu nennen, wenn wir miteinander sprechen – so wie jetzt – im stillen –, nur Sie und ich.«

Und dann sagte er zu sich: »Hier haben wir ein Geschöpf, das sich entsetztlich vor der Welt fürchtet, sonst wäre es längst schon weggelaufen.« Dann fiel ihm ein, daß sie sich verdächtig machen würde, verließe sie den großen Mann so Knall und Fall. Sie durfte von niemandem Rat und Hilfe erwarten. Diese Revolutionärin war einfach nicht fähig, ein selbständiges Leben zu führen.

Sie begleitete ihn ein paar Schritte, blinzelte und wiegte die Katze auf dem Arm.

»Ja – nur Sie und ich. So war es auch bei meinem armen Andrej, nur daß er eben im Sterben lag, umgebracht von diesen beamteten Bestien – Sie aber! Sie sind stark! Sie töten die Ungeheuer. Sie haben eine große Tat vollbracht. Selbst Peter Iwanowitsch muß mit Ihnen rechnen. Nun vergessen Sie mich also nicht, besonders dann nicht, wenn Sie zurückgehen nach Rußland. Ich könnte Ihnen folgen, in einem gewissen Abstand,

und alles bringen, was verlangt wird. Ich könnte auch stundenlang an einer Straßenecke stehen und aufpassen, in Regen und Schnee, jawohl, das könnte ich, den ganzen Tag lang. Ich könnte auch Namenslisten oder gefährliche Dokumente für Sie niederschreiben, damit man Sie, sollte es ein Malheur geben, nicht vermittels der Handschrift überführen kann. Und Sie brauchten auch keine Angst zu haben, falls man mich verhaftete. Ich verstehe sehr wohl den Mund zu halten. Wir Frauen lassen uns von Schmerzen nicht so leicht einschüchtern. Peter Iwanowitsch hat einmal gesagt, wir hätten stumpfere Nervenenden oder etwas derart. Wir halten den Schmerz besser aus. Und das stimmt auch. Ich würde mir eher die Zunge abbeißen und sie den Bestien ins Gesicht werfen, als etwas sagen. Was nützt mir überhaupt die Fähigkeit zu reden? Wer kann schon hören wollen, was ich zu sagen habe? Seitdem ich meinem armen Andrej die Augen geschlossen habe, ist mir kein Mann mehr begegnet, der mir gerne zugehört hätte. Ich hätte auch Sie nicht angesprochen, wenn Sie nicht bei unserer ersten Begrüßung so liebenswürdig gewesen wären. Ich konnte es mir nicht verkneifen, zu dem reizenden jungen Mädchen von Ihnen zu sprechen. Ach, was für ein liebes Geschöpf, und so stark! Das sieht man gleich. Wenn Sie ein Herz haben, werden Sie sie auch nicht einen Fuß in dieses Haus setzen lassen. Adieu!«
Rasumow packte sie am Arm. Den Gefühlen, die durch dieses Ergriffenwerden in ihr ausgelöst wurden, machte sie in kurzen, abwehrenden Gesten Luft, dann blieb sie reglos stehen, ohne ihn anzusehen.
»Können Sie mir denn nicht sagen,« flüsterte er ihr ins Ohr, »warum sie – die Leute hier im Haus – so großen Wert darauf legen, ihrer habhaft zu werden?«
Sie machte sich frei und fuhr ihn, wie von seiner Frage gereizt, an:
»Begreifen Sie denn nicht, daß Peter Iwanowitsch immer füh-

ren, anfeuern, beeinflussen muß? Davon lebt er. Er kann gar nicht genug Jünger haben. Den Gedanken, auch nur ein einziger könnte ihm entgehen, erträgt er nicht. Noch dazu eine Frau! Nichts kann ohne Frauen geschehen, sagt er immer. Er hat es auch geschrieben. Er...«

Der junge Mann hörte noch verblüfft diesem Ausbruch zu, als sie sich losriß und hinter dem Pferdestall verschwand.

III

Rasumow, dergestalt sich selber überlassen, schlug die Richtung zum Ausgang ein. Doch an diesem Tage der Unterredungen war es ihm, wie er sogleich ahnte, nicht beschieden, das Grundstück zu verlassen, ohne noch eine weitere Unterredung zu führen.

Hinter dem Pförtnerhaus traten jetzt die von Peter Iwanowitsch erwarteten Besucher ins Blickfeld, eine kleine Gruppe, zwei Männer und eine Frau. Sie bemerkten Rasumow und blieben stehen, wie um sich zu besprechen. Die Frau trat jedoch fast sogleich zur Seite und winkte den beiden Männern, weiterzugehen, die nun die Auffahrt verließen und quer über den vernachlässigten Rasen oder, besser gesagt, die Wiese, schnurgerade auf das Haus zuschritten. Die Frau blieb auf dem Fahrweg stehen und wartete auf Rasumow. Sie hatte ihn erkannt, und auch er hatte sie auf den ersten Blick wiedererkannt. Er war ihr in Zürich vorgestellt worden, wo er seine Reise, von Dresden kommend, unterbrochen hatte. Während seines zweitägigen Aufenthaltes waren sie viel beisammen gewesen.

Sie trug das gleiche Kostüm wie damals. Sie war bereits aus der Ferne an ihrer leuchtend roten Seidenbluse kenntlich. Dazu trug sie einen kurzen braunen Rock und einen Ledergürtel. Ihre Haut war nußbraun und sehr rein, die Augen schwarz und glänzend, ihre Haltung sehr aufrecht. Sie trug das dichte weiße Haar lose aufgesteckt und darauf einen verstaubten schwarzen Tirolerhut, der etliche seiner Verzierungen eingebüßt zu haben schien. Ihre Miene war ernst und gespannt; so ernst, daß Rasumow, als er nahe genug herangekommen war,

sich verpflichtet fühlte zu lächeln. Sie begrüßte ihn mit männlichem Händedruck.
»Was denn! Sie gehen?« rief sie. »Wie kommt denn das, Rasumow?«
»Ich gehe, weil man mich nicht aufgefordert hat zu bleiben«, entgegnete Rasumow und erwiderte den Druck ihrer Hand, wenn auch nicht so kräftig.
Sie machte eine Kopfbewegung, die Verständnis ausdrücken sollte. Rasumow hatte seine Blicke unterdessen den beiden Männern nachgehen lassen. Sie schritten ohne Hast quer durch die Wiese. Der kleinere von beiden war in einen engen Mantel aus dünnem, grauem Tuch eingeknöpft, der fast bis auf die Schuhe reichte. Sein Begleiter war viel größer und stämmiger und trug eine kurze, enganliegende Jacke, dazu enge Hosen, die in abgetragenen Schaftstiefeln steckten.
Die Frau, auf deren Betreiben die Männer Rasumow offenbar aus dem Wege gegangen waren, begann nun ganz sachlich zu sprechen.
»Ich mußte extra aus Zürich kommen, um die beiden vom Zug zu holen und sie Peter Iwanowitsch zu bringen. Ich habe es gerade noch rechtzeitig geschafft.«
»Ah so«, erwiderte Rasumow nachlässig; es ärgerte ihn, daß sie zurückgeblieben war, um mit ihm zu reden. »Von Zürich her also..., nun ja. Und diese beiden kamen aus...«
Sie unterbrach ihn gleichmütig.
»Aus einer ganz anderen Richtung. Sie sind sogar von weither gekommen, von sehr weit her.«
Rasumow hob gleichgültig die Schulter. Die beiden weitgereisten Männer hatten den Fuß der Terrasse erreicht und verschwanden jetzt so plötzlich, als habe der Boden sich aufgetan und sie verschlungen.
»Sie sind gerade aus Amerika gekommen.« Auch die Frau in der roten Bluse hatte die Achseln gezuckt, ehe sie diese Aus-

kunft gab. »Die Zeit rückt heran«, sagte sie dann wie zu sich selber. »Ich habe den beiden nicht gesagt, wer Sie sind, Jakowlitsch hätte Sie gewiß umarmen wollen.«

»Ist das der im langen Mantel, mit dem schütteren Kinnbart?«

»Richtig, das ist Jakowlitsch.«

»Und diese beiden sollten nicht imstande sein, vom Bahnhof hierher zu finden? Da müssen Sie eigens aus Zürich herüberkommen, um ihnen den Weg zu zeigen? Wahrlich, ohne Frauen sind wir nichts. So steht es geschrieben, und so ist es offenbar auch.«

Hinter seinem Spott spürte er eine unsagbare Mattigkeit, und er sah, daß dieser Zustand den glänzend schwarzen Augen der Frau nicht verborgen geblieben war.

»Was ist denn mit Ihnen los?«

»Ich weiß nicht. Nichts. Ich habe einen scheußlichen Tag hinter mir.«

Sie wartete und starrte ihn aus schwarzen Augen an.

»Na und was weiter? Ihr Männer seid so empfindlich wie die Mimosen. Ein Tag ist so schwer wie der andere, und es geht immer so weiter, bis endlich der große Tag anbricht. Ich bin aus gutem Grunde hier. Die beiden haben Peter Iwanowitsch ihre Ankunft angezeigt, aber von wo aus? Von Cherbourg aus, auf dem Briefpapier ihres Dampfers. Das kann nun jeder. Jakowlitsch ist seit Jahren und Jahren in Amerika. Ich bin die einzige, die ihn früher näher gekannt hat. Ich habe ihn wirklich sehr, sehr gut gekannt. Und daher hat Peter Iwanowitsch mich telegrafisch herbestellt. Das ist ja wohl verständlich, wie?«

»Sie sollten sich also für seine Identität verbürgen?« fragte Rasumow.

»Ja, ungefähr so. Fünfzehn Jahre eines Lebens, wie er es führt, verändern den Menschen. Einsam hat er gelebt, wie eine Krähe in fremdem Lande. Wenn ich an Jakowlitsch denke, wie er war, ehe er nach Amerika ging...«

Der weiche, leise Ton, in dem sie sprach, veranlaßte Rasumow, sie anzusehen. Sie seufzte. Ihre schwarzen Augen waren abgewandt, und mit den Fingern der rechten Hand fuhr sie abwesend immer wieder durch den fast weißen Haarschopf. Als sie den Arm senkte, blieb der kleine Hut, der auf ihrem Haar thronte, etwas schief sitzen, was ihr ein absonderlich unternehmendes Aussehen verlieh, das sehr im Gegensatz zu ihrer nachdenklichen, versunkenen Rede stand:

»Selbst damals waren wir durchaus nicht mehr blutjung. Aber ein Mann bleibt sein Leben lang ein Kind.«

Rasumow ging es durch den Sinn: »Die beiden haben miteinander gelebt.« Laut fragte er rundheraus:

»Warum sind Sie nicht mit ihm nach Amerika gegangen?«

Sie blickte ihn verstört an.

»Ja, wissen Sie denn nicht mehr, was sich vor fünfzehn Jahren abgespielt hat? Das war eine bewegte Zeit! Die Revolution hat bereits eine Vergangenheit. Sie gehören dazu, aber Sie scheinen keine Ahnung davon zu haben. Jakowlitsch ist damals mit einem Auftrag nach Amerika gegangen, und ich kehrte nach Rußland zurück. Das mußte sein. Und später gab es für ihn keinen Grund mehr, zurückzukehren.«

»Ach nein«, murmelte Rasumow und heuchelte Überraschung. »Gar keinen Grund mehr?«

»Worauf versuchen Sie denn anzuspielen?« erwiderte sie hastig. »Und wenn er nun wirklich ein wenig den Mut verloren hatte...«

»Er sieht aus wie ein Yankee mit seinem Kinnbart. Ein richtiger Uncle Sam«, knurrte Rasumow. »Na, und Sie, Sie, die Sie nach Rußland zurückgekehrt waren, Sie verloren niemals den Mut?«

»Nun, lassen wir das. An Jakowlitsch jedenfalls kann man nicht zweifeln. Er gehört zu den Leuten vom richtigen Schlage.«

Während sie sprach, und auch noch ein Weilchen länger, hielt sie ihren schwarzen, durchdringenden Blick auf Rasumow gerichtet.

»Verzeihen Sie die Frage«, erkundigte Rasumow sich kalt, »aber soll das heißen, daß Sie glauben, ich sei nicht vom rechten Schlage?«

Sie widersprach nicht, sie gab durch nichts zu erkennen, daß sie die Frage vernommen habe. Sie fuhr fort ihn anzusehen, und das auf eine Weise, die ihm nicht ganz unfreundlich vorkommen wollte. Als er seine Reise in Zürich unterbrochen hatte, war sie es gewesen, die sich seiner angenommen hatte und von morgens bis abends nicht von seiner Seite gewichen war. Sie hatte ihn herumgeführt und den Leuten vorgestellt. Anfänglich hatte sie munter und unbefangen geplaudert, wenn auch niemals von sich selber. Gegen die Mitte des zweiten Tages war sie dann schweigsam geworden, obwohl sie sich ebenso eifrig um ihn kümmerte wie zuvor, ja, ihn sogar an den Zug brachte und ihm über das heruntergelassene Abteilfenster hinweg kräftig die Hand drückte, wortlos zurücktrat und wartete, bis der Zug abfuhr. Es war ihm aufgefallen, daß man sie sehr achtungsvoll behandelte. Er wußte nicht, woher sie stammte, kannte weder ihre private noch ihre politische Vergangenheit. Er beurteilte sie von seinem eigenen Standpunkt her und sah in ihr eine Gefahr auf seinem Wege. ›Beurteilte‹ ist vielleicht nicht das rechte Wort. Es war mehr ein Gefühl, die Summe winziger Eindrücke zusammen mit der Erkenntnis, daß er sie nicht verabscheuen konnte, wie er alle die anderen verabscheute. Er hatte nicht erwartet, sie so bald schon wiederzusehen.

Nein, ganz gewiß nicht; ihre Miene war nicht unfreundlich. Und doch verspürte er Herzklopfen. Die Unterhaltung konnte jetzt nicht einfach abgebrochen werden. Er fuhr fort zu reden und bemühte sich, nichts anderes als aufrichtige Wißbegier in seine Stimme zu legen.

»Liegt es vielleicht daran, daß ich nicht blind jede Frucht vom Baum der Doktrin jubelnd begrüße? Den Feminismus unseres großen Peter Iwanowitsch zum Beispiel? Falls ich mich dadurch

verdächtig gemacht haben sollte, kann ich nur sagen: auch der Sklave einer Idee zu sein, lehne ich ab.«
Sie hatte ihn unablässig angesehen, und zwar nicht so, als höre sie ihm zu, sondern so, als komme den Worten, die er wählte, nur zweitrangige Bedeutung zu. Als er zu Ende war, schob sie schnell und entschlossen die Hand unter seinen Arm und drängte ihn sanft in Richtung des Ausganges. Er spürte ihre Entschlossenheit und gehorchte sogleich diesem Drängen, gerade so, wie nur Minuten zuvor zwei andere Männer ihrem Wink gehorcht hatten.
So gingen sie einige Schritte.
»Nein, Rasumow«, sagte sie. »Ihr Denken ist vermutlich in Ordnung. Vielleicht sind Sie wertvoll für uns, sehr wertvoll. Verdrießlich ist einzig, daß Sie uns nicht leiden können.«
Sie ließ ihn los. Er lächelte ihr frostig zu.
»Erwartet man also von mir nicht nur Überzeugung, sondern auch Liebe?«
Sie zuckte die Achseln.
»Sie verstehen mich sehr gut. Man glaubt, daß Sie nicht mit ganzem Herzen dabeisind. Ich habe diese Ansicht von mehreren Seiten gehört. Ich hatte Sie jedoch bereits am Ende des ersten Tages durchschaut...«
Rasumow unterbrach sie mit fester Stimme:
»Ich versichere Ihnen, daß Ihr Scharfblick in diesem Falle einem Irrtum unterlegen war.«
»Was gebraucht er nur für Ausdrücke!« sagte sie beiseite. »Ah, Kyrill Sidorowitsch! Sie sind wie andere Männer auch: mäkelig, voller Eigenliebe, und fürchten sich vor jeder Kleinigkeit. Überdies fehlt Ihnen alle Schulung. Sie müßten von einer Frau in die Hand genommen werden. Ich bedauere, daß ich nicht einige Tage hierbleiben kann. Morgen muß ich nach Zürich zurück, und vermutlich werde ich Jakowlitsch mitnehmen.«
Diese Neuigkeit erleichterte Rasumow.

»Ich bedauere das ebenfalls«, sagte er, »doch glaube ich trotz allem, daß Sie mich nicht verstehen.« Er atmete jetzt freier; sie widersprach nicht, fragte aber:
»Und wie sind Sie mit Peter Iwanowitsch ausgekommen? Sie haben einander ja nun recht oft gesehen. Wie steht es denn zwischen Ihnen?«
Da er nicht wußte, welche Antwort er geben sollte, senkte der junge Mann langsam den Kopf.
Ihr Mund hatte sich erwartungsvoll ein wenig geöffnet. Nun preßte sie die Lippen aufeinander und schien zu grübeln. »Nun, es macht nichts.«
Das klang abschließend, aber sie ging nicht fort. Es war unmöglich zu erraten, woran sie dachte. Rasumow murmelte:
»Sie hätten diese Frage nicht mir stellen dürfen. Sie werden Peter Iwanowitsch gleich sehen, und dann wird das Thema sich von selbst ergeben. Es wird ihn interessieren zu erfahren, was Sie so lange im Garten aufgehalten hat.«
»Peter Iwanowitsch wird mir zweifellos das eine oder andere zu sagen haben. Vielleicht spricht er wirklich von Ihnen – fragt mich aus. Peter Iwanowitsch traut mir im allgemeinen.«
»Sie ausfragen? Ja, das ist sehr wahrscheinlich.«
Sie lächelte halb im Ernst.
»Nun – und was soll ich ihm sagen?«
»Ich weiß nicht. Sie könnten ihm ja von Ihrer Entdeckung berichten.«
»Von welcher Entdeckung?«
»Nun... daß ich nichts übrig habe für...«
»Das bleibt unter uns«, unterbrach sie ihn, und es war unmöglich zu sagen, ob sie es ernst meinte oder im Spaß.
»Ich merke schon, daß Sie Peter Iwanowitsch etwas Günstiges über mich berichten wollen«, sagte Rasumow grimmig scherzend. »Dann sagen Sie ihm also, daß ich meinen Auftrag sehr, sehr ernst nehme, und daß ich ihn ausführen will.«

»Sie haben einen Auftrag erhalten!« rief sie.
»Darauf läuft es wohl hinaus. Man hat mir aufgetragen, ein bestimmtes Ereignis herbeizuführen.«
Sie sah ihn forschend an.
»Ein Auftrag«, wiederholte sie ernst und plötzlich sehr interessiert. »Was für eine Art Auftrag?«
»Na, sagen wir, ein Propagandaauftrag.«
»Ah. Und wo wollen Sie ihn ausführen? Weit entfernt von hier?«
»Nein. Nicht sehr weit entfernt«, sagte Rasumow und unterdrückte dabei den Drang zu lachen, der ihn plötzlich überkam, obschon er ganz und gar nicht heiter war.
»So!« sagte sie nachdenklich. »Nun, ich stelle keine Fragen. Es reicht, wenn Peter Iwanowitsch weiß, was jeder einzelne von uns tut. Es muß am Ende alles gut werden.«
»Meinen Sie wirklich?«
»Ich meine nicht, junger Mann, ich glaube fest daran.«
»Und diesen Glauben verdanken Sie Peter Iwanowitsch?«
Sie beantwortete diese Frage nicht, und sie standen müßig und schweigend, als könnten sie sich nicht voneinander trennen.
»Das ist gefragt wie ein Mann«, murmelte sie schließlich. »Als ob man sagen könnte, auf welche Weise man einen Glauben gewinnt.«
Ihre dünnen, mephistophelischen Augenbrauen zuckten ein wenig. »Es gibt in Rußland wahrlich Millionen, die die Hunde um ihr Leben in diesem Lande beneiden würden. Es ist ein Greuel und eine Schande, so etwas auch nur unter vier Augen zugeben zu müssen. Allein schon aus Mitleid muß man glauben. So kann es einfach nicht weitergehen. Nein, so darf es nicht weitergehen. Zwanzig Jahre lang bin ich abgereist, angekommen, wieder abgereist, ohne auch nur nach rechts und links zu blicken ... Worüber lächeln Sie? Sie stehen erst am Anfang. Sie haben einen guten Anfang gemacht, aber warten Sie nur

ab, bis Sie schließlich jede Faser Ihrer Persönlichkeit bei Ihrer Arbeit unter die Füße getreten haben. Dahin kommt es nämlich. Sie müssen auch noch das allerkleinste Gefühl in sich niedertrampeln, denn stehenbleiben dürfen Sie nicht. Auch ich war jung – glauben Sie übrigens nicht, daß ich mich beklage.«

»Ich glaube nichts dergleichen«, widersprach Rasumow gleichgültig.

»Nein, das tun Sie wohl nicht, Sie liebenswertes, blasiertes Geschöpf. Ihnen ist das alles völlig einerlei.«

Sie fuhr sich mit der linken Hand in den Schopf, was bewirkte, daß der Tirolerhut nun wieder gerade auf ihrem Kopf saß. Sie runzelte darunter die Stirne, ohne jede Feindseligkeit, ganz wie ein Forscher. Rasumow wandte unbekümmert das Gesicht weg.

»Ihr Männer seid alle gleich. Ihr verwechselt Glück mit Verdienst, und tut es noch dazu in gutem Glauben. Man darf nicht zu hart mit euch ins Gericht gehen. Das ist nun einmal eure Natur. Ihr seid geradezu lächerlich rührend durch eure Fähigkeit, kindische Illusionen bis an die Schwelle des Grabes mitzuschleppen. Viele von uns sind seit fünfzehn Jahren an der Arbeit – und zwar unablässig an der Arbeit –, versuchen es auf diesem und jenem Wege, offen und im Untergrund, sehen weder rechts noch links. Ich weiß sehr wohl, wovon ich rede, ich bin eine von jenen, die sich nie eine Pause gegönnt haben ... aber wozu davon reden ... Sehen Sie sich mein graues Haar an! Und dann kommen zwei Wickelkinder daher, nämlich Sie und Haldin, und bringen es fertig, schon beim allerersten Versuch einen Volltreffer zu erzielen.«

Als der Name Haldin von den rasch und heftig sich bewegenden Lippen der Revolutionärin fiel, wurde Rasumow wiederum brutal mit dem Unwiderruflichen konfrontiert. Doch im Laufe der Monate, die über ihn hinweggegangen waren, hatte er sich bereits daran gewöhnt. Diese Konfrontation war nicht länger mehr wie in den ersten Tagen von nackter Angst und blinder Wut be-

gleitet. Er hatte sich neue Überzeugungen eingeredet und um sich eine Atmosphäre düsterer, spöttischer Verträumtheit geschaffen, eine Art getrübter Glaswand, durch die betrachtet der Vorfall ein gesichtsloser Schemen blieb, der ungefähr den Umriß eines Menschen besaß; einen ungemein vertrauten Umriß, der zugleich ohne jeden Ausdruck war – nur eben, daß er verstohlen im Halbdunkel wartete. Das war nicht weiter erschreckend.
»Was war er denn für ein Mensch?« fragte die Revolutionärin unerwartet.
»Was er für ein Mensch war?« wiederholte Rasumow und hielt sich nur unter Qualen davon zurück, sie anzuschreien. Doch schaffte er sich Erleichterung, indem er leise lachte und sie dabei aus dem Augenwinkel betrachtete. Daß ihre Frage so aufgenommen wurde, verstörte die Frau.
»Gefragt wie eine Frau«, sagte er dann. »Warum wollen Sie wissen, wie er aussah? Wie immer sein Aussehen auch beschaffen gewesen sein mag, jetzt ist er für immer allem weiblichen Einfluß entzogen.«
Drei Fältchen entstanden über ihrer Nasenwurzel und betonten noch den mephistophelischen Schwung der Augenbrauen.
»Sie leiden, Rasumow«, sagte sie leise und überzeugt.
»Was für ein Unsinn!« Rasumow blickte die Frau fest an. »Wenn ich es mir aber recht überlege, dann scheint er mir dem Einfluß wenigstens einer Frau durchaus nicht entzogen zu sein, nämlich dem Einfluß jener dort – der Madame de S. Früher war es den Toten verstattet auszuruhen, jetzt aber scheinen sie jedem Wink einer verrückten alten Hexe Folge leisten zu müssen. Wir Revolutionäre machen die wunderbarsten Entdeckungen. Allerdings stimmt es, daß sie nicht ausschließlich unser Eigentum sind. Wir besitzen ja überhaupt nichts. Aber die Freundin von Peter Iwanowitsch könnte Ihre weibliche Neugier doch gewiß leicht befriedigen. Kann sie ihn nicht für Sie herbeizaubern?« scherzte er wie ein Mann, der große Schmerzen leidet.

Ihr konzentrierter, düsterer Ausdruck verlor sich, und sie sagte etwas ermattet: »Hoffen wir, daß sie uns wenigstens etwas Tee herbeizaubert. Das steht nämlich durchaus nicht fest. Ich bin müde, Rasumow.«

»Sie, müde? Was für ein Eingeständnis! Nun, es hat schon Tee gegeben da oben. Ich habe selber welchen getrunken. Wenn Sie Jakowlitsch nacheilten, anstatt hier Ihre Zeit mit einer verdächtig skeptischen Person wie mir zu vertrödeln, dann könnten Sie vielleicht gerade noch einen Hauch davon – kalt selbstverständlich – im Tempel zu spüren bekommen. Was nun aber Ihre Müdigkeit angeht, so scheint sie mir unglaubhaft. Wir dürfen nicht müde werden. Wir sollen es nicht. Wir können einfach nicht. Neulich las ich in irgendeiner Zeitung einen alarmierenden Artikel, der von der unermüdlichen Tätigkeit der revolutionären Parteien handelte. Diese Unermüdlichkeit macht Eindruck auf die Welt, sie verbürgt unser Prestige.«

»Da wirft er nun unablässig mit höhnischen Bemerkungen um sich«, sagte die Frau in der roten Bluse wie an einen Dritten gewandt, obwohl die schwarzen Augen Rasumow keinen Moment losließen. »Und weshalb, bitte? Einfach, weil seine bürgerlichen Vorurteile betroffen sind, seine kleinlichen, männlichen Prinzipien. Man könnte ihn ja geradezu für eines jener übersensitiven Nervenbündel halten, die ein schlechtes Ende nehmen. Und dabei«, fuhr sie nach kurzem, nachdenklichem Schweigen in ganz verändertem Ton fort, »und dabei habe ich gerade eben erst etwas erfahren, das mich zu der Überzeugung bringt, Sie, Kyrill Sidorowitsch, seien ein Mann von Charakter. Jawohl – das sind Sie.«

Die unerklärliche Sicherheit dieser Behauptung erschreckte Rasumow. Ihre Blicke begegneten sich. Er wandte die Augen ab und sah zwischen den Gitterstäben des verrosteten Tores hindurch auf die breite, saubere Allee, die im Schatten der dichtbelaubten Bäume lag. Metallisch knisternd sauste ein unbesetzter Straßenbahnwagen vorbei. Mit Freuden, so wollte es ihm vorkommen, hätte er alles dafür gegeben, jetzt allein in jenem Wagen sitzen zu dürfen. Er war unaussprechlich matt, matt in jedem einzelnen Nerv, doch hatte er Gründe dafür, nicht als erster die Unterhaltung abzubrechen. Jeden Augenblick konnte in dem überspannten, verbrecherischen Geschwätz der Revolutionäre ein ungeheuer bedeutungsvolles Wort fallen, sei es von diesen Lippen vor ihm oder von anderen. Solange es ihm gelang, einen klaren Verstand zu behalten und seine Gereiztheit zu unterdrücken, war nichts zu fürchten. Erfolg und Sicherheit, so rief er sich ins Gedächtnis, hingen einzig davon ab, daß er unerschütterliche Willenskraft bewies.

Er sehnte sich so sehr danach, auf der anderen Seite der Gitterstäbe zu sein, als sei er wirklich ein Gefangener in diesem Gebäude, in diesem Zentrum revolutionärer Verschwörungen, in diesem Haus des Irrsinns, der Blindheit, der Niedertracht und des Verbrechens. Schweigend ließ er seiner verletzten Seele die Wohltat einer unermeßlichen seelischen und geistigen Entrücktheit zuteil werden. Er lächelte nicht einmal, als er sie wiederum sagen hörte:

»Ja! Ein starker Charakter.«

Er fuhr fort, durch die Gitterstäbe zu starren wie ein schwermütiger Gefangener, der gar nicht an Flucht denkt, sondern den verblaßten Erinnerungen an seine verlorene Freiheit nachhängt.

»Wenn Sie sich nicht beeilen«, murmelte er, immer noch mit abgewandtem Gesicht, »dann werden Sie den Tee nicht einmal mehr zu riechen bekommen.«

So ließ sie sich allerdings nicht abschütteln. Er hatte das übrigens auch nicht erwartet.

»Na, das ist auch kein großer Verlust – ich meine, daß ich keinen Tee bekomme. Was nun die Dame angeht, so müssen Sie sich klarmachen, daß sie nützliche Seiten hat, Rasumow. Sehen Sie mal her.«

Er blickte sie auf diese Aufforderung hin an und sah, wie die Revolutionärin die Gebärde des Geldzählens machte.

»Darum handelt es sich. Verstehen Sie?«

Rasumow murmelte: »Ich verstehe«, und starrte wieder wie ein Gefangener auf die säuberliche, beschattete Allee.

»Die Mittel müssen irgendwie beschafft werden, und so ist es leichter als auf dem Wege des Bankraubes. Das Ergebnis ist auch gewisser. Nun, ich scherze... was murmelt er da vor sich hin?« rief sie gedämpft.

»Ich drücke meine Bewunderung für Peter Iwanowitschs hingebungsvolle Selbstverleugnung aus. Davon kann einem ja übel werden.«

»Oh, Sie mimosenhafter Mann! Übel! Es bereitet ihm Übelkeit! Und wissen Sie denn, wie die Wahrheit aussieht? Die Geheimnisse des Herzens sind unergründlich. Peter Iwanowitsch hat sie schon vor vielen Jahren gekannt, als er noch Gardeoffizier war und zur Lebewelt gehörte. Uns steht es nicht an, eine erleuchtete Person zu beurteilen. Da liegt übrigens der Vorzug der Männer: gelegentlich seid ihr sowohl im Denken als auch im Handeln erleuchtet. Ich habe übrigens stets zugegeben, daß keine Frau an einen Mann heranreicht, der wirklich erleuchtet ist, und dem es gelingt, die männliche Feigheit und Zimperlichkeit abzustreifen. Nur ist das selten... wohingegen auch die blödeste Frau stets zu irgendwas nütze sein kann. Und warum? Weil wir leidenschaftlich sind, von einer unstillbaren Leidenschaftlichkeit besessen sind... da möchte ich doch wissen, worüber er lacht?«

»Ich lache ja gar nicht«, widersprach Rasumow düster.

»Ach! Wie soll man das sonst nennen? Sie haben jedenfalls eine Grimasse gezogen! Ich weiß schon. Ihr Männer könnt hier lieben und dort hassen und etwas Drittes begehren, und da macht ihr dann ein großes Geschrei und nennt das Leidenschaftlichkeit. Jawohl! – solange es dauert. Wir Frauen jedoch, wir lieben die Liebe und den Haß als solche, und das Begehren dazu. Deshalb sind wir weniger leicht zu bestechen als ihr Männer. Man hat nämlich keine große Wahl im Leben. Man muß entweder verfaulen oder verbrennen. Und keine von uns, geschminkt oder ungeschminkt, die nicht lieber brennen möchte als verfaulen.«

Sie sprach eindringlich, aber sachlich. Rasumows Gedanken waren derweil ihre eigenen Wege gegangen – hinaus aus dem Park, aber nicht außer Hörweite. Er stieß die Hände in die Manteltaschen.

»Verbrennen oder verfaulen? Sehr treffend ausgedrückt. Geschminkt oder ungeschminkt. Ein lebendiges Bild. Geschminkt oder... sagen Sie mal: sie würde doch wohl seinetwegen höllisch eifersüchtig sein, was?«

»Wer? Was? Die Baronin? Eleanor Maximowa? Eifersüchtig auf Peter Iwanowitsch! Himmel! Das also sind die Gedanken, mit denen dieser Mensch sich befaßt! Nein, das ist unvorstellbar.«

»Warum nicht? Kann denn eine vermögende alte Dame nicht eifersüchtig sein? Oder verkehren die beiden mitsamt ihren Gespenstern nur platonisch miteinander?«

»Wie kommen Sie denn nur auf eine solche Idee?« staunte sie.

»Oh, ich weiß nicht. Ich wollte bloß mal fragen. Wenn Sie wollen, männliche Leichtfertigkeit.«

»Ich will nicht. Es ist jetzt nicht die Zeit, leichtfertig zu sein«, erwiderte sie, ohne zu zögern. »Wogegen rennen Sie eigentlich dauernd an? Oder spielen Sie vielleicht nur eine Rolle?«

Rasumow hatte den prüfenden Blick der Frau wie eine körperliche Berührung, wie eine Hand gespürt, die leicht auf seiner Schulter lag. In diesem Augenblick nun wurde ihm auf geheimnisvolle Art der Eindruck zuteil, sie habe sich entschlossen, fester zuzupacken. Er versteifte sich innerlich, um den Griff zu ertragen, ohne sich zu verraten.

»Eine Rolle spielen«, wiederholte er und zeigte ihr sein regloses Profil. »Dann spiele ich sie sehr schlecht, da Sie so leicht dahintergekommen sind.«

Sie musterte ihn, senkrecht verlaufende Fältchen auf der Stirn; die schwarzen Augenbrauen strebten voneinander fort wie die ausgestreckten Fühler eines Insektes. Und kaum verständlich setzte er hinzu:

»Sie irren sich. Ich spiele nicht mehr als alle anderen auch.«

»Wer spielt?« fragte sie scharf.

»Wer? Alle!« entgegnete er unwirsch. »Sie sind doch Materialistin, nicht wahr?«

»Ach du liebe Zeit, über diesen Unfug bin ich längst hinweg!«

»Sie erinnern sich aber gewiß der von Cabanis stammenden Definition des Menschen: der Mensch ist ein verdauender Schlauch. Ich könnte mir denken ...«

»Ich spucke auf ihn.«

»Was? Auf Cabanis? Na schön. Doch können Sie nicht bestreiten, daß eine gute Verdauung von größter Bedeutung ist. Die Freuden des Lebens – ich nehme an, sie sind Ihnen bekannt? – erfährt man nur mit einem guten Magen; eine schlechte Verdauung macht den Menschen skeptisch, erweckt düstere Vorstellungen, Todesgedanken in ihm. Das sind Tatsachen, die durch Physiologen verbürgt werden. Nun, ich versichere Ihnen: seitdem ich Rußland verlassen habe, bin ich mit den ekelhaftesten, unverdaulichsten ausländischen Produkten vollgestopft worden – pah!«

»Sie machen Witze«, murmelte sie ungläubig. Er stimmte zerstreut zu.

»Jawohl, alles ist nur ein Scherz. Es lohnt kaum, mit einem Menschen wie mir zu sprechen. Man weiß aber, daß gerade aus solchen Gründen Menschen sich das Leben genommen haben.«

»Ganz im Gegenteil, ich finde, daß es sehr wohl lohnt, mit Ihnen zu reden.«

Er sah sie aus dem Augenwinkel an. Es schien, als suche sie nach einer wirklich beißenden Entgegnung, doch zuckte sie schließlich nur die Achseln.
»Seichtes Geschwätz! Vermutlich muß man Ihnen diese Schwäche nachsehen«, sagte sie und betonte das »Ihnen« besonders. Aus dieser nachsichtigen Schlußfolgerung sprach so etwas wie Besorgnis.
Rasumow entging auch nicht die geringste Nuance dieser Unterhaltung, die sich unerwartet ergeben hatte und auf die er nicht vorbereitet gewesen war. Das war es. »Ich war nicht vorbereitet«, sagte er bei sich. »Ich habe mich überraschen lassen.« Er glaubte plötzlich, daß der schwere Druck, der auf ihm lastete, verschwinden würde, wenn es ihm gestattet wäre, eine Weile wie ein Hund zu keuchen. »Niemals werde ich vorbereitet sein!« dachte er verzweifelt. Er lachte ein wenig und sagte so harmlos als möglich:
»Vielen Dank, ich bitte nicht um Gnade.« Dann mit gespielt scherzhafter Beklommenheit: »Fürchten Sie denn nicht, daß Peter Iwanowitsch der Verdacht kommen könnte, wir schmiedeten hier am Tor ohne sein Wissen ein Komplott?«
»Nein, das fürchte ich nicht. Solange Sie in meiner Gesellschaft sind, besteht für Sie nicht die Gefahr, verdächtigt zu werden, mein lieber junger Mann.« Dann erlosch das humorvolle Blitzen in ihren Augen. »Peter Iwanowitsch vertraut mir«, fuhr sie streng fort. »Er hört auch auf meinen Rat. In gewissen Angelegenheiten von Bedeutung bin ich seine rechte Hand... das kommt Ihnen lustig vor, wie? Glauben Sie denn, ich prahle?«
»Gott behüte! Ich sage mir nur gerade, daß Peter Iwanowitsch die Frauenfrage ziemlich komplett gelöst zu haben scheint.«
Noch während er dies sagte, machte er sich seiner Worte und seines Tones wegen Vorwürfe. Den ganzen Tag über hatte er das Falsche gesagt. Es war Torheit, schlimmer als Torheit, es war Schwäche; es war ein geradezu krankhafter Eigensinn, der

seinen Willen überwältigt hatte. War dies etwa die richtige Art, auf Worte zu antworten, die für die Zukunft vertrauliche Mitteilungen von seiten jener Frau erwarten ließen, die ein so umfangreiches geheimes Wissen und so starken Einfluß besaß? Warum nur machte er sie kopfscheu? Doch reagierte sie durchaus nicht feindselig. Ihre Stimme klang nicht ärgerlich, sondern seltsam nachdenklich.

»Man weiß nicht, was man davon halten soll, Rasumow. Sie müssen schon in der Wiege an etwas Bitterem gekaut haben.«

Rasumow warf ihr von der Seite her einen Blick zu.

»Hm. An etwas Bitterem? Das könnte die Erklärung sein«, murmelte er. »Nur war es eben viel später. Und glauben Sie denn nicht, Sophia Antonowna, daß Sie und ich aus derselben Wiege stammen?«

Die Frau, deren Namen auszusprechen er sich nun endlich gezwungen hatte (er hatte starken Widerwillen davor empfunden, ihn über seine Lippen zu lassen), murmelte nach einer Weile: »Meinen Sie Rußland damit?«

Er ließ sich nicht einmal zu einem Nicken herbei. Sie schien besänftigt, die schwarzen Augen blickten versonnen drein, als folge sie in Gedanken diesem Vergleich bis an seinen zarten Ursprung. Plötzlich jedoch zog sie die Brauen zu einem mephistophelischen Stirnrunzeln zusammen.

»Ja. Vielleicht ist es dann auch weiter kein Wunder. Man liegt da, umgeben von allen Übeln, behütet von Wesen, die schlimmer sind als Oger, Leichenfresser und Vampyre. Sie müssen verscheucht, bis auf den letzten Rest vernichtet werden. Angesichts dieser Aufgabe wird alles andere unwichtig, solange nur Männer und Frauen treu und entschlossen handeln. Zu dieser Überzeugung bin ich jedenfalls gelangt. Die Hauptsache ist, daß wir uns untereinander nicht um alle möglichen unerheblichen Kleinigkeiten streiten. Vergessen Sie das nicht, Rasumow.«

Rasumow hörte gar nicht zu. Er war so versunken, daß er sogar das Gefühl verloren hatte, beobachtet zu werden. Seine Beklommenheit, seine Überreiztheit und sein Abscheu waren nun endlich, nach so vielen anstrengenden Stunden, abgestumpft. Es schien ihm auch, als solle das immer so bleiben. »Ich bin ihnen allen gewachsen«, dachte er.

Die Revolutionärin war verstummt; er sah sie nicht an; auf der Straße ging niemand vorüber. Er vergaß fast, daß er nicht allein war. Wieder ertönte ihre Stimme, knapp und sachlich, doch verriet sich darin das Zögern, das der wirkliche Grund für ihr anhaltendes Schweigen gewesen war.

»Übrigens...«

Rasumow zog mit abgewandtem Gesicht eine Grimasse wie jemand, der einen Mißton hört.

»Sagen Sie mal: stimmt es, daß Sie am Vormittag nach der Tat Ihre Vorlesungen besucht haben?«

Es verging der größere Teil einer Sekunde, ehe ihm die ganze Tragweite dieser Frage aufging, ihn traf wie ein Geschoß, das erst einschlägt, nachdem das Mündungsfeuer längst verloschen ist. Glücklicherweise vermochte er mit der freien Hand einen Stab des Gittertores zu packen. Er hielt sich mit furchtbarer Anstrengung daran fest, doch seine Geistesgegenwart hatte ihn verlassen. Er war nur imstande, ein gurgelndes, krächzendes Geräusch zu machen.

»Bitte, Kyrill Sidorowitsch«, drängte sie ihn. »Ich weiß ja, daß Sie kein Mensch sind, der prahlt. Das muß man jedenfalls zu Ihren Gunsten anführen. Sie sind ein verschwiegener Mann. Zu verschwiegen vielleicht. Sie nähren sich von einer inneren Bitterkeit. Sie sind kein Schwärmer. Darin liegt wohl auch Ihre Stärke. Sie dürfen es mir aber ruhig erzählen – man möchte Sie gerne besser verstehen. Ich war so ungeheuer beeindruckt... haben Sie das wirklich getan?«

Er fand die Sprache wieder. Der Schuß war fehlgegangen. Er

war einfach ins Blaue abgefeuert worden, mehr ein Zeichen dafür, daß nun der Nahkampf eröffnet werden sollte. Es ging dabei schlicht und einfach auf Leben und Tod. Und sie war eine gefährliche Gegnerin. Doch war er bereit, den Kampf aufzunehmen, so bereit, daß kein Muskel auf seinem Gesicht zuckte, als er sich ihr zuwandte.
»Gewiß«, sagte er tonlos, insgeheim aufs höchste gespannt, aber doch auch seiner selbst ganz sicher. »Vorlesungen – gewiß doch. Aber warum fragen Sie?«
Sie war es, die nun lebhaft wurde.
»Es ist davon in einem Brief die Rede, den ein junger Mann aus Petersburg geschrieben hat, einer der Unseren selbstverständlich. Man hat Sie gesehen, hat beobachtet, wie Sie mit dem Heft dasaßen und sich völlig gleichmütig Notizen machten...«
Er umfaßte sie mit einem starren Blick. »Was weiter?«
»Nichts – nur nenne ich solche Kaltblütigkeit großartig. Darin zeigt sich ungewöhnliche Charakterstärke. Der junge Mann schreibt, daß niemand von Ihrem Aussehen und Benehmen auf die Rolle hätte schließen können, die Sie erst wenige Stunden zuvor gespielt hatten... jene großartige, bedeutungsvolle, ruhmreiche Rolle...«
»Nein«, stimmte Rasumow zu. »Niemand hätte etwas Derartiges vermuten können, denn schließlich wußte ja noch niemand...«
»Schön, schön, trotz allem sind Sie offenbar ein Mensch von ganz außerordentlicher Seelenstärke. Sie sahen aus wie stets. Man hat sich später staunend daran erinnert...«
»Es hat mich keine Mühe gekostet«, erklärte Rasumow mit dem gleichen starren, ernsten Blick.
»Dann ist es beinahe noch wunderbarer!« rief sie und verstummte, während Rasumow überlegte, ob er da nicht eben etwas gänzlich Überflüssiges, wenn nicht gar Gefährliches gesagt habe.

Sie hob eifrig den Kopf.
»Sie planten also, in Rußland zu bleiben? Sie wollten...«
»Nein«, unterbrach Rasumow ohne Hast. »Ich hatte überhaupt keine Pläne gemacht.«
»Sie sind also einfach vom Tatort weggegangen?« warf sie ein.
Er neigte bedächtig zustimmend den Kopf. »Einfach weggegangen – ja.« Er hatte nach und nach seinen Griff um das Gitter gelockert, wie unter der wachsenden Überzeugung, daß kein ins Blaue abgefeuerter Schuß ihn mehr treffen könne. Und plötzlich kam ihm der Einfall, hinzuzufügen: »Es schneite nämlich in dichten Flocken.«
Sie machte eine kleine anerkennende Kopfbewegung – eine Expertin in solchen Unternehmen, sehr interessiert, imstande, jede Einzelheit mit professioneller Kennerschaft zu begutachten.
Jetzt fiel Rasumow etwas ein, das er gehört hatte.
»Ich bog dann in eine enge Seitenstraße ein«, sagte er lässig und verstummte, als lohne es sich gar nicht, weiter darüber zu sprechen. Dann erinnerte er sich einer weiteren Einzelheit, und er warf sie ihr geringschätzig hin – eine milde Gabe für ihre Neugier.
»Ich spürte Lust, mich an Ort und Stelle hinzulegen und zu schlafen.«
Als sie von diesem Symptom hörte, schnalzte sie außerordentlich beeindruckt mit der Zunge. Dann wollte sie wissen:
»Aber das Heft, Mann! Dieses Schreibheft! Sie wollen mir doch nicht etwa einreden, daß Sie das schon vorher zu sich gesteckt hatten?« rief sie.
Rasumow fuhr zusammen. Das mochte aber auch für eine Geste der Ungeduld gelten.
»Ich ging dann nach Hause, auf dem schnellsten Weg in mein Zimmer.«
»Welche Kaltblütigkeit! Das haben Sie gewagt?«

»Warum nicht? Ich versichere Ihnen, ich war ganz ruhig. Ha! Ruhiger vielleicht als ich jetzt bin.«

»So mag ich Sie viel lieber, als wenn Sie Ihrer Bitterkeit freien Lauf lassen, Rasumow. Und niemand im ganzen Haus hat Sie zurückkommen sehen? Das hätte ja doch Befremden erregen können.«

»Niemand«, versetzte Rasumow entschieden. »Dwornik, Vermieterin, Dienstmädchen – allesamt ausgeflogen. Wie ein Schatten glitt ich die Treppe hinauf. Es war ein trüber Morgen. Keine Sterne am Himmel. Wie ein Gespenst schlich ich mich hinauf. Schicksal? Glück? Was glauben Sie?«

»Ich sehe es förmlich vor mir!« Die Augen der Revolutionärin blitzten dunkel. »Nun – und dann überlegten Sie also...«

Rasumow hatte jetzt alles im Kopfe fertig.

»Nein. Wenn Sie es denn genau wissen wollen: ich blickte auf die Uhr und sah, daß ich gerade noch rechtzeitig kommen würde. Ich nahm das Heft und rannte auf Zehenspitzen die Treppe hinunter. Haben Sie jemals dem Tap-Tap der Schritte eines Menschen gelauscht, der eine lange Stiege hinunterläuft, immer und immer wieder um den Treppenschacht herum? Am Fuße der Treppe brennt dort Tag und Nacht eine Gaslampe. Vermutlich glüht sie auch in diesem Augenblick... das Geräusch verklingt – die Gasflamme flackert...«

Er bemerkte, wie das Staunen gleich einer Welle ihre schwarzen Augen überflutete, die an seinem Gesicht hingen, als nehme die Revolutionärin den Klang seiner Stimme mit den Pupillen auf und nicht mit den Ohren. Er unterbrach sich, strich verwirrt mit der Hand über die Stirne, wie ein Mensch, der laut geträumt hat.

»Wohin soll denn ein Student des Morgens laufen, wenn nicht in seine Vorlesung? Abends ist das was anderes. So aber war es mir gleich, das ganze Haus hätte meinethalben zusehen können. Ich glaube aber, daß niemand zugegen war. Natürlich ist es das beste, nicht gesehen und nicht gehört zu werden. Ja, in Rußland sind diejenigen die glücklichsten, die weder gesehen noch gehört werden. Bewundern Sie mein Glück nicht?«

»Erstaunlich«, sagte sie. »Falls Sie sowohl Glück als auch Entschlußkraft haben, werden Sie wirklich für unsere Pläne von allergrößtem Wert sein.«

Sie sprach ganz ernst, und es schien Rasumow, daß sie dabei Überlegungen anstelle, ihm im Geiste bereits seinen Teil der Arbeit zuweise. Sie blickte zu Boden. Er wartete, jetzt nicht mehr besonders wachsam, doch das Bewußtsein der stets gegenwärtigen Gefahr ließ ihn ernst und aufmerksam aussehen. Wer mochte aus Petersburg über ihn berichtet haben? Gewiß ein Kommilitone, ein schwachsinniges Opfer der revolutionären Propaganda, ein törichter Sklave ausländischer, subversiver Ideale. Vor seinem Auge tauchte eine rotnasige, ausgehungerte Gestalt auf. Das mußte der Kerl gewesen sein.

Er lächelte innerlich über die unsinnige Verkehrtheit des Ganzen: die Selbsttäuschung eines verbrecherischen Schwärmers hatte wie ein Donnerschlag aus heiterem Himmel seine Existenz vernichtet, und nun weckten die falschen Schlußfolgerungen dieser Narren noch einmal ein schwaches Echo zwischen den Trümmern. Sich vorzustellen, daß dieser armselige, ausgehungerte Tropf die Neugier der geflohenen Revolutionäre mit derartig hirnverbrannten Informationen fütterte! Rasumow sah darin durchaus keine Gefahr, im Gegenteil. Wie die Dinge lagen, konnte ihm das nur zum Vorteil gereichen, war das ein unheimlicher Glücksfall, der mit angemessener Behutsamkeit genutzt werden mußte.

»Und doch, Rasumow«, hörte er sie nachdenklich sagen, »und doch haben Sie nicht das Gesicht eines Menschen, der Glück hat.« Sie hob mit wiedererwachter Wißbegier den Blick. »So war das also. Nach vollbrachter Tat gingen Sie einfach nach Hause. Manchmal gelingt so etwas. Vermutlich hatten Sie ausgemacht, daß jeder von Ihnen beiden hinterher seiner Wege gehen sollte?«

Rasumow behielt den ernsten Gesichtsausdruck und die feste, wenn auch bedächtige Redeweise bei.

»War es denn so nicht am besten?« fragte er gelassen. »Im übrigen«, fügte er gleich darauf hinzu, »haben wir uns über das Nachher nicht sehr den Kopf zerbrochen. Wir haben keine Verhaltensmaßregeln abgesprochen. Wir waren uns stillschweigend einig.«

Sie stimmte dieser Erklärung mit leichtem Nicken zu.

»Sie wollten selbstverständlich in Rußland bleiben.«

»In St. Petersburg«, betonte Rasumow. »Das war für mich das sicherste. Ich konnte mich ja auch nirgendwoanders hinwenden.«

»Richtig. Ich weiß. Ganz einleuchtend. Und der andere – dieser wundervolle Haldin, der nur auftauchte, um gleich darauf betrauert zu werden – wissen Sie nicht, was er für Pläne hatte?«

Rasumow hatte vorausgesehen, daß ihm früher oder später eine solche Frage gestellt werden würde. Er hob die Arme und ließ sie dann hilflos sinken – nichts weiter.

Es war die weißhaarige Verschwörerin, die als erste das Schweigen brach.

»Sehr merkwürdig«, sagte sie langsam. »Und Sie haben gar nicht daran gedacht, daß er den Wunsch gehabt haben könnte, später wieder mit Ihnen in Verbindung zu treten?«

Rasumow merkte, daß er ein Beben seiner Lippen nicht unterdrücken konnte. Er fand aber, er sei es sich schuldig zu antworten. Ein weiteres Mal war eine negative Gebärde nicht genug. Sprechen mußte er, und sei es nur, um den Inhalt jenes Briefes zu erfahren, der da aus St. Petersburg eingetroffen war.

»Ich blieb den nächsten Tag zu Hause«, sagte er, neigte sich ein wenig nach vorne und blickte aus nächster Nähe in die schwarzen Augen, um es ihnen unmöglich zu machen, das Zittern seiner Lippen zu bemerken.

»Ja, ich blieb daheim. Da meine Handlungen ganz offenbar Gegenstand von Erinnerungen und Berichten sind, wissen Sie vielleicht, daß man mich Tags darauf nicht in der Vorlesung gesehen hat. Das wußten Sie nicht? Ach! Nun, jedenfalls blieb ich den lieben langen Tag daheim.«

Angerührt von seinem erregten Ton, murmelte sie teilnehmend: »So war das also. Es muß sehr aufreibend gewesen sein.«

»Sie scheinen sich jedenfalls eine Vorstellung machen zu können«, sagte Rasumow fest. »Es war wirklich aufreibend. Es war grauenhaft. Ein entsetzlicher Tag. Und nicht der letzte.«

»Ja, ich begreife. Sie hörten ja später, daß man ihn verhaftet hatte. Ich weiß, wie einem zumute ist, wenn man einen Kampfgenossen verloren hat. Man schämt sich, selber noch am Leben zu sein. Und an wie viele solche Genossen kann ich mich erinnern! Nun, einerlei. Nicht lange mehr, und man wird sie rächen. Und was ist schließlich der Tod? Jedenfalls viel weniger schändlich als so manches Leben.«

Rasumow fühlte, daß sich in seiner Brust etwas regte, ein schwaches, lästiges Zittern.

»Manches Leben?« wiederholte er mit einem forschenden Blick.

»Als ein unterwürfiges, sklavisches Leben. Leben? Nein! Es ist wohl mehr ein Dahinvegetieren auf dem Schmutzhaufen von Ungerechtigkeit, der die Welt darstellt. Wenn das Leben nicht schmählich sein soll, Rasumow, dann muß es eine Rebellion sein, ein unerbittlicher Protest in jedem Augenblick!«

Sie besänftigte sich wieder, ihre tränenfeuchten Augen trockneten im Feuer ihrer Leidenschaft, und als sie fortfuhr, geschah es wieder in ihrer umsichtigen, sachlichen Art:

»Sie verstehen mich, Rasumow. Sie sind kein Schwärmer, doch Sie verfügen über eine unheimliche Kraft der Auflehnung. Ich habe das sogleich gespürt, gleich als ich Sie in Zürich sah – Sie erinnern sich. Oh! Sie sind voll von einer bitteren Auflehnung! Das ist gut. Empörung kann ermatten, selbst der Rachedurst

kann gestillt werden, nicht aber der jeden Kompromiß ablehnende Sinn für das Notwendige und Gerechte, der Sie und Haldin getrieben hat, jenes fanatische Vieh zu töten... der war es nämlich, und nichts anderes. Ich habe darüber nachgedacht. Etwas anderes kann es gar nicht gewesen sein.«
Rasumow machte eine leichte Verbeugung, deren Ironie hinter der beinahe unheimlichen Reglosigkeit seiner Gesichtszüge verborgen blieb.
»Für den Toten kann ich nicht sprechen. Was mich betrifft, so darf ich Ihnen versichern, daß die Notwendigkeit und ... nun ... ein Sinn für gerechte Vergeltung meine Haltung bestimmten.«
»Das war gut«, sagte er zu sich, während ihre Augen auf ihm ruhten, schwarz und unzugänglich wie die Hirnwindungen, in denen der revolutionäre Gedanke haust und die gewaltsame Veränderung der Welt erträumt. Als ob jemals etwas geändert werden könnte! In dieser unserer Welt kann nichts geändert werden – weder Glück noch Elend. Beides kann nur seinen Ort verändern, und zwar auf Kosten der Gewissen, die dabei verdorben, und der Leben, die dabei zerstört werden – ein nutzloses Spiel für anmaßende Philosophen und blutdürstige Müßiggänger. Solche Gedanken schossen Rasumow durch den Kopf, während er der erprobten Revolutionärin gegenüberstand, der geachteten, vertrauenswürdigen, einflußreichen Sophia Antonowna, deren Wort solches Gewicht für die aktiven Sektionen einer jeden Partei besaß. Sie war viel repräsentativer als der große Peter Iwanowitsch. Frei von Rhetorik, Mystizismus und Theorien verkörperte sie den wahren Geist der auf Zerstörung bedachten Revolution. Und sie war auch der Gegner, dem er sich stellen mußte. Es verschaffte ihm einen freudigen Triumph, daß er sie mit ihren eigenen Worten zu täuschen vermochte. Er erinnerte sich jenes Ausspruches, demzufolge uns die Sprache verliehen ist, damit wir mit ihrer Hilfe unsere Gedanken verschleiern. Er machte dieses zynische Wort auf sehr feinsinnige

und verachtungsvolle Weise wahr, indem er den Geist der brutalen Revolution mit dessen eigenen Worten verhöhnte, jenen Geist, der sich in der Frau mit dem weißen Haar und den schwarzen Brauen verkörperte, die zwei leicht getuschten Bögen glichen, welche durch die senkrecht verlaufenden Fältchen nachdenklichen Stirnrunzelns zusammengehalten wurden.
»Richtig, Vergeltung. Kein Erbarmen!« Und nachdem sie mit diesen Worten ihr Schweigen gebrochen hatte, fuhr sie erregt in knappen, bebenden Sätzen fort:
»Hören Sie meine Geschichte, Rasumow!«... Ihr Vater war ein geschickter, aber vom Unglück verfolgter Handwerker gewesen. Keine Freude erhellte seine arbeitsreichen Tage. Mit fünfzig Jahren starb er. Sein Lebtag war er in der Gewalt von Menschen gewesen, die ihn für das Wasser, das Salz, ja die Luft, die er atmete, bezahlen ließen; die ihn bis aufs Blut besteuerten und das Leben seiner Söhne von ihm forderten. Kein Schutz, keine Fürsprache! Was hatte die Gesellschaft ihm zu sagen? Sei unterwürfig und ehrlich. Begehrst du auf, so werde ich dich töten. Stiehlst du, so sperre ich dich ein. Leidest du, dann habe ich dir nichts zu bieten, außer einem Stück Brot für den Bettler, doch keinen Trost für deinen Kummer, keine Achtung vor dir als einem Mitmenschen, kein Erbarmen mit dem Elend deines jämmerlichen Lebens.
So plagte er sich, so litt er, und so starb er. Er starb im Spital. An seinem Grabe stehend, bedachte sie sein gequältes Dasein – sah es ganz vor sich. Sie gedachte der einfachen Freuden des Lebens, auf die auch der Niedrigstgeborene ein Anrecht hat, die aber durch ein unverzeihliches Verbrechen der Gesellschaft seiner schlichten Seele vorenthalten geblieben waren.
»Ja, Rasumow«, fuhr sie leise und eindringlich fort. »Da stand ich, fast noch ein Kind, und verfluchte nicht die Plackerei und das Elend, die sein Leben gewesen waren, sondern die große soziale Ungerechtigkeit eines Systems, das auf unvergoltener

Mühe und unbetrauertem Leiden ruht. Von jenem Augenblick an gehörte ich der Revolution.«

Rasumow, der sich bemühte, nicht den gefährlichen Schwächen der Herablassung oder des Mitleides zu erliegen, hatte eine ungerührte Miene bewahrt. Zum erstenmal, seit er in ihrer Gesellschaft war, hörte er Bitterkeit in ihrer Stimme, als sie fortfuhr: »Von der Kirche durfte ich keinen Trost erwarten, denn die Priester des Systems verlangten von solchem Ungeziefer, wie ich es war, einzig Ergebenheit in das Schicksal. Also ging ich in die geheimen Zirkel, sobald ich wußte, wie das anzustellen war. Da war ich erst sechzehn, Rasumow, sechzehn! Und sehen Sie sich jetzt mein Haar an.«

In den letzten Worten war weder Stolz noch Traurigkeit, und auch die Bitterkeit war aus ihrer Stimme geschwunden.

»Ich habe ungewöhnlich volles Haar. Immer schon, auch als junges Mädchen, hatte ich herrliches Haar. Nur schnitten wir es uns damals kurz und glaubten, damit den ersten Schritt zur Vernichtung der sozialen Ungerechtigkeit getan zu haben. *Ecrasez l'infâme!* Eine schöne Parole. Wenn ich könnte, würde ich sie an die Mauern von Kerkern und Palästen schreiben, in Fels meißeln, in feurigen Lettern an den leeren Himmel schreiben, als ein Zeichen der Hoffnung und des Schreckens, als Vorzeichen des Endes ...«

»Sehr schön gesagt, Sophia Antonowna«, unterbrach Rasumow plötzlich. »Nur scheint mir, Sie haben bislang in Wasser geschrieben.«

Dieser Einwurf beleidigte sie nicht.

»Wer weiß? Vielleicht wird es bald Wirklichkeit, steht die Schrift in Großbuchstaben über unserem ganzen riesigen Land«, sagte sie bedeutungsvoll. »Und dann hätte man lange genug gelebt. Weißes Haar fiele dann nicht mehr ins Gewicht.«

Rasumow schaute auf ihr weißes Haar: und dieses Zeichen so vieler rastlos verbrachter Jahre schien ihm nichts anderes als ein Beweis für die unbesiegliche Kraft des Aufstandes. Ungemein wirkungsvoll brachte es das faltenlose Gesicht zur Geltung, die glänzend schwarzen Augen, die zierliche, aufrechte Gestalt, die schlichte, sachliche Beherrschtheit der gereiften Persönlichkeit. Es war, als habe sie auf ihrer revolutionären Wallfahrt zwar nicht das Geheimnis ewiger Jugend, wohl aber das der unendlichen Geduld entdeckt.

Wie unrussisch sieht sie doch aus, dachte Rasumow. Ihre Mutter mag eine Jüdin, eine Armenierin oder weiß der Teufel was gewesen sein. Er sann darüber nach, daß der Revolutionär nur selten einem festgelegten Typ ähnelt. Die Revolte ist ja gerade der Ausdruck des Individualismus, grübelte er unbestimmt. Man erkennt sie in jeder Gesellschaft und in jeder Umgebung schon aus der Entfernung. Es ist wirklich erstaunlich, daß die Polizei nicht...

»Wir werden uns so bald nicht wiedersehen«, sagte sie nun. »Morgen fahre ich.«

»Nach Zürich?« fragte Rasumow beiläufig, empfand aber große Erleichterung, und zwar war es nicht so sehr ein bestimmtes Angstgefühl, das er weichen fühlte, sondern eine Art Spannung, wie nach einem Ringkampf.

»Ja, nach Zürich. Vielleicht auch noch weiter, viel weiter weg, wieder auf eine Reise. Wenn ich an alle meine Reisen denke... Einmal wird es die letzte sein. Nun, einerlei, Rasumow. Wir waren uns ein gutes langes Gespräch schuldig. Falls wir uns hier nicht getroffen hätten, hätte ich Sie gewiß aufgesucht. Peter Iwanowitsch kennt Ihre Adresse. Ja. Ich hätte ihn darum gefragt – aber so ist es besser. Wir erwarten noch zwei Männer, und ich verbringe die Zeit bis zu deren Ankunft viel lieber hier, im Gespräch mit Ihnen, als da oben im Haus mit...«

Sie hatte derweil zum Ausgang geblickt und unterbrach sich jetzt. »Da sind sie«, sagte sie hastig. »Also, Kyrill Sidorowitsch, wir müssen uns dann gleich verabschieden.«

IV

Rasumow fühlte sich beunruhigt, denn er wußte nicht genau, woran er war. Er drehte den Kopf und gewahrte auf der entfernten Straßenseite zwei Männer, die, als sie sich von Sophia Antonowna bemerkt sahen, sogleich herüberkamen und hintereinander durch das kleine Tor neben dem leeren Pförtnerhaus eintraten. Sie sahen den Fremden scharf, doch ohne Mißtrauen an, denn die rote Bluse war ein weithin sichtbares, beruhigendes Signal. Der erste, ein großer Mann mit blassem, bartlosem Gesicht, einem Doppelkinn und weit vorstehendem Bauch, den er in einem straff gespannten Mantel stolz vor sich herzutragen schien, nickte nur mit verdrießlich abgewendetem Gesicht. Sein Gefährte – mager, gerötete Wangen, martialischer roter Schnurrbart unter scharfer, vorspringender Nase – trat sogleich zu Sophia Antonowna, um sie herzlich zu begrüßen. Seine Stimme war kräftig, aber unverständlich. Sie klang wie ein tiefes Summen. Die Revolutionärin begrüßte ihn ruhig und freundlich.

»Dies ist Rasumow«, verkündete sie mit klarer Stimme. Der magere Neuankömmling wandte sich eifrig an Rasumow. »Gleich wird er mich umarmen wollen«, dachte unser junger Mann und schreckte innerlich zurück, während sein Körper in schwerfälliger Unbeweglichkeit verharrte. Doch war seine Furcht unbegründet. Er hatte es jetzt mit einer Generation von Verschwörern zu tun, die einander nicht mehr auf die Wange küßten; er hob den Arm, der schwer war wie Blei, und ließ seine Hand in den dargebotenen Handteller fallen, der mager und heiß und wie von Fieber ausgetrocknet war und einen vielsagenden, knochigen Druck ausübte, wie um zu verstehen zu geben: »Es bedarf keiner Worte.«

Dieser Mann hatte große, weit geöffnete Augen. Rasumow glaubte hinter der in ihnen stehenden Traurigkeit ein Lächeln zu sehen.

»Dies ist Rasumow«, wiederholte Sophia Antonowna laut für den fetten Menschen, der, etwas abseits stehend, das Profil seines Bauches zur Schau stellte.

Keiner rührte sich. Alles – Geräusche, Haltungen, Bewegungen und Unbeweglichkeit – schien Teil eines Experimentes zu sein, dessen Resultat ein komisch verdrossenes, dünnes Quieken war: »Richtig! Herr Rasumow! Seit Monaten hört man nichts mehr als Rasumow. Ich gestehe jedoch, daß ich meinerseits es vorgezogen hätte, Haldin an dieser Stelle zu sehen und nicht Herrn Rasumow.«

Die quengelnde Betonung des Namens ›Herr Rasumow – Rasumow‹ drang so aufreizend ans Ohr wie das Falsett eines Clowns, der gerade mit seinem Auftritt beginnt. Rasumows erste Reaktion war Staunen, dann überkam ihn Empörung.

»Was soll das heißen?« fragte er scharf.

»Nichts, Unsinn. So ist er immer.« Sophia Antonowna war augenscheinlich verärgert. Doch ließ sie die Auskunft ›Necator‹ gerade laut genug fallen, daß Rasumow sie verstehen konnte. Die abgerissenen Quiektöne, die der fette Mann ausstieß, schienen aus jenem ballonartigen Ding zu kommen, das er unter seinem Mantel trug. Die Tölpelhaftigkeit seiner Haltung, die riesigen Füße, die leblos baumelnden Hände, die aufgeblähten, blutleeren Backen, die kümmerlichen Haarsträhnen, die in seinen feisten Nacken fielen, veranlaßten Rasumow, ihn, zwischen Grauen und Lachen schwankend, anzustarren.

Nikita, der unter geschickter Benutzung der Alliteration mit dem Spitznamen Necator belegt worden war! Rasumow hatte von ihm gehört. Seit er die Grenze überschritten, hatte er so viel über die Größen unter den aktiven Revolutionären gehört – Legenden, Märchen und authentische Berichte –, auf die hin und wieder eine halb ungläubige Welt ihren Blick werfen darf. Rasumow also hatte von ihm gehört. Man sagte, er habe mehr Polizisten und Polizeispitzel getötet als irgendein anderer lebender Revolutionär. Man hatte ihn mit Hinrichtungen beauftragt.

Der Zettel mit den Buchstaben NN, geradezu das Pseudonym für Mord, den man auf der durchbohrten Brust eines berüchtigten Spitzels gefunden hatte (diese pittoreske Einzelheit eines sensationellen Mordfalles war in die Zeitungen gelangt) war sein Markenzeichen. ›Im Auftrage des Komitees, NN‹. Ein Zipfel des Vorhanges war gelüftet worden, und das tat seine Wirkung auf die Phantasie einer erstaunt glotzenden Welt. Es hieß, er habe unzählige Male die Grenze überschritten, der Necator der Bürokraten, der Gouverneure, der unbekannten Spitzel. Zwischen seinen Aufträgen, so hatte Rasumow vernommen, lebte er mit einer reizenden Frau, die der Sache ergeben war, und zwei kleinen Kindern an den Gestaden des Comer Sees. Wie aber konnte dieses Geschöpf, dessen haarsträubender Anblick jeden Dorfköter zum Bellen bringen mußte, seine tödlichen Aufträge ausführen und dabei immer wieder dem Netz der Polizei entwischen?

»Na, was denn? Was denn?« quiekte die Stimme. »Ich bin bloß ehrlich. Keiner bestreitet, daß der andere der Anführer war. Na, da wäre eben besser der übriggeblieben. Wertvoller für uns. Ich bin nicht sentimental. Ich sage, was ich denke... das ist bloß natürlich.«

Quiek, quiek, quiek, ohne Geste, ohne Regung – die schauerlich quietschende Posse der Eifersucht; dieser Mensch mit dem unheimlich alliterierenden Spitznamen, dieser Vollstrecker revolutionärer Todesurteile, der schreckenerregende NN mit einem Wort, war so beleidigt, wie es ein Modetenor ist, wenn das Auftreten eines unbekannten Amateurs Aufsehen macht. Sophia Antonowna zuckte die Achseln. Der Genosse mit dem kriegerischen roten Schnurrbart näherte sich hastig Rasumow und ließ beschwichtigende Summtöne vernehmen.

»Hol es der Teufel! Noch dazu hier, sozusagen in aller Öffentlichkeit. Aber Sie sehen selbst, wie es ist. Einer von seinen blödsinnigen Einfällen. Hat überhaupt nichts zu bedeuten.«

»Bitte beunruhigen Sie sich nicht«, sagte Rasumow und brach in ein schallendes Gelächter aus. »Es macht ja nichts.«

Der andere, hektische Röte wie zwei Brandmale auf den Wangen, starrte ihn zunächst an, begann dann aber ebenfalls schallend zu lachen. Rasumows Heiterkeit legte sich von einer Sekunde zur nächsten, und er trat einen Schritt vor.

»Genug jetzt«, sagte er deutlich und schneidend, obwohl er kaum das Zittern in seinen Beinen beherrschen konnte. »Ich dulde das nicht länger. Ich werde niemandem gestatten... ich begreife sehr gut, was Sie mit diesen Anspielungen bezwecken ...Stellen Sie Nachforschungen, eine Untersuchung an. Bitte sehr! Aber ich lasse nicht mit mir spielen.«

Er hatte solche Worte schon mehrmals gesprochen. Er war genötigt gewesen, sie anderen Personen entgegenzuschleudern, die ihn ebenfalls verdächtigten. Es war ein teuflischer Kreislauf, der ihn wie vor eine fatale Lebensnotwendigkeit immer wieder vor diesen Protest stellte. Doch es nützte alles nichts. Man würde immer wieder mit ihm spielen. Zum Glück währt das Leben nicht ewig. »Ich dulde das nicht!« schrie er und schlug mit der Faust in die hohle Hand.

»Was ist denn los mit Ihnen, Kyrill Sidorowitsch?« mischte die Revolutionärin sich jetzt streng ein. Alle sahen auf Rasumow. Der Gendarmentöter hatte sich hergewandt und präsentierte seinen unförmigen Bauch en face wie einen Schild.

»Schreien Sie nicht. Es sind Leute auf der Straße.« Sophia Antonowna fürchtete einen weiteren Ausbruch. Eine Dampfbarkasse hatte, von Monrepos kommend, am Steg gegenüber dem Tor festgemacht und etliche einheimische Fahrgäste an Land gesetzt, die sich bereits zerstreuten, ohne daß man auf die heisere Dampfpfeife oder das Schraubengeräusch aufmerksam geworden wäre. Nur ein verfrühter Tourist in Pumphosen, kenntlich an einem nagelneuen Feldstecherfutteral aus gelbem Leder, blieb einen Augenblick stehen, denn er witterte das Ungewöhnliche, das von diesen vier Menschen in dem eingezäunten Garten ausging, der aussah, als gehöre er zu einem verwahrlosten Privathaus. Ah! Hätte er nur geahnt, was ihm der Zufall da auf einer ganz gewöhnlichen Reise in den Weg geführt hatte! Doch er war wohlerzogen; er wandte den Blick ab und ging mit kleinen Schritten davon, die Allee hinunter, und hielt dabei nach einer Straßenbahn Ausschau.

Eine Handbewegung Sophia Antonownas – »überlaßt ihn mir« – hatte die beiden Männer davongeschickt. Das Summen der unverständlichen Stimme wurde schwächer und schwächer, das schrille »Was denn nun? Was ist jetzt wieder los?« ähnelte mit zunehmender Entfernung immer mehr dem Quieken eines Spielzeugtieres. Sie hatten ihr Rasumow überlassen. Man konnte der erfahrenen Sophia Antonowna so viele Dinge getrost überlassen. Und sogleich wanderten deren schwarze Augen zu Rasumow, versuchten sie, seinem Ausbruch auf den Grund zu kommen. Der hatte doch etwas zu bedeuten. Niemand wird als aktiver Revolutionär geboren. Man wird es erst durch einen Umschwung, der machtvoll, mit der Kraft einer Berufung eintritt, und diesem folgen quälende Zweifel und ungestüme Bejahung, ein schwankender Seelenzustand, der so lange währt, bis der Bekehrte endlich Frieden findet in unerschütterlichem Glauben. Sie hatte Scharen von jungen Menschen durch diese seelische Krise gehen sehen, hatte die Krise manchmal nur geahnt. Dieser junge Mann sah aus wie ein seinen Stimmungen ausgelieferter Mensch, ein Mensch, der von nichts anderem reden kann als von sich selber. Sein Fall war übrigens ein besonderer – ein einzigartiger Fall. Sie hatte noch nie jemanden getroffen, der sie so interessierte und ihr so rätselhaft war.

»Sehen Sie sich vor, Freund Rasumow. Wenn Sie so weitermachen, werden Sie verrückt. Sie wüten gegen die ganze Welt und gegen sich selber, und Sie sind unablässig auf der Suche nach etwas, womit Sie sich quälen können.«

»Das ist unerträglich!« Rasumow vermochte nur keuchend zu sprechen. »Sie müssen zugeben, daß ich mir keine Illusionen mehr über die Haltung... sie ist unklar... oder besser, nur zu klar.« Er machte eine Gebärde der Verzweiflung. Nicht sein Mut ließ ihn im Stich, sondern die erstickenden Dämpfe der Lüge schnürten ihm die Kehle zu – der Gedanke, dazu verdammt zu sein, in dieser verdorbenen Atmosphäre immer von neuem zu kämpfen, ohne Hoffnung, sich je durch einen Atemzug frischer Luft stärken zu können.

»Sie brauchen einen Schluck kaltes Wasser.« Sophia Antonowna sah zum Haus hin, schüttelte den Kopf und blickte dann durch das Gittertor auf die randvolle Selbstzufriedenheit des Sees. Angesichts dieser Fülle gab sie mit einem halb komischen, halb verzweifelten Achselzucken auf.

»Sie selber sind es, mein Lieber, der fortwährend gegen etwas anrennt, das gar nicht vorhanden ist. Was treibt Sie nur dazu? Selbstvorwürfe? Das wäre ja unsinnig. Sie konnten sich doch nicht stellen und verhaften lassen, nur weil Ihr Genosse verhaftet worden war.«

Sie redete ihm gut und recht lange zu. Er habe sich keinesfalls über seine Aufnahme zu beschweren. Man rede über jeden Neuankömmling. Man müsse jeden gründlich prüfen, ehe man ihn aufnehmen dürfe. Sie könne sich nicht erinnern, daß man jemand von Anfang an auch nur annähernd so viel Vertrauen entgegengebracht habe wie ihm. Bald, sehr bald schon, vermut-

lich früher als er erwarte, werde man ihm Gelegenheit geben zu beweisen, daß er von ganzem Herzen danach verlange, bei der Auslöschung der Schmach mitzuwirken.
Rasumow hörte zu und dachte: »Vielleicht bemüht sie sich, mein Mißtrauen einzuschläfern. Andererseits sieht man ja deutlich, daß die meisten dieser Menschen Tröpfe sind.« Er trat einige Schritte beiseite, verschränkte die Arme vor der Brust und lehnte sich an den steinernen Pfeiler der Einfahrt.
»Was nun die nach wie vor dunklen Einzelheiten von Haldins Schicksal betrifft«, sagte Sophia Antonowna so bedächtig, daß ihre Worte wie Tropfen geschmolzenen Bleis auf Rasumow fielen, »was die Einzelheiten angeht, so stimmt es zwar, daß bisher noch niemand behauptet, Sie hätten sich aus Angst oder Nachlässigkeit nicht richtig verhalten, aber hier habe ich eine kleine Information...«
Rasumow konnte nicht verhindern, daß er erwartungsvoll den Kopf hob, und Sophia Antonowna nickte leicht.
»Ja. Sie erinnern sich, daß ich vor einigen Minuten von einem Brief aus St. Petersburg gesprochen habe.«
»Von einem Brief? Selbstverständlich. Irgendein Wichtigtuer hat berichtet, was ich an einem bestimmten Tage getrieben habe. Ekelhaft. Ich nehme an, daß unsere Polizei sehr erbaut ist, wenn sie diese interessanten und... und höchst überflüssigen Schriftstücke öffnet.«
»Aber mein Lieber! Die Polizei bekommt unsere Korrespondenz nicht so leicht in die Hand, wie Sie zu glauben scheinen! Der fragliche Brief hat St. Petersburg erst nach dem Einsetzen des Tauwetters verlassen. Er wurde mit dem ersten englischen Dampfer befördert, der dieses Frühjahr aus der Newa auslief. Da ist ein Heizer an Bord – einer der Unseren. Dieser Brief kommt aus Hull.«
Sie unterbrach sich, wie verblüfft über die mißmutige Starrheit von Rasumows Blick, fuhr aber sogleich und viel schneller fort:

»Wir haben da einige Leute, die ... nun, das spielt keine Rolle. Der Schreiber dieses Briefes berichtet über einen Vorfall, der, wie er glaubt, im Zusammenhang stehen könnte mit der Verhaftung Haldins. Ich wollte Ihnen gerade davon erzählen, als die beiden Männer eintrafen.«

»Das war ebenfalls ein Vorfall«, murrte Rasumow. »Ein für mich ganz reizender Vorfall.«

»Lassen Sie das doch endlich!« rief Sophia Antonowna. »Niemand hört gerne Nikitas Gekläff. Aber bösartig ist er nicht. Passen Sie jetzt gefälligst auf. Vielleicht können Sie Licht in die Sache bringen. Es handelt sich um eine Art Ackerbürger aus St. Petersburg, einen Mann, dem ein paar Pferde gehörten. Er ist vor Jahren in die Stadt gekommen, um bei einem Verwandten als Kutscher zu dienen, und zum Schluß hat er selber ein oder zwei Kutschen besessen.«

Sie hätte sich die Mühe sparen können, Rasumow mit einer Gebärde am Sprechen zu hindern. Rasumow hatte nicht die Absicht, zu sprechen; er hätte ihr jetzt nicht ins Wort fallen können, wenn es sein Leben gegolten hätte. Das Zusammenziehen seiner Gesichtsmuskeln war unfreiwillig erfolgt, nichts als ein Kräuseln der Oberfläche, und er sah noch ebenso mißmutig und aufmerksam drein wie zuvor.

»Es scheint«, fuhr sie fort, »daß er anders war als die Angehörigen seiner Klasse. Die Leute im Haus ... mein Informant hat mit vielen von ihnen gesprochen ... es handelt sich da um eine jener schändlichen Mietskasernen ...«

Sophia Antonowna hätte sich die Beschreibung des Hauses sparen können. Rasumow sah nur zu deutlich hinter ihr eine dunkle Masse aus Backsteinen aufragen, Schneeflocken legten einen Schleier davor, und hinter den Fenstern der Kneipe im Erdgeschoß blakte fettiges Licht. Das Gespenst jener Nacht verfolgte ihn. Er stellte sich ihm, rasend vor Zorn und gleichzeitig ermattet.

»Hat der verstorbene Haldin Ihnen gegenüber jemals dieses Haus erwähnt?« verlangte Sophia Antonowna zu wissen.
»Ja.« Und indem er diese Antwort gab, fragte Rasumow sich, ob er nun in die Falle gegangen sei. Er fand es so erniedrigend, diese Menschen belügen zu müssen, daß er es nicht fertiggebracht hätte, nein zu sagen. »Er hat mir gegenüber«, fügte er langsam hinzu, und so, als bemühe er sein Gedächtnis, »ein solches Haus einmal erwähnt. Er pflegte dort Arbeiter aufzusuchen.«
»Richtig.«
Sophia Antonowna triumphierte. Ihr Korrespondent, der sich mit einem dort wohnenden Arbeiter angefreundet hatte, war zufällig im Gespräch mit den Hausbewohnern auf diesen Sachverhalt gestoßen. Haldins Aussehen war ihm ganz treffend beschrieben worden. Haldin habe in das Elend dort einen Schimmer der Hoffnung gebracht. Er sei nicht regelmäßig, doch recht oft gekommen und habe auch – so berichtete der Briefschreiber – gelegentlich die Nacht im Haus verbracht, und zwar, wie man annahm, in einem Stall, der vom Innenhof aus zugänglich war.
»Beachten Sie das, Rasumow. In einem Stall.«
Rasumow hatte mit einer verzweifelten und zugleich belustigten Ergebenheit zugehört.
»Richtig. Im Stroh. Vermutlich der sauberste Ort im ganzen Haus.«
»Ohne Zweifel«, stimmte die Frau zu und runzelte dabei die Stirn, wodurch sich ihre schwarzen Brauen in unheimlicher Weise zusammenzogen. Ein vierbeiniges Geschöpf sei eben nicht imstande, in dem Dreck und dem Elend zu leben, die zu ertragen so unendlich viele Menschen in Rußland verdammt seien. Das Bedeutendste dieser Mitteilung liege aber darin, daß sie beweise, Haldin sei mit jenem pferdebesitzenden Bauern bekannt gewesen – einem bedenkenlosen, unsteten, ausschwei-

fenden Burschen, den die anderen Bewohner des Hauses nicht sehr schätzten. Man hielt ihn für den Spießgesellen einer Einbrecherbande, von deren Mitgliedern einige erwischt worden waren. Zwar war das nicht geschehen, während er sie kutschierte, doch verdächtigte man ihn immer noch, der Polizei einen Wink gegeben zu haben...

Die Revolutionärin unterbrach sich plötzlich.

»Und Sie? Haben Sie je von Ihrem Freund den Namen Sjemjanitsch gehört?«

Rasumow war auf diesen Namen gefaßt. Er hatte die Frage erwartet. »Wenn sie gestellt wird, werde ich alles gestehen«, hatte er sich versprochen. Doch ließ er sich Zeit damit.

»O ja«, begann er bedachtsam. »Sjemjanitsch, ein Bauer, dem ein Gespann gehörte. Richtig, bei einer Gelegenheit, Sjemjanitsch! Gewiß doch! Sjemjanitsch mit den Pferden... wie konnte ich das nur vergessen? In einem der letzten Gespräche, das wir führten.«

»Das heißt also, Rasumow«, Sophia Antonowna blickte sehr ernst drein, »das heißt also, es war kurz bevor...?«

»Bevor was?« brüllte Rasumow und ging auf die Frau los, die verwundert schien, aber nicht wich. »Bevor... Oh! Natürlich war es vorher. Nachher kann es schließlich nicht gewesen sein. Wenige Stunden vorher.«

»Und hat er positiv von ihm gesprochen?«

»Begeistert! Die Pferde des Sjemjanitsch! Die prächtige Seele des Sjemjanitsch!«

Rasumow empfand wilde Freude, als er diesen Namen laut aussprach, der bis dahin nie hörbar über seine Lippen gekommen war. Er blickte Sophia Antonowna so lange mit funkelnden Augen an, bis ihr faszinierter Gesichtsausdruck ihn wieder zur Besinnung brachte.

»Der verstorbene Haldin«, sagte er mit niedergeschlagenen Augen und sehr beherrscht, »neigte dazu, ganz unvermittelt eine Vorliebe für irgendwelche Leute zu entwickeln, und zwar oft ohne zureichenden Grund.«

»Ah!« rief Sophia Antonowna und klatschte in die Hände. »Das erklärt meiner Ansicht nach alles. Der Verdacht meines Berichterstatters wurde nämlich...«

»Ha! Ihr Berichterstatter!« versetzte Rasumow mit beinahe offenem Spott. »Was für einen Verdacht hatte er? Und wodurch wurde der geweckt? Durch diesen Sjemjanitsch? Wohl ein versoffener, schwatzhafter, gefälliger...«

»Sie reden ja, als sei er Ihnen bekannt gewesen!«

Rasumow blickte auf.

»Nein. Aber ich kannte Haldin.«

Sophia Antonowna nickte ernst.

»Ich verstehe schon. Meiner Ansicht nach bestätigt jedes Ihrer Worte den Verdacht, der mir in diesem außerordentlich interessanten Brief mitgeteilt wird. Man hat Sjemjanitsch eines Tages im Stall tot an einem Haken hängend gefunden.«

Rasumow war tief verstört. Man sah es ihm an, denn Sophia Antonowna bemerkte lebhaft:

»Ah, es beginnt Ihnen zu dämmern.«

Er sah es deutlich genug: Im Schein der Laterne, die ihre Schattenspeichen in den kellergleichen Stall warf, hing die Leiche im Schafspelz und den hohen Stiefeln an der Mauer. Die spitze Kapuze fiel über die Augen und verdeckte das Gesicht. »Doch das betrifft mich nicht«, überlegte er. »Meine Stellung wird davon nicht berührt. Er hat nicht gewußt, wer ihn prügelte. Er kann es nicht gewußt haben.« Rasumow fühlte Mitleid mit dem alten Schürzenjäger, dem Liebhaber der Flasche.

»Ja«, murmelte er, »manche von ihnen enden so. Was halten Sie davon, Sophia Antonowna?«

In Wirklichkeit war es eine Überlegung ihres Korrespondenten, doch Sophia Antonowna hatte sie sich ganz zu eigen gemacht und drückte sie mit einem Worte aus: »Reue.« Rasumow riß die Augen auf. Sophia Antonownas Berichterstatter war der tatsächlich zwischen Haldin und Sjemjanitsch bestehenden Beziehung recht nahe gekommen, indem er auf den Klatsch im Haus gehört und die Einzelheiten zusammengesetzt hatte.

»Ich bin es, die Ihnen nun über den Punkt Auskunft geben kann, über den Sie im Zweifel waren – ich kann Ihnen nämlich sagen, wie Ihr Freund sich nach der Tat in Sicherheit bringen, mindestens aber St. Petersburg verlassen wollte. Vielleicht wollte er nur das und vertraute im übrigen auf sein Glück. Und die Pferde dieses Mannes waren Teil seines Planes.«

»So haben sie doch tatsächlich die Wahrheit herausgebracht«, staunte Rasumow im stillen, während er gleichzeitig sachverständig nickte. »Jawohl, das ist denkbar, sehr gut denkbar.« Die Revolutionärin hingegen hielt es für nicht weniger als gewiß. Zunächst einmal, so sagte sie, habe man einen Teil eines Gespräches zwischen Haldin und Sjemjanitsch belauscht, in dem es um Pferde ging. Weiter sei da das Mißtrauen der Hausbewohner, das entstanden war, als ihr ›junger Herr‹ (sie kannten Haldin nicht bei Namen) seine Besuche im Haus einstellte. Einige von ihnen beschuldigten Sjemjanitsch, den Grund für dieses Ausbleiben zu kennen. Er habe stets gereizt widersprochen, Tatsache sei jedoch, daß er seit Haldins Verschwinden nicht mehr er selbst gewesen, sondern schwermütig und immer magerer geworden war. Endlich sei er im Verlauf eines Streites mit einer Frau (der er gerade den Hof machte), in dem offenbar die meisten Hausbewohner Partei ergriffen, von seinem Erzfeind, einem hünenhaften Bettler, offen ein Spitzel genannt und bezichtigt worden, ›unseren jungen Herrn nach Sibirien kutschiert‹ zu haben, ›geradeso wie die anderen Kerle, die Einbrecher‹. Anschließend sei es zu einer Prügelei gekommen, und man habe Sjemjanitsch die Treppe hinuntergeworfen. Daraufhin habe er sich dem Trunk ergeben, eine Woche lang vor sich hin gebrütet und sich aufgehängt.

Sophia Antonowna zog aus diesem Bericht die Folgerungen. Sie warf Sjemjanitsch vor, entweder im Rausch ausgeplaudert zu haben, daß er an einem bestimmten Tag einen bestimmten Auftrag auszuführen hatte, was dann in irgendeiner Kneipe – vielleicht gar in der dortigen Schenke – von einem Spitzel gehört worden war, oder aber sich einer glatten Denunziation schuldig gemacht und sich aus Reue darüber erhängt zu haben. Einem solchen Menschen sei alles zuzutrauen. Es heiße, er sei ein verschlagener alter Bursche gewesen. Und falls er – was sicher schien, wenn er es auch stets bestritten hatte – schon früher einmal der Einbrecher wegen mit der Polizei zu tun gehabt hatte, so kannte er gewiß etliche untergeordnete Polizeiorgane, die ja stets darauf aus sind, etwas Berichtenswertes aufzuschnappen. Vermutlich habe man auf seine Warnung nichts gegeben bis zu dem Tag, an dem der Schuft de P. sein verdientes Ende fand; aber dann! Dann hatte man zweifellos jede auch noch so geringfügige Information in Betracht gezogen, und das mußte Haldin zum Verhängnis werden.

Sophia Antonowna spreizte die Finger. »Zum Verhängnis.«

Unglück – Glück! Rasumow staunte schweigend über die merkwürdige Wahrscheinlichkeit der eben gehörten Folgerungen. Für ihn waren sie offensichtlich vorteilhaft.

»Jetzt ist der Augenblick gekommen, diese schlüssigen Beweise bekanntzumachen.« Sophia Antonowna war nun wieder ganz ruhig und sachlich. Sie hatte den Brief schon vor drei Tagen erhalten, doch nicht sogleich an Peter Iwanowitsch geschrieben. Sie wußte bereits, daß sie bald Gelegenheit haben würde, mit mehreren führenden Männern in einer wichtigen Angelegenheit zusammenzutreffen.

»Ich hielt es für wirkungsvoller, allen den Brief zu zeigen. Ich habe ihn bei mir. Begreifen Sie jetzt, warum es mich so gefreut hat, Sie zu treffen?«

Rasumow sagte sich: »Natürlich wird sie mich den Brief nicht sehen lassen. Hat sie mir wohl alles gesagt, was ihr Berichterstatter ausfindig gemacht hat?« Er brannte darauf, den Brief zu sehen, wußte aber, daß er nicht darum bitten dürfe.

»Sagen Sie... hat man diese Untersuchung angeordnet?«

»Nein, nein«, protestierte sie. »Da spielt Ihnen Ihre Überempfindlichkeit wieder einen Streich. Die macht Sie geradezu dumm! Sie müssen doch einsehen, daß es gar keinen Ansatzpunkt für eine Untersuchung gab, auch wenn man eine hätte veranlassen wollen. Nichts! Gar nichts! Eben damit begründeten einige Leute ihre Mahnung, Sie mit Vorsicht zu empfangen. Das Ganze ist der reine Zufall und nur dadurch zustande gekommen, daß mein Informant mit einem aufgeweckten Kürschner bekanntgeworden ist, der in jenem Haus wohnt. Ein ganz wunderbarer Zufall!«

»Ein frommer Mensch«, gab Rasumow mit blassem Lächeln zu erwägen, »würde sagen, daß Gottes Hand hier sichtbar im Spiel war.«

»Das hätte mein bedauernswerter Vater gesagt.« Sophia Antonowna lächelte nicht. Sie schlug die Augen nieder. »Nicht etwa, daß Gott ihm je geholfen hätte. Es ist lange her, seit Gott sich des Volkes erbarmt hat. Nun, wie auch immer, die Angelegenheit ist erledigt.«

»Sie könnte wirklich als erledigt gelten«, sagte Rasumow und sah dabei nachdenklich und sehr unbetroffen drein, »wenn man sicher wüßte, daß ›der junge Herr‹ dieser Leute dort wirklich Victor Haldin gewesen ist. Steht das fest?«

»Ja. Da ist kein Irrtum möglich. Mein Korrespondent hat Haldin ebensogut gekannt, wie er Sie kannte«, versetzte die Frau entschieden.

»Zweifellos der rotnasige Kerl«, dachte Rasumow mit wiedererwachter Besorgnis. War denn sein eigener Besuch in jenem verfluchten Hause unbemerkt geblieben? Das war immerhin möglich. Doch es war nicht wahrscheinlich. Sein Besuch mußte genau jene Art von Klatsch ausgelöst haben, den der hagere Schnüffler offenbar aufgeschnappt hatte. Doch schien der Brief keinerlei diesbezügliche Andeutung zu erhalten. Es sei denn, Sophia Antonowna hätte das verschwiegen. Wenn aber, warum? Falls dies Detail der Schnüfflernase des ausgehungerten Demokraten mit der verteufelten Begabung, Leute nach ihrer Beschreibung zu erkennen, wirklich entgangen sein sollte, dann gewiß nicht für lange. Er würde bald genug alles herausbekommen und wiederum einen Brief verfassen – dann aber wehe!

Bei all seiner bitteren, bedenkenlosen Wut, die sich von Haß und Abscheu nährte, erschauerte Rasumow doch. Diese Wut bewahrte ihn vor gewöhnlicher Angst, doch schützte sie ihn nicht vor dem Ekel, den er bei dem Gedanken empfand, daß diese Leute sich in irgendeiner Weise mit ihm befassen könnten. Das war ein geradezu abergläubischer Abscheu.

Da seine Stellung nun durch die Verblendung dieser Menschen und auf Kosten Sjemjanitschs noch gefestigt worden war, wünschte er mehr als alles andere eine Gewißheit, die ihn von dem Zwang befreien würde zu lügen, die ihm die Macht geben sollte, stumm, unbefragt, lauschend und undurchdringlich unter ihnen zu weilen wie das Verhängnis, das sie mit ihren Verbrechen und ihrer Verblendung herausforderten. War er bereits in dieser Lage? Oder noch nicht? Würde er es vielleicht niemals sein?

»Nun, Sophia Antonowna«, sagte er widerwillig, und sein Zögern war insoweit echt, als es ihm wirklich widerstrebte, sich von ihr zu trennen, ohne ihre Aufrichtigkeit durch eine Frage zu prüfen, die zu stellen auf keine Weise möglich war, »wenn es so ist, dann ...«

»Das Geschöpf hat sich selbst gerichtet«, bemerkte die Frau, als denke sie laut.

»Wie? Ah, richtig. Reue«, murmelte Rasumow und bezeigte zweideutige Verachtung.

»Sein Sie nicht zu hart, auch wenn Sie einen Freund verloren haben, Kyrill Sidorowitsch.« In ihrer Stimme war keine Spur von Weichheit, nur die schwarz glitzernden Augen schienen sich in diesem Augenblick von den Bildern der Rache abgewandt zu haben. »Er gehörte zum Volk. Die einfache russische Seele ist niemals ganz verhärtet. Man muß das im Gedächtnis behalten.«
»Soll das ein Trost sein?« erkundigte sich Rasumow.
»Hören Sie auf zu spotten!« rief sie wild. »Vergessen Sie nicht, Rasumow: Frauen, Kinder und Revolutionäre hassen die Ironie, denn sie verneint alles, woran man sich halten kann, jeden Glauben, jede Hingabe, jede Tat. Spotten Sie nicht! Lassen Sie das endlich... ich weiß nicht, wie es kommt, aber es gibt Augenblicke, da sind Sie mir zuwider...«
Sie wandte das Gesicht ab. Eine Weile herrschte schlaffe Stille, als habe sich die Spannung der Situation in diesem leidenschaftlichen Ausbruch entladen. Rasumow hatte nicht mit der Wimper gezuckt. Plötzlich berührte sie seinen Arm mit den Fingerspitzen.
»Machen Sie sich nichts daraus.«
»Das tue ich auch nicht«, erwiderte er sehr ruhig.
Er war stolz, weil sie auf seinem Gesicht nichts zu lesen vermochte. Er war versöhnt, erleichtert und, wenn auch nur vorübergehend, frei von einem unerklärlichen Druck. Und plötzlich fragte er sich: »Warum nur bin ich in jenes Haus gegangen? Das war wirklich Schwachsinn.«
Tiefer Ekel überkam ihn. Sophia Antonowna verweilte noch, sie redete freundlich auf ihn ein, offensichtlich um ihn zu versöhnen. Und zwar redete sie immer noch von dem Brief, erwähnte winzige Einzelheiten, die ihr Informant, der Sjemjanitsch nie gesehen, mitgeteilt hatte. Das ›Opfer der Reue‹ sei schon etliche Wochen, ehe der Schreiber ins Haus zu kommen begann, bestattet worden. Im Hause gebe es Personen, die sich

ausgezeichnet für die Sache verwenden ließen. Der Geist des heroischen Haldin habe sich in diesen schwarzen Löchern der Verkommenheit ausgebreitet und das Versprechen endgültiger Erlösung von all dem Elend hinterlassen, unter dem die Menschheit ächzt. Rasumow hörte hin, ohne etwas aufzunehmen. Das eben in ihm erwachte Verlangen nach Gewißheit, einer Gewißheit, die ihn davor schützen sollte, sich platter Lügen bedienen zu müssen (was ihm zu Zeiten fast unmöglich wurde), nagte an ihm.

Nein. Gerade das, was er zu erfahren wünschte, konnte in dieser Unterhaltung nicht zur Sprache kommen. Es gab keine Gelegenheit, das Gespräch darauf zu bringen. Er bedauerte, für den Gebrauch im Ausland nicht eine Geschichte erfunden zu haben, in der er sich zu seinem verhängnisvollen Kontakt mit diesem Haus bekennen durfte. Aber als er Rußland verließ, wußte er noch nicht, daß Sjemjanitsch sich erhängt hatte. Und überhaupt – wer hätte voraussehen können, daß der Informant dieser Frau von allen Wohnhöhlen, die darauf warteten, in der reinigenden Flamme der Revolution vernichtet zu werden, ausgerechnet auf diese eine stoßen werde? Wer hätte das voraussehen können? Niemand! »Eine wahrhaft teuflische Überraschung«, dachte Rasumow, während er mit seiner starren Miene undurchdringlicher Überlegenheit zustimmend zu jenen Bemerkungen nickte, die Sophia Antonowna der Psyche ›des Volkes‹ widmete. »Oh, ja – gewiß«, sagte er recht kühl, spürte derweil aber in den Fingerspitzen einen nervösen Drang, ihrer Kehle ein Geständnis zu entreißen.

Dann jedoch, im allerletzten Augenblick, als man schon im Begriff war auseinanderzugehen und Rasumow bereits die letzte Spannung schwinden fühlte, hörte er Sophia Antonowa den ihn so sehr beunruhigenden Gegenstand erwähnen. Wie sie darauf gekommen war, konnte er nur vermuten, denn er war in jenem Augenblick mit seinen Gedanken ganz woanders gewesen, doch geschah es wohl im Anschluß an ihre Klagen über das unkonsequente, törichte Verhalten des Volkes. Zum Beispiel sei jener Sjemjanitsch ein notorischer Atheist gewesen, und doch habe ihn in den letzten Wochen seines Lebens die Vorstellung bedrückt, vom Teufel geprügelt worden zu sein.

»Vom Teufel«, wiederholte Rasumow, als habe er nicht recht verstanden.

»Vom leibhaftigen Teufel, vom Teufel in Person. Da dürfen Sie ruhig staunen, Kyrill Sidorowitsch. Früh am Abend vor jener Nacht, in der der arme Haldin verhaftet wurde, erschien ein wildfremder Mensch und verabreichte Sjemjanitsch die grauenhaftesten Prügel, während er betrunken im Stall lag. Der Körper des elenden Kerls war von oben bis unten mit Striemen bedeckt. Er zeigte sie den Leuten im Haus.«

»Und Sie, Sophia Antonowna? Sie glauben doch wohl nicht an den Teufel?«

»Sie etwa?« erwiderte die Frau kurz. »Nein, aber ich glaube, daß es viele Menschen gibt, die einem das Leben auf Erden mehr zur Hölle machen können als der Teufel«, murmelte sie vor sich hin.

Rasumow betrachtete sie, wie sie da lebensvoll und weißhaarig vor ihm stand, die tiefe Falte zwischen den dünnen Brauen, die schwarzen Augen versonnen abgewandt. Ganz offenbar gab sie nicht viel auf diese Geschichte, es sei denn, sie habe nun den Gipfel der Verstellung erreicht. »Ein dunkelhaariger junger Mann«, fuhr sie fort, »den man weder vorher noch nachher je wieder dort gesehen hat. Worüber lächeln Sie, Rasumow?«

»Darüber, daß der Teufel nach so vielen Jahrhunderten immer noch jung ist«, erwiderte er geistesgegenwärtig. »Wer hat ihn denn aber beschreiben können, da das Opfer, wie Sie sagen, zur Zeit der Tat stockbetrunken war?«

»Oh, der Wirt hat ihn beschrieben. Er schilderte ihn als einen hochfahrenden, dunklen jungen Mann im Umhang eines Studenten, der hereingestürzt sei, nach Sjemjanitsch verlangt, ihn fürchterlich geschlagen und wortlos das Haus verlassen habe. Er, der Wirt, sei starr vor Staunen gewesen.«

»Glaubt auch er, daß es der Teufel war?«

»Das kann ich nun nicht sagen. Es heißt, daß er sich über den Vorgang kaum äußere. Diese Schnapshändler sind allesamt große Schurken. Ich nehme an, daß er mehr von der Sache weiß als irgend jemand anders.«

»Nun, und Sie, Sophia Antonowna? Welche Theorie haben Sie?« fragte Rasumow im Tone großer Neugier. »Sie und Ihr Informant an Ort und Stelle?«

»Ich stimme mit ihm darin überein, daß es ein verkleideter Polizeibeamter war. Wer würde sonst einen wehrlosen Mann so unbarmherzig schlagen? Im übrigen: wenn man an jenem Tage auch die allerkleinste Spur verfolgte, so ist es einleuchtend, daß man Sjemjanitsch bei der Hand haben wollte, damit er weitere Angaben machen, jemanden identifizieren sollte oder etwas der Art. Man schickte also einen schurkischen Kriminalbeamten nach ihm aus, und als dieser ihn betrunken antraf, ärgerte er sich so, daß er eine Mistgabel auf ihm zerdrosch. Später dann, als der große Fisch gefangen war, haben sie sich um den Bauern eben nicht mehr gekümmert.«

Das waren die letzten Worte der Revolutionärin in diesem Gespräch, das sich so eng an die Wahrheit hielt und bei aller Wahrscheinlichkeit der Gedankengänge und Schlußfolgerungen so weit von ihr abwich, als wolle es ein Bild von der Unbesiegbarkeit menschlichen Irrtums, Einblick in die tiefste Tiefe der Selbsttäuschung geben. Rasumow schüttelte Sophia Antonowna die Hand, verließ den Garten, überquerte die Straße, trat auf den kleinen Bootssteg hinaus und lehnte sich über das Geländer.

Er war erleichtert, fühlte sich so befreit wie schon seit vielen

Tagen nicht, wie seit jenem Abend nicht... *dem* Abend. Das Gespräch mit der Revolutionärin hatte ihm bezeichnenderweise das volle Ausmaß der Gefahr gerade in dem Moment vor Augen geführt, als sie vorüber war. »Ich hätte vorhersehen müssen, daß diesen Leuten Zweifel kommen würden«, sagte er sich. Dann wurde seine Aufmerksamkeit auf einen seltsam geformten Stein gelenkt, der deutlich auf dem Grunde des Wassers zu sehen war, und er fragte sich, wie tief wohl der See an dieser Stelle sei. Bald jedoch wurde ihm klar, wie unangebracht seine Zerstreutheit gerade jetzt war, und er nahm seinen Gedankengang wieder auf. »Von Anfang an hätte ich eine in jedem Punkt belegbare Lügengeschichte erzählen sollen«, sagte er und empfand dabei einen Ekel, der ihm für ein Weilchen buchstäblich das Denken verschlug. »Glücklicherweise ist das nun in Ordnung gebracht«, dachte er dann, und etwas später sagte er vor sich hin: »Mit Hilfe des Teufels« und lachte ein wenig.

Dann gab ihm der Tod Sjemjanitschs zu denken. Die soeben erhaltene Erklärung für dessen Ende amüsierte ihn nicht gerade, doch vermochte er eine gewisse Pikanterie darin nicht zu übersehen. Er gestand sich ein, daß, hätte er vor seiner Abreise aus Rußland von diesem Selbstmord gewußt, er nicht imstande gewesen wäre, sein Wissen so geschickt anzuwenden. Eigentlich sollte er dem rotnasigen Kerl unendlich dankbar sein für seine Geduld und Findigkeit. »Offenbar ein großartiger Psychologe«, sagte er höhnisch bei sich. Reue! Was denn noch! Das war wieder einmal ein schlagendes Beispiel für die Blindheit des echten Verschwörers, für den mit Stupidität gekoppelten Spürsinn von Menschen mit nur einer einzigen Idee im Kopf. Es war das, so fuhr Rasumow höhnisch in Gedanken fort, ein Liebeskonflikt, nicht ein Gewissenskonflikt gewesen. Eine Frau, der der alte Kerl den Hof machte! Ein hünenhafter Bettler, offenbar doch ein Nebenbuhler, der ihn die Treppe hinunter-

warf ... das war keine Sache, über die sich ein lebenslanger Don Juan mit sechzig Jahren einfach hinwegsetzen konnte. Der war nun ein ganz anderer Feminist als Peter Iwanowitsch! Es war sogar vorstellbar, daß ihm in dieser äußersten Krise nicht einmal die Flasche mehr Trost geboten hatte. In seinem Alter gab es gegen das Wüten unersättlicher Liebeslust nur ein Mittel – den Strick. Überdies war da noch die furchtbare Gereiztheit zu berücksichtigen, die die ungerechtfertigten Vorwürfe und die Schmähungen der Hausbewohner in ihm erweckt haben mußten; zusammen mit der Unmöglichkeit, eine Erklärung für die geheimnisvolle Verprügelung zu liefern, mochte sie sein schlichtes, bitteres Leid noch vergrößert haben.
»So – der Teufel!« rief Rasumow erregt, als habe er eine fesselnde Entdeckung gemacht. »Sjemjanitsch ist noch ganz zuletzt dem Mystizismus verfallen. Wie viele unserer echten russischen Seelen tun das nicht! Sehr, sehr bezeichnend.« Er empfand Mitleid mit Sjemjanitsch, ein großes, unpersönliches Mitleid, wie man es für eine dem Bewußtsein nicht faßbare Masse, für eine von oben gesehene Volksmenge empfinden könnte – für einen Stamm krabbelnder Ameisen, die sich ihr eigenes Schicksal zubereiten. Es war ihm, als könne dieser Sjemjanitsch unmöglich anders gehandelt haben. Und der von Sophia Antonowna so selbstsicher und verächtlich erwähnte ›schurkische Polizeibeamte‹ war wiederum, wenn auch auf andere Weise, typisch russisch. Daran war allerdings nichts Tragisches. Es war mehr eine Verwechslungskomödie. Es war, als hielte der Teufel sie allesamt umschichtig zum Narren. Wirklich ein teuflischer Zeitvertreib ... Er unterbrach dieses gewichtige Selbstgespräch, indem er über sich lachte: »Aufgepaßt da, sonst wirst auch du noch zum Mystiker.«
Er fühlte sich freier als seit langem. Er drehte sich um und lehnte sich bequem gegen das Geländer. »Nun paßt alles ganz wundervoll ineinander«, fuhr er in seinen Überlegungen fort.

»Der Glanz meiner großen Tat, wie man so sagt, wird nicht mehr durch das Geschick meines angeblichen Mitverschwörers verdüstert. Sjemjanitsch der Mystiker hat dafür gesorgt. Ein ganz unglaublicher Zufall ist mir zu Hilfe gekommen. Ich brauche nicht mehr zu lügen. Ich brauche jetzt nur noch die Ohren aufzumachen und darauf zu achten, daß mein Ekel nicht den Sieg über meine Vorsicht davonträgt.«

Er seufzte und verschränkte die Arme; sein Kinn sank auf die Brust, und es dauerte sehr lange, ehe er diese Haltung aufgab und sich in Bewegung setzte. Ihm war eingefallen, daß er sich für heute etwas besonders Wichtiges vorgenommen hatte. Was das war, wollte ihm nicht gleich einfallen, doch strengte er sein Gedächtnis nicht weiter an, denn er fühlte mit drückender Gewißheit, daß es ihm sogleich einfallen müsse.

Er war noch keine hundert Meter stadtwärts gegangen, als er beim Anblick einer Gestalt, die ihm entgegenkam, den Schritt verlangsamte, ja beinahe stehenblieb, einer Gestalt im weiten Umhang, mit weichem, breitkrempigem Hut, einer pittoresken Gestalt, die so klein wirkte, als sehe man sie durch ein umgekehrtes Opernglas. Es war unmöglich, diesem Winzling auszuweichen, denn es gab keinen Anlaß, umzukehren.

»Noch einer, der zu dem geheimnisvollen Treffen geht«, dachte Rasumow. Mit dieser Vermutung traf er das richtige, nur war ihm dieser hier, anders als die aus der Ferne Zugereisten, persönlich bekannt. Er hoffte, mit einem leichten Kopfnicken davonzukommen, doch war es unmöglich, die magere kleine Hand mit behaartem Gelenk und Knöcheln zu übersehen, die sich freundlich aus den Falten des auf spanische Art und in Mißachtung des warmen Tages getragenen Umhanges hervorschob, von dessen Zipfeln einer über die Schulter geworfen war.

»Und wie geht es Herrn Rasumow?« erklang es auf deutsch, was allein schon hinreichte, dem Empfänger dieser liebenswürdigen Grußworte eben diese Begrüßung noch widerwärtiger zu machen. Aus der Nähe gesehen, wirkte die winzige Persönlichkeit wie die Miniaturausgabe eines Normalmenschen: der gelüftete Hut gab eine hohe Stirn frei, und über die ebenfalls im Verhältnis zum Ganzen breite Brust wallte ein brauner, grau gesprenkelter Vollbart. Über dem schmallippigen, im feinen Barthaar verborgenen Mund sprang kühn die Nase vor. Dies alles, die ausgeprägten Züge und die zwar kleinen, doch kräftig geformten Glieder machten einen zierlichen, aber keineswegs hinfälligen Eindruck. Einzig die braunen, mandelförmigen Augen waren zu groß, und die Pupillen waren von roten Äderchen durchzogen, was auf zu vieles Schreiben bei Lampenlicht zurückzuführen war. Rasumow wußte sehr gut, daß der winzige Mann einen unbestimmten, doch bedeutenden Ruf genoß. Vielsprachig, von unbekannter Herkunft und unbekannter Nationalität, ein Anarchist von kleinlicher, gehässiger Gemütsart, begabt mit einem unerhört aufreizenden, kränkenden Redefluß, war er eine Macht im Hintergrund, dieser wütende Pamphletist, der nach revolutionärer Gerechtigkeit schrie, dieser Julius Laspara, Herausgeber des ›Lebendigen Wortes‹, Verfasser blutdürstiger Drohschriften und Aufrufe, mutmaßlicher Mitwisser jeder Verschwörung. Laspara lebte in der Altstadt in einem schmalen Haus, das ein naiver bürgerlicher Bewunderer seiner humanitären Ergüsse ihm geschenkt hatte. Bei ihm wohnten seine beiden Töchter, die ihn um doppelte Kopflänge überragten, dazu ein käsiger, magerer Junge von sechs Jahren, der sich in klotzigen Stiefeln und blauen Baumwollhosen in den düsteren Stuben herumdrückte und einer von beiden oder auch keiner von beiden gehören mochte. Das konnte kein Fremder mit Sicherheit sagen. Julius Laspara wußte ohne Zweifel, welche seiner beiden Töchter es war, die sich ganz beiläufig für mehrere Jahre absentiert hatte und dann ebenso beiläufig eines Tages mit diesem Kind behaftet, zurückgekehrt war; doch hatte er sich mit bewundernswerter Prinzipientreue jeder Frage nach den Einzelheiten enthalten, nicht einmal nach dem Namen des Vaters hatte er geforscht, denn Mutterschaft betrachtete er als einen außerhalb der Gesetze stattfindenden Prozeß. Zweimal war Rasumow in die aus mehreren kleinen Räumen bestehende Wohnung im Oberstock eingelassen worden: verschmutzte Fensterscheiben, Berge von Staub, auf jedem Tisch halb geleerte, vergessene Teegläser. Die beiden Laspara-töchter strichen geheimnisvoll schweigend, verschlafenen Auges und ungeschnürt durch die Zimmer und glichen mit ihren formlosen Umrissen in den verdrückten Kleidern alten Puppen; derweil saß der bedeutende, wenn auch weithin unbekannte Julius auf seinem dreibeinigen Hocker, den er mit den Füßen umklammerte, stets bereit, Besucher zu empfangen, bei welcher Gelegenheit er denn die Feder unverzüglich fortlegte und eine Drehung des Körpers vollführte, die die hohe Stirn und den strengen Vollbart ins rechte Licht rückte. Stieg er von seinem Hocker herab, so hatte man das Gefühl, er steige vom Olymp hernieder. Er wirkte dann neben seinen Töchtern, den Möbeln und jedem Besucher von Normalmaß wie ein Zwerg. Daher kam er nur selten von seinem Hocker herunter, und noch seltener sah man ihn bei Lichte auf der Straße.

Es mußte also eine hochbedeutende Angelegenheit sein, die ihn am Nachmittag in jene Richtung gehen ließ. Offenbar wollte er sich gegen den jungen Mann, dessen Ankunft in der Welt der politischen Flüchtlinge eine Sensation gewesen war, liebenswürdig betragen. Er ging jetzt zum Russischen über, das er ebenso wie vier oder fünf andere europäische Sprachen ohne Glanz und Kraft sprach und schrieb (abgesehen davon, daß er eben Kraftausdrücke gebrauchte), und fragte, ob Rasumow sich bereits an der Universität eingeschrieben habe. Da der junge Mann verneinend den Kopf schüttelte, fuhr Laspara fort:

»Es ist auch noch Zeit genug dafür. Aber warum schreiben Sie nicht unterdessen etwas für uns?«

Er vermochte sich nicht vorzustellen, daß jemand es fertigbrachte, nicht zu schreiben – ganz gleich worüber, über ein soziales, ein wirtschaftliches, ein historisches Thema. Jeden Gegenstand konnte man vom richtigen Standpunkt aus abhandeln und so der Revolution nutzbar machen. Zufällig, so sagte er, sei ein Bekannter in London zu einer fortschrittlichen Zeitschrift in Verbindung getreten. »Wir müssen unterweisen, jedermann unterweisen – den großen Gedanken der absoluten Freiheit und der revolutionären Gerechtigkeit verbreiten.«
Rasumow erwiderte verdrießlich, daß er nicht Englisch könne.
»So schreiben Sie russisch. Das lassen wir dann übersetzen. Da gibt es gar keine Schwierigkeit. Wir haben zum Beispiel Fräulein Haldin bei der Hand. Meine Töchter machen dort gelegentlich Besuch.« Er nickte bedeutungsvoll. »Sie tut nichts, hat nie im Leben was getan. Mit ein wenig Nachhilfe könnte sie es sehr gut machen. Schreiben Sie nur. Sie wissen, daß das notwendig ist. Für jetzt darf ich mich verabschieden.«
Er hob grüßend den Arm und ging weiter. Rasumow lehnte sich gegen die niedrige Mauer, sah ihm nach, spuckte wild aus und setzte dann seinen Weg fort, wobei er zornig murmelte: »Verfluchter Jude!«
Dabei wußte er überhaupt nicht, ob Laspara Jude war. Er hätte ebensogut Transsylvane, Türke, Andalusier oder Bürger einer der Hansestädte sein können. Dies ist jedoch keine abendländische Erzählung, und der oben wiedergegebene Ausspruch muß angeführt werden zusamt der Anmerkung, daß es sich dabei nur um einen Ausdruck von Haß und Verachtung handelte, der eben den Gefühlen, die Rasumow damals heimsuchten, am besten entsprach. Er kochte vor Wut, ganz als habe man ihn gröblichst beleidigt. Er ging wie blind dahin, hielt sich instinktiv am Rand des kleinen Hafenbeckens, passierte einen hübschen, langweiligen Park, wo langweilige Leute auf Stühlen unter Bäumen saßen, bis schließlich seine Wut nach-

ließ und er sich mitten auf einer langen, breiten Brücke wiederfand. Sogleich verhielt er den Schritt. Rechterhand, hinter der spielzeuggleichen Hafenmole, sah er die grünen Hänge, die den Petit Lac in einer Orgie von Postkartenkitsch umfangen hielten, während weiter im Hintergrund das Wasser leblos glänzte wie ein Stück Weißblech.

Er wandte sich von diesem Ausblick für Touristen ab und ging langsam und mit gesenkten Augen weiter. Ein oder zwei Fußgänger wichen ihm aus und machten kehrt, um seiner tiefen Versunkenheit überrascht nachzustarren. Die hartnäckig wiederholte Aufforderung des gefeierten subversiven Journalisten wollte ihm nicht aus dem Sinn. Schreiben Sie! Sie müssen schreiben! Er! Schreiben! Plötzlich ging ihm ein Licht auf. Eben zu schreiben hatte er sich ja für heute vorgenommen! Er hatte sich unwiderruflich zu diesem Schritt entschlossen – und dann alles wieder vergessen! Seine unverbesserliche Neigung, sich dem Griff einer Situation zu entziehen, brachte ihn ernstlich in Gefahr. Er war bereit, sich deshalb zu verachten. Was war das nur? Leichtfertigkeit oder angeborene Schwäche? Oder unbewußte Angst? »Kneife ich etwa? Das kann doch nicht sein! Unmöglich. Jetzt zu kneifen wäre nicht nur moralischer Selbstmord, es wäre die moralische Verdammung«, dachte er. »Kann es denn sein, daß ich ein ganz konventionelles Gewissen besitze?«

Er wies diese Vermutung verächtlich von sich, verhielt am Bordstein und bereitete sich darauf vor, die Brücke zu überqueren und die breite Allee hinaufzugehen, die am Ende der Brücke begann, und das aus keinem anderen Grunde, als weil diese sich nun einmal darbot. Indessen hinderten ihn zwei Kutschen und ein langsam dahinrollender Karren daran, und so machte er unvermittelt eine scharfe Wendung nach links und folgte wiederum der Kaimauer.

»Vielleicht bin ich bloß krank«, überlegte er und erlaubte sich damit einen ganz ungehörigen Zweifel an seiner robusten Gesundheit; abgesehen von zwei oder drei Kinderkrankheiten war er sein Lebtag gesund gewesen. Doch auch darin lag eine Gefahr. Nur hatte er den Eindruck, als werde er in besonders auffälliger Weise gegängelt. »Glaubte ich an eine tätige Vorsehung«, sagte sich Rasumow amüsiert, »dann würde ich jetzt den ironisch erhobenen Zeigefinger erblicken. Mir ausgerechnet einen Julius Laspara in den Weg zu führen, um mich an meinen Vorsatz zu erinnern... Schreiben Sie, hat er gesagt. Ich soll also schreiben – ja, das muß ich wirklich! Ich werde auch schreiben, nur keine Angst! Darum bin ich ja hier. Und ich werde in Zukunft auch genug Stoff zum Schreiben haben.« Er erregte sich bei diesem Selbstgespräch. Der Gedanke an das Schreiben brachte ihn dazu, an einen Ort zu denken, wo man schreiben konnte, an schützende vier Wände, an Zurückgezogenheit und also an sein Zimmer, und darein mischte sich Abneigung gegen die mit dem Weg dorthin unvermeidlich verbundene Anstrengung, dazu Mißtrauen, als erwarte ihn etwas Feindliches innerhalb jener verhaßten vier Wände.

»Angenommen«, überlegte er, »einem der Revolutionäre kommt es in den Kopf, mich dort aufzusuchen, während ich beim Schreiben bin?« Allein die Möglichkeit einer solchen Unterbrechung machte ihn schaudern. Man konnte die Tür verschließen oder auch den Tabakhändler unten im Haus (selbst ein Flüchtling) anweisen, auf Erkundigungen zu antworten, man sei nicht daheim. Beides keine guten Vorsichtsmaßregeln. Seine Lebensführung, so empfand er, durfte von jetzt an auch nicht den geringsten Anlaß zu Mißtrauen, ja nicht einmal zu Verwunderung bieten, und dazu zählte auch eine Kleinigkeit wie die Verzögerung beim Öffnen einer verschlossenen Tür. »Ich wollte, ich wäre auf einer großen Wiese und meilenweit von jedem Haus entfernt«, dachte er.

Er hatte sich, ohne es zu bemerken, noch einmal nach links gewandt und befand sich wiederum auf einer Brücke. Diese war viel

schmaler als die vorige, und sie war auch nicht gerade, sondern wies einen Winkel, eine Art Ellenbogen auf. Von der Spitze dieses Winkels führte so etwas wie ein Arm hinüber auf ein sechseckiges Inselchen, dessen mit Kies bestreute Oberfläche und mit behauenen Steinen eingefaßtes Ufer das Nonplusultra kindischen Kitsches darstellten. Zwei hohe Pappeln nebst etlichen anderen Bäumen wuchsen in Gruppen aus dem dunklen, sauberen Kies hervor, darunter standen Gartenbänke und dazwischen eine Bronzestatue von Jean Jacques Rousseau auf ihrem Sockel.
Als er den Fuß auf das Inselchen setzte, begriff Rasumow, daß er hier allein sein würde, bis auf die Frau, die den Erfrischungsstand beaufsichtigte. Dieser unbesuchte, winzige, nach Jean Jacques Rousseau benannte Krümel Erde hatte etwas naiv, widerwärtig und albern Einfältiges an sich. Auch etwas Anmaßliches, Schäbiges. Er verlangte ein Glas Milch und trank es auf einen Zug im Stehen aus (seit dem Morgen hatte er außer Tee nichts zu sich genommen) und hatte bereits mit zögerndem, mattem Schritt den Rückweg angetreten, als ihm ein Gedanke Einhalt gebot. Er hatte hier gefunden, was er suchte. Falls man je im Freien mitten in einer Stadt allein sein konnte, dann hier, auf dieser lächerlichen Insel, deren einzigen Zugang er im Auge zu behalten vermochte.
Er ging schwerfällig zurück und ließ sich auf einem Gartenstuhl nieder. Hier war der Ort, an dem jene unvermeidliche Niederschrift begonnen werden konnte. Das Material dazu hatte er bei sich. »Ich werde immer hierherkommen«, sagte er zu sich und saß dann lange Zeit still, ohne zu sehen oder zu hören, fast ohne Leben. Er saß so lange, daß die sinkende Sonne Zeit fand, hinter den Dächern in seinem Rücken zu verschwinden und den Schatten der Häuser über das Seeufer und das Inselchen zu werfen, ehe er die Füllfeder aus der Tasche zog, ein kleines Notizbuch auf dem Knie öffnete und schnell zu schreiben begann, wobei er hin und wieder die Augen hob, um

den Zugang von der Brücke her zu überwachen. Diese Maßnahme war unnötig; die fernen Brückenbenutzer hatten offenbar nicht einmal einen Blick für das Inselchen übrig, wo das Standbild des verbannten Autors des *Contrat social* in düsterer, bronzener Unbeweglichkeit über dem gebeugten Haupte Rasumows thronte. Nachdem er seine Kritzelei beendet hatte, steckte Rasumow mit fieberhafter Eile den Federhalter weg und stopfte das Notizbuch in die Tasche, aus dem er zuvor mit fast krampfhafter Heftigkeit die beschriebenen Seiten herausgerissen hatte. Doch faltete er die losen Blätter versonnen und säuberlich auf dem Knie. Dies getan, lehnte er sich in seinen Stuhl zurück und blieb reglos sitzen, die Papiere in der Linken. Die Dämmerung hatte zugenommen. Er stand auf und begann grübelnd unter den Bäumen auf und ab zu gehen.

»Kein Zweifel, ich bin jetzt sicher«, dachte er. Sein scharfes Ohr nahm das sanfte Murmeln der Strömung wahr, die sich an der Spitze der Insel brach; er vergaß alles übrige und hörte versunken zu. Doch selbst seinem geschärften Gehör entzogen sich diese Laute mit der Zeit.

»Höchst merkwürdige Beschäftigung das«, murmelte er. Und ihm ging auf, daß dies so etwa der einzige Laut war, dem er absichtslos und nur zum Vergnügen lauschen konnte. Jawohl, das Rauschen des Wassers, die Stimme des Windes – einzig sie waren allen menschlichen Leidenschaften entrückt. Alle anderen Geräusche dieser Erde waren Gift für eine einsame Seele.

So empfand Herr Rasumow, wobei denn die erwähnte Seele selbstverständlich seine eigene war, und das Wort nicht im theologischen Sinne gebraucht wurde, sondern, soweit ich feststellen kann, für jenen Teil von Herrn Rasumow, der nicht sein Körper, dafür aber von den Feuern dieser Erde ganz besonders bedroht war. Man muß auch zugeben, daß in Herrn Rasumows Fall die bittere Einsamkeit nicht einzig das Gebilde einer kränkelnden Phantasie war.

VIERTER TEIL

I

Wenn ich zu Beginn dieses Rückblickes noch einmal erwähne, daß Herr Rasumow auf der weiten Welt keine Menschenseele besaß, daß er so ganz und gar allein war, wie das buchstäblich für ein menschliches Wesen behauptet werden kann, so tue ich das, um eine Tatsache festzustellen, denn ich glaube an den psychologischen Wert von Tatsachen. Es spielt vielleicht auch der Wunsch mit, peinlich gerecht zu sein. Da ich mich mit keiner der Personen dieser Erzählung identifiziere, in der die Begriffe von Ehre und Schande so wenig denen der westlichen Welt gleichen, sondern einen allgemein menschlichen Standpunkt einnehme, verspüre ich aus eben diesem Grunde eine merkwürdige Unlust, mit nackten Worten zu sagen, was der Leser vermutlich selber schon entdeckt hat. Ein solches Zaudern mag abwegig erscheinen, doch bedenke man, daß der Zurschaustellung der nackten Wahrheit wegen der Unzulänglichkeit der Sprache stets etwas Unzartes, wenn nicht sogar Beleidigendes anhaftet. Doch ist es nun so weit, daß Staatsrat Mikulin nicht länger mehr ignoriert werden kann. Seine schlichte Frage »Wohin?«, nach der wir Herrn Rasumow in St. Petersburg verließen, wirft ein Licht auf die allgemeine Bedeutung dieses besonderen Falles.

»Wohin?« war die in die Form einer leisen Frage gekleidete Antwort auf das, was wir Herrn Rasumows Unabhängigkeitserklärung nennen dürfen. Die Frage klang durchaus nicht bedrohlich, sondern im Gegenteil mehr wie eine harmlose Erkundigung. Selbst wenn er die Frage in bloß topographischem Sinn auffaßte, mußte die einzig mögliche Antwort Rasumow bereits erschrecken. Wohin? Zurück auf sein Zimmer, wo die Revolution ihn aufgespürt hatte, um seine schlafenden Instinkte, seine halb unbewußten Gedanken und beinahe ganz unbewußten Wünsche einer unerwarteten Probe zu unterwerfen, indem sie ihn mit einer fanatischen, gebieterischen Religion konfrontierte, welche die Seele durch die Forderung nach überstürzten Opfern, nach liebevoller Hingabe, durch Träume und Hoffnungen erhebt, um sie dann wieder in düsterste Verzweiflung zu stürzen? Und Herr Rasumow hatte die Klinke fahrenlassen, war in die Mitte des Zimmers zurückgekehrt und hatte den Staatsrat Mikulin zornig gefragt: »Was wollen Sie denn damit sagen?«

Soweit mir bekannt, hat Staatsrat Mikulin jene Frage nicht beantwortet. Er zog Rasumow statt dessen in ein vertrauliches Gespräch. Es ist eine der Besonderheiten der Russen, daß sie jederzeit bereit sind, abstrakten Gedankengängen zu folgen, mögen sie auch noch so tief in dramatische Handlungen verstrickt sein. Dieses Gespräch braucht (ebensowenig wie andere, später erfolgende) nicht wiedergegeben zu werden. Es genügt zu sagen, daß Herr Rasumow, wie wir ihn kennen, der Probe einer anderen Religion unterworfen wurde. Das einschlägige Bekenntnis wurde keineswegs in amtlichem Ton vorgetragen, was Herrn Rasumow dazu verleitete, seine distanzierte Haltung zu verteidigen. Staatsrat Mikulin ließ jedoch keines seiner Argumente gelten. »Für einen Mann wie Sie«, waren seine letzten gewichtigen Worte in dieser Unterredung, »verbietet sich eine solche Haltung ganz einfach. Vergessen Sie nicht, daß ich jenes interessante Stück Papier gefunden habe. Ich verstehe Ihre liberalen Neigungen. Ich denke selbst ähnlich. Reform ist für mich hauptsächlich eine Frage der Methode. Das revolutionäre Prinzip jedoch bewirkt einen physischen Rauschzustand, eine Art Hysterie, der man die Massen keinesfalls aussetzen darf. Da stimmen Sie mir doch vorbehaltlos zu, nicht

wahr? Sie müssen nämlich verstehen, Kyrill Sidorowitsch: in gewissen Situationen ist Enthaltung, die Weigerung sich zu beteiligen, fast schon ein politisches Verbrechen. Die alten Griechen wußten das sehr gut.«
Herr Rasumow, der leicht lächelnd zugehört hatte, fragte Staatsrat Mikulin rundheraus, ob das bedeute, man wolle ihn künftig überwachen.
Der hohe Beamte war von dieser zynischen Frage nicht gekränkt. »Nein, Kyrill Sidorowitsch«, erwiderte er ernst. »Ich habe nicht die Absicht, Sie überwachen zu lassen.«
Rasumow, der eine Lüge witterte, benutzte den Rest des Gespräches dazu, sich als unabhängiger Denker zu gerieren. Der Ältere bediente sich von Anfang bis Ende ganz alltäglicher Ausdrücke und redete mit einer raffinierten Schlichtheit. Rasumow kam zu dem Schluß, daß es unmöglich sei, diesen Menschen zu durchschauen. Starke Unruhe machte ihm Herzklopfen. Der hohe Beamte trat nun hinter seinem Tisch hervor und bot ihm doch wahrhaftig die Hand.
»Leben Sie wohl, Rasumow. Ein Übereinkommen zwischen zwei verständigen Menschen ist stets ein befriedigendes Ereignis. Nicht wahr? Die rebellierenden Herrschaften haben keinesfalls die Klugheit gepachtet.«
»Ich nehme an, daß man mich nicht mehr brauchen wird?« Rasumow stellte diese Frage, während seine Hand noch geschüttelt wurde. Staatsrat Mikulin gab sie nur zögernd frei.
»Das, Herr Rasumow«, sagte er ernst, »steht noch dahin. Nur Gott sieht in die Zukunft. Doch darf ich Ihnen versichern, daß mir nie der Gedanke gekommen ist, Sie beobachten zu lassen. Sie sind ein sehr unabhängig denkender junger Mann. Jawohl. Sie verlassen jetzt das Haus, frei wie ein Vogel. Doch Sie werden am Ende gewiß zu uns zurückkehren.«
»Ich! Ich!« murmelte Rasumow abwehrend und erschreckt. »Wozu denn?« fügte er schwach hinzu.

»Jawohl, Sie. Und von ganz allein, Kyrill Sidorowitsch«, beharrte der hohe Polizeifunktionär leise und streng auf seiner Überzeugung. »Sie werden zu uns zurückkehren. Das haben einige unserer größten Geister am Ende ebenfalls tun müssen.«

»... unserer größten Geister!« wiederholte Rasumow benommen.

»Sehr richtig! Einige unserer größten Geister... Leben Sie wohl.«

Rasumow wurde hinausgeleitet und entfernte sich auf dem Korridor. Doch ehe er noch ans Ende des Ganges gelangt war, hörte er schwere Schritte hinter sich, und jemand rief ihm zu, stehenzubleiben. Er drehte sich um und erblickte zu seiner Verwunderung Staatsrat Mikulin, der ihm höchstselbst nacheilte. Der hohe Funktionär holte ihn etwas atemlos ein.

»Eine Minute noch. Was wir da eben so ausführlich besprochen haben... nun, es mag daraus werden, was Gott will. Doch ist es möglich, daß ich Sie noch einmal bemühen muß. Sie sehen überrascht drein, Kyrill Sidorowitsch. Ja, noch einmal... um weitere Unklarheiten zu beseitigen, falls welche auftauchen.«

»Ich weiß doch aber gar nichts«, stammelte Rasumow. »Ich kann ja auch gar nichts wissen!«

»Wer weiß? Die Ordnung der Dinge ist höchst wunderbar. Wer kann ahnen, was Ihnen noch vor Ende dieses Tages geoffenbart werden mag? Schon einmal waren Sie das Instrument der Vorsehung. Sie lächeln, Rasumow – Sie sind ein *esprit fort.*« (Rasumow war sich nicht bewußt, gelächelt zu haben.) »Ich glaube fest an die Vorsehung. Es mag Ihnen komisch vorkommen, ein solches Bekenntnis von den Lippen eines alten, verhärteten Beamten zu hören. Doch Sie werden selber eines Tages erkennen... Anderenfalls ließe sich das, was Ihnen widerfahren ist, überhaupt nicht erklären. Ja, gewiß, es wird sich Anlaß bieten, Sie zu treffen, aber nicht hier. Hier wäre es nicht ganz... hm... man wird Ihnen einen geeigneten Ort bezeichnen. Und auch wenn wir in diesem Zusammenhang Geschriebenes austauschen, wollen wir uns dazu der Vermittlung unseres – wenn ich einmal so sagen darf – gemeinsamen Freundes, des Fürsten K., bedienen. Nun, ich bitte Sie, Kyrill Sidorowitsch, unterlassen Sie das! Ich zweifle nicht, daß er zustimmt. Sie müssen mir schon zubilligen, daß ich weiß, wovon ich rede. Sie besitzen keinen besseren Freund als den Fürsten K., und was mich betrifft, so ist es schon lange her, seit ich die Ehre hatte…«

Er blickte in seinen Bart.

»Ich will Sie nun nicht länger aufhalten. Wir leben in schrecklichen Zeiten, in Zeiten böser Träume, verbrecherischer Torheiten und ungeheuerlicher Hirngespinste. Wir werden uns ganz gewiß noch einmal sehen. Bis dahin mag allerdings ein Weilchen vergehen. Möge der Himmel Ihnen in der Zwischenzeit fruchtbringende Gedanken bescheren.«

Auf der Straße angelangt, begann Rasumow eilig davonzugehen, ohne auf die Richtung zu achten. Zunächst dachte er gar nicht; bald darauf wurde er sich aber seiner Lage bewußt, und er sah sie als so abscheulich, gefährlich und unsinnig, und die Schwierigkeit, sich aus den Schlingen dieser Situation zu befreien, schien ihm so unüberwindlich, daß ihm der Einfall kam, zu Staatsrat Mikulin zurückzukehren und, wie er das selbst bei sich ausdrückte, zu *gestehen.*

Zurückgehen! Wozu? Um zu gestehen! Was zu gestehen? »Ich habe mit der größten Offenheit zu ihm gesprochen«, sagte er sich ganz wahrheitsgemäß. »Was sonst hätte ich ihm noch sagen sollen? Daß ich es unternommen hatte, jenem Vieh Sjemjanitsch eine Botschaft auszurichten? Mich fälschlicherweise der Mitwisserschaft bezichtigen und damit um nichts und wieder nichts die so schwer erkämpfte Aussicht auf Sicherheit zerstören? – Was für ein Wahnsinn!«

Und doch konnte er sich der Einbildung nicht erwehren, Staatsrat Mikulin sei vielleicht als einziger auf der Welt imstande, sein Benehmen zu verstehen. Und es erschien ihm ungemein reizvoll, verstanden zu werden.

Auf dem Heimweg mußte er mehrmals innehalten; alle Kraft schien aus seinen Gliedern gewichen; mitten im Getriebe der belebten Straßen verharrte er mitunter lange unbeweglich, isoliert wie in einer Wüste, ehe er weiterzugehen vermochte. Endlich erreichte er sein Zimmer.

Nun stellte sich eine Krankheit ein, ein leichtes Fieber, das ihn mit einem Schlage weit aus der verwirrenden Wirklichkeit, ja aus seinem Zimmer entfernte. Er verlor dabei nicht die Besinnung, nur kam es ihm so vor, als existiere er matt und schlaff irgendwo anders, weit entfernt von allem, was ihm je zugestoßen war. Aus diesem Zustand löste er sich sehr langsam; das heißt, es sah so aus, als geschehe das sehr langsam; die Zahl der wirklich darüber verstreichenden Tage war nicht groß. Und als er wieder in den Alltag zurückkehrte, fand er alles verändert, und zwar auf unfaßbare und herausfordernde Art verändert: unbelebte Gegenstände, menschliche Gesichter, die Vermieterin, das bäuerliche Dienstmädchen, die Treppe, die Straße, ja selbst die Luft. Er bot diesen veränderten Umständen unnachsichtig die Stirn. Er ging in die Universität und wieder zurück, erstieg Treppen, durchschritt Korridore, hörte Vorlesungen an, machte Notizen, überquerte die Innenhöfe gereizt und hochmütig und biß dabei die Zähne zusammen, bis die Kiefer schmerzten.

Er bemerkte sehr wohl, daß der tolle Kostja ihn wie ein junger Apportierhund von ferne anstarrte, daß der ausgehungerte rotnasige Student sich wie befohlen gewissenhaft fernhielt; er war sich auch der Anwesenheit anderer bewußt, die er recht gut kannte. Sie alle sahen neugierig und anteilnehmend drein, als erwarteten sie, daß etwas geschehe. »Das geht nicht lange mehr so weiter«, dachte Rasumow mehr als einmal. An manchen

Tagen befürchtete er, wie ein Irrer in unflätige Schimpfreden auszubrechen, spräche ihn jemand auf bestimmte Weise an. Oftmals setzte er sich, zu Hause angekommen, in Mütze und Umhang auf den Stuhl und blieb stundenlang so sitzen, in der Hand ein Buch, das er sich aus der Bibliothek geholt hatte; oder er nahm sein Federmesser auf und kratzte unaufhörlich an seinen Fingernägeln herum – rasend vor Zorn. »Das ist unmöglich«, pflegte er dann nach einer Weile ins leere Zimmer zu murmeln.

Folgendes verdient festgehalten zu werden: man hätte denken können, daß ihm sein Zimmer körperlich zuwider geworden wäre. Aber nein. Nichts dergleichen (er selbst hatte so etwas zunächst befürchtet), nichts dergleichen geschah. Im Gegenteil, seine gegenwärtige Behausung gefiel ihm besser als irgendeine, die er, der nie ein Heim gekannt, je gemietet hatte. Ihm gefiel es da so gut, daß er gerade deshalb oft Mühe hatte, sich zum Ausgehen zu entschließen. Das Zimmer war wie eine körperliche Verlockung, vergleichbar einem Kaminfeuer, von dem man sich an kalten Tagen nur ungern losreißt.

Da er damals nur das Haus verließ um zur Universität zu gehen (was hätte er sonst tun sollen?), war es eben auf diesen Ausgängen, daß er sich sogleich mit den moralischen Folgen seiner Handlung aus nächster Nähe konfrontiert sah. In der Universität wurde ihm der düstere Ruhm der Affäre Haldin übergeworfen wie ein Nessushemd, und es war ihm unmöglich, es abzustreifen. Er litt darunter, und er litt auch unter den unvermeidlichen banalen Gesprächen mit den nicht eingeweihten Studenten. »Man wird sich wohl schon über die Veränderung wundern, die mit mir vorgegangen ist«, überlegte er besorgt. Er war sich dunkel bewußt, zwei oder drei wirklich nette junge Leute wütend zum Teufel geschickt zu haben. Einmal redete ihn einer der verheirateten Dozenten im Vorbeigehen an: »Warum lassen Sie sich mittwochs gar nicht mehr bei uns blikken, Kyrill Sidorowitsch?« Rasumow erinnerte sich, auch diese freundliche Einladung mit einem höchst ungezogenen Murmeln beantwortet zu haben. Der Dozent war offenbar zu verblüfft, um beleidigt zu sein. Alles das war übel. Und alles war Haldin, immer wieder Haldin, nichts als Haldin, Haldin überall: ein moralisches Gespenst, viel, viel eindrucksvoller als eine sichtbare Erscheinung des Toten hätte sein können. Einzig das Zimmer, in welches dieser Mensch auf dem Wege vom Verbrechen zum Galgen unversehens geraten war, schien vor seinem Gespenst sicher zu sein. Genauer gesagt: Haldin war niemals ganz abwesend, doch hatte er dort keine Macht. Hier hatte Rasumow die Oberhand, hier empfand er seine Überlegenheit deutlich. Haldin war ein bezwungenes Phantom – nicht mehr. Des Abends, wenn die instandgesetzte Uhr leise neben der brennenden Lampe auf der Tischplatte tickte, geschah es oft, daß Rasumow den Kopf von seiner Schreibarbeit hob und erwartungsvoll und kühl nach dem Bett hinüberstarrte. Dort war nichts zu erblicken. Er nahm auch nicht ernstlich an, daß dort jemals etwas zu sehen sein werde. Ein Weilchen später pflegte er dann achselzuckend seine Arbeit wieder aufzunehmen. Denn er hatte sich an die Arbeit gemacht, und anfänglich auch mit gutem Erfolg. Seine Unlust, den einzigen Ort zu verlassen, an dem er vor Haldin sicher war, nahm so zu, daß er schließlich überhaupt nicht mehr ausging. Vom frühen Morgen bis spät in die Nacht hinein schrieb er, er schrieb fast eine Woche lang. Nie sah er auf die Uhr. Er warf sich erst aufs Bett, wenn ihm die Augen zufielen. Dann, eines Nachmittags, geschah es, daß er ganz zufällig auf die Uhr blickte. Langsam legte er die Feder hin.

»Genau zu dieser Stunde«, ging es ihm durch den Kopf, »ist der Bursche ungesehen hier hereingeschlichen, während ich fort war. Und da hat er denn still wie ein Mäuschen gesessen, vielleicht sogar auf diesem Stuhl.«

Rasumow stand auf und begann mit festen Schritten hin und her zu gehen, wobei er ab und an auf die Uhr blickte. »Um diese Zeit kam ich zurück und sah ihn dort am Ofen stehen«, sagte er vor sich hin. Als es dunkel wurde, machte er Licht. Später unterbrach er sein Umherwandern noch einmal, um das Mädchen wegzuscheuchen, das mit dem Tee und einem Tablett hereinkam. Und gleich darauf zeigte die Uhr jene Stunde, da er selber zu seinem schrecklichen Gang in das Schneetreiben hinausgetreten war.

»Mitwisser«, murmelte er leise und nahm seinen Marsch wieder auf, behielt aber die Zeiger im Auge, die sich langsam der Stunde näherten, da er zurückgekehrt war.

»Vielleicht«, dachte er plötzlich, »bin ich wirklich das erwählte Werkzeug der Vorsehung gewesen. Das ist so eine Redensart, wer sagt aber, daß nicht jede Redensart eine Wahrheit enthält? Wie, wenn jene lächerliche Redensart im wesentlichen wahr gewesen wäre?«

Er grübelte ein Weilchen, setzte sich dann, die Beine von sich gestreckt, die Augen steinern, die Arme seitlich der Lehnen herabhängen lassend – ein Mensch, den die Vorsehung ganz und gar verlassen hat – total geschlagen.

Er vermerkte die Stunde von Haldins Aufbruch und blieb noch dreißig Minuten sitzen; dann murmelte er: »Und nun an die Arbeit«, griff zum Federhalter und ließ ihn unter dem Eindruck einer ungemein verstörenden Überlegung wieder hinfallen: »Drei Wochen schon, und kein Wort von Mikulin.«

Was bedeutete das? Hatte man ihn vergessen? Möglich. Warum also nicht vergessen bleiben? Irgendwo unterschlüpfen? Sich verstecken? Aber wo? Wie? Bei wem? In welchem Loch? Und das für immer, oder wie?

Einem Rückzug indessen drohten dunkle Gefahren. Das Auge der Revolution lag auf ihm; Rasumow empfand vorübergehend namenlose, verzweiflungsvolle Angst und fühlte sich zugleich

auf ekelhafte Weise erniedrigt. War es möglich, daß er nicht länger sich selber gehörte? Das war schändlich. Warum aber nicht einfach weitermachen? Studieren? Vorwärtskommen. Verbissen arbeiten, als sei gar nichts geschehen (und als erstes die silberne Medaille gewinnen), sich auszeichnen, ein bedeutender Reformator, ein hervorragender Diener dieses größten aller Staaten werden. Diener auch der machtvollsten Gruppe von Menschen, die fähig war, in brüderlicher Solidarität so konsequent und überlegt ihre Ziele zu verfolgen, wie die Welt es noch nie gesehen hatte – Diener der russischen Nation!
Ruhig und entschlossen, voll und fest seines großen Zieles bewußt, streckte er die Hand nach der Feder aus, da streifte sein Blick das Bett. Er stürzte sich wie ein Rasender darauf und brüllte innerlich: »Du, du verfluchter Fanatiker, du bist es, der mir im Wege steht!« Er schleuderte das Kissen zu Boden, riß die Decke auseinander... nichts. Und als er sich abwandte, sah er vor sich in der Luft, wie die lebendige Einzelheit eines sich auflösenden Bildes zweier Köpfe, die Augen des Generals T. und des Staatsrates Mikulin auf sich gerichtet, beide von ganz verschiedener Art, aber mit dem gleichen, festen, ermüdeten und doch zielstrebigen Ausdruck... Diener der Nation!
Rasumow taumelte zum Waschtisch; er trank etwas Wasser und kühlte seine Stirn. Er war sehr erschrocken. »Das wird spurlos vorübergehen«, dachte er zuversichtlich. »Mir fehlt nichts.« Doch anzunehmen, daß er vergessen worden sei, war schlichter Irrsinn. Man war seiner sicher. Und das war auch weiter nicht schlimm. Wichtig war einzig, alles das zu beseitigen, was dieses jämmerliche Phantom verkörperte... »Wenn man doch nur hingehen und einigen von ihnen ohne Rücksicht auf die Folgen ins Gesicht spucken könnte!«
Er stellte sich vor, daß er auf den rotnasigen Studenten zuginge und diesem plötzlich die Faust vors Gesicht hielte. »Bei dem«, so fiel ihm dann ein, »wird allerdings nichts zu holen sein,

denn er hat keinen Verstand. Er lebt in einem roten, demokratischen Trancezustand. Ah! Du möchtest also mit Gewalt die Welt beglücken, mein Sohn. Ich werde dir mal zeigen, was Weltbeglückung ist, du behexter Leichenfresser! Und mein persönliches Glück? Habe ich kein Anrecht auf ein persönliches Glück, nur weil ich selbständig denken kann? ...«

Wieder wechselte seine Stimmung, und Rasumow sagte sich: »Ich bin noch jung. Alles vergißt sich mit der Zeit.« In jenem Augenblick durchquerte er langsam das Zimmer auf dem Weg zum Sofa in der Absicht, sich dort niederzulassen und seine Gedanken zu sammeln. Doch ehe er das Sofa noch erreichte, hatte sich alles verflüchtigt: Hoffnung, Mut, Selbstvertrauen und der Glaube an seine Mitmenschen. Sein Herz war mit einem Schlage leer. Es hatte keinen Wert, weiterzukämpfen. Ruhe, Arbeit, Einsamkeit, eine freie Aussprache mit seinesgleichen – alles war ihm untersagt. Alles war verloren. Das Dasein glich einem großen, kalten Nichts, es ähnelte der riesigen Ebene Rußlands, die sich, gleichförmig zugeschneit, nach allen Seiten allmählich in Schatten und Nebel verlor.

Er setzte sich mit schwindelndem Kopf, schloß die Augen und blieb so, starr aufgerichtet und hellwach, die Nacht über auf dem Sofa, bis das Mädchen mit dem Samowar lärmend ins Vorzimmer trat, mit der Faust an die Tür schlug und rief: »Bitte, Kyrill Sidorowitsch! Es ist Zeit, aufzustehen!«

Da öffnete Rasumow die Augen und erhob sich, blaß wie ein Leichnam, der dem gefürchteten Ruf zum Jüngsten Gericht Folge leistet.

Es wird wohl niemanden wundern zu hören, daß, als sie eintraf, Rasumow der Aufforderung Mikulins folgte. Das geschah an eben diesem Morgen, während Rasumow, blaß und zitternd, wie ein gerade dem Bett entstiegener Kranker, sich zu rasieren versuchte. Die Adresse war von dem kleinen Advokaten geschrieben. Der Umschlag enthielt einen zweiten, in der Handschrift des Fürsten K. an Rasumow adressierten Umschlag mit dem Vermerk: Bitte sofort unter Verschluß weiterleiten. Das einliegende Blatt war von Staatsrat Mikulin geschrieben worden. Der Schreiber gab aufrichtig zu, daß keine weiteren Unklarheiten der Aufklärung bedürften, bestellte Herrn Rasumow jedoch trotzdem zu einem Treffen in die Stadt, und zwar offenbar in die Praxis eines Augenarztes.

Rasumow las, beendete die Rasur, kleidete sich an, sah noch einmal auf den Zettel und murmelte umdüstert »Augenarzt«. Er grübelte eine Weile darüber nach, rieb ein Zündholz an und verbrannte gewissenhaft beide Umschläge samt Einlage. Dann setzte er sich, wartete müßig und ohne auch nur etwas anzusehen, bis die vereinbarte Stunde heranrückte und ging hinaus.

Ob er die Freiheit gehabt hätte, der Aufforderung ihres nichtamtlichen Charakters wegen keine Folge zu leisten, ist schwer zu sagen. Wahrscheinlich nicht. Er folgte ihr jedenfalls, und was mehr ist, er folgte ihr mit einem gewissen Eifer, der unfaßbar scheinen mag, bis man sich erinnert, daß Staatsrat Mikulin der einzige Mensch auf Erden war, mit dem Rasumow reden konnte, ohne über sein Abenteuer mit Haldin lange Erklärungen abgeben zu müssen. Und sobald man Haldin keine besondere Beachtung mehr schenkte, war er nicht länger mehr ein ruheloses, Lügen ausbrütendes Gespenst. Überall sonst auf der Welt mochte er herumspuken, bei dem Augenarzt jedoch, das wußte Rasumow sehr wohl, würde er nichts weiter sein als der hingerichtete Mörder des Herrn de P. Die Toten verfügen nämlich nur über genau jenen Grad von Lebendigkeit, den die Lebenden ihnen zugestehen. Rasumow eilte, in der Gewißheit, Erleichterung zu finden, seinem Stelldichein mit Staatsrat Mikulin zu, und das mit dem beschwingten Schritt des Verfolgten, der für einen jeden Zufluchtsort dankbar ist.

Nachdem dies gesagt ist, erübrigt es sich, von der ersten und den folgenden Besprechungen zu berichten. Der gesittete westeuropäische Leser würde durch eine Schilderung dieser Zusammenkünfte vielleicht an unheimliche alte Legenden erinnert, in denen der böse Feind sich abgefeimt und verlogen mit einer gefährdeten Seele unterredet. Es ist nicht meine Aufgabe, dem zu widersprechen. Man erlaube mir nur die Bemerkung, daß der alte Bösewicht, dessen einziges Motiv ja sein höllischer Stolz ist, in einem größeren, moderneren Rahmen längst nicht mehr so schwarz erscheint wie ehedem. Um wieviel mehr Spielraum müssen wir uns also nicht bei der genauen Einschätzung eines Sterblichen lassen, der geplagt ist von zahlreichen Trieben und einer beklagenswerten Fertigkeit, Irrtümer zu begehen, der geblendet ist vom unechten Glanz miteinander verschmolzener Beweggründe, und der in alle Ewigkeit von einer kurzsichtigen Weisheit genarrt wird.

Staatsrat Mikulin war einer jener mächtigen Beamten, die nicht von einem unzugänglichen oder verborgenen, sondern von einem nur unauffälligen Platz aus großen Einfluß mehr auf die Art und Weise der Amtsführung als auf diese selbst nehmen.

Kirche und Krone ergeben zu sein, ist ebensowenig verbrecherisch, wie es das Vorhandensein eines schwarzen Herzens oder angeborenen Schwachsinns beweist, dem Willen eines einzelnen vor dem Willen vieler den Vorzug zu geben. Staatsrat Mikulin war nicht nur ein fähiger, sondern auch ein treuer Beamter. Privat war er Junggeselle; er liebte die Bequemlichkeit und frönte ihr in einer luxuriös eingerichteten Fünfzimmerwohnung. Seine Freunde schätzten in ihm einen wirklichen Kenner weiblicher Tanzkunst. Die Welt hörte erst in der Stunde seines Sturzes von ihm, bei Gelegenheit eines jener Prozesse, die den einfachen Zeitungsleser deshalb so in Erstaunen versetzen, weil sie ihn einen Blick auf unvermutete Intrigen in allerhöchsten Kreisen tun lassen. Und in einem solchen kurzwährenden Getümmel schwer entzifferbarer Ungeheuerlichkeiten, in einem flüchtigen Aufwallen schlammigen Wassers versank Staatsrat Mikulin mit Würde, nichts weiter verlauten lassend als den einen Satz: daß er unschuldig sei. Er machte keine Enthüllungen, die der angeschlagenen Autokratie hätten verderblich werden können, er bewahrte treu die elenden *arcana imperii* in seiner patriotischen Brust und bewies bürokratischen Stoizismus vermittels der russischen Amtspersonen eigenen unzerstörbaren und beinahe schon erhabenen Verachtung der Wahrheit. Einen Stoizismus des Schweigens übrigens, den nur sehr wenige Eingeweihte zu schätzen vermochten, und dem, als dem von einem verweichlichten Menschen dargebrachten Opfer, eine gewisse zynische Größe nicht abzusprechen war. Das ungeheuerlich harte Urteil bedeutete nämlich Staatsrat Mikulins bürgerlichen Tod und seine Herabwürdigung zum gemeinen Sträfling.

Es sieht so aus, als beschränke die barbarische Autokratie ebensowenig wie die erleuchtete Demokratie ihren Speisezettel auf die Leichen ihrer Feinde. Sie verschlingt auch ihre Freunde und Diener. Die Nachricht vom Sturze seiner Exzellenz Gregorij Gregorjewitsch Mikulin (die dann etliche Jahre später eintraf) ist die letzte über diesen Mann vorliegende Information. Zur Zeit des Mordes an de P. (oder seiner Hinrichtung) übte Staatsraat Mikulin indessen unter der bescheidenen Amtsbezeichnung eines Abteilungsleiters im Generalsekretariat als Vertrauter und rechte Hand seines ehemaligen Schulkameraden und lebenslangen Freundes General T. erheblichen Einfluß. Man kann sich vorstellen, wie die beiden sich über den Fall Rasumow unterhielten – im vollen Bewußtsein ihrer unbeschränkten Macht über jedes russische Leben blickten sie auf ihn wohl mit der gleichen flüchtigen Herablassung, wie die Götter auf einen Wurm. Seine Beziehungen zum Fürsten K. genügten, um Rasumow vor einer nachlässigen, willkürlichen Behandlung zu schützen, und es ist sehr wahrscheinlich, daß man ihn nach seinem Besuch auf dem Sekretariat nicht mehr belästigt haben würde. Staatsrat Mikulin hätte ihn zwar nicht vergessen (niemand, den er je unter Beobachtung genommen hatte, wurde je von ihm vergessen), doch er hätte ihn einfach für immer auf die Seite geschoben. Staatsrat Mikulin war ein gutmütiger Mensch und wünschte niemandem etwas Böses. Überdies (da er selber zur Reform neigte) hatte der junge Student, dieser Sohn des Fürsten K., einen günstigen Eindruck auf ihn gemacht – augenscheinlich kein Narr.

Doch während Rasumow zu der Ansicht gelangte, daß er so nicht mehr weiterleben könne, wollte es das Schicksal, daß Staatsrat Mikulins unaufdringliche Gaben durch die Versetzung auf einen sehr verantwortungsvollen Posten belohnt wurden – auf einen nicht geringeren Posten als den des Direktors der polizeilichen Überwachung Europas. Und da erst, erst als er sich daran machte, den Apparat zu verbessern, der die Betätigung der Revolutionäre im Ausland verfolgte, fiel ihm Rasumow wieder ein. Er sah große Möglichkeiten für eine besonders sinnreiche Verwendung dieses ungewöhnlichen jungen Mannes mit seiner absonderlichen Launenhaftigkeit, seinem schwankenden Sinn und seinem erschütterten Glauben, dieses jungen Mannes, der da in den Schlingen einer verfahrenen Situation strampelte, und den er ja schon in der Hand hatte. Es war, als hätten die Revolutionäre selber ihm ein Instrument gereicht, das soviel feiner war als das gewöhnliche, grobe Werkzeug, eines, das so recht dazu gemacht war, mit der erforderlichen Glaubwürdigkeit ausgestattet dort einzudringen, wo der gewöhnliche Spitzel keinen Zugang fand! Die Hand der Vorsehung war hier im Spiel. Und Fürst K., als er in den geheimen Plan eingeweiht wurde, war ebenfalls bereit, sich zu dieser mystischen Auffassung zu bekehren. »Man muß ihm aber hinterher eine Karriere eröffnen«, hatte er nur besorgt verlangt. »Aber gewiß! Dafür wollen wir schon sorgen!« hatte Mikulin zugestimmt. Der Mystizismus des Fürsten K. war etwas einfältiger Art; dafür war Mikulin schlau genug für zwei.

Dinge und Menschen haben eine bestimmte Stelle, eine ganz bestimmte Seite, bei der man sie packen muß, wenn man sie fest in die Hand bekommen und ungehindert regieren will. Mikulins Talent bestand darin, diese Stelle aufzuspüren und den von ihm benutzten Menschen genau da zu packen. Ihm war es gleich, was das war – Eitelkeit, Verzweiflung, Liebe, Haß, Gier, kluger Stolz oder dumme Anmaßung, das alles war ihm einerlei, solange er den Betreffenden nutzbar machen konnte. In dem unbedeutenden anhanglosen jungen Studenten Rasumow erweckte man im Augenblick seiner größten seelischen Einsamkeit den Eindruck, daß eine kleine Gruppe hoher Standespersonen an ihm Anteil nehme. Fürst K. wurde überredet, selbst einzugreifen, und gestattete sich bei einer gewissen Gelegenheit einen Ausbruch männlicher Rührung, die, da unerwartet zum Vorschein kommend, Rasumow mit Bestürzung erfüllte. Die unvermutete Umarmung dieses Mannes, den die Treue zum Herrscherhaus und unterdrückte Vaterliebe trieben, offenbarte Rasumow etwas, das er im eigenen Busen trug.

»So ist das also«, sagte er zu sich. Eine verachtungsvolle Zärtlichkeit milderte die Härte des Bildes, das der junge Mann sich von seiner Zukunft gemacht hatte, wenn er der bewegten Unterredung mit dem Fürsten K. gedachte. War denn dieser einfältige, weltmännische Gardeoffizier a. D. und Senator, dessen sanfter Kaiserbart Rasumows Wange gestreift hatte, sein aristokratischer und überzeugungstreuer Vater, auch nur um eine Spur weniger schätzbar oder mehr zu belächeln als jener ausgehungerte Fanatiker, der Revolutionär mit der roten Nase?

Und man bat ihn nicht nur, man bedrängte ihn auch. Man ließ Herrn Rasumow stets fühlen, daß er sich ja bereits festgelegt habe. Vor diesem Druck, vor der leisen, unbeantwortbaren

Frage des Staatsrates Mikulin »Wohin?«, gab es kein Entrinnen. Dabei wurde auf seine Empfindlichkeit die größte Rücksicht genommen. Es handelte sich um eine riskante Mission nach Genf, wo dringend absolut verläßliche Informationen über eine ganz unzugängliche Gruppe einzuholen waren. Es gab Anzeichen dafür, daß ein höchst gefährliches Komplott ausgebrütet wurde... der für ein großes Reich unentbehrliche innere Frieden sei bedroht... ein bedeutender Reformplan in Frage gestellt... die höchsten Persönlichkeiten des Landes seien von patriotischer Besorgnis erfüllt und so weiter. Kurz und gut: Staatsrat Mikulin wußte, was zu sagen war. Einen Eindruck von seiner Geschicklichkeit kann man aus den Bekenntnissen und der Selbstanalyse gewinnen, die sich in Rasumows Journal finden – diesem armseligen Notbehelf eines jungen Mannes, der weder einen engen Vertrauten noch einen ihm von Natur nahestehenden Menschen besaß, an den er sich wenden konnte.

Wie er seine Vorbereitungen jeder Beobachtung entzog, braucht hier nicht erörtert zu werden. Das Hilfsmittel des Augenarztes kann als gutes Beispiel gelten. Rat Mikulin war erfinderisch und die Aufgabe nicht allzu schwer. Jeder Kommilitone, auch der Rotnasige, durfte Herrn Rasumow gerne dabei beobachten, wie er die Sprechstunde des Augenarztes aufsuchte. Der Erfolg hing nicht zuletzt von der Verblendung der Revolutionäre ab, die Rasumow eine geheime Mitwisserschaft in der Affäre Haldin unterstellten. Diese Unterstellung machte ihn glaubwürdig genug – um so mehr, als sie eben von jenen ausging. Gerade dadurch wurde ja Rasumow zum Mann der Vorsehung, der sich himmelweit von den herkömmlichen Agenten im ›europäischen Überwachungsdienst‹ unterschied. Und das Sekretariat ließ es sich sehr angelegen sein, gerade dieses Renommee noch zu vertiefen, indem es wohlberechnete Indiskretionen ausstreute.

Schließlich kam es soweit, daß Rasumow eines Abends überraschend den Besuch eines jener ›denkenden‹ Studenten erhielt, die er früher, vor der Affäre Haldin, gelegentlich bei privaten Zusammenkünften getroffen hatte; es war ein hochgewachsener Bursche, der sich zurückhaltend und unaufdringlich betrug und eine angenehme Stimme besaß.
Rasumow, der müßig auf dem Sofa lag, hörte ihn im Vorzimmer fragen: »Darf man hereinkommen?« und sprang auf. »Wenn er nun gekommen ist, um mich zu erdolchen?« dachte er spöttisch, legte dann einen grünen Augenschirm über das linke Auge und sagte streng: »Bitte einzutreten.«
Der andere zeigte sich verlegen; er hoffe, nicht zu stören. »Man hat Sie seit Tagen nicht mehr gesehen, und da dachte ich, es wäre besser, einmal nachzufragen.« Er hustete leicht. »Geht es dem Auge besser?«
»Es ist fast geheilt.«
»Gut. Ich gehe gleich wieder. Übrigens ... ich, das heißt, wir ... nun, ich habe es übernommen, Sie zu warnen, Kyrill Sidorowitsch. Ich fürchte, Sie sind sich nicht im klaren über die Gefährlichkeit Ihrer Lage.«
Rasumow saß unbeweglich, den Kopf in die Hand gestützt, und verbarg so das nicht verdeckte Auge.
»Auch mir will das manchmal so scheinen.«
»Nun, dann ist es ja gut. Im Augenblick sieht es ruhig aus, aber es wird wieder einmal eine Maßnahme vorbereitet. Das versteht sich allerdings schon von selbst, und deshalb bin ich auch nicht hier.« Er rückte den Stuhl näher und senkte die Stimme. »Wir fürchten, daß man Sie schon bald verhaften will.«
Ein unbedeutender Schreiber im Sekretariat habe einige Worte einer Unterhaltung aufgeschnappt und auch einen Blick auf einen gewissen Bericht werfen können. Diese Nachricht dürfe nicht mißachtet werden.

Rasumow lachte ein wenig, und sein Besucher zeigte sich noch besorgter.
»Ah, Kyrill Sidorowitsch! Das ist durchaus nicht zum Lachen! Man hat Sie ein Weilchen in Ruhe gelassen, doch... Wirklich, es wäre besser, Sie versuchten ins Ausland zu gehen, Kyrill Sidorowitsch, solange noch Zeit ist.«
Rasumow sprang auf und bedankte sich mit solch wortreicher, spöttischer Ergebenheit, daß der andere errötete und mit dem Eindruck wegging, dieser mysteriöse Rasumow sei nicht jemand, der sich von fehlbaren Sterblichen warnen lasse.
Staatsrat Mikulin, der am Tage darauf von diesem Vorfall erfuhr, drückte seine Befriedigung darüber aus. »Hm, ha... genau was wir brauchen, um...« und blickte in seinen Bart.
»Ich schließe daraus, daß es Zeit wird«, sagte Rasumow, »mich auf den Weg zu machen.«
»Es ist der psychologische Moment«, betonte Rat Mikulin leise und sehr ernst, ja feierlich.
Man traf alle Anstalten, um den Anschein einer unter Schwierigkeiten bewältigten Flucht zu erwecken. Rat Mikulin wollte Rasumow bis zur Abreise nicht mehr treffen. Die Zusammenkünfte stellten eine Gefahr dar, und es gab nichts mehr zu besprechen.
»Wir haben einander nun alles gesagt, Kyrill Sidorowitsch«, bemerkte der hohe Beamte mit Gefühl und drückte Rasumow die Hand mit jener rückhaltlosen Herzlichkeit, die der Russe so gut zum Ausdruck bringen kann. »Zwischen uns ist alles klar. Und noch etwas: Ich schätze mich glücklich, Ihre – hm – Ihre...«
Er blickte in seinen Bart und überreichte nach einem Augenblick nachdenklichen Schweigens Rasumow einen halben Bogen Papier, eine abgekürzte Zusammenfassung schon besprochener Fragen, gewisse aufklärungsbedürftige Punkte, das vereinbarte Vorgehen, etliche Winke über einige Personen und so fort. Es

war das einzige kompromittierende Dokument, konnte aber, wie Rat Mikulin andeutete, leicht beseitigt werden. Herr Rasumow solle sich jetzt lieber mit niemandem mehr treffen – erst auf der anderen Seite der Grenze, wo es selbstverständlich gelte, Augen und Ohren offenzuhalten...

Er blickte in seinen Bart; als Rasumow jedoch erklärte, wenigstens eine Person vor seiner Abfahrt aus Petersburg noch aufsuchen zu wollen, gelang es Rat Mikulin nicht, ein gewisses Unbehagen zu verbergen. Es war ihm sehr wohl bekannt, daß der junge Mann ein strenges, arbeitsames, eingezogenes Leben führte. Darin lag überhaupt die Bürgschaft für seine Eignung. Mikulin versuchte zu bremsen. Ob sein lieber, geschätzter Kyrill Sidorowitsch denn nicht daran gedacht habe, daß angesichts einer so ungeheuer bedeutsamen Unternehmung alle Gefühle zurückzustehen...

Rasumow unterbrach diese Einwände verächtlich. Es sei nicht eine junge Frau, die er aufzusuchen gedenke, sondern ein junger Narr. Rat Mikulin war erleichtert, doch überrascht.

»Ah! Und zu welchem Zweck, bitte?«

»Um die Wahrscheinlichkeit noch zu erhöhen«, erwiderte Rasumow knapp und in dem Wunsche, seine Unabhängigkeit zu betonen. »Man muß mir schon Vertrauen entgegenbringen.«

Rat Mikulin gab taktvoll nach und murmelte: »Oh, gewiß, gewiß, Ihre Urteilsfähigkeit...«

Und dann trennte man sich nach einem weiteren Händeschütteln.

Der Narr, der Rasumow eingefallen war, war der reiche, festesfrohe Student, bekannt unter dem Namen der tolle Kostja. Da er hirnlos, geschwätzig und erregbar war, durfte man sich darauf verlassen, daß er alles ausplauderte. Doch fiel dieser stürmische Jüngling, als Rasumow ihn auf seine vor Zeiten beteuerte Dienstbereitschaft ansprach, aus seiner üblichen Hochstimmung in abgrundtiefe Verzweiflung.

»Oh, Kyrill Sidorowitsch, mein lieber Freund, mein Wohltäter, was soll ich nur tun? Letzte Nacht habe ich auch den letzten Rubel von dem Geld durchgebracht, das mein Alter mir erst kürzlich gegeben hat. Können Sie mir nicht bis zum Donnerstag Zeit lassen? Ich will zu allen Wucherern ... nein, das geht natürlich nicht. Sehen Sie mich nicht so an! Was soll ich denn tun? Es hat keinen Zweck, den Alten um etwas zu bitten. Ich sage Ihnen ja, er hat mir erst vor drei Tagen einen ganzen Haufen großer Geldscheine gegeben. Unseliger, der ich bin!«
Verzweifelt rang er die Hände. Es sei unmöglich, sich dem Alten anzuvertrauen. ›Sie‹ hatten ihm einen Orden verliehen, ihm erst vergangenes Jahr ein Kreuzchen um den Hals gehängt, und seither hatte er unablässig gegen alles Moderne gewettert. In diesem Augenblick jedenfalls würde er lieber sämtliche russische Intellektuelle reihenweise aufhängen lassen als auch nur einen einzigen Rubel herausrücken.
»Kyrill Sidorowitsch, warten Sie einen Augenblick. Ich hab's. Ich... jawohl, ich werde es tun... ich werde seinen Schreibtisch erbrechen. Es hilft ja alles nichts. Ich weiß, in welcher Schublade er seine Beute verwahrt, und kann unterwegs ein Brecheisen besorgen. Er wird sich natürlich schrecklich aufregen, denn der alte Bursche hat mich wirklich lieb, wissen Sie. Aber er muß damit fertig werden, und ich auch. Kyrill, gute Seele, wenn Sie nur noch ein paar Stunden warten wollen, stehle ich Ihnen alles, was mir in die Hände fällt. Sie zweifeln daran? Warum? Sie brauchen es mir nur zu befehlen.«
»Also gut, stehlen Sie«, erwiderte Rasumow und blickte ihn steinern an.
»Zum Teufel mit den Zehn Geboten«, rief der andere mit größter Munterkeit. »Jetzt beginnt die neue Zeit!«
Als er jedoch am späten Abend in Rasumows Zimmer zurückkehrte, geschah das mit ungewohnter Nüchternheit, ja beinahe feierlich. »Es ist alles erledigt«, sagte er.

Rasumow, der vornübergeneigt, die Hände zwischen den Knien auf dem Sofa saß, erschauerte, als er die bekannten Worte vernahm. Kostja legte mit langsamen Bewegungen ein kleines, in braunes Papier eingeschlagenes, verschnürtes Päckchen in den Lichtkreis der Lampe.

»Wie ich versprochen habe – alles, was mir unter die Finger gekommen ist. Der alte Knabe wird denken, die Welt geht unter.«

Rasumow nickte vom Sofa her und empfand angesichts der Ernsthaftigkeit dieses hirnlosen Burschen boshaftes Vergnügen.

»Nun habe ich mein kleines Opfer bringen dürfen«, seufzte der tolle Kostja, »und dafür bin ich ihnen dankbar, Kyrill Sidorowitsch.«

»So hat es Sie Überwindung gekostet?«

»Ja, das hat es. Sie müssen begreifen, daß der Alte mich wirklich liebt, es wird ihn schrecklich kränken.«

»Und Sie glauben alles, was man Ihnen über die neue Zeit und den heiligen Willen des Volkes sagt?«

»Unbedingt. Mein Leben würde ich geben... nur bin ich eben wie ein Schwein an seinem Trog, verstehen Sie... so bin ich nun mal.«

Rasumow verlor sich in Gedanken und vergaß ganz die Anwesenheit des Jünglings, bis ihn dessen Stimme aufschreckte, die ihn anflehte, ohne weiteren Verzug die Flucht anzutreten.

»Na gut. So leben Sie wohl.«

»Ich verlasse Sie nicht, ehe Sie nicht aus Petersburg verschwunden sind«, erklärte Kostja ganz überraschend mit kaltblütiger Entschlossenheit. »Das können Sie mir jetzt nicht verweigern. Um des Himmels willen, Kyrill, die Polizei kann jeden Augenblick hier sein, und wenn man Sie erwischt hat, wird man Sie irgendwo Jahre und Jahre einsperren, bis Sie graue Haare bekommen. Unten auf der Straße steht der beste Traber aus dem

Stall meines Vaters vor einem ganz leichten Schlitten. Ehe der Mond untergeht, sind wir dreißig Meilen weiter und auf einer ländlichen Bahnstation...«

Rasumow blickte verblüfft auf. Die Reise war nun beschlossen – unwiderruflich. Er hatte den folgenden Tag als Reisetag ins Auge gefaßt, entdeckte jetzt aber, daß er im Ernste zu gar nichts entschlossen gewesen war. Er hatte im Gegenteil zugehört, geredet, gedacht und seine vorgespielte Flucht vorbereitet in der immer stärker werdenden Überzeugung, alles das sei krasser Unfug. Als ob irgendwer je im Leben derartiges täte! Es war wie ein Spiel gewesen. Und jetzt sah er zu seiner Verblüffung jemanden vor sich, der mit verzweifeltem Ernst daran glaubte. »Wenn ich mich jetzt nicht, in dieser Minute noch, auf den Weg mache, werde ich es nie tun«, überlegte Rasumow und erschrak. Wortlos stand er auf, und hätte der besorgte Kostja ihm nicht die Mütze aufgesetzt und den Umhang über die Schultern gelegt, wäre er barhaupt hinausgegangen. Er war bereits, immer noch schweigend, bei der Tür angelangt, als ein scharfer Anruf ihn zum Stehen brachte. »Kyrill!«

»Was denn?« Er wandte sich unlustig um. Hochaufgerichtet und mit verkrampftem, weißem Gesicht streckte Kostja steif einen Arm von sich, und sein Zeigefinger deutete beredt auf das braune Päckchen, das im Lampenschein auf der Tischplatte lag. Rasumow zögerte, ging dann aber unter dem strengen Blick seines Begleiters zurück und versuchte, diesem zuzulächeln. Doch der tolle Junge runzelte finster die Stirne. »Das ist ein Traum«, dachte Rasumow, während er das Päckchen in die Tasche schob und die Treppe hinunterging. »In Wirklichkeit tut niemand so etwas.« Der andere hielt ihn am Arm gepackt, flüsterte von bevorstehenden Gefahren und wie er sie zu überwinden gedenke. »Lächerlich«, murmelte Rasumow, als der andere ihm im Schlitten die Decken umlegte. Er überließ sich dann ganz dem Anblick der weiteren Entwicklung dieses

Traumes. Sie geschah in der vorhersehbaren Weise, unausweichlich, logisch – die lange Schlittenfahrt, das Warten am Ofen der kleinen Station. Insgesamt wechselten sie keine zehn Worte mehr. Kostja war umdüstert und hatte keine Lust, das Schweigen zu brechen. Zum Abschied umarmten sie einander zweimal – das war unvermeidlich; dann entschwand Kostja aus diesem Traum.

Als der Morgen graute, erhob Rasumow sich behutsam in dem stickigen, matt beleuchteten Wagen voller schlafender Menschen und ihrer Decken, zog das Fenster ein wenig herunter und schleuderte ein kleines braunes Paket weit in die beschneite Ebene hinaus. Dann setzte er sich wieder hin, schlug den Mantelkragen hoch und verharrte reglos. »Für das Volk«, dachte er, während er aus dem Fenster starrte. Die große weiße Wüste über hartgefrorener Erde glitt ohne ein Zeichen menschlicher Besiedlung an ihm vorüber.

Das war eine im Wachen ausgeführte Tat gewesen. Danach nahm der Traum wieder von ihm Besitz: Preußen, Sachsen, Württemberg, Gesichter, Ausblicke, Worte – alles ein Traum, dem er zornig und mit erzwungener Aufmerksamkeit folgte. Zürich, Genf – immer noch ein Traum, der ihn in seinem Bann hielt, ihn an grelles Gelächter gewöhnte, an Zorn, an den Tod – stets in der Furcht, am Ende zu erwachen ...

II

»Vielleicht ist gerade dies das Leben«, überlegte Rasumow, der allein mit der Statue Rousseaus unter den Bäumen auf der kleinen Insel auf und ab ging. »Traum und Angst.« Die Dunkelheit nahm zu. Die Blätter, die er bekritzelt und dann aus dem Notizbuch gerissen hatte, waren die Erstlinge seiner ›Mission‹. Das war kein Traum. Sie enthielten die Ankündigung, daß er sich in unmittelbarer Reichweite bedeutender Entdeckungen befinde. »Ich glaube, meiner endgültigen Aufnahme steht nun nichts mehr im Wege.«

Auf diesen Blättern hatte er die Eindrücke von einigen seiner Gespräche zusammengefaßt. Er war sogar so weit gegangen zu schreiben: »Ich habe übrigens den schrecklichen NN kennengelernt. Ein scheußliches, dickbäuchiges Vieh. Sollte ich etwas über seine Pläne erfahren, werde ich eine Warnung schicken.«

Die Sinnlosigkeit dieses Treibens lastete auf ihm wie ein Fluch. Selbst in diesem Augenblick vermochte er nicht zu glauben, daß seine ›Mission‹ in der Wirklichkeit geschehe. Er sah sich verzweifelt um, als suche er nach einem Mittel, sein Leben von jenem unüberwindlichen Druck zu befreien. Ärgerlich knüllte er die Blätter in der Hand zusammen. »Das Zeug muß zur Post«, dachte er.

Er betrat die Brücke und kehrte auf das nördliche Ufer zurück, denn er erinnerte sich, in einer der Gassen einen versteckten kleinen Laden gesehen zu haben, in dem es billige Schnitzereien gab und an dessen Wänden die ungewöhnlich schmutzigen Rücken der broschierten Bände einer kleinen Leihbücherei zu sehen waren. Dort wurde auch Briefpapier verkauft. Hinter dem Ladentisch döste ein mürrischer, heruntergekommener alter Mann. Eine dürre Frau in Schwarz mit kränklichem Gesicht brachte den gewünschten Umschlag zum Vorschein, ohne Rasumow auch nur anzusehen. Rasumow glaubte, bei diesen Leuten unbesorgt einkaufen zu können, weil sie an nichts in der Welt mehr Interesse nahmen. Noch im Laden schrieb er den deutschen Namen einer in Wien lebenden Person auf den Umschlag. Rasumow wußte jedoch, daß diese seine erste Mitteilung an Rat Mikulin ihren Weg zur russischen Gesandtschaft finden würde, wo man sie durch einen vertrauenswürdigen Mann verschlüsseln und ungefährdet zusammen mit der Diplomatenpost an ihren Bestimmungsort gelangen lassen würde. Dieses Verfahren hatte man sich ausgedacht, um die Spuren seiner Tätigkeit vor allen unbefugten Blicken, vor Nachlässigkeit, unglücklichen Zufällen und Verrat zu bewahren. Das sollte ihm Sicherheit geben – absolute Sicherheit.

Er verließ den jämmerlichen Laden und schritt dem Postamt zu. Dabei sah ich ihn an diesem Tage zum zweitenmal. Er überquerte die Rue Montblanc, und es sah so aus, als schlendere er ziellos dahin. Er bemerkte mich nicht, ich dagegen erkannte ihn bereits aus der Entfernung. Ich fand, daß er sehr gut aussah, dieser bemerkenswerte Freund von Fräulein Haldins Bruder. Ich sah zu, wie er an den Briefkasten herantrat und dann umkehrte. Wieder ging er nahe an mir vorüber, doch glaube ich, daß er mich auch diesmal nicht bemerkte. Zwar ging er hochaufgerichtet, doch sah er aus wie ein Schlafwandler, der gegen eben jenen Traum ankämpft, der ihn hinaustreibt auf gefährliche Wege. Meine Gedanken wanderten dann zu Natalie Haldin und ihrer Mutter. Der dort war alles, was ihnen von ihrem Sohn und Bruder geblieben war.

Der Abendländer in mir war verstört. In dem Ausdruck dieses Gesichtes lag etwas Erschreckendes. Wäre ich selber ein Verschwörer, ein politischer Flüchtling aus Rußland gewesen, ich hätte aus diesem zufällig wahrgenommenen Anblick vielleicht praktische Schlüsse ziehen können. So aber verstörte er mich nur außerordentlich, ja, er erweckte in mir sogar gewisse unbestimmte Befürchtungen für das Wohl von Fräulein Haldin. Das ist alles recht schwer zu erklären, ließ mich aber an Ort und Stelle den Entschluß fassen, die Damen am Abend nach meinem einsamen Junggesellenmahl aufzusuchen. Zwar war ich Fräulein Haldin erst vor wenigen Stunden begegnet, doch Frau Haldin hatte ich schon seit längerer Zeit nicht mehr besucht. Um die Wahrheit zu sagen – ich war in letzter Zeit einem solchen Besuch ausgewichen.

Arme Frau Haldin! Ich gebe zu, daß sie mich ein wenig in Schrecken setzte. Sie gehörte zu jenen glücklicherweise seltenen Menschen, die uns zur Anteilnahme zwingen, weil sie zugleich Angst und Mitleid erwecken. Man fürchtet die Berührung mit ihnen für sich selbst, noch mehr aber für jene, die man liebt, weil man so klar erkennt, daß derartige Menschen geboren sind, zu leiden und auch andere leiden zu machen. Merkwürdig zu denken, daß, ich will nicht sagen die Freiheit, sondern ganz einfach eine liberale Betrachtungsweise, die für uns eine Sache des Wortes, des Ehrgeizes, der Wählerstimme ist (und wenn schon des Gefühls, dann doch eines Gefühls, das nicht sehr tief geht) für andere Wesen, die uns ähneln und unter dem gleichen Himmel leben, eine schwere Prüfung ihrer Standhaftigkeit, eine Sache von Tränen, Leid und Blut sein kann. Frau Haldin hatte die Schmerzen ihrer eigenen Generation mitgelitten. Schließlich war da auch noch der schwärmerische Bruder – der Offizier, der unter Nikolaus füsiliert worden war. Mild ironische Resignation ist kein Panzer für ein verletzliches Herz. Frau Haldin, die in ihren Kindern von neuem getroffen worden war, mußte wiederum vergangene Schmerzen durchleiden und künftiges Leid ahnen. Sie gehörte zu jenen, die nicht wissen, wie man sich heilt, zu jenen, die sich ihres Herzens zu sehr bewußt sind, die dessen Wunden weder feige noch selbstisch, aber doch mit leidenschaftlicher Teilnahme betrachten – und die Kosten errechnen. Solche und ähnliche Gedanken würzten mein einsames, bescheidenes Mahl. Falls jemand zu bemerken wünscht, dies sei ein recht umständlicher Weg, um an Natalie Haldin zu denken, dann kann ich nur erwidern, daß sie die ihr geltende Sorge wohl wert war. Sie hatte das ganze Leben vor sich. Immerhin sei zugegeben, daß ich die Mutter nur zum Vorwand nahm, um an Natalie Haldins weiteres Leben zu denken, was einem alten Mann, der noch nicht jenseits jeden Mitgefühls ist, wohl erlaubt sein sollte. Sie hatte noch beinahe ihre ganze Jugend vor sich; eine Jugend, die man willkürlich ihrer natürlichen Beschwingtheit und Freude beraubt hatte, die überschattet war von einer uneuropäischen Despotie; eine schrecklich düstere Jugend, ganz ausgeliefert den Zufällen eines erbitterten Kampfes zwischen zwei barbarischen Antagonisten.

Diesen Gedanken hing ich länger nach als eigentlich erlaubt war. Man fühlte sich so hilflos, schlimmer noch: irgendwie beziehungslos. Im letzten Augenblick zögerte ich, überhaupt hinzugehen. Was konnte Gutes dabei herauskommen?

Der Abend war bereits vorgeschritten; in den Boulevard des Philosophes einbiegend, gewahrte ich Licht im Eckfenster. Die Jalousie war herabgelassen, doch konnte ich mir vorstellen, wie Frau Haldin im Sessel am Fenster saß, in der gewohnten Haltung des Wartens, die in letzter Zeit zu einer verbitterten, beinahe wahnwitzigen Erwartung geworden war.

Ich glaubte mich durch das im Hause brennende Licht hinreichend berechtigt zu klingeln. Die Damen hatten sich noch nicht zurückgezogen. Ich hoffte sehr, daß keine ihrer Landsleute zu Besuch seien. Gelegentlich traf man des Abends dort einen heruntergekommenen pensionierten russischen Beamten, der allein durch seine trübselige Gegenwart eine unerträglich ermüdende und verlorene Atmosphäre verbreitete. Ich glaube, die Damen fanden sich mit seinen häufigen Besuchen deshalb ab, weil er ein Freund des alten Haldin oder etwas derart gewesen war. Ich beschloß, nur einige Minuten zu bleiben, sollte ich ihn da drinnen bei seinem üblichen Geschwafel antreffen.

Überraschenderweise ging die Tür auf, ehe ich noch geklingelt hatte. Ich sah mich Fräulein Haldin gegenüber, die Hut und Jacke angelegt hatte, offenbar in der Absicht, das Haus zu verlassen. Um diese Stunde! Vielleicht, um den Arzt zu rufen?

Ihre freudige Begrüßung stärkte mein Selbstvertrauen. Es hörte sich so an, als sei ich gerade der Mensch, den sie zu sehen begehrte. Meine Neugier erwachte. Sie zog mich ins Haus, und die treue Anna, das ältliche deutsche Dienstmädchen, schloß die Tür, ging aber nicht weg. Sie blieb in der Nähe, als wolle sie mich gleich wieder hinausgeleiten. Es erwies sich, daß Fräulein Haldin sich eben hatte aufmachen wollen, mich zu suchen.

Sie sprach mit einer mir an ihr ungewohnten Hast. Sie sei im Begriff gewesen, schnurstracks zu Frau Ziegler zu gehen und sie herauszuklingeln, so spät es auch für Frau Zieglers Gewohnheiten sein mochte...

Frau Ziegler, Witwe eines hervorragenden Gelehrten und nahen Freundes, hatte mir drei Zimmer ihrer schönen großen Wohnung überlassen, die sie nach dem Tode ihres Mannes beibehielt. Doch habe ich eine eigene Wohnungstür, die aufs Treppenhaus führt. Ich wohnte dort schon seit mindestens zehn Jahren. Ich sagte, ich sei glücklich, selbst auf den Gedanken gekommen zu sein...

Fräulein Haldin machte keine Anstalten, ihre Überkleider abzulegen. Ich sah, daß ihr Gesicht geröteter war als sonst, und vernahm in ihrer Stimme einen besonders entschlossenen Klang. Ob ich wisse, wo Herr Rasumow wohne?

Wo Herr Rasumow wohne? Herr Rasumow! So dringend – um diese Stunde? Ich warf die Arme hoch, um meine völlige Unwissenheit zu beteuern. Ich ahnte nicht, wo er wohnte. Hätte ich vor drei Stunden gewußt, daß sie danach fragen würde, dann hätte ich mich vor dem neuen Postgebäude bei ihm erkundigen können, und er hätte es mir womöglich gesagt. Ebensogut allerdings hätte er mich grob abfahren lassen können. Vielleicht aber, so dachte ich und erinnerte mich seiner ungemein schlafwandlerischen, leidenden und abwesenden Miene, vielleicht hätte der Schreck darüber, angesprochen zu werden, ihn auch einfach umgeworfen. Hiervon sagte ich nichts zu Fräulein Haldin, ich erwähnte nicht einmal, daß ich den jungen Mann noch so kürzlich gesehen hatte. Mein Eindruck war so außerordentlich unerfreulich gewesen, daß ich ihn so schnell wie möglich zu vergessen wünschte.

»Ich weiß auch nicht, wo ich mich erkundigen könnte«, murmelte ich ratlos. Ich hätte mich mit dem größten Vergnügen nützlich gemacht und jeden jungen oder alten Mann herbeigeschafft, da ich das größte Vertrauen in ihren gesunden Menschenverstand setzte. »Warum fragen Sie gerade mich um diese Auskunft?«

»Nicht deshalb eigentlich wollte ich Sie aufsuchen«, erwiderte sie leise. Sie glich einem Menschen, der sich einer unangenehmen Aufgabe gegenübersieht.

»Darf ich daraus entnehmen, daß Sie sich noch heute abend mit Herrn Rasumow in Verbindung setzen müssen?«

Natalie Haldin bewegte zustimmend das Haupt; dann, nach einem kurzen Blick auf die Tür des Salons, fügte sie auf französisch hinzu:

»*C'est Maman*«, und sah ratlos vor sich hin. Da sie stets vernünftig war und sich keinesfalls vor eingebildeten Schwierigkeiten fürchtete, blickte ich neugierig auf ihre Lippen, die einen Moment geschlossen blieben. Wie hing Herr Rasumow mit dieser Erwähnung der Mutter zusammen? Frau Haldin hatte von der Ankunft des Freundes ihres Sohnes in Genf noch nichts erfahren.

»Darf ich hoffen, Ihre Mutter heute abend noch zu sehen?« erkundigte ich mich.
Fräulein Haldin streckte den Arm aus, als wollte sie mir den Weg versperren.
»Sie ist ganz schrecklich erregt. Oh, Sie würden es nicht bemerken ... es ist alles innerlich, doch ich, die ich Mutter kenne, ich bin entsetzt. Ich habe nicht den Mut, mir das länger anzusehen. Das alles ist meine Schuld; ich kann wohl nicht Theater spielen; nie zuvor habe ich meiner Mutter etwas verborgen. Es hat dazu nie einen Anlaß gegeben. Aber Sie kennen den Grund, der mich bestimmte, ihr nicht gleich von Herrn Rasumows Anwesenheit zu erzählen. Sie begreifen mich doch, wie? Es war nur ihretwegen! Und ... nein, ich bin keine Schauspielerin. Da meine Gefühle beteiligt sind, bin ich einfach nicht ... ich weiß nicht. Irgend etwas in meinem Benehmen ist ihr aufgefallen. Sie glaubt, daß ich etwas vor ihr verborgen halte. Es fiel ihr auf, daß ich länger ausblieb, und es ist wahr – seit ich mich mit Herrn Rasumow treffe, bleibe ich länger fort. Gott weiß, welcher Verdacht in ihr entstanden ist. Sie wissen, daß Sie nicht mehr die alte war, seit ... Heute abend also begann sie – die so lange geschwiegen hat – mit einem Male zu reden. Sie sagte, sie wolle mir keine Vorwürfe machen; ich hätte mein eigenes Leben zu leben, ebenso wie sie; sie wolle sich weder in meine Angelegenheiten noch in meine Gedanken eindrängen. Sie allerdings habe vor ihren Kindern niemals etwas zu verbergen gehabt ... Schrecklich anzuhören, und das alles in ganz ruhigem Ton und mit einem Gesicht so reglos wie Stein. Es war unerträglich.«
Fräulein Haldin sprach leise und viel schneller, als ich sie je hatte sprechen hören. Das allein war bereits bedenklich. Da der Flur hell erleuchtet war, vermochte ich zu sehen, daß ihr Gesicht hinter dem Schleier sehr rot war. Sie stand hochaufgerichtet da, die linke Hand leicht auf ein Tischchen gestützt. Die

Rechte hing unbeweglich herab. Hin und wieder schluckte sie.

»Es war einfach zu überraschend. Stellen Sie sich vor: sie hat angenommen, ich träfe Vorbereitungen, um sie, ohne ein Wort zu sagen, im Stich zu lassen! Ich kniete neben ihrem Sessel hin und flehte sie an, doch zu bedenken, was sie da sage! Sie legte mir zwar die Hand auf den Kopf, aber sie war trotzdem nicht von ihren Einbildungen abzubringen. Sie sagte, sie habe immer geglaubt, des Vertrauens ihrer Kinder wert zu sein, doch täusche sie sich offenbar. Der Sohn habe weder ihrer Liebe noch ihrem Verständnis getraut, und nun plane auch ich, sie auf die gleiche grausame, ungerechte Weise zu verlassen, und so weiter und so fort. Nichts, was ich sagte... krankhafter Trotz... sie meinte, sie fühle, daß eine Veränderung mit mir vorgegangen sei... und falls meine politischen Überzeugungen mich abzureisen nötigten, warum dann diese Heimlichkeit, als sei sie feige oder nicht vertrauenswürdig? ›Als ob mein Herz je meine Kinder verraten könnte‹, sagte sie... es war gar nicht auszuhalten. Und dabei streichelte sie fortwährend mein Haar ...es hatte gar keinen Zweck, ihr zu widersprechen. Sie ist krank, krank in der Seele...«

Ich wagte nicht, die Stille zu brechen, die entstand. Ich blickte in ihre Augen, die hinter dem Schleier glänzten.

»Ich! Verändert!« rief sie wieder gedämpft. »Meine politischen Überzeugungen nötigen mich, abzureisen! Das war grausam anzuhören, denn die Schwierigkeit liegt ja gerade darin, daß ich schwach bin und nicht weiß, was tun. Sie wissen das. Und um allem ein Ende zu machen, habe ich etwas sehr Egoistisches getan. Um ihren Verdacht von mir abzulenken, habe ich ihr von Herrn Rasumow gesprochen. Das war sehr selbstsüchtig gehandelt. Wir hatten ganz recht, als wir beschlossen, ihr davon keine Kenntnis zu geben. Völlig recht. Kaum hatte ich ihr gesagt, daß der Freund des armen Victor hier ist, da sah ich, wie recht wir gehabt hatten. Man hätte sie vorbereiten müssen, doch war ich so niedergeschlagen, daß ich einfach damit herausplatzte. Sofort wurde Mutter schrecklich aufgeregt. Wie lange sei er schon da! Was wisse er, und warum habe er sich nicht sogleich bei uns sehen lassen, dieser Freund ihres Victor? Was habe das zu bedeuten? Wolle man ihr nicht einmal die wenigen Erinnerungen anvertrauen, die von ihrem Sohn übriggeblieben waren?... Stellen Sie sich vor, was ich empfand, als ich sie so sah, weiß wie ein Laken, völlig bewegungslos, die mageren Hände um die Sessellehne gekrampft. Ich sagte, daß alles meine Schuld sei.«

Ich konnte mir gut die reglose, stumme Gestalt der Mutter in dem Sessel dort hinter der Tür vorstellen, in deren Nähe die Tochter mit mir sprach. Die Stille da drinnen schrie förmlich nach Rache für einen historischen Sachverhalt und seine Auswirkungen in der Gegenwart. Diese Betrachtungsweise drängte sich mir auf, doch zweifelte ich nicht daran, daß Fräulein Haldin ein grauenhaftes Erlebnis hinter sich hatte. Ich verstand sie gut, als sie sagte, sie wolle über diesem Eindruck nicht die Nacht vorbeigehen lassen. Frau Haldin litt unter den schrecklichsten Einbildungen, sie hatte die absurdesten, grausamsten Verdächtigungen ausgesprochen. Sie mußte beschwichtigt werden, koste es was es wolle, und so schnell wie möglich. Ich hörte deshalb auch ohne Überraschung, daß Fräulein Haldin zu ihrer Mutter gesagt hatte: »So will ich denn gehen und ihn gleich herbringen.« Darin lag nichts Abwegiges, keine Überspanntheit. Und deshalb fragte ich auch ganz sachlich: »Nun ja, aber wie?«

Es sei ganz richtig, daß sie an mich gedacht habe, doch könne ich nichts unternehmen, da ich nicht wisse, wo Herr Rasumow wohne.

»Und dabei wohnt er vielleicht ganz in der Nähe, nur einen Steinwurf entfernt!« rief sie.

Ich bezweifelte das; ich wäre mit dem größten Vergnügen losgegangen, um ihn vom anderen Ende der Stadt herbeizuschaffen. Ich nehme an, daß sie auf meine Bereitschaft gezählt hatte, da ihr erster Gedanke gewesen war, sich an mich zu wenden. Der Dienst, um den sie mich jedoch eigentlich bitten wollte, war, sie ins Château Borel zu begleiten.

Vor mein geistiges Auge traten das unerfreuliche Bild der dunklen Auffahrt, des düsteren Parkes und der öde und zugleich verdächtige Anblick jenes Hauses der Geisterbeschwörung, der Kabale und des feministischen Kultes. Ich gab also zu bedenken, daß Madame de S. vermutlich nichts von dem wisse, was wir zu erfahren wünschten. Ich hielt es auch nicht für wahrscheinlich, daß wir den jungen Menschen dort treffen würden. Ich erinnerte mich des flüchtigen Anblicks seines Gesichtes und war davon überzeugt, daß jemand, der so aussah, als habe er Schlimmerem als dem Tod ins Gesicht geblickt, nichts weiter wünschen könnte, als sich still und allein einzuschließen. Ich war jetzt eigentlich davon überzeugt, daß Herr Rasumow auf dem Heimweg gewesen war, als ich ihn gesehen hatte.

»Ich dachte eigentlich mehr an Peter Iwanowitsch«, sagte Fräulein Haldin ruhig.

Ah! Der würde es selbstverständlich wissen. Ich sah auf die Uhr. Es war erst zwanzig nach neun... Immerhin.

»Dann würde ich es in seinem Hotel versuchen«, riet ich. »Er wohnt im Cosmopolitan, im obersten Stockwerk«.

Ich erbot mich nicht dazu, allein zu gehen, weil ich nicht ahnte, wie man mich empfangen würde. Ich schlug statt dessen vor, die treue Anna mit einer schriftlichen Bitte um Auskunft abzuschicken.

Anna wartete immer noch am anderen Ende des Korridors, nahe der Tür. Fräulein Haldin und ich berieten uns flüsternd. Fräulein Haldin war dafür, selber zu gehen; Anna sei schüchtern und schwerfällig. Man werde bis zu ihrer Rückkehr mit der Antwort wiederum Zeit verlieren, und das könne man sich eigentlich nicht leisten, denn es sei ja durchaus nicht sicher, daß Herr Rasumow in der Nähe wohne.

»Ich selber«, sagte Fräulein Haldin, »könnte vom Hotel aus gleich weitergehen. Denn aufsuchen muß ich ihn in jedem Fall, weil ich ihn zuvor sprechen – ihn vorbereiten muß. Sie ahnen ja nicht, in was für einem Zustand Mutter ist.«

Sie wurde abwechselnd rot und blaß. Sie meinte sogar, daß es für beide Teile besser sei, wenn sie ihre Mutter ein Weilchen allein im Hause ließe. Anna sei ja da, mit der die Mutter sehr gut auskomme.

»Sie könnte sich mit einer Näharbeit in den Salon setzen«, fuhr Fräulein Haldin fort und ging voran zur Haustür. Dann sagte sie auf Deutsch zu dem Dienstmädchen, das uns die Tür aufhielt: »Sagen Sie bitte meiner Mutter, daß dieser Herr gekommen ist und mich auf der Suche nach Herrn Rasumow begleiten wird. Sie möge sich nicht ängstigen, falls ich länger ausbleiben sollte.«

Wir traten schnell auf die Straße hinaus, und sie atmete die kühle Nachtluft tief ein. »Und dabei habe ich nicht einmal gefragt, ob Sie mitmachen wollen«, murmelte sie.

»Das ist wohl auch überflüssig«, sagte ich lachend. Ich durfte jetzt nicht daran denken, wie der große Feminist mich empfangen würde. Ich zweifelte nicht daran, daß er sich über meinen Anblick ärgern und daß er mich nach Kräften beleidigen würde, glaubte aber nicht, daß er es wagen würde, mich rundweg hinauszuwerfen. Und mehr verlangte ich nicht. »Nehmen Sie doch meinen Arm«, sagte ich.

Das tat sie, ohne ein Wort zu sagen, und wir sprachen beide nichts Berichtenswertes, bis ich sie voran in die große Hotelhalle gehen ließ. Die war strahlend erleuchtet, und es saßen eine Menge Leute herum.

»Ich kann ganz gut ohne Sie da hinaufgehen«, schlug ich vor.

»Ich mag hier nicht warten«, sagte sie leise. »Ich komme lieber mit.«

So führte ich sie zum Aufzug. Im obersten Stockwerk angelangt, wies uns der Page nach rechts. »Am Ende des Ganges.«

Die Wände waren weiß, der Läufer rot, elektrisches Licht brannte verschwenderisch, und die Leere, die Stille und die gleichförmigen, numerierten Türen ließen mich an die perfekte Ordnung eines peinlich modernen, mit Einzelzellen ausgestatteten Zuchthauses denken. Hier oben, unter dem Dach dieses Monsterbaues zur Beherbergung von Gästen, erreichte uns kein Laut, verschluckte der dicke rote Filzläufer auch noch das Geräusch unserer Schritte. Wir hasteten weiter, ohne einander anzusehen, bis wir uns schließlich vor der allerletzten Tür am Ende des Korridors befanden. Da trafen sich unsere Augen, und einen Moment standen wir so und lauschten dem gedämpften Stimmengewirr drinnen.

»Hier ist es wohl«, murmelte ich überflüssigerweise. Ich sah, wie Fräulein Haldin die Lippen lautlos bewegte, und als ich fest an die Tür klopfte, wurde es drinnen still. Tiefes Schweigen herrschte sekundenlang, ehe die Tür mit einem Ruck von einer kleinen, schwarzäugigen Frau in roter Bluse geöffnet wurde, deren volles weißes Haar unordentlich und ungefällig hochgekämmt war. Sie hatte die dünnen, pechschwarzen Brauen gerunzelt. Später erfuhr ich, daß sie die berühmte – oder berüchtigte – Sophia Antonowna war, im ersten Augenblick jedoch war ich betroffen von dem sonderbar mephistophelischen Charakter ihres fragenden Blickes, der gleichzeitig so seltsam unböse, so – ich möchte sagen – unteuflisch wirkte. Dieser Blick wurde noch weicher, als sie zu Fräulein Haldin aufsah, die mit voller, fester Stimme den Wunsch äußerte, Peter Iwanowitsch einen Moment zu sehen.

»Ich bin Natalie Haldin«, fügte sie hinzu.

Hierauf ging die Frau in der roten Bluse, nun mit geglätteter

Stirne, doch ohne ein Wort zu sagen, ins Zimmer zurück, setzte sich aufs Sofa und ließ die Tür weit offen. Und vom Sofa her, die Hände im Schoß, beobachtete sie aus glänzenden schwarzen Augen unseren Eintritt.

Fräulein Haldin ging bis in die Mitte des Zimmers; ich, in meiner Rolle des Begleiters, blieb an der Tür, die ich hinter mir zugezogen hatte. Der Raum war recht groß, hatte jedoch eine niedrige Decke und war nur spärlich möbliert. Eine Deckenlampe mit Porzellanschirm war tief auf einen breiten Tisch herabgezogen worden (auf dem eine große Landkarte ausgebreitet lag) und ließ die äußeren Teile des Zimmers in mattem, künstlichem Dämmerlicht. Peter Iwanowitsch war nicht zu erblicken, und auch Herr Rasumow war nicht anwesend. Auf dem Sofa, neben Sophia Antonowna, saß ein Mann mit schütterem Ziegenbärtchen und knochigem Gesicht, der die Hände auf den Knien hielt und uns aufmerksam, aber freundlich anschaute. In einer entfernten Ecke glänzte bleich ein breites Gesicht über den Umrissen einer unförmigen, plumpen Gestalt, die ihrer niedrigen Sitzgelegenheit nicht zu trauen schien. Der einzige mir bekannte Anwesende war der kleine Julius Laspara, der sich eben noch intensiv über die Karte gebeugt zu haben schien und mit den Füßen die Stuhlbeine umklammert hielt. Er glitt rasch von seinem Stuhl und verbeugte sich gegen Fräulein Haldin, wobei er einem krummnasigen Knaben mit wunderschönem, graumeliertem falschem Bart glich. Er trat vor und bot seinen Stuhl an, den Fräulein Haldin jedoch ablehnte: Sie sei nur eben hereingekommen, um einige Worte mit Peter Iwanowitsch zu sprechen.

Seine schrille Stimme machte sich nun aufdringlich vernehmbar:

»Merkwürdig, Natalia Victorowna, gerade heute nachmittag erst habe ich an Sie gedacht. Ich hatte Herrn Rasumow getroffen und ihn gebeten, einen Artikel über ein beliebiges Thema für uns zu verfassen. Sie könnten den dann ins Englische übersetzen – besonders mit Hilfe eines solchen Lehrers.«

Er machte ein Kompliment in meine Richtung. Beim Klang des Namens Rasumow ertönte aus dem Winkel, in dem jener Mann saß, der für seinen Stuhl viel zu schwer schien, ein schwaches Quieken wie von einem wütenden kleinen Tier. Ich hörte Fräulein Haldins Antwort nicht. Laspara ließ sich von neuem vernehmen: »Es wird Zeit, etwas zu tun, Natalia Victorowna. Aber Sie haben da wohl Ihre eigenen Ansichten. Warum wollen Sie übrigens nicht selbst etwas schreiben? Kommen Sie doch bald einmal zu uns. Wir könnten darüber sprechen. Falls Rat gebraucht wird...«

Wiederum verstand ich Fräulein Haldins Antwort nicht. Und Laspara ließ sich noch einmal hören:

»Peter Iwanowitsch? Er hat sich für einen Moment nach nebenan verfügt. Wir erwarten ihn alle.«

Der große Mann trat diesen Augenblick ein und wirkte in einem langen Morgenrock aus dunklem Stoff noch breiter, noch höher und sehr eindrucksvoll. Der Morgenrock hing gerade herunter und reichte bis auf seine Füße. Peter Iwanowitsch ähnelte einem Mönch oder einem Propheten, erinnerte an einen kraftvollen Wüstenbewohner – an irgend etwas Asiatisches. Und in diesem gedämpften Licht machte die dunkle Brille im Verein mit dem Morgenrock ihn geheimnisvoller als je.

Der kleine Laspara kletterte wieder auf seinen Stuhl und wandte sich der Karte zu, dem einzigen hell erleuchteten Gegenstand im Zimmer. Sogar über die Entfernung hinweg, die mich vom Tisch trennte, konnte ich aus dem Umriß des blauen Kartenteils, der das Meer vorstellte, entnehmen, daß es sich um eine Karte der baltischen Provinzen handelte. Peter Iwanowitsch tat einen leisen Ausruf, ging auf Fräulein Haldin zu, blieb aber stehen, als er mich (zweifellos nur sehr undeutlich) gewahrte, und blinzelte durch die dunklen Gläser. Er hatte mich wohl an meinen weißen Haaren erkannt, denn nach einem deutlich sichtbaren Achselzucken wandte er sich mit größtem Wohlwollen Fräulein Haldin zu. Er legte ihre Hand in seine wohlgepolsterte Handfläche und tat seine andere Pranke darauf wie einen Deckel.

Während diese beiden mitten im Zimmer stehend einige Sätze wechselten, die niemand sonst vernehmen konnte, bewegte sich keiner der Anwesenden: Laspara kniete auf seinem Stuhl und hatte die Ellenbogen auf die Karte gestützt; das schattenhafte Ungetüm verharrte in seinem Winkel; der freimütig dreinblickende Mann mit dem Kinnbart blieb neben der Frau in der roten Bluse sitzen – keiner von ihnen machte die geringste Bewegung. Doch hatte man wohl keine Zeit zu verlieren, denn schon entzog Fräulein Haldin ihre Hand dem Griff Peter Iwanowitschs, und ehe ich es mich versah, ging sie bereits zur Tür. Nicht beachteter Abendländer, der ich war, riß ich sie vor ihr auf und folgte ihr in den Korridor, wobei ich mit einem letzten Blick die in ihren unterschiedlichen Stellungen verharrenden, immer noch reglosen Zimmerinsassen streifte. Einzig Peter Iwanowitsch stand aufrecht; mit der dunklen Brille sah er aus wie ein blinder Lehrer. Hinter ihm warf die Lampe ihren hellen Lichtkreis auf die bunte Landkarte, über die sich der winzige Laspara beugte.

Später, viel später erst, als die Zeitungen Gerüchte (sie verstummten bald) über eine fehlgeschlagene Militärrevolte in Rußland brachten, erinnerte ich mich des Anblickes dieser reglosen, um ihre Zentralfigur angeordneten Gruppe. Man erfuhr niemals Einzelheiten, doch wurde bekannt, daß die revolutionären Parteien im Ausland der Bewegung Hilfe geleistet und Abgesandte vorausgeschickt hatten, ja, daß man sogar Geld genug aufgetrieben hatte, um einen Dampfer mit Waffen und Verschwörern an Bord in die Ostsee zu entsenden, die in den baltischen Provinzen landen sollten. Und während ich diese unvollständigen Enthüllungen (für die sich niemand besonders interessierte) in der Zeitung verfolgte, kam mir der Gedanke, daß das alte, gehetzte Europa durch mich, der die junge Russin damals begleitet hatte, einen Blick hinter die Kulissen hatte werfen dürfen, gewissermaßen eines kurzen, eigenartigen Einblickes gewürdigt worden war, und das ausgerechnet im obersten Stockwerk eines großen Hotels. Dort also hatte ich sie gesehen: den großen Mann in Person; das reglose Ungeheuer im Winkel, den Bezwinger von Spitzeln und Gendarmen; Jakowlitsch, den Veteranen vieler terroristischer Anschläge; die Frau mit dem Haar, das so weiß war wie das meine, und den lebhaften schwarzen Augen – sie alle in einem geheimnisvollen Dämmerlicht, mit der hellbeleuchteten Landkarte Rußlands vor sich auf dem Tisch. Die Frau sah ich übrigens gleich noch einmal. Während wir noch auf den Lift warteten, kam sie eilig den Korridor entlang, den Blick auf Fräulein Haldin geheftet, und zog sie beiseite, als habe sie ihr vertraulich etwas mitzuteilen. Das dauerte nicht lange, es waren nur einige Worte.

Während wir im Fahrstuhl hinabfuhren, brach Fräulein Haldin ihr Schweigen nicht. Sie sprach erst, als wir das Hotel hinter uns hatten und am See entlang gingen, in der kühlen Dunkelheit, in der die Mauerlampen blinkten, deren Schein sich im Wasser des kleinen Hafenbeckens zu unserer Linken spiegelte; zu unserer Rechten ragten vornehm die großen Hotels auf.

»Das war Sophia Antonowna. Sie ist die...«

»Ja, ich weiß – die berühmte...«

»Eben die. Es scheint, daß Peter Iwanowitsch den Leuten da drinnen gesagt hat, was wir wollten, nachdem wir gegangen waren. Deshalb ist sie uns nachgelaufen. Sie sagte mir ihren Namen, und dann: ›Sie sind die Schwester eines tapferen Mannes, der nicht vergessen sein soll. Sie werden glücklichere Zeiten erleben.‹ Ich sagte nur, ich hoffte die Zeit zu erleben, da dies alles vergessen sein würde, selbst wenn damit auch mein Bruder vergessen werden sollte. Ich weiß nicht, warum ich das sagte, aber Sie verstehen mich gewiß.«

»Ja«, erwiderte ich. »Sie denken an die Ära der Eintracht und der Gerechtigkeit.«

»Ja. Es ist jetzt noch zuviel Haß und Rachsucht im Spiel. Die Arbeit muß getan werden. Sie ist ein Opfer – möge sie denn um so bedeutender sein. Zerstörung ist das Werk des Zornes. Mögen die Tyrannen und ihre Henker gleichzeitig in Vergessenheit geraten und nur diejenigen in unserem Gedächtnis bleiben, die den Aufbau vollbringen.«

»Und stimmte Sophia Antonowna Ihnen darin zu?« fragte ich zweifelnd.

»Sie sagte nichts als: ›Für Sie ist es gut, an die Liebe zu glauben.‹ Sie hat mich gewiß verstanden. Sie fragte dann, ob ich damit rechne, Herrn Rasumow noch heute abend zu sehen. Ich sagte, ich hoffe ihn noch zu meiner Mutter zu bringen, denn diese habe von seinem Hiersein gehört und sei krankhaft begierig zu erfahren, ob er etwas über Victor weiß. Er sei unseres Wissens der einzige nahe Freund meines Bruders gewesen. Sie sagte: ›Richtig – Ihr Bruder! Bitte sagen Sie Herrn Rasumow, daß ich den Bericht bekanntgemacht habe, der mich aus St. Petersburg erreicht hat. Er betrifft die Verhaftung Ihres Bruders‹, fügte sie hinzu. ›Er wurde von einem Mann aus dem Volke verraten, der sich nachher erhängt hat. Herr Rasumow wird Ihnen das alles erklären. Ich habe ihn heute nachmittag völlig ins Bild gesetzt. Sagen Sie Herrn Rasumow bitte auch, Sophia Antonowna lasse ihn grüßen. Ich gehe morgen früh auf eine Reise, eine sehr weite Reise.‹«

Und nach einer Pause setzte Fräulein Haldin hinzu:

»Ich war von dieser unerwarteten Eröffnung so bewegt, daß ich zu Ihnen nicht vorher davon sprechen konnte. Ein Mann aus dem Volke! Oh, du armes Volk!«

Sie ging langsam, als sei sie plötzlich sehr müde. Sie ließ den Kopf sinken. Aus den Fenstern eines mit Terrassen und Balkonen versehenen Gebäudes klang banale Hotelmusik; vor dem Haupteingang zum Kasino beleuchteten elektrische Lampen marktschreierische rote Plakate, ein überaus provinzieller Anblick. Die verlassenen Hafenmolen und die verödeten Straßen wirkten verlogen ehrbar und unbeschreiblich langweilig.

Ich hatte stillschweigend angenommen, daß sie die Adresse erfahren habe und ließ mich von ihr führen. Auf der Montblanc-Brücke, auf der sich einige wenige Gestalten in dem sich nach allen Seiten öffnenden, durch die brennenden Laternen abgegrenzten Blickfeld verloren, sagte sie:

»Er wohnt gar nicht weit von uns entfernt. Das habe ich mir schon gedacht. In der Rue de Carouge. Es ist sicher eines der großen Mietshäuser dort.«

Sie nahm zutraulich und unbefangen meinen Arm und beschleunigte den Schritt. Unserem Vorgehen haftete etwas Primitives an. Wir waren uns der Hilfsmittel der Zivilisation nicht bewußt. Eine Straßenbahn fuhr vorüber, am Parkgitter standen Fiaker aufgereiht, doch es kam uns keinen Augenblick in den Sinn, eines dieser Transportmittel zu benutzen. Sie war wohl zu sehr in Eile, und was mich betraf – nun, sie hatte mich vertraulich eingehakt. Während wir die leichte Steigung der Corraterie hinangingen, wo alle Läden geschlossen waren und nicht ein einziges Fenster Licht zeigte (als ob die ganze geldgierige Bevölkerung am Ende des Tages die Flucht ergriffen hätte), schlug sie vor:

»Ich könnte auf einen Sprung zu Mutter hineinschauen, das kann kein großer Umweg sein.«

Ich redete ihr das aus. Falls ihre Mutter wirklich noch an diesem Abend Herrn Rasumow zu sehen erwarte, sei es unklug, sich ohne ihn zu zeigen. Je schneller wir den jungen Mann herbeischafften, um die Mutter zu beruhigen, desto besser. Sie stimmte dieser Überlegung zu, und wir überquerten die Place de Théâtre, deren Belag aus Steinplatten im Lichte der Laternen blaugrau schimmerte. In der Mitte ragte schwarz das Reiterdenkmal auf. In der Rue de Carouge befanden wir uns in einem ärmeren Viertel und näherten uns bereits dem Stadtrande. Öde Bauplätze wechselten mit hohen Neubauten ab. An der Einmündung einer Nebenstraße fiel das in einem geweißten Laden brennende Licht wie gefächert aus der offenstehenden breiten Tür. Man konnte schon von weitem in das Innere mit seinen dürftig besetzten Regalen und dem rohen, ungestrichenen Ladentisch blicken. Das war das Haus. Während wir uns entlang einem Zaun aus geteerten Bohlen näherten, sahen wir die schmale, kalkige Hausfront, diese abgeschrägte Ecke, die fünf Fenster übereinander aufwies, in denen kein Licht brannte, und darüber den lastenden Schatten des vorspringenden Daches.

»Wir müssen im Laden nach ihm fragen«, bestimmte Fräulein Haldin.

Ein bleicher Mann mit schütterem Backenbart, verschmutztem weißem Kragen und ausgefranstem Schlips legte seine Zeitung hin, lehnte sich aufdringlich vor, indem er die Ellenbogen auf den Ladentisch stemmte, und gab zu verstehen, daß die gesuchte Person tatsächlich sein *locataire* vom dritten Stock, im Moment jedoch abwesend sei.

»Im Moment«, wiederholte ich nach einem schnellen Blick auf Fräulein Haldin, »heißt das, daß Sie ihn gleich zurückerwarten?«

Er war sehr freundlich, dieser Mann mit den einschmeichelnden Augen und dem weichen Mund. Er lächelte so, als wisse er über alles Bescheid. Herr Rasumow sei den ganzen Tag fort gewesen und erst gegen Abend zurückgekehrt. Zu seiner Überraschung habe er Herrn Rasumow vor etwa einer halben Stunde neuerlich herunterkommen sehen. Herr Rasumow habe seine

Schlüssel abgegeben und dabei erklärt, hinausgehen zu wollen, da er lufthungrig sei.

Der Mann fuhr fort, uns von hinter dem Ladentisch her anzulächeln, wobei er den Kopf in die Hände stützte. Luft, Luft. Ob das nun aber eine kurze oder eine längere Abwesenheit bedeute, sei schwer zu sagen. Ohne Zweifel sei die Nacht schwül. Nach einer Pause wandte er die einschmeichelnden Augen zur Tür und murmelte:

»Das Gewitter wird ihn schon heimtreiben.«

»Wird es ein Gewitter geben?« fragte ich.

»Aber ja doch.«

Wie zur Bestätigung seiner Worte ertönte in der Ferne dumpfes Donnern.

Als ich Fräulein Haldin mit einem Blick um Rat fragte, sah ich ihr deutlich an, daß sie ihre Absicht nicht aufgeben wollte, weshalb ich den Ladeninhaber bat, Herrn Rasumow aufzufordern, hier unten auf mich zu warten, falls er innerhalb der nächsten halben Stunde zurückkehre. Wir würden sogleich noch einmal hereinschauen.

Seine Antwort bestand in einer kaum wahrnehmbaren Kopfbewegung. Fräulein Haldin drückte ihr Einverständnis durch Schweigen aus. Wir gingen langsam die Straße entlang, stadtauswärts. Über die niedrigen Gartenmauern der zum Abbruch verurteilten bescheidenen Villen hing das dicht belaubte Gezweig der Bäume, das die Gaslaternen von unten anstrahlten. Über ein großes freies Feld hinweg, auf dem eine Doppelreihe von Laternen eine noch unbebaute Straße markierte, traf uns ein kalter Luftzug, der zusammen mit dem heftigen, eintönigen Rauschen herüberdrang, von dem begleitet die eisigen Wasser der Arve über ein nahegelegenes Wehr stürzten. Vom anderen Ufer her, auf dem drohend schwarze Gewitterwolken lasteten, schien uns ein einsames, trübes Licht müde zu beobachten. Als wir bis zur Brücke geschlendert waren, sagte ich:

»Wir wollen jetzt lieber umkehren...«

Im Laden studierte der kränkliche Mensch immer noch seine Zeitung, die er nun auf dem Tisch ausgebreitet hatte. Er hob nur den Kopf, als ich hineinsah, schüttelte ihn verneinend und kniff die Lippen ein. Ich trat gleich wieder zu Fräulein Haldin auf die Straße hinaus, und wir gingen rasch weg. Sie sagte, sie wolle Anna am nächsten Morgen mit einem Billett zu Herrn Rasumow schicken. Ich achtete ihr Schweigen, denn dadurch, so schien mir, vermochte ich mein Mitgefühl am besten auszudrücken.

Der halb ländliche Weg, auf dem wir den Rückmarsch antraten, wandelte sich langsam zu einer der üblichen, breiten, menschenleeren städtischen Straßen. Wir begegneten insgesamt vier Fußgängern, und der Weg kam mir endlos vor, denn die verständliche Angst meiner Begleiterin hatte auf mich abgefärbt. Endlich bogen wir in den Boulevard des Philosophes ein, der noch breiter, noch leerer und noch lebloser wirkte – die Verkörperung des trostlosen Elends schlummernder Ehrbarkeit. Beim Anblick der beiden schon aus der Ferne sichtbaren erleuchteten Fenster sah ich im Geiste Frau Haldin im Sessel sitzen und ihre gräßliche, qualvolle Wache halten, ganz unter dem bösen Zauber einer Willkürherrschaft: ein Opfer der Tyrannei und der Revolution, ein Anblick, grauenhaft und absurd zugleich.

III

»Sie werden doch noch auf einen Augenblick hereinkommen«, sagte Natalie Haldin.

Ich widersprach unter Hinweis auf die späte Stunde. »Sie wissen doch, daß Mutter Sie gerne hat«, beharrte sie.

»Ich komme nur eben mit herein, um zu hören, wie es ihr geht.«

Sie sagte wie im Selbstgespräch: »Ich weiß nicht einmal, ob sie mir glauben wird, daß ich Herrn Rasumow nicht finden konnte, denn sie hat es sich in den Kopf gesetzt, daß ich etwas vor ihr verberge. Vielleicht können Sie sie überzeugen...«

»Ihre Mutter mißtraut mir vielleicht gleichfalls.«

»Ihnen? Aber weshalb? Was könnten Sie denn vor ihr verbergen wollen? Weder sind Sie ein Russe noch ein Verschwörer.«

Ich empfand stark meine europäische Unbedeutendheit und erwiderte nichts, nahm mir aber vor, bis zum Schluß die Rolle des unbeholfenen Zuschauers zu spielen. Der ferne Donner näherte sich vom Rhônetal her der schlafenden Stadt nüchterner Tugend und weltweiter Gastlichkeit. Wir gingen über die Straße auf den dunklen Hauseingang zu, und Fräulein Haldin klingelte an der Wohnungstür. Diese öffnete sich fast im gleichen Augenblick, als habe das ältliche Dienstmädchen auf dem Flur unsere Rückkehr abgewartet. Auf ihrem platten Gesicht stand ein Ausdruck von Zufriedenheit. Der Herr sei bereits da, erklärte sie, während sie die Tür schloß.

Wir begriffen beide nicht. Fräulein Haldin drehte sich scharf um: »Wer?«

»Herr Rasumow«, erwiderte sie.
Sie hatte genug von unserem Gespräch vorhin gehört und wußte, weshalb Fräulein Haldin noch einmal weggegangen war. So hatte sie denn den Herrn sogleich eingelassen, als dieser klingelte und seinen Namen nannte.
»Das konnte niemand voraussehen«, murmelte Fräulein Haldin und richtete ihre ernsten grauen Augen auf mich. Ich entsann mich des Gesichtsausdruckes, den ich vor knapp vier Stunden an dem jungen Mann bemerkt hatte, dieses Ausdrucks eines gehetzten Schlafwandlers, und nun überkam mich Bestürzung.
»Haben Sie meine Mutter vorher gefragt?« erkundigte sich Fräulein Haldin.
»Nein, ich habe den Herrn gemeldet«, antwortete sie und blickte überrascht in unsere verängstigten Gesichter.
»Immerhin«, sagte ich leise, »war Ihre Mutter nicht unvorbereitet.«
»Ja. Aber ich weiß nicht...«
Mir schien, daß sie an seinem Takt zweifelte. Auf die Frage, wie lange der Besucher bereits bei ihrer Mutter verweile, sagte das Mädchen, der Herr sei noch keine Viertelstunde im Salon.
Sie wartete noch einen Augenblick, zog sich dann aber etwas erschreckt zurück. Fräulein Haldin starrte mich stumm an.
»Nach allem, was geschehen ist«, sagte ich, »wissen Sie genau, was der Freund Ihres Bruders Ihrer Mutter zu sagen hat. Und sicherlich...«
»Ja«, versetzte Natalie Haldin langsam, »ich frage mich nur, ob es nicht besser wäre, jetzt nicht zu unterbrechen, da ich bei seiner Ankunft nicht hier war.«
Wir blieben still und spitzten wohl beide nach Kräften die Ohren, doch drang durch die geschlossene Tür kein Laut zu uns. Auf Fräulein Haldins Zügen war qualvolle Unentschlossenheit zu lesen; sie machte Anstalten hineinzugehen, gebot sich aber Einhalt. Sie hatte auf der anderen Seite der Tür

Schritte vernommen. Diese öffnete sich, und Rasumow kam, ohne innezuhalten, heraus. Die Anstrengungen des Tages und der Kampf, den er mit sich gekämpft, hatten ihn so verändert, daß ich gezögert hätte, jenes Gesicht wiederzuerkennen, das vor nur einigen Stunden, als er beim Postamt an mir vorübergegangen war, zwar erstaunlich genug, aber doch ein ganz anderes gewesen war. Es war weniger rot gewesen und der Ausdruck der Augen weniger düster. Gewiß blickten sie jetzt vernünftiger drein, doch lag in ihnen die Andeutung von etwas bewußt Bösem.

Ich sage das, weil sein Blick zunächst mich traf, wenn auch ohne alles Erkennen oder Begreifen. Ich war ganz einfach in seiner Blickrichtung. Ich weiß nicht, ob er die Klingel gehört hatte, ob er jemanden vorzufinden erwartete. Er war wohl im Begriff, das Haus zu verlassen, und er sah Fräulein Haldin erst, als sie ihm einen Schritt entgegenkam. Die Hand, die sie ihm hinstreckte, beachtete er nicht.

»Sie sind es, Natalia Victorowna... Sie sind vielleicht überrascht... über die späte Stunde. Aber ich erinnerte mich plötzlich unseres Gespräches im Garten. Ich glaubte wirklich, es sei Ihr Wunsch, daß ich... ohne Zeitverlust... also kam ich. Aus keinem anderen Grunde, als zu erzählen...«

Er sprach mühsam. Das fiel mir auf, und ich erinnerte mich, daß er dem Mann im Laden gesagt hatte, er wolle ausgehen, weil er »Luft« brauche. Falls das sein Ziel gewesen sein sollte, dann – das war klar – hatte er es jämmerlich verfehlt. Mit niedergeschlagenen Augen und gesenkten Kopfes machte er den Versuch, den halb beendeten Satz wieder aufzunehmen:

»... zu erzählen, was ich selber erst heute gehört habe... habe...« Durch die Tür, die er offengelassen hatte, konnte ich in den Salon blicken. Es brannte nur eine abgeschirmte Petroleumlampe darin, – Frau Haldins Augen vertrugen weder Gaslicht noch elektrisches Licht. Es war ein ziemlich weitläufiger

Raum, und im Gegensatz zu dem strahlend erleuchteten Flur verlor sich seine Länge in eine halb durchsichtige Finsternis, die von schweren Schatten noch verstärkt wurde. Und vor diesem Hintergrund erblickte ich die regungslose Gestalt von Frau Haldin, ein wenig vorgebeugt, eine Hand auf die Lehne des Sessels gestützt.

Sie bewegte sich nicht. Sie saß am Fenster, doch ihre Haltung drückte nicht mehr Erwartung aus. Die Jalousie war herabgelassen, draußen war nur der Nachthimmel, der die Gewitterwolken beherbergte und die Stadt, gleichgültig und gastfrei in ihrer kalten, fast verächtlichen Toleranz – eine ehrbare Stadt, der alle die Sorgen und Hoffnungen, denen sie Obdach bot, nichts bedeuteten. Frau Haldins weißhaariges Haupt war gesenkt.

Als ich, vom Schicksal zum Zuschauer erkoren, nun neuerlich einen Blick hinter die Kulissen tat und hier etwas viel Bewegenderes erblickte als die für das Publikum bestimmten Worte und Gebärden, kam mir der Gedanke, daß das eigentliche Drama der Selbstherrschaft gar nicht auf der großen politischen Schaubühne gespielt wird. Ich erlangte die Gewißheit, daß diese Mutter sich weigerte, ihren Sohn endgültig verlorenzugeben. Es war mehr als Rachels untröstlicher Kummer, es war etwas, das tiefer ging und in seiner schreckenerregenden Gelassenheit viel unerreichbarer war. Ihr weißes, geneigtes Profil, das sich kaum von dem verschwimmenden Umriß des hochlehnigen Sessels abhob, erweckte die Vorstellung, sie betrachte etwas in ihrem Schoß Ruhendes, vielleicht ein geliebtes Haupt.

Dieser Einblick also wurde mir zuteil, ehe Fräulein Haldin, an dem jungen Mann vorbeigehend, die Tür schloß. Das geschah nicht ohne Zögern. Ich dachte, sie wolle zu ihrer Mutter, doch begnügte sie sich mit einem besorgten Blick ins Zimmer. Vielleicht, wenn Frau Haldin sich bewegt hätte... doch das tat sie nicht. Die Unbeweglichkeit dieses blutleeren Gesichtes sprach

von dem angsterregenden Hochmut derer, die durch nichts zu lindernde Schmerzen leiden.
Unterdessen hatte der junge Mann den Blick nicht erhoben. Der Gedanke, die Geschichte, die er gerade erst erzählt hatte, wiederholen zu sollen, war ihm unerträglich. Er hatte erwartet, beide Frauen gleichzeitig anzutreffen. Damit, so hatte er sich eingeredet, sollte alles ein für allemal erledigt sein – ein für alle Male. »Welches Glück, daß ich nicht an eine andere Welt glaube«, hatte er sich zynisch gesagt.
Mit sich allein in seinem Zimmer hatte er, nachdem der geheime Brief zur Post gegeben war, ein gewisses Maß an Fassung zurückgewonnen, indem er sein geheimes Tagebuch fortsetzte. Er war sich der Gefahr eines so sonderbaren Einfalles wohl bewußt. Er erwähnte das selber, konnte es aber nicht lassen. Er saß also beim Scheine einer einzigen Kerze und schrieb, bis ihm einfiel, daß es nun, da er Sophia Antonownas Erklärung für Haldins Verhaftung gehört hatte, seine Pflicht war, die beiden Damen zu unterrichten. Es war unvermeidlich, da sie sonst davon auf anderem Wege hören würden, und in einem solchen Fall mußte sich seine Zurückhaltung merkwürdig ausnehmen, nicht nur in den Augen der Mutter und der Schwester Haldins, sondern auch in denen anderer Leute. Nachdem er zu diesem Ergebnis gelangt war, empfand er bei dem Gedanken an jene Notwendigkeit nicht nur keine besondere Unlust, sondern bald schon begann ihn der Drang zu quälen, die Sache so schnell wie möglich abzutun. Er sah auf die Uhr. Nein, ganz unwiderruflich zu spät war es noch nicht.
Die Viertelstunde, die er bei Frau Haldin verbrachte, war wie die Rache des Ungeahnten: das weiße Gesicht; die matte und doch so deutliche Stimme; das Haupt, das sich ihm zunächst mit solchem Eifer zugekehrt hatte, dann aber wieder herabgesunken war; der halb erhellte Raum, in dem seine Worte, obwohl er leise zu sprechen suchte, einen so starken Widerhall

weckten – das alles hatte ihn beunruhigt wie eine unverständliche Entdeckung. Hinter Frau Haldins Kummer schien sich ein geheimer Trotz zu verbergen, etwas, das er nicht verstand, das er jedenfalls nicht erwartet hatte. War das Feindseligkeit? Doch es kam nicht darauf an; er war jetzt unangreifbar. In den Augen der Revolutionäre war seine Vergangenheit vom auch nur leisesten Schatten gereinigt. Haldins Phantom war nun wirklich niedergetrampelt worden, man war darüber hinweggeschritten und hatte es schwach und hilflos auf dem Pflaster zurückgelassen, wo es der Schnee bedeckte. Und dies war also die Mutter des Phantoms, schmerzverzerrt und bleich wie ein Gespenst. Er empfand Mitleid und Überraschung. Das war jedoch selbstverständlich ohne Bedeutung. Auf Mütter kam es nicht an. Er konnte nicht verhindern, daß die Begegnung mit jener schweigsamen, reglosen weißhaarigen Frau ihm ans Herz griff, doch er verhärtete seinen Sinn. Das waren nun einmal die Folgen. Was weiter? »Bin ich etwa auf Rosen gebettet?« fragte er sich, während er ein wenig von ihr entfernt saß und die Blicke nicht von diesem Standbild des Kummers wendete. Er hatte alles gesagt, was zu sagen gewesen war, und als er endete, blieb sie stumm. Schon während er noch sprach, hatte sie das Haupt abgewendet. Die Stille, die auf seine letzten Worte folgte, dauerte schon Minuten, wenn nicht länger. Was sollte das bedeuten? Angesichts der Unverständlichkeit dieses Schweigens trat an die Stelle seiner Verhärtung die alte Wut auf Haldin, die beim Anblick von Haldins Mutter von neuem erwachte. Und packte ihn dabei nicht so etwas wie Neid, der Verdacht, daß einzig ihm von allen Menschen, die je auf der Welt gelebt hatten, ein Recht verweigert worden war? Dem anderen war es gelungen, Frieden zu finden und doch weiterzuleben – nämlich in der Liebe jener trauernden alten Frau, in den Gedanken all dieser Leute, die sich für Menschheitsbeglükker ausgaben. Es war unmöglich, sich seiner zu entledigen.

»Mich selbst habe ich der Vernichtung ausgeliefert«, dachte Rasumow. »Er hat mich dazu verführt. Ich kann ihn einfach nicht abschütteln.«
Von dieser Entdeckung erschreckt, erhob er sich und verließ den stillen, schwach erhellten Salon mit der schweigenden alten Frau darin, dieser Mutter! Er sah sich nicht um. Es war ganz unverhohlene Flucht. Doch als er die Tür öffnete, merkte er, daß der Rückweg ihm abgeschnitten war. Dort stand die Schwester. Die Schwester hatte er keinen Augenblick vergessen, nur hatte er nicht erwartet, sie gerade dort zu sehen – hatte vielleicht überhaupt nicht erwartet, sie je wiederzusehen. Ihre Anwesenheit im Flur war ebenso überraschend, wie es das Auftauchen des Bruders seinerzeit gewesen war. Rasumow schreckte zusammen, als habe er begriffen, daß man ihm listig eine Falle gestellt hatte. Er versuchte ein Lächeln; es gelang ihm nicht, und so schlug er die Augen nieder. »Muß ich jetzt etwa diese dumme Geschichte noch einmal erzählen?« fragte er sich und fühlte, wie der Mut ihn verließ. Seit dem Vortage hatte er nichts gegessen, doch war er nicht imstande, den Gründen seiner Schwäche nachzuspüren. Er wollte einfach seinen Hut nehmen und sich mit so wenig Worten wie möglich entfernen, doch wurde er von der schnellen Bewegung überrascht, mit welcher Fräulein Haldin die Tür zum Salon zuzog. Er wandte sich halb mit ihr um, ganz passiv und ohne den Blick zu heben, so wie sich eine Feder im Windzug bewegen mag. Im Augenblick darauf nahm sie ihren alten Platz wieder ein, er machte neuerlich eine halbe Drehung, und nun standen sie in der vorigen Position.
»Gewiß, gewiß«, sagte sie hastig. »Ich bin Ihnen sehr verbunden dafür, Kyrill Sidorowitsch, daß Sie gleich gekommen sind ... nur wollte ich, ich hätte ... Hat Mutter es Ihnen gesagt?«
»Konnte sie mir etwas sagen, was ich nicht schon wußte?« sagte er, ganz offenbar zu sich selber, doch sehr vernehmlich.

»Aber ich habe es immer schon gewußt«, fügte er lauter und wie verzweifelt hinzu.
Er ließ den Kopf hängen. Er empfand die Gegenwart Natalie Haldins so stark, daß es ihm eine Erleichterung gewesen wäre, sie anzusehen. Sie war es, die ihn verfolgte. Diese Verfolgung hatte er ertragen, seit sie plötzlich im Garten des Château Borel vor ihm erschienen war, die Hand ausgestreckt, den Namen des Bruders auf den Lippen... An einer der Wände des Flurs stand ein Bücherregal und gegenüber ein kleiner dunkler Tisch mit einem Stuhl davor. Die Tapete war nur ganz schwach gemustert und beinahe weiß. Die starke Glühbirne hoch oben an der Decke warf ihr grelles Licht bis in die fernsten Winkel dieser Schachtel, die eine befremdliche Bühne für ein unbekanntes Drama war.
»Was meinen Sie damit?« fragte Fräulein Haldin. »Was ist es, das Sie schon immer gewußt haben?«
Er hob das blasse Gesicht, das von verschwiegenem Leid sprach. Doch der Ausdruck in seinen Augen, dieser Ausdruck eines stumpfen, unaufmerksamen Trotzes, der jedem, zu dem er sprach, auffiel, dieser Ausdruck begann sich zu verflüchtigen. Es war, als erkenne er allmählich die herrliche Harmonie der Gesichtszüge, der Gestalt, der Blicke und der Stimme, die aus dem Mädchen, das da vor ihm stand, ein so seltenes Wesen machte und es außerhalb des Begriffs und recht eigentlich über die gängige Auffassung von Schönheit stellte. Er sah sie so lange an, daß sie schließlich leicht errötete.
»Was also wußten Sie?«
Diesmal gelang ihm ein Lächeln.
»Wenn sie mich nicht mit einigen Worten willkommen geheißen hätte, müßte ich daran zweifeln, daß Ihre Mutter überhaupt gemerkt hat, daß ich anwesend war. Verstehen Sie?«
Natalie Haldin nickte. Sie bewegte ein wenig die herabhängenden Hände.

»Ja. Es ist herzzerbrechend. Nicht eine Träne hat sie bisher geweint, nicht eine einzige Träne.«

»Und Sie, Natalia Victorowna? Haben Sie denn weinen können?«

»Ja – überdies bin ich jung, Kyrill Sidorowitsch, jung genug, um an eine Zukunft glauben zu können. Doch wenn ich meine Mutter so schrecklich verstört sehe, vergesse ich manchmal alles andere. Ich frage mich, ob man stolz sein soll oder einfach nur resigniert. Es pflegten uns so viele Leute zu besuchen. Ganz fremde Leute schrieben und baten, uns ihre Aufwartung machen zu dürfen. Es war unmöglich, unsere Haustür vor ihnen zu verschließen. Sie wissen, daß sogar Peter Iwanowitsch... O ja, wir bekamen viel Teilnahme zu fühlen. Doch gab es auch Menschen, die über diesen Tod offen jubelten. Dann aber, als ich mit Mutter allein blieb, kam mir alles so falsch vor, schien es mir den Preis nicht wert, den sie dafür zahlt. Doch kaum hatte ich gehört, daß Sie in Genf waren, als ich auch schon überzeugt war, Sie seien der einzige, der mir helfen könne...«

»...der trauernden Mutter Trost zu spenden? Jawohl!« unterbrach er sie so schroff, daß sie erstaunt die vertrauensvollen Augen aufriß. »Aber die Frage erhebt sich: bin ich dazu geeignet? Haben Sie daran schon gedacht?«

Er machte diese Äußerung mit einer atemlosen Hast, die sehr im Gegensatz zu dem von ihm beabsichtigten Spott stand.

»Wie denn!« flüsterte Natalie Haldin mit Nachdruck. »Wer wäre dazu geeigneter als Sie?«

Er unterdrückte gerade noch eine Gebärde wütender Gereiztheit. »So, so! Und das, nur weil Sie von meiner Ankunft gehört und ehe Sie mich noch gesehen hatten! Wieder ein Beweis für das Vertrauen, das...«

Nun aber änderte er den Ton, sprach schneidender und distanzierter.

»Männer sind bedauernswerte Geschöpfe, Natalia Victorowna.

Sie können sich nicht in die Gefühle anderer versetzen. Um einer Mutter in passender Weise von dem verlorenen Sohn sprechen zu können, bedarf man der Sohneserfahrung. Die fehlt mir, wenn Sie die Wahrheit wissen wollen. Ihre Hoffnungen richten sich auf eine, wie der Dichter sagt, ›Brust, die keine Neigung je erwärmt‹... was nun nicht heißt, daß sie fühllos ist«, fügte er leiser hinzu.

»Ich weiß, daß Ihr Herz fühlt«, sagte Fräulein Haldin weich.

»Ja. Es ist nicht aus Stein«, fuhr er im gleichen selbstprüfenden Ton fort und sah dabei aus, als liege sein Herz schwer wie ein Fels in jener unerwärmten Brust, von der er soeben gesprochen hatte. »Nein, so hart ist es nicht. Wie aber soll ich beweisen, daß ich Ihrer guten Meinung wert bin? Das ist eine ganz andere Frage! Niemand hat je etwas Ähnliches von mir erwartet. Niemand hat je mit meinen zarteren Empfindungen etwas anzufangen gewußt. Und jetzt kommen Sie daher. Sie! Jetzt! Nein, Natalia Victorowna, es ist zu spät. Sie kommen zu spät. Sie dürfen nichts von mir erwarten.«

Sie wich vor ihm zurück, obwohl er sich nicht bewegt hatte. Sie schien in seinem Gesicht eine Veränderung bemerkt zu haben, die darauf hinwies, daß seine Worte bedeutungsschwer auf eine Empfindung anspielten, die ihnen gemeinsam war. Mir, dem schweigenden Betrachter, kamen sie vor wie zwei Menschen, die sich der Verzauberung bewußt werden, der sie unterworfen wurden, als sie einander zum erstenmal sahen. Hätte einer von den beiden in meine Richtung geblickt, so hätte ich die Tür geöffnet und wäre still hinausgegangen. Doch geschah das nicht, und ich blieb, denn meine Furcht, zudringlich zu erscheinen, war untergegangen in dem Gefühl, durch ganze Erdteile von diesen beiden getrennt zu sein, die von dem düsteren Horizont russischer Probleme eingeschlossen waren, der ihr Blickfeld und ihre Gefühle umgrenzte und der das Gefängnis ihrer Seelen war.

»Was kann das nur bedeuten?« fragte sie, als spreche sie zu sich selber.

»Es könnte bedeuten, daß Sie sich eitlen Traumgebilden überlassen haben, während es mir gelungen ist, mich an die Wahrheit der Dinge und die Wirklichkeit unseres russischen Lebens zu halten – soweit man davon überhaupt sprechen kann.«

»Die ist grausam«, murmelte sie.

»Und häßlich. Vergessen Sie das nicht – auch häßlich. Blicken Sie, wohin Sie wollen. Sehen Sie sich hier um, hier im Ausland, wo Sie sich gerade aufhalten, und sehen Sie dann zurück nach der Heimat, dahin, wo Sie herkommen.«

»Man muß über die Gegenwart hinaussehen«, sagte sie mit glühender Überzeugung.

»Das vermögen die Blinden am besten. Ich habe jedoch das Unglück gehabt, mit klarblickenden Augen zur Welt zu kommen. Und wenn Sie nur ahnten, was für merkwürdige Begebenheiten ich gesehen habe! Was für verblüffende, unerwartete Erscheinungen!... warum aber davon reden?«

»Im Gegenteil, ich will mit Ihnen über alle diese Dinge reden«, widersprach sie mit heiterem Ernst. Die düsteren Launen des Freundes ihres Bruders vermochten ihr nichts anzuhaben, für sie waren seine Bitterkeit, sein unterdrückter Zorn die Symptome empörter Rechtschaffenheit. Sie begriff, daß er kein gewöhnlicher Mensch war, und vielleicht wollte sie nicht, daß er anders sei, als er in ihren gläubigen Augen war. »Jawohl, gerade mit Ihnen«, beharrte sie. »Von allen Russen gerade mit Ihnen...« ein flüchtiges Lächeln trat auf ihre Lippen. »In gewisser Weise bin ich wie Mutter. Auch mir scheint es unmöglich, unseren geliebten Toten aufzugeben, der, vergessen Sie das nicht, unser ein und alles war. Ich will Ihr Mitgefühl nicht mißbrauchen, doch sind eben Sie es, in dem wir alles das zu finden hoffen, was von seiner Seele übriggeblieben ist.«

Ich sah ihn bei diesen Worten an. Kein Muskel zuckte in seinem Gesicht. Und doch verdächtigte ich ihn nicht einmal in jenem Augenblick der Empfindungslosigkeit. Was ihn überkommen hatte, glich vielmehr einer hingerissenen Versunkenheit. Schließlich rührte er sich ein wenig.

»Sie gehen, Kyrill Sidorowitsch?« fragte sie.

»Ich? Gehen? Wohin? Ah, ja – doch lassen Sie mich Ihnen vorher...« seine Stimme klang erstickt, und er zwang sich mit sichtlichem Widerwillen zum Sprechen, so als sei die Rede etwas Ekelhaftes oder Tödliches. »Die Geschichte... Sie wissen schon, die Geschichte, die ich da heute nachmittag gehört habe...«

»Ich kenne sie bereits«, erwiderte sie traurig.

»Kennen sie! Haben auch Sie Korrespondenten in St. Petersburg?«

»Nein. Ich weiß es von Sophia Antonowna. Ich habe sie vorhin getroffen. Sie läßt grüßen. Morgen reist sie ab.«

Endlich senkte er seinen faszinierten Blick, und auch sie sah jetzt zu Boden. Und wie sie so im grellen Licht, umgeben von den vier kahlen Wänden voreinander standen, schien es, als seien sie aus der nebligen Unendlichkeit jenseits der östlichen Grenzen herbeigezerrt worden, um grausam der Betrachtung durch meine westlichen Augen ausgesetzt zu werden. Und ich betrachtete sie. Etwas anderes konnte ich gar nicht tun. Diese beiden schienen meine Gegenwart so völlig vergessen zu haben, daß ich nicht wagte, mich zu rühren. Und ich dachte bei mir, daß sie natürlich zueinander gefunden hatten, die Schwester und der Freund des Toten. Die Gedanken, die Hoffnungen, die Sorgen um die Sache der Freiheit, die sich in ihrer gemeinsamen Liebe zu Victor Haldin ausdrückten, der das Opfer der Autokratie geworden war – alles das mußte sie verhängnisvoll zueinander ziehen. Fräulein Haldins Ahnungslosigkeit und Rasumows Einsamkeit, von der er eben erst in so sonderbaren Wendungen gesprochen hatte, mußten das bewirken. Ich sah denn auch, daß das Werk bereits getan war. Selbstverständlich. Es war ja klar, daß die beiden, schon lange bevor sie sich endlich sahen, aneinander gedacht haben mußten. Sie besaß den Brief ihres geliebten Bruders, der ihre Phantasie anreizte, indem er gerade diesen einen Namen mit dem höchsten Lob bedachte; und für ihn war der Anblick des außerordentlichen jungen Mädchens genug. Überraschend war einzig die finstere Distanziertheit, deren er sich auch noch befleißigte, als sie ihn längst mit offenen Armen willkommen geheißen hatte. Doch war er jung, und, mochte er seinen revolutionären Idealen auch noch so sehr verpflichtet sein – blind war er nicht. Die Zeit der Zurückhaltung war vorbei; er trat nun auf seine Weise aus sich heraus. Ich konnte mich über die Bedeutung dieses späten Besuches nicht täuschen, denn was er zu sagen hatte, war durchaus nicht eilig gewesen. Ich begann den wahren Grund zu ahnen: er hatte entdeckt, daß er sie brauchte, und ihr erging es ebenso mit ihm. Es war das zweitemal, daß ich sie beisammen sah, und ich wußte: bei ihrem nächsten Zusammentreffen würde ich nicht anwesend sein, weder erinnert noch vergessen. Für diese jungen Menschen würde ich dann praktisch aufgehört haben zu existieren. Diese Erkenntnis kam mir innerhalb von Sekunden. Unterdessen beschrieb Natalie Haldin Herrn Rasumow in Kürze unsere Streifzüge von einem Ende Genfs zum anderen. Während des Sprechens hob sie die Arme, um den Schleier zu lösen, und ihre Bewegung ließ für einen Moment die verführerische Anmut der jugendlichen, in einfaches Schwarz gekleideten Gestalt erkennen. In dem durchsichtigen Schatten, den der Hutrand auf ihr Gesicht warf, schimmerten die grauen Augen bezaubernd. Ihre Stimme mit dem unweiblichen, doch so herrlichen Timbre klang beherrscht, und sie sprach schnell, frei und ohne Verlegenheit. Als sie ihr Verhalten mit dem Gemütszustand der Mutter begründete, störte ein schmerzhaftes Zucken die großmütige, vertrauende Harmonie ihrer Züge. Ich bemerkte, daß er, der mit gesenktem Blick dastand, ihr zuhörte, als lausche er einer Musik, nicht aber artikulierter Rede. Und so lauschte er auch noch, nachdem sie schon geendet hatte, reglos und verzaubert. Dann kam er zu sich und murmelte:

»Ja, ja, sie hat keine Träne vergossen. Es schien, als vernehme sie gar nicht, was ich sagte. Ich hätte ihr alles mögliche erzählen können. Sie sah aus, als gehöre sie nicht mehr in diese Welt.«

Fräulein Haldin war ihre tiefe Bekümmernis anzumerken. Sie sagte mit zitternder Stimme: »Sie ahnen nicht, wie schlimm es geworden ist. Jetzt glaubt sie, daß sie ihn sehen wird!« Der Schleier entfiel ihren Fingern, und sie rang kummervoll die Hände. »Und am Ende wird sie ihn auch sehen«, rief sie.

Rasumow hob ruckartig den Kopf und blickte sie geraume Zeit gedankenvoll an.

»Hm, das ist sehr gut möglich«, murmelte er in einem sonderbaren Ton und so, als gebe er seine Meinung über einen klaren Sachverhalt zum besten. »Ich frage mich, was ...«, hier unterbrach er sich.

»Das wäre das Ende. Dann wäre es mit ihrem Verstand vorbei, und aller Lebenswille würde sie verlassen.« Fräulein Haldin löste die verkrampften Finger und ließ die Hände sinken.

»Glauben Sie?« erkundigte er sich sehr interessiert. Fräulein Haldins Mund öffnete sich ein wenig. Im Charakter dieses jungen Mannes war etwas Verblüffendes, Unergründliches, das sie vom ersten Augenblick an bezaubert hatte. »Nein. Die Erscheinung des Toten kann weder Trost bringen noch zur Erkenntnis der Wahrheit verhelfen«, setzte er nach einer gewichtigen Pause hinzu. »Ich hätte ihr sehr wohl etwas von der Wahrheit mitteilen können – zum Beispiel, daß Ihr Bruder die Absicht hatte, sein Leben zu retten, zu flüchten. Daran ist kein Zweifel. Doch habe ich das nicht erwähnt.«

»Nicht? Aber weshalb nicht?«

»Ich weiß es nicht. Ich hatte an anderes zu denken«, erwiderte er. Es kam mir so vor, als beobachte er sich dabei, als versuche er, die Schläge seines Herzens zu zählen, während er das Gesicht des Mädchens keinen Augenblick aus den Augen ließ. »Sie waren nicht hier«, fuhr er fort. »Ich hatte beschlossen, Sie niemals wiederzusehen.«

Dies schien sie vorübergehend der Sprache zu berauben.

»Sie... wie ist das möglich...?«

»Sie haben gut fragen... ich glaube übrigens, daß es klug war, Ihrer Mutter gegenüber nichts zu erwähnen. Ich hätte ihr bestätigen können, daß er in dem letzten Gespräch, das er als freier Mann führte, Sie beide erwähnte...«

»Diese letzte Unterhaltung hat er mit Ihnen geführt«, unterbrach sie mit ihrer tiefen, zu Herzen gehenden Stimme. »Sie müssen bald einmal...«

»Mit mir, ja. Von Ihnen sagte er, Sie hätten gläubige Augen. Und ich weiß wirklich nicht, weshalb ich diesen Satz nicht längst vergessen habe. Er meinte damit, daß in Ihnen keine Arglist, kein Falsch, kein Mißtrauen ist, daß Ihr Herz frei ist von allem, was Sie befähigen könnte, eine lebende, handelnde, sprechende Lüge als solche zu erkennen, sollten Sie je darauf stoßen. Daß Sie von der Vorsehung zum Opfer bestimmt seien... Ha! Welch teuflische Einflüsterung!«

Der verkrampfte, unbeherrschte Ton, in dem er die letzten Worte sprach, ließ erkennen, daß er sich kaum noch in der Gewalt hatte. Er glich einem Menschen, der, gerade weil er Angst vor der Höhe hat, auf die Berge steigt und sich plötzlich schwankend am Rande eines Abgrundes findet. Fräulein Haldin preßte die Hand gegen die Brust. Zwischen den beiden lag der herabgefallene schwarze Schleier auf dem Fußboden. Ihre Bewegung besänftigte ihn. Er blickte versunken auf diese Hand, bis sie langsam herabfiel, und sah dann wieder in ihr Gesicht. Doch ließ er ihr nicht Zeit zu sprechen.

»Nein? Sie verstehen nicht? Nun wohl.« Mit einer geradezu wunderbaren Willensanstrengung hatte er seine Beherrschung zurückgewonnen. »Sie haben also mit Sophia Antonowna gesprochen?«

»Ja. Sophia Antonowna hat mir erzählt, daß...« Fräulein Haldin verstummte, und in ihre weit aufgerissenen Augen trat ein fragender Ausdruck.

»Hm. Sie ist der einzige achtenswerte Feind«, murmelte er, als sei er allein.

»Sie sprach in außerordentlich freundlichem Ton von Ihnen«, sagte Fräulein Haldin nach einem Weilchen.

»So? Hatten Sie diesen Eindruck? Und dabei ist sie noch die intelligenteste von der ganzen Bande. Dann sind die Dinge ja auf dem allerbesten Wege. Alles verschwört sich, zu... Ah! Diese Verschwörer!« sagte er langsam und verächtlich; »denen wären Sie im Handumdrehen hilflos ausgeliefert. Wissen Sie, Natalia Victorowna, ich habe die größte Mühe, nicht dem Aberglauben von einer tätigen Vorsehung zu verfallen. Er ist beinahe unwiderstehlich... die Alternative wäre selbstverständlich der leibhaftige Teufel unserer schlichten Vorfahren. Stimmt das, dann hat er es jedoch zu toll getrieben, dieser Großvater der Lüge, unser nationaler Schutzpatron, unser Hausgötze, den wir auf allen unseren Reisen mit uns führen. Er hat es zu toll getrieben. Es scheint, als sei ich nicht einfältig genug... Richtig! Das hätte ich wissen müssen!... und ich wußte es auch«, fügte er in einem so zu Herzen gehenden Ton der Verzweiflung an, daß ich aus meinem Staunen aufschreckte.

»Dieser Mensch ist ja geistesgestört«, sagte ich mir und empfand dabei große Furcht.

Im Augenblick darauf gewährte er mir einen ganz speziellen Eindruck, der sich der Beschreibung in gängigen Wendungen entzieht. Er erschien mir wie jemand, der sich auf der Straße eine schwere Wunde beigebracht hat und nun hereingekommen ist, um sie vorzuzeigen; und mehr noch – so, als drehe er das Messer in der Wunde und betrachte die Wirkung. Das also war, ins Körperliche übersetzt, mein Eindruck. Es war unmöglich, ihm alles Mitgefühl zu versagen. Jedoch empfand ich die größte Sorge Fräulein Haldins wegen, deren tiefste Empfindungen bereits aufs äußerste strapaziert waren. Aus ihrer Haltung, aus ihrem Gesicht sprach ein Mitgefühl, das mit Zweifeln kämpfte, die sie an den Rand des Grauens brachten.

»Was haben Sie nur, Kyrill Sidorowitsch?« In diesem Ausruf schwang etwas wie Zärtlichkeit mit. Er starrte sie nur mit jener vollständigen Ergebung aller Sinne an, die man bei einem selig Verliebten als Ekstase bezeichnet haben würde.

»Warum sehen Sie mich so an, Kyrill Sidorowitsch? Ich bin Ihnen ohne Vorbehalte begegnet. Ich muß jetzt selber klar in mir sehen...« Sie verstummte für einen Augenblick, als wolle sie ihm Gelegenheit geben, wenigstens mit einigen Worten das hohe Vertrauen zu rechtfertigen, das sie in den Freund des Bruders setzte. Sein Schweigen wurde immer bedeutungsvoller, es war wie die Verlautbarung eines folgenschweren Entschlusses.

Schließlich fuhr Fräulein Haldin bittend fort:

»Ich habe Sie geradezu ängstlich erwartet. Da Sie nun aber in Ihrer Güte gekommen sind, erschrecken Sie mich. Ihre Rede ist dunkel. Mir scheint, Sie halten etwas vor mir verborgen.«

»Sagen Sie doch, Natalia Victorowna«, hörte man ihn endlich mit befremdlich tonloser Stimme sagen, »wen haben Sie dort angetroffen?«

Sie war verblüfft und wie in ihren Erwartungen enttäuscht.

»Wo? Bei Peter Iwanowitsch? Dort waren Herr Laspara und noch drei andere.«

»Ha! Die Vorhut! Der verlorene Haufe der großen Verschwörung!« sagte er vor sich hin. »Sie tragen den Funken, der die Explosion auslösen soll, die das Leben von Millionen von

Grund auf wandeln soll, auf daß Peter Iwanowitsch ein Staatsoberhaupt werden möge.«

»Sie machen sich über mich lustig«, sagte sie. »Der, den wir lieben, sagte einmal: vergiß nicht, daß die Menschen stets einer Sache dienen, die größer ist als sie selber – nämlich der Idee.«

»Der, den wir lieben«, wiederholte er langsam. Die Kraft, die er aufwenden mußte, um unbewegt zu erscheinen, erforderte seine ganze Seelenstärke. Er stand vor ihr, als sei kaum noch Leben in ihm. Seine Augen hatten alles Feuer verloren wie unter großem körperlichem Schmerz. »Ah! Ihr Bruder! ... doch von Ihren Lippen, mit Ihrer Stimme gesprochen klingt das wie ... es ist ja wirklich alles göttlich an Ihnen ... wenn ich doch nur die verborgenste Tiefe Ihrer Gefühle, Ihrer Gedanken fassen könnte ...«

»Warum denn aber, Kyrill Sidorowitsch?« rief sie, erschreckt von seinen Worten, die von sonderbar unbelebten Lippen kamen.

»Fürchten Sie nichts. Nicht, um Sie zu verraten. Sie sind also dort gewesen? ... Und was hat Sophia Antonowna Ihnen gesagt?«

»Sie hat nur wenig gesagt. Sie wußte schon, daß ich alles von Ihnen erfahren würde. Sie fand nur Zeit, mir einige wenige Worte zu sagen.« Fräulein Haldin ließ die Stimme sinken und verstummte. »Es scheint, als habe der Mann sich aufgehängt«, fügte sie dann bekümmert hinzu.

»Sagen Sie doch, Natalia Victorowna«, fragte er nach einer Pause, »glauben Sie an Reue?«

»Was für eine Frage!«

»Was können Sie schon davon verstehen?« murmelte er schwerfällig. »Jemand wie Sie hat damit nichts zu schaffen ... doch ich wollte wissen: glauben Sie an die Wirkung der Reue?«

Sie zögerte, als habe sie nicht begriffen, dann erhellte sich ihre Miene. »Ja«, sagte sie fest.

»So ist ihm vergeben. Jener Sjemjanitsch war übrigens ein Vieh, ein trunksüchtiges Vieh.«

Natalie Haldin erschauerte.

»Immerhin ein Mann des Volkes«, fuhr Rasumow fort. »Des Volkes, dem die Revolutionäre die schönsten Hoffnungen machen. Nun, dem Volke muß man vergeben... und Sie dürfen auch nicht alles glauben, was Sie aus jener Quelle erfahren haben«, fügte er finster und zögernd hinzu.

»Sie verbergen mir etwas!« rief sie aus.

»Glauben Sie, Natalia Victorowna, daß es Pflicht ist, Rache zu üben?«

»Hören Sie, Kyrill Sidorowitsch: Ich glaube, daß die Zukunft mit uns allen Erbarmen haben wird. Revolutionär und Reaktionär, Opfer und Henker, Verräter und Verratener – ihnen allen soll vergeben werden, wenn das Licht endlich an unserem schwarzen Himmel erscheint. Erbarmen und Vergessen; denn anders kann es keine Einigkeit und keine Liebe geben.«

»So. Sie halten also nichts von Rache? Niemals? Nicht einmal ein kleines bißchen?« Er verzog die bleichen Lippen zu einem bitteren Lächeln. »Sie selbst gleichen dem Geiste jener gnädigen Zukunft. Merkwürdig, daß dies die Sache nicht erleichtert... Nein! Doch nehmen Sie einmal an, derjenige, der wirklich Ihren Bruder verraten hat – auch Sjemjanitsch spielte dabei eine Rolle, doch eine ganz kleine und gegen seinen Willen –, der wirkliche Verräter also sei ein gebildeter junger Mann gewesen, ein nachdenklicher Mensch, ein Mann, dem Ihr Bruder, etwas leichtsinnig, vertraute... Doch das ist eine lange Geschichte.«

»Und Ihnen ist sie bekannt! Ja, aber dann...«

»Ich habe sie gehört. Es kommt eine Treppe darin vor, sogar Phantome kommen vor, doch spielt das gar keine Rolle, solange der Mensch nur einer Sache dient, die größer ist als er selbst – einer Idee. Ich frage mich: wer ist in dieser Geschichte wohl am meisten zu beklagen?«

»In dieser Geschichte!« wiederholte Fräulein Haldin. Sie schien förmlich versteinert.
»Wissen Sie, warum ich zu Ihnen gekommen bin? Weil es auf der ganzen großen Welt nicht einen einzigen Menschen gibt, zu dem ich hätte gehen können. Verstehen Sie, was ich sage? Nicht einen einzigen! Begreifen Sie, wie entsetzlich trostlos dieser Gedanke ist: keinen – einzigen – zu dem – ich – hätte – gehen – können!«
Vollkommen in die Irre geführt von ihrer eigenen, schwärmerischen Auslegung zweier Zeilen in dem Briefe eines Phantasten, ganz im Banne der Angst vor einem einsamen Leben in einer von Schrecken heimgesuchten, unsteten Welt, war sie gar nicht fähig, die Wahrheit zu ahnen, die sich ihm auf die Lippen drängte. Sie fühlte nur, daß er aus ihr unerklärlichen Gründen litt, und sie war im Begriff, ihm impulsiv die Hand zu reichen, als er von neuem sprach.
»Ich wußte, wie es kommen würde, wußte es schon eine Stunde nach unserem ersten Zusammentreffen. Alle Schrecken der Reue, Rache, Geständnis, Zorn, Haß, Furcht – das alles ist nichts, verglichen mit der furchtbaren Versuchung, der Sie mich aussetzten, als Sie mir mit Ihrem Gesicht, Ihrer Stimme im Park jener verfluchten Villa erschienen.«
Sie sah völlig ratlos aus, legte aber mit einer Art verzweifelnder Hellsichtigkeit ihren Finger auf die Wunde.
»Die Geschichte, Kyrill Sidorowitsch, die Geschichte!«
»Die Geschichte ist aus.« Er trat einen Schritt vor, und sie legte ihm die Hand auf die Schulter, um ihn fortzustoßen; doch ließ ihre Kraft sie im Stich, und er behauptete seinen Platz, wenn auch an allen Gliedern zitternd. »Hier endet sie, hier, an dieser Stelle.« Er stieß den anklagend ausgestreckten Zeigefinger nachdrücklich gegen die eigene Brust und erstarrte.
Ich rannte hinzu, packte den Stuhl und vermochte ihn Fräulein Haldin gerade noch hinzuschieben. Im Niedersetzen drehte sie

sich in meinem Arm herum, weg von uns beiden, und neigte sich über die Lehne. Er betrachtete sie mit gräßlich ausdrucksloser Ruhe. Ungläubigkeit, untermischt mit Zorn, Abscheu und Erstaunen hinderte mich am Sprechen. Schließlich aber wandte ich mich ihm zu und sagte, in meiner Wut nur noch fähig zu flüstern:

»Das ist ungeheuerlich! Warum sind Sie noch hier? Kommen Sie ihr nicht noch einmal unter die Augen. Gehen Sie!« Er rührte sich nicht von der Stelle. »Begreifen Sie denn nicht, daß Ihre Anwesenheit hier unerträglich, selbst mir unerträglich ist? Wenn Sie auch nur das geringste Schamgefühl haben...« Langsam richtete er seinen stieren Blick auf mich. »Wie ist denn dieser alte Mann hier hereingekommen?« murmelte er verblüfft.

Plötzlich sprang Fräulein Haldin von ihrem Stuhl auf, machte einige Schritte und taumelte. Ich vergaß meine Empörung, vergaß diesen Menschen ganz und gar und eilte ihr zu Hilfe. Ich nahm ihren Arm, und sie ließ sich von mir in den Salon führen. Außerhalb des Lichtkreises der Lampe, im tiefen Halbdunkel des Hintergrundes wurden Profil, Hände und Umriß von Frau Haldin sichtbar, die in ihrer Reglosigkeit aussah wie ein dunkles Bild. Fräulein Haldin blieb stehen und deutete traurig auf die tragische, bewegungslose Gestalt der Mutter, die dasaß, als betrachte sie ein geliebtes Haupt in ihrem Schoß.

Fräulein Haldins Gebärde war ungemein ausdrucksvoll, sie sprach von so tiefem menschlichem Leid, daß man nicht zu glauben vermochte, sie weise einzig auf das Werk gewissenloser politischer Institutionen hin. Nachdem ich Fräulein Haldin zum Sofa geleitet hatte, ging ich zurück, um die Tür zu schließen. Ich erblickte Rasumow, der, eingerahmt von der Türöffnung im grell beleuchteten weißen Flur immer noch vor dem leeren Stuhl stand, als sei er auf ewig an den Ort seines grausigen Geständnisses gebannt. Ich staunte darüber, daß die geheimnisvolle Macht, die ihm sein Geständnis entrissen, nicht auch sein Leben zerstört, seinen Körper vernichtet hatte. Doch da stand er – unversehrt. Starren Blickes nahm ich den Umriß der breiten Schultern wahr, den dunklen Haarschopf, die erstaunliche Bewegungslosigkeit der Gliedmaßen. Der Schleier, den Fräulein Haldin hatte fallen lassen, lag vor ihm auf dem Boden und sah in der weißlichen Grelle des Lampenlichtes außerordentlich schwarz aus. Rasumow starrte ihn hingerissen an. Gleich darauf bückte er sich mit einer blitzschnellen, ungemein kraftvollen Bewegung, packte ihn und preßte ihn mit beiden Händen an sein Gesicht. Irgend etwas – vielleicht mein übermäßiges Erstaunen – trübte mir vorübergehend den Blick, so daß es mir vorkam, er sei verschwunden, ohne sich überhaupt bewegt zu haben.

Mit dem Zuschlagen der Haustür kehrte meine Sehschärfe zurück, und ich blieb in Betrachtung des leeren Stuhles auf dem Flur stehen. Nun ging mir mit einem Schlage die Bedeutung des soeben Geschauten auf. Ich packte Natalie Haldin bei der Schulter.

»Der elende Schuft hat Ihren Schleier mitgenommen!« rief ich mit angstvoller, tonloser Stimme, als hätte ich gerade eine schauerliche Entdeckung gemacht. »Er...«

Der Rest blieb ungesprochen. Ich trat zurück und blickte stumm und erschrocken auf sie hinunter. Ihre Hände lagen wie leblos, nach oben gekehrt im Schoß. Langsam hob sie die grauen Augen. Schatten schienen darin zu kommen und zu gehen, als ob die stetig brennende Flamme ihrer Seele endlich doch zu flakkern begonnen hätte im Gegenzug verpesteter Luft aus der dunklen, giftigen Unendlichkeit, die nach ihr griff, und selbst Tugenden in Verbrechen verkehrt werden unter dem Einfluß des durch die Unterdrückung und den Aufruhr erzeugten Zynismus.

»Ich könnte nicht unglücklicher sein...« Das matte Flüstern erfüllte mich mit Schrecken. »Es ist unmöglich... ich fühle, wie mein Herz zu Eis wird.«

IV

Rasumow ging über regennasses Pflaster geradenwegs nach Hause. Ein heftiger Regenschauer entlud sich auf ihn, fernes Wetterleuchten zuckte über die Straßenfronten der stummen, schlafenden Häuser längs der Rue de Carouge; hin und wieder folgte dem fahlen Zucken der Blitze dumpfes, träges Rumpeln. Doch die Hauptmacht des Gewitters blieb entlang der Rhône zusammengeballt, als scheue es sich, die achtbare und gleichgültige Wohnstatt der demokratischen Freiheit anzugreifen, diese ernstgestimmte Stadt trostloser Hotels, welche die Touristen aller Nationen mit ebenso gleichmütiger Gastlichkeit aufnehmen wie vaterlandslose Verschwörer jeder Spielart.
Der Ladenbesitzer war im Begriffe abzuschließen, als Rasumow eintrat und stumm die Hand nach seinem Schlüssel ausstreckte. Während der Mann den Schlüssel von einem kleinen Brett nahm, hatte er einen Witz über das Luftschnappen bei Gewitter auf der Zunge, ließ es nach einem Blick auf seinen Gast jedoch bei der Bemerkung bewenden:
»Sie sind sehr naß geworden.«
»Ja. Reingewaschen«, murmelte Rasumow, der dann triefend die Tür zum Treppenhaus durchschritt und die Stiege erklomm. Er wechselte nicht die Kleider, sondern brannte eine Kerze an, nahm die Uhr samt Kette aus der Tasche, legte sie auf den Tisch und setzte sich, um zu schreiben. Sein kompromittierendes Tagebuch verwahrte er in einer verschlossenen Schublade, die er jetzt aufriß. Er machte sich dann später nicht mehr die Mühe, sie zu verschließen.
Diese sonderbare Pedanterie eines Menschen, der mit der Feder

in der Hand gelesen, gedacht und gelebt hat, spricht dafür, daß er aufrichtig versuchte, auf dem gewohnten Wege zu einer tieferen Erkenntnis vorzudringen. Nach einigen Absätzen, die bereits in diese Erzählung eingegangen oder für den psychologischen Aspekt dieser Enthüllungen bedeutungslos sind (in seiner letzten Eintragung findet sich sogar abermals eine Erwähnung der Silbermedaille), folgen anderthalb Seiten recht unzusammenhängender Aufzeichnungen, die beweisen, daß seine Ausdrucksmöglichkeiten vor der Neuheit und Rätselhaftigkeit jenes Teiles unseres Gefühlslebens versagten, die ihm bis dahin in seinem einsamen Dasein unbekannt geblieben waren. Erst dann beginnt er, die Leserin, die ihm vorschwebte, unmittelbar anzureden, wobei er versucht, in abgerissenen Sätzen voller Scheu und Staunen die souveräne (dies sein eigenes Wort) Macht zu beschreiben, die ihre Persönlichkeit auf seine Phantasie übte, in der die Saat der Worte ihres Bruders schlummerte.
»...die gläubigsten Augen der Welt – sagte Ihr Bruder, als er bereits so gut wie tot war. Und als Sie vor mir standen und die Hand ausstreckten, erinnerte ich mich jeder Einzelheit seiner Stimme, und ich blickte in Ihre Augen – und das war genug. Ich wußte, etwas war geschehen, aber ich wußte damals nicht, was... doch lassen Sie sich nicht täuschen, Natalia Victorowna. Ich glaubte, in meiner Seele sei nichts als ein unerschöpflicher Vorrat an Zorn und Haß gegen Sie beide. Ich erinnerte mich daran, daß er die Hoffnung ausgesprochen hatte, seine schwärmerische Seele werde in Ihnen weiterleben, er, der Mann, der mir mein arbeitsames, zielstrebiges Dasein geraubt hatte. Auch ich besaß einmal eine Idee, die mich leitete, und vergessen Sie nicht – bei uns ist es schwerer, ein Leben der Mühe und Entsagung zu führen, als auf die Straße zu gehen und aus Überzeugung zu töten. Doch genug davon. Haß oder nicht, ich fühlte sogleich, daß ich Ihnen zwar ausweichen, daß es mir aber nicht gelingen könnte, Ihr Bild zu vertreiben. Ich

pflegte den Toten zu fragen: ›Verfolgst du mich also auf diese Weise?‹ Erst später begriff ich alles, erst heute, vor wenigen Stunden erst. Wie hätte ich erkennen sollen, was mich quälte und meinen Lippen schließlich das Geheimnis entriß? Sie waren dazu ausersehen, das Böse zu tilgen, indem Sie mich zwangen, mich noch einmal zu verraten, diesmal um der Wahrheit und des Friedens willen. Sie! Und Sie taten es auf die gleiche Weise, auf die er mich zugrunde richtete: indem Sie mir Ihr Vertrauen aufdrängten. Nur erschien mir das, was ich an ihm verabscheute, an Ihnen am Ende edel und erhaben. Doch ich wiederhole: Lassen Sie sich nicht täuschen! Ich hatte mich dem Bösen ergeben. Ich frohlockte, weil es mir gelungen war, jenen unschuldigen Narren zu verleiten, das Geld seines Vaters zu stehlen. Ein Narr war er, aber kein Dieb. Dazu habe ich ihn gemacht. Das war notwendig, denn ich mußte mich davon überzeugen, daß ich haßte und verachtete, was ich verriet. Kein Revolutionär ist je von den giftigen Schlangen in seiner Brust ärger gequält worden als ich: – von Eitelkeit und Ehrgeiz, von Eifersucht, schändlichen Wünschen und bösen Lüsten, von Neid und Rachsucht. Mir hatte man die Sicherheit gestohlen, Jahre der Arbeit, meine schönsten Hoffnungen. Hören Sie: Jetzt erst kommt das eigentliche Geständnis, das andere bedeutet nichts. Um mich zu retten, mußten Ihre gläubigen Augen mich bis an den Rand des schwärzesten Verrates treiben. Ich sah sie stets auf mir ruhen, voll von dem Vertrauen Ihres reinen Herzens, dem alles Böse unbekannt war. Victor Haldin hatte meinem Leben die Wahrheit gestohlen, hatte mir das einzige gestohlen, was ich besaß auf der Welt, und er prahlte damit, daß er durch Sie auf dieser unserer Erde weiterleben wolle, auf der ich keinen Platz hatte, mein Haupt zu betten. ›Eines Tages wird sie heiraten‹, hatte er gesagt – und ›sie hat die gläubigsten Augen der Welt.‹ Und wissen Sie, was ich mir vorsetzte? ›Ich werde seiner Schwester die Seele stehlen!‹ Als wir uns an jenem ersten Morgen im Garten trafen und Sie in Ihrer großherzigen Art so vertraulich mit mir sprachen, da dachte ich: ›Ja, er selber hat sie in meine Hände gegeben, als er von ihren gläubigen Augen sprach‹. Hätten Sie damals in mein Herz schauen können, Sie hätten aufgeschrien vor Angst und Abscheu.

Vielleicht wird niemand glauben, daß man einen so niederträchtigen Vorsatz fassen kann. Doch steht fest, daß ich mich an diesem Gedanken weidete, als wir uns trennten an jenem Morgen. Ich sann darüber nach, wie mein Vorhaben am besten zu verwirklichen sei. Der alte Mann, dem Sie mich unbedingt vorstellen wollten, bestand darauf, mit mir spazierenzugehen. Ich weiß nicht, wer er ist. Er sprach von Ihnen, Ihrer Ratlosigkeit, und jedes Wort dieses Ihres Freundes stachelte mich dazu an, die unverzeihliche Sünde zu begehen, eine Seele zu stehlen. Kann er der Leibhaftige in der Maske eines alten Engländers gewesen sein? Ich war wie besessen, Natalia Victorowna! Jeden Tag kam ich, Sie anzusehen und mich in Ihrer Gegenwart am Gift meines ruchlosen Vorsatzes zu berauschen. Allerdings sah ich Schwierigkeiten voraus. Da erschien plötzlich Sophia Antonowna, an die ich nicht mehr gedacht, die ich vollständig vergessen hatte, mit ihrer Geschichte aus Petersburg. Damit war ich endlich gesichert, galt für alle Zeiten als vertrauenswürdiger Revolutionär.

Es war, als habe Sjemjanitsch sich erhängt, um mir zu weiteren Verbrechen zu verhelfen. Diese Menschen waren durch ihre Torheit, ihre Illusionen zum Untergang verurteilt – sie, die selbst die Sklaven einer Lüge sind. Ich jubelte der Macht der Lüge zu, Natalia Victorowna, ich frohlockte, ich ergab mich ihr vorübergehend ganz und gar. Wer hätte auch widerstehen können! Sie selber waren der verheißene Preis. Ich saß allein auf meinem Zimmer und plante ein Leben, an das zu denken mich jetzt erschauern läßt wie den Gläubigen, der in Versuchung war, eine grauenhafte Lästerung zu begehen. Doch malte ich mir diese fernen Bilder in den stärksten Farben aus. Nur schien darin die Luft zum Atmen zu fehlen. Und ich fürchtete Ihre Mutter. Meine eigene Mutter habe ich nie gekannt. Allein in diesem Wort liegt etwas... Vor Ihnen fürchtete ich mich nicht – vergeben Sie mir, daß ich das sage. Nein, vor Ihnen nicht. Sie waren die Aufrichtigkeit selbst, Sie konnten mich nicht insgeheim verdächtigen. Was Ihre Mutter betrifft, so hatten Sie selbst bereits die Befürchtung, daß ihr Verstand diesem Kummer nicht mehr gewachsen sei. Und wer hätte mir etwas vorwerfen dürfen? Hatte sich Sjemjanitsch nicht aus Reue erhängt? Ich sagte mir: ›Machen wir doch den Versuch und bringen die Sache ein für allemal hinter uns.‹ Ich zitterte, als ich den Salon betrat, doch Ihre Mutter hörte mir kaum zu und schien nach einem Weilchen vergessen zu haben, daß ich anwesend war. Da saß ich und sah sie an. Nun stand nichts mehr zwischen Ihnen und mir. Sie waren wehrlos und würden bald, schon sehr bald, auch allein sein... ich dachte an Sie. Wehrlos. Tag um Tag haben Sie mit mir gesprochen, haben mir Ihr Herz geöffnet. Ich erinnerte mich des Schattens, den Ihre Wimpern über die gläubigen grauen Augen warfen. Und Ihre reine Stirne! Sie ist niedrig wie die Stirnen von Statuen – gesammelt, makellos. Mir war, als ginge von Ihrer reinen Stirne ein Licht aus, das auf mich fiel, mein Herz erforschte und mich vor der Schande, dem äußersten Verderben bewahrte. Auch Sie hat es bewahrt. Verzeihen Sie meine Anmaßung. Doch es war da etwas in Ihren Blicken, das zu sagen schien... Ihr Licht! Ihre Wahrheit! Ich fühlte, daß ich Ihnen sagen mußte: ich bin dahin gekommen, Sie zu lieben. Und um Ihnen das sagen zu dürfen, mußte ich zuvor bekennen. Bekennen, fortgehen – und verderben.

Plötzlich standen Sie vor mir! Sie, die einzige auf der Welt, vor der ich bekennen muß. Sie bezauberten mich. Sie haben mich befreit von der Blindheit des Zornes und des Hasses, und die Wahrheit, die in Ihnen leuchtete, brachte die Wahrheit aus mir hervor. Während ich hier sitze und schreibe, leide ich den äußersten Schmerz, doch endlich habe ich Luft zum Atmen – Luft! Übrigens... während ich noch zu Ihnen sprach, ist der alte Mann von irgendwoher aufgetaucht und hat mich beschimpft wie ein geprellter Teufel. Ich leide furchtbar, doch bin ich nicht verzweifelt. Nun bleibt mir nur noch eins zu tun. Danach will ich fortgehen, wenn man es mir erlaubt, und irgendwo im namenlosen Dunkel untertauchen. Indem ich Victor Haldin verriet, habe ich letzten Endes an mir selber den niedrigsten Verrat begangen. Sie müssen mir glauben, was ich jetzt sage, Sie dürfen sich nicht weigern. Den niedrigsten Verrat! Durch Sie bin ich dahin gelangt, das so stark zu empfinden. Schließlich sind es die anderen, die das Recht auf ihrer Seite haben, nicht ich. Ihnen sind die unsichtbaren Kräfte dienstbar. Sei es denn. Nur lassen Sie sich nicht täuschen, Natalia Victorowna. Bekehrt bin ich nicht. Bin ich etwa eine Sklavenseele? Nein! Ich bin unabhängig – und darum ist es mir bestimmt, unterzugehen.«

Nach diesen Worten legte er die Feder weg, schloß das Journal und wickelte es in den schwarzen Schal ein, den er mitgenommen hatte. Dann durchwühlte er die Schubladen nach Papier und Bindfaden, machte ein Paket, das er an Fräulein Haldin, Boulevard des Philosophes, adressierte und warf die Feder in die entfernteste Ecke des Zimmers.

Dies getan, setzte er sich hin und blickte auf die Uhr vor ihm auf dem Tisch. Er hätte sogleich aufbrechen können, doch hatte die Stunde noch nicht geschlagen. Mitternacht würde die Stunde sein. Für diese Wahl gab es keinen Grund, außer daß die Taten und Worte eines gewissen Abends seiner Vergangenheit sein Verhalten in der Gegenwart bestimmten. Der gleichen Ursache schrieb er es auch zu, daß Natalie Haldin plötzlich solche Gewalt über ihn gewonnen hatte. »Man geht nicht ungestraft über die Brust eines Phantoms hinweg«, hörte er sich murmeln. »So rettet er mich denn«, dachte er plötzlich, »er selber, der verratene Mann«. Er sah Fräulein Haldins Bild ganz nahe vor sich, sah, wie sie ihn unablässig beobachtete. Sie störte ihn nicht. Er hatte mit dem Leben abgeschlossen, und ungeachtet ihrer Anwesenheit versuchte er, einen objektiven Überblick zu gewinnen. Seine Verachtung galt jetzt auch der eigenen Person. »Ich besaß weder die Einfalt noch den Mut oder die Geistesgegenwart, ein Schuft oder ein ungewöhnlich tüchtiger Mann zu werden. Denn wer kann bei uns in Rußland schon den Schuft von einem großen Mann unterscheiden?«

Er war wirklich ein Spielzeug seiner Vergangenheit, denn Schlag Mitternacht sprang er auf und rannte die Treppe hinunter, als vertraue er fest darauf, daß das Schicksal mit Rücksicht auf sein unaufschiebbares Vorhaben gewiß die Haustür für ihn aufreißen werde. Und wirklich, gerade als er am Fuße der Treppe anlangte, öffneten ihm einige späte Heimkehrer die Tür – zwei Männer und eine Frau. Er drängte sich zwischen ihnen hindurch und lief auf die Straße hinaus, durch die ein böiger Wind fegte. Die drei Heimkehrenden waren nicht schlecht erschrocken. Beim Schein eines Blitzes konnten sie sehen, wie Rasumow davoneilte. Einer der Männer brüllte ihm nach und machte Anstalten, ihn zu verfolgen, doch die Frau hatte ihn erkannt. »Laßt nur, es ist der junge Russe vom zweiten Stock.« Die Dunkelheit kehrte zurück, begleitet von einem Donnerschlag, und es klang so, als werde eine Kanone abgefeuert, um Rasumows Flucht aus dem Gefängnis seiner Lügen anzuzeigen.

Er hatte wohl einmal davon gehört, daß an diesem Abend eine Versammlung der Revolutionäre bei Laspara stattfinden sollte, und das fiel ihm jetzt vermutlich ein, denn er ging schnurstracks zu Laspara und wunderte sich gar nicht darüber, daß er unten am Hause klingelte. Die Tür war selbstverständlich verschlossen. Um diese Zeit hatte das Gewitter mit seinem Angriff ernst gemacht. Die steil ansteigende Straße hinab ergoß sich das Wasser in Bächen, und im Schein der Blitze wirkte der Regen, der auf Rasumow herunterprasselte, wie ein leuchtender Schleier. Er war erstaunlich ruhig, und als der Donner verstummte, lauschte er gespannt auf das leise Anschlagen der Klingel irgendwo im Innern des Hauses.

So ohne weiteres wollte man ihn indessen nicht einlassen. Er war demjenigen der Gäste, der es übernommen hatte, hinunterzugehen und nachzusehen, was es gebe, nicht persönlich bekannt. Rasumow redete geduldig auf ihn ein. Man könne doch unbesorgt einen Besucher einlassen, er habe der Gesellschaft da oben etwas mitzuteilen.

»Etwas Wichtiges?«

»Das zu entscheiden, bleibt den Zuhörern überlassen.«

»Und muß das wirklich gleich sein?«

»Es duldet keinen Aufschub.«

Unterdessen kam eine der Lasparatöchter herunter, eine kleine Lampe in der Hand, angetan mit einem schmutzigen, zerdrückten Kleid, das auf unerklärliche Weise an ihr befestigt war, und mehr als je einer alten Puppe mit verstaubter brauner Perücke ähnelnd, die man unter dem Sofa hervorgezerrt hat. Sie erkannte Rasumow auf der Stelle.

»Wie geht es Ihnen? Selbstverständlich dürfen Sie hereinkommen.«

Rasumow folgte ihrer Lampe und entfernte sich die Treppen hinauf aus der unten herrschenden Dunkelheit. Sie hängte die Lampe in einen Wandarm, öffnete die Tür und trat, von dem skeptischen Gast gefolgt, ein. Rasumow kam als letzter. Er schloß die Tür hinter sich, trat zur Seite und blieb mit dem Rücken gegen die Wand stehen.

Die drei ineinandergehenden kleinen, von Paraffinlampen erhellten Zimmer mit den niedrigen, verrauchten Decken waren gedrängt voll. In allen drei Räumen wurde laut gesprochen, und volle, halbvolle und leere Teegläser standen überall umher, selbst auf dem Fußboden. Die andere Lasparatochter saß unordentlich gekleidet und träge hinter einem riesigen Samowar. In einem der Durchgänge erblickte Rasumow einen mächtigen vorstehenden Bauch, der ihm bekannt vorkam. Nur wenige Schritte von ihm entfernt war Julius Laspara dabei, von seinem hohen Hocker herunterzuklettern.

Das Erscheinen des mitternächtlichen Besuchers erregte beträchtliches Aufsehen. Laspara gab über die Vorgänge jener Nacht nur einen sehr summarischen Bericht: Nachdem er Rasumow mit einigen Worten begrüßt hatte, die dieser überhörte, sagte Laspara (der mit voller Absicht die nassen Kleider seines Gastes und dessen außergewöhnliches Benehmen ignorierte) etwas über den Artikel, den zu schreiben er Rasumow aufgefordert hatte. Er fühlte sich dabei schon ein wenig beklommen; Rasumow seinerseits wirkte völlig geistesabwesend. »Ich habe bereits alles geschrieben, was ich jemals schreiben werde«, sagte dieser endlich und lachte dabei ein wenig.

Die Aufmerksamkeit aller Anwesenden galt jetzt ungeteilt dem Neuankömmling, der tropfnaß und totenbleich seine Position an der Wand behauptete. Rasumow drängte Laspara sanft beiseite, als wünsche er, von allen deutlich gesehen zu werden. Das Summen der Unterhaltung war nun auch in den entferntesten Winkeln der drei Zimmer verstummt. Die Türöffnung Rasumow gegenüber füllte sich mit Männern und Frauen, die den Hals verdrehten und ganz offenbar eine Überraschung erwarteten.

Aus dieser Gruppe ließ sich jetzt ein unverschämtes Quieken vernehmen:

»Ich kenne dieses lächerlich eingebildete Individuum!«

»Welches Individuum?« fragte Rasumow, der den bis dahin

gesenkten Blick hob und prüfend in alle die Augen sah, die auf ihn gerichtet waren. Eine Weile herrschte gespanntes, überraschtes Schweigen. »Falls Sie mich meinen...«
Er verstummte und suchte nach der passenden Form für sein Geständnis. Er fand sie plötzlich – die Erinnerung an den schicksalhaftesten Abend seines Lebens drängte sie ihm unwiderstehlich auf.
»Ich bin gekommen«, begann er mit klarer Stimme, »um von einem Individuum namens Sjemjanitsch zu reden. Sophia Antonowna sagte mir, daß sie beabsichtige, einen gewissen Brief aus St. Petersburg bekanntzumachen...«
»Sophia Antonowna ist schon am frühen Abend weggegangen«, sagte Laspara. »Im übrigen haben Sie recht. Alle Anwesenden haben gehört...«
»Schon gut«, unterbrach Rasumow mit leichter Ungeduld, denn sein Herz klopfte heftig. Dann bekam er seine Stimme soweit in die Gewalt, daß er sogar eine Spur von Ironie in die deutlich betonten Worte zu legen vermochte.
»Um jenem Individuum, dem zu unrecht geschmähten Bauern Sjemjanitsch Gerechtigkeit widerfahren zu lassen, erkläre ich feierlich, daß die aus dem Brief gezogenen Schlußfolgerungen eine Verleumdung dieses Mannes aus dem Volke, dieser prächtigen russischen Seele, darstellen. Sjemjanitsch hatte mit der Verhaftung von Victor Haldin nichts zu schaffen.«
Rasumow verweilte mit Nachdruck auf diesem Namen und wartete dann, bis das leise, bedrückte Murmeln, das dessen Erwähnung folgte, verstummt war.
»Victor Victorowitsch Haldin«, begann er von neuem, »hat, von hochherziger Unbedachtheit verleitet, bei einem gewissen Studenten Zuflucht gesucht, von dessen Anschauungen er nichts weiter wußte, als was seine eigenen Illusionen seinem großmütigen Herzen eingegeben hatten. Es handelte sich dabei um einen Akt unangebrachten Vertrauens. Doch ich bin nicht hier,

um die Handlungen Victor Haldins zu beurteilen. Soll ich Ihnen die Gefühle jenes Studenten schildern, der aus seiner unscheinbaren Einsamkeit herausgerissen und von einer Mittäterschaft bedroht wurde, die man ihm aufzwang? Soll ich Ihnen sagen, was er tat? Das ist eine recht verwickelte Geschichte. Es endete damit, daß jener Student zu General T. persönlich ging und zu ihm sagte: ›Ich habe den Mann, der de P. getötet hat, in meinem Zimmer eingeschlossen – es ist Victor Haldin, ein Student wie ich.‹«

Ein allgemeines Gemurmel erhob sich, das Rasumow mit starker Stimme übertönte.

»Beachten Sie – jener Mann strebte ehrlich nach gewissen Idealen. Doch bin ich nicht gekommen, um seine Motive zu erklären.«

»Nein, aber Sie müssen erklären, woher Sie das alles wissen!« rief es drohend von allen Seiten.

»Ein elender Feigling!« Dieser schlichte Ausruf bebte von Empörung. »Nennen Sie ihn!« riefen andere Stimmen.

»Warum erregen Sie sich so?« fragte Rasumow verächtlich in die tiefe Stille hinein, die eingetreten war, als er die Hand gehoben hatte. »Haben Sie denn nicht begriffen, daß ich jener Mann bin?«

Laspara wandte sich brüsk von Rasumow ab und erkletterte seinen Hocker. Man stürzte auf Rasumow zu, und er glaubte, beim ersten Ansturm zertrampelt zu werden. Doch brach sich die Welle, und es kam bei alledem nichts weiter heraus als Lärm. Das war verwirrend. Sein Kopf schmerzte fürchterlich. In dem allgemeinen Aufruhr hörte er mehrmals den Namen Peter Iwanowitsch nennen, vernahm dann das Wort ›Urteil‹ und den Satz ›Aber das ist ja ein Geständnis!‹, den jemand laut und schrill ausstieß. Während der Tumult fortdauerte, kam ein junger Mann, jünger als Rasumow, mit blitzenden Augen auf ihn zu.

»Ich darf Sie bitten«, sagte er mit giftiger Höflichkeit, »so freundlich zu sein, sich nicht von der Stelle zu rühren, bis man Ihnen gesagt hat, was Sie zu tun haben.«
Rasumow hob die Schultern. »Ich bin freiwillig gekommen.«
»Das mag sein. Hinausgehen werden Sie jedoch nicht ohne ausdrückliche Erlaubnis«, erwiderte der andere.
Er winkte und rief dabei: »Louisa! Louisa! Kommen Sie bitte her«, und gleich darauf erschien eine der Lasparatöchter (sie hatte Rasumow von hinter dem Samowar her angestarrt), umwallt von schmutzigen Rüschen, einen Stuhl hinter sich herschleifend. Diesen stellte sie gegen die Tür, setzte sich darauf und schlug die Beine übereinander. Der junge Mann dankte ihr überschwenglich und gesellte sich dann wieder einer Gruppe zu, die leise und aufgeregt diskutierend beisammenstand. Rasumow war einen Augenblick wie abwesend.
Da quiekte eine schrille Stimme: »Geständnis hin, Geständnis her – Sie sind ein Polizeispitzel!«
Der Revolutionär Nikita hatte sich einen Weg zu Rasumow gebahnt und stand ihm nun gegenüber, mit den feisten, hochroten Wangen, dem unförmigen Bauch, dem fetten Hals und den riesigen Händen. Rasumow betrachtete den Gendarmentöter schweigend und mit Ekel.
»Und was sind Sie?« fragte er sehr leise zurück, schloß dann die Augen und lehnte den Kopf gegen die Wand.
»Es wäre besser für Sie, Sie gingen jetzt«, hörte Rasumow eine sanfte, traurige Stimme sagen und schlug die Augen auf. Der milde Sprecher war ein ältlicher Mann mit schönem vollem Haar, das wie ein silbriger Heiligenschein sein scharfgeschnittenes, kluges Gesicht umgab. »Man wird Peter Iwanowitsch von Ihrem Geständnis unterrichten, und Sie werden Weisungen erhalten …«
Dann wandte er sich an den neben ihm stehenden Nikita mit dem Spitznamen Nekator und murmelte entschuldigend:

»Was sollen wir anderes tun? Nach diesem aufrichtigen Bekenntnis kann er uns nicht mehr gefährlich werden.«
Der andere knurrte: »Dessen müssen wir uns vergewissern, ehe wir ihn laufen lassen. Überlassen Sie das nur mir. Ich weiß, wie man mit solchen Herrchen umgeht.«
Er wechselte bedeutsame Blicke mit einigen anderen Männern, die ihm leicht zunickten, und wandte sich dann grob an Rasumow.
»Haben Sie nicht gehört? Sie sind hier unerwünscht. Warum verschwinden Sie nicht?«
Die wachehaltende Lasparatochter erhob sich und schleifte ungerührt den Stuhl aus dem Weg. Sie sah Rasumow schläfrig an. Der schreckte zusammen, sah sich noch einmal im Zimmer um und ging dann an ihr vorüber, langsam, als sei ihm plötzlich etwas eingefallen.
»Beachten Sie bitte«, sagte er schon auf dem Flur, »ich hätte nur zu schweigen brauchen. Heute, ausgerechnet heute, konnte ich mich zum ersten Male, seit ich unter Ihnen bin, ganz sicher fühlen, und gerade heute habe ich mich von der Lüge und von der Reue befreit – mich ganz und gar unabhängig gemacht von allen Menschen.«
Er kehrte dem Zimmer den Rücken und ging zur Treppe hin, blickte aber über die Schulter zurück, als hinter ihm mit lautem Krach die Tür ins Schloß flog. Er sah, daß Nikita und drei andere ihm hinausgefolgt waren. »Jetzt werden sie mich doch noch töten«, dachte er. Ehe er Zeit fand, sich umzudrehen und ihnen entgegenzutreten, stürzten sie sich auf ihn. Sie drängten ihn gegen die Wand. »Wie sie das wohl machen wollen?« vervollständigte er seinen Gedanken. Nikita lachte ihm schrill ins Gesicht. »Wir werden dich schon unschädlich machen, warte nur einen Moment!«
Rasumow wehrte sich nicht. Die drei Männer drückten ihn gegen die Wand, während Nikita etwas zurücktrat und mit

seinem riesigen Arm bedächtig ausholte. Rasumow, der nach einem Messer in Nikitas Hand Ausschau hielt, sah diese Hand geöffnet und waffenlos auf sich zukommen und empfing einen fürchterlichen Schlag oberhalb des Ohres gegen die Kopfseite. Gleichzeitig vernahm er einen dumpfen Knall, als habe jemand auf der anderen Seite der Wand eine Pistole abgeschossen. Angesichts dieser unglaublichen Behandlung stieg wahnsinnige Wut in ihm auf. Die in Lasparas Wohnung anwesenden Leute hörten mit angehaltenem Atem auf den Lärm, den die vier jetzt verzweifelt auf dem Flur kämpfenden Männer machten. Dumpfe Schläge dröhnten gegen die Wand, ein erschütternder Stoß traf die Tür – dann rollten alle vier mit einem Getöse, das das Haus erbeben ließ, die Treppe hinunter. Rasumow, der, überwältigt und nach Luft ringend, von seinen Gegnern am Boden niedergehalten wurde, sah den unförmigen Nikita ganz nahe neben sich auf den Dielen hocken. Die anderen knieten auf ihm, hatten seine Kehle gepackt, hielten seine Beine fest.

»Dreht mir sein Gesicht her«, quiekte der beleibte Terrorist fröhlich erregt.

Rasumow konnte sich nicht länger wehren. Er war erschöpft. Er mußte hilflos zusehen, wie die schwere, geöffnete Hand dieses Widerlings noch einmal zu einem erniedrigenden Schlage ausholte und auf das andere seiner Ohren niedersauste. Ihm war, als werde ihm der Kopf gespalten, und von einer Sekunde zur nächsten hörte er keinen Laut mehr von den Männern, die ihn hielten – sie waren zu stummen Schatten geworden. Lautlos zerrten sie ihn brutal auf die Füße, stießen ihn lautlos durch den Flur, öffneten die Tür und warfen ihn auf die Straße.

Er fiel mit dem Kopf voran und begann sogleich hilflos in der überschäumenden Gosse die steile Straße hinabzurollen. Am Fuße des Hanges blieb er endlich auf dem Rücken liegen, und ein ungeheuer greller Blitz fuhr über sein Gesicht – ein greller, lautloser Blitz, der ihn völlig blendete. Er richtete sich mühsam auf und hielt einen Arm vor die Augen, um sein Sehvermögen zurückzugewinnen. Kein Laut drang an seine Ohren, und er begann taumelnd die leere, lange Straße entlangzugehen. Blitze umzuckten ihn auf allen Seiten wie stumme Flammen, Sturzbäche von Regenwasser prasselten, plantschten, tosten um ihn her – lautlos wie ziehender Nebel. In dieser unirdischen Stille traten auch seine Stiefel lautlos das Pflaster, während ein stummer Wind ihn weiter und weiter trieb wie einen Sterblichen, der sich in eine Welt von Phantomen verirrt hat, die von einem lautlosen Gewitter verwüstet wird. Gott allein weiß, wohin seine lautlosen Schritte ihn in jener Nacht führten. Hierhin und dorthin und wieder zurück, ohne Rast und Ruhe. Von einem Ort, an den sie ihn führten, hörten wir später: am Morgen sah der Fahrer der ersten Bahn der Süduferlinie, während er verzweifelt klingelte, einen verschmutzten, völlig durchnäßten, barhäuptigen Menschen, der sich schwankend auf der Fahrbahn bewegte, direkt vor den Wagen laufen und verschwinden.

Als man ihn mit gebrochenen Gliedern und eingedrückten Rippen aufhob, hatte Rasumow das Bewußtsein nicht verloren. Es war, als sei er mit seinem Sturz in eine Welt von Stummen geraten. Schweigende Männer hoben ihn mit unhörbaren Bewegungen auf, legten ihn auf den Bürgersteig und drückten Schrecken, Angst und Mitleid durch Grimassen aus. Ein rotes, schnurrbärtiges Gesicht beugte sich über ihn, bewegte die Lippen und rollte die Augen. Rasumow gab sich die größte Mühe, den Sinn dieser Pantomime zu erfassen. Den Umstehenden schien es, als sei dieser schwerverletzte Fremde in tiefes Nachdenken versunken. Etwas später sah er angstvoll zu ihnen auf und schloß die Augen. Sie starrten ihn an. Rasumow versuchte, sich einiger französischer Wörter zu erinnern.

»*Je suis sourd*«, konnte er gerade noch stammeln, ehe er das Bewußtsein verlor.

»Taub ist er!« riefen sie sich gegenseitig zu. »Darum also hat er die Straßenbahn nicht gehört!«
Sie brachten ihn in demselben Straßenbahnwagen weg. Ehe dieser jedoch seine Fahrt begann, erkletterte eine Frau in fadenscheinigem Schwarz, die aus dem Parktor eines nahegelegenen Privathauses hervorgelaufen kam, die hintere Plattform und wollte sich durchaus nicht vertreiben lassen.
»Ich bin eine Verwandte«, behauptete sie beharrlich in schlechtem Französisch. »Dieser junge Mann ist ein Russe, und ich bin seine Verwandte.«
Daraufhin ließ man sie gewähren. Sie setzte sich still hin und bettete seinen Kopf in ihren Schoß. Ihre ängstlichen, bläßlichen Augen vermieden es, in sein totenähnliches Gesicht zu blicken. An einer Straßenecke am anderen Ende der Stadt wartete eine Tragbahre. Die Frau folgte der Bahre ins Spital, wo man sie einließ und ihr erlaubte, anwesend zu sein, während man ihn bettete. Rasumows neue Verwandte vergoß nicht eine einzige Träne, doch fanden es die Spitalbehörden schwierig, sie zum Gehen zu veranlassen. Der Pförtner sah sie noch geraume Weile auf dem Bürgersteig gegenüber dem Eingang stehen. Plötzlich rannte sie weg, als sei ihr ein Einfall gekommen.
Die erbitterte Hasserin aller Finanzminister, die Sklavin der Madame de S., hatte sich entschlossen, nicht länger als Gesellschafterin bei der Egeria von Peter Iwanowitsch zu dienen. Sie hatte eine Tätigkeit gefunden, die mehr nach ihrem Herzen war.
Doch Stunden zuvor, während noch das Gewitter tobte, hatte es in der Wohnung Lasparas eine Sensation gegeben. Der schreckliche Nikita war aus dem Treppenhaus ins Zimmer zurückgekehrt, hatte schauerlich frohlockend die quiekende Stimme erhoben und der anwesenden Gesellschaft zugerufen:
»Rasumow! Herr Rasumow! Der herrliche Rasumow! Der wird keinem mehr als Spion von Nutzen sein. Er wird nichts mehr

verraten, denn er wird sein Leben lang nichts mehr hören, nicht das kleinste bißchen mehr. Ich habe ihm nämlich die Trommelfelle gesprengt. Oh, da können Sie sich ganz auf mich verlassen. Den Trick kenne ich! Ha, ha, ha! Den Trick kenne ich!«

V

Beinahe vierzehn Tage waren seit dem Begräbnis ihrer Mutter vergangen, als ich Natalie Haldin zum letzten Male traf.

In jenen stillen, trüben Tagen waren die Türen des Appartements am Boulevard des Philosophes allen außer mir verschlossen geblieben. Ich glaube, daß meine Anwesenheit von Nutzen war, und sei es nur, weil ich als einziger die Lage ganz und gar kannte. Fräulein Haldin pflegte ihre Mutter bis zum letzten Augenblick selber. Falls Rasumows Besuch etwas mit deren Ableben zu tun hatte (und ich kann mich des Verdachtes nicht erwehren, daß er es erheblich beschleunigte), so lag das daran, daß es diesem Mann, dem der unglückliche Victor Haldin so impulsiv sein Vertrauen geschenkt hatte, nicht gelungen war, sich das Vertrauen der Mutter zu erwerben. Was für eine Geschichte er ihr nun wirklich erzählt hat, weiß niemand (jedenfalls soweit mir bekannt ist), doch mir kam es so vor, als sterbe Frau Haldin an der Erschütterung, die eine stumm getragene, äußerste Enttäuschung verursacht hatte. Sie hatte ihm nicht geglaubt. Vielleicht vermochte sie niemandem mehr zu glauben und hatte infolgedessen auch niemandem mehr etwas zu sagen – nicht einmal ihrer Tochter. Ich vermute, daß Fräulein Haldin die schwersten Stunden ihres Lebens an jenem Sterbebett verbracht hat. Ich muß gestehen, daß mich das hartnäckige, stumme Mißtrauen gegen die Tochter, das die gebrochene alte Frau bis zum Ende beibehielt, mit Zorn erfüllte.

Als alles vorüber war, zog ich mich zurück. Fräulein Haldin war nun von ihren Landsleuten umgeben. Viele von ihnen folgten der Leiche, und auch ich war bei der Beerdigung anwesend, hielt mich dann aber von Fräulein Haldin fern, bis sie mich mit einer kurzen Botschaft für meine Selbstüberwindung belohnte. »Es kommt nun alles, wie Sie es wünschten. Ich reise morgen nach Rußland zurück. Ich habe mich entschlossen. Bitte besuchen Sie mich.«

Wahrlich, das war der Lohn für meine Zurückhaltung. Ich machte mich unverzüglich auf, ihn zu empfangen. Das Appartement am Boulevard des Philosophes zeigte das öde Bild bevorstehender Räumung. Mir kam es trostlos und schon verlassen vor.

Stehend wechselten wir einige Bemerkungen über die beiderseitige Gesundheit, über einige Angehörige der russischen Kolonie, und nachdem Natalie Haldin mich aufs Sofa genötigt hatte, begann sie ganz offen von ihren Plänen und ihrer zukünftigen Arbeit zu sprechen. Alles solle geschehen, wie ich es gewünscht hatte. Und es sollte endgültig sein. Wir würden uns also nie wiedersehen. Nie!

Ich jubelte innerlich über diesen Erfolg. Natalie Haldin schien gereift durch die Erfahrungen der letzten Zeit. Mit vor der Brust verschränkten Armen ging sie im Zimmer auf und ab. Sie sprach langsam, ihre Stirn war glatt und ihre Miene entschlossen. Sie vermittelte mir ein ganz neues Bild von sich, und ich staunte über den Ernst und die Gemessenheit ihrer Stimme, ihrer Bewegungen und ihrer Haltung. Alles zeugte von gesammelter Unabhängigkeit, konzentrierter Selbständigkeit. Als die dunklen Tiefen aufgerührt wurden, war die Kraft ihres Charakters an die Oberfläche gekommen. »Wir beide können jetzt darüber sprechen«, sagte sie nach kurzem Schweigen und blieb vor mir stehen. »Haben Sie Neuigkeiten aus dem Spital?«

»Ja.« Und als sie mich unverwandt anblickte: »Die Ärzte sagen, daß er am Leben bleiben wird. Ich hatte übrigens angenommen, daß Tekla ...«

»Tekla hat sich mehrere Tage nicht bei mir sehen lassen«, erklärte Fräulein Haldin schnell. »Da ich niemals erbötig war, sie ins Spital zu begleiten, glaubte sie, ich sei herzlos. Sie ist von mir enttäuscht.«

Und Fräulein Haldin lächelte ein wenig.

»So. Sie sitzt so oft und so lange bei ihm, wie man es ihr erlaubt«, sagte ich. »Sie sagt, daß sie ihn nie verlassen darf, ihr Leben lang nicht. Er brauche jemanden – hoffnungsloser Krüppel, der er ist, und noch dazu stocktaub.«

»Taub? Das wußte ich nicht«, murmelte Natalie Haldin.

»Doch, das ist er. Merkwürdig genug. Man hat mir nämlich gesagt, daß an seinem Kopf keine Verletzungen zu sehen waren. Es heißt auch, daß Tekla ihn wohl nicht sehr lange werde zu pflegen brauchen; er wird nicht sehr alt werden.«

Fräulein Haldin schüttelte den Kopf.

»Solange noch Reisende verwundet an der Straße liegenbleiben, wird unsere Tekla genug zu tun finden. Sie fühlt sich unwiderstehlich zur Samariterin berufen. Die Revolutionäre haben sie nicht begriffen. Stellen Sie sich vor: ein solches Wesen wurde dazu benutzt, Dokumente in ihrer Kleidung verborgen herumzutragen oder nach Diktat zu schreiben!«

»Die Welt ist nicht gerade gesegnet mit scharfblickenden Menschen.«

Kaum hatte ich diese Bemerkung gemacht, als ich sie auch schon bereute. Natalie Haldin sah mich fest an und stimmte mit einer leichten Neigung des Kopfes zu. Sie war nicht gekränkt, wandte sich aber ab und begann wieder im Zimmer hin und her zu gehen. Meinen westlichen Augen wollte es scheinen, daß sie sich immer mehr von mir entfernte, daß sie mir bereits unerreichbar war und dabei doch mit zunehmender Entfernung nicht kleiner wurde. Dann ertönte ihre Stimme ganz in meiner Nähe, und ich schreckte zusammen.

»Tekla hat gesehen, wie man ihn nach dem Unfall aufhob. Die

gute Seele hat mir allerdings nie so recht erklärt, wie es dazu kommen konnte. Sie behauptet, daß zwischen ihr und ihm ein gewisses Übereinkommen bestanden habe – eine Art Pakt –, demzufolge er zu ihr kommen sollte, falls jemals Not, Unglück, Schmerzen oder Schwierigkeiten ihn plagten.«

»So?« fragte ich. »Das ist ja ein Glück für ihn. Er wird die ganze Fürsorge dieser guten Samariterin benötigen.«

Wirklich hatte Tekla, als sie gegen fünf Uhr früh aus dem einen oder anderen Grunde zum Fenster hinausschaute, Rasumow stocksteif und barhaupt im Park des Château Borel stehen sehen. Sie hatte ihn mit seinem Namen angerufen, hatte wissen wollen, was denn los sei. Er hatte nicht einmal aufgeblickt. Als sie soweit angezogen war, daß sie hinausgehen konnte, war er verschwunden. Sie machte sich daran, ihn zu verfolgen, und, kaum auf die Straße hinausgerannt, stieß sie fast sogleich auf die haltende Straßenbahn und die Leute, die Rasumow aufhoben. Soviel hatte Tekla mir selbst erzählt, als wir uns eines Nachmittags am Tor des Spitals begegneten, ohne sich allerdings näher zu erklären. Mir lag nun auch nichts daran, dem geheimen Sinn dieser Episode nachzuspüren.

»Ganz recht, Natalia Victorowna, er wird jemanden nötig haben, wenn man ihn stocktaub und an Krücken aus dem Spital entläßt. Doch glaube ich keinesfalls, daß er Teklas Hilfe suchte, als er wie ein entsprungener Irrer in den Park des Château Borel stürzte.«

»Nein«, sagte Natalie Haldin und blieb wieder vor mir stehen, »vielleicht nicht.« Sie setzte sich und stützte nachdenklich den Kopf in die Hand. Das Schweigen dauerte mehrere Minuten. Währenddessen erinnerte ich mich jenes Abends, an dem er sein gräßliches Geständnis abgelegt hatte – an ihre Klage, zu der ihre Stimme kaum noch die Kraft aufgebracht hatte: »Ich könnte nicht unglücklicher sein...« Diese Erinnerung hätte mich erschauern lassen, hätte ich nicht immer noch über ihre

Kraft und Gefaßtheit gestaunt. Eine Natalie Haldin gab es nicht mehr, denn sie hatte ganz aufgehört, an sich zu denken. Es war ein großer Sieg, ein typisch russisches Bravourstück an Selbstverleugnung.
Sie schreckte mich aus meinen Betrachtungen auf, indem sie sich plötzlich erhob wie jemand, der sich entschlossen hat. Sie trat zum Schreibtisch, auf dem jetzt alle jene Kleinigkeiten fehlten, die sie täglich um sich gehabt hatte, und der nur noch ein totes Möbel war. Doch enthielt er noch etwas Lebendiges, denn einem seiner Fächer entnahm sie ein flaches Päckchen und brachte es mir.
»Ein Buch«, sagte sie etwas unvermittelt. »Es wurde mir in meinen Schleier gewickelt übersandt. Ich habe Ihnen bislang nichts davon gesagt, doch habe ich beschlossen, es Ihnen zu übergeben. Ich habe ein Recht dazu. Es ist mir zugeschickt worden. Es gehört mir. Sie dürfen es aufbewahren, oder auch vernichten, wenn Sie es gelesen haben. Und während Sie es lesen, vergessen Sie nicht: Ich war wirklich wehrlos. Und er...«
»Wehrlos!« wiederholte ich und sah sie dabei scharf an.
»Sie werden es wörtlich so darin ausgedrückt finden«, flüsterte sie. »Und es ist ja auch wahr! Ich war wehrlos – doch vielleicht haben Sie das damals selbst bemerkt.« Ihr Gesicht rötete sich ein wenig und wurde gleich darauf totenbleich. »Ich will gerecht sein gegen diesen Mann, und daher möchte ich, daß Sie daran denken. Ich war wehrlos, o ja, ich war es.«
Ich erhob mich ein wenig schwankend.
»Ich werde gewiß nichts von dem vergessen, was Sie bei diesem unserem endgültigen Abschied sagen.«
Sie legte ihre Hand in die meine.
»Es ist gar nicht leicht sich vorzustellen, daß wir uns auf immer Lebewohl sagen müssen.«
Sie erwiderte den Druck meiner Hand, und dann trennten sich unsere Hände.

»Ich fahre morgen. Endlich sind mir die Augen geöffnet und die Hände nicht länger gebunden. Und – wer kann seine Ohren dem erstickten Schrei unseres Schmerzes verschließen? Der Welt mag das freilich nichts bedeuten.«

»Die Welt achtet mehr auf die Uneinigkeit unter den Revolutionären«, sagte ich. »Das ist nun einmal ihre Art.«

»Ja.« Sie neigte zustimmend den Kopf und zauderte einen Augenblick. »Ich muß Ihnen bekennen, daß ich nie aufhören werde, den Tag herbeizusehnen, an dem aller Hader ein Ende findet. Versuchen Sie, sich den Anbruch dieses Tages vorzustellen! Der Sturm von Schlag und Gegenschlag ist vorüber; alles schweigt; eine neue Sonne steigt empor, und die erschöpften, endlich geeinten Menschen bedenken noch einmal die Verluste in dem beendeten Kampfe; sie fühlen Trauer angesichts des Sieges, weil so viele Ideen um des Triumphes der einen willen untergehen mußten, weil sich so viel Überzeugungen als haltlos erwiesen haben. Sie fühlen sich allein auf dieser Erde und rücken näher aneinander. Gewiß, es wird viele bittere Stunden geben, doch am Ende wird das Leid der Herzen durch die Liebe aufgewogen werden.«

Und nach diesem von Herzensklugheit eingegebenen Wort, einem Wort, das mir so süß, so bitter und manchmal so grausam klingt, sagte ich ihr Lebewohl. Es fällt mir schwer zu denken, daß ich nie wieder in die gläubigen Augen dieses Mädchens blicken soll – mit unbedingter Zuversicht sind sie auf die Heraufkunft jener liebenden Einmütigkeit gerichtet, die wie eine Himmelsblume der Erde des Menschen entspringen wird, jener Erde, die getränkt ist vom Blut, zerfurcht vom Kampf und genetzt von Tränen.

Man muß sich klarmachen, daß ich zu jener Zeit nichts von dem Geständnis wußte, das Herr Rasumow vor den versammelten Revolutionären abgelegt hatte. Natalie Haldin hatte vielleicht erraten, was dieses ›Eines noch‹ war, das ihm zu tun blieb; doch hatte ich, mit den Augen des Westens, das nicht gesehen.

Tekla, die Ex-Gesellschafterin der Madame de S., war stets an seinem Krankenbett. Wir trafen uns einige Male vor dem Tor des Spitals, doch war sie bei diesen Gelegenheiten nicht mitteilsam. Sie berichtete so knapp wie möglich über Herrn Rasumows Befinden. Er erhole sich langsam. Er werde zeitlebens ein Krüppel bleiben. Ich selber kam nicht in seine Nähe. Ich sah ihn nie wieder nach jenem gräßlichen Abend, da ich als aufmerksamer, aber nicht beachteter Zuschauer seinem Auftritt mit Fräulein Haldin beigewohnt hatte. Zu gegebener Zeit entließ man ihn aus dem Spital. Es hieß dann, er sei von ›seiner Verwandten‹ weggebracht worden.

Meine Informationen über diesen Fall wurden etwa zwei Jahre später vervollständigt, selbstverständlich, ohne daß ich etwas in dieser Richtung unternommen hätte. Ich traf ganz zufällig im Hause eines Russen von liberalen Anschauungen, der sich für einige Zeit in Genf niedergelassen hatte, auf eine Revolutionärin, die in ihren Kreisen großes Vertrauen genoß.

Dieser russische Liberale war nun eine Berühmtheit ganz anderer Art als Peter Iwanowitsch. Er war ein dunkelhaariger Mann mit gütigen Augen, etwas hochschultrig, sehr höflich, und in seinem ganzen Auftreten lag etwas Gedämpftes, Bedächtiges. Er wählte einen Augenblick, als niemand in der Nähe war, und führte mir eine weißhaarige, lebhafte Dame in roter Bluse zu.

»Unsere Sophia Antonowna möchte Sie gern kennenlernen«, redete er mich in seiner behutsamen Art an. »So lasse ich Sie denn miteinander allein.«

»Ich hätte mich Ihnen nicht aufgedrängt«, begann die weißhaarige Dame ohne Umschweife, »wenn ich nicht eine Nachricht für Sie hätte.«

Sie überbrachte mir einige freundliche Worte von Fräulein

Haldin. Sophia Antonowna war gerade von einer geheimen Reise nach Rußland zurückgekehrt, bei welcher Gelegenheit sie Fräulein Haldin gesehen hatte. Diese lebte jetzt in einer Stadt ›im Zentrum‹ und teilte ihre wohltätige Arbeit zwischen den Schrecken überfüllter Gefängnisse und dem herzergreifenden Elend jener Familien, die Angehörige im Kerker hatten. Sophia Antonowna versicherte mir, Fräulein Haldin schone sich bei diesen guten Werken nicht.

»Sie hat eine starke Seele, ungebrochenen Mut und einen unermüdlichen Körper«, faßte die Revolutionärin das alles ein wenig enthusiastisch zusammen.

Eine so begonnene Unterhaltung scheiterte selbstverständlich nicht an mangelndem Interesse meinerseits. Wir setzten uns etwas abseits in eine Ecke, wo niemand uns störte. Im Laufe unseres Gespräches über Fräulein Haldin bemerkte Sophia Antonowna plötzlich:

»Sie erinnern sich wohl daran, daß wir einander früher schon einmal begegnet sind? An jenem Abend nämlich, als Natalia zu Peter Iwanowitsch kam, um ihn nach der Adresse eines gewissen Rasumow zu fragen, jenes jungen Mannes, der...«

»Selbstverständlich erinnere ich mich«, sagte ich. Als Sophia Antonowna erfuhr, daß ich das Journal des jungen Mannes besaß, das Fräulein Haldin mir übergeben hatte, zeigte sie außerordentliches Interesse. Sie machte kein Hehl daraus, daß sie das Dokument liebend gerne sehen wollte.

Ich stellte ihr anheim, einen Blick hineinzutun, und sie erbot sich sogleich, mich am folgenden Morgen aufzusuchen.

Sie blätterte mehr als eine Stunde gierig darin und überreichte es mir schließlich mit einem kleinen Seufzer. Bei ihren Reisen in Rußland hatte sie auch Rasumow besucht. Er wohnte nicht ›im Zentrum‹, sondern ›im Süden‹. Sie beschrieb mir das zweizimmerige Häuschen am Rande einer kleinen Stadt, das sich hinter einem hohen Bretterzaun versteckte und von einem Hof umgeben war, in dem das Unkraut wucherte. Er war verkrüppelt, war krank und wurde von Tag zu Tag schwächer. Tekla die Samariterin pflegte ihn unermüdlich mit der reinen Freude selbstloser Hingabe. Dies war eine Aufgabe, die ihr keine Enttäuschung eintragen konnte.

Ich verbarg Sophia Antonowna nicht mein Erstaunen darüber, daß sie Herrn Rasumow besucht hatte. Ich vermochte nicht einmal zu ahnen, welchen Grund sie dafür haben mochte. Doch sagte sie mir, sie sei nicht die einzige.

»Einige von uns besuchen ihn regelmäßig auf der Durchreise. Er ist klug, er hat Ideen … er spricht auch gut.«

Gleich darauf hörte ich zum ersten Male von Rasumows öffentlichem Geständnis im Hause Laspara. Sophia Antonowna erzählte ausführlich, was vorgegangen war. Rasumow selbst hatte ihr alles sehr genau geschildert.

Dann sah sie mich mit ihren glänzend schwarzen Augen scharf an und sagte:

»In jedem Leben gibt es böse Augenblicke. Man erliegt einer verlogenen Einflüsterung, dann kommt die Furcht – Furcht für die eigene Person, Furcht vor der eigenen Person. Vielleicht stellt sich auch ein trügerischer Mut ein – wer weiß? Nun, nennen Sie es, wie Sie wollen, doch wer würde sich schon vorsätzlich dem Untergang preisgeben (wie er es selbst hier in dieser Niederschrift ausdrückt) und nicht lieber weiterleben, wenn auch insgeheim in den eigenen Augen erniedrigt? Wie viele Menschen würden das tun? … Und beachten Sie bitte: als er es tat, bestand keine Gefahr mehr für ihn. Es geschah gerade in jenem Augenblick, als er sich endgültig sicher fühlen durfte, und mehr noch – unendlich viel mehr –, gerade als er zu ahnen begann, daß er von jenem Mädchen geliebt wurde, da entdeckte er, daß all sein erbittertes Wüten, seine abgrundtiefe Bosheit, das ganze Teufelswerk seines Hasses und seines Stolzes niemals die Schmach überdecken konnten, die seiner in dem vor ihm liegenden Leben wartete. Eine solche Entdeckung zeugt von Charakterstärke.«

Ich nahm ihre Schlußfolgerung unwidersprochen hin. Wer möchte schon nach den Gründen für Vergebung und Mitleid forschen? Es stellte sich indessen bald heraus, daß es Gewissensbisse waren, was am Grunde der Barmherzigkeit steckte, welche die Revolutionäre Rasumow dem Verräter angedeihen ließen. Sophia Antonowna fuhr nämlich etwas bedrückt fort:

»Man darf ja auch nicht vergessen, daß er das Opfer einer schändlichen Übeltat geworden ist. Es war noch nichts beschlossen worden. Was ihm geschah, geschah ohne Erlaubnis. Man hatte noch nicht über ihn entschieden. Er hatte freiwillig gestanden. Und dieser Nikita, der ihm draußen im Treppenhaus mit Vorbedacht die Trommelfelle sprengte und so tat, als handle er aus Empörung – nun, der hat sich selber als ein Schuft erwiesen, als ein Lump von der übelsten Sorte, als ein Verräter, ein Polizeispitzel! Rasumow sagte mir, daß er ihn dessen, wie einer Eingebung folgend, selber beschuldigt habe…«

»Ich habe den Kerl einmal flüchtig gesehen«, unterbrach ich sie, »und wie sich auch nur einer von Ihnen einen einzigen Tag täuschen lassen konnte, übersteigt mein Fassungsvermögen.«

Sie erwiderte unlustig:

»Schon recht, schon recht, sprechen Sie nicht davon. Als ich ihn zum erstenmal sah, war ich entsetzt. Aber wir redeten uns immer gegenseitig ein: Ah, man darf sich nicht an seinem Aussehen stoßen. Und er war ja schließlich auch immer bereit zu töten. Daran besteht kein Zweifel. Er hat getötet, jawohl! In beiden Lagern, der Teufel…«

Dann, nachdem sie das zornige Beben ihrer Lippen bemeistert hatte, erzählte Sophia Antonowna mir eine sehr seltsame Geschichte. Als sich Rat Mikulin (kurz nach Rasumows Verschwinden aus Genf) auf Reisen in Deutschland befand, stieß er zufällig in einem Eisenbahnabteil auf Peter Iwanowitsch. Da die beiden das Coupé für sich hatten, unterhielten sie sich die halbe Nacht lang miteinander, und bei dieser Gelegenheit gab Mikulin, der Polizeichef, Peter Iwanowitsch, dem Erzrevolutionär, einen Hinweis auf den wahren Charakter des berühmten Gendarmentöters. Es sieht so aus, als habe Mikulin sich dieses seines eigenen Agenten entledigen wollen. Vielleicht hatte er ihn satt, vielleicht fürchtete er ihn. Man muß dazu noch sagen, daß Mikulin den unheimlichen Nikita von seinem Amtsvorgänger ererbt hatte.

Und auch diese Geschichte nahm ich kommentarlos zur Kenntnis in der Rolle des stummen Betrachters der russischen Szene, die sich, ihrer östlichen Logik folgend, vor meinen westlichen Augen entrollte. Immerhin gestattete ich mir eine Frage:

»Sagen Sie mir doch, Sophia Antonowna, hat Madame de S. Peter Iwanowitsch ihr gesamtes Vermögen hinterlassen?«

»Nicht einen Pfennig.« Die Revolutionärin zuckte angewidert die Achseln. »Sie starb, ohne ein Testament zu hinterlassen. Eine Horde Neffen und Nichten kam aus St. Petersburg daher wie ein Schwarm von Geiern und zankte sich um ihr Geld. Lauter ekelhafte Kammerherren und Ehrendamen – widerwärtige Hofschranzen. Pfui!«

»Man hört nicht mehr viel von Peter Iwanowitsch«, bemerkte ich nach einer kleinen Pause.

»Peter Iwanowitsch«, erwiderte Sophia Antonowna ernst, »hat sich mit einem Bauernmädchen verbunden.«

Ich war ehrlich erstaunt.

»Was denn – an der Riviera?«

»Unsinn! Natürlich nicht!«

Sophia Antonowna sprach ein wenig säuerlich.

»So lebt er denn wirklich in Rußland? Ist das nicht ein unerhörtes Wagnis?« rief ich. »Und das alles einem Bauernmädchen zuliebe? Finden Sie nicht, daß er daran sehr unrecht tut?«

Sophia Antonowna schwieg ein Weilchen geheimnisvoll, gab dann aber eine Erklärung.
»Er betet sie einfach an.«
»So? Dann hoffe ich, daß sie sich nichts dabei denkt, ihn tüchtig zu prügeln.«
Sophia Antonowna stand auf und verabschiedete sich, als habe sie meinen unfrommen Wunsch gar nicht gehört. Doch an der Tür, wohin ich sie begleitet hatte, wandte sie sich um und sagte mit fester Stimme:
»Peter Iwanowitsch ist ein Erleuchteter.«

JOSEPH CONRAD

Der Nigger von der »Narzissus«
Eine Seemannsgeschichte. Bd. 2054

Der Freibeuter
Roman. Bd. 2055

Der Verdammte der Inseln
Roman. Bd. 2056

Almayers Wahn
Roman. Bd. 2057

Die Rettung
Ein Roman von den Untiefen. Bd. 2058

Die Schattenlinie
Roman. Bd. 2059

Gaspar Ruiz
und andere Erzählungen
Bd. 5358

Geschichten der Unrast
Fünf Erzählungen. Bd. 5724

Spannung
Ein Roman aus Napoleonischer Zeit
Bd. 5355

Sieg
Eine Inselgeschichte
Bd. 5352

Über mich selbst
Einige Erinnerungen. Bd. 5725

FISCHER TASCHENBUCH VERLAG

fi 224/1